한일 프로문학론의 비교연구

한일 프로문학론의 비교연구

조 진 기

푸른사상

머리말

　우리 민족사에서 분단 반세기는 엄청난 민족적 불행을 야기했고, 모든 분야에서 '반쪽'만을 강요해 왔다. 그리하여 국토와 민족이 반쪽으로 나뉘어지고, 반쪽이 된 민족은 상대방을 부인할 것을 암묵적으로 강요되었다. 그러던 것이 최근 한 달 간 남북 정상회담의 여파로 온통 북한과 북한의 최고 지도자에 대한 이야기가 온 세상을 뒤덮고 있더니, 오늘은 남북 이산가족 만남을 위한 북한측 명단이 공개되어 또다시 북한에 대한 관심이 고조되면서 통일에 대한 기대도 한 걸음 성큼 다가선 느낌이다. 그러나 다른 일각에서는 최근 북한에 대한 태도가 이전의 그것과는 너무나 판이하기 때문에 강한 의구심을 갖고 있는 것도 사실이다. 어제까지 철천지원수로 생각하던 북한과 그 지도자가 어느 날 갑자기 민족의 영웅처럼 인구에 회자되거나, 북한과의 교류가 이루어지기만 하면 모든 문제가 완전히 해결될 것처럼 생각하는 것은 북한의 실체를 정상적으로 이해하는 길이 아니라고 보기 때문일 것이다. 이러한 상반된 견해를 해소하는 길은 보다 이성적인 눈으로 북한의 어제와 오늘을 이해하려는 노력이 뒷받침되어야 할뿐만 아니라, 언젠가 이루어질 통일 이후를 착실하게 준비해야 할 필요성을 일깨워주는 계기로 삼을 때 가능한 것이다. 과거 우리가 일제의 지배에서 해방되었을 때 해방의 감격에 겨워 일제의 잔재 청산을 소홀히 한 데서 민족의 정체성이 왜곡되었다는 지적을 곧잘 해왔다. 이는 우리가 현실에 대응함에 있어서 지나간 날의 잘잘못을 냉철하게 가리지 않고 무조건 앞으로만 내닫는 조급함에서 비롯된 과오라 하지 않을 수 없다. 그러나 분명한 것은 과거 없는 현재는 없다는 사실이다. 따라서 과거에 대한 철저한 인식과 반성 위에 오늘을 살고, 내일을 준비하는 역사의식이 필요하리라 믿는다.

이러한 지적은 우리 학계에도 적용되지 않을까 하는 생각이다. 최근 우리 학계의 변화 또한 현기증을 느낄 만큼 급격한 변화를 보여주고 있다. 모두가 새로운 이론과 새로운 작가, 작품에만 관심을 쏟고 있는 것 같다. 물론 학문도 시대적 경향이 있고, 거기에 발맞추어 나아가야 할 것이다. 그러나 모든 사람이 새로운 대상만을 좇아간다면 이 또한 바람직한 것이라 할 수는 없을 것이다. 그리하여 최근의 학문적 경향은 학문적 관심과 비평적 관심이 전도된 듯한 느낌마저 없지 않다. 과연 식민지시대 문학연구는 완결되었는가 스스로 질문하지 않을 수 없다. 그러나 현실은 그렇지도 않다. 모두가 앞만 보고 나가는 동안 왜곡되고 빠뜨린 부분이 한 둘이 아니다. 이 또한 견강부회일지 모르지만, 최근 북한을 바라보는 시각과 어떤 의미에서 동일한 현상이라 할 수 있을 것이다. 그러면서 최근 북한과의 관계에 대하여 의구심을 갖고 있는 사람이 있는 것처럼 우리 학계에서도 한두 사람은 시대를 뒤돌아보며 고색창연(古色蒼然)하게 보이는 지나간 문제를 뒤적이고 있는 것도 우리 학계를 위해서 필요한 일이라 생각해 본다.

필자는 몇 년 전 일본에 머물고 있던 기간에 수집한 당대 프롤레타리아 문학론을 『일본 프롤레타리아문학론』이란 이름으로 정리, 번역하여 한 권의 책으로 묶은 일이 있었다. 그 때 일본 자료를 번역하면서 처음으로 대하는 글임에도 불구하고 그렇게 생소하게 느껴지지 않고 어디에선가 많이 읽은 내용이라고 느꼈다. 그것은 무슨 까닭이었을까? 이 점에 대하여 일찍이 김윤식 교수는 다음과 같이 명쾌한 해답을 준 바 있다. 그는 "한국 프로문학은 국제적 추수주의로 알려져 있지만 자세히는 동경문단의 지부적 혐의가 농후한 것이며, 카프문학은 싸벳트문학과는 무관한 채 거의 전부가 일본 프로문학과의 관련에서 명멸해 간 것이다. 따라서 일본 프로문

학 비평과의 비교문학적 고찰은 불가피한 바 있을 것으로 예견되
며, 한국 프로문학비평은 번안비평이란 에피셋트가 붙을지 모른다"
고 지적했던 것이다. 그리하여 필자는 김윤식 교수의 <예견>을
확인하는 한편, 한국 프로문학론의 정당한 평가를 위해 일본 프로
문학론과의 비교연구를 시도하게 되었고 그 결과를 이 작은 책으
로 엮었다. 이 작업을 하면서 우리의 프로문학론은 일본 프로문학
론으로부터 지대한 영향을 받고 전개되었으며, 프로문학운동 역시
일본 프로문학운동의 동향에 따라 변모해 왔음을 확인할 수 있었
다. 그리고 지금까지 우리 프로문학론의 성격을 잘못 이해한 사실
도 확인하게 되었다. 그 일례가 소위 <내용・형식 논쟁>이라 할
수 있다. 이것은 프로문학에 있어서 <가치 논쟁>의 하나로 인식
할 때 비로소 정당한 의미를 갖게 된다는 사실이다. 그런가 하면
우리의 프로비평은 논쟁의 형태로 전개되는데 이는 일본 프로문학
론의 전개 과정이 논쟁의 형태로 전개되고 이 논쟁을 통하여 이론
을 정립해 간 사실과 무관하지 않다. 그리하여 한일 프로문학론은
논쟁사의 성격을 강하게 지니게 되는 것도 그 때문이다. 그럼에도
불구하고 한일 프로문학론의 비교연구를 수행하면서 사회학적 지

식의 부족으로 깊이 있는 통찰을 보여주지 못하여 부끄러울 뿐이다. 그런가 하면 각각의 항목은 개별적으로 쓰여진 글이었기 때문에 다소 중복된 부분이 있음에도 다시 손질하지 못하고 그대로 두었음은 오로지 필자의 게으름 탓이다.

이제 우리는 새로운 변화의 시대에 직면하고 있다. 멀지 않는 장래 북한문학을 자연스레 읽고, 논의할 수 있는 날이 올 것이다. 주지하는 바와 같이 북한문학사는 그들 문학의 정체성을 카프문학에서 찾고 있다. 북한문학을 올바르게 평가하기 위해서도 카프문학에 대한 이해는 필수적 과제가 되었으며, 프로문학은 '예술적 프로그램'이 아니라 '정치적 프로그램'이라는 사실을 전제할 때 북한문학의 올바른 이해도 가능할 것이라 믿는다.

이 책이 간행되기까지 많은 분의 도움을 받았다. 특히 이 글들은 학술진흥재단과 경남대학교의 학술연구지원비에 의하여 작성되었음을 밝혀두고자 한다. 그리고 출판계의 어려운 여건 속에서 이 책의 간행을 선뜻 맡아주신 푸른사상사 사장과 관계자 여러분께 감사드린다.

2000년 제헌절에

月村書齊에서 趙 鎭 基

목차

머리말

제1장 프로문학의 성립

제2장 목적의식과 방향전환론

제3장 비평의 방법과 가치논쟁

제4장 예술대중화론

목차

제5장 농민문학론

제6장 유물변증법적 창작방법론

목차

제1장
프로문학의 성립

I. 프로문학 연구의 방향

1920년대 중반 이후, 한국문학은 프롤레타리아 문학(이하 프로문학으로 부름)이 대두되면서 문학과 이데올로기 문제가 중요한 관심사로 부각되기에 이른다. 따라서 한국의 20년대 및 30년대 문학의 정당한 평가를 위해서는 당시 숱하게 논의된 프로문학론에 대한 올바른 인식과 평가가 선행되지 않으면 안될 것이다. 그럼에도 불구하고 프로문학에 대한 연구는 반세기에 이르는 기간 동안 접근금지의 영역으로 제외됨으로써 한국근대문학사는 소위 '반쪽 문학사'라는 파행성을 면할 수 없었다. 그러다가 이들 프로문학이 해금되면서 많은 연구자들이 이들 해금작가에 지대한 관심을 보여왔고, 또한 이들 작가에 대한 연구도 활발하여 괄목할 성과를 올린 것도 사실이다. 그러나 지금까지 프로문학 연구는 프로문학의 본질적 문제를 외면한 채 '문학'으로서만 접근함으로써 프로문학을 왜곡하거나 표피적 연구에 머문 사실도 부정할 수 없다. 프로문학을 검토함에 있어서 무엇보다도 먼저 고려되어야 할 문제는 프로문학을 단순히 문학적 관점에서만 접근해서는 문제의 본질을 정확하게 해명할 수 없다는 점이다. 따라서 프로문학을 연구하기 위해서는 몇 가지 전제조건을 고려하지 않으면 안 된다. 먼저 프로문학이란 필연적으로 사회운동과 깊이 관련되어 있다는 점[1]이며, 다음으로 프로문학이라 할 때 관심의 초점을 '프롤레타리아'에 두느냐, '문학'에 두느냐에 따라 논의의 방향이 달라질 수 있기 때문[2]이다. 이러한 전제조건은 프로문학이란 '예술로서 문학'을 지향하는 것이 아니라 사회변혁을 목적으로 하기 때문에 '운동으로서 예술'이라 할 수 있게 된다. 그리하여 프로문학은 '프롤레타리아트'에 중점을 둔 것이지 예술로서 '문학'을 문제로 하지 않는다는 사실을 분명히 하지 않으면 안 된다. 여기에서 '프롤레타리아'란 단순히 부르조아에 대립되는 사회계급으로서 소재적 차원을 의미하는 것이 아니라 계급적 의미와 함께 유물변증법적 세계관에 근거한 사회변혁을 문제시하는 계급적 개념인 것이다. 이러한 점은 프로문학론이 전개되면서 자체내의 이론투쟁과 논쟁에서 언제나 핵심적 과제가 되었던 것이다. 이를테면 나카노시게하루(中野重治)가 「목적의식론」에서 '프롤레타리아의 생활을 묘사하고, 표현하는 것은 개인적 만족일 뿐 계급적 행동이 아니며, 프롤레타리아 계급의 투쟁목적을 자각하는 것이 계급예술'[3]이라고 하여 프로문학이 계급문학임을 분명히 하고

---

1) 김윤식, 『한국근대문예비평사연구』, 한얼문고, 1973, 20쪽.
2) 飛鳥井雅道, 『日本プロレタリア文學史論』, 八木書店, 1982, 27쪽.

계급문학은 '예술적 프로그램'이 아니라 '정치적 프로그램'임을 다음과 같이 천명한 바 있다.

> 우리는 어떤 경우라도 예술상의 프로그램과 정치상의 프로그램을 바꾸지 않도록 주의하지 않으면 안 된다. 예술상의 그것에 자칫하면 몰래 바뀌어질 위험이 있는 정치상의 프로그램은 말할 것도 없이 프롤레트·컬트의 문제다.4)

결국 프로문학은 예술로서 문학을 문제로 하지 않고 프롤레트·컬트를 목적으로 하기 때문에 이를 충실히 수행하기 위하여 단계적 과정을 거치게 되는데 목적의식론에서 출발하여 예술의 가치, 대중화문제, 창작방법론 등 프로문학의 중심 과제를 둘러싸고 숱한 논쟁이 지속적으로 전개되게 된다.

그러나 다른 한편으로 프로문학을 '정치적 프로그램'으로 파악한다고 하더라도 그것을 연구하는 방법과 영역은 다양할 수밖에 없다. 그리하여 프로문학에 대한 연구는, ①프로문학을 시기적으로 나누어 연구하는 입장, ② 프로문학을 프롤레타리아 해방운동의 일환으로써 볼 때, 조직론, 지도이론으로서 예술론 및 작가 작품론을 연구하는 경우, ③프로문학의 全史를 절단하여 그 단면을 면밀히 점검하는 입장5)이 있을 수 있다고 할 때, 이론적인 점검 없이 작가, 작품만을 논의하는 것은 바람직한 태도라 할 수 없다. 왜냐하

---

3) 靑野季吉,「目的意識論」, 조진기(편역),『일본프롤레타리아문학론』, 태학사, 1994, 103쪽.
   (이하 별도의 출전을 밝히지 않은 일본자료는 이 책을 사용한 것임)
4) 中野重治,「소위 예술 대중화의 오류에 대하여」,『일본프롤레타리아문학론』, 314쪽.
5) 岩城之德(外編),『近代文學論文必携』, 學燈社, 1979, 248−253쪽 참조.

면 작가론이나 작품론은 프롤레타리아트의 조직론이나 예술론이라
는 두 축을 배경으로 하여 성립한 것이기 때문에 작가 및 작품연
구는 운동사나 이론사의 탐구없이는 불가능한 것6)이라 할 수 있다.
다시 말하면 프로문학이란 본질적으로 작품의 예술성만을 문제시
하지 않을 뿐만 아니라, 사회변혁을 목적으로 하고 있으며, 어떤
의미에서는 작품의 독자성을 부정하고 '운동으로서 문학'을 지향하
고 있기 때문이다. 그 결과 작가 및 작품연구에 앞서 당시 프로문
학론을 점검하여 프로문학이 지향하는 세계를 분명히 한 이후에만
작품에 대한 정당한 평가도 가능할 것이라 믿는다. 따라서 프로문
학에 대한 연구는 단순히 시기적 구분에 의하여 논의할 것이 아니
라 문제 중심으로 연구할 필요가 있다. 여기에서 문제중심이란 프
로문학은 그 출발점이라 할 수 있는 '민중문학론'에서 비롯하여 프
로문학운동의 마지막 단계인 전향에 이르기까지 자체 내의 이론투
쟁(논쟁)을 통하여 전개된 사실을 지적하는 말이다. 이를 좀더 구체
적으로 말하면 프로문학의 이론적 발전은 다음과 같은 단계를 거
쳐 전개되고 있음을 간과할 수 없을 것이다.

　　(1) 프로문학의 전사(前史)로서 민중문학론.
　　(2) 목적의식에 근거한 방향전환론
　　(3) 프로문학과 가치평가
　　(4) 프로문학과 대중화문제
　　(5) 프로문학과 농민문학의 관계
　　(6) 창작방법론으로서 유물변증법적 방법
　　(7) 사회주의 리얼리즘의 수용

---

6) 岩城之德(外編), 위의 책, 252쪽.

(8) 프로문학의 종언과 전향

이상의 단계는 프로문학론의 전개 과정과도 일치할 뿐만 아니라 프로문학의 본질적 문제를 밝히는 과정으로서 필수적 단계라 하지 않을 수 없다.

한편, 한국의 프로문학의 성립과 발전을 검토함에 있어서 일본 프로문학과의 관련성을 외면하고는 정당한 평가가 불가능하다는 점이다. 한국의 근대문학의 성립이란 일본문학을 고정적 매개자로 하여 가능했다는 사실을 간과할 수 없는 것처럼, 프로문학은 더욱 더 일본 프로문학의 영향권에서 자유롭지 못했다. 따라서 한국 프로문학론의 전개를 정당하게 평가하기 위해서는 일본 프로문학론과 비교 검토하는 작업은 필수적 과제라 하지 않을 수 없다. 그리하여 김윤식은 일본 프로문학과의 비교연구의 필요성을 다음과 같이 지적한 바 있다.

> 사회주의운동의 사상이 일본에서 거의 직수되었기 때문이다. 특히 프로문학은 흔히 국제적 추수주의로 알려져 있지만, 자세히는 동경문단의 지부적인 혐의가 농후한 것이다. 고쳐 말하면 KAPF문학은 싸벳트문학과는 무관한 채 거의 전부가 오직 일본프로문학과의 관련에서 명멸해간 것이다. ……(중략)…… 따라서 일본 프로문학비평과의 비교문학적 고찰은 불가피한 바 있을 것으로 예견된다. 또하나 비교문학적 방법을 보강케 하는 것은 프로문학론 자체, 즉 이데올로기의 비동화성을 들 수 있다. 자칫하면 한국 프로문학비평은 번안비평이란 에피셋트가 붙을지도 모른다.[7]

---

7) 김윤식, 앞의 책, 22쪽.

이러한 김윤식의 지적은 결코 지나친 과장은 아니다. 그의 주장
처럼 우리 프로문학비평은 일본 프로비평을 근거로 성립되고 자체
내의 논쟁을 벌였던 사실은 부정할 수 없다. 그 결과 일본 프로문학
론과의 비교연구는 이론적 원천을 밝힐 수 있는 단서를 제공해 줄
뿐만 아니라 우리 비평사에서 잘못 평가된 부분을 바로 잡을 수 있
는 근거를 제공해 줄 수 있다. 이를테면 우리 프로문학계에서 최초
로 박영희와 김기진 사이에 벌어진 논쟁을 두고 일반적으로 <내용
과 형식 논쟁>으로 규정하고 있으나 실상은 프로문학의 가치문제를
둘러싼 논쟁8)이었음을 확인할 수 있으며, 민족문학의 대표적 양식으
로 지적된 농민문학도 프로문학의 방계문학인 <동맹자문학>으로
이해되어야 할 것이며, 한국 프로문학론으로서 농민문학에 대한 탁
월한 견해라고 지적된 백철의 「농민문학론」은 일본의 프로문학계
의 대표적 이론가인 구라하라고레히토(藏原惟人)의 「농민문학의 올
바른 이해를 위하여」를 그대로 소개해 준 것임9)을 확인할 수 있는
것들이 하나의 실례로 지적될 수 있다. 이러한 사실은 단순히 몇
사람의 프로문학 이론가에게 국한된 문제가 아니라 우리 프로문학
론 전반에 지대한 영향을 주었음을 의미하는 것이기도 하다. 그리
하여 필자는 가능한대로 일본 프로문학론과 이에 대한 일본 학계
의 연구 성과를 바탕으로 우리의 프로문학론의 실상을 점검해 보
고자 한다. 이러한 작업은 국제적인 프로문학운동의 흐름 속에서
한국 프로문학운동이 차지하는 위치를 조망하고, 그것이 구체적으
로 한국의 현실 속에서 어떻게 투영되고 있는가를 명확히 할 수
있는 일10)인 동시에 우리 프로문학 작품 및 작가를 정당하게 평가

---

8) <가치논쟁>에 대해서는 이 책의 제III장을 참조할 것.
9) 「농민문학론」에 대한 구체적 논의는 이 책의 제V장을 참조할 것.

할 수 있는 초석이 될 수 있기 때문이다.

Ⅱ. 일본 프로문학의 성립

1. 민중문학론의 대두

일본에 있어서 프로문학의 성립과 전개를 어떻게 보느냐 하는 것은 학자에 따라 다양한 견해를 보이고 있다. 그러나 짧은 기간에 걸쳐 전개된 프로문학의 시기구분은 프로문학의 전개는 물론 그 성격을 올바르게 이해하기 위하여 필수적 과제라 할 수 있다. 그러나 프로문학을 둘러싼 시기구분이나 출발점은 학자에 따라 다른 견해를 보이고 있는 것11)도 사실이다. 그러나 프로문학론이 성립하기 전단계로서 민중문학에 대한 검토가 필요하다. 민중문학론은 프랑스의 로망 롤랑(R. Rolland)의 민중예술론이 발표되고 앙리 바르뷔스(H. Barbusse)의 「크라르테 Clarte」 운동이 전개되면서 민중예술론이 대두하게 되었다. 일본의 경우 大正데모크라시라 불려지는 자

---

10) 임규찬, 『일본프로문학과 한국문학』, 연구사, 1987, 2쪽.

11) 일본 프로문학의 시대구분은 山田淸一郎는 프로문학의 前史로 명치초기에서 기술하고 있지만 본격적으로 프로문학의 발생을 『씨뿌리는 사람』에서 잡고 ① 프로문학운동의 성립(1921-1923), ② 관동진재 후의 제2 투쟁기(1924-1927), ③ 전선의 분열에서 통일(1927-1928), ④ 나프시대(1928-1929), ⑤ 나프시대(1930-1931), ⑥ 코프시대, 나프 해체(1931-1934)로 나누고 있으며, 飛鳥井雅道는 ① 『근대사상』에서 『씨뿌리는 사람』까지(1921-1924), ② 『문예전선』시대(1924-1927), ③ 『전기』를 중심으로 한 시기(1928-1933), ④ 프로문학의 붕괴와 전향(1933-1934)으로 나누고 있으며, 프로문학의 출발점에 대해서는 대부분이 『씨뿌리는 사람』(山田淸一郎, 平野謙, 小田切進 등)에서 찾고 있으며, 飛鳥井雅道는 『近代思想』(1912)에서 찾고 있다.

유민권운동에서 민중예술운동이 시작된다. 요시노사쿠죠(吉野作造),
후쿠타토쿠죠(福田德三), 카와카미하지메(河上肇) 등을 비롯한 자유주
의자들은 1886년부터 메이지(明治) 정부가 추진해 온 자본주의의
모순에 대항하여 광범한 민주주의 운동을 전개하고 있었다. 그런가
하면 러일전쟁과 제1차 세계대전을 거치면서 일본의 사회주의운동
은 급속히 확산되기에 이르렀다. 일본 사회에는 제1차 세계대전
(1914-1918)과 러시아혁명(1917)의 영향으로 민중의식이 싹트게 되
었으며 1918년의 쌀 소동[12]을 전후로 민중에 대한 관심이 급속도
로 고조되었다. 그런데 이미 1915년을 전후하여 「노동문학」이나
「민중예술론」에서 볼 수 있는 것처럼 기성작가 가운데 사회주의에
의 경사를 볼 수 있으며, 그 구체적 논의는 혼마히사오(本間久雄)의
「민중예술의 의의 및 가치」(1916,『早稻田文學』)에서 확인할 수 있다.
그는 에런케이의 예술론과 로망롤랑의 연극론을 소개하면서 예술
은 특정한 사람을 위해서가 아니라 민중의 사랑을 받고, 민중에 의
한 문학이 되어야 한다고 주장한다. 이 후 민중예술에 대한 논의는
오오수키사카에(大杉榮), 카토카츠오(加藤一夫)에 의하여 재론된다. 오
오수키(大杉榮)는 혼마(本間)의 글이 지나치게 관념적이고 교양적 휴
양론에 근거하고 있다고 비판하면서 새로운 세계를 위한 문학(민중
문학)은 민중에게 유익하고, 민중에게 원기의 근원이 되어야 하며,
민중을 광명으로 이끄는 것[13]이어야 한다고 주장하여 민중예술의
중요성을 일깨워주고 있다. 그런가 하면 카토(加藤一夫)는 민중예술

---

12) 1918년 7월 도야마(富山)현 어민들이 쌀값 인상에 대한 소요가 전국으로 확
　　대되어 500여 곳에서 폭동이 일어났다. 그리고 이 소동은 9월에 후쿠오카
　　(福岡)현의 명치탄광의 폭동으로 발전되기도 했다.
13) 大杉榮, 「새로운 세계를 위한 새로운 예술」, 조진기(편역),『일본프롤레타리
　　아문학론』, 태학사, 1994, 27-8쪽 참조.

의 개념을 명확히 정의하지는 않고 있지만 민중예술은 '자기 본연의 실상에 대응하는 참된 개인과 생활을 창조하려는 욕구에서 비롯된 것이고, 새로운 술을 담는 새로운 술통'[14]이라고 규정하면서 새로운 시대에는 새로운 문학이 출현하는 것이 당연함을 강조하기에 이른다.

1919년을 전후로 하여 사회주의적 경향은 어느 정도 뚜렷한 모습을 보이게 되었다. 이를테면 민중예술론의 대표적 논객인 카토카츠오(加藤一夫)를 주필로 '민중시파'의 중심인물 후쿠타마사오(福田正夫), 모모타소우지(百田宗治) 등이 주축이 되어 잡지『노동문학』을 창간한 것이 1919년 3월이었다. 그리고 같은 해 오카와미메이(小川未明)를 중심으로 사회주의적 경향을 보인 <靑鳥會>의 기관지『黑煙』이 간행되었으며, 1920년에는 카타가미노부루(片上伸)의 논문「중간계급의 문학」이 발표되고, 나카노히데토(中野秀人)의 「제4계급의 문학」이 발표되어 이전까지 '민중'이란 용어가 '계급'이란 용어로 대치되어 사용되기에 이르렀는데, '민중'이란 용어를 '제4계급'[15]으로 지칭하면서 계급적인 의미로 사용하게 되었다. 그러나 이러한 계급적 의식이 보다 뚜렷하게 프로문학이론으로까지 발전하기 위해서는 시간이 필요했다. 이러한 움직임과 조응하여 점차 발전하여 온 사회주의적 제세력이 결집하여 같은 해 12월에 아라하타칸송(荒畑寒村), 카토카츠오(加藤), 오오수기사카에(大杉榮) 등이 발기인이 되어 <일본사회주의동맹>을 결성했다. 그리고 다음 해인 1921년 1

---

14) 加藤一夫,「민중예술의 출발점과 그 목표」, 위의 책, 38쪽.
15) 제4계급이란 용어는 프랑스 혁명 당시 국왕, 귀족(제1계급) 승려(제2계급)에 반항하여 일어선 부르조아 및 일반민중을 제3계급이라고 부르고 이후 제3계급에서 분리 성장한 노동자를 가리킨 것으로 다분히 신분적 관념을 지닌 것이었지만, 평민노동자에 비하여 보다 계급적인 것으로 생각했다.

월에는 앙리 바르뷔스의 '크라르테운동'의 영향을 받고 그 전해
(1920) 프랑스에서 귀국한 고마키오우미(小牧近江)가 그의 고향 아키
타(秋田)에서 소학교시대의 급우 가네코요붕(金子洋文), 이마노겐죠(今
野賢三) 등과 함께 제1차 동인잡지 『씨뿌리는 사람(種蒔く人)』을 창간
하였으며, 4월에 결사 금지 명령으로 3호로 휴간하였다. 그러나 10
월에 새롭게 체제를 정비하여 제1차 동인 이외에 사회주의동맹에
참가하고 있던 사사키타카마루(佐佐木孝丸), 무라마츠마사토시(村松正
俊), 화가인 야나세마사무(柳瀬正夢)가 동경에서 제2차 『씨뿌리는 사
람』을 창간하였으며 필진은 바르뷔스를 포함하여 29명의 국내외
문인이 참여했다. 그들은 창간호의 인사말에서 "일찍이 인간은 神
을 만들었다. 지금 인간은 신을 죽였다. 창조된 자의 운명을 알아
야 한다."로 시작하여 "우리는 생활을 위하여 혁명의 진리를 옹호
한다. 씨뿌리는 사람은 여기서 일어선다. ―세계의 동지와 함께!"16)
라는 강령과 함께 창간 선언에서 '우리는 무산계급을 위하여 싸워
주는 사람들을 위하여, 또 현재 싸우고 있는 사람을 위하여 세계혁
명의 선구자를 위해 나서야 하지 않겠는가?'17)고 지식인의 행동을
촉구하고 있으며, 미야지마수케오(宮島資夫)는 「노동문학의 주장」에
서 다음과 같이 부르조아의 탐욕을 규탄한다.

　　참으로 자각한 프롤레타리아의 눈에는 부르조아 자녀가 자랑스럽
　게 입고 있는 붉은 비단옷은 그들이 빼앗긴 핏덩어리이고, 굉장한
　저택은 자신의 닳아버린 뼈고, 화살같이 달리는 자동차는 빼앗긴 자
　기 생명의 그림자에 다름없다. 그들 피약탈계급에 있어서는 오늘날

---

16) 祖父江昭二, 「プロレタリア文學」 I, 岩波講座 『日本文學史』(제13권), 1957, 7
　　쪽 재인용.
17) 「사상가에게 호소함」, 『씨뿌리는 사람』, 창간호, 1921, 위의 책, 43쪽.

존재하는 부르조아문명에 의한 미라고 하는 것은 무릇 추함이고, 선
이라고 하는 것은 무릇 악이다 그들이 의욕을 갖고 있는 것은 그 추
함을 파괴하고 악을 파괴하여 새로운 미와 선을 건설하는 것이다.[18]

이러한 관념은 민중예술을 노동문학의 관념으로까지 전화시킴으
로써 프로문학이론을 준비했다.[19] 그리고 제2차 『씨뿌리는 사람』은
통일전선적, 전국적 운동조직으로 나타나게 되었으니, 이로써 일본
프로문학은 비로소 계급적 성격을 지닌 운동으로서 의미를 지니게
된다.

한편 『씨뿌리는 사람』의 간행은 사회주의적 잡지 간행을 촉진하
는 계기가 되었으니, 같은 해 10월에는 '우리의 긴박한 제1의 목적
은 과거의 예술적 우상을 파괴하는데 있다'고 선언한 동인잡지 『壞
人』이 간행되고, 부르조아작가 가운데 아리시마다케오(有島武郎)는
1922년 『개조』에 「선언 I」을 통하여 노동운동에서 지식인의 역할을
문제시하게 되는데 그는 노동자의 생활 향상을 위해 이제 지식인
은 더 이상 공헌할 여지가 없다고 지식인의 자기 부정적 발언을
하게 되는데 그에 의하면 새로운 문학은 '학자, 사상가의 손을 떠
나서 노동자의 손으로 옮겨질 것'[20]임을 선언하기에 이른다. 그런
가 하면 1922년 4월에는 사회주의 문예잡지를 표방한 『熱風』, 11월
에는 프로문학 전문의 상업잡지 『新興文學』, 1923년 1월에는 아나
키즘계 시인들에 의하여 시전문지 『赤と黑』이 간행되었다. 그리고
카타카미노부루(片上伸)는 「계급예술의 문제」라는 장문의 글을 통하
여 아리시마(有島)의 견해를 비판하면서 '프롤레타리아문학은 기존

18) 宮島資夫, 「노동문학의 주장」, 1921.11. 위의 책, 48쪽.
19) 山田淸一郞, 『プロレタリア文學史』(상), 理論社, 1954, 257쪽
20) 有島武郎, 「선언 I」, 앞의 책, 53쪽.

문학의 발생 조건을 부정하고, 타파하여 별종의 환경 속에서 태어
날 것'[21]이라고 주장하면서 프롤레타리아문학은 이전 예술의 반항
과 그것으로부터의 갱생이라는 새로운 예술이 될 것임을 확신하고
있다.

한편, 『씨뿌리는 사람』의 창간 이후 히라바야시하츠노수케(平林初
之輔)와 아오노수에케치(靑野季吉)가 동인으로 참여함으로써 프로문학
에 대한 이론적 접근이 활발히 이루어지게 되었다. 히라바야시(平
林)는 '계급대립이라고 하는 사실이 필연적으로 문학의 계급적 대
립을 가져오는 것'이라는 주장 위에 '계급을 초월한 문학이란 존재
할 수 없다'고 주장한다. 그는 「문예운동과 노동운동」을 통하여
'문학운동은 계급투쟁의 국부전이며 계급전선의 일부면의 투쟁'이
라고 인식하고 이것은 문학운동으로서만 가능한 것이 아니고 '階級
戰의 주력인 부르조아와 프롤레타리아의 결전에 의해서만 해결될
수 있는 것'[22]이라고 주장하면서 문학을 투쟁의 한 수단으로 강조
하게 된다.

히라바야시(平林) 보다 1년 뒤에 『씨뿌리는 사람』에 참가한 아오
노(靑野)는 문학운동의 존재 이유에 대하여 보다 적극적인 태도를
보여주고 있다. 그는 '무산계급의 예술운동은 계급전쟁'[23]이라고
주장하는가 하면 「解放戰과 예술운동」에서는 계급해방과 문학운동
의 관계를 다음과 같이 설명하고 있다.

'계급투쟁의 실제 전장은, 대별하면 경제투쟁과 사상투쟁이란 두
개로 나눌 수 있다. 경제투쟁은 주로 조합운동으로 結晶되고, 사상투

---

21) 片上伸, 「계급예술의 문제」, 앞의 책, 68쪽.
22) 平林初之輔, 「문예운동과 노동운동」, 위의 책, 84쪽.
23) 靑野季吉, 「계급투쟁과 예술운동」, 위의 책, 84쪽.

쟁은 주로 사회주의운동으로 결정된다. 따라서 무산계급의 정치운동
은 일종의 사상투쟁으로 보아도 잘못이 없으며, 이에 대응하여 무산
계급의 예술운동은 무산계급의 사상투쟁의 일 분야로 나타나게 되
고, 거기에서 비로소 계급투쟁에 있어서 전선상의 의의를 지니게 되
는 것은 말할 것도 없다'[24]

　이러한 아오노(靑野)의 주장에서 '토대'와 '상부구조'라고 하는
카테고리에 기초한 주장의 배경에는 무산계급 운동은 사회주의 운
동과 노동조합 운동이라고 생각하고 소수자의 운동에서 대중 속으
로 방향전환을 하지 않으면 안 된다고 주장하게 되는데 이러한 주
장의 이면에는 야마카와히토시(山川均)의 「무산계급운동의 방향전
환」(1922)의 영향[25]이 크게 작용하고 있다고 할 수 있다. 그리고 이
러한 주장은 아오노(靑野)의 「목적의식론」의 원형이 되었다.

　이렇게 프로문학이 모습을 갖추고 체제를 정비하여 가던 중에
1923년 9월 關東大震災가 발생, 이에 편승하여 탄압이 강화되면서
프로문학 분야에도 오오수키(大衫榮), 이토우노에(伊藤野枝) 등이 직
접 희생자가 되었으며, 『씨뿌리는 사람』, 『신흥문학』을 비롯한 유
력한 잡지가 폐간을 당하게 되었다. 『씨뿌리는 사람』은 이마노겐죠
(今野賢三)의 노력으로 震災 직후인 10월에 겨우 4페이지 짜리 종간
호로 <帝都震災號外>를 발간하여 휴간을 알리면서 조선인 학살에
대한 엄중한 항의의 뜻을 표명하였다. 이어서 다음 해 『씨뿌리는
사람』의 별책으로 『種蒔き雜記』를 발행하여 르포를 통해 어려운 시
대적 상황과 대결하게 되었다.

---

24) 靑野季吉, 「解放戰と藝術運動」, 『朝日新聞』, 1923.12. 8.
25) 祖父江昭二, 앞의 논문, 11쪽.

2. 계급문학의 성립과 『문예전선』

관동대진재는 프로문학뿐만 아니라 문학 자체에 대하여 새로운 관점을 요구하는 계기가 되었다. 그 대표적 예가 아리시마타케오 (有島武郎)로 그는 「선언 I」을 발표한 이후 자신의 북해도 농장을 가난한 농민에게 무상으로 개방하고 다음 해인 1923년 6월에 자살함으로써 문단의 위기의식이 고조되기에 이른다. 이러한 문학의 위기의식은 사소설이나 심경소설을 부정하게 되고, 나카무라무라오 (中村武羅夫)에 의하여 본격소설(本格小說と心境小說と)이 제창되었으며, 히로츠가수오(廣津和郎)는 산문예술의 위치에 대하여 새로운 관점을 마련하기 위하여 『文藝時代』를 창간하여 소위 '신감각파'를 탄생시킨다. 이러한 시대적 상황에서 『씨뿌리는 사람』의 동인들이 1924년 4월에 다시 모여 '①우리는 무산계급해방운동에 있어 예술상의 공동전선에 선다. ②무산계급해방운동에 있어 각 개인의 사상 및 행동은 자유로 한다'26)는 강령을 채택하고, 같은 해 6월에 문예전선사를 결성하고 기관지 『문예전선』을 창간하게 되었다. 『문예전선』의 지향은 새로운 프로문학자의 등장을 촉진하는 한편 『문예전선』 동인을 비롯한 프로문학자의 결집으로 <일본프롤레타리아문예연맹>을 결성하는 것이었다. 그런데 이 연맹에는 『문예전선』 동인 이외에 아나키스트 계열의 오카와미메이(小川未明), 카토우가츠오(加藤一夫), 니이이타루(新居格), 에쿠치기요시(江口渙) 등이 참여한 최초의 반부르조아문학단체로 발족하게 되었다. 그리고 이미 그 해 1월 『문예전선』에는 <무산계급문학연맹국제사무국>에서 보낸 「만

---

26) 「文藝戰線社同人及綱領規約」, 『日本プロレタリア文學大系』. 제2권, 三一書房, 1969, 193쪽.

국의 혁명적 프롤레타리아 저작가에게 격려함」이라는 글이 번역되어 실려 있는데, 거기에는 '개별적으로 분산하여 활동하고 있는 무산계급 작가의 강고한 국내적 조합의 필요성'이 역설되고 있다. 이러한 밖으로의 자극을 받아 1925년 12월 6일, '①우리는 여명기에 있어서 무산계급 투쟁 문화의 수립을 기한다. ②우리는 단결과 상조의 위력으로 넓은 文化戰野에 있어 지배계급 문화 및 지지자와 투쟁한다'27)는 강령을 내걸고 <일본프롤레타리아문예연맹>을 창립하게 되었다. 이처럼 『문예전선』을 중심으로 조직을 정비하고 투쟁전선을 통일하면서 새로운 작가의 발굴과 함께 어느 만큼 작품적 성과도 올리기 시작했다. 이를테면 하야마요시키(葉山嘉樹)의 「시멘트통 속의 편지」, 「준설선」이, 츠보이시게지(壺井繁治)의 「머리속의 병사」, 구로시마덴지(黑島傳治)의 「銅貨二錢」이 발표되었다. 그리고 신진평론가로 동경대학내의 <사회문예연구회>의 하야시후사오(林房雄)가 참가하였다. 그러나 문학이론 분야에서 이 시기를 대표한 인물은 나카노시게하루(中野重治)였다. 그는 기존 문학이 인상에 의존하는 문학이라고 규정하고 새로운 문학은 사회 상황에 대한 면밀한 조사를 바탕으로 이루어져야 할 것을 강조한 「調べた藝術(조사된 예술)」을 발표하고 이어서 1925년 「문예비평의 一發展型」을 발표한다.

그런가 하면 <프로연>의 본부위원인 야마노우치후사키치(山內房吉)는 「문예운동의 중심점」이란 논문에서 '문학운동은 문화운동의 일 분야'라고 전제하고 '우리의 문학운동의 중심점은 첫째로 지배계급 관념 체계와의 투쟁에 있고, 지배계급의 문학적 공세에 대한 투쟁이야말로 문학운동의 중심점'28)이라고 주장하고 지금은 마

---

27) 「일본프롤레타리아문예연맹규정초안」, 앞의 책, 93쪽.

르크스 유물론적 인식의 기초공사 시대라고 규정한다. 이렇게 하여
『문예전선』은 점차 계급의식을 강화하게 되는데 그 출발점이 바로
나카노(中野)의 「자연생장과 목적의식」과 「자연생장과 목적의식 재
론」(1927)이었으며, 이것이 계기가 되어 제1차 방향전환론29)이 중요
한 과제로 대두하게 된다.

3. 분리·결합론과 나프의 결성

앞에서 살펴 본 『문예전선』의 창간은 어떤 의미에서 그 이전에
발족한 <일본프롤레타리아문예연맹>이 본질적으로 안고 있는 모
순을 극복하기 위한 방편이기도 했다. <일본프롤레타리아문예맹>
이 본질적으로 지니고 있는 모순이란 다름 아닌 이념적 무통일과
오합지졸에 의한 의견의 혼란이었다. 그들은 처음부터 마르크스주
의에 입각한 일련의 사람과 아나키즘을 신뢰하고 있던 아나키스트,
그리고 농민자치주의자까지 포함된 집단이었다. 그런데 관동대진
재로 아나키스트의 중심인물이었던 오수키(大杉榮)의 죽음은 아나
키스트에게 강한 충격을 주었고, 마르크스주의자에 의한 공격이 시
작되었다. 그리하여 1925년 『문예전선』의 동인을 중심으로 <일본
프롤레타리아문예연맹>은 <일본프롤레타리아예술연맹>으로 개편
되기에 이르렀으며, 1926년에는 동경대 정치학과를 졸업하고 2년간
구미유학을 하고 돌아 온 후쿠모토카츠오(福本和夫)는 「사회의 구
성 및 변혁의 과정(1926)을 발표하면서 소위 '후쿠모토이즘(福本主

---

28) 山內房吉, 「文藝運動中心點」, 『日本プロレタリア文學大系』, 제2권, 213-4쪽
　　참조.
29) <목적의식과 방향전환론>에 대해서는 제II장을 참조할 것.

義)'30)을 주창하게 되고 그 결과 아나키스트와 농민자치주의자를 비롯한 농민문학가를 연맹에서 추방하게 되었으며, 젊은 작가들에 의하여 문학운동에도 후쿠모토이즘이 기계적으로 작용하게 되었다. 이러한 분위기에 편승하여 가지와다루(鹿地亘)는 「소위 사회주의문예를 극복하라」는 글을 발표하게 되는데 거기에서 그는 사회주의 문학은 '정치적 폭로에 의해서 조직되어 가는 대중에의 진군 나팔'이며 '전위의 역할이란 사회주의적 정치투쟁의 지도자'31)임을 강조한다. 그리하여 1927년 6월에는 나카노시게하루(中野重治), 가지와다루(鹿地亘) 등은 후쿠모토이즘에 입각하여 <일본프롤레타리아예술연맹>에서 『문예전선』의 동인인 아오노(靑野秀吉), 하야시후사오(林房雄), 하야마요시키(葉山嘉樹) 구로시마덴지(黑島傳治), 구라하라고레히토(藏原惟人) 등을 제명시키게 되는데, 제명된 그들은 곧바로 야마카와히토시(山川均)를 중심으로 <노농예술가연맹>을 조직하여 프로문학계는 크게 양분되었다. 그러면서도 아이러니칼하게도 <일본프롤레타리아예술연맹>의 기관지로 발행되었던 『문예전선』의 편집을 담당하고 있던 사람들이 제명된 사람들이었기 때문에 『문예전선』은 <노농예술가연맹>의 기관지 구실을 하게 되었으며, 잔류파인 <일본프롤레타리아예술연맹>은 새로이 기관지 『프롤레타

---

30) '후쿠모토이즘(福本主義)'란 1926년 福本에 의하여 제창된 좌익운동의 방법으로 '분리→결합'을 주장하는 이론이다. 이 이론의 기본적 특징은 노동자 계급이 정치투쟁으로 나아가기 위해서는 먼저 '이론투쟁을 통하여 이질적인 분자는 분리시키고, 순수, 정통적인 분자만을 결합시켜야 한다는 것이다. 이러한 주장은 당시 분열을 거듭하던 일본 프로문학계에 상당한 힘을 얻었으나, 이는 당, 또는 정치투쟁을 소수의 지식인 집단으로 국한시킴으로써 대중조직으로부터 고립되는 결과를 초래했다. 그리고 이 이론은 1927년 테제에서 그 오류가 지적되고 예술대중화론으로 발전하면서 기회주의, 섹트주의로 비판을 받게 되었다.

31) 鹿地亘, 「소위 사회주의문학을 극복하라」, 앞의 책, 117-8쪽 참조.

리아예술』을 발간하게 되었다.

이렇게 양분된 조직은 1927년 국제코민테른에서 <일본문제에
대한 테제>를 통하여 후쿠모토(福本和夫)는 극좌적 분열주의자로,
야마카와(山川均)는 대중추수적 분열주의자로 비판을 받게 되었다.
이렇게 당대 일본 사회주의 양대 계열의 대표자가 비판을 받게 되
자 구라하라(藏原)를 중심으로 하야시(林房雄), 야마타세이쟈부로(山
田淸一郞) 등이 야마카와(山川均)의 노선에 반대하여 <노농예술가
연맹>에서 탈퇴하여 <전위예술가동맹>을 결성하고, 새로이 기관
지 『前衛』를 창간하기에 이른다. 그리하여 1927년에는 일본프롤레
타리아문학계에는 <일본프롤레타리아예술연맹>(기관지 『프롤레타
리아예술』), <노농예술가연맹>(기관지 『문예전선』), <전위예술가
동맹>(기관지 『전위』)이 三者 鼎立時代를 맞이하게 된다. 그러나 이
미 코민테른은 '일본문제에 대한 테제'를 통하여 분열된 조직을 통
합할 것을 종용하고 있었기 때문에 1928년 3월 13일에 구라하라(藏
原)의 주도에 의하여 <일본프롤레타리아예술연맹과>과 <노농예
술가연맹>, <전위예술가동맹>이 결합하여 <전일본좌익문예가총
연합>을 결성하면서 다음과 같은 선언서를 발표한다.

　　무산계급 발전 과정에 있어서 현재의 상황은 문예의 분야에도 자
　본주의적 문예 내지 이데올로기에 대한 공동적 통술과 항쟁을 필요
　로 하기에 이르렀다. 종래 우리 나라에 있어서 무산파 문예운동은
　개개 분립의 상태에서 심지어 그 항쟁력을 희박하게 함으로써 우리
　는 여기에 반자본주의문학의 작성과 함께 조직적 발표 및 반자본주
　의문학 위에 가해지는 일체의 장애, 압박에 대하여 투쟁을 개시하기
　위하여 결성했다. 지금 세계적으로 자본주의적 공세는 공동으로, 의
　식적으로 전면에 걸쳐 우리 프롤레타리아트를 압박하고, 우리는 국
　내에서 총연합을 조직하여 그들과 싸우지 않을 수 없고, 다시 국제

적으로 러시아 기타 각국 무산문예진과의 연락을 기도하는 것이다.
이것이 일본좌익문예가총연합을 결성하는 이유다. 1928년 3월 13
일.32)

이처럼 일본 프롤레타리아문학 단체는 숱한 이합집산을 거쳐
1928년에도 비로소 하나의 통일된 조직인 <전일본무산자예술연맹
>인 NAPF로 통합 결성되고 통합된 기관지『戰旗』를 창간함으로써
NAPF시대를 열어가게 되었다.

Ⅲ. 한국 프로문학의 성립

1. 민중문학론의 대두

1919년 3·1운동의 실패는 민족운동에 극단적인 두 개의 현상으
로 나타나게 되었는데, 그 하나는 민족운동에 대한 좌절감에 빠져
허무주의로 빠져들게 되고, 다른 하나는 새로운 민족의식을 고양시
키는 계기로 작용하게 되었다. 그런데 1920년에 접어들면서 새로운
민족의식의 고양은 경향 각지의 신진 지식인에 의한 <청년회운동
>으로 나타나게 되었으며, 이 운동을 계기로 사회주의운동이 형성
되기 시작하였다. 그리하여 <서울청년회>는 1923년 '조선청년당대
회'를 개최하여 사회주의적 색채를 분명히 하였으며33), 이후 노동

---

32) 「日本左翼文藝家總連合」宣言文,『日本プロレタリア文學大系』, 제2권, 292-
3쪽.
33) 이 대회의 결의내용으로 근본적으로는 사유재산을 철폐하고, 당면한 실업자
구제를 위해 중추원을 폐지하고 그 자금으로 구제기관을 설립하고, 생산물

조합, 농민조합이 조직되어 사회주의에 대한 관심이 확산되게 되었다. 이러한 시대적 흐름과 함께 신문, 잡지가 간행되었으며, 특히 사회주의적 색채가 농후한『개벽』과『신생활』34)의 간행은 사회주의운동을 촉진하는 촉매제의 역할을 수행했다. 여기에 발맞춰 문학에서도 새로운 운동이 일어나게 되었으니 그것이 민중문학 및 사회주의문학이었다.

한국에 있어서 프로문학의 前史로서 민중문학에 대한 관심은 일본에 유학하고 있던 학생에 의하여 이루어졌기 때문에 일본과 거의 같은 시기에 논의되고 있음을 볼 수 있다. 그 최초의 인물은 申湜이었다. 그는 1921년「吾人의 생활과 예술」에서 예술이란 생활과 시대정신의 반영이라고 전제하고 오늘의 예술은 특권계급의 전유물이 될 수 없으며 일반민중 모두에게 예술을 해방시킴으로서 '예술의 민중화'35)를 꾀해야 한다고 주장한다. 그는 우리의 과거문학(조선시대문학)은 '閑人俗士'의 소일거리였지만 정조시대에 이르러 '평민적, 혁명적 예술이 蔚興'하였으나 다시 암흑의 시대로 빠지게 되었다고 주장한다.36) 그러면서 최근의 문예는 '문학의 평민화', '데모크라시적 경향'을 보여주기에 이르렀다고 주장하여 소박한 대로 민중문학의 중요성을 지적해 주고 있다. 그런데 이 글은 작자의 附記37)대로 당시 일본문단에서 논의되던 민중문학을 소개하는 수

의 동일분배, 동양척식회사 이민 반대를 결의했다. 金森襄作,『1920年代朝鮮の社會主義運動史』, 未來社, 1985, 36쪽 참조.

34)『신생활』은 1922년 1월에 창간되어 그 해 11월에는 적화 사상을 선전한다는 이유로 발매금지 처분을 받게 된다.

35) 신 식,「吾人의 생활과 예술」,『개벽』, 통권18호, 1921.12. 43쪽.

36) 신식은 정조시대를 우리 문학사의 한 획을 긋는 시기로 규정하고 그 이유를 이 시기의 문학을 '自家的 文藝'로 신생의 싹이며 독창의 꽃이라 하여 중시하고 있는 점은 특기할만하다. 신식, 위의 글, 45쪽 참조.

준을 벗어나지 못하고 있을 뿐만 아니라 민중문학에 대한 구체적
이해에는 이르지 못하고 있다.

이 시기 이광수 역시 京西學人이란 필명으로 「예술과 인생」을 발
표하고 있는데 그는 로망 롤랑과 크로포트킨(Kropotkin)의 말을 인
용하여 '노동의 예술화'를 주장하고 있는데, 이러한 주장에는 물론
일본의 오오츠키(大衫榮)와 카토우카츠오(加藤一夫)의 민중문학론에
대한 영향이라는 일면을 간과할 수 없지만, 이광수는 그들의 주장
을 빌려 식민지하 민족을 계몽하려는 성격이 강한 것도 사실이다.
그리하여 그는 장래 조선문학이 나아가야 할 길을 다음과 같이 제
시하고 있다.

> 이 예술(생을 위한 예술)은 양반적, 신사적이어서는 못씁니다. 자본
> 주의적이어서도 못쓰고, 도회적이어서도 못씁니다. 그것은 우리 민
> 중 전체의 향락할만한 성질의 것이라야 합니다. 진정한 민중예술은
> 천하 모든 민중이 요구하는 것이겠지마는 특히 조선 민중이 요구하
> 는 것이외다. '무식하고, 빈궁한 조선 민중'의 골고루 향락할 예술이
> 야말로 오늘날 조선이 갈망하는 예술이외다.[38]

위의 예문에서 이광수가 '민중문학'이란 용어를 최초로 쓰고, 민
중문학의 필요성을 역설하고 있지만 그의 주장은 소위 부르조아문
학에 대립되는 문학으로서 민중문학을 문제로 하고 있는 것이 아
니며, '민중'을 계급적 관점에서 파악하고 있는 것도 아니다. 그가
사용하고 있는 민중이란 '민족'의 다른 이름에 지나지 않으며, 민

---

37) 신식은 부기에서 이 글은 일본 학자의 글을 바탕으로 소개한 것임을 밝히면
   서 자신도 이 글의 주장과 뜻을 같이 하고 있다고 적고 있다. 신식, 위의
   글, 49쪽 참조.
38) 京西學人, 「예술과 인생」, 『개벽』, 통권19호, 1922.1. 18쪽.

중문학의 필요성 역시 당대 조선 민족의 현실에 바탕을 두고 '무식하고 빈궁한 조선 민중'에게 새로운 계몽사상을 전달하려는 계몽가적 의도가 중심을 이룬다. 그런가 하면 김명식은 「러시아의 산 문학」[39]에서 러시아의 문학이야말로 살아있는 문학이라고 규정하고 그 근거를 민중에 바탕을 두고 있기 때문이라고 지적하고 조선의 문사도 러시아문학을 배워 민중의 친구가 되어야 한다고 강조한다. 그리고 1922년 7월 김억에 의하여 로망 롤랑의 「민중예술론」이 『개벽』에 4회(제26호부터 제29호)에 걸쳐 번역, 소개되면서 민중문학은 보다 구체적 성격을 띠게 된다.

이상과 같이 1922년에 나타난 '민중'에 대한 관심은 이전까지의 문학과는 달리 새로이 작가의 관심을 '민중' 또는 '민중문학'으로 유도하는 계기가 되었다. 그러다가 1923년이 되면서 민중은 보다 구체적으로 계급적 개념으로 바뀌어지면서 '프롤레타리아' 혹은 '프롤레타리아문학'이라는 용어가 등장하게 된다.

1923년 박종화는 「문단의 1년을 추억하며」에서 우리가 앞으로 가져야 할 예술은 '力의 예술'이어야 한다고 주장하면서 문단의 새로운 움직임으로 프롤레타리아 문학운동을 다음과 같이 소개하고 있다.

> 1년 동안을 회상할 때에 또 한가지 기억하야 둘 현상이 있다. 비록 문단의 표면으로 논쟁된 일은 없으나 소리 없이 잠잠한 듯한 그 밑바닥에는 조선문단에도 또한 뿔조아예술 대 프로레타리아예술의 대치될 핵자가 배태되었다. 예술 대 자본의 계급투쟁운동은 사회적 그 뿐에 그치지 않고 예술의 가치론과 현상론에도 파급되어 각국문단의 一渦卷을 일으키게 되었다. 지금 일본문단으로 말하면 뿔예술

---

39) 김명식, 「로서아의 산 문학」, 『신생활』, 제3호, 1922.4. 참조

대 푸로예술의 격렬한 투쟁중이다. 이러한 추세는 우리 문단을 권외
로 할 리 만무하다. 멀지 않은 앞날에 표면으로 나타날 현상의 하나
이다.40)

이러한 박종화의 예언은 적중하여 1923년이 되면서 프로문학에
대한 관심은 집단적 움직임으로 나타나게 되고 우리 프로문학운동
사의 대표적 인물인 김기진과 박영희가 등장하게 된다. 한국 프로
문학운동에서 최초의 조직적 움직임은 <염군사>의 조직에서 비롯
되었다. 1922년 이적효, 김홍파, 김두수, 최승일, 심대섭, 김영팔, 송
영 등이 주축이 되어 '해방문화의 연구와 운동을 목적'으로 조직되
었으나 이렇다 할 활동은 하지 못하였으며, 1923년에는 <파스큐라,
PASKYULA>가 박영희, 김기진, 김복진, 안석영, 이익상, 김형원, 연
학년 등에 의하여 조직되어 계급문학에 대한 연구를 시도하였으나,
'현상에 대한 불만을 가진 잡다한 종족의 모임'41)이었기 때문에 이
역시 이렇다 할 활동은 하지 못하고 해체되고 말았다.

2. 팔봉·회월과 프로문학의 주장

팔봉 김기진은 주지하는 바와 같이 한국 프로문학운동사에서 그
첫걸음을 내딛은 인물이다. 그가 프로문학에 관심을 갖게 된 것은
일본 유학시절 러시아문학에 관심을 갖고 있던 그에게 일본의 사
회주의자이자 사회주의 잡지 『해방』(1919년 창간)의 창간자이며 편
집장이었던 아소히사시(麻生久)와 교우하면서 비롯되었다. 아소(麻生)

---

40) 박월탄, 「문단의 1년을 추억하야」, 『개벽』, 1923.1.(통권31호), 5쪽.
41) 김복진, 「파스큐라」, ≪조선일보≫, 1926.7.1. (임규찬편, 『카프비평자료총서』
   II. 태학사) 487쪽.

는 김기진에게 '조선에 사회주의를 씨뿌리는 사람'42)이 되기를 종
용했다. 그리하여 그는 당시 일본 문단에 새롭게 일어나는 프로문
학에 대한 열기와 함께 잡지 『씨뿌리는 사람』에 매혹되어 프로문
학운동에 투신하기로 결심하게 되었다고 술회한 바 있다. 특히 『씨
뿌리는 사람』의 영향은 지대한 것으로 그의 초기 프로문학의 주장
은 전적으로 여기에 의존하고 있다고 하여도 과언은 아니다. 그는
『씨뿌리는 사람』에 소개된 '크라르테운동'에 크게 자극을 받아 민
중문학의 필요성을 인식하는 한편으로 한국에 민중문학을 전파하
기 위하여 노력하게 된다. 그 결과 그는 박영희의 소개로 이름을
알게 된 박종화에게 월탄이 제창한 '역의 예술'을 적극 찬동하면서
다음과 같은 편지를 쓰고 있다.

　　월탄형, 死에 대한 불복— 즉 운명에 대한 항의, 현실에 대한 반
　역, 여기에서 우리의 문학이 산출치 않으면 안되겠습니다. 형의 도피
　적 영탄조의 시가 일 전기를 획하여 현실의 강경한 熱歌가 되기를,
　형이 『개벽』에서 「力의 藝術」이라고 부르짖은 것이 형의 시가 위에
　나타나기를 ……(중략)…… 지금 우리의 책임이 얼마나 무거운지 알
　수 없습니다. 민중의 인도자, 허위에 대한 전쟁, 제1선에 선 戰卒의
　두 어깨가 무거운 것이외다.43)

　그런가 하면 자신과 함께 일본에 있다가 1922년에 귀국한 박영

---

42) 아소는 김기진에게 "김군은 조선의 거울이 되시오. 그렇게 되려면 고국에
　　돌아가서 씨를 뿌리시오. 김군이 자기 생전에 그 씨의 수확을 못할지라도
　　좋다는 결심으로 해야 하오. 투르게네프의 『처녀지』와 같이 조선이라는 '처
　　녀지'에 사회변혁의 씨를 뿌리고 개척할 때란 말이오."라고 권했다고 한다.
　　김기진, 「麻生씨와의 어느 날」, 『문학사상』, 1972.12. 371쪽.
43) 박월탄, 「백조시대의 그들」, 김윤식, 『한국근대문예비평사연구』, 27쪽 재인
　　용.

희에게 '예술을 위한 예술'로부터 '인생을 위한 예술'로, 거기에서
다시 '현실을 개혁하는 혁명사상'에로 함께 전진하기를 권유[44]하는
편지를 보내기도 한다. 그리하여 그는 박영희와 함께 초창기 한국
프로문학의 맹장으로 자리하게 된다. 그러나 김기진이 이해하고 있
었던 프로문학은 아직 이론적 체계를 갖추고 있었던 것이 아니라
막연히 민중을 위한 새로운 문학으로서 계급문학을 주장하는 정도
에 머물고 있었다.

그가 최초로 발표한 「프로므나드 상티망탈」은 앙리 바르뷔스의
영향 아래 새로운 문학은 유물사관 위에 서 있으며, 최대 다수를
교화하는 '크라르테'운동이어야 할 것을 주장하는 격정적인 감상문
이다. 이처럼 감격적 어조의 논설에 이어 그는 「클라르테운동의 세
계화」를 발표하고 그 연장선 위에 「바르뷔스 대 로망로랭간의 쟁
론」, 「또다시 클라르테에 대하여」를 발표하게 되는데 그의 주장의
핵심은 '프롤레트 컬트의 문학'의 필요성을 강조하는데 있다. 그
결과 그는 이 점을 강조하여 다시 「지배계급 교화, 피지배계급 교
화」라는 글을 통하여 보다 구체적으로 해명하고 있다.

그에 의하면 현대는 소위 부르조아 문화를 청산하고 그들을 교
화하는 한편 프롤레트 컬트를 통하여 전 인류를 해방시키는 것을
목적으로 해야 한다[45]고 주장하면서 프롤레타리아문학의 성격을
다음과 같이 규정하고 있다.

> 부르조아문학에 대항해서 일어난 오늘의 프롤레타리아문학은 프
> 롤레타리아의 미학 위에 서 있는 동시에 그 문학은 프롤레타리아의

---

44) 김팔봉, 「카프시대」, 『한국문단이면사』, 깊은 샘, 1983, 123쪽.
45) 김기진, 「지배계급 교화, 피지배계급 교화」, 『개벽』, 1924.1. (임규찬편, 『카
   프비평자료총서』 II) 273쪽.

문학으로서의 이유로 존재해 있는 것이다. 혁명 후에 있을 본연의
문학과 혁명 전에 있을 본연한 요구의 문학은 그 문학 자체로서 제1
의적 가치로서 존재할 것이요, 혁명 전에 있을 문학은 혁명을 위한
제2의적 가치로서 존재할 이유를 갖는다.46)

　여기에 오면 김기진의 주장은 민중문학의 단계를 넘어 사회변혁
을 목적으로 하는 프로문학론에 닿아 있음을 확인할 수 있다. 그리
고 이후에도 몇 편의 글47)을 발표하지만 프로문학에 대한 뚜렷한
이론을 제시하는 데는 이르지 못하고 있다. 그는 프로문학을 부르
문학과 대비하여 부르문학은 사회악을 긍정하는데 반하여 프로문
학은 사회악을 부정하고, 부르문학이 기교적, 말초신경적, 유희적임
에 반하여 프로문학은 정열적, 본질적, 전투적48)이라고 규정하고
있는데 이는 프로문학의 본질적 문제와는 상당한 거리에 있음을
확인할 수 있다. 이처럼 김기진의 프로문학에 대한 이해는 체계적
이고 이론적인 것이 아니라 관념적인 것이었다. 이 점은 이 후 박
영희와의 논쟁에서 보다 여실히 나타나게 된다.
　『백조』의 동인이자 낭만주의 시인으로 출발한 박영희는 김기진
으로부터 수차에 걸친 설득에 의하여 낭만주의에서 '신이상주의'를
거쳐 프로문학으로 변신을 꾀하면서 시에서 비평, 소설로 전환하게
된다. 그는 1924년 「자연주의에서 신이상주의로 기울어지는 조선문
단의 최근 경향」이란 글을 통하여 우리 문단은 일본문단의 영향을
직접적으로 받고 있다는 것을 전제하고, 순진한 낭만주의에서 자연

---

46) 김기진, 위의 글, 278쪽.
47) 김기진, 「금일의 문학, 명일의 문학」, 『개벽』, 1924. 2.
　　＿＿＿, 「너희의 양심에 고발한다」, 『개벽』, 1924. 8.
　　＿＿＿, 「붕괴의 원리, 건설의 원리」, 『개벽』 1925. 1.
48) 팔봉, 「피투성이된 프로혼의 표백」, 『개벽』, 1925.2. (임규찬편－Ⅱ), 381쪽.

주의에, 자연주의에서 신이상주의에 기울어질 것[49]이라고 진단하고 있다. 그런데 여기에서 그가 지적하고 있는 '신이상주의'란 조선 현실이 보여주는 환멸에서 벗어나 건전하고 참된 생활을 창출하는 것[50]이라 할 때, 그것은 계급적 관점이나 유물론적 태도와는 일정한 거리를 두고 있다고 할 수 있다. 그런데 계급문학의 시비를 따지는 자리에서 비로소 문학의 공리적 가치를 중시하고 무산자의 문학은 반항의 문학이며, 혁명의 문학이며, 자유의 문학으로 규정하면서 계급에 따라 프롤레타리아문학이 성립할 수 있고, 무산계급의 혁명적 사상에 바탕을 둔 문학이 프로문학[51]이라고 규정함으로써 프로문학의 성격을 어느 정도 확립하게 된다.

한편 박영희는 '신경향파'라는 새로운 용어를 사용함으로써 우리 문학사에서 프로문학의 전단계로서 '신경향파'를 설정하게 하였는데, 이는 엄격하게 말하여 프로문학의 전단계로 규정할 수 있는 것이 아니다. 이 글을 쓴 회월 자신도 신경향파란 개념을 '부르조아 문학의 전통과 전형에서 벗어 나와서 새로운 경향을 보여주었다는 것'을 의미하는 말로 사용하고 있으며, 작가부기에서도 '신경향파란 말은 각각 작품에 나타난 색채를 종합적으로 대표한 말이며 소위 말하는 소극적 당파가 아닌 것을 말하여 둔다'[52]고 하여 글자 그대로 새로운 경향을 의미할 뿐이다. 이 점은 러시아나 일본의 경우에도 프로문학의 전단계로 '경향파문학'을 설정하고 있지 않으며

---

49) 박영희, 「자연주의에서 신이상주의로 기울어지는 조선문단의 최근 경향」, 『개벽』, 1924. 2. (임규찬편, II), 282쪽.

50) 박영희, 위의 글, 282–3쪽.

51) 박영희, 「문학상 공리적 가치 여하」, 『개벽』, 1925.2. (임규찬편–II), 388쪽.

52) 박영희, 「신경향파문학과 그 문단적 지위」, 『개벽』, 1925.12. (임규찬편–II), 408쪽.

굳이 이름 붙인다면 '자연발생적 프로문학'이라는 용어가 타당할
것이다. 이후 1926년에 접어들면서 박영희는 트로츠키(Trotsky), 루
나찰스키(Lunacharsky)의 이론을 수용53)하여 본격적으로 프로문학의
이론적 접근이 이루어지고 있음을 확인할 수 있다. 그는 프롤레타
리아는 자기 계급의 해방을 위하여 투쟁하여야 하고, 프로문학 역
시 프롤레타리아트의 계급적 해방을 위한 혁명문학이어야 할 것을
강조하게 된다. 그러면서 프로문학의 전기와 후기로 나누고 전·후
기 프로문학의 성격을 다음과 같이 구별하고 있다.

> 프로문학은 편의상 2대 구분으로서 하나를 프로문학의 전기라 하
> 고 하나를 프로문학의 후기라고 하자. 즉 전자는 무산계급이 자본
> 주의 사회제도에서 그 통치를 받으면서 프롤레타리아의 운동을 시작
> 하는 것이며, 하나는 부르조아 사회제도에서 벗어나서 완전한 프롤
> 레타리아 사회의 문화창조를 시작하는 것이니 전자의 예술은 고통!
> 오뇌의 해방적 예술이며 도전적 예술(문학의 선동적 가치 창조)이며
> 또한 파괴적 예술이며, 후자는 신흥한 계급의 새로운 문화의 창조적
> 의식에서의 예술이니 하나는 xx(혁명) 준비적 예술이며 하나는 토대
> 적 건설이다.54)

여기에서 박영희는 자본주의 사회에서 프로문학은 혁명문학적
성격을 지닐 수밖에 없음을 강조하고 루나찰스키의 주장을 근거로
프로문학의 선동적 가치를 강조하게 되는데 여기에 이르면 회월의
주장은 프로문학의 본질적 문제에 접근하고 있음을 확인하게 된다.
이처럼 처음에는 김기진의 권유에 따라 프로문학에 관심을 보였던

---

53) 박영희, 「신흥예술의 이론적 근거를 논하여 염상섭군의 무지를 박함」, 『조
   선일보』, 1926.2.3-19. (임규찬편-II), 437-463쪽 참조.
54) 박영희, 위의 글, 448-9쪽.

그가 만1년이 지나 우리 프로문단의 대표적 이론가로 발돋움하게
되었다.

한편 이보다 앞서 1925년 8월 「조선프롤레타리아예술동맹」(KAPF)
의 결성으로 본격적 프로문학운동이 전개되기 시작한다. 그리고
1926년 12월 『조선지광』에 김기진의 「문예월평 – 산문적 월평」에서
회월의 소설 「徹夜」와 「지옥순례」를 비판하면서 프로문학의 본질
적 문제인 가치문제를 둘러싼 논쟁이 벌어지게 되었으며, 1927년에
는 목적의식을 위한 방향전환이 논의되는 등 프로문학 내부에서
치열한 자체 내 이론 투쟁을 통하여 프로문학론을 확립하게 되었
다.

제2장
목적의식과 방향전환론

I. 서 론

프롤레타리아 문학을 연구함에 있어서 무엇보다 중요한 것은 프
로문학을 문학으로 이해하고 가치를 평가할 것인가, 아니면 문학으
로서보다는 정치적 이념을 선전, 선동하는 '문학운동'으로 볼 것인
가 하는 것이다. 이 문제가 명확히 규정되지 않고서는 프로문학에
대한 논의는 무의미하거나 혼란만 가중시킬 뿐이다. 따라서 프로문
학 내부에서 치러진 첫 번째 이론 투쟁도 바로 이 점에서 출발하
고 있음도 우연이 아니다.

1920년대 프로문학의 전개 과정을 검토하면 최초의 내부적 논
쟁인 김기진과 박영희 사이에 벌어진 문학의 비평방법과 가치
문제를 둘러싼 논쟁[1]이 바로 방향전환론의 출발점이 된다. 물론
이들 논쟁이 방향전환론에 대하여 직접 논의한 것은 아니지만,

박영희의 주장은 바로 방향전환을 전제로 하고 있는 것이다. 그리하여 그는 김기진과의 논쟁이 진행되는 도중에 본격적으로 방향전환의 필요성을 거론하고 「방향전환론」을 발표하기에 이른다.

방향전환론은 프로문학에 있어서 가장 핵심적 요소인 자연생장적 프로문학과 목적의식에 바탕을 둔 '프로문학운동'의 구별, 정치적 프로그램과 예술적 프로그램이라는 프로문학론의 핵심적 문제가 여기에서 비롯되고 있기 때문에 프로문학을 논의하는 경우에는 이 문제를 검토하는 일이 무엇보다 중요하다. 그런데 방향전환론은 크게 두 차례에 걸쳐 나타나게 되었으니, 제1차 방향전환론은 1927년 박영희를 중심으로 목적의식론에 근거한 프로문학의 제작을 주창한 것이고, 제2차 방향전환론은 이북만, 임화 등에 의한 프로문학의 볼셰비키화가 그것이다. 그러나 이러한 방향전환론은 자체 내의 많은 이견으로 논쟁의 형태를 취하게 되었을 뿐만 아니라 특히 아나키스트와의 논쟁은 방향전환론이 문학논쟁이 아니라, 정치투쟁의 성격을 지니고 있음을 잘 보여주고 있다. 그리하여 여기에서는 이런 문제들을 일본의 경우와 관련하여 검토해 보고자 한다.

---

1) 이 논쟁은 일반적으로 '내용과 형식 논쟁'이라고 불려지지만 그것은 내용과 형식문제에서 벗어나 프로문학의 본질적인 문제인 비평의 방법과 가치문제를 어디에 둘 것인가 하는 문제였다. 따라서 지금까지 '내용과 형식논쟁'은 '가치논쟁'으로 규정해야 할 것이다. 이 문제에 관한 논의는 「비평방법과 가치 문제」를 참조할 것.

Ⅱ. 자연생장과 목적의식

프로문학론에 있어서 '목적의식'은 어떤 의미에서 가장 기본적이면서도 핵심적인 문제라 할 수 있을 것이다. 왜냐하면 '목적의식'의 유무는 프로문학과 부르조아문학을 구별할 수 있는 요인일 뿐만 아니라 프로문학이라 하더라도 자연발생적 문학에서 프롤레타리아 해방운동이라는 '문학운동'으로 방향전환을 가능케 하는 최초의 이론적 근거가 되기 때문이다. 일본에서 프로문학에 있어서 방향전환을 최초로 제기한 사람은 소위 후쿠모토이즘(福本主義)[2]을 주창한 후쿠모토가츠오(福本和夫)였다. 일반적으로 후쿠모토이즘은 일종의 분열주의, 극좌주의로 인식되어 왔지만 일본에 있어서 마르크스주의에 대한 새로운 이해를 가능케 해 주었던 것이다[3]. 그는 1925년 10월호의 『마르크스主義』에 「방향전환은 어떠한 과정을 취

2) 후쿠모토주의(福本主義)란 「분리결합론」으로 마르크스주의자가 스스로를 강하게 결정(結晶)시키기 위해서는 먼저 일체의 비마르크스주의적 요소와 결정적으로 분리한 후에 다시 결합해야 한다는 주장이다.

3) 福本主義에 대하여 구리하라(栗原幸夫)는 다섯 가지로 나누어 그 의의를 말하고 있다. ① 마르크스주의를 처음으로 전체성이라고 하는 성격으로 파악하여 일본의 마르크스주의를 새로운 단계로 끌어 올렸다. ② 후쿠모토이즘이 제기한 것은 이론과 실천의 통일이라고 하는 문제이고, 인식 대상과 인식 주체와의 실천을 매개로 하는 상호의존성의 주장이다. ③ 인테리겐챠에게 제4계급에 대한 죄악감을 변화시키는 결정적 계기를 마련해 주었다. ④ 사회주의운동을 단순히 자본가 대 노동자라고 하는 입장을 뛰어넘어 일체의 억압에 대한 일체의 인민의 반항의 문제라는 입장을 확립해 주었다. ⑤ 전무산 계급적 정치투쟁을 하나의 전체성에 있어서 운동으로 파악하여 경제투쟁과 정치투쟁의 분열, 이데올로기 투쟁과 정치투쟁의 분열 등등으로 표현되어지는 분업적 운동관을 극복하는 길을 마련했다. 栗原幸夫, 『プロレタリア文學とその時代』, 平凡社, 1971, 38-40쪽 참조.

할까, 우리는 지금 그것의 어떠한 과정을 과정하고 있는가, - 무산자 결합에 관한 마르크스적 원리」라는 논문을 발표했다. 여기에서 그는 일본의 사회주의 운동의 역사가 경제운동에서 정치운동으로 '방향전환'의 과정에 있다고 지적하고 '결합하기 전에 먼저 깨끗이 분리하지 않으면 안 된다'[4]고 주장하면서 정신적 투쟁에 머물 것이 아니라 정치적, 전술적 투쟁으로까지 전개하지 않으면 안 된다고 주장했다. 그런가 하면 그는 1926년 7월에 역시 『마르크스主義』에 「당면의 임무」라는 논문에서 정치적 폭로의 필요성을 다음과 같이 역설하기도 한다.

> 노동자 계급의 정치의식 —(조합주의적 정치의식)— 이 진실로 전무산 계급의식으로까지, 현실적으로 발전, 전화(轉化)하기 위한 절대적 조건은 전제, 억압, 폭력의 모든 남용, 모든 발현에 대하여 저항해야 하고, 또한 마르크스주의의 견지에서 저항하여 그들의 습관화되는데 이르러야 하는 것이다.[5]

이러한 후쿠모토의 주장은 아오노수에키치(青野季吉)의 「목적의식론」(1926년 『문예전선』)으로 연결된다. 그의 「목적의식론」은 레닌의 「무엇을 해야만 하는가」의 영향으로 쓰여진 것으로 그에 의하면 진정한 프로문학이 되기 위해서는 방향전환이 필요하다는 것이다. 그는 프로문학을 논의함에 있어서 무엇보다도 먼저 프롤레타리아 문학의 발생과 프롤레타리아 문학운동의 발생은 동시에 일어나는 것이 아니며, 이 구별을 확실히 하지 않으면 안 된다[6]고 전제하

---

4) 栗原幸夫, 위의 책, 35쪽.
5) 栗原幸夫, 위의 책, 37쪽.
6) 青野季吉, 「목적의식론」, (조진기편역, 『일본프롤레타리아문학론』, 태학사, 1994) 101쪽. (이하 일본의 자료 인용은 이 책을 사용함.)

고 일본에 있어서 프롤레타리아 생활을 취급한 것은 자연주의 시대에도 있었으며, 이후 프롤레타리아 계급의 성장과 함께 새로이 나타난 것이 프롤레타리아 문학이지만, 이것은 자연스럽게 생장한 것이라고 본다. 그러므로 이러한 자연생장으로서 프롤레타리아의 생활을 그리는 것은 프롤레타리아 문학이라고 할 수는 있어도 문학운동은 아니라는 것이다. 그것이 운동이 되기 위해서는 목적의식이 없어서는 안 된다고 주장하면서 목적의식을 다음과 같이 설명하고 있다.

> 목적의식이란 무엇인가?
> 프롤레타리아의 생활을 그리고, 프롤레타리아가 표현을 요구하는 것, 그것만으로는 개인적인 만족이고, 프롤레타리아 계급의 투쟁 목적을 자각한 완전한 계급적인 행위는 아니다. 프롤레타리아 계급의 투쟁 목적을 자각할 때 비로소 그것은 계급을 위한 예술이 된다. 즉, 계급적 의식에 의해 인도되기 시작할 때, 그것은 계급을 위한 예술이 된다. 그리하여 거기에 비로소 프롤레타리아 문학운동이 일어나고 일어났던 것이다.
> 프롤레타리아 문학운동은 그러한 곳에 목적이 있기 때문에 자연발생적인 프롤레타리아 문학에 대하여 목적의식을 심어주는 운동이며, 그것에 의해 프롤레타리아 계급의 전계급적 운동에 참가하는 운동이다.[7]

여기에서 목적의식이란 프롤레타리아 문학운동을 위한 출발점임을 분명히 하고 있다. 이러한 아오노(靑野)의 주장은 곧바로 일본의 프로문단은 말할 것도 없고, 우리의 프로 문단에도 수용되어 박영희가 김기진과의 프로문학의 가치문제를 둘러 싼 논쟁을 하는 도

---

7) 靑野季吉, 위의 글, 102-103쪽.

중에 이 문제를 제기하여 본격적으로 논의하기에 이른다.

박영희의 「문예운동의 방향전환」(1927년)은 자연생장기의 프로문
학에서 목적의식론으로 방향전환이 필요성을 최초로 주장한 글로
중요한 의의를 지닌다. 그는 방향전환의 필요성을 현실이 변천하기
때문이라고 주장하고 이를 다음과 같이 설명하고 있다.

> 현실은 그 자체의 모순으로부터 지양된 새로운 현실을 출산시키니 다
> 시 말하면 xx …xx …의 현실로부터 긍정 … 성장 … 의 현실이 그것이
> 다. 다시 말하면 사회적 현실에 있어서 자본주의 사회의 생산관계는 무
> 산계급을 산출시켜서 이 산출된 계급이 성장하면 할수록 무산계급의 성
> 장의 현실 xxxxxxxx이며 또한 무산계급이 성장하면 할수록 자본주의
> 사회는 xxxx과정을 지나갈 것이다. 이럼으로서 우리의 문예운동의 사회
> 적 현실이라는 말은 늘 성장하는 현실성을 가져야 될 것이다.[8]

이러한 주장은 그대로 아오노(靑野)의 주장과 일치하는 것으로
무산계급이 성장함에 따라 단순히 프로계급의 실상을 그리는 것만
으로 만족할 수 없고, 그것을 운동으로까지 끌고 가지 않으면 안
된다는 것이다. 그렇게 하기 위하여서 방향전환은 필요하고, 방향
전환은 바로 목적의식에 이르게 하는 것임을 다음과 같이 피력하
고 있다.

> 방향전환기에 있는 조선사회의 현실성을 문예운동으로 하여금 어
> 떻게 방향전환을 하게 할 것인가? 그것은 물론 계급의 자연생장적
> 현실로부터 목적의식에 이르게 하는 것이니 문예운동에 있어서 현실
> 을 인식하는 방법이 또한 그러하다. 이러한 의미에서 소위 신경향

---

8) 박영희, 「문예운동의 방향 전환」(조선지광 제66호, 1927년 4월.) 임규찬편,
   『카프비평자료총서』 III, 태학사, 127쪽. (이하 국내자료는 이 책을 사용하고
   <임규찬편, III>으로 표기함)

파 문학이나 경제투쟁의 문학은 자연생장적이라고 하는 이름 밑에
들어갈 수 있는 것이니, 하루하루 임금을 다투는 노동자나 차별과
xx에서 필연적으로 생기는 개인적 xx만으로는 무산계급의 계급적
의식을 얻기 어렵다. 이에 있어서는 목적의식적으로 나가야 한다.9)

여기에서 박영희는 분명히 신경향파 문학이나 경제투쟁의 문학
은 자연생장적 문학이라고 규정하고 있는데, 이와는 달리 목적의식
에 의한 방향전환을 한 새로운 문학은 무엇을 추구해야 하는 것일
까? 다시 말하여 '무산계급의 계급적 의식'이란 무엇을 의미하는
것일까? 그것은 다름 아닌 '정치투쟁'을 의미하는 것이다. 그런데
그는 '정치투쟁은 대중이 하는 것이지 문학이 하는 것은 아니다.
다만 문학은 xxxxxxxxxx 부르조아지의 모든 의식형태와 투쟁하며
폭로하는 것이니 정치운동의 補次的 임무를 하게 되는 것'10)이라
고 규정하고 있다. 따라서 프로문학은 대중으로 하여금 정치투쟁을
할 수 있도록 부르조아지의 의식 형태와 투쟁하고 폭로하는 것을
목적으로 한다고 할 수 있다. 이러한 박영희의 주장은 바로 아오노
(靑野)의 주장과 일치하고 있다. 아오노(靑野)는 정치투쟁과 정치적
폭로를 거의 동의어로 사용하고 있는 바 '프롤레타리아의 정치적
투쟁, 정치적 폭로란 부르조아지의 일체의 의식 형태에 대한 투쟁,
그 정체의 폭로를 의미하는 것'11)임을 밝히고 있다. 따라서 프로문
학에 있어서 방향전환은 자연 생장적인 프로문학에서 프롤레타리
아트로 하여금 부르조아지의 의식형태와 투쟁하고 폭로하는 목적
의식의 문학, 즉 정치투쟁으로 전환함을 의미하는 것이다. 그러나

---

9) 박영희: 위의 글, 129쪽.
10) 박영희, 위의 글, 129쪽.
11) 靑野季吉, 「자연생장과 목적의식 재론」, 107쪽.

박영희가 주장하고 있는 방향전환은 일부의 주장처럼 조직 문제에 관심을 보인 것[12]이라 할 수 있는 것은 아니지만, 그것은 분명 문학의 독자적 영역에서 벗어나 정치적 프로그램으로 운동 방향을 설정할 수 있는 이론적 근거를 마련한 것이라 할 수 있다. 따라서 방향전환이란 목적의식에 바탕을 둔 문학운동으로서 그 의미를 지니게 되는 것이다.

Ⅲ. 방향전환론의 전개 과정

1. 방향전환론의 전개

박영희에 의하여 제기된 목적의식에 바탕한 방향전환론은 자연생장성의 프로문학을 의식적인 운동으로 전환케 하였음은 물론, 이와 관련된 프로문학의 제문제, 이를테면 프로문학의 비평방법과 가치, 형식과 내용의 문제, 대중화 문제 등을 보다 본격적으로 논의할 수 있는 계기를 마련해 준다. 따라서 여기에서 박영희의 문제 제기 이후 방향전환론의 전개 양상을 살펴보기로 한다.

박영희의 문제 제기 이후 방향전환론은 임화에 의하여 보다 구체화되기에 이른다. 임화는 후쿠모토이즘(福本主義)의 영향으로 방향전환을 위해서는 그 이전에 비마르크스주의자들과의 분리를 주장한다. 그는 '분화작용은 어떠한 조직체의 양적에서 질적으로의 진화를 의미하는 현상'이며, '사적 필연의 진화현상'[13]으로 규정하

---

12) 임규찬,『일본 프로문학과 한국문학』, 연구사, 1987. 58쪽.

고 프로문학의 방향전환을 위해 분화가 필요함을 주장하고 있는
것이다.

> 각종각양으로 생장하는 반항의식은 결국 우리의 운동이 제2기의
> 투쟁을 전제로 한 때에는 반드시 우리의 투쟁방법과 그에 대한 각
> 부분의 이론을 更히 과학적이고 유물론적인 명확한 계급의식의 분석
> 정리를 절대로 필요로 하는 것이다.
> 따라서 이 진영 자체의 방향전환에 際하여 과거의 유기적 연장성
> 이 풍부한 분위기 속에서 산출된 범 비사회주의적 각 당파적 예술운
> 동과는 단연히 그 관계를 단절시킬 것이며 따라서 공동전선 그것도
> 자연적으로 붕괴를 未免할 것이다.14)

그에 의하면 목적의식을 통한 방향전환은 프로문학운동의 이론
화, 단순화를 위하여 필요한 과정이며 새로운 방향전환을 통하여
이론투쟁에서 한 걸음 나아가 정치투쟁으로 전환하여야 한다는 것
이다. 따라서 과거의 비실제적인 자연생장기의 상태에 머물 수 없
음을 강조하게 된다.15) 이처럼 임화 역시 방향전환의 필요성을 강
조하고 있다는 점에서는 박영희의 그것과 다를 바 없다. 그러나 그
는 일본의 경우를 예로 들면서 진정한 방향전환을 위해서는 '운동
선상의 정리로부터 결산'16)에 이르지 않으면 안 된다고 하여 '분
리 후 결합'을 강조하고 분리의 일차적 대상으로 농민문학의 개체
적 이론과 아나키즘의 반동적 이론으로부터 분리가 필요하다는 것
이다. 그러나 일본의 경우와는 달리 한국의 경우에는 농민문학에

---

13) 임화, 「분화와 전개―목적의식 문예론의 서론적 도입」, (조선일보, 1927년
    5.16～5.21.) <임규찬 III>, 146쪽.
14) 임화, 위의 글, 150쪽.
15) 임화, 위의 글, 151쪽 참조.
16) 임화, 위의 글, 151쪽.

대한 개체적 이론도 대두하지 않았고, 이렇다 할 아나키즘 문학론
도 없던 상황에서 일본 프로문학계의 움직임을 맹목적으로 추수한
사실을 지적할 수 있다. 그는 일본문단의 현상 가운데 반동경향이
가장 강한 것은 아나키즘이라고 지적하고 반동과 분화에 대한 대
부분의 토의가 아나를 상대로 하여 행하여지기 때문에 우리도 방
향전환을 하기 이전에 철저한 분리가 필요하다는 것을 역설하고
있다. (아나키스트와의 논쟁에 대하여는 장을 달리하여 후술할 것
임.)

　박영희가 다시 「문예운동의 목적의식론」을 발표하여 자연생장적
문예에서 목적의식적 문예에로 진출해야 할 필요성을 주장함으로
써 이후 프로문학에서는 소위 「목적의식론」에 대한 논의가 활발히
전개되고 '프로문예'에서 '프로문예운동'으로 방향전환을 기도하
게 되고 '지도이론'을 확립하기 위한 자체 내의 이론투쟁이 전개
되기에 이른다. 그는 방향전환의 필요성을 '무산계급운동의 방향전
환은, 이 전개된 xxxx의 그 특수한 各環을 전력으로써 파악할 필요
를 가진 까닭이다. 그러므로 무산계급운동의 각부분은 이 전선적
xx(투쟁)에 진출해야 하게 되었다'17)고 지적하고, 프로문예운동의
진출 방향을 '부분적 xx(투쟁)에서 전체적 xx(투쟁)에, 경제적 투쟁
에서 xxxx(정치투쟁) ……전선적……에 진출하게 되며, 하지 않으면
아니 되게 되었다.18)'고 주장하기에 이른다. 그러면서도 그는 방향
전환에 있어서 문예의 한계가 있음을 인식하고 있다. 그는 문예운
동과 무산계급운동은 동일한 것이 아니며, 문예는 문예의 특수성으

---

17) 박영희, 「문예운동의 목적의식론」, 『조선지광』 제69호, 1927. 7월, <임규찬
　　 III>, 160쪽.
18) 박영희, 위의 글, 159쪽.

로 말미암아 무산계급운동과 동일시하는 것은 배격되어야 하며 이
를 위하여 이론 투쟁이 필요함을 다음과 같이 강조하고 있다.

　　방향전환기에 있는 문예의 이론확립 —이론투쟁—은 문예 자체를
　전체에서 독자적으로 분열하려는 것이 결코 아니라 오히려 조합주의
　적 문예관의 이론에서 실로 전선적 진출을 위한 이론의 확립이니 문
　예운동의 방향전환은 —목적의식적 의식의 전취는—이 이론 투쟁 없
　이 진출할 수 없는 까닭이다. 그러므로 문예운동의 목적의식적 진출
　은 이론 투쟁 없이 가능키 어려운 것이다.19)

　이러한 태도는 앞에서 논의한 임화의 분리주의를 바탕으로 목적
의식으로 전환, 즉 정치투쟁을 위한 이론 투쟁을 강조한 것으로 볼
수 있다. 이러한 주장은 「문예평론」이란 글에서 이보다 앞서 벌였
던 김기진과의 비평기준을 둘러싼 논쟁과 관련하여 방향전환기의
비평가의 태도를 다시 한 번 명확히 해주는 것이기도 하다. 그는
비평의 표준이 상이하므로 비평이 혼란에 빠져있다고 진단하고 그
원인을 부르조아 비평가는 작품을 평할 때 먼저 ‘어떻게 묘사하였
나’ 하는 것이며 그 작품은 비평가 자신에게 ‘얼마나 아름답게 보
였던가?’ 하는 것이었으며, 프로비평가의 경우에는 한 개의 작품이
그 사회적 가치를 가졌다 하면 그것은 ‘주인공의 의식과 작품 전
체의 이상(理想)은 얼마나 새로이 성장하는 사회의식을 나타냈으며
민중의 사회생활에 대한 xxx을 얼마나 움직였나’ 하는 예술의 사회
적 가치를 말하는 것이 방향전환하기 이전까지 평자의 표준이었다
고 규정하고 방향전환기의 비평가가 지녀야 할 태도를 다음과 같
이 제시하고 있다.

---

19) 박영희, 위의 글, 166쪽.

> 방향전환된 문예비평가는 작품을 해부하는 技師가 되어서는 아니
> 된다. 다만 작품이 가져야 하고 진출해야할 과정을 전체에 통일될
> 지도이론을 확립해서 그 이론 밑에서 문예운동의 진출을 촉진케 할
> 것이다.20)

　지도이론의 확립이란 다름 아닌 정치 투쟁을 위한 목적의식의
강화를 뜻하는 것이다. 이러한 주장은 장준석의 다음과 같은 주장
과도 일치하고 있다. 장준석은 3·1운동 이후 당국이 압박이 심하
게 되어 새로운 방향전환의 시대에 처하게 되었음을 주장하고 관
념상의 현실에서 현실화의 실행으로 나아가야 함을 강조하면서
'우리의 입장으로선 종래의 문예운동의 이론을 유물변증법적으로
비판, 극복해야 하고, 종래의 문예운동의 이론을 깨끗이 청산하며
진실히 그 운동으로써 전무산계급적 정치투쟁주의을 진행하여야
한다.'21)는 것이다.
　이러한 주장에 이어 김기진 역시 방향전환의 의의와 성격을 작
품과 관련하여 밝혀주고 있다. 그는 구체적으로 조명희의 작품「낙
동강」을 제2기 문학, 즉 방향전환된 작품으로 규정하고 이를 다음
과 같이 평가하고 있다.

> 제2기란 무엇이냐? 질적 전환이란 무엇이냐?
> 　종래의 빈궁소설의 문학에서 새로운 목적의식으로의 발전이다. 종
> 래의 '행방불명의 소설'에서 문학의 '행방선명'으로의 비약이다. …
> (중략)… 조선무산계급운동과 완전히 통일을 작성하는 문예운동의

---

20) 박영희,「문예평론」,『조선지광』, 제71호, 1927.9. <임규찬(편) III>, 252쪽.
21) 장준석,「방향전환기에 입각한 문예가의 직능」,『開拓』제4호, 1927년 7월.
　　<임규찬(편) III>, 225쪽.

지도적 이론의 확립이다. 이것들을 제외하는 제2기=질적 전환이란
상상도 허할 수 없는 것이다.[22]

김기진 역시 여기에서 지도적 이론의 확립을 강조하면서 포석의
「낙동강」을 제2기문학으로 규정하고 그 이유를 1)당대 사회의 변화
를 간접적으로 이해시키면서, 여기에서 참패되는 인생의 전자태를
그리되 xxxxxxx한 자태를 그림으로 절망의 인생이 아니라 열망에
빛나는 인생의 여명을 보여주고 있다는 점, 2)작가의 목적이 다수
독자의 감정의 조직에 있고, 이를 성공적으로 성취하고 있다는 점
을 들어 '제2기에 先鞭을 던진 우리들의 작가'[23]라고 규정했다.

지금까지 살펴 본 바와 같이 박영희를 비롯한 김기진의 방향전
환론은 어떤 의미에서는 정치투쟁과 문학운동을 완전히 하나로 통
합하려고 한 것은 아니었다. 박영희는 문학의 특수성을 무시하고
문예의 효용만을 고양해서 무산계급운동과 동일시하고 과장한다면
그것은 문학주의와 민족주의를 사상하게 된다는 것을 지적한 바
있다. 이 점과 관련하여 김윤식은 '회월이 목적의식을 논하면서 현
실성을 끝까지 염두에 두어 문학주의와 조선주의를 포회한 사실은
고평되어야 할 것'[24]이라고 높이 평가하였으나 이것은 초기의 주
장으로 끝나고 역시 문학의 정치투쟁을 강조하고 있음을 간과할
수 없다. 이에 비하여 김기진은 역시 문학의 형상화에 계속 관심을
보였던 것이다.

그러나 이들의 방향전환론에 대하여 소위 <제3전선파>로 알려

---

22) 김기진, 「時感 二篇」,『조선지광』 제70호, 1927.8. <임규찬(편), III>, 256－
    257쪽.
23) 김기진, 위의 글, 259쪽.
24) 김윤식,『한국근대 문예비평사연구』, 한일문고, 1973, 77쪽.

진 조중곤, 이북만, 한설야 등 소장파들은 반론을 제기했다. 그들은 방향전환이란 어디까지나 정치투쟁으로 나아가야 할 것을 강조하여 볼셰비키화를 주장하기에 이른다.

먼저 조중곤은 조명희의 『낙동강』에 대한 김기진의 비평에 대한 반론으로 제2기 문학에 대한 개념과 성격을 밝혀주고 있다. 그는 제2기의 개념을 '현실을 아무렇게 해석하든지, 아무렇게 표현하든지 그것이 문제가 아니라 어떻게 xx(변혁)할까 하는 것이 문제'라고 전제하고, '제2기적 근본의식이란 무엇인가? 그것은 물론 방향전환에 입각한 xxxx(맑스주의)적 목적의식을 말하는 것이며, 아울러 조선의 제2기란 민족xx(운동)으로의 xxxx(맑스주의적) 목적의식을 운위하는 것이다. 문예운동의 제2기도 이 투쟁이 규범하는 목적의식적 문예운동을 지적하는 말'25)이라고 규정하고 나서 제2기 문학의 표준을 다음과 같이 제시하고 있다.

  1) 현단계의 정확한 인식,
  2) 맑스주의적 목적의식,
  3) 작품 행동,
  4) xxxx(정치투쟁)적 사실을 내용으로 할 것,
  5) 표현.26)

조중곤의 지적은 방향전환이란 단순히 제재나 표현의 문제가 아니라 현실을 변혁할 수 있는 정치투쟁을 목적으로 하는 것일 때만 제2기 문학으로 규정할 수 있다는 것이다. 따라서 김기진에 의하여

---

25) 조중곤, 「낙동강과 제2기 작품」, 『조선지광』 제72호, 1927년 10월, <임규찬 (편) III>, 328쪽.
26) 조중곤, 위의 글, 328쪽.

제2기 문학 작품의 선편이라고 높이 평가된 조명희의 「낙동강」은 진정한 의미에서 사회 변혁을 꾀하지 못하고 있기 때문에 제2기 작품이 될 수 없다는 것이다. 그렇다고 하여 조중곤이 지적하고 있는 제2기 문학의 표준 역시 구체적이지 못하고 추상화되어 앞서 박영희의 논리에서 크게 진전된 것이라 할 수 없다. 그러나 1928년 그는 「예술운동 당면의 제문제」에서 이전의 방향전환론이 '질적 방향전환론'이 되지 못하고 있다고 지적하고 질적 전환을 위하여 후쿠모토이즘(福本主義)을 강조하기에 이른다.

> 우리는 어느 때까지나 이런 혼돈 가운데서 개인 대 개인, 프로문단 대 부르문단 (아나키즘문단까지)과만 싸워서는 안 된다. 우리도 문예운동을 중간관절로서의 역할을 다해야 할 것이오, 그것을 하려며는 집단형태를 밟아 가지고 엄정한 볼셰비즘적 단결을 요하는 것이다. 그러한 단결에는 자기 청산이 필요를 느끼게 된다. 늘 쓰는 말이지만 '단결하기 전에 완전히 분열할 필요가 있는' 까닭이다.[27]

이처럼 조중곤의 주장은 이미 박영희나 김기진의 주장과는 달리 볼셰비키적 방향전환론이며, 그 이론적 바탕은 후쿠모토주의에 두고 있음을 알 수 있다.

윤기정 역시 「무산문예가의 창작적 태도」라는 글에서 프로문학에 있어서 목적의식에 대하여 좀더 구체적으로 논의하고 있다. 그는 먼저 '목적의식기에 도달하였다는 말은 조합주의적 경제투쟁에서 전무산계급적 정치투쟁으로 방향전환을 하였다는 의미로 국부적 투쟁이 全線的 鬪爭으로 진출한 것을 의미하며, 현단계란 말은 방향전환기를 지나선 대중적 정치투쟁을 목표로 하고 투쟁하여 나

---

27) 조중곤, 「예술운동 당면의 제문제」, 『중외일보』, 1928.3.30.

아가는 과정'28)이라고 하여 정치투쟁을 전대중에 의하여 전선적 투쟁으로 나아가는 것임을 분명히 했다. 그리고 목적의식기의 문학의 성격으로, ①현단계에 배치되지 않는 작품으로 정치적 사실을 내용으로한 작품일 것, ②프롤레타리아 생활 의지에 의한 작품일 것을 지적하고 이를 좀더 구체적으로 설명하여 현단계에 처하여 맑스주의적 방법론에 의하여 인식한다는 말은 당면의 정치적 투쟁목표를 향하고 작품 행동을 한다는 것을 의미하며, 무산계급의 생활 의지란 현존 사회를 근본적으로 부정하는 데만 있는 것이 아니라 한 걸음 더 나아가 전세계를 개조하고자 하는 데에 프롤레타리아적 생활 의지가 집중되어 있으며, 개조를 전제로 한 행동이 현존 사회에 있어서 프롤레타리아 생활 의지의 진정한 발로29)라고 규정하고 프롤레타리아 생활 의지에 의한 작품이란 변혁적 행동을 내용으로 한 데에 있다는 것이다. 그러므로 목적의식기의 창작적 태도로서 변혁적 행동이 필요하며 변혁적 의지를 완전히 파악하려면 진정한 마르크스주의자가 되어야 한다고 주장하면서 작가의 태도를 크게 두 가지로 나누어 다음과 같이 설명하고 있다.

1) 현시기의 창작가는 반드시 무엇을 쓸까가 가장 긴요한 문제이다. 무엇을 쓸까?를 위하여 어떻게 쓸까?를 염두에 두어야 한다. 다시 말하면 계급xx(투쟁)을 위한 변혁적 작품을 쓰는데 어떻게 출현할 것 같으면 근본의도를 잘 발휘할 수 있을까가 문제의 초점이 된다는 말이다.

2) 프로계급에게 예술품으로 보여주기 위하여 작품을 만드는 것이 아니라 예술행동을 위한 예술이어야 한다.30)

---

28) 윤기정, 「무산문예가의 창작적 태도-현단계에 처하여」, 조선일보, 1927년 10월 9-19일. <임규찬(편) III>, 332쪽.
29) 윤기정, 위의 글, 334-335쪽 참조.

위의 글에서 그는 현시기란 신문화를 건설하여 나가는 과정이
아니라 새로운 문화, 다시 말하여 프롤레타리아 문화를 건설하기
위하여 구문화를 파괴하는 과정을 과정하고 있다고 규정한다. 따라
서 이러한 과정에 있어서 순전히 프로계급에게 문학을 감상시키기
위하여 작품을 쓴다는 태도는 현단계를 인식치 못한 어리석은 짓
이라고 못박고 있다. 그런가 하면 '작품을 위한 작품을 쓰려고 하
지 않는 태도'와, '어떻게 쓸까를 중시하지 않고 어떠한 것을 쓸까'
하는 데에 전력을 다하는 태도를 가져야 한다고 강조하기도 한다.
그리하여 프로작가는 프롤레타리아에게 작품을 감상시키기 위하여
작품을 쓰지 말고 정치적 각성, 정치적 투쟁을 요소로 한 작품을
만들어야 한다[31]는 것이다. 이러한 주장은 이미 프로문학이란 문학
성을 문제시하지 않고 정치투쟁을 목적으로 하는 목적문학적 성격
을 분명히 한 것이다.

한편 박영희는 다시 「무산계급 예술운동의 정치적 역할」이라는
글에서 앞서 자신의 주장을 좀더 강화하여 예술로서의 문학을 거
부하고 운동으로서 문학, 즉 문예운동을 주장한다. 그는 <방향전
환=목적의식=정치투쟁=문예운동>을 동의이어적(同意異語的) 성격
을 지니는 것으로 보고 있다.

    무산계급의 정치투쟁을 심각하게 묘사하는 문예와, 무산계급의 정
    치운동의 일익이 되어서 이 자본계급의 제국주의적 정치폭로와 투쟁
    의식을 고양해서 무산계급의 항쟁을 고열케 하는 운동으로서의 문예
    가 우리가 말하는 문예운동이니 하나는 작품행동의 문예이고 하나는

---

30) 윤기정, 위의 글, 341쪽.
31) 윤기정, 위의 글, 345쪽.

투쟁 행동의 문예 즉 문예운동이다.[32]

여기에서 문예운동을 작품 행동의 문예와 투쟁 행동의 문예로 구분하고 있으나 궁극적으로는 문학이 사회 변혁을 위한 구체적인 행동으로 나타나야 함을 강조한 것으로 정치 투쟁을 제1의적인 것임을 강조하는 것이다. 그 결과 그는 '우리는 존재하는 것만을 목적한 작품 행동, 즉 <To Be>의 문학이 아니라 행동하게 되는 <To Do>의 문예를 발전시키지 않으면 아니 된다[33]'고 주장하는 것이다. 이러한 행동으로서의 문학운동은 기존의 문학적 형식을 거부하는 입장을 취하게 된다. 형식에 대한 무관심 내지 무용론은 그가 일찍이 김기진과의 논쟁에서도 보여 준 것으로 조금도 이상할 바가 아니지만, 문학의 형태를 문학적 효용에 따라 결정되는 것으로 보고 있다. 그는 문예운동과 형식을 말하는 자리에서 '우리의 문예는 형태로부터 효용이 결정되는 것은 아니라 효용으로부터 형태가 구성된다. 즉 필요로부터 이 필요에 적응한 형태가 필연적으로 구성될 것이다. 형태로부터 효용이라는 기성형태론의 고조는 부르조아 문예가의 형식론적 근거로부터 완전히 설명할 수 있다[34]'고 주장하면서 기존의 형태를 거부하고 있다. 그렇다고 하여 그가 주장하고 있는 바와 같이 효용에 의하여 나타나는 새로운 형태가 구체적으로 어떠한 것인지에 대해서는 별다른 방법을 제시하지 못하고 추상적 주장으로 끝나고 있다.

이처럼 박영희를 중심으로 전개된 방향전환론은 경향파문학 또

---

32) 박영희, 「무산계급 예술운동의 정치적 역할」, 『예술운동』 창간호, 1927. 11월. <임규찬(편) Ⅲ>, 352쪽.

33) 박영희, 위의 글, 353쪽.

34) 박영희, 위의 글, 354쪽.

는 자연 발생적 프로문학에 대하여 사회변혁을 목적으로 하는 새로운 방향으로 문예운동이 전환하여야 한다는 필요성을 강조하는 것으로 끝나고 그것이 문학의 특수성과 어떻게 변증법적 통일을 이룰 것인가에 대해서는 확고한 이론을 정립하지 못한 한계를 지닌다고 하지 않을 수 없다. 이러한 사실에서 젊은 소장파들은 박영희에 의하여 주도된 방향전환론에 대하여 강력하게 비판을 가하기 시작했다. 그 대표적인 인물이 이북만과 한설야였다.

이북만은 「예술운동의 방향전환은 과연 진정한 방향전환론이었는가」라는 글을 통하여 지금까지 논의된 방향전환론에 대하여 신랄한 비판을 가한다. 그는 방향전환이란 문제를 전체 변혁운동의 당면하고 있는 객관적 정세에 대한 분석에서 출발해야 할 것을 주장하고 있다. 그는 현상황이 자연 발생적 조합주의적 경제 투쟁만으로는 단말마적 폭위를 발휘하고 있는 제국주의에 대항할 수 없기 때문에 운동의 전선이 대중운동, 정치운동으로 확대, 전환되어야 한다고 주장하면서 1926년부터 27년에 걸쳐 일어난 방향전환론에 대하여 비판적인 태도를 보여주고 있는데, 특히 문학을 예술의 영역에서 일탈하여 정치투쟁만을 문제 삼아야 한다는 견해에 대하여 강한 반론을 제기하고 있다.

> 만일 예술을 처음부터 문제로 하지 않고, 초예술적이라 할 것 같으면 최초부터 예술이란 것이 문제가 되지 않았을 것이다. 우리가 말하는 것은 그런 것이 아니라 특수한 부문 내에 의한 다시 말하면 예술의 영역 내에 재한 일체의 폭압에 대한 정치적 투쟁이다. …(중략)… 예술을 예술의 영역 내에서 일체의 투쟁을 정치적으로 감행해야 한다는 말이다[35].

---

35) 이북만, 「예술운동의 방향전환은 과연 진정한 방향전환론이였는가?」, 『예술

  이러한 주장은 언뜻 보면 문학의 독자성 내지는 예술성을 인정
하는 태도로 보일지 모르지만 사실은 프로문학이 강조하는 정치투
쟁을 예술의 영역으로 끌어들이려는 방안으로 제출된 것이다. 이러
한 점은 일본의 경우 히라바야시하츠노스케(平林初之輔)의 「정치적
가치와 예술적 가치」에서 프롤레타리아 문학은 예술의 입장이 아
니고 정치의 입장에서, 문학론으로부터 출발하는 것이 아니고 정치
론으로부터 출발하기 때문에 진정한 의미에서 예술론이라 명명할
수 없는 것36)이라 했을 때, 나카노 시게하루(中野重治)나 구라하라
고레히토(藏原惟人)가 정치적 가치와 예술적 가치를 '사회적 가치'
나 '계급의 필요'라는 이름으로 통합하려 했던 것과 일맥 상통한
다37)고 하지 않을 수 없다. 이러한 사실은 그가 예술운동의 방향전
환이란 1) 대중적일 것, 2) 戰線을 全線的으로 확대할 것, 3) 의식투
쟁으로 나아갈 것38)을 주장하여 문학의 예술성을 문제시하지 않고
있을 뿐만 아니라 예술운동의 대중적 조직의 필요성을 강조하고
있는 데서 분명히 드러나고 있다. 그런가 하면 대중적 조직은 방향
전환한 조선 프롤레타리아 예술동맹이 그것이라고 주장하여 프로
문학이 정치투쟁을 위한 수단으로 조직의 문제를 작품의 창작보다
중요한 요소로 간주하고 있는 데서 보다 명확히 확인할 수 있다.

  우리 예술운동의 대중적 조직은 노동조합, 농민조합, 청년동맹 등

운동』 창간호, 1927. 11월. <임규찬(편) Ⅲ>, 363쪽.
36) 平林初之輔, 「정치적 가치와 예술적 가치」, 『일본프롤레타리아문학론』, 276
    쪽 참조.
37) 이 문제는 「비평방법과 가치논쟁」을 참조할 것.
38) 이북만, 앞의 글, 367쪽.

과 같은 조직이어야 할 것이다. 즉 다시 말하면 노동총동맹이 노동
자라는 특수한 대중의 조직이고 … 따라서 그의 주체이며 청년동맹
이 청년대중으로 결성한 대중단체 … 그의 주체인 것같이 우리 예술
운동에 있어서는 예술부문내에 있는 모든 대중의 결성체 … 주체가
아니면 안 될 것이다.(방향 전환한 조선프롤레타리아 예술동맹이 그
것일 것이다.) 노동총동맹, 청년동맹, 기타 다른 대중단체가 민족적
단일당인 신간회의 지도하는 지도정신에 통제되는 것과 같이 우리
예술동맹도 신간회의 지도에 의하지 않으면 안 될 것이다.39)

여기에서 이북만이 말하고 있는 방향전환이란 따지고 보면 정치
투쟁을 위한 조직의 문제로 인식하고 있다는 점에서 앞서의 논의
에서 한 걸음 진전된 것이라 할 수도 있지만, 그가 노동조합, 농민
조합과 청년동맹, 예술동맹을 전혀 구별하지 않고 동일한 운동 단
위로 취급하고 있다는 점과, 앞에서 신간회를 조선 무산계급운동의
매개체로 규정한 것과는 달리 여기에서는 민족 단일당으로 간주하
는 상호 모순40)을 드러내고 있기도 하다. 그러나 이러한 이북만의
주장은 신간회의 조직과 운동을 그대로 문학의 방향전환에 적용한
것이라 하지 않을 수 없다. 1927년에 결성되어 1931년에 해체된 신
간회는 사회주의자와 민족주의자가 제휴하여 조직한 유일의 민족
통일전선이었다는 점에 중요한 의미를 지니는 단체로, 표면적으로
는 사회주의자와 민족주의자의 제휴였지만 점차 조선공산당이 지
도적 지위를 확보하게 되었으며, 당간부는 신간회 지도자들과의 긴
밀한 연계를 유지하는 외에 전위조직으로서 노동조합, 농민조합의
결성에 박차를 가했던 것이다41). 따라서 신간회의 지도 아래 방향

---

39) 이북만, 위의 글, 371쪽.
40) 정홍섭, 「1920~30년대 문예운동에 있어서의 방향전환론 연구」, 서울대 대
    학원, 1989, 42쪽 참조.

전환한 문예운동을 자리매김 한다는 것은 공산당의 지도 아래 문예운동을 전개한다는 것을 의미하는 것이다.

이러한 이북만의 태도는 또다시 한설야에 의하여 현상추수적 경향이라 하여 비판을 받는다. 그는 1927년에 제기된 방향전환론의 성격을 한마디로 현상 추수적이었다고 평가하면서 1927년의 방향전환론은 일본에서 나타난 계급운동의 일반적 정세에 대한 '직역적, 관념적 추종'이며, 무산문예운동 자체의 내적 발전에 대한 확고한 인식, 파악을 게을리 하고 오직 현상과 무산계급운동의 방향전환론에 대한 아부, 추종42)이라고 규정하고 '의식과 실천의 변증법적 통일 노력의 결여'를 지적하고 있다. 그리고 이북만의 「방향전환론」과 박영희의 「문예운동의 이론과 실제」를 비판하여, 이북만의 경우는 추수적 경향을 보이고 있으며, 박영희의 경우에는 실천에 중점을 둔 조합주의적 경향43)이라고 공격한다. 그리고 스스로 방향전환의 방법과 방향을 올바르게 이해하기 위해서는 1) 문예운동 형태는 내적 변화의 과정에서 구명되어야 할 것이며, 2) 현전 문예운동의 내적 발전과 외적 정세와의 관계에 있어서 관찰되어야 할 것임을 전제하고 진정한 방향전환을 위한 방향 및 방법을 다음과 같이 제시하고 있는 것이다.

> 1) 국민문학파와 또는 국민문학파와 무산문학파의 야합, 절충론 배격.
> 2) 정치투쟁 부인의 아나키즘문예론 배격,
> 3) 부르조아 이데올로기, 봉건세력과의 항쟁 … 전취.

---

41) 스칼라피노(외), 『한국공산주의 운동사』, 돌베개, 1986, 153－4쪽 참조. 및 金森襄作, 「1920年代朝鮮社會主義運動史」, 東京, 未來社 참조.
42) 한설야, 「문예운동의 실천적 근거」, 『조선지광』 제76호, 제77호, 1928. 2월－3월, <임규찬(편) Ⅲ>, 388쪽.
43) 한설야, 위의 글, 390쪽 참조.

　　4) 민족일률론(계급표지 철거론)자의 문예론 배격.
　　5) 진영내의 이론투쟁.
　　6) 예술동맹 재조직과 신간회 지지44)

　한설야가 지적하고 있는 방향전환의 방향은 어떤 의미에서 이북
만의 견해와 같이 일본의 후쿠모토주의(福本主義)에 근거를 두고
철저하게 '분리 후 결합'을 강조하고 있으며, 이미 조선 공산당의
주도 아래 놓여 있는 신간회를 지지함으로써 볼셰비키화 방향전환
을 시도하고 있음을 알 수 있다.

　이상과 같이 박영희에 의하여 제기된 방향전환론은 최초에는 본
격적인 프로문학이 되기 위해서 자연생장적 프로문학에서 목적의
식에 바탕을 둔 프로문학으로 방향전환이 필요하다는 주장이 <제3
전선파>의 등장으로 방향전환론은 볼셰비키화로 선회하기에 이른
다. 이처럼 방향전환론은 예술적 프로그램에서 볼셰비키화에 의한
정치적 프로그램으로 전환되기에 이른다.

2. 프로문학과 아나키즘의 논쟁

　한국에 있어서 아나키즘(Anarchism)45)의 수용은 이미 1920년대에

---

44) 한설야, 위의 글, 401－407쪽 참조.
45) 아나키즘(Anarchism)은 일반적으로 '무정부주의'라고 번역되는 것으로 정부
　　및 국가를 부정하는 것으로 '파괴의 원칙'과 '자비의 원칙'을 지니고 있으
　　며, 자유를 중시한다. 그러나 코뮤니스트는 아나키즘을 정치투쟁을 부정
　　하고 프롤레타리아 독재의 필요성을 거부하기 때문에 결국 쁘띠 부르조아
　　지의 사회적 경향, 사회적 공상주의, 절충주의적 성격으로 설명하면서 아나
　　키즘을 조금도 용인하려 하지 않는다. 아나키즘에 대해서는 The Encyclopedia
　　of Philosophy (Macmillan & Free Press) 및 Daniel Guerin, Anachism (Monthly
　　Review Press, 1970)을 참조할 것.

접어들면서 본격적으로 소개되고 논의되기에 이르며[46] 아나키즘을 문학 사상의 차원으로 끌어들인 것은 1927년 金麗水에 의해서였다. 그러나 초기에는 일본의 경우와 같이 아나키스트는 사회주의자의 한 부류로 이해되었던 것이 1927년에 접어들면서 당시 제기된 방향전환의 필요성을 역설하던 카프파로부터 아나키즘이 '반사회주의적 노선'으로 지적되면서 비판의 대상이 되었다. 이러한 현상은 물론 일본의 후쿠모토주의(福本主義)의 영향임은 말할 필요가 없다. 일본에 있어서 후쿠모토주의의 영향은 1926년 6월「일본프롤레타리아문예연맹」을「일본프롤레타리아예술연맹」으로 개편하면서 에구치기요시(江口渙), 미야지마수케오(宮島資夫), 니이이타루(新居格) 등 아나키스트를 비롯하여 비마르크스주의자를 배제하고 마르크스주의의 입장을 천명했던 것[47]이다. 이러한 일본의 '분리 결합론'은 우리 프로문학계에도 영향을 주었으니 임화의「분화와 전개」가 그 대표적 글이라 할 수 있다. 임화는 프로문학에 있어서 분화는 목적의식을 위한 역사적 필연이라고 주장하면서 '운동선상의 정리로부터 결산'[48]을 위하여 농민문학과 아나키즘을 프롤레타리아 문학과 분리해야 할 것을 일본 문단의 예를 들어 설명하고 있다. 그는 일본문단의 현상 가운데 가장 반동적 경향이 강한 것이 아나이며, 반동과 분화에 대한 토론의 대부분이 아나를 상대로 하고 있으며, 아나가 주장하는 극단의 야성적 개인을 주장하는 것은 마르크스주의와는 화합할 수 없으며, 아나키즘을 신봉하는 이상 계급문학을 운

---

46) 아나키즘의 한국 수용과 전개는 조남현의 논문(「한국근대문학의 아나키즘 체험 연구」,『한국문화』12집, 서울대, 1991)을 참조할 것.
47) 栗原幸夫, 앞의 책, 42쪽.
　　飛鳥井雅道,『日本プロレタリア文學史論』, 八木書店, 소화57, 93−94쪽 참조.
48) 임화,「분화와 전개」,『조선일보』, 1927.5. <임규찬(편) Ⅲ>, 151쪽.

위할 자격이 없다[49]고 하여 프로문학에서 아니키스트를 추방할 것
을 주장한다. 그리하여 1927년에 이르러 카프파와 아나키스트 사이
에는 방향전환을 둘러싸고 논쟁이 벌어지게 된다.

박영희에 의하여 최초로 방향전환론이 제기되자 김화산이 「계급
예술론의 신전개」라는 글을 통하여 박영희의 주장을 반박함으로써
프로문학과 아나키즘문학과의 논쟁이 벌어지게 된다. 김화산의 글
은 박영희의 이론에 대한 비판이면서 동시에 아나키스트의 문학론
이라 할 수 있다. 그는 박영희의 문학론은 예술론으로 볼 수 없다
고 단언하면서 '예술로의 성립 요건과 완성을 무시하고 오직 사회
xx(혁명)의 선전으로 목적을 삼는다 하면 그것은 한 선전 포스터며
노방연설이며 인민위원회 정견 발표문에 불과한 것[50]이라고 규정
하고, 계급예술의 필요성을 다음과 같이 설명하고 있다.

> 우리가 계급예술론을 제창함은 구예술 관념의 전부적 부인으로부
> 터 비롯하지 않는다. 예술의 예술로의 성립요건과 완성을 무시함이
> 아니다. 오직 우리의 기도하는 바는 계급의식을 기조로 한 예술의
> 내용과 형식의 변환에 있다.
> 예술의 본질은 영원불멸한다. 이곳에 영원불변이라 함은 예술의
> 내용과 형식의 영원불멸을 의미하는 것이 아니라 예술이 인류에게
> 기여하는 본질적 요소의 영원불멸을 의미한다. 아무리 무산계급예술
> 이라 할지라도 이 본질적 요소는 무시하여서는 아니 된다.[51]

위의 인용에서 보는 바와 같이 그는 문학이 정략으로 이용되는

---

49) 임화, 위의 글, 156쪽 참조.
50) 김화산, 「계급예술론의 신전개 ─공산파 문예론에 대한 검토」, (『조선문단』
    제20호, 1927년 3월, <임규찬(편) III>, 105쪽.
51) 김화산, 위의 글, 105쪽.

것을 부정하고 문학의 본질적 요소로 영원불변성을 강조하고 있다. 물론 여기에서 예술의 본질이 무엇인가를 명확히 하지 않고 있기 때문에 그것이 구체적으로 무엇인지를 확실히 알 수 없지만 분명한 것은 프로문학이 지향하고 있는 선전, 선동이어서는 안 된다는 것이다. 그리하여 그는 레닌(Lenin)을 공산파의 정략가로 규정하고 그의 문학론은 정치적 정략의 일 표현이라고 하여 문학의 본질적 요소에서 일탈하고 있음을 지적하고 있다. 이러한 지적은 앞에서 살펴 본 바와 같이 일본의 경우 히라바야시(平林)의 주장과도 일치하고 있으며, 나카노(中野)나 구라하라(藏原)로부터 공격을 받은 것처럼 카프파의 공격을 받게 되었다. 이러한 그의 주장은 분명 마르크스주의에 입각한 문학론이 아님을 쉽사리 간파할 수 있다.

> 그의(레닌) 문학론은 문학의 본질을 설명하며 xx(공산)주의 사회의 가질 문학은 어떠하여야만 할까 하는 예술론적 견지에서의 제의가 아니라 공산당의 헌법과 같은 의미의 정치가적 문예관이다. 이러한 조잡한 문예론을 맹신하여 가지고 문예의 수단화를 고조하는 것은 적어도 문예에 관심을 가진 자의 취하지 않을 바의 태도인 줄 안다.[52]

위의 인용에서 보는 바와 같이 그는 마르크스주의 문예가 지향하는 '문예의 수단화'에 대하여 강하게 반발하고 있다. 그러면서 프롤레타리아 문예운동은 마르크스주의를 유일한 지도원리로 할 수 없으며, 마르크스주의 문예이론은 문예를 부정하는 이론이기 때문에 모순에 빠져있다고 지적한다. 그리하여 프롤레타리아 문예운동을 위해서 아나키즘 문예론을 수립할 필요가 있다고 강조하고

---

52) 김화산, 위의 글, 106쪽.

있는 것이다.

이상과 같이 아나키스트인 김화산에 의하여 마르크스주의 문학론이 비판을 받게 되자 윤기정은 「계급예술의 신전개를 읽고」라는 글을 통하여 반격을 가한다.

이 글은 김화산의 글에 대한 논리적 대응이라기 보다는 감정적 요소가 우세하고 독설적 요소가 강한 일면을 보여주고 있다. 그는 김화산의 글에는 '독창적 이론을 제시하기는커녕 아나키즘 문예에 대한 이론도 일언반구가 표현되지 않았고 다만 근거 없는 그릇된 이론과 도전적 태도로 건설 도상에 재한 조선의 무산계급 문예운동을 교란시키려는 헛된 노력'으로 '훌륭한 반동 행위'[53]라고 공격하고 있다. 그리고 그는 프롤레타리아 문예운동을 세 시기로 구분하면서 각 시기에 따른 운동의 방향과 성격을 다음과 같이 규정하고 있다.

프롤레타리아 문예운동이란 그 시기 …혁명전기 (반항, 선동, 선전)로, 혁명기(전투, 파괴)로, 혁명후기(정리, 건설)… 에 대한 역사적 필연의 임무를 충실히 하면 그만이다. 여기에 이의를 제출한다면 그 문예가는 순예술파에 속한 부르예술가이거나 맑스주의자로 용납치 못할 아나키즘 경지에 선 아나예술가일 것이다. 우리는 아나키즘 문예를 근본적으로 극력 배척한다. 이런 까닭에 혁명전기의 프로문예란 예술적 요소를 구비치 못한 비예술품이라 해도 좋고 계급해방을 촉진하는 한낱 수단에 불과한 대도 좋다. 다만 역사적 필연으로 전개되는 해방운동의 임무만을 다하면 그만이다.[54]

---

53) 윤기정, 「계급예술의 신전개를 읽고」, (조선일보 1927.3.25 – 30), <임규찬(편) Ⅲ>, 117쪽.
54) 윤기정, 위의 글, 119 – 120쪽.

여기에서 윤기정의 주장은 엄격하게 말하면 김화산의 주장에 대한 정당한 이론적 대응이라 할 수 없다. 김화산이 마르크스주의자들이 문학을 정략적 수단으로 이용함으로써 문예의 본질적 문제에서 벗어나고 있다고 지적한 것에 대하여 윤기정은 혁명 전기의 프로문학은 계급 해방을 위한 선전 수단으로 족하다고 하여 예술로서 문학을 스스로 포기하고 있는 것이다.

이에 대하여 다시 한설야는 윤기정의 주장 가운데 오류가 있음을 지적하면서도 김화산의 주장에 대하여 비판을 가하고 있다. 그는 「무산문예가의 입장에서 김화산군의 허구문예론, 관념적 당위론을 박함」이라는 글을 통하여 김화산의 글에 대하여 공격을 가하고 있으나, 논리적 반박이라기 보다는 역시 감정적 요소가 우세하며, 김화산의 글이 '반동적 무정체의 유령문학론 전개[55]'이며 변증적 유물론에 기초를 둔 예술론이 아님을 전제하고 김화산의 이론은 일본의 니이이타루(新居格)의 「공산주의 당파문예를 평함」이란 논문을 끼워 맞춘 것이라고 공격하고 있다. 그는 무산문예가 형식을 무시한다는 비판에 대해 같은 계열의 윤기정의 견해가 잘못되었음을 지적하고 무산문예의 요소는 구예술과는 다른 요소를 가지고 있다고 다음과 같이 주장한다.

> 무산문예의 요소는 오직 무산계급 목적의식의 把持에서만 결정될 것이다. 또 그렇게 되어서 구예술로 부터의 가치전환이 있을 것이다. 발랄한 무산문예는 필연적으로 구예술의 퇴폐적, 괴멸적, 자탄적 묘사형식, 취재를 떠나서 관조적, 발랄적, 신생적 그것들을 내부적으로 정리, 통일, 연결시키는 근본이 곧 무산문예의 요소일 것이다.[56]

---

55) 한설야, 「무산문예가의 입장에서 김화산군의 허구문예론」, 동아일보, 1927.4. 15-27, <임규찬(편) III>, 131쪽.

무산문예에 있어서 목적의식의 파지란 그것이 목적일 수는 있지 만 그 자체를 프로문학의 요소라 할 수 있는 것은 아닐 것이다. 그 런가 하면 목적의식을 파지하기 위한 방법으로 제시하고 있는 것 도 관념적이고 추상적인 요소를 나열하고 있을 뿐 그러한 요소는 어떻게 성취될 수 있는가 하는 문제는 분명하지 않다. 그리고 예술 의 본질도 부르조아 문학에 있어서의 그것과 프로문학의 그것은 엄격히 다른 것이라고 주장한다. 그리고 레닌을 정략가라고 한 것 에 대하여 역시 정치투쟁과 무산계급 예술운동의 관계를 모르는 데서 온 단견이라고 주장한다.

이상에서 본 것처럼 김화산의 「계급예술의 신전개」에 대하여 윤 기정, 임화, 한설야 등의 반론이 제기되었으며, 반론의 가장 큰 이 유는 아나키즘 문학론은 문학의 독자성을 인정하고 사회변혁을 목 적으로 하지 않기 때문에 아나키즘 문학론은 마르크스주의 문학에 서 배제되어야 한다는 데 초점이 놓여져 있었다.

이에 다시 김화산은 「뇌동성 문예론의 극복」이라는 글을 통하여 마르크스주의 문학론을 비판하게 된다. 이 글은 자신의 「계급예술 론의 신전개」에 대하여 조중곤, 윤기정의 논박에 대한 재반론으로 아나키즘과 마르크시즘에 대한 자신의 견해를 밝히고 있는 것이다. 그는 사회주의 문학에 대한 올바른 이론도 없이 시류에 따라 부화 뇌동하는 경향이 있음을 강조하고 아나키즘 문학의 성격을 다음과 같이 밝히고 있다.

아나키스트는 볼셰비키 이상의 정열로써 의식적 혹은 무의식적으

---

56) 한설야, 위의 글, 142쪽.

로 사회적 격리를 행한 개성의 부랑적 존재를 인정치 않으며 계급성
혹은 사회의식에 초연한 개성의 존재를 부인한다.
　　그러나 아나키스트는 자연적 법칙에 순응하는 개성의 자유를 고
조한다. 볼세비키처럼 무산계급을 의식적으로 외재의 강권에 의하여
볼세비즘 범주 내에 도입코자 하지 않는다. 가장 자연적인 내재적
법칙에 의하여 자연연합의 사회 …집단성을 통한 개성의 자유로운
발양은 이곳에서만 비로소 취득할 수 있다.… 를 형성코자 함이 '아
나키스트'의 최대 안목이다.[57]

　　이처럼 김화산은 아나키스트는 자연 연합의 사회, 즉 집단성을
통한 개성의 자유로운 발양에 최대의 목표를 두고 있는 것이라고
주장하여 사회와 무관한 개성, 자유를 부인함으로써 넓은 의미에서
볼세비즘과 아나키즘의 연계가능성을 전제하고 있으면서도 예술에
있어서는 예술의 독립성을 끝까지 고수하려고 했다. 그는 투쟁기의
예술은 정통 무산계급적 인식의 표현이라고 규정한다. 따라서 '무
산계급 내부에 발효하며 삼투하며 결성된 투쟁 의사의 자유로운
―즉 하등의 강제와 명령에 의치 않은― 자기의 의욕이 표현이 아
니면 무산계급의 예술이라 할 수 없다는 것'[58]이다. 그러함에도 불
구하고 볼세비키의 야심가, 악선동가, 내지 그들의 부화뇌동적 주
구잡졸들은 예술을 그들의 괴뢰로 사용코자 한다는 것이다.
　　특히 윤기정의 비평은 '극좌당'을 대표하는 것으로 규정하고 일
본의 마르크스주의 비평가로 아오노(靑野)의 「자연생장과 목적의식
재론」, 다니하지메(谷一)의 「我國 프롤레타리아 문예운동의 발전」(『文
戰』 10월호), 혼죠오(本壯可宗)의 「새로운 예술 의욕으로의 결성」(『문

57) 김화산, 「雷同性 文藝論의 克服－맑스주의 진영내의 群盲을 誅함」, 『현대평
　　론』 제5호, 1927.6. <임규찬(편) Ⅲ>. 177쪽.
58) 김화산, 위의 글, 179쪽.

예공론』3월호)을 인용하면서 그들의 이론과 윤기정, 박영희 이론 사이에 현저한 차이가 있음을 지적하면서, 프로문학에 대한 이해의 부족을 탓하고 결론적으로 윤기정, 조중곤의 비판에 대하여 문예는 xx(혁명전기), xx(혁명)기, xx(혁명)후기에 의하여 그 '역사적 필연의 임무'를 다하는 것이 아니라 문예는 그 시기 시기의 '역사적 필연의 전개'에 의하여 그 형태를 교환하는 것이며, 또 예술가는 그 시기의 특수한 임무를 수행해야 한다는 그러한 공식적, 괴뢰적, 기계적 존재가 아님[59]을 분명히 하고 있다. 이와 같이 김화산은 끝까지 문학의 독자성을 강조하면서 강제와 명령에 의한 문학을 거부하여 마르크스주의에 바탕을 둔 프로문학과 대립적 자세를 보였던 것이다.

이러한 김화산의 태도에 대하여 다시 윤기정은 반론을 통하여 상호비판을 주장하면서 김화산이야말로 소영웅주의자라고 규정하기에 이른다. 그는 먼저 '현하 조선의 객관적 정세가 조합주의적 경제투쟁에서 전무산계급적 정치투쟁으로 방향전환을 하지 않으면 아니 될 현단계까지 진출'[60]하였다고 하여 방향전환의 불가피성을 강조하면서, 트로츠키의 견해를 근거로 방향전환을 통해 문학은 계급투쟁을 위해 복무해야 한다고 주장한다. 그리고 그는 김화산이 아오노(靑野)의 이론 가운데 '문학적 약속'이라는 말을 오해하고 있으며, 다니하지메(谷一)의 이론도 왜곡하고 있다고 주장한다. 그는 예술의 근본 문제는 현사회를 어떻게 해석하느냐가 아니라 어떻게 빨리 변혁하느냐에 목적이 있기 때문에 예술이 제1의적인 것

---

59) 김화산, 위의 글, 185쪽.
60) 윤기정, 「상호비판과 이론확립」, 『조선일보』, 1927.6.15－6.20. <임규찬(편) III>, 186쪽.

이 아니고 사회혁명이 핵심적 과제[61]라고 주장한다. 이처럼 윤기정
은 김화산이 문학의 독자성 내지는 예술성이라는 것을 문제로 삼
고 있는데 대하여 계속하여 사회 변혁을 위한 정치 투쟁이 프로문
학의 궁극적 목적임을 강조하게 된다. 따라서 프로문학에 있어서
표현 문제에 대해서도 xx(맑스)주의적 목적의식 곧 계급적 사실 내
지 계급적 행동을 내용으로 하고 표현은 예술적 요소를 위해서가
아니라 계급적 해석에 의한 모든 사실, 행동 등을 주관적으로 표현
하는 게 중요하다는 것이다. 그러므로 이를 잘 수행하기 위해서는
당의 이론도 그대로 쫓으려 하는 것[62]이라고 주장한다.

조중곤 역시 김화산의 비판에 대한 반론으로 「비맑스주의 문예
론의 배격」을 발표한다. 이 글은 김화산의 비판에 대한 반론으로
쓰여진 글로 아나키즘과 마르크스주의문학의 근본적 차이를 해명
하려는 데 목적이 있다. 그는 먼저 김화산군의 이론의 원천이 바쿠
닌의 '집단적 무정부주의'같기도 하고, 크로포트킨(Kropotkin)의 논
조와 같기도 하여 종잡을 수 없다고 하면서 크로포트킨의 무정부
주의로는 '공산론과 개인적 자발력을 결합하려는 데서 파탄'에 이
르게 되었다는 것이다. 그러므로 '순정 마르크스주의 이외에 무산
계급 해방운동은 少許도 달성될 수 없다'[63]고 단정한다. 그리고 문
예운동이란 정치투쟁의 전체적 전개의 '중간 관절'이며, '정치탈환
이며 동시에 예술도 탈환하려는 세계관의 변혁운동'[64]이며, 이를
뒷받침하는 것은 마르크시즘과 볼셰비즘(Bolshevism)뿐이라고 주장

61) 윤기정, 위의 글, 194쪽 참조.
62) 윤기정, 위의 글, 195쪽.
63) 조중곤, 「非맑스주의 문예론의 배격」, 『중외일보』, 1927.6.18.-23. <임규찬
    (편) Ⅲ>, 214쪽.
64) 조중곤, 위의 글, 215쪽.

한다. 그러므로 이를 확고히 실천하기 위하여 '단결하기 전에 분열할 필요가 있다'고 다시 한 번 강조하면서 아나키스트와의 완전한 분리를 촉구한다.

이상에서 살펴본 바와 같이 아나키스트 문학론을 제기한 김화산 한 사람에 대하여 카프 진영에서 집단적으로 반론을 제기하자 아나키스트인 姜虛峯이 「비맑스주의 문예론 '배격'을 배격함」이라는 글을 통하여 김화산을 지원하는 글을 발표하는데 그것은 아나키즘과 마르크스주의는 상호보완의 관계임을 강조한다. 그는 먼저 마르크스주의와 아나키즘의 차이를 밝히는데 주안점을 두고 있다. 그는 먼저 마르크스주의와 아나키즘은 그 이상과 현실에서 차이가 있으며, 마르크스주의적 공산주의와 무정부주의 역시 물과 불처럼 차이가 있다고 주장하고 절대로 협동전선을 펼 수 없음을 분명히 하고 있다. 그리하여 아나키즘은 '자연적 법칙에 순응하는 개성의 자유'를 고조하는 데 반하여 볼셰비즘은 의식적으로 '외재의 권력'에 의존한다는 점에 근본적 차이가 있음을 강조한다. 그런가 하면 아나키즘은 '경제적 해방'에 관심을 두는데 비하여 마르크시즘은 '정치적 해방'에 중점을 둔다고 하면서 양자는 상호보완의 관계임을 다음과 같이 설명하고 있다.

> 진정으로 공산주의는 무정부주의 사회가 아니고는 구할 수 없다. 다시 말하면 무정부주의는 공산주의에 至하여 實하고, 공산주의는 무정부주의에 至하여 實한다. 양자는 盾齒輔車의 관계와 같다. 따라서 맑스주의적 공산주의는 진정한 공산주의가 아니다.[65]

---

65) 강허봉, 「<비맑스주의 문예론 배격>을 배격함」, 『중외일보』, 1927.7.3. <임규찬(편) Ⅲ>, 235쪽.

여기에서 강허봉은 아나키즘과 마르크스주의를 의식적으로 '순치보차'의 관계로 설정하여 마르크스주의로부터 분리되는 것을 피하려고 기도하고 있다. 이러한 논리적 근거는 프롤레타리아 해방이라는 점에서 일치할 수 있기 때문이다. 그리고 그는 프롤레타리아 해방에 있어서 선결되어야 할 것은 경제해방이라고 믿고 있다. 따라서 그는 정치적 해방보다 경제적 해방을 우위에 놓으려 하고 있다. 그는 무산계급운동의 최후의 목적은 경제적 평등의 요구에 있다고 주장하고 정치운동은 이를 위한 부분적, 개량적 운동이라 하여 마르크스주의자들이 말하는 것처럼 정치운동이 전체적, 전면적 운동이 아니라고 강조하기에 이른다.

임화는 다시 김화산의「계급예술론의 신전개」및「속 뇌동성 문예론의 극복」에 대한 반론을 발표한다. 그는 김화산을 '좌익문예가의 가면을 쓰고 부르조아 이데올로기를 주입하려는 예술사도의 소시민적 근성의 발현'66)이라고 규정하는가 하면, 예술지상주의, 부르조아의 대변자, 계급 배반자라고 매도하면서 아나키스트와 마르크스주의 예술 사이에는 본질 문제에 상이한 입각점을 가지고 있음을 명확히 하고 있다.

　아등은 예술형태, 즉 예술의 특성에 있어서 그것이 본질적으로 예술상의 분파로서 발생하는 것이 아니고 근본적으로 계급해방운동의 일익으로 성장한 것임으로 프롤레타리아 생활의지 즉 현존사회의 부정을 떠나서 프롤레타리아 예술은 존재치 않을 것이다.…(중략)…(프롤레타리아 예술은) 전무산계급적 정치투쟁전까지 전화하여서 프롤레타리아 예술행동이란 부분적 성질을 揚棄하고 전체성적으로 예술

66) 임화, 「착각적 문예리론－김화산씨의 愚論 검토」, 『조선일보』, 1927.9.4－
　　9.11. <임규찬(편) Ⅲ>, 276쪽.

을 인식하고 파악치 아니치 못할 것이다.[67]

결국 임화는 프로문학이란 프롤레타리아 생활의지를 바탕으로 계급해방을 위해서만 존재할 필요가 있다고 하여 문학의 독자성을 부정하고 있다. 특히 그는 '생활 의지'를 강조하고 있는데 이는 구라하라(藏原惟人)가 말한 '계급의 필요'를 바꾸어 놓은 것이라 할 수도 있다. 그리고 예술 행동이란 '생활의지'의 예술적 표현이며, 실천적 의지는 그 바탕이 된다는 것이다. 그러므로 생활 의지란 따지고 보면 계급적 해방을 의미하며, 이는 동시에 정치 투쟁을 의미하는 것이기도 하다. 이 점에 대하여 그는 현단계의 투쟁 목표는 정치조직이며, 여기에 모든 것을 총집중시켜야 하며, '현단계에 재한 프롤레타리아 생활 의지란 계급해방운동의 목표가 정치적 투쟁에로 방향을 전환한 것과 같이 현재에 있어서 정치적 조직의 개조 이외에는 있을 수 없는 것'[68]이라 하여 프로문학은 정치투쟁이란 관점을 강조하고 있는 것이다.

한편 이북만은 「최근 일본문단 조감」이란 글을 통하여 일본문단의 분열상과 아나키즘에 대한 배격을 소개하고 있다. 특히 그는 일본문단을 유형화하는 가운데 아나키즘문학을 쁘띠 부르조아문단의 하나[69]로 규정하고 있으며, 1926년에서 1927년에 걸쳐 볼셰비즘과 아나키즘과의 논쟁을 소개하면서 아나키스트들이 당과 문학과의

---

67) 임화, 「착각적 문예이론」, 『조선일보』, 1927.9. <임규찬(편) Ⅲ>, 277쪽.
68) 임화, 위의 글, 280쪽.
69) 이북만은 일본 문단을 부르조아 문단, 쁘띠 부르조아 문단, 프로파로 분류하고 쁘띠 부르조아문단 가운데 농민문학파, 아나키즘파, 일본 무산예술연맹파를, 프로파에는 일본 프롤레타리아 예술연맹, 노농예술가연맹을 포함시키고 있다. 이북만, 「최근일본문단조감」, 『조선일보』, 1927.9. <임규찬(편) Ⅲ>, 287쪽 참조.

관계, 볼셰비즘의 정신 등에 대하여 제대로 인식하지 못함으로써 참패를 당하였음을 소개하고 있다.

이상과 같이 1927년에 김화산에 의하여 제기된 아나키즘문학론을 둘러싼 논쟁은 거의 1년간 계속되었다. 물론 1928년에도 아나키즘 문학론은 간헐적으로 발표70)되었으나 별다른 반응은 없었다. 그리고 같은 해 장준석의 「현단계에 있어 조선 무산계급 예술운동의 실천적 임무는 무엇이냐」(1928.5)라는 글에서 아나키즘 시비를 사실상 마감하게 된다. 장준석은 '일체의 재래 예술과 사이비 무산예술을 일축함'이라는 부제가 시사하는 것처럼 그가 비판의 대상으로 하고 있는 예술로서 예술지상주의와 국민문학 운운의 호피를 쓴 형이상학적 예술론, 개인주의에 바탕을 둔 무정부주의 예술론, 철저한 소부르조아의 맹목적 추수자로서 사이비 무산계급 예술론71)을 들고 있다. 특히 그 가운데 무정부주의 예술론에 대하여서는 지금까지 여러 사람의 비판과는 달리 아나키즘은 유물론과 유심론의 야합, 부르조아지의 권력을 증오하며 동시에 프롤레타리아 권력까지도 증오하는 모순, 예술과 정치의 이원적 인식, 예술에 있어서 목적의식성의 거부72) 등을 특징으로 하고 있어 근본적으로 마르크스 문학과는 합치할 수 없음을 밝히고 있는 것이다. 이러한 장준석의 주장은 아나키즘에 대한 이해의 폭과 깊이가 상당한 수준에 있음을 보여주는 것이라 할 수 있다.

---

70) 1928년에 발표된 아나키즘 문학론으로 李鄕의 「예술가로서의 크로포트킨」(동아일보, 1928.2.)과 「예술의 一翼的 임무를 위하야」(조선일보, 1928.2.)와 같은 것이 발표되었으나 이미 논쟁이 끝났기 때문에 별다른 반응이 없었다.
71) 장준석, 「현단계에 있어 조선 무산계급 예술운동의 실천적 임무는 무엇이냐」, 『중외일보』, 1928.5.22. <임규찬(편) Ⅲ>, 440쪽.
72) 장준석, 위의 글, 448-450쪽 참조.

Ⅳ. 결 론

지금까지 필자는 1920년대 프로문학에 있어서의 방향전환론에 대하여 살펴보았다. 그것을 요약 정리하면 다음과 같다.

1927년에 접어들면서 우리 프로문학계에서는 이전의 자연생장적 프로문학에서 한 걸음 나아가 사회변혁을 목적으로 하는 목적의식론이 대두하게 되었다. 목적의식론의 대두는 어떤 의미에서 프로문학이 문학이라는 차원에서 프로문학 '운동'이라는 차원으로 바뀌어짐을 의미하는 것이다. 운동으로서의 프로문학은 이전까지 문학이라는 이름으로 논의된 제문제, 이를테면 문학의 가치, 비평관, 내용과 형식의 문제, 그리고 문학의 대중화에 대하여 새로운 관점을 마련해 주는 계기를 마련해 주는 하나의 이론적 근거가 되는 것이기도 하다.

일본의 경우 1926년 아오노수에키치(靑野季吉)에 의하여 제창된 「목적의식론」은 일본 프롤레타리아 문학에 획기적 전환을 몰고 온 것으로 이후 일본의 프로문학론은 목적의식론을 둘러 싼 논쟁을 거쳐 예술의 가치와 비평 방법, 대중화 문제, 형식과 내용 문제에 대한 논의를 본격적으로 가능케 한 것으로 우리 프로문학계에도 약간의 순서를 달리하면서 거의 그대로 나타났음은 주지의 사실이다. 이를테면 프로문학 내부에서 일어난 최초의 논쟁이었던 박영희와 김기진의 논쟁도 표면적으로는 내용과 형식의 문제로 나타났지만 그 밑바닥에는 비평의 방법과 가치 문제가 중심 과제였으나 그것이 본격적으로 논의되기 위해서는 먼저 목적의식론이 해결되지 않으면 안 된다. 그러므로 박영희와 김기진 사이에 벌어진 논쟁의 와중에 박영희에 의하여 목적의식론이 제기되었다는 것은 많은 것을 재검토하게 해준다. 그것은 프로문학을 이를테면 예술적 프로그램으로 볼 것인가, 아니면 정치적 프로그램으로 볼 것인가 하는 문제가 명확히 규정되지 않고서는 어떤 논쟁도 분명한 해결점을 찾을 수 없기 때문이다. 이러한 인식에서 박영희가 무엇보다 먼저 목적의식론을 제기하고 이것을 명확히 하려고 한 것은 자체내의 이론투쟁을 통해 프로문학의 성격과 목표를 분명히 하려는 노력이라고 하지 않을 수 없는 것이다.

박영희는 목적의식으로 방향전환의 필요성을 주장하기는 했지만 처음부터 문학 자체를 완전히 포기한 것은 아니었다. 그는 자연생장적인 프로문학에서 보다 의식적인 프로문학, 즉 목적의식에 바탕한 프로문학을 주장했던 것이다. 이것은 어떤 의미에서는 정치성 우위의 문학관이라 할 수도 있을 것이다. 그러나 이러한 박영희의 태도는 <제3전선파>에 의하여 비판되기에 이른다.

먼저 조중곤은 박영희 및 김기진에 의하여 주장된 방향전환론은 질적 전환에 이르지 못하고 있음을 지적함으로서 마르크스주의에 입각한 질적 전환만이 진정한 방향전환론임을 강조한다. 그런가 하면 윤기정은 방향전환이란 변혁적 행동과 변혁 의지에 바탕을 둔 정치투쟁임을 주장하고 이를 실현하기 위해서는 마르크스주의자가 되지 않으면 안 된다고 강조했다. 이북만 역시 지금까지의 방향전환론은 바람직한 것이 아니었다고 비판하면서 방향전환은 변혁운동이 당면하고 있는 객관적 정세의 분석에서 찾아야 한다고 주장하고 이를 위해서는 필연적으로 정치투쟁만이 올바른 방향전환임을 강조하고 있다. 이에 대하여 한설야는 더욱 강경하게 이북만의 주장은 현상추수적 경향이며, 박영희의 주장은 조합주의적 경향이었다고 비판하면서 신간회를 중심으로 한 당의 문학이 되어야 할 것을 강조하기에 이른다. 이와 같이 방향전환론은 문예운동에서 마침내 볼셰비키 정치투쟁으로 전환하게 되어 문학의 영역에서 완전히 정치적 영역으로 바뀌어지게 되었다.

한편 방향전환론이 전개되는 동안 김화산은 「계급예술론의 신전개」라는 논문을 통하여 아나키즘 문학론을 제기함으로써 이를 둘러싼 논쟁이 일어나게 된다. 김화산은 문예의 수단화를 주장하는 마르크스 문학론은 문학론이 아니라 정략가의 정책론이라고 비판하고 문학의 독자성을 주장한다. 이에 대하여 카프파는 집단적으로 반론을 폈다.

임화는 후쿠모토주의(福本主義)의 '분리 후 결합론'을 수용하여 정치투쟁을 선명히 하기 위해서는 먼저 분화의 필요성을 제기했다. 그는 일본의 경우를 예로 들어 순정한 마르크스주의를 제외한 농민문학파와 아나키스트들을 프로문학 진영에서 배제시킴으로써 사회변혁을 목표로 하는 프로문학을 건설할 수 있다고 믿었다. 그리하여 아나키스트를 배제할 것을 주장한다. 그런가 하면 윤기정은 혁명전기의 문학은 계급 해방운동만으로도 충분하다고 주장하는 한편 계급투쟁을 위해 복무하는 것임을 강조했다. 조중곤 역시 문예운동은 정치투쟁을 위한 중간 관절이라고 하여 문학의 독자성을 강조하는 아나키즘 문학과는 근본적으로 차이가 있음을 강조했다. 이처럼 집단적인 반론에 대하여 아나키스트인 강허봉은 아나와 마르크스주의자와는 근본적으로 차이가 있으면서도 양자는 '盾齒輔車'의 관계임을 강조하여 마르크스주의와 합치하려는 노력을 보이기도 했지만 끝내 아나키스트는 1928년 카프계로부터 분리된다. 그리고 장준석에 의하여 아나와 마르크스주의자와는 근본적인 입각점이 다르다는 주장으로 이 논쟁도 끝났다.

결국 1920년대 프로문학론에 있어서 방향전환론은 프로문학론 자체로서는 본격적인 정치투쟁의 장으로 문학을 방향 전환케 한 계기가 되었지만, 다른 한편으로는 프로문학을 문학의 영역에서 일탈하여 선전, 선동을 일삼는 목적문학으로 전락하는 출발점이 되었음을 확인할 수 있다.

제3장
비평의 방법과 가치논쟁

I. 서 론

한국의 근대 비평사를 크게 세 단계로 구분하여 19세기말부터 3.1운동에 이르기까지의 초창기 비평, 다음으로는 20년대에서 30년대 중반까지 프로문학시대, 30년대 중반에서 해방까지 전형기 비평으로 분류할 때[1], 20년대 비평은 중요한 의미를 지닌다.

1920년대 비평은 프롤레타리아 문학이론이 대두된 시기로서 이를 둘러싸고 많은 논쟁이 벌어진 시기이기도 하다. 이처럼 논쟁을 통한 비평활동이란 비평가의 인상이나 감상, 또는 해설의 단계를 뛰어넘어 이론을 중심으로 전개될 수 있었다는 점에서 한국 근대 비평을 확립할 수 있는 계기를 마련해 준 것으로 평가될 수 있다.

---

1) 김윤식, 「한국현대문학 비평의 방향성」(I), 『한국현대문학전집』 59, 삼성출판사, 1979, 407쪽.

그 결과 20년대 비평은 프로문학을 중심으로 본격적인 비평이 이루어진 시기이며 이들 비평론이 논쟁의 형태로 전개되었다는 점에서 논쟁사[2]로 파악할 수 있다.

한국 근대문학에 있어서 최초의 논쟁은 주지하는 바와 같이 김동인과 염상섭 사이에 벌어진 비평적 태도에 대한 논쟁이지만 그것이 이론적 근거 위에서 이루어졌다기 보다는 비평의 효용을 둘러싸고 벌어졌다는 점에서 진정한 비평적 논쟁이라고 이름 할 수 없을 것이다. 그런데 20년대에 벌어진 계급문학 시비론을 비롯한 그 이후의 논쟁은 상반된 문학이론을 중심으로 전개되었다는 점에서 이들 논쟁의 전개 과정을 검토하는 것은 근대문학론의 성립을 이해하는데 중요한 몫을 차지한다. 특히 프로문학에 있어서 논쟁은 자체 내부에서 벌어진 이론 투쟁의 양상으로 전개되었기 때문에 이들 논쟁의 전개 양상을 파악하는 것은 프로문학의 본질을 이해하는데 매우 중요한 것이다. 그리하여 김영민은 프로문학 내부의 본격적인 논쟁인 소위 '내용과 형식 논쟁'이 갖는 비평사적 의의를 '원론적 문제를 제기한 것으로 사문화된 논쟁이 아니라 살아있는 논쟁'[3]으로 규정하고 있다.

그런데 주지하는 바와 같이 소위 박영희와 김기진 사이에 벌어진 '내용과 형식'을 둘러싼 논쟁은 보다 엄밀하게 살펴보면 그들 사이에 벌어진 논쟁이 결코 '내용과 형식'에 관한 문제라고 규정할 수 없는 일면을 지니고 있다. 그것은 논쟁의 당사자였던 김기진

---

2) 한국의 비평사를 논쟁사라는 관점에서 문제시한 대표적인 경우로 홍문표의 『한국 현대문학논쟁의 비평사적 연구』(양문각, 1980)와 김영민의 『한국문학 비평논쟁사』(한길사, 1992)를 들 수 있다.

3) 김영민, 「1920년대 한국문학 비평연구」, 『한국근대 문학비평사 연구』, 세계, 1989. 240쪽 참조.

의 언급[4])에서도 지적되고 있는 바와 같이 형식과 내용 논쟁이 아니라 프로문학에 있어서 비평의 태도와 방법, 그리고 가치 평가의 기준을 둘러싼 논쟁이라고 할 수 있을 것이다. 따라서 본고에서는 지금까지 '내용과 형식' 논쟁으로 파악하여 온 것을 '비평 방법과 가치' 논쟁으로 규정하고 이를 검토해 보고자 한다.

그런데 지금까지 이를 논의한 경우[5]) 문제의 핵심을 내용과 형식의 문제로 파악함으로써 본질적인 문제를 놓치고 있으며, 또한 프로문학과 프로문학운동을 구별하지 않음으로써 많은 오류를 범하고 있다. 실로 프로문학론에 있어서 가장 중요한 문제는 소위 '정치적 프로그램'과 '예술적 프로그램'의 문제를 본질적으로 제기시켜주며 여기에서 필연적으로 목적의식론이 대두하게 되는 것이다. 이 경우 목적의식론은 앞에서 지적한 프로문학과 프로문학운동을 구별하게 될 뿐만 아니라 그 실천 방법론으로 대중화 문제, 가치 문제, 내용과 형식 문제, 창작방법론의 문제로 발전하여 가게 마련이다. 이러한 사실을 간과하고 20년대 프로문학론을 '문학' 또는 '문학론'이라는 관점에서만 파악하려고 하는 것은 그 출발부터 잘못된 것이라 하지 않을 수 없다. 이러한 점은 일본의 경우와 관련

---

4) 팔봉은 26년 이후 회월과의 논쟁을 '비평가의 태도 문제' 또는 '문예비평의 방법 문제'라고 규정하고 있으며,(내용과 표현 : 팔봉, 『조선문단』, 1927년 4월 59면) 이러한 견해는 金麗水 역시 "근일 신흥문예 평론가 제씨간에 논쟁을 보게 된 무산문예작품의 예술적 가치 표준 문제는 프롤레타리아 문예작품에 있어서 우리가 그 프로예술품으로의 가치를 결정하는데 그 예술적 제반 구성요소를 중요시하느냐 아니 하느냐의 문제"(문예시평 『조선문단』, 1927년 2월호)로 이해하고 있다.

5) 소위 '내용과 형식 논쟁'에 대해서는 김윤식의 논고(한국 근대 문예비평사 연구)를 비롯하여 홍문표, 김영민의 전게 논문, 그리고 하응백(1920년대 문학론에 있어서 내용과 형식 논쟁 연구, 경희대 대학원, 1985), 정홍섭(1920~30년대 문예운동에 있어서의 방향전환론 연구, 서울대 대학원, 1989) 등에서 거의 동일한 태도를 보여주고 있다.

하여 검토하면 자연스럽게 해명되는 문제인 것이다. 일본에 있어서 프로문학론의 전개 과정은 '프로문학운동'의 일부로 인식되었으며, 그것은 목적의식론 → 예술대중론 → 예술적 가치론 → 형식 내용문제 → 창작방법론으로 전개되고 있음을 볼 수 있다. 그리고 예술대중화론은 마침내 예술의 형식과 내용이란 문제와 예술 평가의 문제를 제기[6]해 주었던 것이다. 물론 여기에서 일본의 경우와 우리 프로문학론의 전개 과정을 기계적으로 대입하는 것은 무리가 없지도 않지만, 박영희와 김기진을 중심으로 전개된 논쟁의 성격을 살펴보면 그것이 단순히 '내용과 형식'의 문제가 아닐 뿐만 아니라 이 논쟁에 곧이어 박영희에 의하여 목적의식론이 주창된다는 사실은 주목할 필요가 있다. 그리고 예술대중화론에 있어서 중요한 관심사로 김기진은 형식 문제를 집중적으로 탐구하고 있음도 이와 무관하지 않은 것이다.

따라서 본고에서는 이 문제를 구체적으로 검토하기 위하여 먼저 '프로문학'과 '프로문학운동'에 대하여 살펴보고, 당시의 문학론을 '프로문학운동'의 일환으로 규정하고 이를 바탕으로 비평 방법 및 예술가치론, 그리고 내용과 형식의 탐구에 대하여 살펴보고자 한다. 이를 보다 확실히 하기 위하여 일본의 경우와 비교, 검토하여 1920년대 박영희와 김기진을 중심으로 벌어진 논쟁의 성격과 한계를 밝혀 보려고 한다.

---

6) 栗原幸夫, 『プロレタリア文學とその時代』, 平凡社, 1971, 117쪽 참조.

II. 프로문학과 프로문학운동

프롤레타리아 문학을 이해하기 위해서는 무엇보다 먼저 프로문학과 프로문학운동에 대하여 분명히 하지 않으면 안 된다. 프로문학은 프롤레타리아계급의 성장과 함께 자연스럽게 나타나는 현상으로 '자연생장적 문학'이라고 한다면, 프로문학운동은 여기에서 한 걸음 나아가 '목적의식'에로 나아가는 것을 말한다.[7] 따라서 전자가 예술로서 문학을 문제시한다면, 후자는 정치적 수단으로서 문학을 문제로 한다고 할 수 있다. 이러한 점은 프로문학의 전개과정에 있어서 제1차 방향전환으로 구체화되어 나타나게 되는 것이다.

1920년대 한국 프로문학에 있어서 방향전환의 문제는 박영희에 의하여 1927년에 구체적인 모습으로 제기되기에 이른다. 그러나 그는 이미 그 이전부터 프로문학과 프로문학운동에 대하여 관심을 보이고 있음을 알 수 있다. 그는 1925년에 나타난 일련의 소설[8]에 관심을 보이면서 이들 새로운 경향의 작품을 중시하였다. 그는 이들 작품이 가지는 성격으로 '부르조아 문학에서 벗어난 새로운 경향'[9]을 높이 평가하면서 소위 신경향파 문학의 문단적 지위를 몰

---

7) 이 문제에 대하여서는 아오노(靑野季吉)의 「목적의식론」, 「자연생장과 목적의식 재론」 (조진기역, 『일본프롤레타리아문학론』, 태학사, 1994. 참조)에서 구체적으로 밝히고 있다.

8) 그는 1925년의 소설 가운데 「붉은 쥐」(김기진), 「땅 속으로」(조명희), 「광란」(이익상), 「가난한 사람들」(이기영), 「살인」(주요섭), 「기아와 살육」(최서해), 「街相(詩)」(이상화), 「전투」(박영희), 「땅파먹는 사람들」(박길수), 「늘어가는 무리」(송영), 「두 젊은 사람」(최승일) 등을 새로운 경향의 작품으로 중시했다.

9) 박영희, 「신경향파문학과 그 문단적 지위」, 『개벽』, 1925. 12. 제64호. <임규

락하는 부르조아문학에 대한 무산계급 해방의 문학10)으로 규정하고, 신경향문학이 나아가야 할 길을 '무산계급 운동의 필연적 조건으로서의 문예운동'이어야 할 것을 강조하고 있다. 이는 다름 아닌 문예로서가 아니라 문학운동, 바꾸어 말하면 예술적 프로그램으로서가 아니라 정치적프로그램11)으로서 운동이 궁극적 목표임을 시사하는 것이라 할 수 있다. 그러므로 신경향파의 문학은 그 이전의 문학과는 달리 당대 현실이 제공한 현실적 조건을 바탕으로 특별한 이념적 세계의 표현이라기 보다는 생활문학론12)의 성격을 지니게 된다. 따라서 신경향파 문학은 어디까지나 정치적 프로그램과는 무관한 입장에서 출발하고 있기 때문에 프로문학 내부에서 이를 하나의 문학운동으로 전환할 필요가 있었다. 그리하여 박영희는 방향전환을 주장하기에 이른다.

한국에 있어서 프로문학운동의 출발은 1925년 KAPF의 결성과 함께 시작되었다고 할 수 있다. 그러나 1925년-1926년까지는 프로문학의 필요성을 주장하는 단계로 구체적 이론의 정립에는 이르지 못했다. 그러나 프로문학 내부의 최초의 논쟁이라 할 박영희와 김기진의 소위 '내용과 형식' 논쟁은 비로소 프로문학과 프로문학운동을 구별하려는 노력으로 나타나게 된다. 이는 1927년에 제기된 제1차 방향전환론의 출발점이 되었다.(방향전환에 관한 문제는 앞의 장

찬(편), 『카프비평자료총서』 II, 태학사), 404쪽. (이하 국내 평론은 이 책을 사용하고 <임규찬(편) II >로 표기함)

10) 박영희, 위의 글, 같은 책, 407쪽 참조.

11) 예술적 프로그램과 정치적 프로그램이란 문제는 일본의 나카노(中野重治)가 「이른바 예술대중화론의 오류에 대하여」에서 주장한 것으로 프로문학운동은 어디까지나 '정치적 프로그램'이 되지 않으면 안 된다고 주장했다. 이 점은 다시 논의될 것임.

12) 역사문제연구소, 『카프문학운동연구』, 역사비평사, 1990. 22쪽.

을 참조할 것)

프로문학운동에 있어서 방향전환론은 프로문학과 프로문학운동을 구별하는 내적 계기를 마련해 주었으며, 방향전환이란 문제는 프로문학의 새로운 전환점을 마련한 것이라 할 수 있다. 따라서 제1차 방향전환론은 진정한 의미에서 프로문학 내부에서 치러낸 첫 번째의 '이론'투쟁이었으며, 이러한 이론 투쟁을 통하여 전사회의 총체적 변혁 속에서 문예운동이 온전한 방향을 설정하려는 노력이었다. 그리고 비로소 프로문학이 지향하는 본질적인 문제로서 문학을 통한 정치투쟁이라는 문예운동 전반을 추동하는 미학적 이념으로서 '당파성'13)이란 문제가 핵심적 과제로 제기된다. 따라서 방향전환론이란 프로문예운동사에 있어서 처음으로 당파성 문제를 이론적 과제로 제기해 준 것이라 할 수 있다.

따라서 박영희와 김기진 사이에 벌어진 소위 '내용과 형식 논쟁'은 방향전환론의 내적 계기로서 중요한 의의를 지니고 있으며, 이를 검토함에 있어서도 단순히 내용과 형식을 둘러싼 논쟁으로 볼 것이 아니라 프로문학에 있어서 비평의 방법과 가치문제를 둘러싼 논쟁으로 이해할 때 비로소 그들 논쟁이 갖는 비평사적 가치를 규정할 수 있게 된다.

---

13) 루카치, 『미학의 범주로서의 특수성』, 이론과 실천, 1987. 220쪽.

III. 비평의 방법과 가치논쟁의 전개

1. 프로문학에 있어서 가치와 형식

프롤레타리아 문학론에서 문학의 가치와 형식의 문제를 어떻게 인식하고 있는가를 간단하게나마 검토해 보는 것은 1920년대 전개된 프로문학의 가치와 형식을 둘러싼 논쟁의 실상을 파악하기 위해서 필요한 작업이라 할 수 있다. 따라서 여기에서 이들 문제에 대하여 살펴보고자 한다.

예술은 한 시대의 각종 계급이 각기 그 이익을 위해 투쟁하는 내용이고 인간의 세계관을 형성시키고 사상투쟁에 있어서 가장 날카로운 무기라고 사회주의자들은 주장한다.14) 따라서 사회주의 예술의 실천은 당의 지시에 따라 내용을 추구하고 그 내용에 부합되는 형식을 찾는 과정이라 할 수 있다. 그러므로 예술은 한 시대의 각종 계급이 각기 그 이익을 위해 투쟁하는 내용이고 인간의 세계관을 형성시키고 사상투쟁에 있어서 날카로운 무기라고 사회주의자들은 주장한다.15) 이렇게 볼 때, 프로문학에 있어서 가치 문제는 어디까지나 그 작품이 지니고 있는 내용, 즉 사회적 가치에 커다란 비중을 두고 있다. 왜냐하면 프로문학론에 있어서 작품의 내용이란 예술 속에 반영되어 있는 계급적 현실이며 계급의 사회적 실천이라고 규정되기 때문이다. 계급의 이데올로기적 체계는 계급의 실천을 기초로 하여 성장한다. 따라서 사회적 실천이야말로 모든 이데

---

14) 陣繼法(叢成義옮김), 『사회주의 예술론』, 일월서각, 1979. 111쪽.
15) 陣繼法, 위의 책, 111쪽.

올로기기의 여러 형태의 내용16)으로 문학의 독자적 가치를 크게
인정하지 않는 경향이 있다. 부하린(Bukharin) 역시 이와 같은 태도
를 보여주고 있다. 그는 문학에 있어서 내용이란 계급적 실천이며,
계급의 사회적 실천을 통하여 주어진 사회적 현실17)이라고 전제하
고 다음과 같이 말하고 있다.

> 문학의 내용은 모든 계급적 존재, 모든 계급적 실천에서 빚어지는
> 현실에 대한 계급의 관계이며, 바꿔 말하면 계급의 세계관과 별개의
> 것일 수 없다는 말이다. 내용과 형식의 동일한 계급적 존재에 기초
> 를 두고 있는 한, 내용은 자기와 변증법적으로 통일되어 있는 예술
> 작품의 형식을 결정한다. 내용은 제재의 선택, 제재를 다루는데 있어
> 서의 태도, 재료의 선택과 함께 재료를 수용하고 재현하는 특질 등
> 을 결정하며, 작품에 표현되는 형상을 조직하는 것이다. 이리하여 형
> 식과 내용의 통일은 작가의 세계관과 그 양식, 작품의 관념과 그 형
> 상의 통일이다.18)

여기에서 프로문학이란 프로계급의 세계관을 그 내용으로 하고
있다고 할 수 있는데 이러한 세계관은 예술적 형상을 빌어 표현되
는 것임을 외면할 수 없다. 따라서 프로문학은 내용과 형식의 변증
법적 통일을 요구하게 되는 것이다. 그렇다면 프로문학에 있어서
이 양자는 어떠한 관계로 존재하는 것일까? 사회주의 문학론에 있
어서 형식은 목적 그 자체가 아니므로 예술 창작 특성의 기초를
설명할 수 없다고 하여 형식을 내용에 비하여 가볍게 다루고 있는

---

16) 누시노프, 세이트린(백효원 옮김), 『사회주의 문학론』, 과학과 사상, 1990, 37
    쪽.
17) 누시노프, 세이트린, 위의 책, 37-38쪽.
18) 누시노프, 세이트린, 위의 책, 38쪽.

것은 사실이다. 그렇다고 하여 완전히 형식 무용론을 주장하고 있는 것도 아니다. 문학의 가치는 형식에 의해 표현된 내용으로 결정된다고 하여 내용에 보다 많은 관심을 집중하고 있다. 그러나 부하린은 예술작품의 내용은 (그 제재) 형식과 거의 분리할 수 없다고 주장한다. 그 까닭은 프로문학에 있어서 내용은 분명히 사회적 환경에 의하여 결정되지만 그것만으로 문학이 되지 못하고 그것은 예술적 형상을 빌어 표현되기 때문이다. 그런가 하면 문학 작품의 형식은 문학작품의 내용이라는 내부 조직구조와 외재적 물질표현의 형태[19]로 규정되기도 한다. 그렇다고 하여 형식주의자들이 말하는 것처럼 형식이 독립적으로 존재하거나 내용을 규제하는 것으로는 인식하지 않고 내용에 충실히 복종해야 하는 것으로 보고 있다. 그 결과 문학작품의 내용과 형식은 모순되는 대립물의 통일체를 이루는 것으로, 문학작품의 내용은 언제나 일정한 형식을 통하여 표현된다. 그러므로 형식이 없으면 내용도 존재할 수 없을 뿐만 아니라, 형식 또한 일정한 내용을 표현하였을 때에만 의의를 가지는 것으로 내용과 유리된 형식이란 존재하지 않는다고 한다. 따라서 이 양자는 모순되면서도 통일되는 양자간의 지위는 병렬의 관계가 아니라 주요 부차적 관계인 것이다. 내용은 모순의 쌍방 중에서 주도적이며 결정적인 지위를 점하고 형식은 부차적이며 종속적인 지위에 처한다고 마르크스주의 문학론은 규정하고 있다. 그리고 이 양자의 관계를 창작과정에서 보면 언제나 먼저 일정한 내용이 있은 후에 그에 상응하는 일정한 형식이 있게 된다고 하여 내용을 주도적인 것으로 보고 형식을 부차적, 종속적인 것임을 분명히 하고 있다.[20] 따라서 문학작품의 구성도 철저하게 내용을 위해 복종

---

19) 임범송외, 『맑스주의 문학개론』, 나라사랑, 1989, 117쪽.

하지 않으면 안 되는 것으로 파악하고 있다. 그리하여 프로문학에
서 작품 구성의 일반적 원칙을 다음과 같이 요구하기에 이른다.

> 첫째, 구성은 주제를 표현하는 요구에 복종하여야 한다.
> 둘째, 구성은 인물 형상을 부각하는 요구에 복종하여야 한다.
> 셋째, 구성은 서로 다른 장르의 특점에 적응되어야 한다.
> 넷째, 구성은 완전하고도 조화 있는 통일체를 이루어야 한다.
> 다섯째, 구성은 각 민족의 예술 감각의 습관에 부합되어야 한
> 다.21)

그런가 하면 다른 한편으로 문학에 있어서 형식은 그것이 형성
된 후에는 상대적인 독립성을 가지고 내용에 일정한 반작용을 한
다. 내용에 대한 형식의 반작용은 주로 두 가지 면에서 표현된다.
첫째, 문학창작으로 볼 때 내용에 상응한 비교적 완미하고 적절한
형식은 내용을 보다 충분하게 표현할 수 있어 작품의 감화력을 증
대시킨다는 것이다. 그런데 여기에서 완미한 예술형식이란 예술적
으로 잘 짜여진 문학적 형식을 말하는 것이 아니라 혁명적인 정치
사상(내용)을 충분하게 표현할 수 있고 인민들이 즐겨하는 예술형
식을 말한다. 이를 가능하게 하기 위해서는 먼저 마르크스주의를
학습하여야 하며 당의 문예노선, 방침, 정책을 관철해야 하며 인민
대중 속에 들어가 생활을 정확히 인식하고 사회생활의 본질을 알
아야 한다22)는 것이다. 그리고 둘째, 문학발전 과정에서 이 양자를
비교하여 보면 형식의 변화는 내용에 비하여 매우 완만하게 진행

---

20) 임범송(외), 위의 책, 135쪽 참조.
21) 임범송(외), 위의 책, 126-127쪽 참조.
22) 임범송(외), 위의 책, 138쪽 참조.

되며 또한 그것이 일단 일정한 형식으로 형성된 후에는 상대적으로 굳어진다는 사실이다. 새로운 형식은 새로운 내용의 발생과 함께 이제 낡은 형식을 대체하여 발생하는 것이 아니라 낡은 형식의 기초 위에서 부단한 혁신과 창조를 거쳐 점차적으로 형성[23]되는 것으로 기존의 형식을 비판적으로 수용함으로써 가능한 것으로 인식하고 있다.

2. 일본에 있어서 '가치 논쟁'의 전개

일본에 있어서 프로문학의 이론적 투쟁은 먼저 대중화의 문제를 둘러싸고 전개되었다. 서론에서 지적한 바와 같이 일본 프로문학에 있어서 대중화 논쟁은 다음의 두 가지 문제를 제기해 주었다. 하나는 내용과 형식을 둘러싼 문제이고 다른 하나는 예술적 가치와 정치적 가치를 둘러싼 문제였다[24]. 특히 구라하라고레히토(藏原惟人)는 나카노시게하루(中野重治)와 대중화 문제를 둘러싼 논쟁에서 형식에 역점을 두고 전개했다. 그런가 하면 가치 문제에 대해서는 히라바야시하츠노수케(平林初之補)에 의하여 제기되었다. 따라서 일본에 있어서 프로문학의 비평방법과 가치문제는 논쟁의 형태로 전개되었다. 비평방법에 대한 논쟁은 형식파에 대한 비판에서 시작하여 내부 논쟁으로까지 확대되었으며, 가치 논쟁 또한 형식파와 함께 내부 논쟁으로까지 확대되었다. 따라서 여기에서는 이를 내재적비평에 대한 외재적 비평이라는 비평 방법의 문제와 정치적 가치와 예술적 가치라고 하는 가치 문제로 나누어 검토해 보고자 한다. 그

---

23) 임범송(외), 위의 책, 137쪽.
24) 栗原幸夫, 『プロレタリア文學とその時代』, 平凡社, 116쪽.

리고 프로문학에 있어서 형식의 문제를 어떻게 인식하고 이를 해결하려고 했는가를 동시에 검토하려고 한다.

1) 비평방법과 가치논쟁

일본 프로문학에 있어서 비평의 방법에 대한 논의는 아오노(靑野季吉)의 「외재비평론－문예비평의 一發展型」에서 비롯되었다고 할 수 있을 것이다. 그는 문예비평을 두 가지가 나누고, 그 하나를 내재비평이라 하고 다른 하나를 이에 대응하여 외재비평이라 하여 양자를 다음과 같이 구별하고 있다.

> 내재적 비평이라고 하는 것은 요컨데 비평가가 주어진 작품의 내부에 파고 들어가 그 구성 요소를 분석하거나, 그 결합의 방법을 조사하거나, 또한 거기에 당연히 있어야 할 조화의 유무를 지적하거나, 내용과 기교의 관계, 그것의 파탄을 본다거나 하는 비평으로 그것을 설명적 비평, 또는 문학사적 비평이라 해도 좋을 것이다.
> 또 다른 하나인 외재적 비평이라고 하는 것은 이미 주어진 작품을 하나의 사회현상으로, 그리고 주어진 예술가를 하나의 사회적 존재로 하여 그 현상, 그 존재의 사회적 의의를 결정하는 비평이다. 그 것을 앞의 것과 대립하여 문화사적 비평이라 하여도 좋을 것이다.25)

이 논문은 그의 목적의식론을 발전시킨 것으로 문학비평의 새로운 방향을 제시한 것이다. 그러나 그는 내재적 설명이 없고서는 외재적 결정은 전연 이루어질 수 없기 때문에 이 양자는 서로 대립

---

25) 靑野季吉, 「外在批評論」, 『文藝戰線』, 1925.10. (조진기, 『일본프롤레타리아문학론』, 173쪽. (이하 별도의 출전을 밝히지 않은 일본 자료는 이 책을 사용함)

하는 것이 아니라 전후로 관련되어 있지만, 내재적 비평이 단순히 설명과 관상(觀賞)으로 끝나버리는데 반하여 외재적 비평은 거기에서 멈추지 않고 그 존재의 사회적 의의를 결정한다는 점에서는 완전히 대립적인 것으로 규정하고 있다. 그리하여 외재비평은 내재비평에서는 지적할 수 없던 작가의 세계관을 명확하게 해명할 수 있었음을 레닌의 톨스토이론을 그 구체적인 실례로 보여주고 있다.26) 이러한 아오노(靑野)의 견해를 적극적으로 지지한 사람이 가타카미 노부루(片上伸)였다. 그는 「내재비평 이상의 것」에서 외재비평의 필요성을 다음과 같이 말하고 있다.

> 내재적 비평이 문학비평의 기초 조건을 이루고 있다는 것은 말할 필요도 없지만, 그것만으로 비평이 완료되었다고는 말 할 수 없다. 비평이 문학의 사회적 성립을 시인하는데서 출발하는 한, 비평은 다시 하나의 사회적 현상으로서 문학을 취급하지 않으면 안 된다. 물론 이 부분은 비평의 가장 곤란한 일에 속할 것이다. 그러면서도 이러한 부면에 대한 비평이 아니고서는 비평은 그 중심 의지를 표현하는 데까지 나갈 수 없을 것이다.27)

이와 같이 아오노(靑野)와 카타카미(片上)는 내재비평이 작품의 예술적 완성도를 문제로 한다면, 외재비평은 문학의 사회적 의의를 문제로 하는 것으로 이 양자는 각각 별개의 입장을 지니는 것으로 파악하고 예술가치의 이원론적 입장을 취하게 된다.

한편 이러한 아오노(靑野)의 주장에 대하여 기성문단에서는 지나친 재단비평이라고 집중적인 비난을 하게 된다. 이러한 비판에 대

---

26) 青野季吉, 「外在的 비평에의 一寄與」, (『문예전선』, 1926, 2.), 위의 책, 186-188쪽 참조.
27) 片上伸, 「內在批評 이상의 것」, (『新潮』, 1926.1.), 위의 책, 180쪽.

하여 아오노(靑野)는 자신의 비평은 주어진 문예작품을 하나의 견지에서, 즉 계급투쟁이라는 유일의 견지에서 비판하기 때문에 재단적인 것이 되는 것은 자연스러운 일[28]이라고 반발했다.

이에 반하여 구라하라(藏原惟人)는 아오노(靑野)의 이원론적 입장을 보다 고차적인 입장에서 통일시키려고 시도했다. 그는 문예비평의 통일적 입장으로서 전무산계급의 해방운동으로서 어떤 역할을 하는가 하는 '실천적 관점'을 설정하려고 했다. 그는 과거의 문예비평이 아무런 객관적 방법이나 기준을 갖지 못함으로써 순주관적 인상비평에 머물고 있었음을 지적하고, 플레하노프(Plekhanor)가 주장하는 비평가의 임무, 즉 비평가의 제일의 임무는 주어진 예술작품의 사상을 예술의 언어에서 사회학의 언어로 번역함으로써 주어진 문학현상의 사회학적 等價를 발견하는 것[29]이라는 견해를 수용하고, 작품으로서 좋고 나쁨을 논하기 전에 어떠한 이데올로기를 반영하고 있는가 하는 점이 중시되어야 한다고 주장한다. 그리고 이러한 관점에서 비평적 모델로 레닌의 톨스토이론을 그 실례로 들고 있다. 그리하여 그는 프로문학이 아무리 기교적이고 재미있게 쓰여졌다고 하더라도 그것이 무산계급의 해방운동에 어떠한 의의도 갖고 있지 못하거나, 아니면 반동적 의의를 지니고 있는 것이라면 그것은 작품적 가치를 지닐 수 없으며, 그러한 것을 인정하려고 한다면 그것은 비마르크스주의적 방법[30]이라고 주장한다. 그러면서도 그가 강조하는 실천적 관점이란 '예술적으로 완성된 작품'에

---

28) 靑野季吉, 「문예비평의 입장에 대한 약간의 고찰」, (『新潮』 대정 15년 9월 호), 臼井吉見, 앞의 책, 217쪽 참조.
29) 藏原惟人, 「マルクス主義文藝批評の方法」, 『藏原惟人評論集』, 제1권, 新日本 出版社, 1980, 72쪽.
30) 藏原惟人, 위의 글, 75쪽.

서 먼저 '무엇을 말하는가'를 검토한 후에 '어떻게 표현되어 있는
가'를 검토하는 것임을 강조한다. 따라서 그가 주장하는 '실천적
관점'은 내용과 형식을 대등한 관계에 두지 않고 종속적 관계로 파
악하는 것임을 알 수 있다. 그러면서도 그는 프로문학운동이란 무
산계급의 해방을 궁극적 목표로 하는 것이기 때문에 문예비평도
문예비평으로 끝나는 것이 아니고 '프롤레타리아 이데올로기의 프
로파간다이고, 또 대중의 계급투쟁을 위한 아지테이션이 되지 않으
면 안 되는 것'임을 강조하고 있다. 이렇게 되면 구라하라(藏原)의
'실천적 관점'이란 완전히 내재비평을 무시하는 것이라고는 할 수
없다. 다만 예술적 평가에 관한 내재비평 이전에 무산계급의 해방
이라고 하는 실천적 평가에 관한 외재비평을 선행조건으로 하지
않으면 안 된다고 하는 것에 지나지 않는다. 그러나 구라하라(藏原)
의 주장은 아오노(靑野)나 카타카미(片上)가 막연하게 사회적 입장
이라 한 것을 보다 구체적으로 실천적 관점이라고 명확히 한 점에
그 의의를 찾을 수 있을 것이다.

이에 비하여 가츠모토세이이치로(勝本淸一朗)는 아오노(靑野)를
비롯한 가타카미(片上), 구라하라(藏原)의 이원론적 태도를 부정하고
일원론을 주장한다. 그는 「예술적 가치와 사회적 가치」에서 '예술
적 가치란 사회적 가치의 일종이고, 사회적 가치 이외에 예술적 가
치는 존재하지 않는다'[31]고 주장한다. 이러한 주장에 대하여 구라
하라(藏原)는 가츠모토(勝本)가 예술적 가치라고 하는 말속에 그 작
품이 지니고 있는 사회적 가치와 그 작품의 예술성을 혼동하고 있
다고 공격한다. 구라하라(藏原)에 의하면 예술성은 어디까지나 예술

---

31) 勝本淸一郎, 「藝術的價値と社會的價値」, (『三田文學』, 1928.11.), 臼井吉見, 앞
    의 책, 254쪽.

성 그 자체가 가치는 아니라는 것이다. 그것은 가치 이전의 것으로 예술작품을 예술작품답게 하는 선행조건에 지나지 않는 것이라고 강조한다.

어쨌든 아오노(靑野)에 의하여 제기된 프로문학에 대한 평가의 문제는 그의 「외재비평론」으로 인하여 기존의 내재비평을 비평방법의 중심 자리에서 밀어내고 '사회적 입장' 혹은 '실천적 관점'이라는 외재비평을 그 중심에 올려놓은 것만은 사실이다. 이러한 태도는 물론 프로문학의 본질을 문학으로서가 아니라 문학운동으로 인식한 결과이며, 「목적의식론」의 실천적 과제이기도 하다.

그런데 1929년 히라바야시하츠노수케(平林初之輔)의 「정치적 가치와 예술적 가치」라는 논문은 프로문학의 비평 방법과 가치에 대한 새로운 논쟁을 몰고 왔다. 그는 논문의 부제로 '마르크스주의적 문학 이론의 재음미'라고 하여 마르크스 문학론은 예술론이 아니고 정책론이라고 주장하기에 이른다. 그는 마르크스주의 비평가의 태도를 다음과 같이 규정한다.

> 마르크스주의 비평가에게 있어서 작품 평가의 근본 기준은 순전히 정치적 기준이다. 마르크스주의 작가 및 비평가는 우선 이 기준을 인정하지 않으면 안 된다. 그가 아무리 뛰어난 비평가라 할지라도 이 근본 기준을 거절하는 순간 그는 마르크스 작가도, 비평가도 아니게 된다. 왜냐하면 그는 예술가이고 비평가이기 이전에 마르크스주의 작가가 아니면 안 되기 때문이다. 예술적 가치는 그에게 있어서는 정치적 필요에 의해 종속되지 않으면 안 되기 때문이다.[32]

---

32) 平林初之輔, 「정치적 가치와 예술적 가치」, (『新潮』, 1929. 3.) 『일본프롤레타리아문학론』, 269쪽.

히라바야시(平林)는 '마르크스주의는 하나의 세계관이며, 가장 절실한 목적으로서는 조직된 프롤레타리아에 의한 부르조아 정권의 탈취라는 정치적인 점에 프롤레타리아의 힘이 집중되기를 요구'[33] 하기 때문에 엄격히 말하여 마르크스 예술이론은 예술론이라 할 수 없으며, 정치적 부분과 예술적 부분이 조화될 수 없고, 또 이 양자를 통일할 수 있는 예술이론도 있을 수 없기 때문에 결국 정치적 가치에 예술적 가치를 종속시키고 이것을 기반으로 비평의 헤게모니를 잡고 있다고 주장하면서 정치적 가치와 예술적 가치를 구별할 필요가 있음을 강조한다.

　　나는 현재 마르크스 예술이론은 하나의 정책론이고 정치적이어서 예술론이라고 명명할 수 있는 것은 아니라고 믿는다. 그래서 어느 정도 세공적(細工的)인 느낌이 있는 현재의 마르크스 예술론을 해체하고 정치적 부분과 예술적 부분으로 환원해서 이것을 명백히 다시 규정할 필요가 있다고 생각한다.[34]

　이러한 히라바야시(平林)의 주장은 마르크스주의 문학이론에 대한 올바른 평가임에 틀림없다. 그러나 그의 주장에 대하여 곧바로 아오노(靑野)는 마르크스주의 문학에 대한 오도(誤導)라는 비판을 시작으로 많은 사람에 의하여 비판을 받게 된다[35]. 이들 가운데 먼

---

33) 平林初之輔, 위의 글, 268쪽.
34) 平林初之輔, 위의 글, 276쪽.
35) 平林의 주장에 대한 반론 가운데 대표적인 것은 다음과 같다.
　　青野季吉, 「マルクス主義文學の誤導」, 『東京日日新聞』, 1929. 3.
　　川口 浩, 「平林初之輔氏の所論とその他」, 『戰旗』, 1929. 5월호.
　　大宅壯一, 「マルクス主義文藝の自殺か暗殺か」, 『新潮』, 1929. 4월호.
　　勝本淸一郞, 「藝術價値の正體」, 『新潮』, 1929. 6월호.
　　藏原惟人, 「マルクス主義文藝批評の旗の下に」, 『近代生活』, 1929. 7월호.

저 아오노(靑野)는 프로문학이 프롤레타리아의 승리에 공헌하기 위해서는 레닌이 주장대로 '하나의 차륜이고, 나사'가 되기 위해서는 프롤레타리아 이데올로기가 예술의 언어, 형상의 언어에 의하여 표현되지 않으면 안되며, 예술적 가치가 없고서는 정치적 가치는 생각할 수 없고, 정치적 가치가 없으면 예술적 가치도 있을 수 없다고 주장하여 정치적 가치와 예술적 가치는 서로 분리하지 않고 하나로 통합되어 '전일적 가치'로 나타난다고 주장한다. 그런가 하면 구라하라(藏原)는 '계급의 필요'라는 새로운 관점을 제시하면서 작품 평가의 기준은 비평가가 속해 있는 계급의 필요에 의하여 가능한 것임을 다음과 같이 말하고 있다.

비평가는 언제나 그가 생활하는 시대의 견지에서 작품을 보고, 그것을 평가한다. 게다가 그는 어떠한 시대에 속하는가 하는 것만이 아니고 어떠한 계급에 속하는가 하는 문제로 인하여 비평가의 평가 기준은 시대와 계급에 따라 달라지는 것이다. 그것은 그 비평가가 속하는 시대와 계급과의 필요에 따라 규정된다.36)

그 결과 현대의 프롤레타리아 비평의 기준은 현대 프롤레타리아트의 사회적 임무(필요)에 의해 결정되어야 할 것임을 강조한다. 그는 계속하여 현재 프롤레타리아트의 계급적 필요는 프롤레타리아트의 해방이기 때문에 현대비평의 가장 객관적인 기준은 프롤레타리아트의 종국적 승리가 되지 않으면 안되고, '프롤레타리아의 발달과 승리라고 하는 것에 조력하는 모든 작품은 가치가 있고, 그렇지 않는 것은 가치가 없다'37)고 하는 루나찰스키의 주장을 그 근

---

36) 藏原惟人,「マルクス主義文藝批評の旗の下に」, (『近代生活』, 1927. 7월호), 『藏原惟人評論集』, 제1권, 新日本出版社, 1980, 302쪽.

거로 제시하고 있다. 여기에서 프롤레타리아트의 승리라는 관점에서 평가한다는 것은 오직 정치적 관점만을 의미하는 것이 아니다. 그에 의하면 어떤 하나의 작품이 직접적으로 정치적 의의를 지니고 있지 못하는 것이지만 가부키(歌舞伎)처럼 우수한 형식이 프롤레타리아트의 문화 혁명의 한 요소로 프롤레타리아 연극의 완성에 무언가 이바지했다면 그것은 프롤레타리아트의 승리에 기여한 것으로 평가되어야 한다는 것이다. 따라서 이러한 근거 위에서 히라바야시(平林)가 정치적 가치와 예술적 가치로 분리하여 생각하는 것은 잘못이며 그것은 '정치적'이면서 '예술적'인 것으로서 단일한 가치-사회적 가치[38]라고 주장한다.

그러나 이러한 구라하라(藏原)의 주장은 '계급의 필요'라는 추상적이고 막연한 말로서 구체적인 작품의 평가가 가능한 것은 아니다. 그리고 가부키의 예에서 보는 것처럼 그것이 지니고 있는 뛰어난 예술적 성질이나 형식은 그 자체로서 예술적 가치에 속하는 것이라 하지 않을 수 없다.

이와 같이 히라바야시(平林)가 주장한 예술적 가치와 정치적 가치라는 이원적 가치 기준을 비판한 사람들은 이 양자를 하나로 조화 통일시키려고 노력했지만 그것은 어떤 의미에서 실패했다고 하지 않을 수 없다. 그것은 히라바야시(平林)의 주장처럼 마르크스주의 문학은 본질적으로 문학적 가치를 정치적 가치에 예속시키고 있음이 사실이기 때문이다.

이처럼 예술적 가치와 정치적 가치를 둘러싸고 논쟁이 전개되고 있을 때 나카노(中野重治)는 '예술에 있어서 정치적 가치란 있을 수

---

37) 藏原惟人, 위의 글, 304쪽.
38) 藏原惟人, 위의 글, 305쪽.

없고, 예술평가의 축은 예술적 가치뿐이며 정치와 예술의 작용은 전연 별개의 것'[39]이라고 주장했다. 이러한 주장은 그가 소위 「대중화론의 오류에 대하여」에서 '대중이 구하는 것은 예술의 예술'이며, '예술에 있어서 재미는 예술적 가치 그 자체 속에 있다'[40]고 주장하여 예술적 가치와 정치적 가치를 전연 별개의 것임을 분명히 함으로써 문학평가를 이원론으로 파악하고자 했다.

2) 프로문학과 형식 논쟁

일본 프롤레타리아 문학에 있어서 형식에 대한 논쟁은 대중화론을 둘러싸고 일어난다. 프로문학에 있어서 형식에 대한 최초의 논의는 가지와다루(鹿地亘)의 「소시민성의 도량에 대항하여」에서 비롯되었다고 할 수 있다. 이 후 구라하라(藏原惟人), 나카노(中野重治), 요코미츠(橫光利一), 이누가이(犬養健), 가츠모토(勝本淸一郞) 등에 의하여 논쟁의 형태로 전개되었다.[41]

가지(鹿地亘)는 「소시민성의 도량에 대항하여」에서 프로문학에 있어서 형식의 문제를 다음과 같이 규정했다.

---

39) 中野重治, 「藝術に政治的價値なんてものはない」, (『新潮』, 1929.10월.), 臼井吉見, 앞의 책, 261쪽 재인용.
40) 中野重治, 「이른바 예술의 대중화론에 대하여」, (『戰旗』, 1928.6.) 『일본프롤레타리아문학론』, 320쪽.
41) 형식을 둘러싼 논쟁에 관한 대표적 논문은 다음과 같다.
　　鹿地 亘, 「小市民性の跳梁に抗して」, 『戰旗』, 1928.7.
　　藏原惟人, 「藝術運動當面の課題」, 『戰旗』, 1928.7.
　　中野重治, 「解決された問題と新しい仕事」, 『戰旗』, 1928.11.
　　橫光利一, 「文藝時評」, 『文藝春秋』, 1928.11.
　　犬養 健, 「形式主義文學論の修正」, 『東京朝日新聞』, 1928.11.16－20.
　　勝本淸一郞, 「形式主義文學說を排する」. 『新潮』. 1929.2.
　　藏原惟人, 「プロレタリア藝術の內容と形式」, 『戰旗』, 1929.2.

우리의 기술이 과거 사회가 구축하여 놓은 기술의 체계에 의해
마련되어 있다고 하는 것은 결코 용납할 수 없다. 과거 사회에 있어
서 감정의 조직화에 봉사한 기술이 어떠한 감정의 조직화에 가장 적
당하게 형성되어 있는가는 자명하다.

과거의 예술을 우리는 분석한다. 그렇지만 우리가 과거의 예술에
서 완성된 기술을 이입하기 위해서가 아니라 프롤레타리아트의 파괴
의 대상인 과거의 사회에서 어떻게 과거의 예술이 합리적으로 봉사
하고 있었는가를 보기 위한 것에 지나지 않는다. 이러한 분석에서만
우리의 소위 '파괴의 예술'이 정상적으로 과거의 예술 형식을 파괴
하는 길이 뒷받침되는 것이다.[42]

이러한 가지(鹿地亘)의 주장은 과거의 기술에 대한 전면적인 부
정론으로 일관하고 있을 뿐만 아니라 변혁기에 있어서 새로운 형
식의 완성을 구하는 것은 환상이라고 단언한다. 그렇다고 하여 프
로문학에 있어서 기술의 필요성을 전적으로 부정하고 있는 것만은
아니다. 그는 '우리의 기술은 프롤레타리아트의 나아 갈 길 속에서
프롤레타리아트에게 침투함으로써 가장 합리적으로 해결된다'[43]고
주장한다. 여기에서 가지(鹿地)의 주장은 프로문학의 기술은 과거의
기술과는 다른 새로운 것이어야 하며, 그것은 프롤레타리아에 의하
여 자연발생적으로 나타나는 것이라는 견해를 보여주고 있다.

이러한 주장에 대하여 구라하라(藏原惟人)는 가지(鹿地)의 주장은
프롤레타리아 예술운동의 기초도 모르고 있다고 공격하면서 프로
문학의 기술은 과거의 기술을 비판적으로 수용함으로써만 가능한

---

42) 鹿地亘, 「小市民性의 跳梁에 대항하여」, 『戰旗』, 1928.7. 『일본프롤레타리아
    문학론』, 362-363쪽.
43) 鹿地亘, 위의 글, 같은 책, 363쪽.

것이라고 주장한다.

> 우리는 우선 첫째로 과거 인류가 축적한 예술적 기술은 프롤레타
> 리아의 견지에서 비판적으로 받아들이지 않으면 안 된다. 우리는 감
> 히 말 할 것이다. ― 과거의 유산 없이 프롤레타리아 예술은 있을 수
> 없다고. ― 그것은 프롤레타리아 예술이, 예를 들면 부르조아 예술에
> 굴복한 것을 의미하지는 않는다. 반대로 그것은 전자가 후자를 극복
> 하는 까닭인 것이다. ― 마치 부르조아 군대로부터 기술을 배운 적
> 군이 전자를 극복하는 것처럼.44)

이러한 주장의 근거로 그는 예술이란 이데올로기이면서 동시에
기술이며, 내용이면서 동시에 형식이라고 규정하고 '예술작품의 형
식은 새로운 내용에 의해 결정되었던 과거 형식의 발전으로서 발
생한다'고 주장하고 이것이 마르크스적 견지에서 본 유일하고 올
바른 예술발전의 법칙45)이라는 것이다. 그리고 그는 프롤레타리아
문학에 있어서 형식과 내용의 문제에 대한 보다 본격적인 탐구를
보여주고 있다. 그는 먼저 예술에 있어서 형식과 내용으로 분리하
는 것은 추상적, 이론적으로만 가능한 것으로 실제로는 불가분의
관계를 가지는 것으로 파악하고 있다. 따라서 형식주의자는 이를
분리하고 형식을 고정된 것으로 파악하고 있는 한 형식과 내용의
관계를 올바르게 파악할 수 없음을 지적한다. 형식과 내용을 마르
크스주의자는 변증법적 발전 속에서 파악하기 때문에 상호 관계를
올바르게 파악할 수 있다고 한다. 그는 예술에 있어서 형식은 노동
(생산관계)에서 발생했으며, 다른 생산 관계 속에 있는 민족들은 서

---

44) 藏原惟人, 「예술운동 당면의 긴급문제」, 『戰旗』, 1928. 7. 『일본프롤레타리아
    문학론』, 346-347쪽.
45) 藏原惟人, 위의 글, 347쪽.

로 다른 예술적 형식을 가지게 되었다는 크로체(Croce)의 이론을 바탕으로 예술에 있어서 형식은 필요에 의하여 발생하며, 각기 다른 예술적 형식이 존재하는 것은 예술가가 속해 있는 계급, 계층, 집단의 필요와의 변증법적 교호작용 속에서 결정46)된다고 주장한다. 이러한 규정 아래 그는 프롤레타리아 예술에 있어서 형식과 내용은 근본적으로 사회화되고 공산주의 사회를 지향하는 혁명적 노력이 그 내용을 이루게 될 것이며, 형식은 소부르조아 예술의 분산적이고 개인주의적인 형식에 대항하여 종합적이고 집단주의적인 형식을 창출해 가고 있다47)는 것이다. 그러면서 동시에 이 형식은 과거와 현재의 예술적 형식의 발전과 종합으로 나타난다고 전제하고 과거 예술의 비판적 수용을 다음과 같이 강조하고 있다.

> 프롤레타리아트는 새로운 문화의 창조자로서 결코 과거의 문화적 유산을 거부하지 않는다. 오히려 프롤레타리아트는 인류가 지금까지 축적해 온 문화를 바탕으로 새로운 문화를 건설한다. 예술에 있어서도 역시 프롤레타리아트는 지금까지의 모든 형식적 성과를 수용한다. 단지 프롤레타리아트는 이 경우 자기의 계급적 필요라는 관점에서 비판적으로 보고 진실로 생활에 굴하지 않고 버틸 수 있는 것만을 섭취한다.48)

이러한 구라하라(藏原)의 형식에 대한 탐구는 형식이 단순한 기교, 표현, 실감, 디테일의 차원이 아니며, 내용 또한 제재나 주제의 차원보다 더 본질적이라는 사실을 강조하고 하는 것이라 할 수 있

---

46) 藏原惟人, 「프롤레타리아 예술의 내용과 형식」, (『戰旗』, 1929.2.), 『일본프롤레타리아문학론』, 243쪽.
47) 藏原惟人, 위의 글, 247쪽.
48) 藏原惟人, 위의 글, 248쪽.

다.

이상으로 간략하게 일본에 있어서 프로문학의 가치 문제와 형식을 둘러싼 논쟁의 전개 과정을 살펴보았거니와 이들 문제는 엄격히 말하면 프로문학을 어떻게 대중들에게 침투시켜 소기의 목적을 달성할 수 있을까 하는 문학운동의 하나로 전개된 사실을 확인할 수 있다. 프로문학은 궁극적으로 예술 자체로서보다는 문학운동으로서 아지테이트할 수 있을 때 비로소 그 존재 가치가 있다는 사실을 간과해서는 안될 것이다.

3. 한국에 있어서 '방법과 가치' 논쟁의 전개

1) 비평방법으로 내용과 형식의 문제

한국 프로문학에 있어서 최초의 내부적 이론 투쟁이라 할 수 있는 박영희와 김기진 사이에 벌어진 소위 '형식과 내용' 논쟁은 흔히 제1차 방향전환론이라 불리는 것으로 당대 KAPF가 집단적으로 치뤄낸 첫번째의 '이론' 투쟁으로, 그것이 바로 전사회의 총체적 변혁 속에서 문예운동이 온전한 자기 몫을 차지하기 위한 몸부림이었기 때문에 해결해야 할 많은 숙제를 남길 수밖에 없었다. 따라서 이들 문제의 본질은 바로 문예운동 전반을 추동하는 미학적 이념에 있어서의 '당파성'이란 명제로 압축된다. 결국 당대 문예운동에 있어서의 방향전환론이란 우리 문예운동사에 있어서 처음으로 당파성 문제를 이론적 과제로 제기한 것이라 규정할 수 있다.[49]

---

49) 역사문제연구소, 『카프문학운동연구』, 역사비평사, 1990. 26－27쪽.

방향전환론의 내적 계기로서 '내용과 형식' 논쟁의 발단은 김기진이 1926년 12월 『朝鮮之光』에 발표한 「문예월평,-산문적 월평」에서 회월의 소설을 비평하면서 소설의 형상화 문제를 제기한 것에서 비롯되었음은 주지의 사실이다. 김기진은 예의 월평에서 박영희의 작품 「徹夜」와 「地獄巡禮」를 비판하면서 '소설 건축론'을 제기한다.

> 작가는 인생이 무엇이냐, 생활이 무엇이냐, 빈부의 차별이 정당한 것이냐? 아니다. 우리는 빈곤하다. 우리는 무산계급자다. 무산계급은 타계급의 적과 투쟁하지 않으면 안 된다는 것을 말하기 위하여 너무도 쉽사리 간단하게 처리하였던 것이다. 그 결과 이 일편은 소설이 아니요, 계급의식, 계급투쟁의 개념에 대한 추상적 설명에 시종하고 일언일구가 이것을 설명하기 위하여 사용되었던 것이다. 소설이란 한 개의 건축이다. 기둥도 없이 석가래도 없이 붉은 지붕만 입혀 놓은 건축이 있는가? 어떤 한 개의 제재를 붙들고서 다음으로 어떠한 목적지를 정해 놓고 그 목적지에서 그 제재를 반드시 처분하겠다는 계획을 가지고 그리고서 붓을 들어 되든 안 되든 목적한 포인트를 끌고 와 버리는 것이 박씨의 창작상 근본 결함이다.50)

이러한 김기진의 주장은 마침내 프로문학 내부의 논쟁으로 발전하면서 몇 가지 문제를 제기해 준다.51) 김기진의 문제 제기는 예술로서 문학의 형상화에 대한 언급이라고 할 수 있다. 그런데 박영희

---

50) 김팔봉, 「문예시평」, 『조선지광』, 1926.12. 94쪽.
51) 김윤식은 팔봉의 비판이 갖는 의의에 대하여 '1)프로문학 내부의 최초의 대립이라는 점, 2)팔봉, 회월이 KAPF의 지도적 간부라는 점, 3)프로문학 전반의 급소를 찔렀다는 점, 4)프로문학 운동의 방향전환 직전에 정리하지 않으면 안 되었던 내부의 표면화라는 점, 5)프로문학 창작이 성숙 시기에 접어들었다는 사실 등의 문제를 제시한 것'이라고 지적하고 있다. 김윤식, 『한국근대문예비평사연구』, 한얼문고, 59쪽.

와 김기진 사이에 전개된 논쟁을 두고 김기진의 주장은 정당한 것
이고 박영희의 주장은 잘못된 것이라는 평가가 대부분이었다. 그런
데 이들 논쟁은 그 출발점이 처음부터 서로 다른 데 있었던 것이
다. 박영희는 그의 작품에 대하여 처음부터 예술로서 문학을 문제
시하지 않고, 프로문학운동으로 인식하고 있었다고 할 수 있다. 그
는 '프로문예는 예술적 예술을 요구하지 않는다52)고 전제하고 있
기 때문이다. 그러고 보면 지금까지 많은 논의는 서로 다른 관점에
서있는 양자의 견해를 하나로 묶어서 보려는 데서 문제가 복잡하
게 되었다고 할 수 있다. 이러한 사실은 박영희의 반론에서 보다
분명하게 드러날 뿐만 아니라 당시 문단에서도 박영희의 작품을
이와 같은 관점에서 파악하고 있기 때문이다. 박영희는 「투쟁기에
있는 문예비평가의 임무」에서 그는 레닌이 '프롤레타리아의 모든
일의 한 부분이 되어야 한다. 노동계급의 XX(전위)로 하여금 발동
할 기계 안에 있는 한 작은 齒輪이 되어야 한다. 문학은 조직되고
案出하며 통일되며 xx我黨의 모든 일 가운데의 한 부분이 되어야
한다'고 한 말을 인용하면서 무산계급의 문학 활동은 '예술가'라
는 것보다는 차라리 '문화건축인의 일인'이라는 것이 적당하며, 작
가 또는 비평가는 자신의 계급을 초월할 수 없다는 점을 전제하고
'프로문예 비평가는 프로문예 작가를 적극적으로 지도할 수 있는
능력을 가져야 할 것'53)이라고 주장하면서 비평가의 임무를 다음
과 같이 말하고 있다.

---

52) 박영희, 「투쟁기에 있는 문예비평가의 태도」, (『조선지광』, 1927. 1.), 임규찬
편, 『카프비평선』 Ⅲ, 태학사, 37쪽. (이후 국내자료는 이 책을 사용하고 <임
규찬 Ⅲ>으로 표기한다.
53) 박영희, 「투쟁기에 있는 문예비평가의 태도」 (조선지광, 1927년 1월), <임규
찬 Ⅲ>, 54쪽.

　문예비평가는 작품을 가지고 사회를 여러 가지로 해부하여 설명
하였다. 그러나 프로문예비평가의 중요한 문제는 작품을 어떻게 계
급적으로 xxxxx하는 것을 민중과 작가에게 선전하는 자이다" 라는
말로 잘 대조될 줄로 안다. 브르조아 문예비평가는 작품의 구조에
중요한 착점을 두었다. 그러나 프로문예 비평가는 작품에 나타나는
의식과 사회적 xxx대조하여서 프로작품의 가치를 말해야 할 것이
다.54)

　프롤레타리아의 작품은 군의 말과 같이 독립된 건축물을 만들려
는 것이 아니다. 상론한 말과 같이 큰 기계의 한 齒輪인 것을 또 다
시 말한다. 프롤레타리아의 전 문화가 한 건축물이라 하면 프롤레타
리아 예술은 그 구성물 중에 하나이니 서까래도 될 수 있으며 기와
장도 될 수 있는 것이다. 군의 말과 같이 소설로써 완전한 건물을 만
들 시기는 아직은 프로문예에서는 시기가 상조한 公論이다. 따라서
프로문예가 예술적 소설의 건축물을 만들기에만 노력한다면 그 작가
는 프롤레타리아 문화를 망각한 사람이니 그는 프로작가는 아니다.
다만 그는 프로생활 묘사가에 불과하다.55)

　이러한 견해는 앞에서 가지와다루(鹿地亘)가 변혁기에 있어서 형
식의 완성을 구하는 것은 환상이라고 한 주장을 받아들이면서 문
학을 독자적인 예술로 인식하지 않고 사회를 변혁하는데 목적이
있다는 프로문학의 운동으로 인식하고 있음을 의미한다. 이 점은
당시 문단에서 박영희의 「산양개」에 대한 평가에서도 잘 드러나고
있다.

---

54) 박영희, 위의 글, 34쪽.
55) 박영희, 위의 글, 35쪽.

想涉: 자본계급에 반항하는 계급투쟁을 목표로 삼은 것이겠지요.

白華: 계급쟁투니 자본가이니 그것은 말고 全篇을 보면 그렇게 훌륭한 창작이라고는 할 수 없습니다. 그리고 산양개가 주인을 물어 죽인다는 데 모순이 있습디다.

憑虛: 작자는 그것을 무시했겠지요.

백화: 그러면 그것이 소설이 아니지! ……(중략)……

상섭: 여하간 강박한 관념이 지긋지긋하게 그려지고, 작자의 주안점은 어떠한 자본계급에 암시를 주려고 한 것인데 그 점에 있어서는 성공했다 할 수 있습니다. 그리고 다만 흠 되는 것은 후반부에 가다가다 모순이 있고 치밀하게 못된 것은 구상이 주도치 못한 까닭이겠지요.56)

위의 글에서 이미 염상섭과 현진건은 프로문학이 지향하는 바가 예술성에 있는 것이 아니라 계급투쟁에 있기 때문에 구상이나 형상화에 특별한 관심을 보이지 않는 것을 어느 정도 묵인하고 있다. 따라서 박영희의 주장을 예술적 형상화와 관련하여 검토하는 것은 바람직한 태도라 할 수 없다. 박영희의 주장은 물론 레닌의 견해에 크게 힘입고 있는 것이지만 그것과 함께 아오노(靑野季吉)의 「목적의식론」과 함께 「외재비평론」에 크게 힘입고 있다고 할 수 있다. 특히 그는 아오노(靑野)의 「외재비평론」을 인용하면서 '프로문예 비평가는 계급의식적 의미에서 xxx(혁명전)선의 같은 x(전)사57)라고 강조하고 있다.

이러한 박영희의 주장에 김기진은 「무산문예작품과 무산문예 비평」이라는 글에서 프로문예의 발생이란 '자본주의의 난숙이 사회

---

56) 염상섭(외), 「조선문단 합평회, 4월창작소설총평」, 『조선문단』, 1925. 5. 119쪽.

57) 박영희, 위의 글, 40쪽.

주의 발생을 촉진한 것이나 마찬가지로 브르조아 문학의 난숙이 프롤레타리아 문학의 발생을 촉진한 것'이라고 전제하고, '프롤레타리아 문예의 발생적 본질은 일반 사회 민중의 생활 현실이 결정한 것임은 물론이려니와 그것이 풍부한 역사를 가진 브르조아 문학이 체내에서 생성된 것인 만큼 그것은 결코 '무'에서 추출된 혹은 창조된 '유치한 인간의 상상의 창조'는 아닌 것[58]이라고 하여 부르조아 문학에서 중시하는 예술성의 배제는 바람직하지 않음을 밝히고 형식과 내용의 조화를 주장하기에 이른다.(형식에 관한 문제는 다음 장에서 논의될 것임) 그러면서 프로문학에 있어서 비평의 방법에 대하여 다음과 같은 절충적 태도를 보여주고 있다.

> (프롤레타리아)문예비평은 재래로 발달되어온 문학 전문적 비평의 결과를 취입한 마르크스주의 비평이어야 한다고. …(중략)… 그리하여 나는 나의 결론을 말하면 우리 문예비평가는 소위 내재적 비평을 취입한 외재적 비평이 되어야 한다는 것이다.[59]

여기에서 팔봉 역시 아오노(靑野季吉)의 외재비평과 구라하라의 이론을 빌려오고 있다. 그리고 내재적 비평을 취입한 외재적 비평이란 마르크스주의 비평과 형식주의 비평의 결합이며, 이는 러시아의 루오프 로까체프스키(Rogachevsky)의 견해에 힘입고 있음을 밝히고 있다. 그러나 이러한 방법은 이미 자신이 처음 주장한 '소설 건축론'과는 상당히 이질적인 것이며, 프로문학이 지향하는 것이 예술을 위한 문학이 아니라 정치투쟁을 위한 방편임을 인식한 결과라 할 수 있다. 그 결과 그는 자신이 간과한 문제가 금일의 프롤레

---

58) 김기진, 「무산문예작품과 무산문예비평」, 1927.2. (임규찬, Ⅲ), 57쪽.
59) 김기진, 위의 글, 61-62쪽.

타리아 문예운동은 '투쟁기'에 있다는 점을 망각했음을 인정하고
투쟁기의 프롤레타리아 문학에는 재래의 문학을 넘어뜨리는 일과
프롤레트 컬트의 소임을 실행60)하는 두 가지 임무가 있음을 시인
하고 박영희의 소설에 대한 자신의 최초의 주장을 스스로 반성하
고 있다. 그 결과 그는 그의 비평적 태도에 대한 일부의 비판에 대
해서 '불선명한 점이 있는 것이 사실이라면, 공인하는 사실이라면
마땅히 나는 동지들 앞에서 고개를 숙이고 사죄하고 앞날을 맹서
하겠다'61)고 선언하기에 이르렀다. 이 점과 관련하여 김윤식은 '팔
봉의 이론이 지극히 초보적인 발언이라면 회월의 내용 형식에 대
한 구명은 훨씬 프로문학의 본질적 차원에 접근하려는 노력을 보
인 것이라 할 수 있다'고 지적하면서 팔봉보다 회월이 본래적 의
미의 프로이론가62)라고 규정한 것은 정당한 평가라 하지 않을 수
없다. 그리고 이 논쟁은 결과적으로 프로문학 창작에 커다란 자극
을 주었으며, 내용·형식문제는 표면상으로는 팔봉이 자설 철회로
일단락된 것처럼 보였으나 실제 팔봉으로 하여금 내용과 형식에
대한 치밀한 연구에 돌입하도록 하여 변증법적 양식고를 낳게 하
였고 무애와 횡보 간에 또 다른 차원의 논쟁으로 발전하게 되는
계기가 되었다.

그러나 박영희와 김기진의 1차 논쟁의 전개 과정을 검토할 때

---

60) 김기진, 위의 글, 64쪽.
61) 김기진, 위의 글, 65쪽. 김기진은 이러한 공식적 사죄의 글을 쓰게 된 경위
를 "너는 박영희에게 져라. 지금은 우리들이 무산계급운동의 완전한 건설을
요구하는 시기가 아니다 라는 김복진의 설득에 의해 자설 철회를 했다."고
술회하고 있어 마치 자신의 주장이 정당했던 것처럼 말하지만 그의 주장이
프로문학론에서 벗어나고 있는 것임을 간과해서는 안 된다. 김팔봉, 「한국
문단측면사」, 『사상계』, 1958. 199-200쪽.
62) 김윤식, 『한국근대문예비평사연구』, 69쪽.

무엇보다 중요한 것은 그들 논의의 핵심이 문학에 있어서 형식과
내용의 문제라기 보다는 문학의 가치는 어디에 있는가 하는 문제
임을 알 수 있다. 그러나 김기진의 주장은 문학 일반의 가치를 문
제 삼고 있는데 반하여, 박영희는 프로문학의 가치는 어디에 있는
가 하는 문제임을 알 수 있다. 따라서 이들 논쟁이 프로문학을 전
제로 하고 있는가 그렇지 않는가에 따라 두 사람의 주장의 정당성
이 판단되어야 한다. 이렇게 볼 때 이들 두 사람 모두 카프의 맹원
이라는 점을 고려할 때 그들의 비평방법이나 가치 판단의 기준은
당연히 프로문학에 근거하여야 할 것이다. 프로문학의 가치를 정치
적 가치에 두는가, 아니면 예술적 가치에 두는가 하는 문제는 프로
문학 내부의 핵심적 논쟁으로 부각되어 마침내 프로문학은 예술로
서 문학을 지향하는 것이 아니라 프롤레타리아트를 아지 데이트하
는 '문학운동'으로서 그 존재 의의를 지니는 것으로 규정된 바 있
다. 이러한 관점에서 이들 논쟁을 검토하면 박영희의 주장은 온당
한 것이다. 그럼에도 불구하고 이들 사이에 벌어진 논쟁에 대하여
팔봉이 제기한 것이 곧 무엇이 문학이고 무엇이 문학이 아닌가 하
는 문학의 본질에 관한 물음이 되는 것인데 반해, 회월의 대답은
문학의 역할은 무엇인가 하는 문학의 기능에 관한 언급으로 일관
되어 있다[63]고 지적하면서 회월의 주장이 잘못되었다는 견해를 보
이는 것은 커다란 오류이며, 프로문학을 대상으로 이러한 주장을
펼친 팔봉의 견해는 이미 프로문학의 특수성을 망각한 것이라 하
지 않을 수 없다. 또 팔봉이 프로문학 작품도 어디까지나 작품이어
야 하기 때문에 그것이 갖추어야만 할 본질적인 요소들이 있다는
말로 회월을 공격하고 있는 것인데, 이를 두고 회월이 자신의 글이

---

63) 김영민, 앞의 책, 250쪽.

이미 작품이라고 하는 것은 기정사실로 해둔 채 그것의 기능에 관한 논의만을 한다는 것은 오류[64]라고 지적하는 것도 같은 이유로 비판되어야 할 것이다. 이러한 기존의 지적들은 '프로문학'과 '프로문학운동'을 구분하지 못한데서 비롯된 것이라 할 수 있다.

한편 김기진과 박영희의 논쟁에 대하여 권구현과 양주동이 가세하여 새로이 프로문학에 있어서 형식문제를 집중적으로 논의하는 계기를 마련한다.

권구현은 김기진의 견해를 비판하면서 계급문학이 지향하는 세계를 밝히고 있다. 그는 우선 김기진의 비평적 태도를 '개평과 총평을 막론하고 프로문예 비평가의 태도로서는 너무도 모호한 嫌이 있다'고 전제하고 '소설은 한 개의 건축'이라는 것은 예술의 독립적 존재성을 주장하는 데에 떨어지고 마는 것이니 이것은 곧 예술을 위한 예술을 고조하는 태도에 불과하다[65]고 규정한다. 그는 시대의 변화에 따라 문학의 변화는 필연적인 것이라 하여 부르조아 문학이 향락적, 보수적, 퇴폐적인데 반하여 프롤레타리아 문학은 선전적, 도전적, 혁명적인 것으로 루나찰스키의 'xxx과정에 있는 무산계급의 예술은 낭만적 비극적, 폭풍적 형식을 취하는 외에는 정세한 내용을 가질 수는 없다. 그것은 무산계급이 계급적 완성을 이루기 전에는 무산계급의 독립적 문화를 소유할 수 없는 까닭'[66]이라는 말을 인용하여 프로문학의 사명을 '사상전의 제일 전선을 분담'하는 일임을 역설하고 프로문학의 비평가 또한 작품의 평가에 이러한 점을 중시해야 할 것을 長劍에 비유하여 다음과 같이 설명

---

64) 김영민, 위의 책, 251쪽.
65) 권구현, 「계급문학과 그 비판적 요소」, 1927.2. (임규찬-III), 43쪽.
66) 권구현, 위의 글, 46쪽.

하고 있다.

> 미구에 짓쳐들어 올 적을 방비하기 위하여, 격파하기 위하여 응급
> 히 제작하는 이 장검에서 무엇을 요구할 것인가. 정제한 전형과 광
> 택 있는 맵시를 구할 것인가. 皮匣을 구할 것인가. 아니다. 아무 것
> 도 구하여 요하지는 않는다. 여기에서 오로지 바라는 것은 먼저 自
> 好한 강철을 취택한 다음에 낙락장송이라도 一刀에 斬斷할 날카로운
> 白刀뿐이다. …(중략)… 여기에 참된 프롤레타리아 예술비평가가 있
> 다. 하면 먼저 그 강철의 良否를 심사하고 다음으로 劍刀을 만져봄
> 에 그칠 것이다. 그리고 여분의 요건은 평화기에 가서 찾을 것이
> 다.67)

이러한 권구현의 주장은 박영희의 견해와 일치하고 있는 것이다.
결국 이들은 프로문학을 독립된 문학으로서가 아니라 문학운동으
로 인식하고 있기 때문에 문학의 가치 판단 또한 형식 이전에 그
내용이어야 할 것을 강조하게 된다.

이에 비하여 양주동은 문학에 있어서 표현의 중요성을 강조한다.
그는 '선전문학일수록, 무산문학일수록 더욱 한층 문학표현 방식에
치중해야 한다'68)고 하여 김기진의 비평적 태도에 대하여 옹호하
는 입장을 취하고 있다. 그러나 양주동의 견해 역시 프로문학과 프
로문학운동을 명확히 구분하지 않음으로써 문학의 독자성을 인정
하는 입장에 서 있음을 알 수 있다.

한편 이들의 논쟁에서 비평의 방법으로 제시된 것이 소위 일원
론과 이원론이었다. 박영희는 스스로 자신은 내용과 형식을 하나로
파악하는 일원론자인 반면에 김기진의 비평 태도는 이원론이라고

---

67) 권구현, 위의 글, 51쪽.
68) 양주동, 「문단 3분야」, 『新民』, 1927. 5. 106쪽.

규정한다. 김기진은 자신의 비평태도는 외재적 비평을 중시하면서 거기에 머물지 않고 내재적 비평으로서 작품의 표현과 형식에 관심을 두는 이원론적 관점[69]임을 밝히고 있다. 그러나 김기진이 박영희의 『철야』에 대한 비평에서 보여준 태도는 내용과 형식을 구분하는 이원론적 태도를 보여주었던 것이 아니고 형식 우위의 일원론이었다고 할 수 있다. 그리하여 그의 형식 우위의 비평적 태도가 비판이 대상이 되자 그는 내용을 주로 하고 형식을 종으로 하는 비평적 태도로 방향을 전환했다고 할 수 있다. 이에 대하여 박영희는 자신의 비평 태도를 내용과 형식을 구분하지 않는 맑스주의적 일원론[70]으로 규정할 뿐만 아니라 김기진 역시 처음과는 달리 일원론으로 비평태도를 수정했음을 밝혀주고 있지만, 이들의 주장을 엄격히 따져보면 회월은 내용이 형식을 결정한다는 내용 중심의 일원론이고, 팔봉은 형식과 내용의 대등한 입장의 결합이라는 점에서의 일원론인 것이다. 그러나 다른 관점에서 보면 회월의 주장은 형식이 내용에 포함되는 것으로 일원론이라 한다면, 팔봉의 주장은 내용과 형식을 동일한 차원에서 대등한 결합이라고 보기 때문에 이원론이라 할 수도 있다. 그러므로 일원론이니 이원론이니 하는 것보다는 문학의 사회적 의의를 알기 위하여 '문학 특유의

---

69) 기진: 네, 작품을 대할 때에는 언제든지 이러한 用意를 가집니다. 첫째로 그 작품에 드러난 작자의 정신이라든가 사상이 우리의 소속계급과 얼마나한 관계를 맺고 있는가? 또 그리고 이와 같은 사상은 어떤 계급을 위한 소임을 하는가? 그리고 무산계급은 이 정신, 이 사상을 환영할 것인가, 아닌가? 하는 것을 검토하는 것입니다. 그리고 둘째로는 그 작품이 예술적으로 성공한 것인가, 아닌가? 구상이라든가 표현이라든가 하는 형식에 관한 검토입니다. 이것이 말하자면 나의 태도이겠습니다. 문사방문기, 김기진편. 『조선문단』, 1927년 2월호, 67쪽 참조.
70) 문사방문기, 박영희편, 『조선문단』, 1927년 3월호. 38-39쪽.

영역에서 벗어나야 하느냐', 아니면 '문학 속에서' 찾아야 하느냐
로 보는 것이 보다 자연스러울 것71)이다. 여기에서 회월이 주장이
프로문학의 본질과 관련하여 볼 때 정당한 것이며, 이는 아오노의
「외재비평론」에 충실하다고 할 수 있다. 그러므로 박영희가 김기진
과 논쟁에서 강조한 것은 형식과 내용을 통일하는 일원론이라기
보다는 형식을 배제하는 일원론이었다고 할 수 있다. 그리고 김기
진의 주장 역시 투쟁기라는 특수성을 고려하여 형식 우위라는 자
설을 철회하고 형식을 내용에 종속시키는 유물론적 비평태도로 전
환함으로서 KAPF의 공식적 태도를 수용하게 되었다. 이처럼 박영
희의 이론을 중심으로 비평방법 및 가치 평가의 기준은 아나키스
트인 金華山에 의하여 예술론이 아닌 선전 포스타, 인민위원회 정
견 발표문에 불과한 것72)이라는 비판을 받기에 이른다.

　이처럼 두 사람은 근본적인 변화가 없이 표면적으로 일원론이라
는 비평 태도를 표명함으로써 합치점을 보여주려고 했다. 이러한
미봉책은 스스로 절충파라고 자칭한 양주동을 비롯한 민족주의 진
영에서조차 이 논쟁에 개입함으로써 비평 태도 및 가치 평가문제
가 KAPF 내부의 문제로 국한되지 않고 전문단의 관심사가 됨으로
써 그들의 논쟁은 내부 갈등으로 비쳐지고, 내부 분열을 가져 올
위험을 초래하게 되었다. 그리하여 마침내 김기진은 자설을 철회하
는 한편 두 사람 모두 일원론이라는 비평 태도를 표명하는 것으로
이 논쟁은 표면에서 사라지게 되었다. 그러나 이 논쟁은 결과적으
로 프로문학에 있어서 문학의 독자성을 부인하고 문학의 운동성을

---

71) 김윤식, 앞의 책, 65쪽.
72) 김화산, 「계급예술론의 신전개」, (『조선문단』, 제20호, 1927.3.), <임규찬-
　　III>, 105쪽. (아나키스트와의 논쟁에 대해서는 「방향전환론」을 참조할 것.

중시하는 박영희의 이론이 중심이론으로 자리잡는 계기가 되고, 이러한 결과에 힘입어 박영희는 곧이어 목적의식론을 주장하게 되었으며, 다른 한편으로는 KAPF 내부로부터 프로문학에 있어서 형식문제와 함께 예술대중화 문제를 본격적으로 논의할 필요성을 부각시키는 결과를 가져 왔다.

2) 변증적 사실주의와 형식의 탐구

20년대 프로문학 최초로 박영희와 김기진 사이에 벌어진 내부적 논쟁을 일반적으로 '내용 형식 논쟁'이라 일컬어 온 것은 이것이 처음에는 비평의 방법과 가치 문제에서 출발하여 점차 프로문학에 있어서 형식의 문제로 바뀌어진 사실과 일정한 관련이 있다. 물론 처음부터 프로문학이 문학적 형상화 문제를 완전히 배제한 것은 아니지만, 그것이 문제가 된 것은 문학이 본질적으로 지니고 있는 전달성과 예술성이라는 양 축을 어떻게 보느냐 하는 문제에서 중요한 문제로 제기되었다. 그리하여 박영희는 일차적으로 투쟁기라는 특수한 시기를 전제로 하여 문학의 전달성이 예술성보다 중시되어야 한다는 주장을 펴게 되는 것이며, 김기진의 자설 철회도 투쟁기라는 시기적 특수성을 수용함으로써 가능했던 것이다. 그렇다고 하여 문학적 형상화 문제를 완전히 배제할 수 없다는 데서 형식문제가 보다 본격적으로 논의될 수밖에 없었다.

프로문학에 있어서 형식문제에 대한 최초의 관심은 역시 김기진으로 그는 소위 '소설은 한 개의 건축이다'라는 명제로 예의 박영희의 작품 「철야」를 비판함으로써 제기한다. 이러한 주장은 매우 정당한 것이라 할 수 있지만, 그것이 프로문학을 대상으로 할 때는 많은 오해와 문제를 야기시켜주는 것이다. 그리하여 회월은 팔봉의 비판에 대하여 레닌의 말을 인용하여 'xxxxx의 프롤레타리아는 가장 완전한 형식 가운데서 그들을 설명하며 이 원리를 발전시키기 위하여 노동자 단체의 문학의 근본 원리를 생각하지 않으면 아니 된다.'고 전제하고 완전한 형식이란 묘사의 형식이 아니라 그 주위를 xx(선전)하는데 xxx수단을 말하는 것이다. 묘사의 시대, 해석의 시대는 브르조아 사회와 한 가지로 지나갔다. 다만 xxxx, 건설의 시대, xx(혁명)의 시대가 있으니 그것이 우리의 시대[73]라고 주장했다. 이러한 주장은 언뜻 보면 형식 자체를 무시하는 것 같지만 그가 부정하는 것은 기존의 부르조아문학의 형식을 거부하고 있음을 알 수 있다. 그는 프로문학의 새로운 형식, 즉 선전과 선동에 적합한 형식의 필요를 인정하고 있는 것이다. 이 점은 「문예시평」에서 최근의 시형, 즉 화학기호, 기하학적 선, 회화적 기교를 형식 유희로 보고 '실용적 형식'으로 나아갈 것을 주장[74]하고 있는 데서도 확인할 수 있다.

　이러한 회월의 주장에 대하여 김기진은 프로문학이라고 하여 선전문학과 같은 '문학상 기계론'은 성립할 수 없음을 분명히 하면서 다음과 같은 반론을 제기한다.

　　프롤레타리아 문학에 취하여 가장 긴요한 조건은 내용과 형식의 온전한 조화이다. 그리고 형식과 내용과의 조화를 어디서 구할 수 있느냐 하면 그 표현, 기교, 형식은 각 시대의 우수한 것으로서 그것을 배우지 아니하면 아니 된다. 과거시대의 그것들이 반드시 좋다는 것은 아니다. 그것을 해부하고 분석함은 그것이 구문학 파괴의 원동

---

73) 박영희, 「투쟁기에 있는 문예비평가의 태도」, (임규찬－Ⅲ), 38－39쪽.
74) 박영희, 「문예시평」, 『조선지광』, 1927.9. (임규찬－Ⅲ), 83쪽.

력이 되는 수도 있다.75)

이러한 팔봉의 주장에서 과거 문학의 기법을 배워야 한다는 주장과 이것은 동시에 구문학을 파괴하는 원동력이 된다고 하는 것은 상호 모순된 견해라 하지 않을 수 없다. 이러한 모순은 과거의 문학적 형식을 비판적으로 수용하여야 한다고 주장하는 구라하라(藏原惟人)의 견해와 과거문학이 지니고 있던 형식을 파괴해야 한다는 가지(鹿地)의 견해를 동시에 받아들인 데서 비롯되고 있다. 이러한 팔봉의 주장에 대하여 회월은 팔봉을 형식파로 인정하게 되고 형식주의는 마르크스주의에 전력을 다하여 대항하고 있다고 주장하면서 트로츠키의 이론을 근거로 문학은 형식의 산물이 아니며, 문학자는 연금술적 직공이 아니라고 전제하고 다음과 같이 반박을 가한다.

> 문학은 그 중축을 형성하고 있는 작가의 인생관 내지 사회 혹은 세계관 —사상— 이 개인적으로 향유하는 것이 아니라 민중적, 집단적으로 그 문학적 기능을 다하는 것이 될 수 있는 것이다. 작품의 체계를 구성하는 작가의 사상은 그 시대나 그 민중의 생활 가운데서 얻을 수 있는 것이니 작품에 나타나는 민중 생활은 늘 작가가 사회과정에 있어서 변천하는 현실관을 가질 수 있는 까닭이다.76)

이러한 박영희의 주장은 문학에 있어서 형식이란 작가의 세계관에서 비롯되며 그것은 민중생활에서 자연스럽게 얻을 수 있는 것이라고 본다. 따라서 형식은 따로 존재하는 것이 아니라 작가의 세

---

75) 김기진, 「무산문예작품과 무산문예비평」, (임규찬 – III), 57 – 58쪽.
76) 박영희, 「문학비평의 형식파와 맑스주의」, 1927년 3월, (임규찬 – III), 89쪽.

계관(내용)에 따라 새롭게 창출될 것으로 인식하고 있는 것이다. 이 와는 달리 팔봉은 어느 의미에서는 절충파라 할만큼 내용과 형식 의 조화를 강조하고 있다. 그는 모든 예술의 근본은 표현에 있다고 전제하고, 이러한 주장은 형식파의 주장이기는 하지만 프로문학의 경우에도 이 점을 인정해야 한다고 했다. 그러면서 프로문학파는 '예술이 예술인 소이가 표현에 있다는 말은 부인하지 아니하나 그 러나 어떻게 표현하였느냐 하는 조건보다도 무엇을 표현하였느냐 하는 조건이 예술의 기본적 요건'이며, '내용이 즉 표현이요 표현 이 즉 내용이니 이것은 둘이 아니요 하나'라 하여 다음과 같이 끝 맺고 있다.

> 우리들의 소설은 새로운 생활의 조직인 동시에 내용과 표현의 완 전한 조직이 아니고서는 견디지 못할 것이 아닌가. 내용과 표현이 한 물건이고 별다른 두 개가 아님에도 고사하고 내용과 표현은 작가 의 수완의 우열 여하에 의하여서 혹은 背馳되며 혹은 조화를 이루며 혹은 서로 모순되는 사실이 있음으로 비평은 此等 비조직을 적발하 며 프롤레타리아 소설로서의 임무를 다하지 못하는 것을 지시할 임 무가 있는 것이다. 내가 소설은 건축이다 운운한 것은 조직이라는 말의 동의어로 사용한 것이다.77)

이처럼 팔봉의 주장은 내용과 형식의 조화라는 주장에서 벗어나 지 않고 있다. 뿐만 아니라 그가 주장하는 형식도 새로운 형식이 아니라 기존의 부르조아 형식이라고 하지 않을 수 없다. 그러므로 박영희는 이러한 팔봉의 태도에 대하여 집요한 공격을 가하게 되 었으며, 마침내 김기진은 「변증적 사실주의」(1929)라는 논문에서 양

---

77) 팔봉, 「내용과 표현」, 1927년 4월. (임규찬-III), 64쪽.

식 문제를 집중적으로 논의하기에 이른다. 여기에서 그는 먼저 프로문학은 전대중을 끌어올리는 '연장'(도구-필자)으로서 문학이어야 할 것을 강조하면서 현재는 '극도로 재미없는 정세'에 처하여 있기 때문에 '연장으로서의 문학'은 그 정도를 수그려야 한다[78]고 주장하고 양식문제를 논의해야 할 이유를 찾고 있다. 이러한 팔봉의 견해는 현실 추수적이며, 기회주의적 태도[79]라 할 수도 있지만, 새로운 형식을 통하여 프로문학의 지향점으로 변증적 사실주의를 모색하려는 노력으로 평가할 수 있다. 그는 '형식이란 표면의 구체적 존재를 결정하는 것'이라고 주장하고 문학에 있어서 내용과 형식의 관계를 다음과 같이 설명하고 있다.

> 존재를 최후로 결정하는 것은 형식이다. 무엇이 존재하려면 그 무엇이 발생하면서 동시에 필요한 형식을 동반하고 그 무엇의 성질에 따라서 그 형식은 많든지 적든지 간에 변경하여야 한다. 그러므로 형식이라고 하는 것은 언제든지 내용에 따라 다니는 것이다.[80]

이러한 주장은 그의 처음 주장과는 상당히 다른 것으로 내용에 따른 형식의 변화를 인정하는 것으로, 형식을 내용에 종속하는 것으로 인식함으로써 형식 우위에서 내용 우위로 바뀌어져 있음을 알 수 있다. 이런 태도의 변화는 목적의식에 바탕을 둔 방향전환을 인정하는 결과라 하지 않을 수 없다. 따라서 앞에서 지적한 바와 같이 팔봉의 「변증적 사실주의」는 대중화의 방안의 하나이면서 동

---

78) 김기진, 「변증적 사실주의-양식문제에 대한 초고」, 1929.2. (임규찬-Ⅲ), 499쪽.
79) 安漠은 김기진의 이런 태도를 기회주의적 태도라 하여 비판을 하고 있는데 이 점은 뒤에서 논의될 것임.
80) 김기진, 위의 글, (임규찬-Ⅲ), 500쪽.

시에 창작방법론의 출발점이 되기도 한다. 그리하여 그는 작가의 사회적 태도를 두 가지로 나누어 그 하나는 주관적, 보수적 태도이고, 다른 하나는 객관적, 진취적 태도라 하여 전자는 몰락하는 집단의 이데올로기를 나타내게 되며, 후자는 발흥하는 계급의 이데올로기를 나타내는 것이라 하고 구체적인 사례로 작품을 분석하고 있다. 그리고 결론적으로 프로작가가 취하여야 할 '표현주의'(그것은 프롤레타리아 철학에 입각한 변증적 사실주의)[81]를 8항으로 제시하고 있는 바 그것을 요약하면 다음과 같다.

(1) 프로작가는 첫째 현실 사물을 있는 그대로 객관적으로 현실적으로 보는 태도를 가져야 한다.

(2) 프로작가는 사건의 발단과 또는 귀결을 추상적 원인에서 끌어오지 않아야 하며, 추상적 존재로 끌어다 붙이지 않아야 한다.

(3) 프로작가는 온갖 사물을 정지 상태에서 보지 않고 운동 상태에서 보아야 하며, 부분에서만 있지 않고 전체 중에서 보아야 하며, 고립적으로 보지 않고 전체와의 불가분의 관계로 보고 묘사하여야 한다.

(4) 프로작가는 추상적 인간성의 묘사에 중심을 두지 않고 물질적 사회생활의 분석, 대조, 비판에 중심을 두어야 한다.

(5) 프로작가는 제재에 구애될 것이 없이 자유로이 창작하되 귀족 자본가, 소시민들의 생활을 묘사할 때에는 반드시 그것을 노동자, 농민의 생활과의 대조로서 취급하는 것이 가하다.

(6) 프로작가의 묘사 수법은 필연적으로 객관적, 현실적, 실재적, 구체적이어야 한다.

(7) 프로작가는 초계급적 태도가 아니라 프롤레타리아의 전위의 태도여야 한다.

(8) 위의 조건은 모두 정당한 것이 아니고, 여러 번 시험되고 개정되어야 한다.[82]

---

81) 김기진, 「변증적 사실주의」, (임규찬-III), 509쪽.

이상의 지적은 누가 보아도 프로문학의 특수성이나 형식을 논한 것이라 할 수 있는 것은 아니다. 더구나 변증적, 유물론적 요소와도 상당한 거리에 있다고 하지 않을 수 없다. 굳이 프로문학과 관련하여 의미를 부여한다면 (4), (5), (7)항을 들 수 있지만 그것은 새삼스레 문제시할 것도 아니다. 따라서 염상섭은 팔봉의 주장은 리얼리즘 문학의 일반적 특성을 지적한 것에 지나지 않는 것으로 프로작가의 독특한 경지가 아님을 지적했다.83) 양주동 또한 이에 가세하여 팔봉의 견해를 비판하기에 이른다. 양주동은 「문예상의 내용과 형식문제」에서 내용과 형식의 관계를 매우 정세하게 구별84)하고 있지만, 그것이 프로문학론에 있어서는 별다른 의미를 지니지 못하는 것이다. 이것은 김윤식의 지적처럼 일본의 형식주의자 다니가와(谷川徹三)의 「형식주의 재론」을 그대로 옮긴 것85)으로 구라하라(藏原惟人)에 의하여 비판을 받은 바 있다.

---

82) 김기진, 위의 글, (임규찬-III), 509-510쪽 참조.

83) 염상섭, 「討究, 批判3題」, 동아일보, 1929. 5. 5.

84) 양주동은 문예상의 내용과 형식의 문제를 1)내용에 대한 인식은 인간 활동이요 형식을 부여함이 작가활동이다. 2)내용은 존재 자체인데 형식은 존재의 표시인 동시에 가치의 양상이다. 3) 내용만으로는 예술이 성립될 수 없다. 단순한 존재 자체 만에서는 가치를 추출할 수 없다. 4)형식이 예술을 구성하는 제1의적 요건이다. 예술은 가치의 세계에 속한다. 5)내용은 형식을 결정한다. 작가활동 곧 내용이 형식을 결정하는 순간부터 예술이 시작되기 때문이다. 6)문예는 양식상의 주의를 결정한 후에 비로소 문예상의 주의가 된다. 7)형식도 내용을 결정할 수 있다. 8)예술에서의 형식, 내용 그 어느 쪽에 편중되느냐 하는 문제는 시대에 따라 다르다. 9)타락한 예술은 내용과 형식 가운데 어느 한 쪽으로 편중한다. 10)완전한 예술은 양자의 일치 조화로써만 가능하다고 규정한다. 양주동, 「문예상의 내용과 형식의 문제」, 『문예공론』, 1929. 6.

85) 김윤식, 앞의 책, 73쪽.

이상에서 살펴 본 바와 같이 박영희, 김기진, 양주동 등에 의한 형식에 대한 탐구는 그 깊이에 있어서 별다른 진전을 보이지 못했다. 그런데 1930년 KAPF의 소장파인 安漠은 「프로예술의 형식문제」를 통하여 프로문학에 있어서 형식의 문제를 새로운 각도에서 논의하게 된다. 이 글은 그 내용에 있어서 김기진의 이론을 뛰어넘는 것으로 당대의 프로문학의 형식 논의에서 가장 대표적인 글이라 하지 않을 수 없다.

그는 먼저 프로문학에서 형식문제가 중요한 문제로 제기된 이유를 대중화의 한 과정에서 필연적으로 제기된 것임을 명확히 하고 있다. 이 점은 앞에서 박영희와 김기진 사이에 벌어진 논쟁의 발단이 이 점을 명확히 하지 않고 곧바로 비평의 방법이나 가치 문제, 그리고 형식의 문제를 한꺼번에, 그리고 피상적으로 제기함으로써 야기된 혼란을 바로 잡을 수 있는 바탕이 되는 것이다. 따라서 안막은 먼저 프로문학의 형식문제는 수백만 대중을 '아지테이션'하기 위해서 필요한 것임을 지적한다. 그에 의하면 지금까지 프로문학은 문화적 수준이 높은 일부 소수 지식인 독자를 대상으로 하였을 때에는 형식문제가 별로 문제될 것이 없었지만, 문화적으로 뒤쳐진 무산대중을 독자로 확보하기 위해서는 루나찰스키가 지적한 바 '문학의 대중성은 내용적 성질의 것이 아니라 형식적 성질의 것'이라는 명제를 수행하기 위해서 기술문제 즉 형식문제가 필연적으로 문제되는 것[86]임을 분명히 하고 있다. 그럼에도 불구하고 김기진의 경우 이러한 근본 문제를 올바로 인식하지 못하고 기회주의적 태도를 보이고 있다고 비판한다. 그리고 형식주의자들의 형식론은 사회적 절망에서 오는 것으로 형식지상주의에 지나지 않는

---

86) 안막, 「프로예술의 형식문제」, 1930. 3. (임규찬 —IV), 76쪽 참조.

다고 하여 양주동의 견해를 비판한다. 그는 프로문학에 있어서 형
식이란 '생산적 노동과정으로 인하여 먼저 부여된 형식적 가능과
그 예술의 내용이 되는 사회적 및 계급적 필요와의 변증법적 교호
작용 속에서 결정된다'는 구라하라(藏原惟人)의 견해를 바탕으로
프로문학에 있어서 형식문제를 다음과 같이 규정하게 된다.

　　일정한 예술적 내용은 거기에 적응하는 일정한 표현형식에 도달
　하려고 노력한다. 그 예술적 표현인 사회적, 계급적 필요는 사회가
　물질적 기술에 의하여 부여한 형식적 가능과 결부된다. 그리하여 그
　변증법적 교호작용 속에 일정한 예술적 내용은 그 내용에 가장 적응
　한 예술 형식을 확정할 수 있다. 프롤레타리아예술의 표현 형식도
　물론 그 내용으로 인하여 결정되고 부여된 형식적 방법론적 가능과
　의 변증법적 교호작용 속에서 확정됨은 일반 예술과 매한가지인 것
　이다.87)

위의 규정은 그가 이론적 근거로 끌고 온 구라하라(藏原惟人)의
견해를 부연 설명하는 것에 지나지 않지만, 프로문학에 있어서 형
식이 부르조아의 형식을 거부하고 새로운 형식을 탐구해야 하는
이유를 밝혀준 것이라 할 수 있다. 그 결과 그는 프롤레타리아트의
역사적 경제적 계급적 존재의 본질을 지적하고 이에 근거한　세
가지 형식적 방법적 요소를 제시하기에 이른다. 그것을 요약하면
다음과 같다.

　　① 새로운 형식은 이데올로기와 피시콜로기적 내용으로 인하여 필연적
　　　으로 x x x적　행동적 표현양식을 요구한다.

---

87) 안막, 위의 글, (임규찬-Ⅳ). 87쪽.

② 분석적인 개인주의적 무정부주의적 형식에 대항하여 종합적, 집단주
   의적, 조직적, 합리적 형식을 요구한다. 또 자본주의 생산과정 그것
   의 기구를 통해서 생활하는 프롤레타리아트의 감각적 특징과 xx주
   의적 물질적 토대라는 인식의 사상적 특징으로 인하여 근대적 역학
   적 계획적 표현형식을 필연적으로 요구한다.
③ 프롤레타리아 예술의 객관적 현실주의적 태도는 필연적으로 주관적
   관념적 묘사적인 아이디얼리즘에 대항하여 객관적 현실주의적 구체
   적 유물론적인 리얼리즘의 형식적 가능과 결부된다.[88]

　이러한 주장은 프로문학의 형식은 결국 유물론적 변증법에 입각
하여야 하며, 이러한 것에 의하여 작품이 제작될 때 그것은 프롤레
타리아 리얼리즘에 이르는 길임을 강조하고 있다. 이처럼 형식에
대한 안막의 주장은 구라하라고레히토(藏原惟人)의 이론을 바탕으
로 이루어진 것임에도 불구하고 이전의 어떤 논의에서도 볼 수 없
는 내용과 형식의 변증법적 교호작용으로서 형식 문제를 파악한
점은 이전의 논의에서 한 걸음 진전된 것으로 그것은 단순히 형식
문제에 머물지 않고 다음의 창작방법론으로 연결된다는 점에서 중
요한 의미를 지니는 것이다.

Ⅳ. 결 론

　지금까지 필자는 1920년대 프로문학론에 있어서 비평방법과 가
치 문제에 대하여 그 전개 양상과 비평사적 의의에 대하여 살펴보
았다. 그것을 요약 정리하면 다음과 같이 말할 수 있다.

88) 안막, 위의 글, 90쪽 참조.

1920년대 비평이 프로문학을 중심으로 전개되었다고 할 때, 프로 비평은 내부적 이론 투쟁이라는 형태를 취함으로써 논쟁의 형태로 나타날 수밖에 없었다. 그 논쟁의 출발은 김기진과 박영희에 의한 소위 '내용과 형식 논쟁'이었다. 그러나 그들의 논쟁을 보다 엄격 하게 살펴보면 내용과 형식문제라기 보다는 비평의 방법과 가치 기준을 어디에 둘 것인가 하는 문제였음을 알 수 있다. 다시 말하 면 김기진의 비평 방법은 내재적 비평으로서 작품의 형상화 여부 에 따라 작품의 가치 판단이 이루어져야 한다고 주장한 반면에 박 영희는 프로문학은 작품의 형상화보다는 내용이 중요하기 때문에 외재적 비평에 의한 가치 판단이어야 한다고 반론을 제기했던 것 이다. 따라서 지금까지 이들의 논쟁을 내용과 형식에 대한 논쟁이 라고 규정한 것은 비평방법과 가치 문제를 둘러싼 논쟁으로 이해 할 때만 이들 논쟁의 실상을 정확하게 파악할 수 있게 된다. 따라 서 이들 논쟁에 대한 기존의 평가는 김기진의 논리가 긍정되고 박 영희의 논리가 부정되어 온 것은 프로문학론에 근거를 둔 것이 아 니라 자본주의 문학론에 의한 판단이었다. 프로문학에 대한 논의는 무엇보다도 먼저 '프로문학'과 '프로문학운동'을 구별하는 일이 중요하다. 아오노수에키치(靑野季吉)에 의하면 '프로문학'은 자연 생 장적 문학인데 비하여 '프로문학운동'은 목적의식에 바탕을 둔 것 이기 때문에 이 양자는 엄격히 구별되어야 한다는 것이다. 그러므 로 프로문학이 사회의 변혁을 목적으로 하는 문학이기 위해서는 자연생장적인 문학에서 운동으로서 문학이 되지 않으면 안돼는 것 이다. 따라서 박영희의 주장은 당시 일본 프로문학계의 대표적 논 문인 아오노(靑野)의 「외재비평론」과 「목적의식론」에 이론적 바탕 을 두고 이루어진 것으로 프로문학운동에 근거한 것이었다. 따라서 그의 주장은 프로문학운동으로 정당성을 획득할 수 있었는 데 반하여, 김기진의 주장은 형식주의 문학론과 프로문학론을 종합하고 절충한 느낌이 없지 않으며, 일본 프로문학론을 수용함에 있어서도 서로 상반되는 비평가의 이론을 수용함으로써 논리적 모순을 보이고 있어 프로문학론으로서는 일정한 한계를 지닐 수밖에 없었다.

이처럼 프로문학과 프로문학운동을 명확히 구별하고 나면 이들의 논쟁은 별다른 문제가 되지 않는다. 그럼에도 불구하고 1920년대 프로문학계의 최초의 이론투쟁으로 비평방법과 가치 문제를 둘러싸고 논쟁이 벌어질 수 있었던 것은 이 논쟁에 선행하여 프로문학과 프로문학운동을 구별해야 할 필요성을 명확히 하지 않았기 때문이다. 따라서 박영희는 김기진과의 논쟁의 와중에서 목적의식과 방향전환론을 본격적으로 논의하기에 이른다. 그런가 하면 김기진은 처음 자기의 주장이 투쟁기의 특수성을 망각했다는 내부의 비판에 따라 철회하고 방향전환에 따른 예술의 대중화 문제와 함께 형식에 대한 탐구를 보다 구체적으로 하게 된다. 그러나 김기진은 형식문제에 많은 관심을 기울이지만 그것은 리얼리즘문학의 형식론에서 크게 벗어나지 못하고 대중화론과 창작 방법론으로 확대되고 말았다. 이와는 달리 프로문학의 형식에 대한 탐구는 안막에 의하여 구체화되게 되는데 그는 구라하라고레히토(藏原惟人)의 이론에 근거를 두고 프로문학의 형식을 내용과 형식의 변증법적 교호작용으로 설명하여 형식 논의의 새로운 방향을 제시하였다.

사실 프로문학론의 전개 과정을 논리적으로 살펴보면 프로문학과 프로문학 운동을 구별하는 이론적 근거로서 목적의식론이 그 출발점이라면 목적의식을 대중에게 침투시키기 위한 방법으로 대중화론이 다음으로 제기되게 마련이며, 여기에서 내용과 형식의 문제 및 가치 문제가 중요한 문제로 대두되고, 마지막으로 작가의 세계관을 문제로 하는 창작방법론으로 귀결되게 마련인 것이다. 그럼에도 불구하고 우리의 프로문학론은 이러한 단계를 밟지 않고 김기진과 박영희를 중심으로 벌어진 비평의 방법과 가치 문제를 둘러 싼 논쟁이 벌어짐으로서 많은 혼란을 야기하였으며, 문제의 본질에 깊이 들어가지도 못했다고 할 수 있다. 그러나 이들 논의는 곧이어 목적의식론, 대중화론, 창작방법론에 대한 논의의 필요성을 제기해 줌으로써 보다 본격적인 프로문학론을 정초시키는 계기를 마련해 주었다는데 비평사적 의의를 지니는 것이라 할 수 있겠다.

제4장
예술대중화론

I. 서 론

한국에 있어서 프로문학의 성립은 주지하는 바와 같이 1925년에 KAPF가 결성되면서 계급문학으로서 분명한 성격을 지니게 된다. 그러나 프로문학에 대한 뚜렷한 이론적 바탕을 마련하지 못한 결과, 먼저 자체 내에서 방법을 둘러싼 논쟁이 일어나게 된 것은 필연적 결과라 할 수 있다. 그리하여 1926년에는 소위 문학의 형식과 내용을 둘러싸고 김기진과 박영희 사이에 프로문학의 가치 논쟁이 최초로 프로문학계 내부에서 일어나고, 1927년에는 목적의식론이 대두되면서 프로문학의 이론에 대한 본격적인 이론투쟁이 전개되기에 이른다. 여기에서 목적의식론은 소위 '정치적 프로그램'과 '예술적 프로그램'[1]이란 문제가 본질적으로 제기되는데 숱한 논쟁도 결국은 이 양자를 어떤 관계로 규정하느냐와 직접적으로 관련되어 있다. 그러므로 앞서의 소위 '형식과 내용 논쟁'을 비롯하여, 1928년의 '예술대중화 논쟁'도 넓은 의미에서는 목적의식론의 일부로 파악할 수 있다. 그리고 예술대중화론은 1926년의 '형식과 내용'논쟁과 30년대의 '사회주의 리얼리즘론'과 함께 프로문학의 '창작방법론'으로 포괄될 수 있는 문제로 프로문학론에서 핵심적 과제라 할 수 있다. 왜냐하면 예술대중화 문제는 '정치적 프로그램'과 '예술적 프로그램'이라는 프로문학의 이론투쟁의 핵심적인 문제일 뿐만 아니라, 문학의 형식과 내용 문제, 그리고 예술의 가치 문제, 심지어 창작방법론까지도 여기에서 출발하고 있기 때문이다.

지금까지 프로문학론 가운데 예술대중화론에 대한 논의는 상당수에 이르고 연구 성과 또한 상당한 수준에 이르고 있다[2]. 그럼에도 불구하고 이들 논의의 대부분은 김기진만을 대상으로 했기 때문에 논의 자체의 한계를 지니고 있으며, 동시에 김기진의 대중화론이 대중에게 접근하려는 의도를 지녔다는 사실만으로도 중요한 의의를 지녔다[3]거나, 김기진의 대중화론이 실패를 대중과 프로운동이 유리된 것을 반증하는 것[4]으로 보는 것은 문제의 핵심을 놓

---

1) 이 용어는 일본의 中野重治가 「いわゆる藝術の大衆化論の誤りについて」(1928.6. 『戰旗』)에서 사용하고 있는데 프로문학 내부의 논쟁은 이 양자의 관계를 어떻게 볼 것인가 하는 문제로 귀결되어진다고 할 수 있다.
2) 대중화론에 관한 연구업적 가운데 대표적인 것은 다음과 같다.
　김윤식, 『한국근대문예비평사연구』, 한얼문고,
　전영태, 「대중문학논고」, 서울대 석사학위논문, 1980.
　김윤식, 『한국근대문학사상사연구』, 한길사, 1984.
　김용직, 「대중화 논의의 대두와 성격」, 『현대문학』, 1984.11.
　유보선, 「1920-30년대 예술대중화론 연구」, 서울대 석사학위논문, 1987.
　신재기, 「한국근대문학비평론연구」, 고려대 박사학위논문, 1992.
3) 장사선, 「팔봉 김기진연구」, 서울대 석사논문, 1974, 86쪽.
4) 김윤식, 『한국근대문예비평사 연구』, 한얼문고, 80쪽.

친 결과라 하겠다. 이와는 달리 또다른 유형은 대중화론의 전개과
정만을 중시할 뿐 그들 이론의 성립과정에 대해 별다른 관심을 보
이지 않고 있다. 이러한 점에 착안하여 일본의 대중화 과정을 검토
하는 일부의 논문에서도 피상적 대비에 머물거나, 경우에 따라서는
상당한 오류마저 범하고 있음을 볼 수 있다. 이를테면 '임화, 안막
등의 대중화론이 구라하라고레히토(藏原惟人) 등 일본의 원칙론자
들의 이론을 그대로 옮겨온 것5)'이라고 한 것은 사실과 전연 다르
다. 이러한 점은 앞으로 논의 과정에서 구체적으로 밝혀질 것이다.
　이처럼 20년대 대중화론에 대한 논의는 상당수에 이르고 있음에
도 불구하고, 대중화론의 성격은 분명히 해명되었다고 할 수 없다.
그리하여 여기에서는 먼저 20년대 대중화론의 대두하게 된 동기를
간단히 살펴보고, 대중화론의 전개 과정과 이론적 배경을 밝힐 것
이다. 이를 보다 명확히 하기 위하여서는 일본의 예술대중화의 전
개과정과 비교, 검토하여 20년대 한국프로문학론에 있어서 대중화
론이 차지하고 있는 성격과 한계를 밝히고자 한다.

Ⅱ. 예술대중화론의 대두와 전개양상

1. 예술대중화론의 대두와 의의

　카프의 결성과 함께 프로문학계에서 일어난 방향전환론과 목적
의식론은 프로문학의 성격을 자연발생적인 문학에서 목적의식에

---

5) 유보선, 앞의 논문, 3쪽.

바탕한 '문학운동'으로 전개되게 했다. 그러나 1927년말부터 목적
의식론에 대한 반성은 이북만으로부터 시작된다. 그는 「예술운동의
방향전환은 과연 진정한 방향전환론이었는가?」라는 글을 통하여
26년부터 27년에 걸쳐 일어난 방향전환론에 대하여 비판적인 태도
를 보여주고 있다. 특히 문학이 예술의 영역에서 일탈하여 정치투
쟁만을 문제 삼아야 한다는 견해에 대하여 강한 반론을 제기하고
있다.

> 만일 예술을 처음부터 문제로 하지 않고, 초예술적이라 할 것 같
> 으면 최초부터 예술이란 것이 문제가 되지 않았을 것이다. 우리가
> 말하는 것은 그런 것이 아니라 특수한 부문 내에 의한 다시 말하면
> 예술의 영역 내에 재한 일체의 폭압에 대한 정치적 투쟁이다. …(중
> 략)… 예술을 예술의 영역 내에서 일체의 투쟁을 정치적으로 감행해
> 야 한다는 말이다.[6]

이러한 이북만의 주장이 예술의 독자성을 인정하는 것을 의미하
는 것이 아님은 물론이다. 그가 주장하는 것은 목적의식이란 어디
까지나 문학에 있어서 목적의식을 어떻게 수행하는가 하는 문제임
에도 불구하고 문학을 배제한 이론투쟁만을 일삼고 있었던 사실에
대한 반성인 것이다. 그 결과 문학의 목적의식에로 방향전환을 위
해서는 ①대중적일 것, ② 戰線을 全線적으로 확대할 것, ③ 의식투
쟁으로 나아갈 것[7]을 주장하고 있다. 이러한 주장은 지금까지 목
적의식의 필요성만을 강조한 것과는 달리 어떻게 목적의식을 구체
적으로 실천에 옮길 것인가 하는 문제와 닿아 있으며, 그 방법의

---

6) 이북만, 「예술운동의 방향전환은 과연 진정한 방향전환론이었는가」, 1927. 11.
(임규찬-III), 363쪽.
7) 이북만, 위의 글, 367쪽.

하나로 예술운동의 대중적 조직의 필요성을 강조하고 있다. 대중적 조직은 방향전환한 조선프롤레타리아예술동맹이 그것이라고 말하고 있다. 이러한 주장은 이미 일본에서 전개된 예술대중화 문제와 일정한 관련을 지니는 것으로 볼 수 있다. 일본에 있어서 대중화론의 출발이라 할 수 있는 나카노시게하루(中野重治)의 「어떻게 구체적으로 투쟁할 것인가」(1927.12)에서 '프롤레타리아트의 예술을 전 피압박 민중 속에 집어넣는 일'[8]의 필요성이 지적되고, 예술대중화를 구체화시킨 구라하라(藏原)의 「무산계급 예술운동의 신단계」(1928.1)가 발표되었다는 사실을 외면할 수 없다. 이러한 일본측 사정과 함께 1927년 11월에 창간된 『예술운동』에는 루나찰스키의 「프롤레타리아 예술에 대하여」라는 논문과 일본의 나카노(中野)의 「일본프롤레타리아 예술연맹에 대하여」라는 글이 발표되고 있다는 사실도 간과할 수 없다.

1928년에 접어들면서 목적의식론은 단속적으로 계속되고 있지만 27년의 방향전환론에 대한 비판과 함께 실천적 방안이 모색되고 있다는 점에서 그것은 곧바로 예술의 대중화론과 연결될 수 있는 가능성을 마련해 주었다. 먼저 한설야는 1927년의 방향전환론의 성격을 현상추수적이었다고 평가하면서 '계급운동 일반적 정세에 대한 직역적 관념적 추종이었다. 즉 무산문예운동 자체의 내적 발전에 대한 확고한 인식, 파악을 뒤두고 게을리 하고 오직 현상과 무산계급운동의 방향전환론의 아부 추종하였던 것[9]라고 규정하고 '의식과 실천의 변증법적 통일 노력의 결여'를 지적하고 있다. 그리고 대표적으로 이북만의 「방향전환론」과 박영희의 「문예운동의

---

8) 臼井吉見, 『近代文學論爭』(上), 筑摩書房, 1990, 231쪽.
9) 한설야, 「문예운동의 실천적 근거」, 1928.2－3. (임규찬－III), 388쪽.

이론과 실제」를 비판하고 있다. 한설야는 이북만의 경우는 추수적 경향인데 반하여, 박영희의 경우에는 실천에 중점을 둔, 조합주의적 경향10)이라고 비판한다. 이러한 태도는 마치 나카노(中野)가 예술대중화란 미명 아래 대중추수주의에 빠지고, 예술의 통속화를 정당화하려는 많은 대중화론자에 대한 반박으로 쓰여진 「소위 예술대중화론의 오류에 대하여」11)를 연상시켜준다. 따라서 한설야의 방향전환의 방법과 방향은 실천적인 것이라기 보다는 원칙적인 문제로 되돌아가고 있음을 보게 된다. 그 결과 그는 방향전환을 위해서는 그 전제조건으로, ① 문예운동형태는 내적 변화의 과정에서 구명되어야 할 것, ② 현전 문예운동의 내적 발전과 외적 정세와의 관계에 있어서 관찰되어야 할 것임을 전제하고 진정한 방향전환을 위해서는 ① 국민문학파와 또는 국민문학파와 무산문학파의 야합, 절충론 배격, ② 정치투쟁 부인의 아나키즘문예론 배격, ③ 부르조아 이데올로기, 봉건세력과의 항쟁 – 전취, ④ 민족일률론(계급표지 철거론)자의 문예론 배격, ⑤ 진영내의 이론투쟁, ⑥ 예술동맹 재조직과 신간회 지지12)를 주장하게 된다.

이후 장준석에 의해 27년에 발표된 박영희의 일련의 논문이 절충주의적인 것이라고 비판을 받게 되지만 이론 투쟁의 한계를 보이고 있다고 할 수 있다. 그것은 구체적 대중화론의 출발이라 할 수 있는 「왜 우리는 작품을 쉽게 쓰지 않으면 안 되는가?」라는 그의 논문이 이를 말해 준다. 따라서 방향전환론은 필연적으로 목적의식을 어떻게 '대중 속으로' 침투시킬까 하는 방법론으로 대중화

---

10) 한설야, 위의 글, 390쪽.
11) 中野重治, 「いわゆる藝術の大衆化論の誤りについて」, 『戰旗』, 1928.6. 이 글의 내용과 성격은 다음 장에서 상론될 것임.
12) 한설야, 앞의 글, 401-7쪽 참조.

론이 제기될 수밖에 없었다.

2. 일본에 있어서 대중화론의 전개

일본에 있어서 대중화론의 대두와 전개는 1928년의 한국 대중화론에 직·간접적으로 많은 영향을 주었다는 것은 주지의 사실이다. 따라서 여기에서는 간단하게 일본에서의 대중화론의 대두와 성격을 검토하고 이를 바탕으로 한국의 대중화론과의 관련 양상을 점검해 보고자 한다.

1924년 『문예전선』의 창간은 일본 문학사에 있어서 한 전환점을 마련해 준 것이라 할 수 있다. 1924년은 대정기문학에 대한 일대 전환이 일어난 시기로 나카무라무라오(中村武羅夫)에 의한 본격소설의 제창(본격소설, 심경소설, 신소설, 1924. 1.)되고, 사토하루오(佐藤春夫)에 의한 풍류의 반성(「풍류론」, 『중앙공론』, 1924. 4.)이 제기되는가 하면, 히로츠카츠오(廣津和郞)에 의한 산문예술의 재검토(「산문예술의 위치」, 『新潮』, 1924. 9.)가 이루어지게 되었으며, 요코미츠리이치(橫光利一), 카와바타야스나리(川端康成) 등에 의한 신감각파문학이 제기(『文藝時代』, 1924. 10)되기도 했다.[13] 이러한 시대적 배경 속에서 『문예전선』의 창간은 절호의 기운을 통찰하여 나타난 것으로 역사적 필연이었다고 할 수 있다. 『문예전선』은 동인조직의 문예잡지로 출발하였으나, 그들 동인들이 내건 강령은 ①우리들은 무산계급 해방운동에 있어서 예술상의 공동전선에 선다. ②무산계급 해방운동에 있어서 각 개인의 사상 및 행동은 자유라는

---

13) 平野 謙, 『日本フロレタリア文學大系』, 제2권 解說, 三一書房, 1969, 400쪽.

점을 분명히 하여 프롤레타리아 문학으로서의 성격을 분명히 했다.
그러나 그 사이에 프롤레타리아트의 이합, 집산은 계속되어 1926년
말에는 일본 프롤레타리아문예연맹으로부터 아나키스트의 이탈이
이루어지고, 27년에는 혁명운동의 신조류를 이룬 후쿠모토이즘(福
本主義)의 영향으로 6월에는 일본 프롤레타리아예술연맹14)으로부터
아오노수에키치(靑野季吉), 하야마요시키(葉山嘉樹), 구라하라(藏原)등
이 탈퇴하여 노농예술가연맹(1924년 간행의 『文藝戰線』을 그들 기
관지로 발간)을 결성하고, 11월에는 당시 사회민주주의적 정치노선
을 대표하는 야마가와히토시(山川均)를 지지하는 아오노(靑野), 하야
마(葉山)와, 공산당을 지지하는 구라하라(藏原), 하야시후사오(林房雄)
등이 대립하여 후자가 전원 탈퇴하여 새로이 전위예술가동맹(기관
지 『전위』 간행)이 결성되었다. 이처럼 무산계급예술 단체 내부의
분열과 대립을 극복하기 위하여 구라하라(藏原)는 1928년 1월의
『전위』에 「무산계급예술운동의 신단계」를 통하여 예술의 대중화와
전좌익예술가의 통일전선을 제창함으로써 일본에 있어서 예술 대
중화에 관한 활발한 논의가 전개되었다. 물론 이보다 앞서 1927년
12월에 일본 프롤레타리아연맹의 중심적 이론가였던 나카노(中野)
는 「어떻게 구체적으로 투쟁할 것인가」라는 논문을 통하여 무산계
급운동의 중요한 임무의 하나로 프롤레타리아트의 예술을 전피억
압민중 속으로 끌어넣는 일이라고 주장하고 그 방법으로서 ①조직
의 단순한 소극단에 의한 연극, ② 그림삐라 및 포스타의 반포, ③
소합창단 및 낭독대의 활동, ④ 극히 저렴한 소출판 활동15)등을 열

---

14) 中野重治, 鹿地亘이 중심이 되어 기관지 『프롤레타리아藝術』을 1927년 7월
   창간함.
15) 臼井吉見, 앞의 책, 231쪽 재인용.

거하고 있다. 그러나 이러한 나카노(中野)의 주장은 이전의 목적의
식론에서 한 걸음 나아가 문학운동으로서 새로운 진전이라고 할
수 있으며, 새로운 문제를 제기해 주기에 이른다. '어떻게' 대중에
게 프롤레타리아 예술을 주입시킬 것인가 하는 문제와 '무엇을'
대중 속으로 침투시킬 것인가 하는 것이 그것이다. 이러한 두 가지
문제를 둘러싸고 자체 내의 심각한 논쟁이 일어나게 된다. 일본에
있어서 예술대중화논쟁의 전말과 논쟁에서 제기된 문제점에 대하
여 이 논쟁의 주도적 역할을 했던 구라하라(藏原)는 다음과 같이
말하고 있다.

    소위 예술대중화의 논쟁은 그해(1928) 8월의 『戰旗』에 내가 「예술
    운동 당면의 긴급문제」라는 논문을 써서 同誌 6월호의 나카노(中野
    重治)의 논문 「소위 예술대중론의 오류에 대하여」와 7월호의 가지
    와타루(鹿地亘)의 「小市民性의 跳梁에 抗하여」를 비판함으로써 시작
    되었다. 여기에 대하여 나카노(中野)가 9월호에 「문제의 되돌림과 그
    것에 대한 의견」을 쓰고, 내가 다시 10월호에 「예술운동에 있어서
    좌익청산주의」를 쓰고, 최후로 나카노(中野)가 11월호에 「해결된 문
    제와 새로운 일」을 써서 이 논쟁은 일단 종결했다.16)

---

16) 平野 謙 (編), 『日本プロレタリア文學大系』 3권, 解說, 396-7쪽.
    당시 예술대중화 논쟁에 관련되는 대표적 논문은 다음과 같다.
    中野重治, 「いわゆる藝術の大衆化論の誤りについて」 『戰旗』, 1928.6.
    鹿地 亘, 「小市民性の跳梁に抗して」, 『戰旗』, 1928.7.
    藏原惟人, 「藝術運動當面の緊急問題」, 『戰旗』, 1928. 8.
    中野重治, 「問題のねじ戻しとそれについての意見」, 『戰旗』, 1928. 9.
    藏原惟人, 「藝術運動における左翼淸算主義」, 『戰旗』, 1928.10.
    林房雄, 「プロレタリヤ大衆文學の問題」, 『戰旗』, 1928. 10.
    中野重治, 「解決された問題と新しい仕事」, 『戰旗』, 1928. 11.
    ナップ中央委, 「藝術大衆化に關する決議」, 『戰旗』, 1930. 7.

이 두 가지 문제란 第一이 나의 소위 「프롤레타리아 예술확립의
운동」과 「대중의 직접적 아지 프로를 위한 운동」, 中野군의 소위
「藝術的 프로그램」과 「政治的 프로그램」과의 사이에 문제가 있고,
第二는 프롤레타리아 예술 그것의 대중화 문제에 있다.17)

이러한 구라하라(藏原)의 지적과 함께 구리하라유키오(栗原幸夫)
는 대중화 논쟁의 핵심적 문제로 작품의 보급문제와 높은 계급의
식을 가진 프롤레타리아트는 동시에 고도의 예술적 수용력을 갖고
있다는 선입감으로 단정하는 독단18)이라고 지적하고 있으며, 또다
른 학자는 ①프롤레타리아 예술 확립과 직접 아지·프로활동의 관
계, ②예술의 대중화 문제19)라고 지적하고 있는 바, 일본에 있어서
예술대중화 문제의 성격을 밝히기 위해서는 먼저 소위 '정치적 프
로그램'과 '예술적 프로그램'의 문제라는 측면과 예술대중화에 있
어서 '예술운동'과 '직접적 아지·프로'의 문제를 해명하는 것이
필요하다고 하겠다.

1) 정치적 프로그램과 예술적 프로그램

일본에 있어서 예술대중화 논쟁은 나카노(中野)와 구라하라(藏原)
를 중심으로 전개되었다. 앞에서 이미 지적한 바와 같이 예술대중
화의 필요성은 두 사람 모두 깊이 인식하고 있었기 때문에 논쟁
이전에 이미 이것과 관련된 글을 발표한 바가 있었다. 그러나 나카
노(中野)와 구라하라(藏原) 사이에는 대중화의 방법에 대하여 현격

---

17) 平野 謙(편), 앞의 책, 397쪽.
18) 栗原幸夫, 『プロレタリア文學とその時代』, 平凡社, 1971. 114-5쪽 참조.
19) 池田壽夫, 『日本プロレタリア文學運動の再認識』, 三一書房, 1971. 19쪽.

한 차이를 보여주고 있다. 나카노(中野)가 '프로문학을 어떻게 모든 피압박민중 속으로 보낼 것인가'하는 방법의 문제를 중시한데 반하여, 구라하라(藏原)는 '어떠한 예술을 대중 속으로 침투시킬 것인가'하는 내용의 문제에 초점을 두었다는 점이다.

문제의 출발은 구라하라(藏原)의 「무산계급 예술운동의 신단계」에서 비롯되고 있는데, 그는 레닌의 말을 인용하여 프로문학은 ① 대중에게 이해될 것, ② 대중으로부터 사랑 받을 것, ③ 대중의 감정과 사상과 의지를 결합하고 이것을 고양시킬 것[20] 을 목표로 한다고 할 때, 무엇보다 중요한 것은 노동자, 농민, 소시민 등 각자의 특수성에 상응하는 다양한 작품을 대중 속으로 침투시켜야 한다는 것이다. 이를 위해서는 '과거의 예술작품 행동의 가차없는 자기비판'[21]이 필요하다는 것이다. 여기에서 과거의 작품 행동이란 살아 있는 대중과는 유리된 '논리적 결론'으로 얻어진 추상적이고 당위적인 대중만을 강조한 사실이 그것이다. 따라서 프로문학이 그 목적을 달성하기 위해서는 먼저 살아있는 다양한 대중을 그릴 필요가 있음을 다음과 같은 부하린(N. Bukharin)의 말을 인용하여 설명하고 있다.

· 　　그것은 우리 청년들을 말먹이처럼 매일 똑같은 음식으로 양육해서는 안 된다는 사실이다. 변화 있는 문제를 보다 많이 보여주라! 특수한 심리를 갖고 있는 살아있는 인간에게 보다 많은 주의를 기울여라! 다채롭고 다각적이며, 복잡한 생활에 보다 많은 주의를 집중하라! 그리고 질적으로 대단치 않은 천편일률적인 재료, 관료적, 관념

---

20) 藏原惟人, 「무산계급예술운동의 신단계」,(『戰旗』, 1928. 1.) 조진기(편역),『일본프롤레타리아문학론』, 태학사, 1994. 333쪽. (이하 별도의 출전을 밝히지 않은 일본자료는 이 책을 사용함)
21) 藏原惟人, 위의 글, 334쪽.

적으로 창조한 과실을 보다 적게 주도록 하라! 22)

이러한 구라하라(藏原)의 주장에 대하여 나카노(中野)는 「소위 예술대중화의 오류에 대하여」를 통하여 대중화론의 문제점을 제기한다. 물론 나카노(中野)의 위 논문은 구라하라(藏原)의 논문을 직접 비판하고 있는 것은 아니지만, 당시 예술대중화란 이름으로 대중추수주의에 빠지거나, 예술의 통속화를 정당화하려고 하는 많은 俗流大衆化論者에 대한 반박으로 쓰여진 것이라 할 수 있다. 그는 먼저 예술의 대중화를 주장하는 사람들은 예술의 대중화란 어떤 것인가? 왜 예술을 대중화하지 않으면 안 되는가 하는 점에 대해서는 심각하게 생각해 보려고 하지 않는다23)고 하여 대중화의 성격과 필요성에 대한 인식이 부족함을 지적하고 있다. 그에 의하면 예술대중화론자들은 '내일은 대중의 것이다. 대중은 통속을 즐긴다. 우리들은 내일에, 통속으로 나가자.'라고 외치며 대중의 기분에 맞추어 작품을 쓰고 있다고 비판한다. 그리고 대중이 구하는 것은 통속적인 것이 아니라 대중의 참모습을 요구하고 있다24)는 것이다.

이러한 주장은 표면적으로는 구라하라(藏原)의 주장과 별다른 차이를 보여주지 않는다고 할 수 있다. 그의 주장에 따르면 대중이 구하는 것은 '시공의 구속을 받지 않는 예술의 히말라야'라고 하여 주위의 어떠한 장애도 받지 않고 모든 것이 그대로 표현되는 상태를 가장 이상적인 작품이라고 하여 마치 예술지상주의자와 같은 태도를 보여주고 있는데, 이는 대중을 이상적, 관념적인 것으로

---

22) 藏原惟人, 위의 글, 336쪽.
23) 中野重治, 「이른바 예술대중화론의 오류에 대하여」(『戰旗』, 1928. 6.), 『일본 프롤레타리아문학론』, 311−2쪽.
24) 中野重治, 위의 글, 314쪽 참조.

파악하고 있었음을 의미한다. 그런데 나카노(中野)의 논문에서 주목할 사실은 예술상의 프로그램과 정치상의 프로그램을 구별하고 있다는 점이다.

> 우리는 어떤 경우라도 예술상의 프로그램과 정치상의 프로그램을 바꾸지 않도록 주의하지 않으면 안 된다. 예술상의 그것에 자칫하면 몰래 바뀌어질 위험이 있는 정치상의 프로그램은 말할 것도 없이 프롤레트 · 컬트의 문제다[25].

나카노(中野)에게 있어서 예술이란 감정의 조직화이기 때문에 그는 가장 예술적인 것이 가장 대중적이며, 대중적인 것이 가장 예술적이라는 태도를 보이면서 예술상의 프로그램과 정치상의 프로그램이 혼동되는 것을 경계하고 있다. 나카노(中野)에 의하면, 프로레트 컬트의 문제는 어디까지나 정치상의 프로그램이 되지 않으면 안되고, 全프로레트 · 컬트의 문제와 예술 자신의 문제를 엄밀하게 구별하지 않으면 안 된다는 것이다. 그리고 예술에 있어서 재미라는 것도 예술적 가치 그 가운데 있다고 주장한다.

> 예술에서 구할 수 있는 재미란 어디에 있을까? 어떤 예술작품의 예술적 가치와 그것의 재미란 전연 별개의 것일까? 만약 그렇다면 우리는 뛰어난 예술적 가치를 대중의 것으로 하기 위하여 그것의 다리를 건넘으로써 재미를 찾아 온 예술가에게 인사를 해야 한다. 하지만 재미는 예술에서 취하기보다는 오히려 대중에게서 취해야 할 문제다.[26]

---

25) 中野重治, 위의 글, 315쪽.
26) 中野重治, 위의 글, 316쪽.

이처럼 나카노(中野)는 문학과 대중을 지나치게 이상적, 관념적으로 인식하고 있었기 때문에 예술대중화의 문제는 당면한 과제로부터 벗어나 예술의 대중화를 곧바로 예술의 통속화로 혼동하는 俗論을 공격하는 데 머물고 있다[27]는 비판을 받게 된다.

어쨌든 예술대중화에 대하여 부정적 태도를 보였던 나카노(中野)에 이어 가지와다루(鹿地亘)는 극좌적 정치주의에 바탕을 두고 정치투쟁을 위한 문학을 강조한다. 그는 「소시민성의 跳梁에 대항하여」에서 프롤레타리아예술을 완성시키는 것은 내일의 일이고, 혁명을 달성시키지 않은 현재에 있어서 프롤레타리아 예술의 완성을 구하려는 것은 환상이라고 주장한다. 그는 과거 사회에 있어서 감정의 조직화에 봉사한 기술에 반대하고 모든 것에 앞서 프롤레타리아 이데올로기가 우선되어야 한다고 주장하면서 과거의 예술적 방법을 부정하는 이유를 다음과 같이 밝히고 있다.

> 기술을 배우는 것은 프롤레타리아 예술에 있어서도 필요하다. 그러나 우리의 기술이 과거 사회가 구축한 기술의 체계에 의해 마련되어 있다고 하는 것은 결코 용납할 수 없다. 과거 사회에 있어서 감정의 조직화에 봉사한 기술이 어떠한 감정의 조직화에 가장 적당하게 형성되어 있는가는 자명하다.
>
> 과거의 예술을 우리는 분석한다. 그렇지만 우리가 과거의 예술에서 완성된 기술을 이입하기 위해서가 아니라 프롤레타리아트의 파괴의 대상인 과거의 사회에 어떻게 과거의 예술이 합리적으로 봉사하고 있었는가를 보기 위한 것에 지나지 않는다. 이러한 분석에서만 우리의 소위 「파괴의 예술」이 정상적으로 과거의 예술형식을 파괴하는 길이 뒷받침되는 것이다.[28]

---

27) 臼井吉見, 앞의 책, 237쪽.
28) 鹿地亘, 「소시민성의 도량에 대항하여」, (『戰旗』, 1928.7.), 『일본프롤레타리

가지(鹿地)는 과거의 예술 형식을 거부할 뿐만 아니라 예술성마저 거부하면서, 솔직하면서 대담한 표현을 중시하고 파괴의 쾌미를 강조하고 있다. 따라서 낡은 과거의 문학적 유산을 파괴하는 것을 그만두고 오히려 낡은 방법으로 새로운 프로문학을 건설할 것을 주장하는 것은 부르조아 문학의 포로에 지나지 않는다고 주장한다. 그리고 완전한 프롤레타리아 사회가 성립되지 않는 한 진정한 프로문학의 예술적 완성은 멀었다고 주장한다. 그러므로 예술대중화를 주장하는 것은 낡은 형식과 기교 등을 합리화하려는 것으로 프롤레타리아트의 예술을 근저로부터 위협하는 것에 지나지 않는다고 단언한다.

한편 그는 러시아에서 고리끼(Goryky)가 환영받고 있지만 그는 관념적 경향의 옹호자로서 일본의 경우에는 오히려 그를 철저히 배격하지 않으면 안 된다고 주장하면서 프로문학가들이 경계해야 할 점을 다음과 같이 요약하고 있다.

1) 일찍이 일축된 무산파 내부의 낡은 형식의 재생을 격파하는 일.
2) (프로문학으로) 이행하여 오는 작가가 갖고 오는 「예술성」의 엄밀한 비판.
3) 우리 자신 속에 자칫하면 유발되는 잘못된 완성을 구하려는 경향의 청산.
4) 이러한 제요소가 서로 결부되어 점차 기초를 마련하고 있는 우리의 예술을 소시민성의 와중에 섞여 들어가는 것에 대한 단호한 투쟁29).

아문학론』, 362 - 3쪽.
29) 鹿地 亘, 위의 글, 366쪽.

이상에서 살펴 본 것처럼 초기에 있어서 나카노(中野)가 예술파 적인 경향을 보이고 있다면 가지(鹿地)는 한마디로 말하면 극단적 인 정치주의[30]라 할 수 있을 것이다.

이러한 나카노(中野)와 가지(鹿地)의 주장에 대해 구라하라(藏原) 는 「예술운동이 당면한 긴급문제」라는 글을 통하여 비판하게 된다. 구라하라(藏原)는 가지(鹿地)에 대하여 과거 인류가 축적한 예술적 기술을 프롤레타리아 견지에서 비판적으로 수용하지 않으면 안 된 다는 점을 지적하고, 예술작품의 형식은 새로운 내용에 의해 결정 된 과거의 형식의 발전으로서 발생한다는 사실을 지적하면서 마르 크스주의에 입각한 예술발전의 법칙을 밝히고, 결론으로 가지(鹿地) 는 프롤레타리아 예술운동의 초보적 상식도 없다고 단정하기에 이 른다. 그런가 하면 나카노(中野)의 경우 '가장 예술적인 것은 가장 대중적이다.'하는 명제는 추상적이고 계급이 없는 공산주의 사회에 서나 가능한 것이고 지금 문제가 되고 있는 것은 자본주의 사회 내에서 프롤레타리아예술을 문제삼고 있기 때문에 현실적으로 말 하면 '순연한 이상론'이거나 관념론에 지나지 않는다고 지적한 다[31]. 구라하라(藏原)는 여기에서 프롤레타리아 예술의 확립을 위한 예술운동과 함께 대중의 직접적 아지·프로를 위한 문학운동을 병 행하여 전개할 것을 주장한다.(이 문제는 뒤에서 구체적으로 논의 될 것임)

구라하라(藏原)의 비판에 대하여 나카노(中野)는 곧바로 「문제의 되돌림과 그것에 대한 의견」을 발표한다. 이 글에 의해 두 사람(中

---

30) 臼井吉見, 앞의 책, 237쪽.
31) 藏原惟人, 「예술운동이 당면한 긴급문제」, (『戰旗』, 1928.8.) 『일본프롤레타리 아문학론』, 348쪽.

野. 藏原)의 의견 대립은 극히 명료하게 되었다고 할 수 있다. 나카노(中野)는 먼저 자신의 글인 「이른바 예술대중화론의 오류에 대하여」가 쓰여진 이유를 제작할 때 취하지 않으면 안될 근본 태도를 밝힌 것으로 '노동하는 대중의 생활가운데 어떤 본질적인 것에 결부시키지 않으면 안 되는가'[32]하는 문제라고 해명하고, 새로이 제출된 문제로서 예술운동과 형성과정이 가장 기본적으로 해결되어야 할 문제라고 지적하고 프롤레타리아 예술운동의 사명을 백만의 노동자를 아지테이트하는 것이라고 규정한다. 그런가 하면 기관지의 기능 또한 '노동하는 대중의 아지를 위한 기관이며, 따라서 기관지는 광범한 대중 속에 파고들어 가지 않으면 안되고, 마침내 최초의 예술운동의 지도기관이 될 수 있다[33]고 하여 구라하라(藏原)의 견해와 정반대의 태도를 취한다. 그는 구라하라(藏原)가 '프롤레타리아 예술 확립을 위한 예술운동'과 '대중의 직접적 아지·프로를 위한 예술운동'을 혼동하고 있다고 지적하고 이 혼동의 하나는 제작하는 대중으로부터 부상하는 위험이고, 다른 하나는 제작 태도의 타락이라고 했다. 그래서 이 두 가지 문제는 결국 프롤레타리아 예술 형성의 길로부터 벗어나게 한다는 것이다.

한편, 나카노(中野)는 문화 형성에 있어서 부르조아지와 프롤레타리아트는 근본적으로 차이가 있음을 지적하고, 프롤레타리아트의 목적은 정권 탈취에 있다고 주장하면서 문학운동이란 정치적 프로그램과 직결된 문제임을 다음과 같이 말한다.

---

32) 中野重治, 「문제의 되돌림과 그것에 대한 의견」, (『戰旗』, 1928.9.) 『일본프롤레타리아문학론』, 368쪽.
33) 中野重治, 위의 글, 375쪽 참조.

　　노동하는 대중을 교화하는 일은, 예술의 전문제가 근저에 놓여있
는 것과 같이 프롤레타리아트의 정치적 프로그램에 속한다.…(중
략)… 정치적 프로그램으로서 교화의 일 가운데서 많은 것이 예술의
일이다. …(중략)… 대중 생활의 어떤 본질적인 것과 결부시키지 않
으면 안 된다는 우리의 굳은 태도를 무너뜨리지 않고 일하는 것이
다34).

　위의 글에서 정치적 프로그램과 예술적 프로그램은 완전히 별개
의 것이 아니며, 대중교화의 문제도 '전체로서' 정치적 프로그램에
속하는 것이지만 정치적 프로그램과 예술적 프로그램은 병렬적 관
계가 아니며, 예술적 프로그램은 정치적 프로그램에 종속되는 것으
로 인식함으로써 정치투쟁과 예술운동과의 새로운 관계를 설정해
주었다35). 이처럼 나카노(中野)는 감정의 조직화로서 예술적 프로그
램과 직접적 아지테이션으로서 정치적 프로그램을 동일시하고 예
술은 '전체로서' 프롤레타리아트의 정치투쟁 가운데 있다고 주장
한다36). 그 결과 그는 가지(鹿地)의 정치우선주의 예술론을 지지하
게 된다. 이들은 '기술의 미숙함'보다는 완고한 태도를 강조하고
있는데 이는 단순히 대중화라는 이름으로 예술의 통속화에 항의하
는 고답적 태도를 의미하는 것이 아니라, 정치적으로 해결하지 않
으면 안돼는 문제가 올바르게 해결되지 않은 상태에서 그것을 이
유로 하여 제작태도를 왜곡해서는 안 된다는 점에 강음부를 두고
있다. 그러나 정치적 프로그램과 예술적 프로그램에 대한 태도에
있어서 나카노(中野)와 가지(鹿地) 사이에는 차이점이 있다. 나카노
(中野)는 예술 상으로는 극도의 결백한 이상주의를 보이면서 정치

---

34) 中野重治, 위의 글, 380쪽.
35) 臼井吉見, 앞의 책, 242쪽 참조.
36) 池田壽夫, 앞의 책, 19쪽 참조.

상으로는 극좌적 태도를 보이고 있는데 반하여, 가지(鹿地)는 예술 상으로도 극좌적 정치우선주의에서 한 걸음도 벗어나지 않고 있다.

이상에서 살펴 본 것처럼 나카노(中野)나 가지(鹿地)의 주장은 마르크스주의 문학론이라는 본질적인 자리에서 볼 때, 필연적으로 정치우선주의로 나아가게 되는 것은 당연한 일이다. 그러나 현실적 조건을 완전히 외면함으로써 정치적 프로그램과 예술적 프로그램의 일원론적인 자리에서 서있던 나카노(中野)도 마침내 이원론적인 태도를 보여 준 구라하라(藏原)의 견해를 일단 수용하는 것37)으로 일단락 되었다.

---

37) 中野는 藏原의「예술운동에 있어서 좌익청산주의」(『戰旗』, 1928. 10)에 대해「해결된 문제와 새로운 문제」(『戰旗』, 1928. 11)를 발표하지만 정치적 프로그램과 예술적 프로그램의 문제는 이미 해결된 것이라고 強辯하고, 새로운 문제로 프로문학의 형식탐구의 필요성을 지적하고 있다. 그러나 이 문제에 대하여 藏原는 다음과 같이 증언하고 있다.

"이 문제는 당시 프롤레타리아 예술운동이 원칙적으로 黨이나 청년동맹이나 노동조합이 해야 할 선동, 선전의 일부를 맡고, 그렇지 않으면 스스로 떠맡는다고 하는, 이 때 일본의 운동실정으로부터 나타난 것이다. 그래서 이 일과 프롤레타리아예술을 창조적으로 발전시켜 나가는 일을 혼동, 또 이러한 것보다도 오히려 후자를 전자 속에서 해소하려는 경향이 특히「프로藝」의 지도자에서 있고, 鹿地, 久板, 谷등의 견해 가운데 있었다. 요컨대 이 사람들은 정권 획득을 하기 전에 프롤레타리아예술이 예술로서 발전을 바란다는 것은 잘못이고, 예술운동은 그것을 위한 조건을 만들어 가는 정치투쟁의 보조수단이 되지 않으면 안 된다고 주장하고 있다. 여기에서「프로藝」의 '진군나팔' '武器의 藝術'등의 슬로건이 나오게 되고, 그것이 NAPF 가운데 鹿地등에 의해 주장되었다. 나는 그런 일은 필요하지만, 그 속에 예술운동을 해소해 버리는 것은 잘못이고, 예술운동에는 프로예술을 예술로서 발전시켜 나가는 본래의 일이 있어서 이 두 가지는 확실히 구별한 후에 그 결과를 생각하지 않으면 안 된다는 입장에 서 있었다. …(중략)… 논쟁의 결말은 中野가 '대중을 목표로 하는 문학'의 필요성을 인정하는 것으로 일단 결론을 짓고 끝났으나 이 논쟁도 많은 문제를 남겨 놓고 다음으로 넘어 갔다."(藏原惟人,『日本プロレタリア文學大系』3권 解說, 397-398쪽.)

2) 예술운동과 직접적 아지·프로

앞에서 나카노(中野)와 가지(鹿地)는 소위 정치적 프로그램과 예
술적 프로그램을 일원적인 관점에서 파악하고 있었기 때문에 대중
화 자체를 부정적으로 인식하고 있었음을 살펴보았다. 이러한 나카
노(中野)의 태도에 대하여 반박을 하고 프로예술의 확립운동과 대
중의 직접 아지·프로를 위한 운동이라는 이원적 관점을 구라하라
(藏原)는 취하고 있다. 그는 예술은 감정의 조직화이며, 거기에 다
시 사상의 조직화라는 태도를 견지한다. 따라서 인식의 전달과 보
급, 계몽과 같은 운동의 필요성38)을 강조하기에 이른다. 이러한 인
식을 바탕으로 그는 프로문학이 당면하고 있는 가장 긴급한 문제
는 대중에게 접근하는 것이며, 다음으로 부르조아예술과의 투쟁39)
하는 것이라고 주장한다. 그리고 부르조아 예술과 투쟁하기 위해서
는 ①부르조아 예술이론의 불합리성을 증명하고 이를 극복해야 하
며, ② 마르크스주의적 관점에서 부르조아 예술작품을 비평해야 하
며, ③ 프로작가들이 부르문학을 능가하는 작품을 완성하는 것40)임
을 지적하여 프롤레타리아트 작가의 새로운 활동 방향을 제시하게
된다. 이후 그는 나카노(中野)와 가지(鹿地)의 주장에 대한 반론을
통하여 예술운동과 직접적 아지·프로의 문제에 대하여 진지한 논
의를 계속하고 있다. 그는 「예술운동이 당면한 긴급문제」에서 가지
(鹿地)와 나카노(中野)의 견해에 대하여 비판을 가하면서 예술대중
화의 방향과 방법을 구체적으로 밝혀주고 있다.

---

38) 栗原幸夫: 앞의 책, 114쪽.
39) 藏原惟人, 「무산계급예술의 신단계」, 338쪽.
40) 藏原惟人, 위의 글, 338-9쪽 참조.

그는 먼저 가지(鹿地)가 과거 예술이 지니고 있는 일체의 예술성
을 무시하고, 변혁기에 있어 프로문학의 완성된 형식을 구하는 것
은 환상이라는 주장에 대하여, '낡은 예술성에 대해서는 관심을 갖
고 있으면서 새로운 예술성에 대해서는 말하지 않는 것은 그가 마
르크스주의의 관점에서 무엇을 예술성이라고 하는지 전연 모르고
있다.'고 지적하고, '선전성과 예술성은 병행한다'고 할 때 그것은
주로 묘사하는 대상의 구상화의 정도, 내용과 형식과의 합치 등[41]
을 의미하기 때문에 예술성을 거부하는 것은 마르크스주의 예술학
의 기초도 모르는 데서 비롯된 것이라고 비판한다. 가지(鹿地)가 과
거의 기술에 대해 무시하는 태도를 보이면서 프롤레타리아 문학의
기술은 대중의 의욕을 알고 거기에 따르면 저절로 이루어지는 것
이라고 생각하고 있음에 대하여, 구라하라(藏原)는 프롤레타리아예
술은 프롤레타리아트의 필요에 의해 결정되어진다고 전제하고 그
것은 과거의 예술을 비판적으로 수용함으로써 가능함을 다음과 같
이 말해 주고 있다.

> 우리는 먼저 첫째로, 과거 인류가 축적한 예술적 기술을 프롤레타
> 리아의 견지에서 비판적으로 받아들이지 않으면 안 된다. 우리는 감
> 히 말할 것이다. ― 과거의 유산 없이 프롤레타리아예술은 있을 수
> 없다고. 그것은 결코 프롤레타리아예술이, 예를 들면 부르조아예술
> 에 굴복하는 것을 의미하지는 않는다. 반대로 그것은 前者가 後者를
> 극복하는 까닭인 것이다. 마치 부르조아군대로부터 그 기술을 배운
> 赤軍이 부르조아 군대를 극복하는 것처럼.[42]

---

41) 藏原惟人, 「예술운동이 당면한 긴급문제」, 345쪽.
42) 藏原惟人, 위의 글, 346-7쪽.

여기에서 구라하라(藏原)가 과거의 예술(부르조아예술)을 무조건 부정하는 것이 아니라 거기에서 예술적 방법을 배워 올 것을 강조하고 있음을 보게 된다. 이러한 인식은 예술을 이데올로기의 전달이라는 목적의식에만 안주하지 않고, 예술성의 확립이라는 점에서 형식을 중시하고 있었음을 다음의 글은 분명히 해주고 있다.

> 예술은 이데올로기이면서 동시에 기술이다. 내용이면서 동시에 형식이다. 그리고 형식이 내용에 결정 받는다고 하는 것이 사실이라면, 그 형식이 내용으로부터 자연발생적으로 생겨나지 않는다는 것도 사실이다. 예술작품의 형식은 새로운 내용에 결정된 과거 형식의 발전으로 발생한다. ― 이것이 마르크스주의적 견지에서 본 유일하고 올바른 예술발달의 법칙이다[43].

한편, 구라하라(藏原)는 나카노(中野)에 대해서도 '가장 예술적인 것이 가장 대중적이고, 또한 대중적인 것이 가장 예술적이다'라고 한 것은 추상적이고 계급이 없는 공산주의 사회에서나 가능한 것이고 지금은 자본주의 사회 내에서 프롤레타리아예술을 문제 삼고 있기 때문에 나카노(中野)의 이론은 순전히 이상론, 관념론에 지나지 않는다는 것이다. 그리고 단순히 대중의 생활을 객관적으로 그린다고 그것이 바로 대중적 예술이 되는 것은 아니고 새로운 예술형식을 만들어 내지 않으면 안 된다고 주장한다. 이를 해결하기 위하여서는 다음과 같은 문제에 관심을 가져야 한다고 그 방향을 제시하고 있다.

1) 예술발달의 마르크스주의적 연구를 진척시켜 그것으로부터 현재 및

---

43) 藏原惟人, 앞의 글, 347쪽.

장래의 프롤레타리아 예술의 방향을 확정할 것.

2) 과거 대중을 사로잡았던 예술의 형식을 연구하고, 그것을 비판적으로 받아들일 것.

3) 소비에트연방 및 기타 나라에서 확립되고 있는 프롤레타리아예술을 연구하여, 거기에서 현재의 우리에게 필요한 것을 섭취할 것.44)

이상의 논의에서 예술운동으로서 프로문학이 나아가야 할 방향을 중심으로 구라하라(藏原)의 주장을 살펴보았거니와, 그는 프로예술의 확립을 위한 예술운동과 함께 대중의 직접적 아지·프로를 위한 예술운동을 병행하여 전개할 것을 주장한다. 그는 그들의 기관지 『戰旗』가 대중 속에 파고들어 가는데 실패했음을 인정하고 전문적 지도기관과 대중의 아지·프로기관을 구별할 것을 제안한다. 그리고 각 잡지의 성격을 구분하여 발행할 것을 주장한다45).

이 후, 그는 다시 「예술운동에 있어서 좌익청산주의」를 발표하여 나카노(中野)가 보여주는 정치 절대주의적 태도는 부르조아문화와의 투쟁에 대한 패배주의이며, 정치적 프로그램과 예술적 프로그램을 혼동하고 있는 것은 후쿠모토이즘(福本主義)이라고 비판한다. 그리고 가지(鹿地)의 논문은 기회주의적 태도를 보여주고 있다고 비판한다. 그는 마르크스, 엥겔스의 기본적 요구는 '마르크스주의는 도그마가 아니라 행동의 지침'46)라고 하여 나카노(中野)와 가지(鹿

---

44) 藏原惟人, 앞의 글, 349쪽.

45) 1.프롤레타리아 예술운동의 지도기관으로서 기관지는 1) 프롤레타리아 예술 작품의 발표. 2) 프롤레타리아 및 부르조아 작품의 비평. 3) 프롤레타리아 예술운동의 이론 및 그 실천적 지시. 4) 마르크스주의 예술이론의 연구(부르조아 예술이론의 비판도 포함). 5) 과거 예술사의 연구를 주요사업으로 하고, 대중적 아지·푸로 잡지는 사진, 만화, 포스터, 그림 있는 이야기, 讀物 및 대중적 소설, 시를 발표케 하여 역할 분담을 제안하고 있다. 藏原惟人, 위의 글, 351쪽.

地)가 현실을 외면하고 도그마에 빠져 있음을 공격하면서 예술운동의 지도기관과 대중의 아지를 위한 잡지의 필요성을 다시 강조하고 있다. 이러한 구라하라(藏原)의 주장에 하야시 후사오(林房雄)가 가세하여 「프롤레타리아 대중문학의 문제」를 발표한다.

그는 먼저 프로문학은 지금까지 문화적으로 높은 독자를 상대로 작품을 창작하고, 노농대중, 이를테면 문화적으로 낮은 독자를 위한 작품을 창작하지 못했다는 데서 프롤레타리아 대중문학의 필요성이 있다고 주장하고, 나카노(中野)가 프로문학이란 하나의 명칭만으로 충분하다고 생각하면서 새로이 프롤레타리아 대중문학이란 것을 인정하지 않으려는 태도는 잘못된 것임을 지적한다. 하야시(林)는 대중이란 개념을 원래 정치적 개념으로는 '지도자'에 대립되는 것이며, 마르크스주의적으로는 정치적으로 무자각한 층이라고 정의한다. 프롤레타리아운동 내에서는 의식적인 활동 요소에 대한 무의식적인 요소[47]라고 규정하고 프롤레타리아 대중문학이란 현실에 대한 계급의식이 늦은 계층이 받아들일 수 있는 문학[48]이라고 규정하고 있는데 이는 구라하라(藏原)처럼 프로문학의 두 가지 유형(본래적 프로문학과 대중적 프로문학)으로 나누고 있음을 알 수 있다. 그러나 그는 이렇게 의식적으로 구별하는 것에 대하여 루나찰스키의 견해를 빌려 이 양자는 본질적으로 차이가 없다고 지적하고 노농대중을 위한 문학의 필요성을 강조한다. 그는 구라하라(藏原)의 말을 빌려 대중의 감정과 사상과 의지를 결합하고, 그것

46) 藏原惟人, 「예술운동에 있어서 좌익청산주의」, (『戰旗』, 1928.10.), 『일본프롤레타리아문학론』, 388쪽.
47) 林房雄, 「프롤레타리아 대중문학의 문제」, (『戰旗』, 1928.10.), 『일본프롤레타리아문학론』, 405쪽.
48) 林房雄, 위의 글, 405쪽 참조.

을 고양시키기 위해서는 무엇보다 먼저 대중에게 작품이 읽히지 않으면 안 된다고 전제하고, 이를 위해서 대중문학이 나아가야 할 방향을, ① 현재 대중에게 애독되는 작품의 형식을 탐구할 것으로 루나찰스키는 문학의 대중성은 형식적 성질이며, 내용의 대중성이란 일반적으로 있을 수 없다고 주장함.② 내용은 단순하고 초보적일 것.③ 재미있을 것[49]을 기본 요건으로 해야 한다고 하였는데, 이는 구라하라(藏原)가 레닌의 말을 인용하여 설명한 것과 대동소이하다.

이처럼 구라하라(藏原)와 하야시(林)는 예술대중화의 방안으로 예술운동과 직접적 아지·프로를 위한 별도의 운동이 필요함을 주장하고 직접적 아지·프로를 위해서 프롤레타리아트의 사령권 아래에 『무산자크럽』을 간행하고, 『戰旗』는 NAFP예술운동의 대중적 기관지로 위치[50]하게 되어 대중화에 대한 나카노(中野)와 가지(鹿地), 그리고 구라하라(藏原)와 하야시(林) 사이의 논쟁은 일단락 되었다고 할 수 있다. 여기에서 예술대중화 논쟁에 있어서 대중화될 예술은 '정치적 프로그램의 문제인가, 혹은 예술적 프로그램의 문제인가' 가 하나의 쟁점이 되었다. 그러나 그것이 문예비평의 규준에 있어서 정책성과 예술성의 문제로 전화되어, 다시 정치적 가치와 예술적 가치의 대립이라고 하는 예술적 가치 논쟁으로 전개되었는데 이는 마르크스주의 문학이론의 발전도상에 있어서 필연의 논쟁이었다. 이 논쟁을 통하여 마르크스주의 문학이론은 확실하게 원리적인 발전을 했다고 말할 수 있다[51].

---

49) 林房雄, 위의 글, 409-411쪽 참조.
50) 山田淸三郎, 『プロレタリア文學史』(下), 理論社, 1954. 189쪽.
51) 平野 謙, 『現代日本文學論爭史』(上), 414쪽.

한편, 이후 1930년 NAFP의 재조직과 함께 문학운동의 볼셰비키화를 정식으로 채택하면서 사회주의적 관점과는 뚜렷이 구별되는 공산주의적 관점에서 문학의 대중화문제가 다시 제기된다. 구라하라(藏原)는 사토고우이치(佐藤耕一)란 필명으로 「NAPF예술가의 새로운 임무」를 발표하는데 그는 공산주의 예술 확립을 위해 '당의 사상적, 정치적 영향의 확보, 확대라고 하는 프롤레타리아 예술가의 임무'[52]라고 주창하고 있는데 이는 이전의 그의 대중화 방안과는 확실히 구별되는 것이며, 그가 주장하는 새로운 당의 문학으로서 볼셰비키화 문학론은 마침내 1930년 7월 NAFP중앙위원회에서 수용되고, 「예술대중화에 대한 결의」를 발표하게 되는데 그것은 예술의 볼셰비키화였다.[53]

3. 한국에 있어서 대중화론의 전개

한국에 있어서 대중화론의 대두는 일본의 경우와 마찬가지로 제

---

52) 藏原惟人, 「나프예술가의 새로운 임무」, (『戰旗』, 1930.4.) 『일본프롤레타리아 문학론』, 280쪽.

53) NAPF중앙위원회에서 채택한 「예술대중화에 관한 결의」는 예술의 볼셰비키화로서 이데올로기, 독자, 제재, 예술형식을 규정하고 있는데 다음과 같은 제재를 선택하여 작품 제작에 임할 것을 결의했다. ①전위의 활동을 이해시키고, 그것에 관심을 집중시키는 작품, ②사회민주주의의 본질을 폭로한 작품, ③프롤레타리아 영웅주의를 정당하게 현실화시킨 작품, ④조합 스트라이크를 묘사한 작품, ⑤대공장내의 반대파, 쇄신동맹조직을 묘사한 작품, ⑥농민투쟁의 성과를 노동자의 투쟁과 결부시킨 작품, ⑦농어민의 대중적 투쟁의 의의를 명확히 한 작품, ⑧부르조아 정치·경제과정의 현상을 마르크스주의적으로 파악, 그것을 프롤레타리아의 투쟁과 결부시킨 작품, ⑨전쟁, 반파쇼,반제국주의 투쟁을 내용으로 하는 작품, ⑩식민지 프롤레타리아와 국내 프롤레타리아의 연대를 강화한 작품. 나프중앙위원회, 「예술대중화에 대한 결의」, (『戰旗』, 1930.7.), 『일본프롤레타리아문학론』, 450쪽.

1차 방향전환이 시작되면서 문학에 있어서 목적의식을 강조하게 되고 마침내 목적의식을 어떻게 대중 속에 침투시킬까 하는 문제가 제기되면서부터 대중화론의 단초가 마련되었다. 한국에 있어서 목적의식론이 구체적으로 대두한 것은 1927년 박영희의 「문예운동의 방향전환」이라 할 수 있다. 물론 그 이전에도 박영희는 이미 김기진과 벌였던 문학의 형식과 내용을 둘러싼 논쟁에서 프로문학이란 예술성을 문제시하기보다는 계급의식을 강화시키는 것임을 역설함으로써 목적의식을 통한 계급투쟁이 중요성을 인식했던 것이다. 그러나 그것은 엄격하게 말하면 프로문학에 있어서 형식보다 내용을 중시하는 발언일 뿐 구체적으로 목적의식을 표방하고 있는 것이라 할 수 없다. 그는 위의 논문에서 계급의식이 성장함에 따라 '경제투쟁에서 정치투쟁으로 방향전환'이 이루어져야 할 것을 주장하게 되면서 프로문학 내부에서는 목적의식론에 대한 치열한 이론투쟁이 전개된다. 여기에는 박영희를 비롯하여 김기진, 권구현, 김화산, 윤기정, 한설야, 임화, 조중곤, 이북만, 장준석 등 당시 프로문단을 대표하는 모든 비평가가 관심을 집중하여 논쟁의 형태로 나타나기에 이르렀다. 목적의식론은 필연적으로 문예운동의 실천적 임무를 제기할 수밖에 없기 때문이었다. 프로문예운동으로서 목적의식이란 문제는 두 가지 측면에서 생각할 수 있다. 그 하나는 작품 자체의 목적의식이고, 다른 하나는 그들의 목적의식을 어떻게 대중 속으로 침투시킬까 하는 문제라 할 수 있다. 전자는 소위 '문학의 내용(가치)' 문제라 한다면, 후자는 '대중화론'이라 할 수 있다. 이처럼 대중화론은 프로문예운동의 중심적인 과제로 제기될 수밖에 없는 문제인 것이다. 그러나 27년의 목적의식론에 대한 논의는 한결같이 목적의식의 필요성을 강조하고, 목적의식을 어떻게 대

중 속으로 침투시킬 것인가 하는 방법에 대한 구체적 논의는 이루
어지지 못하고 있었다. 이러한 현상은 아오노(靑野)를 중심으로 한
일본의 목적의식론의 전개와 일치하고 있다54). 따라서 1928년에 접
어들면서 자체 내에서 목적의식론에 대한 반성이 일어나게 되고,
마침내 목적의식을 대중에게 침투시키기 위한 구체적 방법으로 대
중화론이 제기되기에 이른다. 그러나 한국에 있어서 대중화론은 처
음부터 프롤레타리아 대중문학으로 제기된 것만이 아니고 식민지
현실이라는 한국의 특수한 사정과 관련되어 제기되었다고 할 수
있다. 문학의 대중화를 처음으로 제기한 사람이 민족문학파로 일컬
어 진 김동환이라는 사실이 이를 말해 준다. 김동환은 「신춘잡감」
(1928.2)에서 '지금은 모든 운동이 광범한 대중 각층의 운동으로 변
형함으로 그 민중이 다 알아들을 그런 말을 써야 한다'55)고 하여
프로문학적 관점에서가 아니라 민족운동의 일환으로 '쉽게 쓰기
운동'을 주장한다. 이후 장준석이 「왜 우리는 작품을 쉽게 쓰지 않
으면 안 되는가」를 발표하여 프로문예운동으로서 대중화의 필요성
을 지적하고, 이어 김기진을 비롯한 많은 사람들이 대중화론을 전
개하기에 이른다56). 그런데 이들 논의에서는 독자대중에게 전달할

54) 1927년에 전개된 목적의식론은 프로문학의 이론정립을 위한 본격적인 자체
  내의 이론투쟁이란 점에서 중요한 의미를 지니고 있으며, 이 문제는 「방향
  전환론」을 참조할 것.
55) 張準錫, 「왜 우리는 작품을 쉽게 쓰지 않으면 안 되는가」, (임규찬-Ⅲ), 429
  -430쪽 재인용.
56) 1920년대 예술 대중화론에 대한 대표적 논의는 다음과 같다.
  김동환, 「신춘잡감」, 『조선지광』, 1928. 2월호.
  장준석, 「왜 우리는 작품을 쉽게 쓰지 않으면 안 되는가」, 『조선지광』78호,
  1928.5.
  김기진, 「통속소설 소고」, 『조선일보』, 1928.11.9-20.
  _____, 「대중소설론」, 『동아일보』, 1929.4.11-20.
  _____, 「프로시가의 대중화」, 『문예공론』, 2호

작품의 사상 내용은 이미 완성되어 있다는 전제로부터 그것을 어떤 형식으로 독자대중에게 전달하느냐 하는 점만을 문제삼고 있다[57]는 데서 이미 한계를 지니고 있다고 할 수 있다. 그럼에도 불구하고 20년대 예술대중화 문제에 대한 태도에 따라 크게 둘로 나누어 검토할 필요가 있다. 그 하나는 김기진에 의한 현실적 조건에 따른 대중화 방법에 대한 구체적 논의가 그것이고, 다른 하나는 임화나 권환을 중심으로 한 마르크스주의적 원칙론에 의하여 대중화에 대한 부정적 태도를 보이거나, 30년에 들어서서 볼셰비키화 대중화론으로 나누어 검토할 수 있을 것이다.

1) 현실적 조건과 대중화 방법

목적의식론에 대한 프로문학 내부의 치열한 이론투쟁이 전개되던 1927년에 김기진은 이 문제에 대하여 직접적으로 자신의 견해를 분명히 밝히지 않고 있다. 그러던 그가 조명희의 「낙동강」을 제2기문학으로 규정하고 그 이유로, ① 당대 사회의 변화를 간접

　　　, 「단편서사의 길로」, 『조선문예』, 1929.1.
　이성묵, 「예술대중화 문제」, 『조선일보』, 1929.3.
　유완식, 「프로시의 대중화」,
　유백로, 「프로문학의 대중화」, 『중외일보』, 1930. 9.4.
　박영호, 「프로연극의 대중화 문제」, 『비판』, 1권8호.
　민병휘, 「예술의 대중화 문제」, 『대조』, 1930.9.
　임　화, 「김기진에게 답함」, 『조선지광』, 1929.11.
　안　막, 「조직과 문학」, 『중외일보』, 1030.8.1.
　　　, 「조선프로예술가의 당면한 긴급한 임무」, 『중외일보』, 1930.8.
　권　환, 「조선예술운동의 당면한 구체적 과정」, 『중외일보』, 1930.9.1-16.
　　　, 「문예운동의 일년간」, 『조선지광』, 1931.1.
57) 이상경, 「문학예술의 대중화」, 『카프문학운동 연구』, 역사비평사, 1990, 46쪽.

적으로 이해시키면서, 여기에서 참패되는 인생의 전자태를 그리
되 xxxxxxxxxxx한 자태를 그림으로 절망의 인생이 아니라 열망에 빛
나는 인생의 여명을 보여주고 있다는 점, ② 작가의 목적이 다수
독자의 감정의 조직에 있고, 이를 성공적으로 성취하고 있다는 점
을 들어 조명희를 '제2기에 선편을 던진 우리들의 작가'[58]라고 규
정했다. 이러한 김기진의 주장은 물론 조중곤에 의하여 비판을 받
지만, 여기에서 간과할 수 없는 것은 김기진에게 무엇보다 관심의
대상이 되었던 것은 이론 투쟁이 아니라 구체적인 작품을 어떻게
제작하여 독자에게 전달할 것인가 하는 문제였다는 점이다. 이 점
은 그가 일찍이 박영희와 '형식과 내용 논쟁'에서 보여 준 것처럼
문학을 단순히 이념적인 자리에서만 파악하는 프로문예비평가가
아니라 객관적 현실과 예술로서의 문학을 중시하는 작가적 경향을
보여주는 것이라 할 수 있다. 따라서 그의 대중화론에 대한 관심도
구체적인 방법으로서 대중화론의 제시였다.

  그가 먼저 기존 프로작가의 작품은 '전부 딱딱하기가 나뭇조각
을 씹는 것 같고, 건뜻하면 가상 연설식의 연설이 나오고 이론 튀
는 것이며, 제2기 문학운동으로 전개된 방향전환론에서도 과오를
저지르고 있다고 하여, ① 예술에 대한 과소평가와 작품에 대한 인
식의 불철저, ② 한 사람의 투사를 전취하기 위하여 독서대중을 격
리하고, 현실의 모든 기만을 폭로하여야 할 초보적 사명을 외면,
③ 이론투쟁은 작품의 제작상 방법을 제시하지 못하고 대중적 讀
物의 제작은 현상추수라 하여 부정한 것[59]이라고 지적한 사실은

당시 문단에 대한 정당한 판단이라 할 수 있다. 그 결과 그는 독서대중을 확보하기 위한 노력이 선행되어야 할 이유를 다음과 같이 밝히고 있다.

> 우리들의 문예는 독서대중을 저들의 의식과 취미로부터 격리하는 것이 그 임무의 하나다. 그리하여 이 임무를 수행하려면 독서대중에게 우리들의 작품이 들어가야 할 것이 선행 요건이다. 그렇게 하자면 작품의 보급, 배부와 선전의 힘이 필요할 것은 물론이려니와, 작품 그 자체가 그들을 끄는 힘이 있어야 할 것은 그보다도 더 '물론'이어야 한다. 그러면 그 힘은 어떻게 하면 생기는 걸까? 여기서 비로소 현재 대중의 기호로 우리들의 작품을 가지고 강하하지 않으면 안될 직접 문제가 출발한다[60].

여기에서 김기진은 프로작품을 독자대중에게 끌고 들어가기 위하여 프로문학에 있어서 통속소설이 필요함에도 불구하고 이전까지, 목적의식론을 강조한 나머지 마르크스주의 문예는 많은 독자를 획득하는 것보다 한 사람의 투사를 전취하는 것이 목적이라고 생각하여 통속소설을 통하여 독자에 영합하는 것은 타락이라고 믿었으며, 그러한 작품을 쓰는 사람이 있다면 그 작가를 '마르크스주의자가 아니고, 현상추수주의요, 대중의 자연생장성에 여지없이 굴복하는 비겁한 자이요, 결코 전투적 유물론자는 아니다'[61]라는 주장은 '全線的 방향전환과 이론투쟁의 고조로써 시작된 제2기 이래 금년 상반기까지의 일'이었음을 지적하고 문학운동만을 강조한 프로문학계의 이론 투쟁에 대한 반성이 필요함을 분명히 하고 이의 극복 방안으로 통속소설의 제작을 제안한다. 그는 먼저 소설의 유형

---

60) 김기진, 위의 글, 490쪽.
61) 김기진, 위의 글, 489쪽.

을 통속소설과 통속 아닌 소설로 구분함과 동시에 독자 또한 보통
독자대중과 교양 있는 독자로 구분하여 부인, 소학생, 봉건적 이데
올로기의 노인, 농민대중과 같은 보통독자에게는 통속소설을, 각성
한 노동자, 진취적 학생, 투쟁기 인테리겐챠에게는 투쟁적 소설을
공급해야 할 것으로 생각했다. 그리하여 통속소설이 지녀야 할 요
건을, ① 보통인의 견문과 지식의 범위, ② 보통인의 감정, ③ 보통
인의 사상, ④ 보통인의 문장에 대한 취미[62]에 관심을 갖고 작품
제작에 임할 것을 강조한다. 그럼에도 불구하고 이러한 주장은 앞
에서 살펴본 바와 같이 기존의 프로문학이 산출한 작품이 지나치
게 생경하고, 또 프로문학계의 정치주의적 목적의식론에 대한 반성
에서 비롯된 것이기는 하지만, 프로문학을 고대소설로 후퇴시킨다
는 위험 또한 가지고 있다. 이 점은 김기진도 충분히 인식하고 있
었다고 보여진다. 그는 「대중소설론」에서 앞서 사용하던 '통속소
설'이란 말을 취소하고 '대중소설'이란 새로운 용어를 사용하면서
이들 개념을 명확히 구별하고 있다. 그는 과거에는 예술소설과 통
속소설이란 구별밖에 없었으며, 대중소설이란 말은 새로이 생긴 말
임을 분명히 하고 이 양자를 구별하여 통속소설이라는 것은 가정
독자의 흥미를 끌만하게 소설을 쓰게 하여 삽화와 한가지로 신문
에 기재한 것을 가리키는 것[63]이라고 전제하고, 통속소설은 가정소
설의 별명[64]이라 하여 '통속소설=신문 연재 소설=이야기 책=가

---

62) 김기진은 이들 세 가지를 보다 구체적으로 적시하고 있는데 ①에서 다시 부
　귀공명, 연애와 여기서 생기는 갈등, 남녀, 고부, 부자간의 신구도덕관의 충
　돌과 이해의 충돌, xx의 불합리와 여기서 생기는 비극을, ②에서는 감상적,
　퇴폐적인 것을, ③에서는 종교적, 배금주의적, 영웅주의적, 인도주의적인 것
　을, ④에서는 평이, 간결, 화려할 것을 들고 있다. 위의 글, 485-486쪽.
63) 김기진, 「대중소설론」, (『동아일보』, 1929.), (임규찬-Ⅲ), 512쪽.
64) 통속소설이란 문예적 취미가 고급으로 진보된 특수한 독자를 제한 보통인

정소설'로 인식하고 있었음을 알 수 있다. 이렇게 볼 때 그가 프로
문학의 대중화 방안으로 통속소설의 제작을 주장한 것은 마르크스
주의적 관점에서 본다면 지나친 대중추수에 떨어졌다는 비난을 면
할 길이 없는 것이다. 그 결과 그는 통속소설의 주장을 철회하고
대중소설의 필요성을 다시 제기하기에 이른다. 그는 먼저 대중이라
는 말은 정확히 사용하는 경우이면 반드시 노동자와 농민을 가리
키는 말이라고 규정하고 노동자와 농민 이외의 다수 사회의 인간
을 부를 때에 대중이라는 말을 쓴다면, 반드시 학생층이면 학생대
중, 봉급생활자 층이면 봉급생활자대중, 신교자 층이면 신교자 대
중이라고 써야 한다고 대중의 개념을 정의하고 있는데, 이는 대중
이란 개념을 매우 추상적으로 받아들이고 있음을 알 수 있다. 그럼
에도 불구하고 대중소설의 개념이나 그 필요성에 대해서는 상당히
정확하게 인식하고 있다고 할 수 있다.

> '대중소설'이란 단순히 대중의 향락적 요구를 일시적으로 만족시
> 키기 위한 것이 결코 아니오, 그들의 향락적 요구에 응하면서도 그
> 들을 모든 마취제로부터 구출하고 그들로 하여금 세계사의 현단계의
> 주인공의 임무를 다하도록 끌어올리고 결정하게 하는 작용을 하는
> 소설이다. …(중략)… 프롤레타리아 작가들의 목표도 자기들의 창작
> 이 농민과 노동자 대중에게 전파되어 그들의 의식을 앙양, 결정하는
> 작용을 함에 두었다. …(중략)… 그러므로 대중소설이란 본래부터 프
> 롤레타리아 소설임은 물론이다.[65]

에게 읽히기 위한 소설인데 현재까지는 중류 이상의 가정부인, 남학생, 여
학생이 독자의 전부인 관계로 통속소설은 가정소설의 별명에 지나지 않는
다고 나는 해석한다. 김기진, 위의 글, 523쪽.
65) 김기진, 위의 글, 514-515쪽.

위에서 보는 것처럼 김기진은 '대중소설'이란 용어와 그 개념 및 필요성을 일본의 프로문학, 특히 구라하라(藏原)로부터 수용하고 있음을 알 수 있다. 그는 프로문학은 대중의 교양의 정도에 따라 두 가지 유형, 다시 말하여 종래의 프롤레타리아 소설과 새로운 대중소설의 양립을 주장하고, 종래의 프롤레타리아 소설은 교양 있는 노동자와 농민의 극소수, 급진적인 청년 학생을 대상으로 하여 제재와 문장이 고등하고 논리적이어도 무방하며, 대중소설은 무지한 농민과 노동자, 부녀자를 독자로 하여 제재와 문장이 평범하고 통속적으로 하여 새로운 독자대중을 확보하는 일이 급선무라고 주장하고 있다. 그리고 이 두개의 소설은 하나가 왼 손이면 하나는 바른 손과 같이 동일한 목적과 정신 하에서 밀접한 관계66)를 가진다고 했다. 이러한 주장은 앞장에서 살펴본 것처럼 예술운동으로서 프로문학과 직접적 아지·프로를 위한 문학으로 양분할 것을 주장한 구라하라(藏原)의 이론에 크게 힘입고 있음을 알 수 있다. 따라서 대중소설은 저급한 향락과 노예적 근성에 빠져있는 일반대중에게 '직접적 교양과 훈련'을 시키는데 그 목적이 있기 때문에 작품을 우선 대중 속으로 침투시키기 위해서는 「통속소설론」에서 주장했던 것처럼 '이야기 책'을 중시하고67) 거기에서 대중소설의 방법

---

66) 김기진, 위의 글, 516쪽.
67) 이야기책이 대중에게 많이 읽히는 이유로, 1)울긋불긋한 그림 그린 표지에 호기심과 구매욕의 자극을 받고, 2) 호롱불 밑에서 목침 베고 드러누워서 보기에도 눈이 아프지 않을 만큼 큰 활자로 인쇄된 까닭이며, 3) 정가가 싸서 그들의 경제력으로 능히 사서 볼 수 있고, 4) 문장이 쉽고 고성대독하기에 적당하며, 5) 소위 재자가인의 박명애화나 부귀공명의 성공담, 호색남녀를 중심으로 한 음담패설을 내용으로 하고 있기 때문이라는 것이다. 김기진, 위의 글, 519쪽 참조
  한편 예술대중화의 방안으로 고대소설에 대한 관심은 崔曙海도 같은 입장을 취하고 있다. 崔鶴松, 「熱日苦語(三)-勞農大衆과 文藝運動-」, 『동아일

을 모색하려고 한다. 이러한 발상을 부르조아의 대중소설과 동질적인 것[68]이라거나, 프롤레타리아 이데올로기와 연관이 없는 통속소설을 제작할 것을 지시하는 것[69]으로 보는 것은 온당치 않다. 김기진이 유달리 고대소설에 관심을 보인 것은 구라하라(藏原)가 주장하는 대중화 방안 가운데 가장 구체적인 방안으로 제시된 '과거에 있어 대중을 붙잡아 둔 예술형식을 연구하여 그것을 비판적으로 수용할 것'을 실천하려 했다고 할 수 있다. 따라서 예술대중화의 일차적 목표로서 독자대중을 확보하려는 방안으로서는 가장 현실적 대안이었다고 할 수 있을 것이다. 이에 김기진은 대중소설의 다루어야 할 내용(무엇을 써야 할 것인가?)과 형식(어떻게 써야 할 것인가?)에 대하여 다음과 같이 구체적 방안을 제시하고 있음을 볼 수 있다.

1. 무엇을 써야 할 것인가 ?
   ① 제재를 노동자와 농민의 일상 견문의 범위 내에서 취할 일.
   ② 물질 생활의 불공평과 제도의 불합리로 말미암아 생기는 비극을 주요소로 하고서 원인을 명백히 인식하게 할 것.
   ③ 미신과 노예적 정신, 숙명론적 사상을 가진 까닭으로 현실에서 참패하는 비극을 보이는 동시에 새로운 희망과 용기에 빛나는 씩씩한 인생의 기대를 보여줄 것.
   ④ 남녀, 고부, 부자간의 신구도덕과 내지 인생관의 충돌로 일어나는 가정적 풍파는 좋은 제목이로되 반드시 신사상의 승리로 만들 것.
   ⑤ 빈과 부의 갈등으로 말미암아 일어나는 사회적 사건도 좋은 제목이로되 정의로서 최후에 문제를 해결할 일.
   ⑥ 남녀간의 연애 관계도 좋은 제목이나, 그러나 정사 장면의 빈번한

보』, 1929.7.12−24. 참조
68) 김윤식, 『한국근대문학사상사』, 한길사, 1991, 164쪽.
69) 유보선, 앞의 논문, 47쪽.

묘사는 피할 것이고 될 수 있는 대로 그 연애 관계는 배경이 되든지, 혹은 중심 골자가 되든지 하고서, 다른 사건을 보다 많이 취급하도록 하여야 한다.

2. 어떻게 써야 할 것인가 ?

① 문장은 평이하게 누구든지 이해할 수 있도록 되어야 한다. 난삽한 문자나 술어의 사용은 피하여야 한다.

② 한 구절이 너무 길어도 안 된다. 그렇다고 토막토막 끊어져서 호흡이 동강동강 끊어져서도 안 된다. 비유를 써가면서 말을 둘러다가 붙이는 것도 정도 문제이나 그러나 될 수 있는 대로 피하여야 한다.

③ 문장은 운문적으로 되어야 한다. 다시 말하면 즉 낭독할 때에 호흡에 편하도록 되어야 한다.

④ 문장은 화려한 것이 좋다.

⑤ 묘사와 설명은 화려한 것이 좋다.

⑥ 성격 묘사보다도 인물의 처한 경우를, 심리 묘사보다도 사건의 기복을 뚜렷하게 드러내야 한다.

⑦ 최후로 전체의 사상과 표현수법은 객관적, 현실적, 실재적, 구체적인 변증적 사실주의의 태도를 요구한다.[70]

이상의 제조건은 표면적으로 보면 부르조아 대중소설의 그것과 큰 차이가 없다. 그러나 무엇을 쓸 것인가의 ①, ②, ⑤항은 프롤레타리아 이데올로기를 구체적으로 구현할 수 있는 내용이며, 나머지 문제도 출발점은 부르조아적 세계이지만 귀착점은 새로운 프롤레타리아적 세계임을 과소평가해서는 안될 것이다. 이것은 그가 이보다 앞서 발표한 「변증적 사실주의」[71]에서 주장한 내용을 바탕으로

---

70) 김기진, 앞의 글, 521-522쪽.

71) 이 논문은 부제로 양식문제에 대한 초고라 하여 프로문학의 양식을 집중적으로 검토한 것으로 이는 창작방법론의 하나라 할 수 있다. 따라서 본고에서는 이 논문에 대한 논의는 유보한다.

보다 구체화시킨 것으로 보는 것이 타당할 것이다. 이와 함께 '극도로 재미없는 정세'[72]와도 일정한 관련이 있다는 사실도 외면할 수 없다. 결론적으로 말하여 김기진에 의하여 제기된 예술대중화론은 추상적 이론 투쟁이 아니라 당대 현실, 다시 말하여 독자대중의 교양 정도와 식민지하 현실이라는 현실적 조건을 고려하면서 그들 프로문학을 대중 속으로 침투시켜 대중의 직접적 교양과 훈련이라는 대중화의 근본 목표를 성취하려 했다는 점은 긍정적으로 평가될 수 있을 것이다.

한편, 김기진의 대중화론의 또다른 특성은 당시 일본 프로문학계나 한국 프로문학계에서 별로 관심을 보이고 있지 않던 프로시가의 대중화를 시도하고 있다는 점이다. 그는 「프로시가의 대중화」와 「단편서사시의 길로」라는 글을 통하여 프로시의 대중화 방안을 적극적으로 모색하고 있다. 그는 프롤레타리아 시가의 목적은 처음부터 한마디로 말하면 대중을 소부르조아적 내지 봉건적 취미로부터 구출하여 그들의 의식을 진정한 의식에까지 앙양, 결정하게 함에 있는 것[73]이라고 규정하고 있다. 그럼에도 불구하고 지금까지 프로시가가 전대중의 시가 되지 못한 이유로, ① 우리가 그들에게 가지고 가서 보여주지 못하였고, ② 그들이 알아보기 쉬운 말로 쓰지 못하였고, ③ 그들이 흥미를 느끼고 외우도록 그들의 입맛을 맞추지 못하였다는 점[74]을 지적하고, 특히 ②와 ③의 문제는 그들의 교양 정도에서 비롯되며, 그들이 즐겨하는 노래는 재래의 아리랑, 육자배기, 수심가, 심청가 등이라는 사실을 중시하여야 하며 재래의

---

72) 김기진, 「변증적 사실주의」, (『동아일보』, 1929.), (임규찬―III), 499쪽.
73) 김기진, 「프로시가의 대중화」, (『문예공론』 1929. 6.), (임규찬―III), 535쪽.
74) 김기진, 위의 글, 535쪽.

노래의 특성을 잘 알고 이를 프롤레타리아 시가의 방법과 접목시
킬 필요가 있다고 주장한다. 이러한 주장은 앞의 대중소설론의 발
상과 동일한 것으로 대중소설의 방법을 시가에 접목시킨다는 점
이외에도 시가의 쟝르적 특성을 충분히 고려하고 있다고 할 수 있
다[75]. 이러한 태도는 그의 다음 논문인 「단편 서사시의 길로」에서
보다 구체화되어 나타나고 있다. 이 논문은 부제로 '우리 시의 양
식문제에 대하여'라고 하여 프로시가의 양식문제를 새롭게 모색하
고 있다는 점에서 의미 있는 작업이라고 할 수 있다. 그는 임화의
「우리 옵바와 화로」를 분석하면서 새로운 프롤레타리아 시의 양식
으로 서사시적 요소를 높이 평가하고, 전대중을 대상으로 하는 시
는 단편 서사시의 경향을 가질 필요가 있음을 주장하고 있으나 가
장 핵심적인 부분이 30행이나 삭제되었기 때문에 그의 주장을 분
명하게 알 수 없다는 한계를 지니고 있다. 그러나 그의 주장의 핵
심은 프롤레타리아 시가가 지향해야 할 점으로 현실적 제조건은
결정적으로 현실적, 객관적, 실재적, 구체적 태도를 요구하므로 시
의 형식은 단편 서사시의 형식을 요구하게 된다[76]는 것이다. 이러
한 주장은 두 가지 관점에서 검토할 필요가 있다. 그 하나는 러시
아나 일본에서조차 논의의 대상이 되지 않은 시가의 대중화를 문
제 삼은 것은 무엇을 의미하는가 하는 문제이고, 다른 하나는 대중
에 대한 직접적 아지·프로로서 시의 쟝르가 효과적인가 하는 것
이 그것이다. 첫 번째 문제는 프로예술이란 것을 근본적으로 변증
법적 방법에 바탕을 둔 리얼리즘의 문제로 인식한 결과 현실의 전

75) 소설과 희곡이 시에 비하여 객관적이며, 주제의식의 전달에 있어서도 시는
   시적 자아에 의하여 직접 전달되는 데 비하여 소설이나 희곡은 등장인물에
   의하여 제시됨으로써 독자와의 거리가 시보다 멀다는 점이 지적될 수 있다.
76) 김기진, 「단편서사시의 길로」, (『조선문예』 1929.5.), (임규찬-III), 542쪽.

체성을 중시하기 때문에 러시아나 일본에서는 소설, 특히 장편소설을 중시했던 것이다. 이 점과 관련하여 보면 팔봉의 주장은 프로예술의 본질적인 문제를 제대로 이해하고 있지 않았다는 비판을 받기에 충분하다[77]. 그러나 두 번째 문제와 관련하여 검토하면 팔봉의 주장은 주목에 값하는 것이라 할 수 있다. 프로문예를 본질적인 자리에서 검토하면 나카노(中野)의 주장처럼 프로예술과 프로대중예술은 구분될 수 있는 것이 아니다. 그러나 사회주의(공산주의) 국가 건설이라는 궁극적 목표를 달성하기 위한 정치투쟁의 수단으로서 프로문예가 그 목표를 달성하기 위해서 문예를 통해 아지·프로가 필요하다는 현실적 요구에서 문예의 대중화가 주장되었다는 사실을 간과해서는 안될 것이다. 이렇게 볼 때 앞의 첫 번째 문제도 쟝르의식과는 다른 각도에서 검토할 필요가 있음을 알 수 있다. 따라서 단편서사시에 대한 관심은 무엇보다 詩의 쟝르적 특성으로서의 소설이나 희곡에 비하여 직접성을 지니고 있다는 점을 충분히 인식하고 있었다고 할 수 있다. 특히 그가 서정시를 문제시하지 않고 단편서사시를 중시했다는 것은 '사건적 소설적인 소재'[78]와 함께 직접적 전달성을 최대한 살릴 수 있다는 점에서 프로예술의 참된 방향성의 모색이면서 대중화론을 겸할 수 있는 가능성을 보인 것[79]으로 긍정적 평가를 할 수 있다.

---

77) 김기진의 쟝르선택과 관련하여 김윤식은 <'변증법적 사실주의'를 내세우는 마당에서 '이야기 책'의 '흥미'만을 문제 삼았지 그것을 소설의 쟝르적 성격을 전혀 몰각하고 있었던 것>(김윤식, 앞의 책, 175쪽)으로 규정하나, 김기진은 프로문예의 본질적인 문제에 앞서 프로예술의 직접적 교양과 훈련이라는 직접적 아지·프로를 중시한 결과에서 비롯되었다고 할 수 있다. 이 점은 일본에서 초기 대중화론으로 발표된 藏原과 林房雄의 영향으로 볼 수 있다.

78) 김윤식, 앞의 책, 175쪽.

이상으로 김기진의 대중화론을 살펴보았거니와 김기진의 대중화론의 이론적 바탕은 일차적으로 현실론을 앞세운 일본의 구라하라 (藏原)와 하야시(林)의 대중화론에서 제시한 방안을 수용하면서 그것을 우리의 현실적 조건과 관련하여 구체적 방향을 모색했다고 할 수 있다. 이 과정에서 지나치게 현실적 조건만을 강조한 나머지 프로예술의 본질적 문제에서 벗어나 부르조아 대중문학의 제창으로 비쳐질 가능성도 있지만, 그것은 그가 강조한 '직접적 교양과 훈련'을 위해서는 먼저 작품을 독자대중에게 끌고 들어가지 않으면 안 된다는 현실 인식에 그 원인이 있다고 하겠다. 이와 함께 그가 독자적으로 주장한 프로시가의 대중화론은 한국의 대중화론이 일본의 이론을 수용하는 데 머물지 않고 독자적 방향을 모색했다는 점에서 중요한 의미를 지닌다고 하겠다.

2) 현실부정과 볼셰비키적 대중화

김기진에 의한 예술대중화론을 전후하여 장준석, 임화, 안막, 권환 등은 직·간접적으로 김기진의 주장하는 대중화론에 대립되는 이론을 발표하고 있다.

어떤 의미에서 한국에 있어서 프로예술의 대중화론을 최초로 제기한 사람은 장준석이라 할 수 있는데, 그는 먼저 프로예술은 프롤레타리아트 자신의 예술이 되지 않으면 안 된다고 주장하고, 우리 예술운동이 당면한 긴절한 임무가 '대중 속으로' 들어가지 않으면

---

79) 김윤식은 팔봉의 프로시가의 대중화 방안으로 단편서사시를 중시한 점을 긍정적으로 평가하면서 이러한 이론이 가능할 수 있었던 것은 임화의 특출한 작품(우리 옵바와 화로)이 있었기 때문이라고 했다. 김윤식, 위의 책, 174 −176쪽 참조.

안돼는 것이고 또 그 실천적 거보를 내딛고 있다고 주장한다. 그리고 이를 위해서는 쉽게 써야 하는 이유로 프로문학은 노동자 농민에게 침투시켜야 하기 때문에 그들이 이해할 수 있는 예술이 필요하다[80]고 주장하고 그 방법으로 '쉽게 쓰자'는 주장뿐 그 이상의 이론적 접근이 이루어지지 않고 있다. 그러나 이 주장은 당시 목적의식론을 둘러싼 이론 투쟁의 와중에서 작품 제작의 문제로 관심을 전환시킴으로서 김기진을 중심으로 한 본격적인 대중화론이 대두할 수 있는 계기를 마련해 주었다는 데 그 의의가 있다. 이후 예술대중화론은 앞에서 살펴 본 것처럼 김기진에 의해 주도되었다. 그러다가 김기진의 대중화론에 정면으로 비판을 가한 것은 김두용에 의해서였다.

그는 「우리는 어떻게 싸울 것인가」에서 『문예공론』과 『조선문예』를 반동문학으로 규정하면서 양주동과 김기진의 문학적 태도를 비판하고 있다. 특히 김기진의 예술대중화에 대하여 강한 불만을 토로하면서 김기진을 '반동문사'로 매도하고 있다.

> 동지 김기진군이 전개한 이론 가운데 어디 계급적 의식이 있으며 계급적 관심이 있는가? 이것이 소위 프로문사인가? 만일 일편의 계급적 양심이라도 있어 할 수 없이 프로의식, 프로생활로써 실제재료를 삼는 것이 최선의 방법이라고 하는 반동적 문구 이외에 무슨 말이 있는가? 사실 제군은 '프로예술'을 팔아서 문단적 명예를 보전하며 민족문학자와 타협하여 반동적 문학을 선전하는 몰락한 소부르조아 문사 외에 아무 것도 아니다.[81]

---

80) 장준석, 「왜 우리는 작품을 쉽게 쓰지 않으면 안 되는가」, (『조선지광』, 1928.5.), (임규찬-Ⅲ), 430쪽.
81) 김두용, 「우리는 어떻게 싸울 것인가」, (『무산자』, 1929.7.) (임규찬-Ⅲ), 567쪽.

이러한 주장은 정치투쟁만이 프로문예의 사명이라고 생각하는 원칙론자들로서는 당연한 비판이라고 할 수 있다. 따라서 김기진의 비평적 태도에 동조하고 있는 작가들은 말 할 것도 없고 당시 프로문예운동에 참여하고 있는 대다수의 작가, 이를테면 윤기정, 이기영, 송영, 최서해, 박팔양, 김영팔, 임화, 적구, 김창술, 포석 등등이 다 같은 본질을 가진 소부르조아 문사들이라고 규정하고 그들이 지향하는 것은 '예술적 작품으로!'라는 순문예라고 공격한다. 따라서 그가 지향하는 문학은 문학 이전에 노동자 농민의 조직 강화가 선결되어야 한다는 정치주의적 편향성이다. 그는 미래는 노동자, 농민의 것이고, 따라서 미래의 예술은 노동자 농민의 예술이어야 한다고 전제하고, 노동자, 농민의 조직 강화 없이 노동자, 농민의 성장이 없으며, 프로예술의 성장과 발전이 있을 수 없다고 단언한다. 그러므로 프로예술은 '우리의 시, 소설, 희곡 속에 참으로 각 계급층 혹은 집단에 일어나는 모든 반항과 xx(혁명)적 동향을 잡아 고조하며 이것을 당면의 슬로건에 결부시키지 않으면 안될 것82)이 라고 주장한다. 이러한 자신의 주장을 뒷받침하기 위하여 그는 레닌의 말을 인용하고 있는데 그것은 그가 주장하는 바와 정반대의 이론이라고 할 수 있다.

　　노동자 의식 수준을 일반으로 높이기 위하여 모든 노력을 하지 않으면 안될 것이다. 노동자는 '노동자를 위한 문헌'이란 인위적으로 국한된 권내에 폐색될 것이 아니라 항상 일반문헌을 점점 이해하도록 노력하는 것이 필요하다. 더 정확히 말하면 노동자는 폐색하고 있는 것이 아니라 폐색 당하고 있다. 노동자 자신은 모든 지식계급을 위하여 쓴 것을 읽고, 또 읽기를 바란다. 단지 2, 3의 '나쁜' 인테

---

82) 김두용, 위의 글, 517쪽.

리겐차만이 노동자에게는 공장 규칙만을 교육하면 충분하다고 믿고
그전부터 다 알고 있는 것을 반대한다."[83]

위의 레닌의 글은 노동자만을 위한 글이란 존재하지 않으며, 그
들의 의식수준을 높이기 위한 노력이 필요함을 말하고 있는데, 이
는 하우저의 지적처럼 소수에 의한 항구적 예술 독점을 방지하는
방법은 폭력적인 예술의 단순화가 아니라 예술적 판단력을 기르고
훈련하는 데 있음을 강조한 것이라 할 수 있다. 따라서 김두용의
주장은 김기진의 대중화를 부정하고, 마르크스주의에 입각한 정치
우위의 문학론이라 할 수 있다.

김기진의 대중화론에 대하여 가장 비판적인 태도를 보인 것은
역시 임화였다. 그는 「탁류에 항하여」라는 글을 통하여 김기진의
'변증법적 사실주의'에 대한 염상섭, 양주동의 비판에 대한 재비판
을 하고, 김기진의 '변증법적 사실주의'는 '사회적 사실주의'라고
규정하고 김기진의 예술대중화에 대하여 비판하고 있다. 그는 먼저
김기진의 현실 인식의 불철저와 합법성의 추수적 태도에 대해 비
판한다. 그는 김기진의 「변증법적 사실주의」에서 "극도로 재미없는
정세에 있어서 우리들의 '연장으로서의 문학'은 그 정도를 수그리
어야 한다. 그리하여 이곳으로부터 형식문제는 출발하게 되는 것이
다."라는 부분을 인용하고 이는 '무장해제적 오류'라고 규정하고
이는 '합법성의 추수'인 동시에 '예술운동을 지배하는 맑스적 원
칙의 포기를 강요하는 것'[84]이라고 규정한다. 그리고 현실적 여건
으로서 재미없는 정세, 즉 탄압이란 예술운동에 있어 형식 문제를

---

83) 김두용, 위의 글, 573쪽 재인용.
84) 임화, 「濁流에 抗하여」, (『조선지광』, 1929.8.), (임규찬―III), 604쪽.

문제 삼는데서 해결되는 것은 아니며, 그것은 xx(혁명)적 원칙에 의한 실천적인 세력과의 싸움에서만 해결할 수 있는 문제라고 하여 김기진의 현실적 여건에 바탕을 둔 예술대중화 운동은 퇴각적 정책이며, 반프롤레타리아적이며, 결정적인 최대의 오류[85]라고 주장한다. 여기에서 임화가 문제 삼고 있는 것은 대중화의 방법이나 필요성이 아니라, 김기진의 예술대중화론이란 일제하 시대적 상황과 관련하여 문학의 정치적 목적의식의 약화 내지는 포기로 인식하고 있다는 점에 비판의 초점을 두고 있다. 이러한 태도는 다시 「김기진군에게 답함」이란 글로 이어지고 있는데 그는 거기에서 팔봉을 '개량주의자'로 매도하면서 프로문학이 나아갈 방향은 '모든 박해와 곤란을 무릅쓰고 나아가는 영웅적 투쟁에서만 가능한 것'[86]이라고 하여 대중화 자체를 부정하고 정치 일원론을 주장하게 된다. 이러한 임화의 태도는 일본의 나카노(中野)나 가지(鹿地)의 예술적 프로그램을 정치적 프로그램에 종속시키는 정치우위의 견해와 완전히 일치하고 있음을 알 수 있다.

한편, 1930년에 접어들면서 프로문학은 새로운 양상을 보이기 시작한다. 1929년 10월 모스크바에서 열린 RAPF 제2차 총회에서 볼셰비키화가 결의되었고, 일본에서는 1930년 4월의 작가동맹대회에서 문학운동의 볼셰비키화가 정식으로 채택되기에 이른다. 이러한 러시아 및 일본의 프로문예운동에 힘입어 한국에서도 임화, 안막, 권환 등에 의하여 프로예술단체의 새로운 조직문제가 거론되면서 분리·결합이라는 후쿠모토이즘(福本主義)이 다시 고개를 들기 시작하고, 볼셰비키화 대중화론이 주장되게 된다. 안막은 「조선프로

---

85) 임화, 위의 글, 605쪽.
86) 임화, 「김기진군에게 답함」, (『조선지광』, 1929.11.), (임규찬-Ⅲ), 613쪽.

예술가의 당면한 긴급한 임무」라는 글을 통하여 국내외의 정세를
논하고 '예술운동을 볼셰비키화하자! 이것이 조선프롤레타리아 예
술운동의 당면한 중심적 과제'[87]라고 단언한다. 따라서 그는 김기
진의 대중화론을 대중추수적이며 기회주의적 태도라고 매도하면서
새로이 제출되는 예술대중화는 공산주의예술의 볼셰비키적 대중화
여야 한다고 강조한다. 그가 말하는 볼셰비키화로서 예술대중화는
먼저 혁명적 프롤레타리아 이데올로기에 대한 명확한 규정이 있어
야 하며, 조직의 대상으로 노동자 농민을 중심적 목표로 할 것을
제안한다. 이러한 안막의 주장은 러시아 및 일본의 영향으로 프로
문예의 볼셰비키화의 필요성을 강조하는 것으로 머물 뿐 구체적
방향을 제시하지 못하고 있다.

한편 권환은 볼셰비키적 대중화의 방안으로 조직의 문제, 작품제
작 문제, 지입문제, 부르출판물에 대한 문제등 비교적 다양한 각도
에서 이 문제에 접근하고 있는데 그것은 일본에서 예술운동의 볼
셰비키화를 채택한 이후 NAPF중앙위원회에서 결의한 「예술대중화
에 관한 결의」의 내용에 크게 힘입고 있다. 그는 과거 조선프로예
술을 독자대중과 철저히 유리된 것으로 '연극배우의 관중없이 하
는 연습흥행에 불과하고, 수백만 노동대중은 등 뒤에다 두고 예술
운동가 끼리만이 하는 운동[88]이었다고 자기비판을 하고 있음을 본
다. 이러한 인식에 근거를 두고 마르크스주의 이데올로기에 바탕을
둔 공산주의 관점에서 작품을 제작해야 할 것을 주장하면서 예술
운동의 볼셰비키화에서 취급해야 할 제재의 선택을 다음과 같이

---

87) 안막, 「조선프로예술가의 당면의 긴급한 임무」, (『중외일보』, 1930.8.), (임규
    찬 - IV), 183쪽.
88) 권환, 「조선예술운동의 당면한 구체적 과정」, (『중외일보』, 1930.9.), (임규찬
    - IV>, 204쪽.

정리하여 제시하고 있다.

① xx[전위]의 활동을 이해하게 하여 그것에 주목을 환기시키는 작품.
② 사회민주주의, 민족주의 정치운동의 본질을 xx[폭로]하는 것.
③ 대공장의 xxxx[스트라익] 제네랄 xxx.
④ 소작xx[쟁의]
⑤ 공장, 농촌내 조합의 조직, 어용조합의 xx[반대], 쇄신동맹의 조직.
⑥ 노동자와 농민의 관계를 이해케 하는 작품.
⑦ xxxx[제국주의]의 조선에 대한 xxxx (예하면 민족적 xx, xxxx확
   장, xxxxx조합 등의 역할…) xx[폭로]시키며 그것을 맑스주의적으
   로 비판하여 프롤레타리아트의 xx[투쟁]을 결부한 작품.
⑧ 조선 토착부르조아지와 급 그들의 주구가 xxxxx[제국주의자]와 야
   합하여 부끄럼 없이 자행하는 적대적 행동, 반동적 행동을 폭로하여
   또 그것을 맑스적으로 비판하여 프롤레타리아트의 xx[투쟁]을 결부
   한 작품.
⑨ 반xxxxxx[파쇼, 반제, 전쟁]의 xx[투쟁]을 내용으로 하는 것.
⑩ 조선프롤레타리아트와 일본 프롤레타리아트의 연대적 관계를 명확
   하게 하는 작품, 프롤레타리아트의 국제적 연대심을 환기하는 작
   품.[89]

이상의 10개항은 일본에서 볼셰비키적 예술대중화를 주장하고
그 결과 NAPF 중앙위원회가 채택한 「예술대중화에 관한 결의」에
서 제시한 내용과 거의 일치하고 있음을 알 수 있다. 그런 가운데
⑦항과 ⑧항은 식민지하 조선내 현실을 문제삼고 있지만, 이 시기
볼셰비키화 방침을 내걸고 제2차 방향전환론을 주도한 소장파는
당시 '일본 프롤레타리아작가동맹'의 결정에 그대로 추수하고 있
었다[90]고 할 수 있다. 이와 함께 권환은 예술을 노동대중에게 持入

89) 권환, 위의 글, 197-198쪽.
90) 임규찬, 『일본프로문학과 한국문학』, 연구사, 1987, 121쪽.

하기 위하여 기관지의 간행을 주장하고 대중의 아지프로를 위한
잡지와 직접적 근로대중을 대상으로 하지 않은 전문적인 기관지의
간행을 제안하고 있다. 이는 구라하라(藏原)가 「예술운동이 당면한
긴급문제」에서 주장한 내용과 완전히 일치하고 있음을 알 수 있다.
이처럼 임화를 비롯하여 안막, 권환 등 예술의 볼셰비키화 운동을
주도한 소장파는 김기진의 예술대중화를 대중추수주의 내지 기회
주의자로 비판했지만 그들은 현실적 제조건을 외면하고 일본에서
제기된 예술운동의 볼셰비키화를 맹목적으로 수용함으로써 문학의
정치화를 가속화시키고 말았다.

Ⅲ. 결 론

이상으로 예술대중화론의 성격과 전개 과정을 살펴보았다. 그것
을 요약 정리하면 대략 다음과 같다.

한국문학에 있어서 프로문학론이 본격적으로 대두된 것은 1927
년 박영희에 의해 목적의식론이 제창되면서 부터이고, 그것은 자체
내의 이론 투쟁을 전개해 왔다. 이 문제는 어떤 의미에서는 프로문
학론의 가장 기본적이고 본질적인 문제라 할 수 있다. 그것은 프로
문학이 예술이냐, 예술운동이냐 하는 문제와 결부되기 때문이다.
그러나 이 문제는 프로문학의 본질적인 자리에서 검토할 때 그것
은 예술이기 전에 분명 예술운동일 수밖에 없는 것이다. 그러나 예
술운동으로서 프로문학을 규정하더라도 거기에는 필연적으로 방법
이 문제되지 않을 수 없다. 따라서 프로문학의 이론투쟁은 이 운동
방법을 둘러싸고 벌어졌다. 목적의식론도 따지고 보면 운동 방법의

하나로 제기된 것이라 할 수 있다. 그러나 거기에는 또다시 두 가지 문제점이 제기된다. 그 하나는 목적의식을 어떻게 작품으로 제작할 것인가 하는 문제이고, 다른 하나는 목적의식의 작품을 어떻게 독자대중에게 침투시킬까 하는 문제가 제기될 수밖에 없다. 이렇게 볼 때 이 양자는 엄격하게 구별되는 것은 아니지만, 전자의 문제가 내용과 형식문제, 또는 창작방법론의 문제로 나타나게 되고, 후자는 대중화론으로 구체화되었다고 할 수 있을 것이다. 따라서 예술대중화론은 예술운동의 구체적 방법의 하나라 할 수 있다. 그런데 여기에서 간과할 수 없는 것은 당시 프로문학론은 일본의 프로문학론에 크게 영향을 받고 있다는 사실이다.

일본에 있어서 대중화론에 대한 태도에는 예술적 프로그램과 정치적 프로그램이란 양자에서 예술적 프로그램을 정치적 프로그램의 종속적인 것으로 인식함으로써 대중화 자체를 부정하는 입장(中野와 鹿地)과 예술운동으로서 직접적 아지·프로를 위한 대중화의 필요성을 중시하는 입장(藏原와 林)으로 나눌 수 있다. 전자는 예술대중화는 대중추수주의에 빠지고 예술을 통속화하는 것이라 하여 원칙적으로 반대의 입장을 취한다. 이에 반하여 후자는 프로문학이 노농대중의 문학이어야 하기 때문에 그들의 교양 정도에 따라 '본래적 프로문학'과 '대중적 프로문학'으로 구분할 필요가 있으며, 교양이 낮은 독자를 위한 '운동으로서 대중화'의 필요성을 강조한다. 이러한 근본적인 차이는 전자가 마르크스주의의 일반론에 바탕을 두고 프로문학을 일원론적으로 받아들이는 데 반하여, 후자는 당시 프로문학계가 노농대중을 독자로 확보하지 못하고 있으며, 그들 독자대중을 위한 작품이 없다는 현실적 여건에서 본래적 프로문학과 대중적 프로문학을 양립시킬 것을 강조하게 된 데서 비롯되었다. 따라서 일본에 있어서 대중화론은 구라하라(藏原)와 하야시(林房雄)가 주도적 역할을 하고 나카노(中野)와 가지(鹿地)는 비판적 자세에 있었다고 할 수 있다.

구라하라(藏原)는 예술대중화의 방안으로, ①마르크스주의에 바탕을 둔 예술운동의 연구와 방향 설정, ②과거 예술형식의 탐구와 비판적 수용, ③새로이 확립되는 외국의 프로예술에서 방법 섭취를 기본적인 방향으로 설정하고 여기에서 보다 구체적인 방안을 모색하게 된다. 그리고 프로예술의 지도기관으로서의 기관지와는 별도로 직접적 아지프로를 위한 잡지의 간행을 주장하게 된다. 이처럼 예술대중화에 대한 구라하라(藏原)와 나카노(中野)로 대표되는 상반된 견해는 구라하라(藏原)의 현실적 관점이 보다 설득력을 얻었다고 할 수 있다.

그러나 1930년에 접어들면서 예술의 볼셰비키화가 채택되면서 NAPF중앙위원회는 「예술대중화에 관한 결의」를 발표하여 마르크스주의에 입각한 정치우선주의로 진출하게 된다.

이러한 일본의 사정은 한국의 대중화론의 전개 과정과 일치하고 있다. 목적의식론을 둘러싼 이론 투쟁에서 작품의 제작 문제로 관심을 돌림으로서 예술대중화 문제는 제기되었다. 장준석에 의하여 '대중 속으로'라는 실천 문제가 제창되고, 김기진이 「낙동강」을 '제2기 문학'으로 규정하면서 대중화에 관한 논쟁이 시작된다. 김기진은 먼저 대중화의 필요성을 구라하라(藏原)와 같이 현실적 조건에서 찾고 있다. 그는 당시 프로문학을 '나무조각을 씹는 것 같은 생경한 이론 튀는 것'이며, 독자 또한 문화적으로 낮은 계층이기 때문에 투쟁적 소설과 함께 대중소설이 필요하다고 주장한다. 그리고 그는 대중소설의 전범을 고대소설에서 찾고 있다. 이처럼 프로문학을 '투쟁소설'과 '대중소설'로 양립할 것을 주장하고, 대중소설의 전범을 과거의 문학형식에서 구하는 것은 모두 구라하라(藏原)의 이론과 일정한 관련을 지니고 있다. 따라서 김기진에 의해 주장되는 대중소설론은 그의 독자적 주장이라기 보다는 일본 프로문학계의 견해를 수용하면서 거기에다 우리 고대소설의 방법을 보다 구체화시켜 예술대중화의 방법으로 채택했다고 할 수 있다.

그러나 김기진에 의하여 제기된 프로시가의 대중화는 주목할 필요가 있다. 특히 그가 서정시를 문제 삼지 않고 단편서사시에 관심을 가졌다는 것은 시의 직접성과 서사문학이 지니는 사건적 요소를 동시에 활용함으로써 독자대중에 대한 직접적 훈련과 교양이라는 대중화의 목적을 달성할 수 있다고 믿었던 것이다. 이것은 임화의 「우리 옵바와 화로」라는 작품이 그 표본이 되었다 하더라도 김기진이 주장한 예술대중화론의 독자적 면모를 보이는 것이라 할 수 있다.

한편, 김기진에 의한 대중화론에 대하여 임화, 안막, 권환 등은 일본에서 나카노(中野)나 가지(鹿地)의 경우와 같이 대중추수적이며, 무장해제적 오류, 예술운동을 지배하는 맑스적 원칙의 포기라 하여 비판을 받기에 이른다. 이들은 프로문학이란 본질적으로 혁명의 문학이기 때문에 현실적 여건에 안주할 것이 아니라 현실과 대결하는 것이 프로문학의 사명이라고 주장한다. 이러한 주장은 주장으로서는 바람직한 것이지만 그들의 목적의식을 독자대중에게 침투시키지 못하고 '예술운동가만의 하는 운동'으로 끝날 수밖에 없다는 현실적 여건을 무시한 이상론자라 하지 않을 수 없다. 그러나 1930년에 이르러 러시아 및 일본에 있어서 문학의 볼셰비키화가 채택됨에 따라 이들 소장파의 주장이 승리하기에 이른다. 그리하여 안막에 의하여 '당의 문학'이 주장되고, 권환에 의하여 볼셰비키적 대중화론이 발표되는데, 이는 NAPF 중앙위원회에서 채택된 「예술 대중화론에 관한 결의」에 직접적 영향을 받고 있다. 이러한 현상은 이론 투쟁에서 작품 제작이라는 구체적 문제에로 관심을 바꾸었던 프로문학계를 다시 당의 이념만을 선전하는 문학의 정치화를 몰고 오게 했다.

지금까지 살펴 본 것과 같이 20년대의 예술대중화 논의에 있어서 김기진은 대중화를 단순히 독자의 문제만으로 인식함으로써 프로문학의 본질적 문제인 문학운동과 정치운동과의 관계를 변증법적 관계로 파악하지 못했다는 점이 지적되어야 할 것이다. 그러나 김기진의 대중화론은 프로문학의 형식문제와 함께 프로문학의 창작 방법론으로 사회주의 리얼리즘에 대한 논의의 출발점을 마련해 주었다는 데 그 의의를 찾을 수 있을 것이다. 따라서 예술대중화론은 프로문학에 있어서의 형식문제와 창작방법론으로서 사회주의 리얼리즘에 대한 연구를 통하여 그 성격이 보다 구체적으로 밝혀질 것이다.

제5장
농민문학론

I. 서 론

1920년대 후반에서 1930년대 한국소설을 논의하는 경우 농민문학에 대한 검토는 필수적인 과제라 하지 않을 수 없다. 그것은 무엇보다도 당시 소설계에서 농민소설이 차지하는 비중이 크기 때문이기도 하지만 당대 비평계에서 농민문학에 대한 관심이 고조되어 이론과 작품이 상호보완적 관계로 어느 만큼 문학적 성과를 획득한 사실과 무관하지 않다. 특히 농민문학을 비롯한 농민문학론은 프로문단의 관심을 집중시킨 것으로 프로문학의 연구는 이를 외면하고는 정당한 평가를 할 수 없다. 이미 신경향파소설이라 일컬어지는 작품에서도 농민의 가난한 삶이 문제가 되었을 뿐만 아니라 프로문학을 대표한다는 작품 또한 농민소설이라는 사실은 이를 증명해 주고 있다. 이와 함께 프로문학계는 작품보다 언제나 이론이 앞섰다는 사실을 고려하면 농민소설의 경우에도 예외 없이 농민소설보다 이론이 주도적 역할을 했다고 해도 과언은 아닐 것이다. 그럼에도 불구하고 지금까지 농민소설을 연구하는 경우 작품만을 대상으로 연구하거나, 농민문학론과 관련하여 연구하는 경우에도 그것을 프로문학론으로서의 성격을 명확히 하지 않음으로서 많은 문제점을 남겨두고 있는 실정이다. 그와는 반대로 농민문학론만을 대상으로 연구하는 경우에도 문제가 전혀 없는 것은 아니다. 그것은 이미 김윤식의 지적처럼 실천과 분리하여 연구하는 것이 바람직하지 않음에도 불구하고 농민문학론 자체만을 연구하는 것은 '어떤 특정한 시기에 특정한 문제를 제기한 것으로 문학사에서 논의해 볼 수 있으며, 근대문학 사상사 및 비평사에서 그 나름의 자리를 차지할 수 있는 것'[1]이라 할 수 있는 것이다. 특히 농민문학론의 성립을 고려할 때 그것은 프로문학론의 발전과정에 필연적으로 제기된 문제이기 때문에 프로문학론의 한 범주로 다룰 필요가 있는 것이다.

그런데 지금까지 농민문학 및 농민문학론에 대한 연구를 일별해 보면 그것은 다음과 같은 세 가지 유형으로 대별할 수 있을 것이다. 첫째는 농민문학(론)을 민족문학의 하나로 인식하고 그 성격을 규명하는 경우라 할 수 있다. 이것은 대체로 60년대에서 80년대 초까지, 소위 1930년대 브나로드운동의 일환으로 쓰여진 작품들을 중심으로 연구된 것이 여기에 해당된다. 그러나 이들 연구는 작품만이 대상이 되었을 뿐 농민문학론에 대한 관심은 거의 없었다. 그리고 작품과 함께 농민문학론을 대상으로 한 오양호의 『농민소설

---

1) 김윤식, 「농민문학론」, 『한국근대문학사상사』, 한길사, 1991, 180쪽.

론』2)에서도 농민문학론에 대한 논의를 하면서도 그것을 프로문학의 관점에서 파악하고 있는 것은 아니다. 그리고 이후 많은 농민소설에 대한 연구가 이루어지지만 논의의 중심을 작품에 둠으로써 농민소설론의 성립과 성격에 대한 논의에는 이르지 못하고 있다.3)

다음으로는 프로문학론의 하나로 인식하고 농민문학론을 연구하는 경우라 할 수 있다. 이러한 관점에서는 김윤식, 권영민, 임진영, 류양선, 김영민의 논고를 들 수 있다. 그런데 이들의 논고는 기존의 견해를 벗어나 농민문학론을 프로문학론의 하나로 인식하고 문제의 본질을 해명하려고 한다는 점에서 높이 평가할 수 있다. 그러나 이들의 논고가 갖고 있는 한계는 지나치게 안함광과 백철의 논쟁에 치우쳐 양자의 시비를 가리는데 집중되어 있거나4), 아니면 농민문학론의 성립과 전개를 조선공산당 재건운동과 관련 지워 정치적 측면을 강조하고 있다5)는 것은 농민문학론의 성격을 단순화하는 경향을 초래했다고 할 수 있다.

마지막으로 한일 농민문학론을 비교문학적 관점에서 파악하는 것으로 하세가와테츠오(芹川哲世)의 논고6)가 그것이다. 이 논문은 일본의 농민파와 나프파의 농민문학론과 우리의 농민문학론을 비

---

2) 오양호, 『농민소설론』, 형설출판사, 1984,
3) 김 준, 「농민소설연구」, 태학사, 1992.
   김영견, 「카프계 농민소설연구」, 경남대 대학원 박사논문, 1996.
4) 김윤식, 『한국문예비평사연구』, 한얼문고, 1973.
   _____, 『한국근대문학사상사』, 한길사, 1991.
   권영민, 『한국민족문학론연구』, 민음사, 1988.
   김영민, 『한국비평논쟁사』, 한길사, 1993.
5) 임진영, 『카프문학운동연구』, 역사비평사, 1990
   류양선, 『한국농민문학연구』, 서광학술자료사, 1994.
6) 芹川哲世, 「1920-1930년대 한일 농민문학의 비교문학적 연구」, 서울대 박사논문, 김윤식의 앞의 논문들도 비교문학적 태도를 어느 만큼 견지하고 있다.

교하고 구체적으로 작품까지 비교연구의 대상으로 하고 있다는 점
에서는 괄목할 업적이라 할 수 있는데 일본측 논의는 특정한 논
문7)에 의존함으로써 많은 부분이 단순화되고, 우리의 농민문학론
에 대한 견해도 기존의 연구 결과에서 벗어나지 못하고 있다.

그런데 주지하는 바와 같이 한국의 농민문학론도 일본의 농민문
학론의 영향에 의하여 성립되고 전개되었다는 것을 전제로 할 때
우리의 농민문학론의 성격을 올바르게 규명하기 위해서는 일본의
농민문학론과 비교 검토하지 않고서는 정당한 평가를 내리기는 불
가능한 것이다. 따라서 본고에서는 한일 프로계 농민소설론을 비교
연구하되 두 가지 문제에 초점을 두고 검토하고자 한다. 그 하나는
프로문학계에서 농민문학을 중시하게 되는 과정을 검토하면서 농
민문학은 어떠한 계급적 기초 위에 서 있는가 하는 농민문학의 이
데올로기적 성격을 해명하는 문제이고, 다른 하나는 프로문학과 농
민문학은 어떤 관계에 놓여 있는가 하는 문제이다. 이러한 점은 류
양선도 지적하고 있는 것8)으로 일본과 한국 모두 논쟁의 핵심이
이 문제로 수렴되어진다고 할 수 있기 때문이다. 그리하여 이를 해
명하기 위하여 먼저 농민문학론의 성립과 성격을 살펴보고, 농민문
학론을 둘러 싼 논쟁과 그 성격을 검토하고자 한다.

---

7) 芹川의 논문에서 일본 농민문학론에 관한 논의는 高橋春雄의「農民文學論史
ノート」(『フロレタリア文學』, 有精堂, 1971.)에 크게 의존하고 있어 독자적 면
모는 찾을 수 없다.
8) 류양선, 앞의 책, 45쪽.

II. 일본 농민문학론의 성격과 전개

1. 농민문학론의 성립과 성격

일본에서 1906-7년경부터 '향토예술'(Heimat-Kunst, Heimkehrer Literatur, Heimat Dichtung, Volkskunst)과 같은 문학용어가 수입되어 근대문학에서 쓰여지기 시작하여[9] 1923-4년경부터 '농민문학'이라는 용어로 변하여 여러 가지 뉘앙스를 포함하면서 근대문학사에서 의미와 내용을 확립하여 문학운동의 형태를 지니게 되었다. 그결과 농민문학은 초기에는 그 명칭도 다양하게 사용되었다. 이를테면 초기 일본 농민문학론을 대표하는 이누타시게루(犬田卯)는 근대 농민소설의 최초의 작품이라 할 수 있는 「土」의 작가 나가츠카타카시(長塚節)와 동향인으로 그의 작품에 감화를 받아 '土의 예술'이라는 명칭을 사용하는 한편, '대지주의', '향토예술', '전원문학', '농촌문학', '농민문학' 등의 명칭을 사용하였다[10]. 그렇다고 하여 그 이전에 농민문학이 전혀 없었던 것은 아니었다. 초기 농민문학 운동이 발흥하기 이전 농민문학의 밑바닥에는 공통적으로 '도시편중의 문예'에 대한 반성이나, 혹은 전통주의나 지방주의와 같이 분명 반근대주의적 문명비판에 관심을 보여주었던 것이다. 이러한 관심은 물론 농민문학을 특정한 이데올로기적 관점에서가 아니라 단순히 소재적 차원이거나, 아니면 농민 계몽적 성격을 강하게 지

---

9) 芹川哲世, 앞의 논문, 13-4쪽.

10) 高橋春雄, 「初期の農民文學論とその性格について」, 『國文學硏究』, 早稻田大學, 1954. 133-4쪽 참조.

니는 것으로 리얼리즘문학의 범주에서 벗어나지 않았던 것이다. 이런 사실은 1923년『早稻田文學』시평「농민소설의 문제」에서 혼마 히사오(本間久雄)는 농민소설을 '농민을 제재로 하여 자연주의적으로 취급한 소설' 혹은 '농민의 제생활을 문제적으로 취급함으로써 농민의 향상, 해방, 각성 등을 자각하게 하는 소설' 또는 '농민 자신이 농민의 각성과 행복을 위해 농민의 생활을 비평적으로 묘사한 소설'11)이라는 세 가지 유형으로 나누어 검토하고 있는 것을 보아도 충분히 알 수 있는 것이다. 1920년대 프롤레타리아문학의 성립과 함께 그들이 주장하는 마르크스 이데올로기를 어떻게 노동자 농민에게 주입할 것인가 하는 목적의식에서 농민에 대한 관심이 증대했던 것이다. 사실 나카노시게하루(中野重治)의「목적의식론」(1926)이 발표되기에 앞서 1924년에 이미 이누타(犬田卯)를 중심으로 한 <농민문예연구회>(이후 농민문예회로 개칭됨)가 조직12)되어 농민문학에 대한 논의가 활발하게 전개되었으며, 1926년「목적의식론」이 발표되기 전후로 많은 잡지에서 농민문학에 대한 논의가 활기를 띠었으며13), 같은 해 이누타를 중심으로 한 농민문예연구회에서 농민문학의 이론서로『農民文藝十六講』을 간행하기도 했다. 이

---

11) 高橋春雄, 앞의 논문, 143쪽 재인용.
12)「농민파」의 강령은 ①부르조아예술과의 투쟁, ②마르크스주의 예술과의 투쟁, ③전투적 농민예술의 확립에 두고 있었다. 犬田卯,『日本農民文學史』, 農山漁村文化協會, 98쪽.
13) 中野重治의 目的意識論이 나오기 전후에 농민문학 논의는 매우 활발하여 15년 8월에『早稻田文學』이「土의 文學 특집」,『文藝戰線』은「노동문학 및 농민문학 연구호」, 9월에는『太陽』이「농촌불안호」, 10월에는『解放』이「농촌문제호」,『地方』은「농민생활연구호」, 소화2년 2월에는『文藝』가「농민문예 특집호」, 이어서 7월에는『文章俱樂部』에서는「농민문학의 연구, 대중문학의 비판 특집호」를 각각 특집으로 하고 헤아릴 수 없을 만큼 농민문학에 관한 논문이 발표되었다. 南雲道雄,『現代文學의 低流』, オリジン出版センタ, 142-3쪽 참조.

책은 획기적인 것으로 평가할 수 있는 것이지만, '사상적 무통일'
로 말미암아 프로파를 비롯하여 많은 사람으로부터 비난을 받은
것도 사실이다.[14] 그럼에도 불구하고 이 책은 농민문학의 전반적
문제와 함께 각국의 농민문학의 소개를 겸하고 있어 당시 농민문
학에 대한 관심을 고조시키는데 크게 기여한 사실은 아무도 부정
하지 못할 것이다. 그리고 다음 해인 1927년에는 일본의 농민소설
의 엔솔로지라 할 수 있는『농민소설집』이 간행되면서 농민문학(소
설)은 새로운 소설양식으로 자리잡게 되었다. 그런데 이 작품집이
간행된 이유[15]에서도 알 수 있는 것처럼 이것은 농민들에게 목적
의식을 주입시키는 프로문학으로서가 아니라 가난한 농민자녀를
위한 사회봉사적 성격에서 비롯된 것이다. 이러한 농민에 대한 관
심은 마침내 1927년 소위 농민파라 일컬어지는 농민문예회에서 이
누타(犬田)를 중심으로 잡지『농민』을 간행하면서 농민문학(론)은
문단의 관심을 끌게 되었다. 이처럼 아오노(青野)의「목적의식론」은
물론 프로문학의 이데올로기를 노동자 농민에게 주입시키기 위한
노력의 하나였음에도 불구하고 농민파의 농민문학운동에서 상당한
영향을 받고 있었던 것은 사실이다. 그럼에도 불구하고 NAPF에서
는 농민문학에 대한 본격적인 논의는 이루어지지 않았던 것이다.

농민파의 기관지였던『농민』(제1차)은 1927년 10월에 창간되어
다음 해 6월까지 전 9책이 간행되었다. 여기에 참여한 인원은 이누

---

14) 南雲道雄, 위의 책, 143쪽.
15) 금년 봄 新潟市木崎村에서 있은 소작쟁의가 소작인 자제의 소학교 총퇴학
   의 결과를 초래해 일본농민조합 니이카타연합회의 간부들은 이를 기회로
   무산농민학교의 건설을 기도했다. 그래서 그 자금을 문학자에게 청해 왔
   다…… 본서를 간행하여 그 인세의 전부를 우리 나라 최초의 기도인 무산
   농민학교의 건설자금으로 주려고 하는데 본서의 출판동기가 있는 것……
   高橋春雄, 앞의 논문, 135쪽 재인용.

타(犬田卯), 이시카와산시로(石川三四郎), 와다덴(和田傳), 카토우타케오(加藤武雄), 요시에타카마츠(吉江喬松), 나카무라세이코(中村星湖), 구로시마덴지(黑島傳治) 등이며, 기타 투고자를 합하면 180명에 달한다. 전체적으로 대동단결주의의 기치 아래 모인 것이었으나 反『문예전선』적 입장을 가진 사람의 조직체16)였던 것은 분명하다.

이 시기 농민문학론을 대표하는 것은 소우다류타로(相田隆太郎)의 「농민문학론」(1927. 10)과 「농민문학운동당면의 임무」(1928. 6.)라 할 수 있는데, 그는 거기에서 농민문학과 농민문학운동은 구별되어야 한다고 주장하고, 농민문학운동은 농민계급의 계급적 승리와 계급적 사명의 실현에 있음을 다음과 같이 강조하고 있다.

> 모든 예술은 그 의거하는 계급의 이데올로기를 반영하고 대중을 그 의거하는 계급의 이데올로기로 빨아들이는 작용을 하는 것이다. 이러한 의미에서 농민문학운동은 농민계급의 이데올로기를 문학적으로 표현하고 대중을 농민계급적 의식으로 조직해 가는 것에 지나지 않는다. 따라서 이 두 번째 임무는 농민문학운동의 각과정에 있어서 가장 중요한 임무이다.17)

여기에서 '농민계급의 이데올로기'란 이후 농민파와 나프파 사이에 논쟁의 중심적 문제로 대두하게 된다. 그리고 제2차 『농민』은 1928년 8월에 <농민자치회>에 의하여 창간되었다. 그러나 특기할 만한 내용은 없었다. 그리고 다음 해 4월에 전국농민예술연맹에 의하여 제3차 『농민』이 간행되어 1932년에 종간 되었으나 잡지의 사상적 성격은 아나키즘적인 지방자치주의와 농민주의였다. 이것을

---

16) 芹川哲世, 앞의 논문, 59쪽 참조.
17) 相田隆太郎, 「農民文學運動當面の任務」, 『農民』, 1928.6. 23쪽.

주도한 사람은 이누타(犬田卯), 카토우(加藤一夫)였으며, 프롤레타리아문학에 대하여 강력하게 반발하면서 그들의 기관지인 『농민』에 「프롤레타리아 비판호」(1929.5), 「부르조아예술 토벌호」(1929.7), 「자기 청산호」(1929.8), 「도시에의 반역호」(1929.10)에 이어 「나프파 농민문학 박멸호」(1931.6)를 각각 특집으로 꾸며 1931년 후반에 이르러 양자 사이에 논쟁이 벌어지게 된다.

이처럼 농민파가 일찍부터 농민문학에 대하여 적극적인 활동을 전개하고 있는데 반하여 나프측에서는 「목적의식론」이나 「예술대중화론」에서 '노동자 농민 속으로'라는 슬로건은 내걸었지만 구체적으로 농민문학에 대한 이렇다 할 활동이 없었다. 그러던 것이 1930년 하리코프(Kharikov)에서 열린 제2회 국제혁명작가동맹 회의에서 일반 결의 속에는 「농촌 프롤레타리아 및 근로농민의 혁명적 문학에 관한 결의」와 일본 소위원회의 제안인 「일본에 있어서의 프롤레타리아 문학운동에 대한 동지 마츠야마(松山는 勝本淸一郎의 가명임=필자)의 보고에 대한 결의」가 채택되고 일본에 있어서 프롤레타리아문학운동에 관한 7개의 방향[18]이 제시되고 있는데, 그

18) 1) 일본 프롤레타리아 작가동맹은 곧바로 국제적 조직에 가입해야 한다. 2) 노동통신운동이 일층 광범하게 확대되고 그 조직망 속에 일본 프롤레타리아 문학운동의 기초를 세우고 뿌리를 내려 운동의 바탕을 강화하여야 한다. 4) 동맹 전체의 이론적 비평적 활동에 보다 많은 주의가 기우려지지 않으면 안 된다. 특히 농촌 공장에 있어서 독서회 속에 왕성한 비평적 활동을 발흥시킬 필요가 있다. 소비에트동맹의 경험에 의하면 이 방법에 의해 농촌 공장 속에서 가장 우수한 이론가 비평가 다수를 생장시킬 수 있다. 이것은 운동의 전체적 기초를 강화하기 위해서 가장 중요한 요건이다. 5) 프롤레타리아 문학운동에 있어서 마르크스 레닌주의의 방침과 함께 좌우 양익에의 편향에 대한 2전선의 투쟁이 올바르게 이해되고 강력하게 추진되지 않으면 안 된다. 6) 일본의 식민지 및 이민지(중국, 조선, 북미, 남미, 기타)에 있어서 프롤레타리아 문학운동에도 주의를 기우려 그들과 밀접한 관계 확립하지 않으면 안 된다. 7) 특히 일본과 중국 사이에는 문자의 동일, 지리적 근

가운데 농민문학에 대한 결의는 다음과 같다.

> 국내에 거대한 농민층을 갖고 있는 일본에 있어서는 농민문학에
> 대한 프롤레타리아트의 영향을 심화하는 운동에 한층 주의할 필요가
> 있다. 일본 프롤레타리아 작가동맹 내부에 농민문학연구회가 특설되
> 지 않으면 안 된다. 그것은 말할 것도 없이 어디까지나 프롤레타리
> 아트의 헤게모니 아래에 두지 않으면 안돼는 것은 물론이다.

위의 결의는 일본 프로문학에 있어서 농민 문제를 비롯한 농민
문학의 중요성을 일깨워 준 것으로 이를 바탕으로 1931년 3월
NAPF 속에 <농민문학연구회>가 결성되기에 이른다. 이후 나프진
영에서도 농민문학에 대한 일련의 논문을 발표하게 되고 같은 해
11월에는 『농민의 旗』를 간행하는데 그 서문에서 농민문학연구회
의 설립 근거에 대하여 다음과 같이 설명하고 있다.

> 우리 농민문학연구회가 일본 프롤레타리아 작가동맹에 특설된 것
> 은 지난 4월이었기 때문에 창립 이래 아직 6개월의 역사밖에 지니지
> 못했지만, 주로 농민문학의 기초적인 문제에 관한 토구를 계속해 오
> 고 있다.
> 우리 농민문학연구회가 설립된 근거는 두 가지다. 하나는 작년 11
> 월의 하리코프에서 열린 프롤레타리아 혁명작가 국제대회가 국내 인
> 구의 4할 8분의 농민인 일본에 있어서는 특히 농민문학에 대한 프롤
> 레타리아트의 영향을 심화하기 위해서 농민문학연구회 특설의 급무
> 를 결의한 것에 연유하고 있다. 다른 하나는 우리가 10여년에 걸친

접 및 정치적 경제적 관계의 밀접함에 따라 프롤레타리아 문학운동의 영역
에 있어서도 종래에도 밀접한 관계가 있었지만, 그것은 또한 조직적 관계를
갖지 않으면 안 된다. 「日本におけるプロレタリア文學運動についての同志
松山の報告に對する決議」『ナップ』, 1931.2. 4-5쪽.

프롤레타리아 문학운동의 발전에서 무의식적으로 간과해 온 농민에
대한 영향을 보다 계획적으로, 조직적으로 실천해 가지 않으면 안
된다는 자각이 강하게 작용한 것에 원인이 있다.[19]

위의 인용에서 확인할 수 있는 것처럼 일본에 있어서 나프파의
농민문학운동은 내측으로부터 양성된 필연의 결과라기 보다도 밖
으로부터 주어진 우연이라 할 수 있는 성격을 지니고 있다[20]고 할
수 있다. 이처럼 작가동맹 내에 농민문학연구회가 설치됨으로써 이
누타(犬田)를 중심으로 하는 전국농민예술연맹을 극도로 자극하게
되고, 또 일반 저널리즘이 '농민문학'을 크로즈 업하여 두 단체 사
이에는 심한 논쟁이 전개되었으며 이 논쟁을 통하여 작가동맹
(NAPF)의 농민문학론은 그 방향을 확립할 수 있었던 것이다.

2. 농민파와 나프파의 논쟁과 이론 정립

1) 농민파와 나프파의 논쟁의 양상

농민파와 나프파의 논쟁은 물론 두 진영의 농민에 대한 헤게모
니 쟁탈을 위한 대립에서 비롯되었다고 할 수 있다. 이와 함께 당
시 신문사가 지대한 관심을 보이면서 논쟁을 부추긴 면도 없지 않
다.

우리 나라(일본) 좌익문단 일방의 지도적 입장에 있는 일본 프롤
레타리아작가동맹에서는 오는 23일 築地小劇場에서 금년도 대회를

---

19) 南雲道雄, 앞의 책, 149-150쪽 재인용.
20) 高橋春雄, 「農民文學論史ノート」, 앞의 책, 1971. 182쪽.

열어 1931년도에 있어서 나프계 작가의 지도이론을 결정하게 되었으
니, …(중략)… 결정의안 중 최대의 문제는 하리코프대회의 결정에
의한 농민문학에의 약진적 투쟁의 결과 1931년도의 좌익문단에는 농
민문학의 범람할 것이 예상되기에 이르렀다.[21]

나프는 지금 농민문학으로 문학운동의 방향을 여기에 두고 나아
가려고 한다. 또 한편으로 잡지 『농민』은 나프의 농민문학운동에 대
하여 박멸호를 발행하여 도전하고 있다. 지금 양자가 말하고 있는
바를 여기에 발표, 연구문제로 한다.[22]

이상과 같이 당시 저널리즘에서 이상하리만큼 농민문학에 관심
을 보인 이유에 대하여 타카하시하루오(高橋春雄)는 ①농민문학 그
자체에 대한 문제가 아니고 작가동맹이 농민문학을 문제시하고 있
기 때문에 보도 가치가 있었기 때문이며, ②작가동맹 자체가 국제
혁명작가동맹 제2회 대회(하리코프회의)의 일반결의 및 일본 소위
원회의 제안에 따른 농민문학운동에 대한 관심, ③프롤레타리아 문
학 전반의 쇠퇴 가운데 농민문학운동이 전개된 점[23]을 지적하고
있다. 결과적으로 1931년은 농민문학을 둘러싼 논쟁의 시기[24]라 할
수 있는데, 이 논쟁을 정당하게 이해하기 위해서는 전반기와 후반
기로 나누어 검토할 필요가 있다. 다시 말하면 전반기는 나프파 일

---

21) 「東京朝日新聞」, 1931.4.20.
22) 『讀賣新聞』, 1931.6.1.
23) 高橋春雄, 앞의 글, 182쪽 참조.
24) 일본 프롤레타리아 작가동맹파와 「농민」파 사이에 전개된 1931년 후반에
    걸친 논쟁은 이보다 앞서 「프롤레타리아문예 비판호」에서 가토(加藤一夫)가
    「프롤레타리아문예에 있어서 문명의 문제」라는 글로 프롤레타리아문예에
    대하여 도전을 하지만, 작가동맹측의 반응을 보이지 않음으로서 논쟁으로
    비화하지는 않았다. 그러나 1931년에 이르러서 「농민」파의 공격이 강화되면
    서 작가동맹은 「농민」파에 대하여 논쟁을 전개한다.

부가 프롤레타리아문학과 농민문학과의 관계를 논의한 시기이며 이에 대하여 농민파에서는 박멸호를 간행하여 비판을 가한 시기이고, 후반기는 나프파에서 농민파의 공격에 반격을 가하면서 농민문학의 이데올로기적 성격에 따라 농민문학과 프롤레타리아문학과의 관계를 정립하는 시기라 할 수 있다. 그리하여 논쟁을 다루는 여기에서는 전반기만을 검토하고자 한다. 이 때 발표된 작가동맹측에서 많은 논문을 발표[25]하는데 이들 글은 하리코프회의 결의문 가운데 제3항(농민문학)의 해석 방법을 둘러싼 문제를 논의한 초보적 단계의 농민문학론이기 때문에 농민파에서는 「농민문학 박멸호」[26]를 통하여 집중적 공격의 대상이 되었다.

나프파 작가 가운데 농민문학의 문제를 처음으로 제기한 인물은 다데노노부유키(立野信之)로서, 그의 「농민소설론」(1929)에서 비롯되고 있다. 그는 프롤레타리아문학이란 노동자 농민의 문학이라고 지적하고, 프롤레타리아문학의 취재 범위로 노동자(공장)와 농민(농촌 혹은 지방)을 묘사한 것으로 나누고 특히 후자를 통상 '농민소설',

---

25) 작가동맹측의 논문 가운데 문제가 된 논문은 다음과 같다.
   1) 池田壽夫, 「농민과 프롤레타리아문학」,『나프』, 1931. 2월
   2) _____ , 「농민문학의 새로운 전향」,『나프』, 1931. 3월
   3) 黑島傳治, 「농민문학의 문제」,『東京朝日新聞』, 1931. 4월
   4) 本庄陸男, 「농민을 대상으로 한 2개의 작품」,『나프』, 1931. 5월
   5) 小林多喜二, 「문예시평」,『중앙공론』, 1931. 5월
   6) 德永 直, 「농민문학에의 암시」,『讀賣新聞』, 1931. 5월
   7) 黑島傳治, 「농민문학의 새로운 전진을 위하여」,『讀賣新聞』, 1931. 6월
26) <농민문학박멸호>에 발표된 논문은 다음과 같다.
   茨木 隆(犬田卯),「何をか農民文學と言ふ?」
   松原一夫,「ナップ派の文藝と我我」
   眞船晃一,「土に上に置かれた農民文學-マルクス主義文學の排撃-」
   寺神戸誠一,「ナップ」農民文學論者に敎ゆ-殊に小林多喜二, 黑島傳治, 池田
      壽夫の諸論を駁す-」

혹은 더욱더 넓게 '농민문학'이라고 부른다고 하여 농민소설에 대한 개념이나 성격을 추상적으로 규정하고 있다. 그러면서 프롤레타리아 문학이 농민문제를 중시해야 하는 이유를 다음과 같이 설명하고 있다.

　　농민해방은 '토지해방'에 의하여 해결된다. 농민은 오랫동안 토지문제로 고민하고 있다. ……(중략)…… 농민에게 토지를 보증하는 것은 누구인가? 레닌은 말한다. '오지 프롤레타리아만이, 오직 프롤레타리아를 통일하는 바의 전위인 볼셰비키 당만이 xxxx 빈농이 원하는 것들, 그리고 어디에, 어떻게 해야 찾을 수 있는지를 모르면서 찾고 있는 농민에게 찾아주지 않으면 안되고, 찾아주어야 할 것이다.[27]

이러한 주장에는 농민문학과 프롤레타리아문학을 단순히 피지배계급이라는 관점만을 강조하고 있는 면이 없지 않으며, 프롤레타리아가 토지를 잃은 농민에게 토지를 찾아 줄 수 있다는 시혜자적 태도로 이데올로기적 성격으로부터는 이탈하고 있다.

이에 반하여 1931년에 접어들면서 이케타히사오(池田壽夫)는 「농민과 프롤레타리아문학」이란 글에서 프롤레타리아문학과 농민문학은 노동자와 농민을 대상으로 하기 때문에 계급적 범주를 달리하며 농민과 프롤레타리아문학 양자의 관계는 단순하지 않다고 전제하고 그 양자의 차이를 밝히기 위해 제재와 표현의 문제를 프롤레타리아트의 입장에서 검토할 필요가 있다고 주장한다. 그리고 그는 당시 일본의 프롤레타리아 농민소설을 작가별로 검토하고 프롤레

---

27) 立野信之, 「농민소설론」, 1929. 11. 조진기편역, 『일본프롤레타리아 문학론』, 태학사, 479쪽. (이하 별도의 출전을 밝히지 않은 일본자료는 이 책에서 인용한 것임)

타리아 농민소설이 나아가야 할 방향을 다음과 같은 결론으로 제
시하고 있다.

(1) 지금 농민의 투쟁은 소작료 감면으로부터 빈농을 중심으로 하는 토
지소유권에 대한 투쟁의 단계에 들어가 있다. 우리 농민문학도 종래
의 비극적 삽화적 경향을 극복하고 새로운 단계에 조응하지 않으면
안 된다.

(2) 노동자와 빈농과의 정치적 결합과 프롤레타리아트의 헤게모니의 의
의를 모든 작품의 구석구석까지 침투시키지 않으면 안 된다.

(3) 종래 등한시하여온 농업노동자에게 깊은 관심을 보이지 않으면 안
된다. 이들 빈농과의 결합이 중요하다.

(4) 룸펜적, 허무적, 목가적 경향의 극복과 농민의 대중동원, 지금의 농
업공황, 실업 귀농자와 빈농과의 결합, 권력과의 직접적인 격돌, 일
상적 조직투쟁 등이 그려지지 않으면 안 된다.

(5) 농민문학의 형식은 물론 농민의 심리, 감각에 적합하지 않으면 안되
지만, 그것은 현재 농민생활로부터 오는 음산, 음울, 지둔한 것이 결
코 아니라, 점차적으로 노동자적 형식에 계속 가까이 가야 한다. 따
라서 단순하고 명쾌하고 알기 쉬워야 한다.

(6) 이들 모두를 종합하여 예술의 볼셰비키적 실천이 보다 강화되고 구
체화되어 농민의 xx적 투쟁과의 생활적 텃취를 풍부하게 넓혀나가
지 않으면 안 된다.[28]

위의 글은 문제의 제기에서 지적한 농민과 프롤레타리아문학과
의 관계에 대해서는 구체적인 논의가 없다는 약점을 지니면서도
당시 발표된 농민문학을 비판하고 이를 바탕으로 프롤레타리아 농
민문학의 방향성을 제시하고 있다는 점에서 중요한 의미를 지닌다.
그리고 위의 (2)항은 같은 달 NAPF에 처음 발표된 하리코프회의

---

28) 池田壽夫, 「농민과 프롤레타리아문학」, 507-8쪽.

일본위원회의 결의문, 이를테면 '어디까지나 프롤레타리아트의 헤게모니 아래 두어야 한다.'는 부분을 미리 보고 의식적으로 그것에 이론적 해명을 가한 것[29]으로 생각한다. 이 점은 농민문학의 범주와 성격을 규정해 주는 것으로 중요한 의미를 지님에도 불구하고 구체적 해명이 없음으로 해서 농민파로부터 공격의 대상이 되기도 한다.

그는 위 논문의 속편으로 「농민문학의 새로운 전향」을 발표하는데 거기에서 농민문학은 프롤레타리아 이외의 것으로 생각할 수 없다고 전제하고, 농민문학의 존재 가치를, '광범한 계급투쟁의 도식을 정식화하는 가운데 도시노동자의 강고한 결합 없이는 농민의 승리도, 해방도 있을 수 없다고 하는 마르크스주의적 이데올로기의 강화'[30]에 있다고 전제하고 일본 농민소설의 대표작이라는 고바야시다키치(小林多喜二)의 『不在地主』와 도쿠나가수나오(德永直)의 『輜重隊よ前へ!』를 분석하면서 노농제휴의 문제를 문학적으로 해결하려고 하고 있지만 아직도 미숙하다고 규정하고 새로운 전향의 필요성을 역설하고 있다. 그는 먼저 기존의 농민문학에서는 농민으로서의 계급적 자각에 도달한 과정은 그려졌지만, 자본가 지주의 정치적 지배를 철폐하기 위한 '투쟁의 전위로서 혁명적 활동'은 묘사되지 않고, 농촌세포의 활동도 나타나지 않고 있다는 것이다. 그리고 고작 소작료의 경감과 같은 지엽적인 문제에 메달려 있었다고 비판한다. 그리하여 새로운 전향은 무엇보다도 먼저 작가 자신의 관점을 정확히 함과 '이데올로기적으로 xx(혁명)화'하는 것이 필요하며 농민의 생활 가운데, 농민의 격화하는 투쟁의 현실 가운

---

29) 高橋春雄, 앞의 글, 186쪽.
30) 池田壽夫, 「農民文學の新しき轉向」, 『ナップ』, 1931. 3. 52쪽.

데서 뿌리를 펴는 것이 필요하다고 강조한다. 이렇게 하여 필요한 것은 농민문학의 새로운 전망이 문학상, 형식적으로 해결되고, xx 적 슬로건이 삽입되지 않으면 안되고, 부단히 농민의 투쟁 속에서 치열하게 단련시킬 것[31]을 주장한다. 여기에서도 농민문학과 프롤레타리아문학을 동일시하면서 프롤레타리아 헤게모니의 확립을 강조하여 『농민』파로부터 도시 프롤레타리아의 예속이라는 비판을 받기도 한다.

고바야시(小林多喜二)는 「문예시평」에서 '우리가 농민문학이라고 할 때 그것은 말할 것도 없이 프롤레타리아트의 관점에서 농민을 취급한 작품이란 의미이고, 프롤레타리아 이외의 아무 것도 아니다. 다만 도시 프롤레타리아트를 취급한 작품에 대하여 편의상 농민문학이라 말하는데 지나지 않는다.'[32]고 주장하고 있다. 이러한 주장은 농민문학의 성격과 범주를 명확히 하지 못한 것으로 농민파 뿐만 아니라 나프파에서도 그 잘못을 지적하게 된다.

한편 구로시마덴지(黑島傳治)는 「농민문학의 올바른 진전을 위하여」를 발표하는데, 이것은 농민파의 주장에 대한 반론으로 쓰여진 것으로 농민파가 주장하는 '농민 이데올로기'에 대하여 '농민이란 농업 노동자로부터 부농에 이르기까지 많은 계층으로 나누어져 있는 농촌 인구를 하나로 묶어 농민 이데올로기라는 것으로 얽어 놓을 만큼 단순한 생활을 하고 있는 것이 아니다'[33]는 점을 분명히 하고, 나아가 농민파가 입버릇처럼 농촌은 도시로부터 착취당하고 있다고 주장하는 것은 완전히 지주의 앞잡이고, 동시에 부르조아의

---

31) 池田壽夫, 위의 글, 58쪽 참조.
32) 小林多喜二, 「文藝時評」, 『中央公論』, 1931. 5월.
33) 黑島傳治, 「농민문학의 올바른 진전을 위하여」, 510쪽.

앞잡이라고 규탄한다. 그는 소비에트연방에서 노동자와 빈농이 제
휴하여 부농을 축출한 사실을 들어 노동자와 빈농의 제휴를 주장
하면서 농민문학과 프롤레타리아문학과의 관계를 다음과 같이 규
정하고 있다.

> 우리가 농민의 생활을 제재로 한 문학을 농민문학이라 부를 때,
> 그것은 프롤레타리아문학과 나란히 대항적으로 말하는 것은 아니다.
> 반전(反戰), 반군국주의 문학을 반전문학이라 부른다. 그것과 같은
> 의미에서 농민을 제재로 한 문학을 농민문학이라 부른다. 이와 함께
> 프롤레타리아 문학 안에 하나의 분야로서 프롤레타리아문학에 포괄
> 되는 것이라 할 수 있다.34)

여기에서 그는 앞서 주장한 사람들과 마찬가지로 농민문학을 프
롤레타리아문학과 동일한 범주에 넣음으로써 별다른 차이점을 보
여주지 못하고 있다. 그는 현실을 가장 정확하게 관찰하고 파악할
수 있는 것은 마르크스주의자 이외에는 없다고 주장하면서 농민파
의 주장은 근본을 모르고 지엽적인 문제를 붙잡고 비난하고 있는
것이라고 주장한다. 그런데 농민이라 하더라도 그것을 개괄적으로
파악하는 것이 아니라 빈농, 소중농, 지주 가운데 농촌 근로계급,
즉 빈농, 농업 프롤레타리아 가운데 뿌리를 두고 그들의 대중적 투
쟁 속에 있는 농민 통신원의 운동과 결합하여 나아가는 것을 프로
파 농민문학은 지향하고 있다고 강조하고 있다. 이렇게 하는 것은
'급격하게 혁명화하는 빈농의 생장에 협력'하는 일이라고 믿고 있
다. 그리하여 진정한 프롤레타리아 농민소설이란 빈농의 투쟁과 농
민의 생활을 노동자의 헤게모니와 제휴하여 투쟁하는 것35)이라고

---

34) 池田壽夫, 위의 글, 511쪽.

주장하고 있다. 이러한 주장은 농민문학을 프롤레타리아문학과 동일시했을 때만 가능한 것이고 농민의 소소유자적 특성을 전혀 고려하지 않은 논리라 할 수밖에 없다. 이처럼 나프파의 농민문학론이 프롤레타리아문학과 농민문학과의 관계를 동일한 범주로 설정하여 농민파에게 공격의 빌미를 주었으며 마침내 농민파는 「나프파 농민문학 박멸호」를 통하여 이 점을 집중적으로 비판하기 시작했다.

먼저 이바라키(茨木隆, 犬田卯의 가명＝필자)는 「무엇을 농민문학이라 하는가?」라는 글에서 일본 프롤레타리아 작가동맹에서 농민문학에 대한 비약적 투쟁을 하고 있으며 이것은 하리코프회의의 결과라고 전제하고 그들이 주장하는 농민문학에 대한 성격 규정이 잘못되었음을 비판한다. 그는 먼저 고바야시(小林)의 논문, 「문예시평」에서 주장한 바 "우리가 농민문학이라고 할 때, 그것은 어디까지나 프롤레타리아트의 관점에서 농민을 취급한 작품이란 의미로 프롤레타리아문학 이외의 무엇도 아니다. 오직 도시의 프롤레타리아트를 취급한 작품에 대하여 <편의상> 농민문학이라고 하는데 지나지 않는다"는 부분을 문제 삼고 있다. 특히 <편의상>이라는 어귀에 초점을 맞추면서 왜 <본질상>에서 논의하지 않는가 반문하고 참된 농민문학은 마르크스주의에 입각해서는 불가능한 것이라고 주장하고 그들의 농민문학은 속류 아나키즘과는 구별되는 '농민주의(농민자치주의)'에 입각하여 성립하는 것이라고 주장한다. 그는 프롤레타리아 농민문학은 프롤레타리아 이데올로기 아래 농민을 두려고 하기 때문에 결과적으로 농민은 전통적으로 부르조아에게 착취되고, 지배되었던 것처럼 형식상으로는 다를지라도 또

---

35) 池田壽夫, 위의 글, 513쪽.

다시 도시 프롤레타리아 내지는 그것을 미끼로 사용하는 인테리적 지배층의 노예가 되고 피착취자가 될 수밖에 없기 때문에 마르크스주의에 입각한 농민문예는 영웅적 목적론에도 불구하고 농민 이반의, 무획득의 문학이 될 수밖에 없다는 것이다.[36] 그러나 자신들의 농민문학은 무착취, 무지배의 사회에서 비로소 전 인류의 공동생활이 실현되는 것에 있다고 주장하면서 양자의 차이를 다음과 같이 말하고 있다.

> 마르크스주의 농민문학과 우리의 농민문학(자치주의 -속류 아나키즘이 아닌)에 입각한 농민문학과의 근본적인 차이가 여기에 있다. 즉 전자 -마르크스주의 농민문학-는 부르조아 사회에의 역행을 감행하는 사회운동에 참가하고, 후자 -농민자치주의에 입각한 농민문학-은 전 인류의 공동사회운동에 협력한다.[37]

한편 그는 농민문학은 '농민 이데올로기'[38]에 입각하고 있는데 반하여 마르크스주의 농민문예는 정략적이고, 편의상 재제를 농촌에서 구할 뿐 도시 프롤레타리아문학의 변형이고 변태라고 규정한다. 따라서 사이비 농민문학이 농촌에 들어오는 이상 단호하게 그것과 宣戰하고 배격하고 타도해야 할 것을 역설한다.

---

36) 茨木 隆, 「何をか農民文學と言ふ?」, 『農民』, 1931.6. 7쪽 참조.
37) 茨木 隆, 앞의 논문, 7쪽.
38) 이누타(犬田卯)는 『日本農民文學史』에서 농민 이데올로기에 대하여 11개항으로 나누어 구체적으로 설명하고 있음을 볼 수 있는데 이를 요약하여 "농민 이데올로기는 우리의 필요품의 생산업태에 물질적 근거를 갖고, 협동상호부조의 조직화된 의식이며, 집단적 생활의 도덕적, 윤리적 통제원리, 즉 사회정의"라고 정의를 내리고 농민 이데올로기는 사회적 자치의식으로 아나키즘 이데올로기가 아님을 강조하고 있다. 犬田卯, 『日本農民文學史』, 農山漁村文化協會, 136쪽.

또 마츠하라가츠오(松原一夫)는 프롤레타리아 농민문학과 농민파 농민문학 사이의 근본적인 차이는 생활태도, 사물을 보는 눈, 예술에 대한 이해에 있다고 지적하고[39] 자신들의 생활태도는 자치적인 것으로 자신이 타인으로부터 착취되는 것을 거부하는 것과 동시에 타인을 지배하려고 하는 것도 거부하는 자율적인 생활태도인데 반하여, 프롤레타리아 농민문학은 볼셰비키 독재에 헌신하는 악마주의적 태도라고 못박고 있다. 그리하여 프롤레타리아 농민문학은 지배계급 측에서 발생한 사상이라고 주장하고, 자신들의 자치주의, 인간미, 군중의 힘, 대중의 예술은 민중이 지니고 있고, 또한 구하여 온 것[40]이라고 강변하고 있다.

그런가 하면 사물을 보는 눈이란 곧 이데올로기를 지칭하는 것으로 프롤레타리아 농민문학은 프롤레타리아 이데올로기에 의하여 사물을 판단하고 자신들은 농민 이데올로기에 의하여 사물을 본다는 것이다. 따라서 프롤레타리아 농민문학에서 도시 프롤레타리아의 지도 없이 농민은 해방될 수 없다는 주장은 그들의 공식인데 이것은 결코 농민의 이데올로기일 수 없으며, 자신들이 '농민의 해방은 농민의 힘'으로 라고 하는 것이야말로 농민 이데올로기라고 주장한다. 이러한 마츠하라(松原)의 주장은 문제의 본질에 깊이 들어가지 못하고 소박한 감상에 지나지 못하고 있다.

한편 마후네(眞船晃一)는 「흙에 토대를 둔 농민문학」을 통하여, 다테노(立野信之)의 「농민소설론」에 대하여 비판하고 있는데 다테노(立野信之)가 '농민해방은 '토지xx'에 의해 해결된다'고 한 것에 대하여, 그는 '토지가 여하히 농민의 소유가 된다하여도 농민의 머

---

39) 松原一夫,「ナップ」派の文藝と我」,『農民』, 1931.6. 9쪽.
40) 松原一夫, 위의 글, 11쪽.

리 위에 강권적인 지배자가 군림하고 있는 한 농민은 영구히 해방 되지 않는다'[41]고 전제하고, 농촌을 착취하지 않고서는 도시는 존 재할 수 없고, 도시와 농촌과의 경제적 및 정치적 관계에 있어서도 동일한 현상을 보이고 있기 때문에 자신들은 도시를 부정한다고 주장한다. 그런가 하면 프롤레타리아 농민문학이 바다 건너 하리코 프회의의 결정에 의하여 약진적 투쟁을 하는 것만 보아도 그들의 농민문학이 일본의 농민생활에 기초를 두고 있지 않는 증거[42]라는 것이다. 그러므로 마르크스 농민문학은 도시 집권적 마르크스주의 를 그 출발점으로 하고 있기 때문에 그들의 농민문학과 대립적인 것이며, 마르크스주의 농민문학이야말로 농민 기만의 문학이라는 것이다.

테라카미(寺神戸誠一)의 「나프파 농민문학자에 가르침!」은 이 글 의 부제에서 밝히고 있는 것처럼 고바야시(小林), 구로시마(黑島), 이케타(池田)의 논문에 반박하는 글이다.

먼저 테라카미(寺神)는 고바야시(小林多喜二)가 「문예시평」에서 '우리가 농민문학이라고 할 때 그것은 어디까지나 프롤레타리아트 의 관점에서 농민을 취급한 작품이란 의미이고, 프롤레타리아문학 이외의 아무 것도 아니다.'라고 한 것에 대하여 '프롤레타리아 관 점은 어디까지나 프롤레타리아 관점일 뿐 농민 자신의 관점은 아 니다'라고 지적하고 따라서 그들이 말하는 농민문학은 농민을 主 材로 한 것 이상의 아무 것도 아니라고 하고, 농민문학이란 태도 혹은 관점의 문제임을 지적하면서 '농민문학은 도회, 공장, 광산, 해양과 같은 제재와 같이 그것이 올바른 사회적 관점—농민자치주

41) 眞船晃一, 「土の上に置かれた農民文學」, 『農民』, 1931.6. 15쪽.
42) 眞船晃一, 위의 글, 17쪽.

의—에 서서 그려낼 때, 그것은 정당한 농민문학'[43])이라 할 수 있다고 주장한다. 그리고 이케타(池田壽夫)의 글에 대해서는 '농민의 계급적 자각'을 강조하고 있음에 대하여 '계급적 자각이란 농민이 도시 프롤레타리아트의 지배하에 예속될 때, 농민이 계급적 자각이라고 한 것은 바보스러운 일'이라고 지적하고 있다.

이상에서 살펴 본 것처럼 농민파의 비판은 농민문학과 프롤레타리아문학과의 관계에 대한 나프파의 주장에 대한 비판으로 일관하면서 자신들의 농민문학은 '농민 이데올로기'에 바탕을 둔 것이라 하여 그들의 주장과 차별성을 강조하고 있지만 농민파의 발상 역시 주정적이고 직관적인 것으로 인도주의에 바탕을 둔 중농주의적 농민상을 강조한 것에 지나지 않음을 확인할 수 있다.

그럼에도 불구하고 나프파가 농민파로부터 일방적으로 공격을 받게 된 것은 하리코프회의 결의 이후 작가동맹은 <농민문학연구회>를 설치하면서 이누타(犬田卯) 등의 농민문학운동을 연구하고, 평가할 여유가 없었기 때문이다. 그것은 이누타(犬田卯)의 지적처럼 작가동맹의 농민문학이 '정책적, 정략적 문예'라는 측면을 갖고 있었음을 부정할 수 없고, 농민파의 그것은 미숙하였지만 '아래에서 위로'의 운동으로 차원이 서로 달라 이 양자의 농민문학 논쟁은 발전과 귀착점이 다른 것[44])은 당연한 일이다. 그리하여 나프파와 농민파의 전반기 논쟁은 어느 일방의 승리가 아니라 새로운 문제점을 부각시켜 주었다. 그것은 농민문학의 성격과 범주에 대한 명확한 규명을 요구하기에 이르렀고, 농민의 계급적, 이데올로기적 성격에 대한 문제의 해명을 요구하게 되었다.

---

43) 寺神戸誠一,「ナップ」派農民文學論者に敎ゆ!」,『農民』, 1931.6. 19쪽.
44) 南雲道雄, 앞의 책, 167쪽 참조

2) 「나프」 농민문학론의 이데올로기적 성격

1931년 6월 잡지 『농민』이 「나프파 농민문학박멸호」를 간행하여 나프파를 공격한 이후 나프파는 6월의 신문과 7월의 잡지를 통하여 일대 반격[45]을 시작했다. 그들은 먼저 농민파의 '농민 이데올로기'나 '농민자치주의'의 비과학성을 지적하여, 구라하라(藏原)는 '한낮의 꿈'으로, 나카노(中野)는 '그들의 주장은 무이론이고, 그들의 역할은 주로 지주의 이익을 옹호하는 것'이라 하여 배척하고 있으며, 쯔보이시케지(壺井繁治) 역시 '농촌에 있어서 계급분화를 무시하고 머리 속에서 오직 농민 일반을 문제시하여 마침내 프롤레타리아트를 고립시키려는 부르조아지적 의도'라고 공격했다. 그런데 이들 논문들은 농민파의 공격에 대한 반론의 성격을 지니면서도 자체내의 이론을 재점검하고 프롤레타리아문학과 농민문학의 관계를 재정립하는 계기가 되었다는 점에서 논쟁으로서보다는 프로문학론으로서 농민문학론의 성격을 해명할 수 있는 글이라 하지 않을 수 없다.

먼저 나카노(中野)는 「농민문학의 문제」에서 농민파의 주장을 '도전'이라고 보고, 이 도전으로 인하여 오히려 농민문학에 대한 논쟁이 벌어지고 이에 이론적으로 마지막까지 싸움으로서 농민문

---

45) 나프파의 반격 가운데 대표적인 것으로 黑島傳治의 「농민문학의 올바른 전진을 위하여」(『讀賣新聞』, 6월 4−6일), 中野重治의 「농민문학의 문제」(『개조』 7월호), 宮本顯治의 「농민문학의 발전」(『東京日日新聞』, 6월 3일), 柴田和雄(藏原惟人)의 「농민문학의 올바른 이해를 위하여」(「나프」 7월), 小林多喜二의 「계급으로서의 농민과 프롤레타리아트」(「帝國大學新聞」, 6월 8일), 壺井繁治의 「농민문학에의 새로운 관심」(『東京朝日新聞』, 7월10−14일), 黑島傳治의 「농민문학의 발전」(『若草』, 7월) 등이 그것이다.

학에 대한 올바른 이론이 정립될 수 있다고 전제하고 있다. 그는
먼저 농민파에서 나프파 농민문학론이 '마르크스주의 입장에 서서
농민문학을 문제로 하고 있는 일파는 농민계층을 발판으로 하여
자신의 야심을 만족시키려는 것'이라거나 '도시와 농촌은 결정적
으로 대립하고 있다'고 주장하는 것은 그들의 본질을 보여주는 것
이라고 통박하면서 나프파의 농민문학은 노동자계급의 입장에서
생각하며, 농민문학의 발전을 프롤레타리아문학의 발전이라는 입
장에서 생각함으로써 본질을 도출할 수 있다[46]고 설명한다. 여기에
서 그는 농민을 단순화하여 하나의 계급으로 파악하지 않고 다양
한 계급으로 분화되어 있다는 점을 인식하는 일이 중요하다는 사
실을 강조하고 있다. 그리고 이전까지 NAPF내의 농민문학에 대한
개념 규정이 자신을 비롯하여 구로시마(黑島)의 경우 철저하지 못
했음을 인정하면서 프로문학과 농민문학 양자 사이에는 '대립자가
아니라 가까운 혈족이며 그 사이에는 무수한 가교가 놓여 있는
것'[47]이라 하여 프롤레타리아트와 농민의 관계를 어느 만큼 정확
하게 이해하고 있음을 알 수 있다. 그러나 아직도 농민문학에서 대
한 성격 규정이 추상적인 것에서 벗어나지 못하고 있다.

　이러한 문제를 해결한 것이 구라하라(藏原)였다. 그의 「농민문학
의 올바른 이해를 위하여」는 기존의 다양하게 논의되던 프롤레타
리아문학과 농민문학의 관계를 명확히 하면서 일본에 있어서 프롤
레타리아 농민문학의 필요성을 강조한 가장 대표적인 글이다. 그에
의하면 일본의 경우 노동자와 농민의 밀접한 협력 없이는 노동자
농민의 정치적 권력 획득은 불가능한 것처럼, 문학운동에 있어서도

---

46) 中野重治, 「농민문학의 문제」, 1931.7. 540쪽 참조.
47) 中野重治, 위의 글, 541쪽.

프롤레타리아트와 농민의 결합 없이는 불가능하다는 전제 아래 농
민문학에 대한 이론 확립이 필요함을 강조하고 있다. 그는 '혁명적
이론 없이 혁명적 운동은 있을 수 없다'는 레닌의 말을 인용하면
서 '혁명적인 농민문학의 이론 없이는 혁명적 농민문학운동의 실
천은 있을 수 없다'[48]고 전제하고 기존의 농민문학론, 이를테면 다
테노(立野), 구로시마(黑島), 고바야시(小林), 이케타(池田)의 농민문학
론은 중요한 의미를 갖고 있다고 평가하면서도 그들 이론은 약간
의 결점을 지니고 있기 때문에 수정되어야 한다고 하여 초기 프롤
레타리아 농민문학론의 잘못을 스스로 시인하고 있다. 이 점은 초
기 농민문학론자들이 프롤레타리아문학과 농민문학을 거의 동일시
함으로서 농민파로부터 비난과 공격을 받아왔던 사실과 무관하지
않다. 그는 물론 농민파의 농민문학론은 지리멸렬하여 문제가 되지
않으며, 반혁명적 농민문학이며 그들이 주장 가운데 가장 문제가
되는 것은 다양한 계층의 농민을 하나로 묶어서 농민일반으로 이
해하는 점이라고 지적하고 문제의 본질을 파악하기 위해서 당시
(1925년-필자) 농민의 토지소유현황을 제시하여 설명하고 있다. 그
에 의하면 당시 토지를 소유하지 못한 농민이 150만명, 1町 이하를
경작하는 하는 농민이 383만명으로 이들은 대부분 농업노동자임을
밝히고 자본주의가 확대되면서 농촌에 있어서 계급분화는 심화될
것으로 판단하고 있다. 이러한 상황에서 농민은 '아사(餓死)할 것인
가, 아니면 결정적 투쟁을 할 것인가!'[49]하는 선택의 기로에 서 있
다고 주장한다.

　한편 그는 소비에트에 있어서 볼셰비키 혁명 이후 노동자 농민

---

48) 藏原惟人, 「농민문학의 올바른 이해를 위하여」, 515쪽.
49) 藏原惟人, 위의 글, 520쪽.

의 정부가 수립되면서 토지를 농민에게 분배하고, 제1차 경제계획의 성공으로 집단농장 소르호스와 콜호스라는 형태로 기계화 집단화하여 성공을 거두고 있음을 구체적으로 설명하고 있다. 이어서 그는 구체적으로 농민파의 주장의 허구성과 함께 그들이 주장하는 '농민의 이데올로기'란 빈농을 위한 것이 아니라 중농 및 지주를 위한 것임을 분명히 하고 있다. 이 점에 대하여 그는 구로시마(黑島)의 주장이 정당했다고 규정하고 구로시마의 주장에서 농민파가 주장하는 계급적 기초를 명확하게 폭로하지 못한 것이 허점이라고 지적하면서, '「농민」 일파의 위험은 오히려 그들의 자작농, 특히 부농적 부분에 계급적 기초를 두고 있으면서 언제나 농민 전체의 이름으로 말하려는데 있으며, 특히 그들의 문학이론은 모든 부르조아 예술이론에 공통한 초계급적인 의장(儀裝)을 가지고 나타난다'50)고 지적한다. 따라서 그들이 주장하는 '농민 이데올로기'란 부농적 농민을 그 중심계급으로 하고 있기 때문에 그들의 농민문학은 '파시스트적 지배의 무기'가 되고 있는데 반하여, 나프파의 경우, 빈농을 중심으로 하는 농민과 프롤레타리아트와의 동맹에 의해서, 프롤레타리아트의 지도 아래 토지문제를 해결하고, 노동자 농민정부를 위해 투쟁함으로서만 스스로 해결할 수 있고, 이 농민의 혁명적 욕구 위에 서서 농민문학을 제창51)하는 것이라 했다. 그리하여 농민문학의 성격을 명확히 하기 위해서는 농민의 계급적 성격을 분명히 이해할 때만 가능한 것이라 했다.

이러한 주장을 통하여 프롤레타리아문학과 농민문학의 관계가 어느 만큼 선명하게 되었다고 할 수 있다. 따라서 구라하라(藏原)는

---

50) 藏原惟人, 위의 글, 529쪽.
51) 藏原惟人, 위의 글, 531쪽.

프로계에서 논의된 일련의 논문, 이를테면 고바야시(小林)의 '도시
의 프롤레타리아트를 취급한 작품에 대하여 편의상 농민문학이라
고 한다'는 주장이나, 구로시마(黑島)의 '농민을 제재로 한 문학'이
나 '프롤레타리아문학 내의 한 분야로서 포괄되는 것'이라는 주장
은 잘못 이해한 것이라고 솔직히 시인하면서 프로문학과 농민문학
의 관계는 농민이 본질적으로 지니고 있는 소소유자적 성격 때문
에 완전히 프롤레타리아트와는 구별되어야 한다는 것이다. 그에 의
하면 농민(빈농)의 투쟁은 토지를 소유하기 위한 투쟁으로 사회주
의를 위한 투쟁과는 구별되어야 한다는 것이다. 그리고 자본주의와
의 결정적인 투쟁에 있어서 동요할 가능성을 갖고 있기 때문에 프
롤레타리아트의 헤게모니를 확보해야 할 필요가 있다고 주장한다.
그러므로 농민은 프롤레타리아트가 아니라 동맹자일 수밖에 없다
는 것이다. 이러한 자신의 주장의 근거는 하리코프회의에서 '농민
문학에 대한 프롤레타리아트의 영향을 심화한다'는 점을 상기시키
고 있다. 그리하여 결론적으로 프롤레타리아문학과 농민문학과의
관계를 다음과 같이 설정하고 있다.

> 우리는 혁명적 소부르조아의 문학으로서 동반자문학을 갖고 있다.
> 이와 같이 혁명적 빈농의 문학으로서 농민문학이 있을 수 있고, 또
> 있지 않으면 안 된다. 그것은 동반자문학에 대하여 동맹자의 문학인
> 것이다. 우리의 농민문학은 이와 같이 이해하는 것만이 바람직하다
> 고 나는 생각한다.[52]

구라하라(藏原)의 이러한 견해는 프롤레타리아문학과 농민문학과
의 관계를 명확히 해준 것으로 이후의 농민문학에 대한 논의는 이

---

52) 藏原惟人, 위의 글, 536쪽.

를 바탕으로 하여 이루어지고 있다. 그리고 구라하라는 작가동맹 내부의 농민문학연구회가 앞으로 수행해야 할 사업으로 ① 농민문학에 대한 올바른 이해 위에 농민문학의 이론을 확립할 것, ② 농민작가 -농촌 통신원을 포함하여- 창작활동을 지도할 것, ③ 농민작가를 어떻게 조직해야 하는가를 연구하고 실행할 것53)을 강조하고 있음을 볼 수 있다. 이러한 구라하라(藏原)의 주장은 농민문학의 성격을 둘러싼 농민파와 나프파 사이에 벌어진 오랜 논쟁은 물론 나프파 내의 이론적 혼란을 불식시켜 주었다.

　구라하라(藏原)의 이론이 발표된 이후 츠보이(壺井)는 「농민문학에의 새로운 관심」을, 구로시마(黑島)는 「농민문학의 발전」을 발표하고 있는데 이것은 구라하라(藏原), 나카노(中野)의 논문을 그대로 수용, 답습하고 있는 것이라 할 수 있기에 구체적인 논의는 생략하고자 한다.

　결론적으로 농민문학론을 둘러싼 농민파와 나프파 사이의 논쟁에서 프롤레타리아 작가 측에서 농민파의 농민문학론을 묵살한 것은 프롤레타리아 문학운동으로서 커다란 약점이었고, 나프와 이누타(犬田卯) 사이에 상호 대립과 공격으로 일관한 것은 쌍방에 책임이 있는 것으로 쌍방이 발전을 구속하는 결과를 초래54)했다는 지적도 있지만, 농민파가 주장하던 '농민 이데올로기'라고 하는 것은 미숙한 것이고, '농공 합치의 자치사회'의 건설을 목표로 하고 있는 운동 또한 구체성이 결여되고 동시에 현실성이 희박한 비과학적인 것이었기 때문에 3개월에 걸친 논쟁은 작가동맹측이 압도적인 승리로 끝나게 되고, 구라하라(藏原)의 규정대로 농민의 이데

---

53) 藏原惟人, 위의 글, 536쪽.
54) 小田切秀雄, 「日本農民文學史の展望」, 『日本農民文學史』, 190쪽.

올로기적 성격을 빈농계급에 바탕을 둔 프로문학에 대한 '동맹자 문학'으로 그 성격을 정립하기에 이른다.

Ⅲ. 한국 농민문학론의 성립과 전개

1. 농민문학론의 성립과 성격

한국의 농민문학론은 일본의 경우와는 달리 1920년대 일제의 토지수탈이라는 현실적 조건과 함께 카프의 노동자 농민에 대한 관심의 증대로 소설론에 앞서 작품으로 나타나기 시작했다. 그리고 최초의 농민문학에 대한 논의는 당대 현실과 밀접한 관련을 가지며 역사적 필연성을 지니고 나타났다고 할 수 있다. 지금까지 농민문학론을 논의하는 많은 사람들은 농민문학이란 용어와 함께 농민문학론이 우리 문단 속에 끼여든 것은 이성환의 「신년 문단을 향하야 농민문학을 이르키라」(1925.)에서부터[55]라고 지적하고 있으나 이미 그 이전 『동아일보』 사설에서 농민문학의 필요성을 다음과 같이 주장하고 있다.

문사야 예술가야 빈민의 문학을 지을지어다. 빈민의 예술을 지을

---

55) 한국에 있어서 최초의 농민문학론에 대한 주장으로는 오양호(『농민소설론』, 형설출판사, 153쪽)와 김윤식(『한국근대문학사상사』, 한길사, 1991. 180쪽.)은 이성환의 글에서, 김영민은 효봉산인의 「신흥문단과 농촌문예」(조선일보, 1924년 12월 8일, 『한국문학비평논쟁사』, 한길사, 287쪽)에서 비롯되고 있다고 주장하고 있으나 그보다 앞서 1923년 10월 20일자 동아일보 사설 「빈민에게로 가라」에서 찾을 수 있다.

지어다. 조선이 빈민의 나라니 조선의 문학예술은 빈민의 것이라야
할 것이다. 특별히 농민의 것이라야 할 것이다. 어려운 문학, 값비싼
예술은 빈민국인 조선에서는 감상할 사람이 없다. 순박하고도 신생
의 활력이 횡일 하는 농민문학, 빈민예술을 창조할 시기는 熟하였다.
삼천리 어느 모퉁이에서 농민문학, 빈민예술의 성도의 일단이 출현
하려는고? 이 천재의 일단은 이미 시대의 부르는 소리를 들었을 것
이요, 민족에 대한 거룩한 책임을 자각하였을 것이다. 그러한 농민문
학가, 빈민예술가야 나오라.56)

　물론 위의 글이 문학론은 아니지만 농민문학의 필요성을 역설하
고 그 이유를 당대 민족 현실에서 찾고 있다는 점은 초창기 농민
문학론의 성립한 시대적 배경을 이해하는데 중요한 단서를 제공해
준다. 여기에서 농민문학론이 성립된 시대적 배경을 이해하기에 앞
서 먼저 해명되어야 할 것은 한국의 농민문학론의 성격에 따른 시
기구분이 먼저 검토될 필요가 있다. 이미 많은 논고에서 밝혀진 것
처럼 우리의 농민문학론은 3단계 혹은 4단계로 나누어 검토하고
있음을 볼 수 있다. 오양호는 농민소설과 소설론을 묶어서 제창기
(1923－1930), 논쟁기(1931－1933), 침체기(1934－1937), 변질기(1937
－1945)로57), 권영민은 ① 3·1운동 직후『조선농민』지 중심의 농
민문학론, ②계급운동의 일환으로 제기된 농민문학론, ③ 카프의
해체 이후의 브나로드운동으로서 농민문학58)으로 시기구분을 하고
있다. 그런데 김윤식은 권영민과 같이 도시문학의 대타의식으로 전
개된 농민문학파의 농민문학론, 프롤레타리아 문학파의 농민문학
론, 동우회 이념에 바탕을 둔 농민계몽적 농민문학론의 세 단계로

56)「빈민에게로 가라」,『동아일보』, 1923년 10월 20일자 사설.
57) 오양호, 앞의 책, 154쪽 참조.
58) 권영민,『한국민족문학론 연구』, 민음사, 1988, 251－2쪽 참조.

구분하고, 프롤레타리아 문학론의 일환으로서의 농민문학론이야말로, 하나의 문학론의 성격을 띠는 것59)이라고 규정하고 있다.

이러한 김윤식의 지적을 긍정적으로 수용한다면 하나의 문학론으로서 농민문학론은 프롤레타리아 문학론의 일환으로서 농민문학론만이 논의의 대상이 될 수 있을 것이다. 그러나 다른 한편으로 1930년대 후반에서 40년대에 걸쳐 소위 '국책문학'으로서 농민문학60)이 또 다른 한 시기로 문제시될 수도 있을 것이다. 그러나 농민문학론을 문제시할 경우에는 역시 프로문학계의 농민문학론만이 논쟁적 형태로 전개되었기 때문에 이론적 깊이를 지니는 것이라 하지 않을 수 없다. 따라서 본고에서는 프롤레타리아 농민문학론에 국한하여 검토할 것이다.

그렇다면 KAPF 내에서 농민문학론이 대두하게 된 직접적인 배경은 일본의 경우와 같이 1930년 11월 1일부터 10일간에 걸쳐 하리코프에서 열린 제2회 국제혁명 작가동맹(하리코프회의)에서 농민문학의 필요성을 강조하게 되자 NAPF 내에 <농민문학연구회>가 설치된 것과 일정한 관련을 갖고 있으며, 다른 하나는 1920년대 후반에서 1930년대 전반에 걸쳐 일어난 농민운동은 사회주의측의 비합법적인 농민조합운동에 의한 것으로 코민테른의 '12월 테제'61)

---

59) 김윤식, 「농민문학론」, 『한국근대문학사상사』, 한길사, 1991. 182쪽.

60) 국책문학으로서 농민문학에 대하여 최재서는 「모던 문예사전」에서 다음과 같이 규정하고 있다. "널리 농촌을 배경 삼아 농민의 생활을 그리는 문학이면 무엇이나 농민문학이겠지만 요새 쓰여지는 이 말을 특히 거반 有馬農相을 고문으로 소화 13년 10월 4일에 결성된 「농민문학간담회」원들의 작품을 지칭한다. …… 이 회는 유마농상의 적극적인 지원과 작가들의 협조 하에 탄생된 국책적 문학단체인데 …… 이 구르프에서 가장 중요시되는 점은 흙에 대한 농민의 애착을 강조하는 동시에 명랑한 농촌을 그리자는 것이다." 최재서, 『인문평론』, 창간호, 1939. 10월, 106-7쪽.

61) 조선에 있어서 xx(혁명)은 그의 사회적 경제적 내용에 기초를 두고 xxxx(일본

와 밀접하게 관련되어 있다. 따라서 한국 농민소설론의 성립은 외적 조건으로 하리코프회의의 결과라는 측면과 내적으로는 코민테른의 '12월 테제'의 실천운동이라는 양면이 동시에 작용한 결과라할 수 있다.

먼저 박태원의 「하리코프에서 열린 혁명작가회의」[62]는 하리코프에서 열린 제2회 혁명작가회의의 내용을 미국의 프롤레타리아 잡지인 『New Masses』의 기사를 번역한 것으로 회의에서 다루어진 내용을 소개하고 있으나, 우리가 관심을 갖고 있는 일본 프롤레타리아문학에 대한 결의(농민문학)에 대한 언급은 없다. 이 문제는 권환의 「하리코프대회 성과에서 조선 프로예술가가 얻은 교훈」이란 글에서 보이는데 그는 국제혁명가 회의의 내용을 소개하면서 NAPF를 위해 농민문학에 대한 결의가 있었다는 점에서 중요한 의미가있다고 전제하고 조선의 프로문학은 이 대회에서 활동상을 보고도하지 못한 것은 유감이지만 일본 프로문학에 대한 결의에서 많은교훈을 얻을 수 있다고 했다. 이 글에서는 (가) 파시즘 예술에 대한투쟁, (나) 동반자 획득 문제, (다)노농통신운동 문제, (라)농민문학운동 문제, (마)국제적 연락 문제로 나누어 설명하고 있는데, 농민문학에 관한 부분을 다음과 같이 소개하고 있다.

국내에 큰 농민층을 가진 일본에서는 농민문학에 대한 프롤레타

제국)주의에 대하여서 뿐만 아니라 조선의 봉건주의에 대하여서도 향하고 있는 것이다. 조선에 있어서의 xx(혁명)은 전자본주의적 유물과 잔재의 파괴, 농업 제관계의 근본적 xx(개혁) 급 전자본주의 예속상태로부터의 토지의 xx(해방)을 목적으로 하고 있다. 조선에 있어서의 xx(혁명)은 결코 xx(토지)혁명 이외에는 있을 수 없다.
62) 박태원, 「하리코프에서 열린 혁명작가회의」, 『동아일보』, 1931. 5월 6―10일자

리아트의 영향을 심화하는 운동에 일층 주의할 필요가 있다. 일본 프롤레타리아작가동맹의 내부에 농민문학 연구회를 설(치)하지 않으면 안 된다. 그러나 말할 것도 없이 그것이 어디까지든지 프롤레타리아트의 헤게모니 밑에 놓여야 할 것은 물론이다.[63]

위의 글은 일본프로문학에 대한 7개항의 결의 가운데 농민문학에 관한 부분만을 소개한 것이지만, 권환은 일본에 대한 결의는 그대로 조선에도 훌륭하게 적용할 수 있다고 지적하고 그 이유로 조선은 일본보다 더 큰 농민층을 가졌으며, 조선에는 토지혁명이 가장 큰 정치적 슬로건이기 때문에 농민문학에 대하여 더 많은 관심을 가질 필요가 있다[64]고 하여 프로문학과 농민문학의 관계를 비롯하여 농민문학의 이데올로기적 성격을 간략하게나마 언급함으로써 농민문학의 필요성을 강조하고 농민문학론을 논의하게 한 계기를 마련해 준 것은 높이 평가되어야 할 것이다.

한편 권환의 글에서도 언급되고 있는 것과 같이 농민문학론이 중시되어야 하는 이유는 조선 혁명의 제1단계를 토지혁명에 의한 부르조아 민주주의 혁명이라고 규정한 '12월 테제'에 근거하여 농민계급의 혁명성을 고무하면서 농민문학은 프롤레타리아 헤게모니 밑에 놓아야 하기 때문이라고 하여 농민문학을 사회운동과 연계시키고 있음을 보게 된다. 이것은 '12월 테제'의 지침에 따라 조선 사회의 분석, 운동방침으로 구체화시킨 ML파의 한위건, 고경흠은 각각 농촌문제, 농민문제에 관한 글을 발표하여 민족해방운동의 동

---

63) 권환, 「하리코프회의 성과에서 조선예술가가 얻은 교훈」, (임규찬편, 『카프 비평자료집』 IV), 271쪽. (이하 별도의 출전을 밝히지 않는 국내자료는 이 책을 사용함.)
64) 권 환, 위의 글, 272쪽.

력으로서 노동자와 농민의 동맹의 필요성을 역설하게 되는데 이는 문학운동 내에 농민문학론과 동반자 문학론을 제기[65]시키는 계기가 되었다.

이처럼 프로계 농민문학론은 하리코프회의에서 일본문학에 대한 결의의 영향을 받으면서 민족 해방운동이라는 사회운동과 결합하여 20년대 후반에서 30년대에 걸쳐 이론과 함께 많은 작품이 발표되기에 이른다. 이 시기 프로계 문인 가운데 농민문학론에 관한 글은 김기진, 안함광, 백철, 이병각, 권환, 송영, 임화, 김우철, 박승극 등이 참여하지만, 논의의 대상이 되는 것은 김기진과 안함광, 백철이 대표적 인물이라 할 수 있다. 그리하여 본고에서는 이들 세 사람을 중심으로 검토하고자 한다.

2. 카프 내부의 논쟁과 농민문학론

1) 대중화의 방안과 농민문학론의 제창

한국에 있어서 프로계 농민문학론은 일본의 경우와는 달리 계급문학운동의 방향 전환 이후 관심사가 되었던 예술대중화론의 연장선상에 놓이는 것[66]이라 할 수 있다. 카프 내부에서 농민문학론에 대한 논의가 구체화되기 전에 이미 김기진이 「농민문예에 대한 초안」을 발표하여 농민문학의 필요성을 제기한 바 있다. 이 글에서 김기진은 문학이론이란 구체적인 사실에서 출발해야 할 것이라고

---

65) 임진영, 「농민문학론」, 역사문제연구소, 『카프문학운동연구』, 역사비평사, 1990. 64쪽.
66) 권영민, 『한국민족문학론연구』, 민음사, 1988. 251-2쪽 참조.

주장하면서 어떻게 하면 노동자 농민에게 읽힐 수 있는 글을 쓸 것인가가 중시되어야 하며, 이를 위해서는 조선 농민에게 읽힐 수 있는 글을 쓰는 것이 무엇보다 중요하다는 점을 강조하고 있다. 이러한 주장의 근거는 물론 예술 대중화의 실천 방안의 하나로 제시된 것이라 할 수 있다. 주지하는 바와 같이 프로문학계에서는 1925년 박영희에 의하여 목적의식론이 제기되면서 그 실천 방안으로 예술대중화의 방안67)이 문제되기에 이른다. 여기에서 김기진은 대중화의 방안으로 일련의 글을 발표하는데 그 가운데 하나가 「농민문예에 대한 초안」이며, 이 글은 김기진이 목적의식을 농민에게 주입시키기 위하여 농민문학의 필요성을 지적한 것으로 프로계 농민소설론의 단초를 마련해 주고 있다. 물론 김기진의 주장은 순수하게 농민문학을 위한 주장이라기 보다는 그가 이전에 주장하고 있던 예술대중화 방안으로 농민문제를 거론하고 있다고 보아야 할 것이다.

　　우리들의 문예운동, 널리 말하여 예술운동은 이미 그 역사적 의미에 있어서 또는 그 계급적 근거에 있어서 자기의 권리를 주장하고 그 사명을 선전함으로만 일을 마쳤다고 할 수 있다. 그런 까닭으로 실제에 있어서 대중을 붙드는 문예운동은 1927년 이후로 우리들에게 있어서 문제되기 시작하였던 것이다.
　　'공장으로! 농촌으로!' 우리들의 일은 그 목표를 여기에 두게 되었다. 동시에 어떻게 하면 노동자에게 읽히겠느냐, 어떻게 하면 농민에게 읽히겠느냐 하는 것이 문제되고 따라서 소설이라든지 시라든지 그 외의 온갖 문장은 첫째, 노동자에게 알아 볼 수 있게, 농민이 알아 볼 수 있게 써야만 하겠다는 것을 정당하게 알았다.68)

---

67) 예술대중화의 전개양상은 앞장의 「예술대중화론」을 참조할 것.
68) 김기진, 「농민문예에 대한 초안」, 『조선농민』, 1929. 3.

여기에서 확인할 수 있는 것처럼 김기진의 농민문예에 대한 관심은 농민문예 그 자체에 있는 것이 아니라 어떻게 그들이 주장하는 목적의식을 노동자 농민에게 주입시킬 것인가 하는 목적의식론에 있었고 그것을 실천하는 방안으로 예술대중화가 문제시되기에 이르는데 그 구체적 실천방안으로 농민문예가 문제로 대두되게 된 것이다. 이 점은 그가 이보다 앞서 1928년에 발표한 「통속소설 소고」나 1929년의 「대중소설론」에서 주장한 것과 별다른 내용을 담고 있지 않다는 사실이 이를 보다 분명히 해주는 것이다. 이 점은 그가 '농민문예를 어떻게 지을 것인가' 하는 물음에 대하여 여섯 항목[69]으로 나누어 제시하고 있는데, 그것은 그가 「대중소설론」에서 주장한 대중소설이 다루어야 할 내용과 형식적 요건[70]과도 대

---

69) (1) 농민문예는 농민으로 하여금 봉건적 또는 소시민적 의식과 취미로부터 떠나서 서로 단결하고 나아가게 하는 기구가 되어야 한다. (2) 농민들이 귀로만 듣고도 이해 할 수 있게 쉬운 글이어야 한다. (3) 제재를 농민생활상에서 취할 것이며, 그것을 지주나 자본가 등에서 취할 경우는 반드시 농민생활과 대조의 차원에서 다루어야 한다. (4) 소설의 경우 세세한 심리묘사보다는 뚜렷하게 사건과 인물 및 거기서 생기는 갈등을 다룬다. 이 때 그것을 객관적, 현실적, 실제적, 구체적으로 다루어야 한다. (5) 시의 양식은 재래의 민요조나 서사시의 형식을 취한다. (6) 모든 문장은 낭독에 편하고 듣기에 편하도록 쓴다. 김기진, 「농민문예에 대한 초안」

70) 김기진은 「대중소설론」에서 '무엇을 써야 할 것인가'에서 ①제재를 노동자 농민의 일상 견문의 범위 내에서 취할 것, ②물질생활의 불공평과 불합리로 생기는 비극을 다룰 것, ③미신과 노예적 정신, 숙명론적 사상으로 인한 참패의 비극을 보이는 동시에 새로운 희망과 용기를 보여줄 것, ④신구도덕의 충돌과 신사상의 승리를 만들 것, ⑤빈부의 갈등으로 정의로서 문제를 해결할 것, ⑥연애관계를 다루되 다른 사건을 중심이 되게 할 것을 지적하고, '어떻게 써야 할 것인가'에서는 ①문장은 평이하게, ②긴 문장은 피할 것, ③문장은 운문적으로, ④문장은 화려하게, ⑤묘사와 설명은 화려하게, ⑥성격보다 사건의 기복을 뚜렷하게, ⑦사상과 표현수법은 변증적 사실주의 태도를 취할 것을 강조하고 있다. 김기진, 「대중소설론」, (임규찬편-III), 521

동소이함을 발견할 수 있다. 따라서 김기진의 「농민문예에 대한 초
안」은 본격적인 농민문학론이라 할 수는 없을 뿐만 아니라 많은
문제점을 지닌 것으로 지적되고 있다. 이를테면 문학을 원칙적인
것과 대중적인 것으로 나누어 이원적으로 파악하고 있다는 점과,
농민을 사회변혁의 주체가 아니라 단지 깨우쳐주어야 할 수동적
대상으로만 바라보고 있다는 점, 그리고 예술대중화의 문제를 작품
의 수준과 표현 형식의 문제에만 국한시켜 이해함으로써 보다 중
요한 문제인 농민의 대중조직화의 문제를 놓치고 있다는 점71)등이
그것인데 이러한 한계 또한 농민문학을 농민문학 차원에서 다루지
않고 오직 대중화의 방편으로 생각했기 때문이었다.

그럼에도 불구하고 이 글이 갖는 의미는 농민계층으로 하여금
계급적 인식을 갖게 하는 것을 농민문학의 목표로 내세우고 있을
뿐만 아니라, 농민문학을 계급문단에서 적극적으로 문제 삼고 그
필요성을 새롭게 인식할 수 있는 계기를 만들어 놓고 있다는 점에
서 그 의의를 인정할 수 있다.

2) 농민문학론의 이데올로기적 성격

한국에 있어서 본격적인 농민문학론은 안함광과 백철의 논쟁을
통하여 하나의 이론으로 자리를 잡게 되었다.

안함광은 한국에 있어서 본격적인 농민문학론으로서 최초의 글
이라 할 수 있는 「농민문학에 대한 일고찰」에서 농민문학은 프롤
레타리아 이데올로기를 적극 주입함으로써 토지혁명을 성취할 수

-2쪽 참조
71) 류양선, 앞의 책, 83쪽.

있는 능력을 배양하는 것이어야 할 것을 주장하고 있다. 이러한 주장은 조선공산당 재건운동과 관련된 볼셰비키적 대중화의 관점에서 이루어진 것[72]이라 할 수 있다. 그는 먼저 하리코프회의에서 농민문학에 대한 관심이 고조되고 일본 프롤레타리아 작가동맹 내부에 <농민문학연구회>가 결성되었다는 사실을 소개하면서 농민문학의 문제는 당대 조선의 현실을 고려할 때 매우 긴요한 문제라고 지적하고, 그 근거로 1928년 '코민테른 12월 테제'를 인용하면서 농민문학 문제가 제의되지 못한 사실은 사회적 요구를 간과한 것이라고 지적하고 있다. 그러면서 그는 자신이 말하는 농민문학에서 '농민'이란 농민전반을 말하는 것이 아니라 '어디까지든지 노동자계급의 입장에서 고구해야 할 것'[73]임을 분명히 하고 있다. 이처럼 처음부터 농민문학을 문제 삼으면서 농민의 계급적 입장을 분명히 하고 있는 것은 일본에서 농민파와 NAPF 사이에서 이 문제를 둘러싼 논쟁이 심각했음을 염두에 둔 결과라 하지 않을 수 없다. 그런가 하면 그는 농민문학과 프로문학과의 관계에 대하여 다음과 같이 규정하고 있다.

> 우리는 우리의 농민문학에 있어서 노동자 농민의 유기적 제휴, 따라서 빈농계급에 대한 프롤레타리아 이데올로기의 적극적 주입을 염두에 두지 않으면 안돼는 것이다. …(중략)… 농민문학을 논함에 노동자와 농민의 제휴를 전제로 하지 않는 주장 — 예하면 농민자치주의파의 주장 — 과 같은 것은 반동이 아닐 수 없는 것이다.[74]

---

72) 류양선, 앞의 책, 41-2쪽.
73) 안함광, 「농민문학에 대한 일고찰」, (임규찬-IV), 301쪽.
74) 안함광, 위의 글, 302쪽.

여기에서 그는 농민문학을 농민 스스로에 의하여 존재하거나 농민의 삶을 구체적으로 보여주는 것이 아니라 프롤레타리아 이데올로기의 적극적 주입에 의한 프로문학의 하나이거나 아니면 또다른 방계문학으로 파악하고 있는 것이다. 이러한 주장은 초기 NAPF의 농민문학론, 특히 나카노(中野)의 이론에 크게 의존하고 있다고 할 수 있다. 그리고 백철로부터 공격을 받게 되는 '프롤레타리아 이데올로기의 적극적 주입'을 강조하는 것은 목적의식론과 예술대중화론 이후 프롤레타리아 이데올로기를 노동자 농민에게 주입시키는 것을 당면 과제로 설정했던 문학의 볼셰비키화의 연장선에서 농민문학을 이해한 것에서 비롯되었다고 할 수 있을 것이다. 그 결과 농민문학의 기능과 목적을 다음과 같이 기술하고 있다.

> 우리 농민문학은 그 실천영역에 있어서 분산된 농민들의 힘을 한 군데로 집중시킬 것, 그리고 이에 대한 프롤레타리아트의 헤게모니의 주입 및 그들에게 역사적 계열에 있어서 현실을 이해시킴과 동시에 제재에 대한 광범한 취급으로써 과학적인, 그리고도 광활한 현실적 지식을 획득시키지 않으면 아니 될 것이라고 필자는 생각한다.[75]

이러한 안함광의 주장은 노농동맹의 논리 위에서 프로문학과 농민문학의 관계를 설정한 것으로 농민에게 프롤레타리아 헤게모니를 주입시킬 것을 강조하고 있다. 여기에서 특히 '프롤레타리아 헤게모니의 주입'을 농민문학의 중요한 목적으로 설정한 것에 대하여 임진영은 첫째 지금까지 조선의 운동 대상은 '사색하는 프롤레타리아트' 아니면 '노동하는 인테리겐챠'였지 진정한 생산대중은 아니었던 바, 조선의 혁명운동에서 절대적 지위를 차지하는 농민에

---

75) 안함광, 앞의 글, 301-2쪽.

대한 고려가 구체화되어야 한다는 것, 둘째 지금까지 프로문학 진영을 포함하여 농민문학의 창작 실천은 확고한 '노동계급의 입장' 속에서 구현되지 못했던 바, 이를 명확히 할 것을 그 내용으로 하고 있다[76]고 하여 그 의의를 긍정적으로 평가하고 있다. 그러나 안함광의 농민문학론은 아직까지 농민문학 자체로 이해하거나 프롤레타리아문학과의 상호보완적 관계, 즉 동맹자로서 인식한 것이 아니라 프로문학의 발전과정 속에서 파악하고자 한 점에 그 특징이 있다. 이러한 태도는 농촌사회를 가장 뒤떨어진 경제조직으로 파악하였고 그러한 농촌공동체가 어떤 사회적 단계에 일약 도달할 수 없음을 천명하면서 거듭 노동자 농민의 제휴를 강조한 결과[77]라 할 수도 있지만 이는 일본의 경우 초기 프로계 농민소설론이 지니고 있는 공통적 과오이기도 했던 것이다. 그리고 우리의 경우 무엇보다도 프로문학에서 농민문학이 중시된 원인이 문학의 볼셰비키화와 보다 직접적 관련을 갖고 있기 때문이었다. 따라서 안함광의 이론의 한계는 1920년대 후반기에 문제시되었던 문학의 대중적 기반획득의 방법이 여전히 문제적인 상태로 남아 있기 때문에 구체적인 실천의 방안이 모색되기 어려운 상태에 놓이게 되는 것이다. 그런가 하면 그는 농민문학을 주장하면서도 농민문학이 농민의 문학이면서 동시에 농민을 위한 문학이 되어야 한다는 사실을 간과하고 있다. 그는 프롤레타리아 이데올로기의 주입이라는 문제에 급급함으로써 농민의 주체적인 문학활동에의 참여를 외면해 버리고 있는 것이다. 따라서 안함광은 농민의 이데올로기적 성격에 대해서는 어느 만큼 이해하고 있으면서도 프롤레타리아문학과 농민문학

---

76) 임진영, 앞의 책, 66쪽.
77) 권영민, 앞의 책, 267쪽.

의 관계에 대해서는 올바른 인식에 도달하지 못했다고 할 수 있다.

한편 백철에 의해 안함광의 논문에 대한 반론이 제기되면서 농민문학론에 대한 새로운 전기가 마련되는데 이 점과 관련하여 김윤식은 백철의 논문이 농민문학론의 수준을 드러낸 것[78]으로 높이 평가하고 있다.

일본에서 프로 시인으로 활동하고 있던 백철이 비평가로 방향전환을 하면서 최초로 쓴 장문의 논문이 바로 「농민문학 문제」였다. 백철 자신이 이 글을 쓸 때를 회고한 글[79]에서도 밝히고 있는 바와 같이 그의 논문은 당시 일본에서 발표된 농민문학론, 특히 구라하라(藏原)의 이론을 별다른 수정 없이 수용하고 있어 독창적인 견해는 없다. 앞에서도 이미 검토한 바와 같이 구라하라(藏原)의 「농민문학의 올바른 이해를 위하여」는 이전까지 다양하게 논의된 농민문학론들을 비판적으로 검토하고 농민문학의 성격을 명확히 해준 가장 우수한 논문으로 1931년 7월 NAPF의 기관지 『ナッフ』에 발표된 것인데 백철의 글은 구라하라(藏原)의 글이 발표된 지 3개월 뒤에 발표되었다. 그러므로 그의 이론이 이전까지 발표된 농민문학론에 비하여 일종의 이론적 성장[80]임에 틀림없지만, 그것이 백

---

78) 김윤식, 앞의 책, 192쪽.

79) '그 무렵 국내 신문에 자주 오르내린 화제의 하나가 농민문학론이었다. 이 화제를 들고나선 필자는 안함광이었다. 그는 수차에 걸쳐서 농민문학의 필요성을 강조하면서 조선사회와 같이 농민이 절대 다수를 차지하는 나라에 있어서는, 그리고 그 농민의 태반이 빈농인 하층계급이기 때문에 조선의 프로문학은 차라리 농민문학으로 대변되어야 한다는 점을 거듭 강조하고 있었다. 이 논조에 대해 내가 비판적인 공격적인 글을 써서 조선일보에 기고한 것이다. 31년 6월인 줄 기억한다. 그 논제가 「농민문학론」에다 <안함광씨의 농민문학론을 박함>이란 부제를 붙였다. 그 반박의 근거는 당시 일본에서 논의되고 있던 농민문학론의 신지식을 무기로 쓴 것이다.' 백철, 『진리와 현실』, 박영사, 1975, 198쪽.

80) 김윤식, 위의 글, P.194 이와 같은 견해는 류양선, 권영민, 하세카와(芹川)도

철의 독창적 견해가 아니라 일본의 그것을 옮겨놓은 것이라 할 때
지금까지 실제 이상으로 높게 평가된 것은 재검토할 필요가 있다.

백철의 농민문학론은 안함광의 글을 비판하는 것에서 출발하고
있다. 그는 먼저 '우리들은 같은 자체내의 의견이라도 - 아니 자
체 내인 까닭에 일층 엄혹하게 - 모든 것을 정당한 계급적 입지
에서 서로 지적하며 검토하여 가야 할 것'[81]이라고 전제하면서 논
전을 시작하고 있다. 그는 안함광의 논문에서 '빈농계급에게 대한
프롤레타리아 이데올로기의 적극적 주입을 운운'하는 부분[82]을 인
용하고 이는 '기계적 편향주의'이며, 그렇게 될 경우 그것은 '완전
히 프롤레타리아문학'으로 농민문학이 될 수 없다고 주장한다.

그는 먼저 문제의 제기에서 농민은 프롤레타리아 계급과의 혁명
적 동맹 밑에 있음에도 불구하고 이를 곡해하거나 방해하는 반동
적 농민파가 있음을 지적하고, 일본의 이누타(犬田卯)를 중심으로
한 '농민자치주의'를 비판한다. 특히 1931년 6월호『農民』지의 특
집인 「나프파 농민문학 박멸호」에서 '작가동맹의 농민문학을 가리
켜 농촌을 착취하는 일종의 도시문학'이라고 비판한 것에 대하여
나카노(中野)의 반박문을 인용하여 '(그들의 주장은) 부농계급을 위
한 문학이며, 농민 부르조아지를 옹호하는 것'이라고 규정하고 프
롤레타리아문학과 농민문학의 관계를 다음과 같이 설명하고 있다.

같은 견해를 보여주고 있는데 이는 일본의 사정을 고려하지 않은 결과라
하겠다.

81) 백철, 「농민문학 문제」, 『조선일보』, 1931.10.1-20. (임규찬-IV), 320쪽.
82) 안함광의 논문에서는 "우리는 노동자 농민의 유기적 제휴, 따라서 빈농계급
에 대한 프롤레타리아 이데올로기의 적극적 주입을 염두에 두지 않으면 아
니 되는 것이다."(임규찬-IV, 301쪽)로 되어 있으며, 안함광은 본문의 의도
를 왜곡하고 있다고 주장하고 있다.

자본주의 사회에서 농민은 프롤레타리아의 지도 없이는 아무 정당한 xx(혁명)적 역할을 못하는 것과 같이 농민문학도 프롤레타리아문학의 밀접한 지도와 영향 밑에서만 정당한 발전을 하게 되는 것이다. 이 조건을 무시하고는 우리는 도저히 농민문학을 정당하게 이해치 못한다. ······(중략)······ 그러므로 우리들이 농민문학을 생각할 때에는 그것은 언제나 프롤레타리아문학의 헤게모니 하에 성립되며 발전되는 그것을 의미한다. 그러한 농민문학만이 모든 반동농민문학이 부농계급을 위한 그것인 대신에 오직 빈농대중을 위한 참된 농민문학인 것이다.[83]

이러한 백철의 견해는 일본의 다데노(立野), 구로시마(黑島), 고바야시(小林), 나카노(中野)등의 초기 농민소설론에서 프롤레타리아문학과 농민문학과의 관계를 직접 프롤레타리아문학으로 보아왔던 사실을 염두에 둔 지적이라 하지 않을 수 없다. 이러한 비판은 구라하라(藏原)의 논문에서 이미 지적된 것을 그대로 옮겨놓고 있다. 백철은 농민문학은 어떠한 계급적 기초 위에 서는가? 라는 질문을 통하여 당시 한국의 농민 각층을 통계적으로 제시하고 '혁명적 농민문학은 빈농계급(화전민 및 농업노동자를 포함)과 중농의 하층부의 계급적 기초와 요구(프롤레타리아의 그것과는 구별하여) 위에 성립되는 것'[84]이라고 주장하고 있는데 이러한 발상도 구라하라의 논문에서 비,롯되고 있음을 스스로 밝히고 있다.[85] 이처럼 처음부터 일본의 농민문학론, 특히 구라하라(藏原)의 이론을 그대로 옮겨 놓고 있는

---

83) 백철, 앞의 글, 316쪽.
84) 백철, 위의 글, 325쪽.
85) 'xx(혁명)적 농민문학은 프롤레타리아문학 또는 프롤레타리아문학의 일부가 아니고 xx(혁명)적 농민의 문학인 것이다. 이것은 지금은 내 자신의 견해라는 것보다는 일본 프롤레타리아 작가동지들 사이에는 대체로 해명되어 있는 사실이다.' (백철, 위의 글, 325쪽.)

실정인데 프롤레타리아문학과 농민문학과의 관계를 다음과 같이
규정하고 있다.

> '도시 프롤레타리아와 농촌 빈농과의 xx(혁명)적 동맹은 미래의
> xx(혁명)의 프롤레타리아적 승리에는 불가결의 필수조건이다.'가 실
> 제적 의의에서 가장 정당하다면 우리 농민문학에 대하여서도 그것은
> 동반자문학과 같이 취급될 것이 아니라 프롤레타리아문학의 동맹문
> 학으로 이해하는 것이 가장 정당할 것이다.86)

그러면서 백철은 농민문학은 종국에 가서는 프롤레타리아문학에
일치되는 것이기 때문에 농민문학에 대한 프롤레타리아적 영향을
확보하여 점차로 그의 전위부분을 프롤레타리아에 획득하여 오도
록 노력해야 할 것이라고 주장하고 있다. 그러나 전체로서의 농민
문학이 프롤레타리아 문학의 하나로 해소되려면 장구한 역사적 계
단이 필요하다는 구라하라의 견해가 정당한 것이라고 소개하고 있
다. 이렇게 백철의 논문을 검토하고 보면 그것은 독창적인 논문이
라기 보다는 구라하라(藏原)의 논문을 소개하고 있다고 하지 않을
수 없다. 논문의 전반부에서 안함광의 논문을 비판하고 있는 논리
또한 초기 농민문학론을 비판하던 일본의 주장을 그대로 원용하고
있음을 알 수 있다. 다만 구라하라의 주장에서 다른 점이 있다면
농민문학의 제재문제87)를 제시하고 있으나 그것들이 특별히 농민
문학과 관련된다고 볼 수 없으며 또한 추상적인 것이라 하지 않을

---

86) 백철, 위의 글, 326-7쪽.
87) 1) 테마의 혁명성을 곧 제재의 혁명성으로 환치하지 말 것. 2) 이론보다 실
천의 구체행동을 통하여 대중생활을 수습할 것. 3) 조선농촌을 역사적, 지리
적으로 이해하고 연구하여 적의하게 취급할 것. 백철, 앞의 글, 328-9쪽 참
조.

수 없다. 마지막으로 백철은 농민문학의 표현과 형식문제를 거론하고 있는데, 이 역시 구라하라의 주장을 반복하고 있다. 이를테면 '표현문제가 중요할수록 일반적 규정에서 해결되는 것이 아니고 통신반운동, 독서회, 문학서클 등 비판회 석상에서 직접으로 농민의 요구를 들으며 감정과 의식을 아는 데서 해결될 것'[88]이라고 주장하고 있다.

이처럼 백철의 주장은 일본의 주장을 그대로 소개한 것으로 식민지하 한국의 현실과 밀착되어 있지 못하고 있음을 알 수 있다. 그럼에도 불구하고 지금까지 백철의 글을 높이 평가한 것은 일면적 평가라 하지 않을 수 없다.

그런데 백철의 논문 발표가 끝나자(1931.10.1 - 20) 안함광 역시 같은 조선일보에 「농민문학 문제 재론」(1931.10.21 - 11.5)을 발표한다. 그럼에도 불구하고 백철의 비판에 대하여 전혀 언급하지 않고 있다는 점은 흥미로운 일이다. 이것은 아마 백철의 글이 발표되기 이전에 이미 안함광이 자신의 「농민문학의 일고찰」의 후속 원고를 썼기 때문이었으리라 짐작된다. 왜냐하면 이 후속고를 발표한 다음 달에 백철의 글에 대한 반론 「농민문학의 규정문제」(『비판』 제8호, 1931.12)를 발표하고 있기 때문이다. 따라서 안함광의 「농민문학 문제 재론」을 검토하면 농민문학에 대한 안함광의 태도를 보다 명확히 알 수 있을 것이다.

「농민문학 문제 재론」은 서론에서도 밝히고 있는 것처럼 이전에 발표한 「농민문학에 대한 일고찰」이 초보적 예비지식을 소개한 것이라면, 이 글에서는 농민문학의 실천적 영역에 있어서의 제문제를 취급하고 있기 때문에 상당히 긴 논문이다.

---

88) 백철, 위의 글, 330쪽.

그는 먼저 농민에 대한 일반적 관심의 회고와 비판이란 항에서 당시에 발표된 시와 소설들을 비판하고 있다. 그는 당시 발표된 작품 성격에 대하여 농민층의 비참한 생활상을 제시하는 것으로 끝나고 계급적 입장이 없음은 농촌 및 농민에 대한 관심이 막연한 상태이어서 '프로의 동맹자인 농민'이라는 사실에 착안하지 못했기 때문[89]이라고 지적하여 동맹자문학으로서의 농민문학을 분명히 하고 있다. 따라서 지금까지 안함광의 논의를 두고 프롤레타리아트의 동맹자문학으로서의 농민문학에 대한 인식의 부족으로 인한 이론적 오류[90]라고 평가해 온 것은 정당한 것이라 할 수 없다.

그러면서 안함광은 농민문학 작가는 세포신문에 집필했던 농민통신원이 작가에게 과거에 있어서 농촌의 경험, 그리고 농촌의 실상 등을 가르치고, 반대로 농민통신원은 작가에게서 가장 효과적인 정당한 묘사와 서술적 수법 및 표현 등에 관한 최상의 방법을 배우기를 기대한다[91]고 하여 현실에 바탕을 둔 농민문학의 필요성을 강조하고 있다. 그러면서 식민지하 현실에서 농민문학이 다루어야 할 문제로 ①산미증식계획, ②신미(新米)대량매상, ③농촌교화운동, ④유교부흥운동의 원조를 강조하고 있는데 이 가운데서 ①과 ②는 직접적 영향의 문제이며, ③과 ④는 간접적 영향으로 위기에 처한 농민을 교화하고 흡수할 수 있는 방법[92]이라 하여 식민지하 일제의 수탈정책에 대한 정당한 인식에 기초한 농민문학을 제시하고 있는 것이다. 그러면서 반종교운동을 펼칠 것을 주장하고 있는데

---

89) 안함광, 「농민문학 문제 재론」, 『조선일보』, 1931.10.21−11.5, (임규찬−Ⅳ), 345쪽.
90) 류양선, 앞의 책, 43−4쪽.
91) 안함광, 위의 논문, 347쪽. 이러한 주장은 구라하라의 견해와 일치하고 있다.
92) 안함광, 위의 글, 347−8쪽 참조.

이는 천도교 중심의 『농민』파의 농민문학론에 대한 비판적 태도를
의미한다고 할 수 있다.

 이처럼 안함광의 주장은 백철의 비판처럼 농민문학과 프로문학
을 동일한 것으로 파악하지 않고 '동맹자문학'으로 이해하고 있으
며, 농민의 이데올로기적 성격도 정당하게 파악하고 있었다고 할
수 있다. 이 점은 백철의 글에 대한 반론의 글에서 보다 명확히 나
타나게 된다.

 앞에서도 간략히 언급한 것처럼 안함광은 「농민문학의 규정문제」
-백철군의 데마를 일축한다 -는 글을 통하여 백철의 비평가적
태도를 공격하고 있다. 그는 먼저 백철의 주장은 <일본농민문학
연구회>에서 이미 논의된 것이라고 분명히 밝히고, 자신이 주장하
고 있는 '농민문학은 프롤레타리아문학과 구별하지 않으면 안 된
다'고 한 것은 시바타(柴田和雄-藏原惟人의 발표 때 필명-필자)에
서 이미 밝혀졌다고 했다. 그리고 백철의 글을 '창의성도 없이 직
수입하다시피 한 논문'93)이라고 규정한다. 백철은 자신의 글 가운
데 문두와 문말을 절단하여 왜곡하고 있다는 것이다. 이를테면 자
신의 글에서 '- 노동자 농민의 유기적 제휴, 따라서 빈농계급에게
대한 프롤레타리아 이데올로기의 적극적 주입을 염두에 두지 아니
하면 아니 되는 것'이라는 부분을 '빈농계급에 대한 프롤레타리아
이데올로기의 적극적 주입을 운운'이라고 소개하여 필자 본래의
인텐트를 반넘어 말살 아니 타의와 대치시키려 했다고 지적한다.
이 점과 관련하여 그는 세 가지 점을 지적하고 있는데 첫째, 적극
적 주입=기계적 주입으로 이해한 것, 둘째, 원칙론과 방법론의 구

---

93) 안함광, 「농민문학의 규정문제」-백철군의 데마를 일축한다-, 『비판』제8
   호, 1931. (임규찬-Ⅳ) 366쪽.

분을 인식하지 못한 것, 셋째, 이데올로기적 단면의 예술적 구상화에 대한 데마라는 점을 들고 있다.94) 이러한 안함광의 지적은 매우적절한 것이라 할 수 있다. 그리고 그는 농민문학의 이데올로기적성격을 다음과 같이 규정하고 있다.

> 농민대중은 자본주의와의 결정적 투쟁선상에 있어서 동요될 다분의 가능성을 가지고 있는 것이니 이에서 우리는 그들에게 정당한 계급적 의식의 적극적 주입을 염두에 두고 그 실천적 투쟁을 통하여농민에게 대한 프롤레타리아 이데올로기의 영향을 심각화시키는 동시에 그들을 프롤레타리아의 헤게모니 밑으로 영도하지 않으면 안돼는 것이다.95)

이처럼 그는 농민문학의 이데올로기적 성격은 농민이 지니고 있는 소소유자적 성격으로 말미암아 언제나 프롤레타리아트와는 다른 특수성을 지니고 있다는 사실을 인정하고 이를 위해서는 농민문학은 프롤레타리아의 헤게모니 아래 두지 않으면 안 된다고 주장하고 있다. 그리고 농민문학과 프롤레타리아 문학과의 관계는 '동맹자문학'임을 다시 한 번 강조하면서 이는 하나의 과도기적현상으로 '종국에 가서는 농민문학은 프롤레타리아문학과 일치되지 않을 수 없다.'고 설명하고 있다.

그럼에도 불구하고 지금까지 한국의 농민문학론을 검토한 김윤식은 안함광과 백철의 논쟁을 다음과 같이 평가하고 있다.

> 백철은 中野重治, 紫田和雄 등의 주장에 따라 '농민문학은 종국에

---

94) 안함광, 위의 글, 367-8쪽 참조.
95) 안함광, 위의 글, 370쪽.

는 프로문학에 일치하는 것'으로 본다. 이러한 농민문학을 현단계에
서 어떻게 지도하여 프로화할 것인가. 이 답변을 안함광은 '빈농계
급에 대한 프롤레타리아 이데올로기의 적극적 주입'이라 했는데 백
철은 '자발적으로 그 영향하에 들어오는 것'이라 하여 기계주의적
주입으로는 불가능하다는 견해로 맞선 바 있다. 이 경우, 백철의 견
해가 타당하였는데 안함광의 주입식은 이미 각국에서 실패를 보았기
때문이다. 안함광도 그 후 빈농계급에 프롤레타리아 이데올로기를
주입함이 무리임을 자각하고 NAPF처럼 KAPF도 「농민문학연구회」
를 두어 점진적 시도를 기할 것을 다시 말하게 된다.96)

이러한 주장은 안함광의 「농민문학에 대한 일고찰」을 중심으로
한 견해라 하지 않을 수 없다. 그러나 「농민문학 문제 재론」에 이
르러서는 구라하라(藏原)의 주장과 일치하고 있음을 확인할 수 있
다. 그런데 아이러니컬하게도 백철이 구라하라의 주장을 통하여 안
함광을 비판한 것처럼 안함광 역시 구라하라의 이론을 빌어서 백
철의 주장을 공격하고 있다는 점이다. 이러한 현상은 당시 우리 나
라 농민문학론의 성격과 그 한계를 보여주고 있는 것이라 하지 않
을 수 없다.

Ⅳ. 결 론

이상으로 한일 농민소설론의 성격을 살펴보았거니와 그것을 요
약 정리하면 다음과 같다.
일본에 있어서 농민소설론이 성립한 것은 1920년대 초반부터라

---

96) 김윤식, 『한국근대문예비평사연구』, 93쪽.

할 수 있다. 그러나 그것이 프로문학론의 일부로 문제시된 것은 나카노(中野)의 「목적의식론」이 대두되면서 비롯되었다고 할 수 있다. 물론 그 이전에도 이미 이누타(犬田卯)를 중심으로 한 <농민문예연구회>가 조직되어 농민문학에 대한 논의가 활기를 띤 것도 사실이다. 그러나 이들의 주장은 소박하게 농민 이데올로기를 강조함으로써 이후 프로문학계와 논쟁을 전개하기에 이른다. 프로문학계에서 소위 목적의식을 강조하고, 예술대중화를 통하여 어떻게 노동자 농민에게 그들의 이데올로기를 주입할 것인가 하는 차원에서 농민문학에 대한 관심을 가졌지만, 그것이 진정한 의미에서 농민문학론이라 할 수 있는 것은 아니다.

일본 프로문학계에서 농민문학에 대한 관심이 고조되게 된 것은 1930년 하리코프회의에서 일본을 위한 결의를 통하여 농민문학의 필요성이 지적되고 나프 내에 <농민문학연구회>가 설치되면서 농민문학에 대하여 새로운 관심을 집중하게 되었다. 따라서 일본의 농민문학은 내측으로부터의 필연적인 결과라기 보다는 밖으로부터 주어진 성격이 강하다고 할 수 있다.

한편 나프파에서는 이케타(池田), 구로시마(黑島), 고바야시(小林) 등이 소박한 농민문학론을 발표하게 된다. 이들의 농민문학론은 농민문학의 개념과 성격을 규정함에 있어서 농민과 프롤레타리아계급을 동일시함으로써 많은 혼란을 빚은 것은 사실이다. 이를테면 다데노(立野)는 노동자와 농민을 동일한 피지배계급으로 인식하였으며, 이케타는 농민의 존재가치를 노동자와의 결합을 통한 마르크스주의적 이데올로기의 강화에 둠으로써, 농민문학과 프롤레타리아문학을 동일시하고, 프롤레타리아 헤게모니를 확립하는 것으로 인식했던 것이다. 그런가 하면 고바야시와 구로시마는 프로문학과

농민문학은 같은 것이며, 제재에 따라 편의상 구별하는 것이라고
주장했다. 이러한 주장은 농민문학을 프롤레타리아문학과 동일시
하고 농민의 소소유자적 성격을 고려하지 않은 논리라 할 수밖에
없다. 그 결과 농민파는 그들의 기관지『농민』6월호에「나프 농민
문학 박멸호」를 통하여 나프파의 농민문학론을 집중적으로 비판하
게 되었다.

농민파의 대표적 인물인 이누타(犬田卯)는 이바라키(茨木隆)라는
필명으로 고바야시의 글을 비판하면서 그들의 농민문학은 농민자
치주의에 입각하여 성립하는 것임에 반하여 프로 농민문학은 프롤
레타리아 이데올로기 아래 농민을 두려고 하기 때문에 결과적으로
는 농민 착취를 위한 정략적 문예론 이라고 비판한다. 그런가 하면
마츠하라(松原一夫), 마후네(眞船晃一) 등은 나프의 농민문학론은 농
민 이데올로기에 근거하지 않고 있으며 바다 건너온 농민 기만의
문학이라고 규정했다. 그러나 이들의 주장에서 그들의 농민문학은
농민 이데올로기에 바탕을 두고 있다고 강조하고 있지만 농민파의
발상 역시 주정적이고 직관적인 것으로 한계를 지닌다.

그런데 나프파와 농민파의 논쟁을 통하여 나프파는 비로소 농민
문학과 프롤레타리아의 관계와 농민의 이데올로기적 성격을 집중
적으로 검토하여 프로문학론으로서의 농민문학의 위상을 정립하게
된다.

나프파에서는 나카노, 구라하라를 중심으로 농민파의 비판을 '한
낮의 꿈'으로 치부하면서 새로운 이론을 정립하는데 먼저 나카노
는 이전의 구로시마의 주장이 철저하지 못했음을 인정하고 농민문
학과 프로문학은 대립자가 아니라 가까운 혈족이라고 규정하면서
양자 사이에 무수한 가교가 있다고 주장했다. 이러한 나카노의 주

장은 이전의 주장보다는 상당히 진전된 것이기는 하지만, 농민문학
의 성격을 온전히 해명했다고 할 수 있는 것은 아니다. 이러한 문
제점을 해결한 것은 구라하라에 의해서였다. 그는 초기 나프파의
농민문학론은 중요한 의미를 갖고 있다고 전제하면서 이론의 불철
저를 시인하고, 농민문학을 올바르게 이해하기 위해서는 먼저 농민
의 계급적 성격을 정당하게 파악할 필요가 있음을 분명히 했다. 그
는 먼저 당시 일본 농민이 처한 현실을 근거로 하여 다양한 농민
계층을 농민 일반으로 이해하거나 부농을 위한 농민 이데올로기란
무의미한 것임을 지적하고 빈농을 위한 농민문학은 프롤레타리아
트와 동맹에 의하여 토지문제를 해결하고 노동자 농민정부를 위해
투쟁하는 것이라고 농민문학의 존재 의의를 설명하고 있다. 그러므
로 농민문학은 혁명적 빈농의 문학으로서 농민문학은 프롤레타리
아에 대하여 동맹자문학이라고 규정함으로써 농민문학의 이데올로
기적 성격을 명확히 했다.

일본에 있어서 농민문학론의 전개양상은 거의 그대로 우리 나라
농민문학론의 성립과 성격을 규정하는데 적용되었으며, 식민지하
토지수탈이라는 현실적 조건으로 말미암아 보다 심각한 문제로 제
기되었다.

한국의 농민문학론은 1925년을 전후하여 그 단초가 보이지만 그
것은 소재적 차원을 벗어나지 못하고 있다. 농민문학에 대한 본격
적인 논의는 역시 1931년 하리코프회의의 영향과 일정한 관련이
있다고 할 수 있다. 물론 그 이전에 박영희에 의하여 「목적의식론」
이 제창되면서 예술대중화가 주창되고 프롤레타리아 이데올로기
를 노동자 농민에게 주입시키기 위한 수단으로 농민문학이 중시되
기는 했지만 그것이 농민문학론의 성격을 지니고 있는 것은 아니

었다. 김기진이 예술대중화의 방안으로 「농민문예에 대한 초안」을 발표하지만 그것 역시 그의 「통속소설 소고」나 「대중소설론」에서 주장하고 있는 내용과 대동소이하다는 점에서 본격적인 농민문학론이라 할 수 있는 것은 아니다. 그러나 김기진의 글은 농민에게 계급적 인식을 갖게 하는 계기를 마련하였으며, 카프문학으로서 농민문학의 필요성을 지적하고 있다는 점에서 그 의의를 찾을 수 있다.

한편 카프 내부에서 농민문학에 대한 논의는 안함광에 의하여 제기되었다. 사실 안함광의 농민문학론은 지금까지 비판적인 자리에서 논의되었지만 자세히 검토하면 백철의 견해와 별다른 차이를 발견할 수 없고 오히려 한국의 현실을 충분히 고려하고 있다는 점에서 중요한 의의를 갖는 것이라 하지 않을 수 없다. 안함광의 「농민문학에 대한 일고찰」은 나카노의 주장에 근거하여 농민문학은 프롤레타리아 이데올로기의 적극적 주입을 통하여 토지혁명을 성취할 수 있는 능력을 배양하는 것이어야 강조하고 있는데, 이는 볼셰비키적 대중화와 일정한 관련이 있다고 하겠다. 이 점은 마침내 백철에 의하여 비판을 받기에 이른다. 백철은 「농민문학 문제」에서 구라하라의 이론을 그대로 수용하여 암함광의 주장을 농민의 이데올로기적 성격을 무시한 것이라고 비판하고 농민문학은 빈농계급에 바탕을 둔 프롤레타리아문학의 동맹자문학이라고 규정하게 된다. 이에 대하여 안함광 역시 백철의 논거는 구라하라의 견해를 맹목적으로 수용하고 있다고 비판하면서 농민의 성격을 프로의 동맹자로 규정하고 한국의 농민문학은 식민지하 현실을 고려하여 산미증식계획이나 신미대량매상과 같은 문제에 관심을 둠으로써 일제의 수탈정책에 대처해야 할 것을 강조하여 농민문학의 방향성을 재정립하고 있다는 점을 간과할 수 없다. 이렇게 볼 때 카프계 농민문학론은 안함광과 백철 모두 일본의 구라하라의 이론을 수용하는 선에 머물고 식민지 한국 현실을 깊이 인식하고 해결책을 제시하지 못한 것은 당대 이론의 한계로 지적할 수 있을 것이다.

제6장
유물변증법적 창작방법론

I. 서 론

프롤레타리아 문학론은 그 출발에서부터 줄곧 자체내의 이론 투쟁을 통하여 발전하여 왔음은 주지의 사실이다. 그러나 그 이론 투쟁의 과정을 면밀히 검토해 보면 그것은 프롤레타리아 문학의 창작방법과 실천의 문제로 요약될 수 있다. 프롤레타리아 문학 내부에서 일어난 일련의 논쟁들, 이를테면 방향전환론, 목적의식론, 예술대중화론, 문학의 가치논쟁, 내용과 형식 논쟁들은 한결같이 창작 방법론으로 귀결되고 있음을 볼 수 있다. 그리하여 김윤식도 이 점을 간파하여 우리 프로문학운동의 여러 중요한 논쟁은 오로지 창작방법론으로 귀착되고 있다고 지적[1]한 바 있다.

---

1) 김윤식, 『한국근대문예비평사연구』, 한얼문고, 1973. 94쪽.

그러나 문제의 핵심인 창작방법론은 그 이전까지 전개되어 온 프로문학론의 최종 결과이기 때문에 창작방법론에 대한 논의는 상당수에 이르고 있고 그것들은 나름대로 창작방법론의 성격을 해명하는데 이바지하고 있는 것도 사실이다. 지금까지 창작방법론에 대한 대표적인 연구 업적을 간단히 살펴보면 다음과 같다.

가장 최초로 우리 나라 프롤레타리아 문학론을 비평사적 관점에서 체계화한 김윤식은 창작방법론을 검토하면서 먼저 러시아에 있어서 사회주의 리얼리즘의 성립과 그 성격을 검토하고 우리의 창작방법론은 일본의 그것으로부터 많은 영향을 받고 있음을 지적하면서 프로문학의 최후의 논의로서 중요한 의미를 지니는 것[2]으로 평가하고 있다. 그러나 그가 창작방법론에서 문제시하고 있는 것은 사회주의 리얼리즘에 거의 국한되고 있을 뿐만 아니라 수용찬반론을 중심으로 전개되고 있기 때문에 문제의 본질에 대한 해명에는 이르지 못하고 있으며, 일본과의 관련 양상도 구체적인 논거에 의하여 해명하지 못하고 있다는 점에서 일정한 한계를 지니는 것이라 하지 않을 수 없다.

권영민 역시 사회주의 리얼리즘론을 검토하면서 한효, 김두용, 안함광, 한식 사이에 벌어진 논쟁을 중심으로 정리하면서 별다른 성과를 얻지 못했다는 지적과 함께 창작방법 논쟁의 핵심 문제인 리얼리즘에 대한 인식이 철저하지 못함을 지적하고 있다[3]. 장사선은 그의 『한국리얼리즘문학론』에서 자연주의적 리얼리즘, 비판적 리얼리즘, 변증법적 리얼리즘, 사회주의적 리얼리즘을 논의하고 있

---

2) 김윤식, 앞의 책, 95쪽.
3) 권영민, 「한국근대소설론연구」, 서울대 박사논문, 1984, 139-152쪽 참조.
  _____, 「창작방법론과 리얼리즘의 인식」, 소설문학, 1984. 4-5월호 참조.
  _____, 『한국민족문학론연구』, 민음사, 1988. 276-311쪽 참조.

으나 창작방법론으로서 문제보다는 리얼리즘의 성격을 규명하는 것에 중점을 둠으로써 프로문학론에 있어서 창작방법의 문제에 대한 집중적 검토는 제대로 이루어지고 있지 못하다.[4] 최유찬은 1930년대 리얼리즘론을 논의하면서 변증법적 리얼리즘, 사회주의 리얼리즘, 비판적리얼리즘으로 구분하여 검토하고 있으나 직접적으로 창작방법론을 다루려는 의도가 없었기 때문인지 사회주의 리얼리즘의 수용찬반론에 관심을 집중하고 있다[5]. 유문선은 사회주의 리얼리즘 논쟁에서 가장 핵심적인 문제라 할 세계관과 창작방법과의 관계를 중심으로 창작방법 논쟁을 정리하고 있어 주목을 요한다[6]. 그런가 하면 김영민은 창작방법론과 사실주의 이론 논쟁에서 변증적 사실주의에서 프롤레타리아 리얼리즘과 유물변증법적 창작방법론을 논쟁을 중심으로 시간적 추이에 따라 검토하고, 사회주의 리얼리즘의 수용찬반론을 정리하고 있으나, 문제의 핵심을 밝히지 못하고 있다[7]. 박명용은 창작방법론으로 프롤레타리아 리얼리즘과 사회주의 리얼리즘으로 나누어 검토하고 있으나 이 또한 당시의 대표적인 글을 시간적으로 정리하면서 이것들이 일본의 창작방법론과 밀접한 관련이 있음을 주장하고 있어 김윤식의 주장을 보완하는 선에서 그치고 있다[8]고 하지 않을 수 없다.

이처럼 지금까지 이루어진 업적들은 대체로 지나치게 소략하여 창작방법론의 실상을 해명하는데 한계를 지니고 있거나 아니면 시

4) 장사선, 『한국리얼리즘문학론』, 새문사, 1988.
5) 최유찬, 1930년대 한국리얼리즘론 연구, 『한국근대문학비평사연구』, 세계, 1989.
6) 유문선, 「1930년대 창작방법 논쟁연구」, 서울대 석사논문, 1988.
7) 김영민, 『한국문학비평논쟁사』, 한길사, 1992.
8) 박명용, 『한국프롤레타리아문학연구』, 글벗사, 1992.

간적 순서에 의한 자료의 검토에 치중하여 창작방법론의 본질적인
문제를 간과하고 있으며, 러시아 및 일본의 그것과 구체적인 비교
문학적 관점을 배제하거나 아니면 비교문학적 관점에서 접근한 경
우에도 피상적인 것에서 크게 벗어나지 못하고 있다. 따라서 이러
한 기존 연구가 안고 있는 문제점을 해결하기 위하여 여기에서는
창작방법론을 유물변증법적 창작방법론과 사회주의 리얼리즘론으
로 나누어 검토하고자 한다.(사회주의 리얼리즘론은 별도로 다루어
질 것이다.) 유물변증법적 창작방법론에서는 유물론적 세계인식과
정치의 우위성을 중심으로 살펴보고자 한다. 이를 위하여 러시아에
있어서의 이론의 성립과 성격을 살펴보고 전신자로서 일본의 경우
를 살펴본 후 우리는 이를 어떻게 수용하고 있는가를 밝힘으로서
프로문학론의 최종 귀결점으로서 창작방법론이 갖는 비평사적 의
의를 점검해 보려고 한다.

Ⅱ. 유물변증법적 방법론의 성립과 성격

유물변증법적 창작방법은 물론 마르크스주의 혹은 변증법적 유
물론에 근거를 두고 문학을 창작할 것을 그 목표로 하고 있다. 그
런데 마르크스주의 혹은 변증법적 유물론은 두 가지 중요한 관점
에서 볼 수 있다. 그 하나는 방법론적 관점으로 유물변증법적 방법
이고, 다른 하나는 인간의 소외라는 문제라 할 수 있다. 인간의 주
관적인 사유 및 의식에 있어서 모순은 객관적이면서 현실적인 기
초를 갖고 있다. 그러므로 이러한 모순에 직면하여 두 가지 태도가
가능하다는 것이다. 하나는 모든 모순을 한 묶음으로 부조리한 것

으로 내던져버리는 것이고, 다른 하나는 인간적 사유가 모순을 통하여 진리를 탐구한다는 것, 모순이 객관적 의미를 가지고 현실적인 것에 기초를 두고 있다는 것을 동시에 인정하는 태도이다. 그런데 마르크스주의적 방법이 갖는 특징을 간단히 요약하면 첫째, 마르크스주의적 방법은 현실을 충분히 깊이 있게 분석하면 모순 하는 제요소(긍정적인 것과 부정적인 것, 프롤레타리아트와 부르조아지, 있음과 없음 등)에 도달할 수 있다는 주장이고, 둘째 마르크스주의적 방법은 이전의 어떤 방법론보다도 분명하게 하나의 본질적 사실, 이를테면 분석에 의해서나 서술에 의해 재구성되어지는 현실은 언제나 운동하고 있는 현실이라는 사실이며, 셋째 마르크스주의적 방법은 그 이전의 제방법보다도 명확하게 연구된 대상에 대한 독자성을 역설[9]한다.

이러한 유물변증법적 방법을 문학의 창작방법으로 채택한 것은 소비에트에서 문학의 볼셰비키화와 일정한 관련 속에서 성립되었다. 유물변증법적 창작방법론은 소련에서 1929년 볼셰비키화 결의와 함께 공식적으로 제창되고, 1930년 11월 하리코프에서 열린 국제작가동맹 제2차 대회에서 <국제 프롤레타리아 문학 및 당문학의 정치적, 예술적 제문제에 관한 결의>에서 프롤레타리아문학의 창작방법으로 채택되었던 것이다.

유물변증법적 창작방법은 무엇보다도 문학에 있어서 정치성을 중시한 것으로 당파성, 인민성, 계급성을 강조하며, 모든 사물을 유물변증법적 관점에서 파악할 것을 강조하게 된다. 문학에 있어서 당파성의 강조는 1929년 10월 라프(RAPF)가 레닌의 정치적 이념에 바탕을 두고 문학의 당파성을 확립할 것을 결의하게 되면서 시작

---

9) Henri Lefebvre, (竹內良知역), 『マルクス主義』, 白水社, 38-9쪽 참조.

된다. 예술의 당파성이란 레닌의 '문학은 당의 문학이어야 한다'는 지적에서 비롯되고 있다. 그는 새로운 프롤레타리아 문학은 자산계급의 영리적 출판과 악습, 자산계급 문학의 권위주의와 개인주의 및 낡은 무정부주의와 이익 추구에 대한 강한 투쟁과 함께 사회주의 무산계급은 당의 문학 원칙을 제기하여 그 원칙을 발전시키고 최선의 형식으로 이 원칙을 실현해야 한다고 주장한다. 그리고 예술의 당파성을 갖게 하려면 시대의 가장 선진적인 사상을 표현하고 자기의 창작으로 공산당을 위해 투쟁해야 한다고 하여 인민의 관점을 견지해야 할 것을 요구하게 되어 당파성과 함께 인민성을 강조했던 것이다.

레닌은 '예술은 인민의 것'이어야 한다고 주장하면서 예술은 반드시 광대한 노동자 대중 속에 뿌리 깊은 기초를 두어야 하며, 그 대중에 의해 애호되어야 한다고 주장한다. 따라서 예술은 민중의 감정, 사상 및 의지를 결합시켜야 하고 또 그것을 촉진해야 하며 민중으로부터 예술가를 환기시켜 그들을 발전시켜야 할 것을 강조하게 된다[10]. 이러한 주장을 통하여 레닌은 문학에 있어서 '인민성'을 강조하고 있는데 이것은 하나의 문학이론으로서 보다는 무산계급혁명을 위한 공리적 수단으로 보고 있음을 의미한다. 그런가 하면 레닌은 문학에 있어서 계급성을 강조하게 되는데 현대 사회는 계급적인 사회이고 계급적인 사회에서는 상이한 예술 관점이 출현하는 것은 필연적인 것이라고 본다. 예술가들이 표현한 세계는 그들이 속한 특정한 계급의 입장이며 이것이 사회주의자들이 말하는 예술의 계급성이다. 이처럼 유물변증법적 창작방법은 작가의 자유로운 창작활동을 억제하고 유물변증법 세계관을 강조함으로써

---

10) 진계법, 『사회주의 예술론』, 일월서각, 1979, 88-89쪽.

문학의 고정화, 주제의 강화라는 정치우위성을 실천하는 도구로서 기능하게 되었다.

Ⅲ. 일본에 있어서 유물변증법적 방법론의 전개 양상

1. 프롤레타리아 리얼리즘과 현실인식

일본에 있어서 창작방법에 대한 논의는 NAPF 창립 이후 지도적 역할을 수행한 구라하라(藏原惟人)가 '프롤레타리아 리얼리즘'을 제창한 이후 이를 근거로 볼셰비키화 방침과 대중화론을 전개해 왔다. 그러나 1930년경부터 세계적 추세에 따라 새로이 '유물변증 법적 창작방법론'이란 슬로건으로 그 명칭을 변경했다. 이것은 국 제혁명작가동맹 제2회 대회에서 창작방법으로 변증법적 유물론의 방법이 채택되자 이를 수용한 것이었다. 그러므로 일본에 있어서 유물변증법적 창작방법론은 전단계로서 '프롤레타리아 리얼리즘 론'을 포괄하고 있음을 알 수 있다.

일본 프롤레타리아 문학에 있어서 방향전환은 어떤 의미에서 기 업, 농촌을 기초로 하는 문화활동의 방향전환이면서 동시에 창조적 활동에 있어서 레닌적 당파성의 확립이며, 비평적으로는 레닌주의 를 위한 투쟁과 필연적 결합이었다. 그 결과 과거 애매한 성격을 지닌 프롤레타리아 리얼리즘이란 슬로건은 재검토될 필요가 있었 으며, '창작방법에 있어서 유물변증법을 위한 투쟁'이라는 새로운 슬로건을 내걸게 되었다. 유물변증법적 창작방법론의 이론적 기초

가 된 것은 구라하라(藏原)의 「나프예술가의 새로운 임무」(1930)에
서 비롯되었다. 그러나 구라하라는 예술대중화론이 제창되고 있을
때 「프롤레타리아 리얼리즘의 길」(1928)을 비롯하여 수 편의 논문
을 통하여 새로운 창작방법론으로 '프롤레타리아 리얼리즘'을 주
장하였다. 따라서 '프롤레타리아 리얼리즘'은 부르조아 리얼리즘
에 대립되는 것으로 프롤레타리아 작가의 현실에 대한 태도를 비
롯한 창작방법론을 제시해 주고 있다는 점에서 유물변증법적 창작
방법론의 전단계라 할 수 있다. 따라서 구라하라(藏原)의 「프롤레타
리아 리얼리즘의 길」(1928, 戰旗)과 「다시 프롤레타리아 리얼리즘에
대하여」(1929)를 중심으로 '프롤레타리아 리얼리즘론'의 성격을 살
펴 볼 필요가 있다.

구라하라(藏原)는 「프롤레타리아 리얼리즘의 길」에서 예술가가
현실을 인식하는 태도로 아이디얼리즘과 리얼리즘으로 구분하면서
예술가가 선험적인 관념으로써 현실을 바라보고, 선험적인 이데아
에 따라 현실을 개조하고 현실을 그려낸다면 거기에서 탄생되는
예술은 아이디얼리즘의 예술이며, 이와 반대로 예술가가 현실을 대
하는데 아무런 선험적, 주관적인 관념을 갖지 않고 현실을 있는 그
대로 객관적으로 그려낸다고 한다면 거기에는 리얼리즘예술이 탄
생할 것[11]이라 하면서 아이디얼리즘은 몰락하는 계급의 예술태도
인데 반하여, 리얼리즘은 발흥하고 있는 계급의 예술태도라고 주장
한다. 그리고 프롤레타리아 작가만이 현실을 객관적으로 파악할 뿐
만 아니라 그것을 사회적 관점에서 바라볼 수 있다고 주장한다.

---

11) 藏原惟人, 「프롤레타리아 리얼리즘의 길」, 1928.5. 조진기편역, 『일본프롤레
   타리아문학론』, 태학사, 321쪽.(이하 별도의 출전을 밝히지 않은 일본자료는
   이 책을 사용한 것임.)

프롤레타리아 작가는 무엇보다도 먼저 명확한 계급적 관점을 가
져야 한다. 명확한 계급적 관점을 가진다는 것은 전투적 프롤레타리
아트의 입장을 가진다는 것이다. ……프롤레타리아 작가는 프롤레타
리아 '전위의 눈으로써' 이 세계를 보고 그려야 한다.12)

여기에서 전투적 프롤레타리아의 관점이란 프롤레타리아 작가의
작품 주제와 일정한 관련을 가지는 것으로 현실 속에서 프롤레타
리아의 해방에 필요한 것과 필연적인 것을 선택하게 한다는 것이
다. 그에 의하면 부르조아 리얼리스트의 작품 주제가 인간의 생물
적 욕망이었으며, 소부르조아 리얼리스트의 그것이 사회적 정의,
박애와 같은 것인데 반하여, 프롤레타리아 작가의 중요한 주제는
프롤레타리아의 계급투쟁13)이어야 한다고 주장한다. 그렇다고 프
롤레타리아 작가는 전투적 프롤레타리아만을 제재로 하는 것이 아
니고 노동자, 농민, 소시민, 자본가 등 프롤레타리아 해방과 관련을
갖고 있는 모든 계급을 그릴 수 있지만 다만 그들을 계급적 관점
에서 그리고 유일한 객관적 관점에서 그려야 한다는 것이다. 문제
는 제재 여하에 있는 것이 아니라 제재에 대한 관점이 문제가 되
며, '투쟁하고 있는 프롤레타리아만이 대상이 될 수 있다'는 견해
는 청산되어야 할 것이라고 강조하고 하고 있음을 보게 된다. 그런
가 하면 과거 리얼리즘을 계승해야 함을 강조하기도 한다. 그리고
결론으로 그는 프롤레타리아 리얼리즘이 지향점으로 두 가지를 지
적하고 있는 바, 첫째로 프롤레타리아 전위의 눈으로서 세계를 볼
것, 둘째로 엄정한 리얼리스트의 태도로서 그것을 그려낼 것-이것

---

12) 藏原惟人, 위의 글, 329쪽.
13) 藏原惟人, 위의 글, 329쪽.

이 프롤레타리아 리얼리즘으로 가는 유일한 길14)이라고 주장한다.
여기에서 구라하라가 주장하고 있는 프롤레타리아 리얼리즘이란
현실인식의 태도로서 '전위의 눈'과 표현양식으로서 '엄정한 리얼
리스트의 태도'를 기본으로 하는 것임을 알 수 있다.

히라바야시하츠노츠케(平林初之輔)는 구라하라(藏原)의 「프롤레타
리아 리얼리즘의 길」에 대하여 「객관과 독자」라는 제목의 비판적
인 글에서 '프롤레타리아 리얼리즘이라는 묘사법이 프롤레타리아
문학의 유일하고 정당히 나아가야 할 길이라고 하는 것은 잘못이
며, 리얼리즘은 표상적 묘사법이 아닌 하나의 세계관에서 출발하는
것이며, 다른 한편으로 유물변증법이라는 무기로써 마르크스주의
작가가 문학에 있어서만 리얼리즘을 주장하는 것은 문학관이 세계
관에서 유리하는 것을 보여주는 것이라고 주장'15)했다. 여기에서
히라바야시(平林)는 구라하라의 리얼리즘론을 묘사법으로 단순화하
고 있다는 한계와 함께 작가의 세계관과 일정한 관계가 있음을 지
적한 것은 중요한 의미를 지니는 것이라 할 수 있다. 그리하여 히
라바야시는 다른 글에서 프롤레타리아 리얼리즘의 성격을 다음과
같이 규정하고 있다.

> 많은 논자가 리얼리즘을 문학의 형식으로서 논하고 있는데 대하
> 여 나는 그것을 문학의 방법으로 논하려는 것이다. 왜냐하면 리얼리
> 즘이란 문학자가 세계를 어떻게 보는가, 해석하는가 하는 방법을 주
> 는 명칭으로 그것을 어떻게 표현할까 하는 표현양식에 주어지는 명
> 칭이 아니라고 생각하기 때문이다. 물론 보는 방법과 표현양식과의

---

14) 藏原惟人, 위의 글, 330쪽.
15) 藏原惟人, 「再びプロレタリア リアリズムについて」, 1929, 『藏原惟人評論
    集』, 제1권, 新日本出版社, 1980, 290-291쪽 재인용.

사이에는 밀접한 관계가 있지만 나는 시간적으로도 논리적으로도 전
자가 후자에 앞서 그것을 결정하여 주는 것이라고 생각하고 있다.[16]

이러한 전제 아래 리얼리즘의 일반적 특성을 ① 이성적인 태도
로 보려는 것, ② 객관성, ③ 몰가치적 가치 판단을 배척하는 것이
라 하고 프롤레타리아 문학의 방법으로 이러한 방법의 적용 여부
를 논하고 있다. 그는 부르조아 리얼리즘이 세계를 보되 운동 과정
에 있어서 발전의 과정으로 보지 못했을 뿐만 아니라 전체성으로
도 보지 못한데 근본적 결함이 있기 때문에 부르조아 사회의 생성
과 발전을 보는 것은 가능하지만 부르조아 사회의 몰락이나 사회
주의 사회에의 양기를 파악하는 데는 불충분한 방법이라고 주장하
면서 리얼리즘이란 종래의 용어를 프롤레타리아 문학에 사용하는
데 반대하고 있다.

구라하라는 자신의 「프롤레타리아 리얼리즘의 길」에 대한 히라
바야시(平林)의 비판에 대한 반론의 성격과 함께 자신의 앞서 논문
에 대한 보완적 의미를 지니는 것으로 「再びプロレタリア リアリ
ズムについて(다시 프롤레타리아 리얼리즘에 대하여)」를 발표하게 되는데
그것은 프롤레타리아트의 세계관에 대하여 언급하고 있다는 점에
서 진일보한 것이라 할 수 있지만 「프롤레타리아 리얼리즘의 길」
에서 크게 벗어나지 못하고 있다.

구라하라는 히라바야시가 '리얼리즘은 단순히 표상적 묘사법에
한정되는 것이 아니고 하나의 세계관에서 출발하고 있다'는 지적
에 대하여 그것은 일반적으로 예술상, 과학상의 모든 이데올로기는

---

16) 平林初之輔, 「プロレタリア レアリズムに就いて」, 1930. 『平林初之輔遺稿
集』, 平凡社, 1932., 36쪽.

하나의 세계관에서 발생하지만, 마르크스주의자의 용례에 따르면
리얼리즘이란 용어는 어떤 특정한 시대, 특정한 사람의 예술적 경
향에만 결부되어 있는 것이 아닌 하나의 예술적 태도, 즉 예술에
있어서 현실주의적 태도이며, 그것은 철학상 유물론과 관련되어 있
다고 주장하고 있다. 여기에서 그는 유물론을 예술상 리얼리즘과
일치하는 것으로 보아 '유물변증법이란 이 세계를 인식하고 그것
에 적용할 수 있는 방법론으로 프롤레타리아트의 세계관에 있는
변증법적 유물론에서 비롯된 것'[17]이라고 주장하면서 예술상 프롤
레타리아 리얼리즘은 프롤레타리아트의 세계관에 바탕을 둔 과거
리얼리즘의 변혁으로서 이 두 가지 사이에는 밀접한 상호관계가
존재하고 하등의 유리도 있을 수 없다[18]고 하여 방법과 세계관을
일치시켜버리고 있다. 그러면서 프롤레타리아 리얼리즘은 로맨티
시즘과는 대립하는 것이라 하여 사회주의 리얼리즘에서 주장하는
소위 혁명적 로맨티시즘의 성격을 미처 간파하지 못하고 있었던
것이다. 그는 프롤레타리아 리얼리즘은 레닌이 지적하는 '현실은
집요하다'는 말처럼 집요한 사실, 현실 속에서 참으로 혁명적인 것
을 찾아내는 것을 요구한다고 주장하면서 프롤레타리아 리얼리즘
의 현실인식 방법을 다음과 같이 설명하고 있다.

> 현실을 보는 방법이란 유물변증법이다. 유물변증법은 이 사회가
> 어떤 방향으로 향하여 나가고 있는가, 이 사회에 있어서 무엇이 본
> 질적이고, 무엇이 우연적인가를 인식토록 가르쳐 준다. ……(중략)
> …… 프롤레타리아 리얼리즘은 이 사회를 운동 속에서 파악하고 그

---

17) 藏原惟人, 「再びプロレタリア リアリズムについて」, 1929, 『藏原惟人評論
  集』, 제1권, 新日本出版社, 1980, 291쪽.
18) 藏原惟人, 위의 글, 292쪽.

것이 필연적으로 프롤레타리아트의 승리에로 향하여 간다고 하는 것
을 예술적으로, 즉 형상의 언어를 가지고 묘사해 내는 것에 다름 아
니다. 이런 의미에서 과거의 리얼리즘이 정적 리얼리즘이라 하면 프
롤레타리아 리얼리즘은 동적, 혹은 역학적 리얼리즘이라 이름할 수
있다.[19]

구라하라(藏原)는 변증법적 유물론의 입장에 서있는 프롤레타리
아 리얼리즘은 모든 현상을 사회적 관점에서 파악하고 이를 작품
에 그려내는데 목적을 두고 있다는 것이다. 이 글에서 그는 개인의
성격, 사상, 의지와 같은 것은 결코 선천적으로 갖고 있는 것이 아
니고 사회의 환경에 따라 변화, 발전하는 것이고, 일정한 사회, 일
정한 계급층, 집단을 대표하는 것이라 하여 인간의 사회적 관점을
강조하고 있는데, 프롤레타리아 리얼리즘의 사회적 관점이란 살아
있는 인간을 묘사하는 것으로 인간 개성의 유래를 사회적으로 해
석하는 것을 의미하는 것[20]이며 동시에 인간을 모든 복잡성과 함
께 전체적으로 파악하는 것[21]이 프롤레타리아 리얼리즘의 핵심적
요소임을 강조한다.

지금까지 구라하라의 프롤레타리아 리얼리즘론을 검토해 보았거
니와 여기에서 구라하라의 「프롤레타리아 리얼리즘의 길」이나, 「다
시 프롤레타리아 리얼리즘에 대하여」는 당시 프롤레타리아 문학에
뿌리깊게 존재하고 있었던 주관적, 관념적 경향에 대한 비판임과
동시에 『문예전선』에 잔존하고 있는 자연주의적 일상주의적 리얼
리즘에 대한 도전[22]이라 할 수 있지만, 그 이론에 있어서 많은 한

---

19) 藏原惟人, 위의 글, 295쪽.
20) 藏原惟人, 위의 글, 297쪽 참조.
21) 藏原惟人, 위의 글, 299쪽.
22) 長谷川 泉, 『近代日本文學評論史』, 有情堂, 1977. 60쪽.

계를 지니고 있다고 하지 않을 수 없다. 이를테면 '세계(현실)를 프
롤레타리아 전위의 눈으로' 파악하라고 하는 슬로건에 대하여 구라
하라는 객관적인 현실에 대한 인식방법이나 살아있는 인간을 그리
라고 하는 것이 구체적인 창작방법의 문제에까지 들어가지 못했고
부르조아 리얼리즘과 소부르조아 리얼리즘의 설명에 관해서도 분
명히 설명하지 못한 한계를 지니고 있다. 이러한 한계에 대하여 야
마타(山田)는 '구라하라 개인의 책임만은 아니고 일본에 있어서 부
르조아 민주주의 혁명이 사회주의 혁명에로 급속한 전화의 전망은
말할 것도 없이 부르조아 민주주의 혁명 그 자체의 문제를 결코
배제하는 것은 아니라고 하는 27년 테제와 직접적인 관련이 있
다' 23)고 하여 프롤레타리아 리얼리즘론의 한계를 인정하면서도 그
것은 일본 프롤레타리아 문학이론의 새로운 전개였음을 강조하고
그 의의를 긍정적으로 평가24)하고 있다.

이후 고바야시(小林多喜二)는 구라하라(藏原)의 견해를 긍정적으
로 수용하면서 프롤레타리아 리얼리즘이란 '마르크시즘으로 일관
된 노동자의 예술태도'라고 규정하고 이것을 완전히 파악할 수 있
는 것은 노동계급이라고 하여 그 이유를, ① 엄밀하게 객관적인,
현실주의적인, 유물적인 태도를 갖고 있거나 가질 수 있는 것. ②

---

23) 山田淸三郎, 『プロレタリア文學史』(下), 理論社, 1954. 180쪽 참조.
24) 구라하라의 「프롤레타리아 리얼리즘의 길」이나 「다시 프롤레타리아 리얼리
    즘에 대하여」는 프롤레타리아 문학이론사상 매우 큰 의의를 갖고 있는 바,
    ① 平林初之輔에 의해 지적된 예술에 있어서 역사성과 계급성의 문제가 제
    단적 단정에서 이론적인 것으로 고양된 점, ② 靑野季吉의 리얼리즘론의 발
    전으로 목적의식론, 전투적 프롤레타리아트의 실천적 과제—기본적으로는
    27년 테제—에 발전적으로 지양된 점, ③ 당시 프롤레타리아 작가를 리얼리
    스트의 방향에 의식적으로 인도한 점이다. 山田淸三郎, 위의 책, 181쪽 참
    조.

항상(무의식적으로조차) 대상을 사회적으로, 계급적으로 보는 태도. ③ 언제나(또는 무의식적으로조차) 대상을 모두 프롤레타리아의 승리라는 입장에서 보는 태도라 하여 이러한 태도야말로 노동자 계급이 갖고 있고, 동시에 '프롤레타리아 리얼리즘'의 기본적인 구성 요소25) 라고 주장하면서 프롤레타리아 리얼리즘의 특징을 네 가지로 나누어 설명하고 있으나26) 그것은 구라하라의 이론에서 크게 벗어나지 못하고 있다.

　이상에서 살펴 본바와 같이 프롤레타리아 리얼리즘론은 어떤 의미에서는 예술대중화론이 전개와 함께 프롤레타리아 작가들에게 부르조아 리얼리즘에서 벗어나 '전위의 눈'으로 세계를 보고, 엄정한 리얼리스트의 태도로 현실을 표현할 것을 제창하는 것이라 할 수 있다.

2. 유물변증법적 창작방법과 정치 우위성

　1929년 10월 라프는 레닌의 정치적 이념에 바탕을 두고 문학의 당파성을 확립할 것을 결의하면서 문학의 볼셰비키화를 선언하게 되고, 1930년 하리코프에서 열린 혁명작가동맹회의에서 결정된 프

---

25) 小林多喜二, 「프롤레타리아문학의 대중화와 프롤레타리아 리얼리즘에 대하여」, 1929.9. 428-9쪽 참조.
26) ①예술에 있어서 현실주의적 태도, 노동계급은 가장 건강하고, 가장 다이나믹하고, 혁명계급이기 때문에 극히 비판적이고, 그 때문에도 또한 가장 객관적이고 현실적이다. ②프롤레타리아는 그 생산조직의 결합의 특수성에 의해 집단적이고 유물론적 태도를 지닌다. ③프롤레타리아의 계급은 모든 사물을 전체적인 관계에서 파악한다. ④최후로 마르크스적인, 엄밀하게 과학적인 해부는 우리들에게 '프롤레타리아의 종국적인 승리'를 확신시킨다. (小林多喜二, 위의 글, 429-430쪽 참조.)

롤레타리아트의 투쟁을 바탕으로 하는 유물변증법적 창작방법론이 채택되기에 이른다. 이러한 시대적 상황 속에서 구라하라는 사토우 고우이치(佐藤耕一)라는 필명으로 「나프예술가의 새로운 임무」(1930)를 발표하여 사회민주주의와 대립하는 공산주의적 관점을 강조하고 예술의 레닌적 당파성의 문제를 최초로 제기하기에 이른다.

그는 먼저 '문학은 당의 문학이 되지 않으면 안 된다'는 레닌의 명제를 모두에 내걸고 프롤레타리아 문학은 당의 필요에 따른 제재의 취급과 프롤레타리아트의 혁명적 과제에 결부시키는 '전위의 관점'에서 그 제재에 접근할 것과 이를 위해 '혁명운동에의 관심'과 이를 이해하기 위한 높은 '공산주의적 교양'이 필요함27)을 강조했다. 그러면서 당시 문단은 전위의 관점이나, 제재의 취급에서나 프롤레타리아 예술가의 임무를 충분히 수행하지 못하여 침체에 빠져 있다고 지적하고 당시 발표된 구체적 작품의 비판을 통하여 근본적 결함으로 작가에게 변증법적 유물론의 관점이 결여되어 있기 때문이라고 규정하기에 이른다. 그러나 이러한 주장은 구체화되지 못하고 있음도 사실이다. 그러나 보다 구체적으로 유물변증법적 창작방법론에 대한 논의는 「예술적 방법에 대한 감상」(1931) 및 「예술이론에 있어 레닌주의를 위한 투쟁」(1931)에서 이루어지고 있다. 「예술적 방법에 대한 감상」은 구체적인 마르크스주의 문학비평으로서 고전적이라 해도 좋을 최고의 비평이며, 구라하라의 방법론은 아우에르 바하(Auerbach)가 주창한 유물변증법적 창작방법에 의존하고 있는 것으로 아우르바하의 정론적 비평과는 비교되지 않는 정밀한 것28)이며, 일본의 비평사상 획기적 영향력, 설득력을 갖는

---

27) 藏原惟人, 「나프예술가의 새로운 임무」, 1930. 283쪽 참조.
28) 平野 謙, 『昭和文學史』, 筑摩書房, 1982, 140쪽.

것29)으로 평가되고 있는 논문이다. 이 글은 발표 당시 다니카와기 요시(谷川 淸)라는 필명으로 발표된 창작방법론으로 '변증법적 유물론의 방법'을 제시하면서 프롤레타리아 문학에 있어서 주제의 문제, 사물의 인식방법, 우연과 필연의 문제, 계급적 분석, 살아있는 인간묘사, 예술적 개괄 등 광범한 문제를 다룬 글이다. 그리고 그가 주제의 적극성, 계급적 분석, 예술적 개괄 등 새로운 단계를 제창한 것은 일찍이 그가 프롤레타리아 리얼리즘을 창도한 것과 같이 RAPF의 지도적 창작이론을 일본의 예술운동상에 적용하고 구체화하려고 기도한 것이었다. 더구나 이 논문을 계기로 하여 프롤레타리아 예술운동 전 영역에 있어서 '창작방법에 있어서 유물변증법적 투쟁' 또는 '레닌적 당파성의 확립'이라는 것이 슬로건화되고, 통일적인 지도적 창작이론이 되어 구라하라의 논문은 작가 예술가의 '聖典'이 되고 '금과옥조'가 되었다.30) 따라서 이들 논문에서 논의되고 있는 창작방법론을 몇 가지로 나누어 검토해 보는 것은 일본에 있어서 유물변증법적 창작방법론의 실상을 파악하는 요체라 할 수 있을 것이다.

1) 변증법적 유물론의 방법

구라하라(藏原)는 창작 방법에 대한 논의가 프롤레타리아 리얼리즘을 제창한 때부터 비롯된 것이 아니고 이미 예술대중화와 공산주의 예술의 확립을 주장한 때부터라고 지적한다. 그리고 자신이 사용하던 프롤레타리아 리얼리즘이란 슬로건이 애매하기 때문에

---

29) 池田壽夫,『日本プロレタイア文學運動の再認識』, 三一書房, 1971, 66쪽.
30) 池田壽夫, 앞의 책, 62쪽.

이미 소비에트 및 독일에서는 프롤레타리아 리얼리즘이란 말을 사용하지 않고 있다고 지적하고 보다 분명한 명칭으로 '예술에 있어서 변증법적 유물론의 방법'이라는 새로운 슬로건의 필요성[31]을 강조하고 있다. 여기에서 구라하라(藏原)가 프롤레타리아 리얼리즘이란 명칭이 갖고 있는 애매성이란 문제를 거론한 것은 이미 히라바야시(平林)가 지적한 바와 같이 단순히 표현법과 제재의 문제에 국한되는 듯한 오해를 불러일으킴으로써 작가의 현실인식 태도나 세계관을 배제하거나 약화시킬 위험이 있음을 인식한 결과라 할 수 있다. 그리하여 그는 최초의 창작방법론으로 제기된 예술대중화의 방안에서 중시한 것이 '무엇을 쓸 것인가' 하는 제재의 문제에 머물고 있었다고 비판하면서 '무엇을 어떻게'라는 문제를 다시 제출할 필요가 있다고 강조한다. 이는 추상화된 개개의 제재 문제가 아니고 전체의 일부로서 작품의 중심적 제재와 그것에 대한 작가의 태도까지 포함하고 있는 주제(테마)의 문제이며, 이 주제의 문제는 방법의 문제와 밀접하게 연결되어 있고, 반대로 방법의 문제는 주제의 문제를 떠나서 논의할 수 없는 것[32]이라 강조하고 있다. 여

---

31) 프롤레타리아 리얼리즘이란 명칭은 후지모리(藤森成吉)의 「베르린통신」(1931년 8월 나프)에서도 지적하고 있듯이 소비에트동맹에도 독일에서도 현재는 이미 사용되지 않는다. 일찍이 프롤레타리아 리얼리즘의 슬로건을 내걸었던 라프(RAPF)도 현재는 예술방법에 있어서 변증법적 유물론이란 슬로건으로 바뀌었다. 그러나 그것은 결코 프롤레타리아 리얼리즘이란 명칭으로 불려진 방향이 잘못되었기 때문이 아니라, 그 명칭 가운데 확실한 규정을 함축하지 못했고, 더구나 라프 내부에서조차 다양한, 때로는 서로 대립하는 듯한 해석이 가능했기 때문이다. 거기에서 프롤레타리아 리얼리즘이라는 다분히 애매한 명칭에 대신하여 예술에 있어서 변증법적 유물론의 방법이라고 하는 보다 정확한, 확실한 명칭을 갖게 되었던 것이다. 우리 또한 이 명칭을 따를 필요가 있다. 藏原惟人:「藝術的方法についての感想」, (전편) 1931.9.『藏原惟人評論集』제2권. 184쪽.
32) 藏原惟人, 위의 글, 182쪽 참조.

기에서 주제란 물론 사물에 대한 바르고 구체적인 인식, 즉 변증법
적 유물론의 인식에서 비롯되는 것임은 물론이다. 그러므로 프롤레
타리아 예술은 현실의 현상을 무차별적으로 기록하는 것이 아니라
프롤레타리아트의 관점에서 그것을 정리하고 통일하여 재현한다.
이 경우 프롤레타리아트의 관점이란 다름 아닌 변증법적 유물론의
방법이며, 이러한 관점에서 정리되고 통일된 현실은 현실을 인식하
는 유일하고 올바른 방법이며 현실에 있어서 객관적인 것과 일치
하고 현실의 본질을 표현하게 된다[33]는 것이다. 그런가 하면 프롤
레타리아 리얼리즘의 문제가 새로운 견지에서 재검토되어야 할 이
유로 그는 자신의 「다시 프롤레타리아 리얼리즘에 대하여」에서 예
술상의 프롤레타리아 리얼리즘은 변증법적 유물론에 상응한다고
주장했으나, 철학상의 유물론과 예술상의 리얼리즘과는 반드시 일
치하지 않기 때문에 변증법적 유물론의 문제는 레닌의 반영론을
바탕으로 발전시켜야 할 것[34]임을 분명히 하고 있다. 그리고 현실
을 어떻게 반영하느냐에 따라 예술의 가치가 결정되는 것임을 밝
히고 있다. 그는 예술 작품의 가치를 문제로 하는 경우, 그 작품이
어느 정도까지 정당하게 그 시대의 현실을 객관적으로 반영하고
있는가를 밝히는 것은 예술의 가치를 위해서 중요하다고 한다. 바
꾸어 말하면 작가가 살았던(또는 살고 있는) 시대와 계급의 제약성이
어느 만큼 객관적인 진리의 예술적 반영을 방해하고 있는가, 작가
가 갖고 있는 계급적 이데올로기가 어느 만큼 현실을 왜곡하고 있
는가 하는 것을 밝히는 것이고 이것이 우리 시대의 실천적 필요라

---

33) 藏原惟人, 「藝術的方法についての感想」, (후편) 1931, 『藏原惟人評論集』 제2
　　권. 250쪽.
34) 藏原惟人, 「예술이론에 있어 레닌주의를 위한 투쟁」, 1931, 537쪽 참조.

고 하는 것과 (변증법적으로) 결부시켜 고찰해야 할 것[35]을 역설하고 있다. 이처럼 구라하라(藏原)는 자신이 주장하던 프롤레타리아 리얼리즘을 전면적으로 부정하고 유물변증법적 창작방법론을 새로운 방법론으로 제시하기에 이른다. 이런 현상은 물론 앞에서 지적한 바와 같이 문학의 볼셰비키화를 의미하는 것이며, 레닌의 '당의 문학'을 실현하는 길임을 분명히 하는 것이다. 그 결과 그가 주장하는 유물변증법적 방법론은 지도적 창작방침이 되어 프롤레타리아문학의 예술적 실천을 강제하기에 이른다.

2) 문학과 정치 — 당파성

앞에서도 이미 지적한 바와 같이 유물변증법적 창작방법론는 볼셰비키화와 직접적으로 관련을 갖고 있기 때문에 문학의 정치적 역할을 강조하게 됨은 자연스런 일이다.

구라하라(藏原)는 이미 「나프예술가의 새로운 임무」에서 레닌의 '당의 문학'을 전폭적으로 수용하면서 막연한 프롤레타리아 예술가로서가 아니라 진정한 의미의 볼셰비키적, 공산주의적 예술가[36]가 필요하다는 점을 지적하면서 레닌의 다음 말을 인용하고 있다.

> 문학은 일반 프롤레타리아적 사업의 일부가 되지 않으면 안 된다. 노동자 계급의 모든 의식적인 전위에 의해 운전되는 바, 단일하고 위대한 사회민주주의적 (요즘 말로 하면 공산주의적) 기구의 '차륜 (車輪)과 나사'가 되지 않으면 안 된다.[37]

---

35) 藏原惟人, 위의 글, 574쪽.
36) 藏原惟人, 「나프예술가의 새로운 임무」, 281쪽.
37) 藏原惟人, 위의 글, 281쪽.

여기에서 구라하라는 프롤레타리아 문학은 혁명적 과제와 결부시키는 전위의 관점이나 혁명운동에 대한 끝없는 관심과 공산주의적 교양이 절대적으로 필요하다고 주장한다. 이러한 주장은 「예술 이론에 있어 레닌주의를 위한 투쟁」에서 다시 한번 강조되고 있다. 이 글은 구라하라(藏原惟人)의 글이지만 발표 당시 후루카와(古川莊 一郎)라는 필명으로 발표된 것으로 당시 일본 프로문학론, 특히 자신의 이론을 비판하고 있다. 그는 당시 일본의 프로문학 이론은 플레하노프, 부하린, 데보린의 멘세비키적 우익 기회주의적 이론과 변증법적 유물론의 단순한 캐리케추어에 지나지 않는 후구모토(福本和夫)의 극좌적 기회주의적 이론의 영향을 받아 왔다고 비판하면서 자신의 이론을 집중적으로 분석 비판하고 있다. 그가 비판하고 있는 것은 문학과 정치의 관계, 프롤레타리아 리얼리즘이란 슬로건의 문제, 형식과 내용의 문제, 예술의 계급성, 예술의 가치문제, 예술사 방법의 문제 등인데, 여기에서는 정치성 문제만을 살펴보기로 한다.

그는 먼저 자신이 쓴 「문학과 정치」라는 글은 비정치주의의 이론적 근거가 되었으며, 이후 많은 사람들이 논의 또한 이 문제에 대해 올바른 해결점을 찾지 못하고 정치와 문학과의 기계적인 대립 혹은 기계적 결합만이 보인다고 비판하면서 레닌의 '문학은 당의 것이 되지 않으면 안 된다'는 말을 인용하여 문학의 '당파성'을 다음과 같이 강조하고 있다.

문학과 정치의 관계는 경제, 정치 및 이론의 관계와 마찬가지로 기계적인 것은 아니다. 그것은 프롤레타리아트의 계급투쟁의 실천에

의하여 변증법적으로 통일되는 것으로 인식하지 않으면 안 된다. 이
와 동시에 변증법적인 차별 및 현단계에 있어서 정치의 지도적 지위
가 명확히 되어야 한다.[38]

이러한 구라하라의 주장은 마치 킬포틴(kirpotin)이 정치와 문학에
대한 라프의 섹트주의를 비판하면서 '예술은 다른 상부구조와 밀
접한 관계 속에 있다. 그리고 예술의 정치에의, 이데올로기에의 의
존관계는 동지 아우에르 바하의 생각과 같이 직선적이 아니고 단
순한 것도 아니며, 예술의 복잡성에 관한 이러한 단순화된 표상 아
래 있어서는 우리는 불가피적으로 작가에 대하여 정치적 명령에,
단순히 사상적 영향이 필요한 경우에 작가를 유도하지 않을 수 없
다'고 주장[39]한 사실과 일맥 상통하는 것이라 할 수 있다.

3) 유물변증법적 방법과 예술적 실천

유물변증법적 창작방법을 주창한 구라하라는 이를 실천하기 위
한 구체적인 방안으로 주제의 강화, 전위로서 살아있는 인간을 강
조하고 있는데 이를 검토해 보기로 한다.

구라하라(藏原)는 프롤레타리아 문학은 무엇보다 먼저 주제의 강
화에 관심을 가져야 할 것을 강조하고 있다. 그런데 주제의 강화
혹은 적극성은 이미 이전에 제기된 바 있고, 특히 자신의 글, 「나
프예술가의 새로운 임무」에서 공산주의 예술의 확립을 주장하면서
제기한 '주제의 적극성'이나 '재제의 고정화'에 대하여 비판하고

---

38) 藏原惟人, 「예술이론에 있어 레닌주의를 위한 투쟁」, 1931, 571쪽.
39) 丸山 靜, 「プロレタリア文學の問題點」, 『現代文學硏究』, 東京大出版部, 184
쪽 재인용.

있다.

그는 「나프예술가의 새로운 임무」에서 주장한 바 있는 "제재의 고정화란 '작품의 공산주의적 내용 그것에 대한 관심에서 나온' 바 '제재 그것에 대한 혁명성의 요구로 향하는 편향'이며 그것을 극복하기 위해서는 '프롤레타리아트의 창조성, 즉 주제의 강화가 강조되어야 한다'고 주장한 것에 대하여 스스로 '제재의 고정화' 나 '주제의 강화'가 구체적으로 무엇을 의미하는지 모르겠다고 비판하면서 '제재 자체'는 작가의 손이 미치지 않는 한 혁명적인 것도 반혁명적인 것도 아닌 것[40]이며, 주제란 작가의 관점에서 정리된 제재이기 때문에 마음대로 강하게 또는 약하게 할 수 있는 것이 아니라고 주장한다. 그리고 이러한 것을 지나치게 강조함으로써 작품은 획일화되었다는 것이다. 그런가 하면 다른 한편으로는 작품의 다양화를 주장한 결과 애정소설과 같은 것이 나타났음을 구체적 작품을 예로 들어 비판하고 있다. 이러한 현상을 극복하기 위하여 구라하라는 혁명적 관점에서 계급투쟁을 선택하는 '주제의 적극성'을 지녀야 할 것이라고 한다.

　　확실한 혁명적 관점, 대상에 대한 유물변증법적 방법이야말로 모든 현상을 전체적으로, 그 복잡성을 파악하는 것을 가능케 한다. 우리는 그 가운데 계급적 규정을 포함하고 있지 않는 '작품의 다양화' 나 '주제의 강화'라는 슬로건을 내거는 대신에 이것을 확실히 해두어야 한다. 더구나 변증법적 유물론의 방법은 예술에 있어서 주제의 적극성을 요구한다.[41]

---

40) 藏原惟人, 「藝術的方法についての感想」,(전편), 187쪽.
41) 藏原惟人, 위의 글, 198쪽.

여기에서 구라하라는 주제의 강화라는 문제를 소재적인 차원에서 획득되어지는 것이 아니라 혁명적 관점에 바탕을 둔 계급투쟁에서 가능한 것임을 밝혀 당파성과 전위의 문제와 연결 지우고 있음을 알 수 있다. 그는 전위에 대한 설명을 위하여 스탈린의 다음 말을 인용하고 있다.

> 당은 먼저 노동자계급의 전위가 되어야 한다. 당은 노동자 계급의 선두에 서서 먼 장래를 투서하고 프롤레타리아트를 지도함으로써 결코 자연성장적 운동에 추수하는 일이 있어서는 안 된다. — 프롤레타리아트의 전위로서 자각하고 대중을 프롤레타리아트의 계급적 이익의 수준으로까지 높일 수 있는 당, 이러한 당만이 노동자 계급을 조합주의와 절연시키고 독립된 정치적 세력으로 만들 수 있다. 당은 노동자 계급의 정치적 지도자다.[42]

프롤레타리아트의 전위란 '노동계급의 일부분이면서 지도자이고, 동시에 대중 속에 있으면서 자기를 대중 속에서 해소시키는 것이 아니고 항상 독자적 활동을 보지하고 있는 것'으로 규정하고 있다. 이 때 전위란 다른 말로 하면 계급적 인간이며, 동시에 살아있는 인간을 의미하는 것이라 할 수 있다. 왜냐하면 프롤레타리아 작가는 인간의 사회를 계급사회로 보기 때문에 인물을 그림에 있어서 중요한 요소로 '계급적 분석'과 '살아있는 인간'을 그리는 것을 강조하게 되기 때문이다. 구라하라(藏原)는 '살아있는 인간'을 그린다고 하는 것은 계급적 분석과 분리하여 생각할 수 없고 하나로 통합되는 문제임을 강조하고 있다. 그는 자신이 「나프예술가의 새로운 임무」에서 사용하고 있는 '살아있는 인간'이란 슬로건은

---

42) 藏原惟人, 위의 글, 204쪽.

일찍이 러시아 프롤레타리아 작가동맹(라프)이 내건 슬로건이지만 그 가운데 어떠한 계급적 규정을 포함하고 있지 않다고 한 것은 잘못[43]된 것이었음을 분명히 하고 마르크스의 '인간의 본질은 사회적 제관계의 총화'라는 견해에 근거하여 인간성 일반이라고 하는 것은 현실에 존재하지 않고 존재하는 것은 오직 개개의 계급에 따른 인간의 성질이라고 할 수 있으며, 기본적인 것은 계급에 따른 인간 유형으로 나누어진다는 것이다. 따라서 사회적 제관계의 기본적인 것은 계급적 유형이고, 그것은 사회적 제관계 속에서 인간에게 결정적인 영향을 주고 같은 계급에 속하는 인간을 다소간 공통되는 성질에 의해 결합시켜 준다. 그리고 인간을 결정하는 것은 오직 본래적 의미에 있어서 계급만은 아니며, 계급은 더욱 많은 층으로 나누어지고, 층은 다시 집단으로 나누어지게 되는데 이러한 것이 인간을 규정하는 제요인이 된다는 것이다. 인간을 규정하는 것은 이외에도 직업, 개개의 부차적인 사회적 환경이 있음을 지적하기도 한다. 그러나 그 기본이 되는 것은 어디까지나 그 시대의 계급관계임을 강조하면서 작가가 작품 속에 인간을 그릴 경우 그는 어디까지나 계급적 인간을 그려야 할 것을 주장하는데 그는 계급적 인간 이외에 '살아있는 인간'은 있을 수 없음을 분명히 하고 있다. 그런데 여기에서 문학이 단순히 시대의 계급관계만을 충실히 그릴 경우 예술의 세계에서 일탈하여 과학적 기술에 빠질 수 있는 위험 또한 경계하지 않으면 안 될 것이다. 이 점과 관련하여 구라하라는 과학과 예술의 관계는 다같이 현실을 개괄한다고 전제하고 예술적 개괄의 방법을 다음과 같이 설명하고 있다.

---

43) 藏原惟人,「藝術的方法についての感想」,(후편) 1931, 236쪽.

예술적 개괄은 현실의 직접적인 모습을 잃어버리지 않는 한도 내에
서 이루어진다. 여기에 과학적 진리와 예술적 진리, 또 과학과 예술의
기본적 차이가 존재한다. 예를 들면 과학은 인간이나 계급을 그들이
현실에 존재하고 있는 것처럼 다종다양한 세계를 직접적인 형태로서
문제로 하는 것이 아니고 구체적인 본질이라는 형태를 문제로 하지만,
예술은 현실에 존재하는 직접적인 형태 그대로 인간이나 계급을 다루
고, 그 직접성을 잃어버리지 않는 한도 안에서 개괄한다.[44]

이러한 개괄을 통하여 현실의 제현상을 그리는 경우에 있어서도
프롤레타리아의 관점, 바꾸어 말하면 변증법적 유물론의 방법에 의
하여 정리하고 통일되어야 함은 물론이다.

이상으로 일본에 있어서 유물변증법적 창작방법론의 전개 과정
을 간단히 살펴보았다. 그런데 이 문제는 구라하라(藏原) 한 사람에
의하여 전개되고 있는데 그는 초기의 프롤레타리아 리얼리즘론에
서 출발하여 그것이 지니고 있는 애매성을 극복하기 위하여 유물
변증법적 방법론을 제창하기에 이른다. 그러나 일본 프롤레타리아
문학론 가운데 가장 대표적이라 일컬어지는 「예술적 방법에 대한
감상」을 비롯한 제논문은 작가의 현실인식 혹은 방법에서 출발하
고 있다. 당시 창작에 나타난 근본적 결함이 대상에 대한 작가의
유물변증법적 인식의 결여에 있다면, 결함을 극복하고 새로운 방침
에 적응하기 위해서 작가는 유물변증법적 관점을 획득하지 않으면
안 된다는 점을 강조하고 있다. 그 결과 그의 방법론은 기계적이고
도식적인 것이 될 위험을 내포하고 있었다고 할 수 있다. 이런 사
실과 관련하여 이케타(池田)는 창작방법의 규범화, 도식화로서 관념
적 창작방법[45]이었음을 지적하고 있다.

---

44) 藏原惟人, 위의 글, 248쪽.

이처럼 유물변증법적 창작방법은 '당파성', '주제의 적극성'을 중심으로 하는 세계관적 완벽을 강화함으로써 동맹원으로 하여금 조직활동에 대한 부담을 가중시켰을 뿐만 아니라, 창작방법의 규범화나 규제는 작가의 창조적 활동을 위축시키게 되었다. 그리고 설령 그것에 근거하여 작품을 창작한다고 하더라도 그것은 추상적인 것으로 전락하고 말 것은 분명하다. 이처럼 구라하라가 주장하는 반영론의 시각, 레닌적 단계의 고찰 등은 매우 시사적임에도 불구하고, 당시 창작방법으로 채택하고 있던 변증법적 유물론은 객관적 현실인식의 일반적 방법을 도식적으로 문학에 적용되는 경향이 있었다. 따라서 변증법적 유물론은 창작방법이라기 보다는 현실을 인식하는데 있어서 작가의 주관적 태도나 세계관에 대한 엄격한 요구로 인식되었으며, 문학의 정치적 예속화를 가져오고 작가로 하여금 작품의 도식화, 고정화라는 부정적 요인만을 남겨 놓고 말았다. 그 결과 사회주의 리얼리즘의 대두와 함께 유물변증법적 방법은 심각한 비판을 받기에 이른다.

Ⅳ. 한국에 있어서 유물변증법적 방법론의 전개양상

1. 프롤레타리아 리얼리즘과 양식론

한국에 있어서 창작방법에 대한 논의는 일본의 경우와 마찬가지로 방향전환과 함께 대두되기 시작하여 소위 '내용과 형식' 논쟁

---

45) 池田壽夫, 앞의 책, 68쪽.

이라 일컬어지는 박영희와 김기진 사이에 벌어진 비평의 방법과 프롤레타리아문학의 가치문제를 둘러싼 논쟁을 거쳐 예술대중화론과 동시에 전개되었다. 그 결과 김기진에 의하여 제기된 「변증적사실주의」를 비롯한 일련의 양식론은 엄격한 의미에서 프롤레타리아 창작방법론으로 보기에는 많은 한계가 있으며[46] 그것은 오히려 예술대중화론의 연장선상에서 보아야 할 것이다. 그럼에도 불구하고 지금까지 김기진의 「변증적 사실주의」를 1930년대 창작방법론의 원형[47]이라고 과대 평가해 온 것도 사실이다. 김기진의 「변증적 사실주의」가 양식론으로 나타나게 된 내외적 조건[48]을 충분히 고려하더라도 이러한 조건이 곧바로 창작방법론으로 연결되기에는 상당한 무리가 있다는 점이다. 이러한 사실은 「변증적 사실주의」에 대한 당시의 문단적 반응에서도 잘 나타나고 있다. 김기진의 양식론에 대한 반응은 두 갈래로 나뉘어진다. 염상섭과 양주동의 반응이 그 하나이고, 윤기정, 임화, 안막 등이 또다른 한 갈래이다. 염상섭과 양주동의 비판은 형식주의적 입장에서 이루어진 것으로 김

---

46) 김기진의 「변증적 사실주의」에 대해서는 학자에 따라 서로 상반된 견해를 보이고 있지만 김윤식은 무장해제적 견해를 표명한 것으로 프로문학의 본질모색과는 무관한 것'으로 규정한 바 있다. 김윤식, 『한국근대문학사상사』, 한길사, 1991. 212쪽 참조.

47) 최유찬, 「1930년대의 한국리얼리즘연구」, 『한국근대문예비평사연구』, 세계, 1989, 325쪽.

48) 최유찬은 김기진이 양식론을 제기하게 된 조건으로 첫째 프로문학도 문학인 이상 내용과 형식의 통일성을 획득해야 한다는 문학원론적인 차원에서의 요청 및 현실적으로 프로문학이 생경한 이론을 서술하거나 목적의식에 급급하여 주제를 형상화하지 못하고 개념적으로만 전달하고 있다는 비판에 근거한 내적 필연성, 둘째, 한국의 프로문학이 이론적으로 크게 의지하고 있던 일본문단에서 1926년 말경부터 예술대중화를 위한 논의를 중심으로 해서 프로문학 양식론이 대두한 점, 셋째, 민족주의자와 사회주의자가 신간회 창립을 계기로 민족단일전선을 형성한 점을 강조하고 있다. 최유찬, 「1930년대 한국 리얼리즘연구」, 『한국근대문예비평사연구』, 세계, 325쪽.

기진의 그것은 프로문학의 양식론이라기 보다는 문학 일반론에 지
나지 않는다는 것이며, 변증적 사실주의에서 세계관의 문제가 약화
되고 하나의 기술적인 문제로 전락할 때 그것은 19세기 사실주의
와 별다른 차이가 생기지 않는다는 사실을 지적하고 있으며, 프로
문단의 주장은 「변증적 사실주의」에서의 주장은 프로문학이 지녀
야 할 투쟁성을 약화시키고 있음을 날카롭게 비판하고 있다. 그렇
다고 하여 김기진의 「변증적 사실주의」가 지니고 있는 의미가 완
전히 부정될 수 있는 것은 아니다. 당시 예술대중화론이 추상적으
로 '쉽게 쓰기'만을 강조하고 있을 때 그 구체적인 방법으로 양식
론을 제출하여 프로문학의 양식이 확립되지 않는 상태에서 프로문
학이 가져야 할 양식의 기본적 형태를 기술하는 일은 당위적 요
청[49]이라 할 수 있다. 이처럼 김기진의 「변증적 사실주의」가 진정
한 의미에서 창작방법론으로 제시된 것은 아니라 할지라도 한국의
프로문단에 방법론에 대한 관심을 고조시켜준 사실은 부정할 수
없다. 이후 프롤레타리아 리얼리즘론[50]은 안막을 중심으로 전개된
다.

안막은 「프로예술의 형식문제」라는 글을 통하여 프롤레타리아
리얼리즘론을 주장하고 있다. 이 글은 팔봉을 딛고, 구라하라(藏原)
를 끌어들여 형성된 것[51]이라는 지적처럼, 특히 일본의 구라하라
(藏原)의 「프롤레타리아 리얼리즘의 길로」의 영향으로 쓰여진 것으

---

49) 최유찬, 위의 글, 325쪽.
50) 우리 나라에서는 변증적 사실주의, 변증법적 리얼리즘, 프롤레타리아 리얼
   리즘 등이 거의 동일한 의미로 혼용되고 있으나, 본고에서는 문학의 볼셰비
   키화 이전의 것을 '프롤레타리아 리얼리즘'으로, 그 이후를 '변증법적 리얼
   리즘'으로 구분하여 논의할 것임.
51) 장사선, 『한국리얼리즘문학론』, 새문사, 1988, 131쪽.

로 그는 프롤레타리아 리얼리즘이란 변증법적 유물론에 근거하여 현실을 보는 방법이라 하면서 이를 다음과 같이 정의하고 있다.

> 프롤레타리아 리얼리즘이란 이러한 프롤레타리아트의 세계관이 변증법적 유물론에 입각하여 사회현상을 유물적으로 발전성에 있어 전체성에서 파악하고 그것을 프롤레타리아트의 종국의 xx(승리)라 는 계급적 입장에서 형상을 빌리어 묘출하는 예술적 태도인 것이 다.52)

여기에서 안막은 예술상에 있어서 리얼리즘이란 예술가가 사회현상에 대하여 하등 주관적, 선험적 관념을 갖지 않고 현실을 있는 그대로 묘출하려는 유물적, 객관적, 현실주의적 태도라고 규정하면서 프롤레타리아 리얼리즘은 부르조아 리얼리즘의 개조로서가 아니라 변혁으로 나타난 것53)으로 프롤레타리아 예술가가 현실을 묘출하는 태도는 무엇보다 먼저 유물적, 객관적, 현실주의적 태도를 갖는 것임을 강조하고 있다. 그리고 그는 프로문학가의 태도는 로맨티시즘과 대립된다고 전제하고, 로맨티시즘에는 서로 상반되는 두 경향의 로맨티시즘, 즉 몰락계급의 이데올로기로 퇴폐적 로맨티시즘과 진취적이오 전투적인 xxxx의 이데올로기의 반영으로 나타난 xx(혁명)적 로맨티시즘이 있다고 전제하고 xx적 로맨티시즘은 각국 프롤레타리아예술의 초기에 있어서는 일시적이었을망정 대부분의 나라에서 걸어온 길이지만 여기에서 벗어나지 않고서는 진정한 프롤레타리아 리얼리즘의 길로 들어갈 수 없음을 강조하고 있다. 그

---

52) 안막, 「프로예술의 형식문제」, 1930. 3. 임규찬편, 『카프자료총서』, -Ⅳ, 태학사, 92쪽. (이하 별도의 출전을 밝히지 않은 한국자료는 이 책을 사용함.)
53) 안막, 위의 글, 93쪽.

러면서 프롤레타리아 리얼리즘이 추구해야 할 방향으로서의 현실
인식은 변증법적 유물론의 입장에서, 제재로서 사회 현상 가운데서
필연적인 것을, 주제로서 프롤레타리아트의 종국의 승리라는 사회
적 관점을 지닐 것이며, 마지막으로 노동자 농민의 피시콜로기(심
리)를 지녀야 할 것[54]을 주장하고 있다. 이러한 주장은 소박한 대
로 프롤레타리아 리얼리즘의 성격을 밝혀주기에 충분한 것이었다.

2. 유물변증법적 창작방법과 정치우위성

1929년 10월 20일에서 27일까지 모스크바에서 열린 '러시아프롤
레타리아작가동맹' 즉 라프의 제2회 총회에서 '볼셰비키화'가 결의
된 이후 소비에트동맹 내의 예술운동은 공산주의문학(당의 문학)이라
는 새로운 방향으로 전개되었으며, 이런 현상은 동시에 전세계 프롤
레타리아 예술운동의 새로운 방향으로 확산되었다. 이러한 움직임은
일본에서는 구라하라(藏原)의 「나프예술가의 새로운 임무」라는 논문
에서 주장되었던 것과 같이 우리는 안막의 「조선 프로예술가의 당
면의 긴급한 임무」(1930)로 나타나게 된다. 그리고 이후 한설야, 신
유인 등에 의하여 문학의 볼셰비키화가 논의되고 이에 대한 비판으
로서 유물변증법적 창작방법론이 구체적으로 논의되기 시작한다. 이
제 이들 논의를 몇 가지로 나누어 검토해 보기로 한다.

1) 문학의 볼셰비키화

안막의 「조선 프로예술가의 당면의 긴급한 임무」는 구라하라(藏

---

54) 안막, 위의 글, 99-101쪽 참조.

原)의 「나프예술가의 새로운 임무」의 영향으로 쓰여진 것으로 이 글에서 안막은 볼셰비키 혁명 이후 공산주의 예술을 확립할 필요성을 역설하고 있다. 그는 이미 러시아에서는 '예술운동의 볼셰비키화'를 결의하였으며 이에 따라 우리의 프로문학도 '예술운동을 볼셰비키화'하는 것이 조선 프롤레타리아 예술운동의 당면한 중심적 과제이며 만약 이 과제의 수행을 게을리하는 때에는 우리들의 예술은 노동자 농민대중의 xx(혁명)적 앙양에서 제거되고야 말 것[55]이라고 주장하고 있다. 그는 먼저 지금까지 문제가 되었던 예술상의 제문제, 이를테면 예술대중화 문제, 프롤레타리아 리얼리즘 문제, 예술비평의 문제 등은 근본적으로 재검토되어야 한다고 주장하면서 무엇보다 이데올로기적 불철저를 극복하고 혁명적, 맑스주의적 관점에 서서 노동자 농민에게 xx(공산)주의를 선전하고 x(당)의 슬로건을 대중의 슬로건으로 하기 위한 광범한 아지 프로가 절대적으로 필요하며 이를 바탕으로 볼셰비키적 대중화를 수행해야 할 것을 다음과 같이 주장하기에 이른다.

　　만약 우리들이 이 곤란하고도 고귀한 임무를 수행할 수 있는 때에는, 즉 진실한 볼셰비키적 xx적 예술가로서 사회민주주의 예술에 적대하여 xx(공산)주의예술의 거대한 첫걸음을 내놓았을 때에는 우리들의 중심적 과제는 이 생산된 작품을 여하히 하여 광범한 노동자 농민 가운데 대중화시키겠느냐 하는 문제로 귀결될 것이다. 즉 xx (공산)주의 예술의 볼셰비키적 대중화일 것이다. 왜 그러냐 하면 여하히 하여 우리들의 예술이 명확한 계급적 기초에 설 수 있느냐, 다시 말하면 여하히 하여 진실한 프롤레타리아트의 유일의 x(당)과 결부된 xx(공산)주의 예술의 입장에 설 수 있느냐 라는 것과 분리해서

55) 안막, 「조선 프로예술가의 당면한 긴급한 임무」, 183쪽.

생각할 수 없는 문제이기 때문이다.56)

이러한 주장과 함께 그는 김기진에 의하여 제기된 예술대중화의
방안으로서 「변증적 사실주의」가 지니고 있는 사회민주주의적 예
술대중화론을 철저하게 비판할 필요성을 강조한다. 그는 김기진의
주장이 지니고 있는 문제점으로 첫째로 여하한 예술을, 즉 어떠한
이데올로기를 노동자 농민대중에게 침투시키겠느냐를 명확히 이해
못하고 소위 '수그리라'는 것을 가지고 xx(혁명)적 프롤레타리아트
의 이데올로기를 검열 또는 대중의 의식수준에 추수하여 염색연화
(染色軟化)시키고 기회주의적(日和見主義的) 혹은 자유주의적인 이데
올로기를 주장하였으며, 둘째로 우리들의 대상을 '노동대중'이란
일구로 캄프라치하여 그 대상을 명확히 규정하지 못하였던 것57)이
라고 지적하면서 여기에 대해 공격을 가한다. 그러나 볼셰비키적
대중화는 당의 기본적 조직에 따른 혁명적 프롤레타리아트의 이데
올로기를 침투시키는 것을 바탕으로 이루어져야 한다고 하여 문학
의 정치우위성을 강조하게 된다.

한편 안막의 이러한 주장과 거의 때를 같이 하여 1931년 조선프
로예맹 중앙위원회 서기국에서는 예맹분규에 따른 카프성명을 발
표하고 볼셰비키 예술의 대중화를 맹세하기에 이른다.

이처럼 문학의 볼셰비키화를 강조하면서도 당파성의 문제를 구
체적으로 논의하지 않고 있다는 점은 특기할 사실이다. 따라서 안
막에 의하여 제기된 볼셰비키화는 유물변증법적 창작방법론을 완
벽하게 이해하지 못했다는 비판을 받을 수 있다. 이 점과 관련하여

---

56) 안막, 위의 글, 189쪽.
57) 안막, 위의 글, 189쪽.

송영은 변증법적 사실주의에 근거한 문학운동이 실패했음을 시인하고 그 이유를, 첫째는 예술의 xxxxx(볼세비키화)의 새로운 명제가 대중화는커녕 그 실천부대인 우리들 카프 작가간에도 완전히 소화되지 못한 것, 둘째는 여전한 로맨티시즘적 수법에 자흥(自興)이 겨웠던 점, 셋째는 작품 전체가 변증법적 사실주의에 입각을 하지 못하였던 것58)에서 찾고 있는 것이다. 그 결과 그는 당면한 문제로서 예술상 유물변증법적 방법을 어떠한 구체적 방법으로 예술작품을 제작해야 할 것인가 하는 문제를 제기하면서 그 해답으로 첫째, 구상은 유물적 기초 위에서 할 것, 둘째, 그 사실을 전체적으로 파악할 일이며, 또는 그 사실을 xx에 의하여 파악할 것이며 셋째, 그 사실을 발전으로써 볼 것59)을 주문하고 있음에 주목할 필요가 있다.

2) 유물변증법적 방법과 예술적 실천

먼저 유물변증법적 창작방법론을 바탕으로 작품을 제작하기 위해서는 무엇보다 현실을 인식하는 방법이 중요한 과제로 대두하게 되는 것은 자연스러운 일이다. 그리하여 한설야는 「사실주의 비판」과 「변증법적 사실주의의 길로」에서 방법의 문제를 집중적으로 거론하고 있다. 이 글은 구라하라의 「프롤레타리아 예술의 내용과 형식」 및 「예술적 방법에 대한 감상」에서 다루어지고 있는 문제를 적절하게 취사선택한 것으로 리얼리즘 이론에 실천적 범주를 설정60)하고 있다는 점에서 중요한 의미를 지니고 있다. 그는 「사실주

---

58) 송영, 「1932년의 창작의 실천방법」, 1932.1. 499쪽.
59) 송영, 위의 글, 504쪽.
60) 최유찬, 앞의 글, 343쪽.

의 비판」에서 지금까지 예술대중화와 창작방법론이 '무엇을 쓸까' 하는 내용 문제가 어느 만한 범주를 잡을 때에 '어떻게 쓸까' 하는 형식문제가 당면의 명제로, 다시 '무엇을 어떻게 쓸까' 하는 통일적 문제로 관심을 갖게 되었다고 전제하고 프롤레타리아 리얼리즘은 현실을 유물변증법적 모순으로 보고 이 인식에 의거하여 현실을 해석, 구명하고 작품을 제작하는 것[61]이라고 주장하면서 프롤레타리아 리얼리즘이 가장 뛰어나게 재래의 부르조아 리얼리즘과 구별되는 소이는 이 모순의 지양이라는 변증법적 인식에서 비롯되고 있음을 분명히 하고 있다. 그리고 프롤레타리아 리얼리즘에 실천의 범주를 설정하고 있는데, 그것은 취재와 작품 제작에 관한 테제와 표현 양식에 관한 테제로 구분하고 있다.

그는 먼저 취재와 작품 제작에 관한 테제로 리얼리즘은 현실 세계를 유물변증적 모순의 세계로 본다는 점을 강조하고, ① 대상을 매개성에 있어서 관찰하여 '전위의 눈'을 가질 것. ② 대상을 생성, 또는 운동에 있어서 계급적 입장에서 관찰할 것. ③ 대상을 전체성에 있어서 또는 구체적 특수성에 있어서 관찰할 것. ④ 대상을 모순의 지양으로서 관찰할 것[62]을 지적하고 있다. 여기에서 '전위의 눈', '계급적 입장', '전체성'의 문제는 당파성의 문제와 함께 프롤레타리아 문학의 핵심적 문제라 하지 않을 수 없고 이러한 점을 작품 제작의 핵심적 테제로 인식하고 있다는 것은 중요한 의미를 지닌다. 이와 함께 표현 양식에 관한 테제로 프롤레타리아 리얼리즘의 표현 양식은 재래의 양식 가운데 필요한 것을 부분적으로 습용하면서 새로운 형식을 형성해야 한다고 규정하고 내용과 형식의

---

61) 한설야, 「사실주의 비판」, 1931.5. 283쪽 참조.
62) 한설야, 위의 글, 286-289쪽 참조.

변증법적 통일을 다음과 같이 강조하고 있다.

> 내용과 형식의 변증법적 통일은 오직 작품행동에 있어서만 가능
> 한 것이다. 내용이 형식을 형성하고 형식이 또한 내용에 반사작용을
> 하는 것이니, 이것이 곧 내용과 형식의 교호관례이며 변증법적 통일
> 과정이다. 즉 내용과 형식은 호상적(互相的)으로 작용하는 데에서만
> 양자가 모두 발전할 수 있는 것이다.[63]

여기에서 보이고 있는 내용과 형식의 관계는 구라하라(藏原)의 이론에 크게 힘입고 있는 것으로 내용과 형식의 변증법적 통일이라는 견해는 정당한 이해라 하지 않을 수 없다. 이처럼 한설야는 프롤레타리아 문학의 창작방법론으로 유물론적 방법을 중시하고는 있지만 그것이 너무나 실천적 과정에 중점을 두고 있기 때문에 세계관과 방법 사이에 유기적 관계를 갖지 못하고 분열되고 있음을 지적하지 않을 수 없다. 이를테면 그는 「변증법적 사실주의 길로」에서 유물변증법적 창작방법론에서 중시하는 '주제의 강화'에 대하여 언급하면서도 그것을 세계관적 관점에서 바라보지 않고 하나의 기법 문제로 다루고 있음이 이를 말해 준다.

한편 신유인은 최근의 문학적 실천은 완전히 개념화되고 예속화되고 고정화되어 발전의 질곡이 되어 현실과의 심대한 이반(離反)에 의하여 '표면의 공허한 포말'로서 떠있다[64]고 비판하고 있는데 특히 문학의 고정화가 생기어 온 것은 우리 작가들의 사상적 문화적 수준의 낮음과 불충분한 그들의 세계관, 그들의 일정한 계급적 인식의 부족 그것 가운데 모든 근거를 두었다고 하여 작가가

---

63) 한설야, 위의 글, 290쪽.
64) 신유인, 「문학창작의 고정화에 항(抗)하여」, 1931.12. 372쪽.

세계관과 방법을 기계론적으로 분리하여 이해하는 데서 온 과오임을 분명히 하고 새로운 문학으로 전진하기 위해서는 철학에 있어서 새로운 단계의 도움을 받아야 할 것을 다음과 같이 역설하고 있다.

> 철학에 있어서 이 새로운 단계라는 것은 무엇을 의미하는 것인가? 그것은 철학에 있어서의 두 전선에 항(抗)하여—일방(一方)에 있어서는 주관주의, 타방(他方)에 있어서는 객관주의, 일방에 있어서는 부하린, 트로츠키로부터 사라비야노프 일파에 이르기까지의 기계론, 타방에 있어서는 플레하노프를 표주(標株)로 세워있는 데보린 일파의 관념론에 항(抗)하여서는 변증법적 유물론의 보다 완전한 보다 고도의 발전 견지(見地)를 의미하는 것이다. 따라서 이 단계는 맑스, 레닌주의에서의 일체의 편향, 실로 교묘한 분식(粉飾)을 가지고 모든 이데올로기 전선에 나타나 있는 수정주의적 잔재를 최후적으로 극복할 모멘트에 우리들이 서있다는 것을 의미한다.[65]

여기에서 새로운 철학이란 유물변증법적 철학, 바꾸어 말하면 맑스 레닌주의임을 확인할 수 있다. 그리하여 그는 새로운 문학적 방법은 변증법적 유물론의 본질로서의 반영론[66]에 근거한 당파성의 문제와 현시대 인류의 계급투쟁이 가져온 모든 것 가운데 가장 본질적이고 적극적인 것을 주제로 하는 주제의 적극성이야말로 문학의 고정화를 극복하는 길임을 강조한다.

이와 함께 송영 역시 새로운 실천 방안으로 '산인간'과 주인공 문제[67]를 지적하고 있으며, 백철은 직접 구라하라(藏原)의 이론을

---

65) 신유인, 위의 글, 442쪽.
66) 신유인, 위의 글, 447쪽.
67) 송영, 「1932년의 창작의 실천방법」, 504쪽.

인용하여 유물변증법적 창작방법으로 무엇보다 계급적 분석이 문제의 핵심임을 강조하고 계급적 분석에 의하여 제작된 작품이 갖는 의미를 다음과 같이 규정하고 있다.

> 계급적 분석 위에서 제작된 일정한 작품은 첫째로 그 작품에 정확한 프롤레타리아적 관점에서 본 계급xx(투쟁)이란 의미에서 그 중심주제가 xx적으로 살(生)고 있어야 할 것이다. 둘째로 그 작품은 첫 문제를 규정한 것과 동일한 의미에서 그의 제재가 현실의 복잡성과 다양성이라는 의미에서 광범하게 자유롭게 취급되어야 될 것이다. 셋째로 정당한 계급분석에 의한 그의 대상으로 하는 사물 또는 인간이 결코 추상적 사물 또는 일반적 인간성이라는 의미에서 취급되어 있지 아니하고 일정한 계급적 조건에 제약된 일정한 사회에서 구체적으로 생활하고 있는 인간으로서 취급되어 있어야 할 것이다. 넷째로는 셋째 문제와 관련하여 그 작품이 정당한 계급적 분석에 의한 작품이 되기 위하여는 일정한 대중생활이 구체적으로 그 작품 중에 살아있지 아니하면 아니 된다는 것이다.[68]

이러한 백철의 견해는 구라하라의 「예술적 방법에 대한 감상」 가운데 계급의 분석만을 지나치게 강조하고 다른 문제에 대해서는 전연 관심을 보이지 않음으로서 그가 이해한 유물변증법적 창작방법은 일정한 한계를 지닐 수밖에 없다.

---

68) 백철, 「창작방법 문제」, 555-557쪽 참조.

V. 결 론

　이상으로 유물변증법적 창작방법론이 일본과 한국에서 어떻게 수용되고 적용되었는가를 살펴보았거니와 그것을 정리하면 다음과 같다.

　일본의 프로문학론은 어떤 의미에서 구라하라(藏原) 한 사람에 의하여 주도되었다고 할 수 있는데, 특히 유물변증법적 창작방법론에 대한 논의는 거의 구라하라 한 사람에 의하여 주도되었다. 일본은 1930년을 전후하여 구라하라(藏原惟人)에 의하여 프롤레타리아 리얼리즘이 제창되었다. 물론 이보다 앞서 일본 프로문학계에서 방향전환이 문제되면서 레닌적 당파성의 확립을 강조하게 되었다. 그 결과 새로운 창작 슬로건으로 '창작방법에 있어서 유물변증법을 위한 투쟁'을 제창하기에 이르렀다. 이것은 구라하라(藏原)의 「나프 예술가의 새로운 임무」가 그 이론적 기초가 되었다. 그러나 그는 그 이전에 프롤레타리아 리얼리즘을 새로운 방법론으로 주장하고 있는데 이것은 어떤 의미에서는 유물변증법적 방법론의 전단계라고도 할 수 있지만 유물변증법적 창작방법에 포괄되는 것이기도 하다. 왜냐하면 그는 자신이 제창한 프롤레타리아 리얼리즘이란 슬로건은 그것이 지시하는 바가 애매하기 때문에 유물변증법적 창작방법으로 바꾸는 것이 바람직한 것이라고 밝히고 있기 때문이다. 그는 상기의 제논문을 통하여 프롤레타리아 작가는 전위의 눈으로 현실을 보고, 엄정한 리얼리스트가 되어 계급투쟁을 전개해야 할 것을 강조하게 된다. 그런가 하면 예술에 있어서 레닌적 당파성의 문제를 제기하였다. 그리고 곧이어 유물변증법적 방법론을 대표하는 「예술적 방법에 대한 감상」에서 유물변증법적 방법을 통한 예술적 실천으로 혁명적 관점에 입각한 주제의 강화, 노동자 계급으로서의 전위의 문제, 계급적 분석을 통한 살아있는 인간을 그릴 것을 강조하여 유물변증법적 창작방법론을 확립했던 것이다. 그러나 일본의 경우에도 세계관과 방법과의 관계에 대해서는 구체적 논의가 이루어지지 않고 있다는 사실은 창작방법론에 대한 하나의 한계로 지적될 수 있을 것이다.

한편 한국의 경우 일본과 마찬가지로 예술대중화론과 함께 창작방법론이 본격화되면서 김기진은 「변증적 사실주의」를 주장하게 된다. 그러나 변증적 사실주의는 대중화의 한 방안으로 제기되었을 뿐 진정한 의미에서 창작방법론이라 할 수 있는 것은 아니었다. 변증적 사실주의는 세계관의 문제가 약화되고 하나의 기술적인 문제로 전락할 수 있는 위험을 내포함으로서 프로문학계에서 투쟁성의 약화를 지적했던 것이다. 그러나 당시 프로문학계에서 대중화론과 함께 단순히 '쉽게 쓰기'만을 강조하고 있을 때 그 구체적 방안으로 양식론을 제기했다는 사실은 의미 있는 것이라 할 수 있다.

창작방법론으로서 프롤레타리아 리얼리즘론은 안막의 「프로예술의 형식 문제」를 통하여 제창되었는데 이것은 구라하라의 「프롤레타리아 리얼리즘의 길로」에 크게 의존하고 있다. 그는 프롤레타리아 리얼리즘이란 변증법적 유물론에 근거하여 현실을 보는 방법이라 규정하고 사회 현상을 전체성에서 파악하며 프롤레타리아트의 종국의 승리라는 계급적 입장에서 작품을 제작하는 것임을 강조하고 있다. 따라서 이러한 주장은 그가 프롤레타리아 리얼리즘이란 명칭을 사용함에도 불구하고 그것은 곧바로 유물변증법적 방법임

을 알 수 있다. 그 결과 그는 곧이어 구라하라의 경우와 같이 유물
변증법적 창작방법론 주장하게 된다. 그의 「조선 프로예술가의 당
면의 긴급한 임무」는 구라하라의 「나프예술가의 새로운 임무」의
영향 아래 놓여 있다. 그는 지금까지 문제가 되었던 예술상의 제문
제는 재검토되어야 한다고 주장하면서 그것을 극복하기 위해서는
혁명적 맑스주의적 관점에 서서 노동자 농민에게 공산주의를 선전
하고 당파성을 강화하여 볼셰비키적 대중화를 수행해야 한다고 주
장하게 된다. 그럼에도 불구하고 그의 주장은 구체적 실천에 대한
논의에까지 이르지 못하고 있는 것이다. 한설야 역시 구라하라의
영향을 받고 있으면서 프롤레타리아 리얼리즘의 실천적 범주를 설
정하고 취재와 작품제작에 대한 테제, 표현 양식에 대한 테제를 제
시하고 있는데 그것은 전위의 눈, 계급적 입장, 전체성과 당파성을
중시하고 내용과 형식의 변증법적 통일을 강조함으로서 유물변증
법적 창작방법의 실천방안을 제시했다. 그러나 세계관과 방법과의
유기적 관계가 확립되지 못하고 분열되어 있다는 것이 한계로 지
적될 수 있다. 신유인은 문학적 실천이 현실과 공허한 포말로 떠있
다고 주장하면서 그 이유를 세계관과 방법을 기계적으로 분리하여
이해한 데서 오는 과오라고 판단하고 새로운 문학적 방법은 변증
법적 유물론의 본질로서 반영론에 근거한 당파성의 문제와 계급투
쟁을 주제로 하는 주제의 적극성을 강조하기에 이른다. 그런가 하
면 송영은 새로운 실천 방안으로 산인간과 주인공 문제를, 백철은
계급적 분석을 강조하고 있는데 이들 논의는 모두 구라하라의 이
론을 일면적으로 받아들이고 있음을 알 수 있다. 그러면서도 어느
누구도 유물변증법적 창작방법을 총체적으로 체계화하고 이론화하
는 데는 이르지 못하고 있다. 이런 현상은 유물변증법적 방법에 대

한 이해의 부족과 함께 일본의 이론을 성급하게 받아들이는 과정
에서 오는 피할 수 없는 한계라 할 수 있을 것이다.

제7장
사회주의 리얼리즘론

I. 사회주의 리얼리즘론의 성립과 성격

1. 사회주의 리얼리즘론의 성립

사회주의 리얼리즘은 소비에트에서 일어난 사회적 배경은 물론 사회주의 국가의 성립과 일정한 관련을 갖고 있다. 사회주의 건설에 관한 레닌의 학설을 기초로 해서 당은 스탈린(Stalin)의 지도 아래 적대적 계급의 반항을 가차없이 격파하면서, 사회주의 건설의 물질적 영역(제1차 5개년 계획의 4년만의 달성)에서나 문화적 영역(노동자들의 일반적 의무적 교육, 문맹의 청산, 학교, 고등전문학교의 발전과 강화)에서나 결정적인 질적 성공을 이룩하고 있었다.[1] 그리고 이러한 사

---

1) 킬포틴, 「창작방법의 확립을 위하여」, 『창작방법론』, 과학과 사상, 1990, 113쪽.

회적 조건은 새로운 사회주의적 상태에 조응하는 새로운 투쟁을 필요로 하게 되었다. 그것은 특히 문화혁명의 과정에서 하부구조에 대한 상부구조의 반작용에 중요한 의의를 주게 되었다. 문학은 사회적 건축물의 상부구조의 하나다. 그러므로 문학은 일정한 경제적, 계급적 관계의 기초 위에 발생하여 역사적 발전의 과정을 밟으면서 하부구조에 역작용을 한다. 따라서 문학은 사회주의 사회를 건설하는 사람들에게 작용을 하면서 새로운 사회건설에 참가할 것을 요구하게 되었다.

이러한 사회적 변화 속에서 1932년 소비에트 당중앙위원회의 결의에 따라 문학 예술단체의 재조직이 시작되었다. 이에 따라 「라프」의 유물변증법적 창작방법이 부정되고 처음으로 사회주의 리얼리즘이라는 문제가 제창되었다. 그것은 사회주의 건설의 진전에 따라 이제까지 프롤레타리아작가, 예술가만으로 편성되어있던 「라프」와 같은 조직이 지니고 있던 협애하고 섹트적인 것으로는 새로운 사회주의 건설에 하나의 장애로 작용하고 있음을 인식한 나머지 새로운 사회주의 건설에 공헌할 수 있는 작가, 예술가라면 모두 단일한 작가동맹과 같은 조직으로 통일시켜가기 위한 것이기도 했다.

소비에트는 제1차 5개년 계획을 달성한 이후 문화면에서 새로운 정책을 실시했다. 아우에르 바하가 지도하던 소련 프롤레타리아 작가동맹(RAPF)은 돌연 해산되면서 유물변증법적 창작방법은 거부되었으며[2] 새로운 창작방법론으로 사회주의 리얼리즘이 제창되었다.

이처럼 역사의 새로운 경향으로서 사회주의적 리얼리즘은 사회주의 시대의 소산이며 사회주의적 사회관계의 산물이다. 그리고 또

---

2) 飛鳥井雅道, 「社會主義リアリスム論爭」, (三好行雄편, 『近代文學』 5, 有斐閣), 186쪽.

사회주의적 건설의 가장 위대한 경험과 사회주의적 문화의 개괄은
당과 스탈린으로 하여금 사회주의적 리얼리즘과 같은 사회주의문
학을 형성할 가능성을 열어 놓았다고 주장한다. 그러므로 이러한
측면을 강조하지 않고는 또 사회주의 혁명에 대한 당의 방침과 새
로운 인간의 사회관계를 철저히 이해함이 없이는 사회주의적 리얼
리즘을 완전히 이해하기는 불가능하다[3]는 지적처럼 사회주의 리얼
리즘은 무엇보다도 소비에트 제1차 경제계발 5개년 계획의 성과와
모든 작가를 사회주의 건설에 동원할 필요성과 사회주의를 실현하
기 위하여 투쟁하는 문학의 방법으로 소비에트에서 1932년 11월
고리키를 의장으로 하여 개최된 작가동맹 조직위원회의 제1회 확
대회의 이래 이 이론이 전개되고 2년 후 8월에는 제1회 작가동맹
결성대회의 규약으로 확인[4]되었다. 따라서 새로운 창작방법론으로
사회주의 리얼리즘은 라프의 조직과 이전까지 창작방법으로 적용
되어 온 유물변증법적 창작방법이 지니고 있는 지나치게 경직되고
기계적인 데서 오는 배타적이고 독선적인 방법에 대한 반성도 크
게 작용하였다. 따라서 라프의 조직을 발전적으로 해소하고 전소비
에트 작가동맹을 결성함과 동시에 모든 작가에게 사회주의 건설에
동참할 수 있도록 새로운 창작방법론으로 제시된 것이 바로 사회
주의 리얼리즘이었다. 그리하여 소비에트작가동맹의 제1회 대회는
스탈린, 쥬다노프(Zhdanov)의 정의를 수용하여 사회주의 리얼리즘을
다음과 같이 규정했다.

　　사회주의 리얼리즘은 소비에트의 예술문학 및 문학비평의 기본적

---

3) 우시에비치, 「창작방법 논쟁의 총결산」, 『창작방법론』, 147쪽.
4) 長谷川泉, 『近代日本文學評論史』, 有精堂, 1977. 65쪽.

방법으로 현실을 혁명적 발전에 있어서 진실로 역사적 구체성을 가
지고 묘사하는 것을 예술가에게 요구한다. 그 때 예술적 묘사의 진
실함과 역사적 구체성이란 근로자를 사회주의의 정신에 있어서 사상
적으로 개조하고, 교육하는 과제와 결부시키지 않으면 안 된다.[5]

이러한 사회주의 리얼리즘에 대한 개념 규정은 그 이전까지 창
작방법론으로 채택되어 온 유물변증법적 창작방법론이 지니고 있
던 지나친 경직성과 공식주의적 태도를 비판하기에 이른다. 그러므
로 사회주의 리얼리즘을 주창한 킬포친, 그론스키(Gronsky)와 같은
사람들은 현실을 직접 파악하여 현실의 참모습을 형상화하여야 한
다는 주장을 하기에 이르렀다. 그들은 유물변증법적 창작방법은 작
가들에게 현실보다는 유물변증법을 중시하도록 만든 오류를 범했
다고 비판했다. 그리하여 새로운 창작방법론으로 사회주의 리얼리
즘은 사회주의 건설에 장해가 되지 않는 한 재제나 수법, 양식 따
위를 작가가 자유롭게 선택하는 것을 인정하였다. 이처럼 유물변증
법적 창작방법에서 사회주의 리얼리즘론에의 전환에는 예술 개념
으로서 중대한 전환이 놓여있다. 유물변증법적 창작방법에는 과학
과 예술을 하나로 하는 잘못이 있었음에도 불구하고 예술이 인간
의 사회적 억압을 제거한다는 목적을 지니고 있다는 생각은 살아
있으나, 사회주의 리얼리즘론은 이러한 본질적 문제를 배제하고 예
술을 체제적인 정책과 결합[6]시키려 했던 것이다. 따라서 사회주의
리얼리즘은 프롤레타리아 예술가 또는 프롤레타리아 계급편으로
이행한 예술가들에 의하여 창조된 예술은 수세기 동안의 소유자적

---

5) 吉本隆明,「社會主義リアリズム論批判」,『吉本隆明著作集』4. 勁草書房, 1960.
   261-2쪽 재인용.
6) 吉本隆明, 위의 글, 262쪽.

전통이나 관습으로부터 인간의 의식을 전화하는데 힘쓰는 사회주의적 교육의 무기[7]이며 동시에 '문화혁명의 무기'[8]인 것이다. 그 결과 사회주의 리얼리즘의 기본 요건을 레이먼 셸던(R. Selden)은 당파성(Partinost), 민중성(Narodnost), 예술의 계급적 성격(Klassovost)[9]으로 요약했고 『맑스주의 문학개론』에서는 사회주의 리얼리즘의 기본적 특징을 다음과 같은 세 가지로 설명해 주고 있는 것이다.

첫째, 사회주의적 사실주의는 예술가들이 현실의 혁명적 발전 속에서 현실을 진실하고도 역사적이며 구체적으로 묘사할 것을 요구한다.

둘째, 사회주의적 사실주의는 혁명적 낭만주의를 자기의 유기적인 조성 부분으로 한다.

셋째, 사회주의적 사실주의는 현실을 진실하게 반영함과 아울러 근로 인민을 사회주의, 공산주의적 사상으로 교육, 개조하는 과업을 결부시킬 것을 요구한다.[10]

---

7) 킬포틴, 앞의 글, 114쪽.
8) 레닌은 문화혁명에 대하여 '문화혁명의 여러 문제는 노동자 계급이나 농업 노동자들이 어떤 새로운 노동부문, 과학적 분과, 개개의 예술형태 등을 자기의 것으로 하는 문제에 한정하는 것이 아니며, 또한 인간의 개인적 완성에 한정하는 것이 아니라'고 하여 문학은 문화혁명의 무기여야 할 것을 강조한다. 킬포틴, 「창작방법의 확립을 위하여」, 『창작방법론』, 과학과 사상, 1990, 112쪽.
9) 레이먼 셸던, 『현대문학이론』, 문학과 지성사, 47−48쪽 참조.
10) 임범송(외), 『맑스주의 문학개론』, 나라사랑, 1989. 243−245쪽 참조.
　　이와 함께 사회적 사실주의의 기본원칙을 '① 사회적 사실주의는 생활현실을 그 혁명적 발전 속에서 정당히 묘사할 것을 전제로 한다. 혁명적 발전 속에서의 생활현실의 정당한 묘사는 생활현실의 합법칙성을 천명하고 새 것과 낡은 것의 투쟁에서 새 것의 불가극복적인 발전과 장성을 보여준다는 것을 의미한다. ② 사회주의적 사실주의는 생활현실을 역사적 구체성 속에서 표현할 것을 요구한다. ③ 사회주의적 사실주의는 현실표현의 진실성과 역사적 구체성으로써 근로대중을 사회주의적으로 교양 하는 과업과 결합시킬 것을 작가들에게 요구한다.'고 규정한다. 김성수(편), 『우리문학과 사회주이처럼 사회주의 리얼리즘은 사회주의 당이 규정한 일종의 예술 방법으로, 그들에 의하면 이 방법은 '공산주의 사상성' '인민성' '계급성' '당파성' 등의 특성[11]을 핵심적 과제로 하고 있다는 것이다. 따라서 사회주의 리얼리즘에 대한 이해는 이들 문제를 개별적으로 검토할 수도 있겠지만 그것들은 결국 작가와 세계관의 문제, 사회주의적 리얼리즘과 혁명적 낭만주의, 그리고 예술적 형상의 문제로 수렴될 수 있을 것이다.

2. 사회주의 리얼리즘의 성격

1) 작가와 세계관

마르크스, 레닌주의는 예술창작의 본질에 대해 창작에 있어서의 예술가의 세계관의 역할, 창작방법, 세계관의 상호관계를 밝히려고 한다.[12] 그러면 먼저 세계관이란 무엇인가? '세계관이란 주위 세계와 자연현상, 그리고 사회현상에 대한 인간들의 가장 기본적인 견해로서 철학, 정치, 도덕, 문화, 예술을 망라한 제견해의 총화라 할 수 있다. 그러므로 작가로 말하면 세계관은 현실 생활에 대한 그의 견해와 태도를 결정할 뿐만 아니라 그의 예술 견해와 태도도 결정하며 따라서 그의 창작활동도 지도[13]하게 되는 것이며 자연과 인간에 대한 총체적 견해이기 때문에 어떤 의미에서는 전통적으로

의 리얼리즘 논쟁』, 사계절, 1992, 243-244쪽 참조.
11) 진계법, 『사회주의 예술론』, 일월서각, 1979. 138쪽.
12) 로젠탈, 「예술작품의 세계관과 방법의 문제」, 『창작방법론』, 과학과 사상, 1990, 22쪽.
13) 임범송, 앞의 책, 249쪽.

철학이라고 불려지는 것을 의미하는 것이기도 하다. 그러면서 세계
관이란 철학이라는 말보다 넓은 의미를 갖고 있으며 동시에 어떤
행동을 포함하고 있다는 점이다. 그리고 오늘날 인간이 지니고 있
는 세계관은 ①기독교적 세계관, ② 부르조아 개인주의적 세계관,
③마르크스주의적 세계관으로 구분14)할 수 있는데 마르크스주의는
개인에 대하여 외적인(형이상학적인) 위계 질서를 세우는 것을 거
부하지만 다른 면으로 개인주의적 의식에 의해서는 잡을 수 없는
실재, 이를테면 자연적(자연, 외계) — 실천적(노동, 행동) — 사회
적, 역사적(사회의 경제적 구조, 사회계급 등) 실재를 의식한다. 그
런가 하면 마르크스주의는 인간과 사회 속에 모순이 있다는 것을
증명하고, 역사적으로는 자연에 대한 인간의 투쟁을 분명히 한 인
간적 활동의 한 형태, 즉 근대적 대공업과 함께 제기하는 모든 문
제와 관련하여 나타내고 있다. 그리하여 마르크스주의는 근대사회
와 함께 나타난 사회의 제모순을 표현하고 그런 문제들을 합리적
으로 해결하려는 세계관으로 제시된 것15)이라 할 수 있다.

이처럼 세계관은 작가가 현실을 파악하는 근본적 태도이기 때문
에 작가의 창작과정에 어떤 형태로든 반영되는 것은 자연스런 일
이다. 여기에서 창작방법이란 작가가 일정한 세계관의 지도하에서
현실생활을 인식하고 반영하는 원칙을 말하는 것이며, 창작방법에
서 가장 기본적이고 핵심적인 문제는 예술과 현실, 이상의 관계를
어떻게 처리하는가 하는 문제16)이기 때문이다. 그리하여 로젠탈은
세계관 자체는 어떤 추상적이고 사변적인 관념의 격식이 아니라고

---

14) Henri Lefebvre, (竹內良知역), 『マルクス主義』, 白水社, 1988, 16쪽.
15) Henri Lefebvre, 위의 책, 18쪽 참조.
16) 임범송, 앞의 책, 251쪽.

전제하고, 마르크스주의 입장에 의하면 모든 세계관은 현실의 일정한 반영인 동시에 현실에 대한 설명으로 그 반영은 다양한 사회적 기초를 가지고 있는 것으로 이해한다. 그리하여 레닌은 사변적이고 현실과는 아무런 관계도 없는 관념론적 세계관에 대하여 조잡하고 형이상학적인 것이라 하여 강한 거부의 태도를 보였던 것이다. 그리고 작가의 세계관과 작품의 형상화 과정을 다음과 같이 지적해 주고 있다.

> 예술적 형상은 작가의 이데올로기의 프리즘을 통과해 온 —기계적, 직선적, 직접적이 아닌 —현실 반영의 특수 형식이다. 현실은 단적으로 인식되는 것이 아니라 의식 속에서 가공되는 것이기 때문에 세계관의 문제와 세계관이 예술가의 창작에 미치는 영향의 문제가 발생하는 것이다.17)

이러한 지적은 작가의 세계관과 예술적 형상이 언제나 일치하는 것이 아니라 때로는 서로 상충할 수 있음을 뜻하는 것이기도 하다. 왜냐하면 예술가는 객관적 세계의 대상이나 현상을 직접적으로 취급하기 때문에 실재적인 객체를 깊이 연구하고 관찰할 때 자기의 견해와 충돌하게 될 가능성은 큰 것이다. 따라서 다양한 생활 자체는 제한된 세계관을 지니고 있는 작가에게 전혀 다른 방법을 작가에게 가르쳐 주게 된다는 것이다.18)

이러한 로젠탈(Rozental)의 지적에 대하여 누시노프(Nusinov)는 세계관은 현실의 실제적인 연구나 관찰에 관여하지 않는다고 주장하는 것은 오류라고 지적하고 '세계관은 예술가가 객관적 세계의 대

---

17) 로젠탈, 앞의 책, 23쪽.
18) 로젠탈, 위의 글, 35쪽 참조.

상이나 현상을 직접 취급할 때 그의 사회적 실천 속에서 완성되는 것'[19]이라고 주장한다. 특히 누시노프는 발자크(Balzac)의 경우를 예를 들어 "발자크의 창작의 모순은 현실 자체의 모순이요, 방법과 세계관 사이의 모순은 아니다. 발자크의 예는 무엇보다도 소유 계급이 보여주는 현실의 모순이 이들 여러 계급의 모든 실천과 함께 세계관까지도 불가피하게 모순에 빠지게 하고 있다는 것을 표시하여 주는 것"[20]이라 하여 계급의 세계관은 그들의 모든 실천에 따라 항상 새로 형성되고 영원히 변화하는 살아 있는 체계[21]임을 강조하고 있다. 그리하여 예술가의 창작이나 그 창작방법의 다양한 특질은 모든 사회적 현실과 계급적 실천에 의하여 형성되는 작가의 세계관에 의하여 규정되는 것임을 분명히 하고 있다.

이상에서 살펴본 바와 같이 창작의 전과정은 세계관의 지배와 제약을 받으며, 창작방법 역시 세계관의 지배와 제약을 받는다. 그런가 하면 창작방법은 일정한 세계관의 지도 아래 형성되어지며, 일정한 계급의 제약 또한 받고 있을 뿐만 아니라 작가의 사회적 생활 실천과 예술 실천의 실제적 경험으로부터 오는 제약도 받는다는 사실이다. 따라서 창작방법은 세계관의 지배와 제약을 받지 않을 수 없으며, 또한 세계관의 지배와 제약을 받지 않은 창작방법이란 있을 수 없다는 점을 간과해서는 안될 것이다.

---

19) 누시노프, 「세계관과 방법문제의 검토」, 『창작방법론』, 63쪽.
20) 누시노프, 위의 책, 69쪽.
21) 누시노프, 위의 책, 76쪽.

2) 사회주의 리얼리즘과 혁명적 낭만주의

사회주의 리얼리즘은 현실성이 아니라 가능성이라는 점, 그리고 가능성의 효과적 실현은 복잡한 일이라는 점[22]에서 낭만주의적 요소와 일정한 관련이 있음이 지적되어 왔다. 그것은 무엇보다도 사회주의가 사회적 모순에서 적대적 성격을 제거하고자 한다는데 근본적인 원인이 있다. 문학은 이 과정을 서술하고, 이에 따른 문제점들을 탐구하고, 또한 전통적인 문제들이 사라지거나 수정되는 양상을 드러내는 막중한 과업을 떠맡고 있다고 믿고 있다. 그러나 만일 이 적대적 모순의 제거를 하나의 과정으로 이해하지 않고 당장 실현될 수 있는 것으로 본다면 모든 발전의 원동력인 적대관계가 모두 문학의 묘사 대상인 현실에서 사라져 버리고 말 위험성도 내포하고 있는 것이다.

그런데 부르조아문학에서의 로맨티시즘은 이상화된 과거의 이름 아래 오늘날의 현실에 대한 반동적이고 부정적인 표현이거나 혹은 유토피아적 이상이란 이름 아래 오늘날의 현실에 대한 소부르조아적 항의의 표현이라고 한다면, 프롤레타리아 계급에 있어서 현실과 이상은 추상적이고 대립된 것이 아니라 변증법적으로 통일되어 있는 것이다. 따라서 혁명적 작가는 여러 가지 형식으로 프롤레타리아 계급투쟁의 목적을 표현하고, 혁명의 영웅주의를 칭송하며, 그 투사나 건설자들을 찬미하고 올바른 미래와 사회주의적 결과를 예견하기 위해서 노력하지 않을 수 없는 것이다. 여기에서 사회주의적 예술을 창조하는 가장 중요한 방법의 하나로서 혁명적 로맨티시즘의 창조적 경향을 빚어낸다[23]는 것이다. 그런가 하면 문학의

---

22) 게오르크 루카치(황석천역), 『현대리얼리즘론』, 열음사, 1986, 94-95쪽.

양식을 사회주의적 리얼리즘으로 규정할 때, 우리가 로맨티시즘이라고 부르는 것도 이 양식의 본질 자체에서 나오는 제거할 수 없는 특징24)으로 이 규정 속에 들어오게 되는데 그것은 사회주의적 리얼리즘과 별개의 것이 아니라 오히려 사회주의적 리얼리즘의 특징이 되는 것이다.

그런데 여기에서 사실주의와 낭만주의는 서로 상이한 창작방법이면서도 서로 결합되어 쓰일 수 있는 요소가 있으니, 그것은 역사 발전의 총체적 흐름으로 보면 이상과 현실은 서로 연계된 통일체인 것이다. 여기에서 이상이란 언제나 현실에 대한 부정 혹은 개선을 전제로 하며 그러한 이상은 또 현실 변혁의 투쟁을 지도하고 고무하기 때문25)이다.

그러나 다른 한편으로 혁명적 낭만주의란 용어에 대하여 마르크스와 레닌은 냉소적으로 경멸했을 뿐 한번도 사용하지 않았음에도 불구하고 이것이 사회주의 작품에서의 자연주의, 즉 개인숭배가 만들어 낸 경제적 주관주의나 주의주의(主意主義)와 비슷한 동기를 가지는 것이라 생각한 데서 이 용어는 사용되기 시작하였으며 혁명적 낭만주의는 경제적 낙관주의의 미학적 표현26)이라 할 수 있다.

3) 예술적 형상의 문제

사회주의 리얼리즘은 무엇보다 현실을 반영27)하는 것을 중시한

---

23) 킬포틴, 앞의 책, 117쪽 참조.
24) 우시에비치, 앞의 책, 155쪽 참조.
25) 임범송, 앞의 책, 246쪽.
26) 루카치, 앞의 책, 121쪽.
27) 마르크스의 반영이론은 ①인간의 사회적 존재가 의식 속에 반영되어 그 의

다. 그러므로 사회주의 리얼리즘은 무엇보다도 예술적 형상의 문제에도 상당한 관심을 보여주고 있다. 그들에 의하면 예술적 형상은 단일한 것과 일반적인 것과의 통일이며, 개인적인 것과 계급적인 것과의 통일[28]이라고 본다. 그렇다고 하여 이 양자가 대등한 것이 아니라 개인적인 것보다는 사회적인 것이 우위에 있다. 그리하여 일반적이고 전형적이며 계급적인 것을 중시한다. 여기에서 전형적이고 계급적인 인간은 형이상학적인 것이 아니라 유물변증법적인 것으로 개성에 흥미를 갖는다. 특히 사회주의 리얼리스트가 관심을 갖는 것은 집단의 참가자이며 투사의 자태를 보이는 그러한 개성의 측면이다. 그러므로 그들은 사회생활이나 계급투쟁에 있어서 주인공의 행위의 확고성, 창의성, 성격의 견실성 등에 흥미를 갖는다는 점이다.

그 결과 사회주의 리얼리즘의 주제는 작품의 개개 요소의 통일된 형식적 표현은 아니다. 그것은 묘사되는 대상에 대한 작가의 실천적 관계의 모멘트를 내포하고 있는 것이며, 소재 역시 현실 그 자체가 작품 속에 기계적으로 반영되거나 정착되는 것이 아니라 작가의 세계관에 의하여 소재의 선택, 또는 그것을 가공하는 성질까지도 규정하는 것으로 본다. 그 결과 루나찰스키가 사회주의적 리얼리즘이 다양한 양식을 예상하고 요구하며, 또한 사회주의적 리얼리즘으로부터 다양한 양식이 직접 발생[29]한다고 보고 있다. 그러

식의 현실 구속성을 나타내는 인식론적 원리를 내포하며, ②예술이라는 특수한 방식을 명백히 정의하는, 즉 예술의 주관성과 객관성의 긴장 관계를 전제로 하여 객관적 현상의 본질을 대상적 형식 속에서 파악한다는 미학적 정의라고 규정한다. 스테판 코올, 『리얼리즘의 역사와 이론』, 한밭출판사, 1982, 149쪽.

28) 킬포틴, 앞의 책, 120쪽.

29) 누시노프, 앞의 책, 53쪽 참조.

나 이와는 달리 누시노프는 '사회주의적 리얼리즘은 계급적으로 유일하고 사회적으로는 완전한 경향으로 본다. 그리고 이것은 사회주의를 위하여 투쟁하며 건설하고 있는 사회의 문학적 경향이라고 한다. 따라서 사회주의적 리얼리즘의 양식은 유일한 것'30)이라고 주장하고 있다. 여기에서 누시노프는 사회주의 리얼리즘의 양식으로서 무엇보다 묘사의 정확성과 함께 전형적 성격을 중시한다. 그리하여 엥겔스(Engels)는 리얼리즘이란 묘사의 상세함 외에도 전형적인 상황하에 있는 전형적인 성격의 충실한 재현31)이라고 규정한 바 있다. 여기에서 전형화라는 것을 객관적 진리를 목표로 하는 예술적 일반화 방식으로 이는 개인적인 것 속에 있는 사회적인 것을, 특수한 것 속에 있는 보편적인 것을, 우연적인 것 속에 있는 합법칙적인 것을, 구체적인 여러 현상들 속에 있는 본질적인 것을 발견해내고 끄집어내어 예술적으로 설득력 있게 표현하는 방식32)이라 할 때 거기에서는 현재 속에서 맥동치는 미래를 가장 명백하게 보여주는 성격들과 경향들을 발견할 수 있으며, 거기에는 예술적으로 표현된 사회적 제문제의 '현실적'인 해결을 위한 예견과 추진력을 포함하고 있기 때문이다.

이와 같이 전형적 성격은 필연적으로 당성과 미래에 대한 전망의 문제를 제기해 준다. 왜냐하면 사회주의 리얼리즘에서 무엇보다 중요한 것은 예술작품 속에서 '사회주의적 당성'이 어떻게 리얼리즘이라는 표현 형식으로 옮겨질 수 있는가 하는 문제라 하지 않을 수 없기 때문이다. 그것은 혁명적 발전에 대한 낭만주의적 '전망'

---

30) 누시노프, 위의 글, 53쪽.
31) 스테판 코올, 앞의 책, 158쪽 재인용.
32) 스테판 코올, 위의 책, 152-153쪽 참조.

으로 현실에 대한 보다 현실성 있는 서술과 조화되어야 하기 때문
이다. 여기에서 주제상 전면에 나타나는 것은 미래적인 것이며 또
미래에 이르는 도정이라고 할 수 있다. 그런데 미래에 대한 전망은
과거에 대한 비판을 통하여 가능하기 때문에 사회주의 리얼리즘에
서는 과거 또한 무시할 수 없는 것으로 작용하게 된다. 왜냐하면
마르크스주의 세계관의 토대 위에서 미래를 결정짓는 요소들은 현
재 속에서 발견해 내고 이를 선택하여 예술적으로 형상화시킴으로
써 현실의 모사가 어디에로라는 방향, 즉 실재하는 가능성으로 안
내를 해주는 역할을 해야 하기 때문이며, 미래를 현재로부터 도출
해내기 보다는 현재의 지식 및 의식으로부터 과거를 '전망적으로'
배열시켜 나가는 것이 더 수월하기 때문33)이라고 할 수 있다.

　이상으로 사회주의 리얼리즘의 성립과 그 성격에 대하여 간단히
살펴보았거니와 그것은 무엇보다도 사회주의 건설에 작가들을 동
참시키기 위하여 제시된 새로운 창작방법론이라 할 수 있다. 그리
하여 새로운 창작방법은 이전까지 창작방법론으로 채택된 유물변
증법적 방법론이 갖고 있는 기계적이고 도식적인 방법론에서 벗어
나 유물변증법적 세계관을 바탕으로 전형적인 성격을 통하여 미래
에 대한 전망을 제시하려 했음을 알 수 있다. 그러므로 사회주의적
리얼리즘이란 슬로건은 그 본질상 교육적 작용으로 보면 사회주의
적이고, 형식적으로는 높은 예술적인 문학을 창조하려는 요구를 아
울러 포함하고 있다는 킬포틴의 지적34)은 사회주의 리얼리즘의 특
성을 단적으로 말해주고 있다.

---

33) 스테판 코올, 앞의 책, 152쪽.
34) 킬포틴, 앞의 글, 115쪽 참조.

II. 일본에 있어서 사회주의 리얼리즘론의 전개 양상

1. 수용찬반론과 논쟁의 전개

일본에 있어서 사회주의 리얼리즘의 수용은 1933년 2월호『プロ
レタリア文學』이었다. 우에타(上田進)의 「소비에트문학의 근황」이라
는 것이 그것으로 1932년 10월의 '전소비에트 작가동맹 제1회 조
직위원회에 있어서 보고'라는 부제로 그론스키, 킬포친의 보고 연
설을 소개한 것이었다. 거기에서 처음으로 사회주의 리얼리즘과 혁
명적 로맨티시즘의 문제, 세계관과 방법의 문제 등이 일본에 소
개35)되었다. 그러나 이 소개는 유물변증법적 창작방법 대신에 사회
주의 리얼리즘 및 혁명적 로맨티시즘이 필요하다고 주장하고 이것
은 이미 해결된 문제가 아니라 이제부터 해결해야 할 문제임을 다
음과 같이 밝히고 있다.

> 프롤레타리아 리얼리즘이라고 하는 창작 슬로건은 근본적으로 정
> 당함에도 불구하고 플레하노프 계통을 배제하고, 멘세비키적 기회
> 주의적 요소를 다분히 포함하고 있었기 때문에 과오를 저질렀다고
> 비판을 받고 철회되었다. 그리고 「유물변증법적 창작방법」이라는
> 슬로건이 그것에 대치되었다. 이 「유물변증법적 창작방법」이라고
> 하는 슬로건이야말로 오늘날 유일하게 올바른 창작 슬로건이 되어
> 국제혁명작가동맹도 이 입장을 취하고 있다. 그런데 최근 소비에트
> 동맹에 있어서 이 「유물변증법적 창작방법」이라는 슬로건에 관하여
> 여러 가지 논의가 진행되어 「사회주의 리얼리즘」의 필요성이 주창되

---

35) 平野 謙, 「社會主義リアリズムと中野重治」, 『平野謙全集』 5권, 1975. 552쪽.

고 있다.[36]

이처럼 일본에 있어서 사회주의 리얼리즘의 수용은 1933년으로 이 시기는 어떤 의미에서 마르크스주의 예술이론의 퇴조기[37]에 해당된다. 나프(NAPF)는 1930년 '공산주의 예술의 확립'을 주장하고 예술운동의 볼셰비키화 방침을 채택했는데 이것은 조직문제에 대한 혼란과 함께 맹원들의 반발을 불러 일으켰다. 그 결과 나프의 기관지였던 『戰旗』는 1930년 10월 독립을 하고, 새로운 기관지로 『NAPF』를 갖게 되었다. 이러한 내부의 분열에 대하여 구라하라(藏原惟人)는 1931년 후로카와(古川莊一郎)란 필명으로 「프롤레타리아 예술운동의 조직문제」를 발표했다. 이 글에서 그는 프롤레타리아 문화운동이 예술을 중심으로 전개되었음을 비판하고 앞으로 보다 광범한 문화운동을 전개해야 할 것을 강조하기에 이른다. 이러한 구라하라의 주장에 힘입어 1931년 11월 일본프롤레타리아 문화연맹(KOPF)이 조직되었다. 그리고 기관지로 『프롤레타리아문화』가 창간되고, 작가동맹도 1932년 1월에 『프롤레타리아문학』을 창간하였다. 그러나 1932년 코프에 대한 탄압이 시작되면서 나카노(中野)를 비롯하여 구라하라(藏原) 등은 기소되고, 고바야시(小林), 미야모토겐지(宮本顯治) 등은 지하로 잠적하여 KOPF의 지도적 이론가들이 일선에서 자취를 감추게 되었다. 그리고 1933년 2월 고바야시(小林)의 학살 사건을 클라이맥스로 하여 새로운 위기를 맞이하게 되었으니 사노마노부(佐野學), 나베야마데이신(鍋山貞親) 등의 '전향성명'이 같은 해 6월에 발표되어 운동 전체가 급속하게 붕괴하던

36) 飛鳥井雅道,「社會主義リアリスム論爭」, (三好行雄편, 『近代文學』 5, 有斐閣), 189쪽 재인용.
37) 丸山 靜, 『現代文學硏究』, 東京大出版部, 1956. 182쪽.

시기였다. 그리하여 문학운동의 제1의적 임무는 '정치의 우위성'이라는 정통성을 확보하는 것이었다. 이처럼 혼란한 시대적 상황에서 일본 프로문학계는 사회주의 리얼리즘을 구체화할 수 있을 만큼 충분한 조건이 마련되지 못했다. 그 결과 문제의 본질은 왜곡되고, 속류화되어 그것을 둘러싼 토론도 전체적 전망을 잃어버린 채 전개[38]되었으며 KOPF는 위축되기에 이르렀다. 1933년 10월에는 하야시(林)의 「프롤레타리아문학의 재출발」이란 글이 『改造』에 발표되면서 동맹의 해체를 거론하기에 이르렀다. 그리고 마침내 1934년 2월 22일 대회를 열어 동맹의 해체를 공식적으로 선언하기에 이르렀다. 그러나 나프의 해산은 이전의 유물변증법적 창작방법에 얽매여 있던 작가들을 해방[39]시켜 주었다. 이처럼 불안한 시대에 이전의 작가동맹의 운동 방침, 문학이론, 창작방법과 조직활동을 통일하려는 과정에서 집단적인 문학창조를 강요해 오던 작가동맹을 부정하고 사회주의 리얼리즘이 대두했던 것[40]이다. 그리고 사회주의 리얼리즘이 일본에 수용되면서 이 문제를 둘러싼 나프의 태도에는 두 가지 방향으로 나타났다. 기시야마지(貴司山治)는 유물변증법적 창작방법의 정통성을 고집한데 반하여, 카와쿠치히로시(川口浩)는 '세계관과 방법과의 차별을 인식하지 못하고 예술적 창조의 과정 속에 특수성을 해소해 버리는' 유물변증법적 창작방법의 잘못을 솔직히 인정하려는 태도[41]를 보였다. 이러한 태도는 그대로 논쟁의 두 가지 형태로 나타나게 되었으니, 그 하나는 문학론적 관점으로 사회주의 리얼리즘론의 내용에 관한 문제로 주로 세계관과 창작방

---

38) 丸山 靜, 위의 책, 182쪽.
39) 栗原幸夫, 『プロレタリア文學とその時代』, 平凡社, 1971. 238쪽.
40) 野間 宏, 『日本プロレタリア文學大系』, 7권, 해설, 533쪽 참조.
41) 平野 謙, 앞의 책, 554쪽.

법과의 관계에 관한 논의이며, 다른 하나는 정치 전략론적 차원으로 사회주의 리얼리즘을 문학운동의 슬로건으로 일본에 적용시키는 운동론적 문제[42]가 그것이다. 따라서 여기에서는 순서를 바꾸어 먼저 수용찬반론을 중심으로 한 논쟁의 전개에 대하여 검토하고 세계관과 창작방법의 문제를 살펴보고자 한다.

사회주의 리얼리즘의 수용을 둘러싸고 벌어진 논쟁은 수용을 반대하는 입장으로는 도쿠나가수나오(德永直), 구보사카에(久保榮), 가미야마시게오(神山茂夫), 기시야마지(貴司山治), 이토우데이수케(伊藤貞助)를 수용을 찬성하는 쪽으로는 모리야마 게이(森山啓)를 비롯하여 나카노시게하루(中野重治), 미야모토유리코(宮本百合子)를 들 수 있다.

도쿠나가(德永)는 「창작방법상의 신전환」을 통하여 구라하라(藏)의 「예술적 방법에 대한 감상」을 정면으로 비판했다. 이것은 사회주의 리얼리즘이란 이름을 빌린 지도부에 대한 일종의 불신임장으로 그 배후는 기본적 조직과 대중단체 상호의 커뮤니케이션 방법도, 조직의 역활에 대한 리얼 포리틱스의 검토도 충분히 확립되지 않은 채 새로운 단계에 돌입하지 않으면 안되었던 당시의 절박했던 시대적 상황[43]과 무관하지 않다. 그래서 그는 유물변증법적 창작방법의 비판에서 시작하여 구라하라(藏原)의 「예술적 방법에 대한 감상」 가운데 '주제의 적극성'이라는 이름 아래 나온 많은 작품들이 천편일률적이고 실패하고 있다고 진단한다. 그것은 무엇보다도 '주관적, 관념적 독충'[44]인 유물변증법적 창작방법에서 비롯

---

42) 栗原幸夫, 앞의 책. 231쪽 참조.
43) 平野 謙, 앞의 책, 555쪽.
44) 德永 直, 「창작방법상의 신전환」, 1933. (조진기편역, 『일본프롤레타리아문학론』, 태학사, 1995), 589쪽. (이하 별도의 출전을 밝히지 않은 일본자료는 이

되었기 때문으로 예술은 작가의 풍부한 생활 경험에 의해 만들어
지는 것으로, 변증법적 유물론이 작가의 인식에 도움이 되지 못한
다고 주장했다. 그리하여 그는 다시 창작 방법으로 프롤레타리아
리얼리즘을 주장하고 있다.

그는 유물변증법적 창작방법이 실패한 이유로 프롤레타리아 리
얼리즘이라고 하는 하나의 예술적 슬로건 대신에 '유물변증법'이
라는 모든 과학에 적용되는 철학을 가지고 덮어 씌웠기 때문이라
고 보았다. 그리고 유물변증법적 방법을 강조하는 사람들이 '프롤
레타리아의 진리를 가지고 소설을 써라!'는 명제는 아무리 뒤집어
봐도 구체적 예술방법으로서는 그 자체 의미를 가질 수 없는 것[45]
임을 지적하고 문학은 어디까지나 객관적 현실 속에 살고 있는 작
가의 풍부한 생활 경험에 의하여 만들어지는 것임을 주장한다. 이
러한 도쿠나가(德永) 주장의 이면에는 고바야시(小林)나 미야모토겐
지(宮本顯治) 등의 '정치의 우위성'이론에 대한 본능적 반발[46]도
크게 작용한 것으로 그는 문학에 있어서 경직된 이데올로기의 주
입을 배제할 것을 다음과 같이 주장하고 있다.

> 이데올로기적 입장을 강요하고 관료적 지배에 작가들을 옭아맨다
> 면 작품은 '삐라'와 같이 되고 작가는 대중으로부터 완전히 고립될
> 것이다. 과학과 예술은 결코 단순한 '형식'의 차이는 아니다. -(중
> 략)- 예술은 이 세계관 없이도 프롤레타리아적인 작품이 가능하
> 다.[47]

책을 사용한 것임.)
45) 德永 直, 위의 글, 583쪽.
46) 平野 謙, 위의 책, 556쪽.
47) 德永 直, 앞의 글, 587쪽.

이처럼 극단적으로 프롤레타리아문학에서 세계관마저 배제하려는 것은 작가동맹에 의하여 주도된 유물변증법적 창작방법이 과학과 예술을 비속화하고 동일시하는 데 대한 반발과 무관하지 않다. 그러면서 그는 당시 일본에서 사회주의 리얼리즘에 대한 논의마저 부정적인 태도를 보이는 한편, 사회주의 리얼리즘의 수용에 대해서도 부정적인 태도를 보여주고 있다.

> 오늘날 소련에서 제창되고 있는 창작방법상의 슬로건, '사회주의적 리얼리즘과 혁명적 로맨티시즘'도 갑자기 끌고 올 필요가 없다. 그들의 슬로건은 소비에트 사회정세, 제2차 5개년 계획을 수행하고 있는 사회주의적 사회의, 대중의 현실에 입각한 슬로건이다. 일본과 러시아와의 차이, 대중의 생활, 객관적 현실의 상위 — 그리고 특수한 상부구조인 문학예술의 스스로 규정하는 한계 — 이들이 조응하지 않으면 안 된다.48)

도쿠나가는 사회주의국 소비에트와 자본주의국 일본은 전혀 사회 구성이 다르기 때문에 사회주의 리얼리즘의 슬로건도 그대로 일본에 적용할 수 없다고 주장했다. 그가 주장하는 근거는 라프적인 편향이 비판된 소비에트문학계의 사정을 방패로 하여 일본의 작가동맹의 주도적 이론을 넘어뜨리고, 또 소비에트에서 제창된 사회주의 리얼리즘론 자체에 대해서는 서로 다른 정세의 차이를 주장함으로써 이것을 생활 현실에 밀착한 프롤레타리아 리얼리즘론으로 대신49)하려고 했다. 그러면서 다른 한편으로 사회주의 리얼리즘론은 한 나라의 사회주의적 성격을 가지고 있으며 또 정세에 따

---

48) 德永 直, 위의 글, 589쪽.
49) 吉本隆明, 앞의 책, 277쪽.

라 달라질 수 있다는 사실을 강조한 것은 이후 사회주의 리얼리즘
의 수용을 반대하는 핵심적인 논리로 작용하게 된다.

　나프시대를 대표하는 이론가가 구라하라(藏原)이고, 코프시대를
대표하는 이론가가 미야모토(宮本顯治)와 고바야시(小林)였다면, 나
프 해산 이후의 한 시기를 대표하는 이론가가 모리야마(森山啓)라
할 수 있는데, 그는 도쿠나가(德永)의 수용 반대에 대하여 「창작방
법에 관한 현재의 문제」라는 글을 발표한다. 여기에서 그는 소비에
트 문학이론가에 비하여 구라하라(藏原)의 이론을 옹호하고, 구라하
라는 창작방법의 규범화에 반대하고 있었으며, 그것을 규범화하려
고 한 것은 작가 쪽이었음을 분명히 하고 있다. 그리고 구라하라를
잃어버린 이후의 문학운동은 관료주의적 비평이 횡행했고, 이론의
발전이 없었음을 비판하고 있다. 그는 구라하라(藏原)의 이론을 유
물변증법적 창작방법과 동일시하는 것을 반대하면서, 자유로운 창
작을 위하여 사회주의 리얼리즘이란 이름으로 일체의 이론적 규범
을 거부하려고 하는 작가의 심정을 비평가의 입장에서 지원한 것
이었다. 그리고 곧이어 「창작방법과 예술가의 세계관」이란 글을 발
표하여 사회주의 리얼리즘에 있어서 핵심적인 문제로 세계관의 문
제(창작방법과 세계관의 문제는 후술될 것임)를 거론하게 된다.

　기시(貴司)는 「창작방법의 문제」에서 모리야마(森山)와는 대립되
는 입장을 보여주고 있다. 그는 소비에트와 같이 사회주의건설이
순조롭게 실현되고 있는 사회의 작가는 완전한 변증법적 유물론자
가 아니어도 현실 그 자체가 사회주의적이기 때문에 우수한 작품
을 쓸 수 있고, 이 가능성이 사회적으로 보증되어 있기 때문에 세
계관보다도 먼저 창작적 실천을 주장할 수 있게 된다는 것이다. 그
런데 일본의 경우 프롤레타리아 작가는 부르조아적 환경에서 끊임

없는 이데올로기적 영향을 받아 프롤레타리아트의 정치적 임무를 명확히 파악하지 않아서는 안 된다. 따라서 이러한 상황에 있는 일본의 프롤레타리아 작가는 마르크스적 교양을 고양하고 보다 정확한 대상을 반영하는 작품을 쓰도록 노력하지 않으면 안 된다고 주장[50]했다. 그리하여 일본에 있어서 유물변증법적 창작방법은 결코 작가의 서재에서 세계관을 요구할 것이 아니라, 창작활동과 조직활동의 통일, 정치의 우위성, 주제의 적극성 등등 유물변증법적 창작방법의 슬로건에 따르는 것이 바람직하다는 견해를 보여주고 있다.

미야모토유리코(宮本百合子)는 「사회주의 리얼리즘 문제에 대하여」에서 먼저 소비에트에서 사회주의 리얼리즘이 성립할 수 있었던 이유를 제1차 5개년 계획의 성과에 따라 프롤레타리아 문학운동 분야에서도 다른 분야와 마찬가지로 사회주의 건설을 위한 새로운 슬로건으로 대두하게 되었다고 설명하면서, 사회주의 리얼리즘의 문제는 프롤레타리아트의 계급성을 말살하려는 것이 아니라 1921년의 신경제정책 이래 프롤레타리아 문학운동을 국제적 규모로 발전시키려고 하는 일관된 지도방침으로 프롤레타리아트의 주도권을 확립하기 위한 방법의 하나[51]라고 규정하고 소비에트에 있어서 사회주의 리얼리즘론이 일본의 프롤레타리아 문학운동에 있어서는 해체기의 둔사로 바꿔치기 하려는 경향이 있다는 것을 예민하게 알아채고, 그것이 인테리겐차에 대한 추수도 아니고 추상화되거나 초계급화된 기술편중론도 아니며 한층 더 계급성이나 혁명성을 말살한 비속한 현실주의의 대중추수는 아니라고 강조했다. 그

---

50) 栗原幸夫, 위의 책, 236쪽 참조.
51) 宮本百合子, 「社會主義リアリズムの問題について」, 青野季吉(편), 『現代文學論大系』, 제4권, 河出書房, 1954. 235쪽.

러나 미야모토유리코(宮本百合子)는 구라하라(藏原)이론을 정점으로
하는 창작에 있어서 유물변증법적 방법의 슬로건은 역사적 필연성
을 갖고 있으며 그것은 일정한 역할을 수행했음을 강조하고 있다.

　　일본 프롤레타리아 문학운동을 지도하여 온 창작에 있어서 유물
변증법적 방법의 슬로건은 프롤레타리아 문학이론이 발전해 오는 과
정에서 필연성을 갖고 제기된 것이었다. 반봉건적인 부르조아문학과
의 투쟁과 프롤레타리아 문학운동의 발전 도상에 있어서 세계의 현
실을 보고 보다 사회적, 정치적으로 발전적인 눈을 작가에게 주었다
는 점, 정적인 자연주의적 리얼리즘으로부터 사회 발전의 방향으로
리얼리즘을 이해시켜준 점에서 무시할 수 없는 역사적 성과를 얻었
다. 동시에 한편으로 기계적으로 적용한 사실도 간과할 수는 없다.
오늘의 입장에서 보면 이 슬로건에는 철학상의 규정을 그대로 가져
온 점에서 창작의 실제와 꼭 들어맞지 않는 바가 있어 프롤레타리아
작가에게 불명료하고 불편을 주었던 점을 지적하지 않을 수 없다.52)

　이처럼 미야모토유리코(宮本百合子)는 유물변증법적 창작방법이
상당히 긍정적 측면을 지니고 있음에도 불구하고 그것이 기계적으
로 적용됨으로써 문학의 질을 약화시켰다는 점을 인정하고 새로운
방법의 수용에 대한 필요성을 인정한다. 그러면서도 그것이 일본에
곧바로 사회주의적 리얼리즘이라는 슬로건을 그대로 적용할 수 있
는가의 여부는 활발한 대중적 토론에 의해 결정해야 한다고 유보
적인 태도를 취하고 있다. 그리고 사회주의적 리얼리즘 문제의 제
기는 단순히 소비에트에서만 문제가 되고 있는 것이 아니라 소비
에트동맹을 선두로 하여 국제적 프롤레타리아트의 세력이 점차 결
집되고 있으며, 또 각국의 광범한 대중이 프롤레타리아트의 혁명에

_____

52) 宮本百合子, 위의 글, 236쪽.

협력할 가능성이 획기적으로 고양되고 있다는 사실과 함께 모든 프롤레타리아트가 새로운 문학운동으로 추진해야 할 것[53]이라고 전망하고 있다.

이토우테이스케(伊藤貞助)는 나프 해산에 대한 비판에서 출발하여 사회주의 리얼리즘을 둘러싼 운동론적 비판을 시도하고 있다. 그는 「사회주의적 리얼리즘인가! 기회주의적 리얼리즘인가!」를 발표하고 사회주의 리얼리즘의 직수입에 반대하면서 문학운동에 있어서 혁명적 리얼리즘을 주장했다. 그는 먼저 나프의 해산에 대하여 기회주의적 태도라고 신랄하게 비판하면서 사회주의적 리얼리즘을 주창하는 사람을 '앵무새의 일족'이라고 규정한다. 그는 먼저 사회주의 리얼리즘의 특징을 세 가지로 요약[54]하고 그론스키의 견해를 빌려와 소비에트적 현실과 일본적 현실의 차이를 인식하지 않고 소비에트의 주장을 맹목적으로 수용하는 것은 바람직하지 않으며, 또 자본주의 국가에서는 사회주의적 리얼리즘을 그대로 옮겨 놓는 것은 불가능하다고 주장한다. 그는 일본의 프롤레타리아트가 현실의 암흑과 기아와 봉건적 잔재와 자본주의적 요소를 극복해야 하는 이중적 임무를 지니고 있다고 하여 '혁명적 리얼리즘'[55]을 제창하기에 이른다.

구보사카에(久保榮) 역시 「방황하는 리얼리즘」에서 모리야마(森

---

53) 宮本百合子, 위의 글, 237쪽.
54) 그는 사회주의적 리얼리즘의 특징을 ① 작품의 교육적 영향력. ②사회주의적 진실을 말하는 지도적 스타일. ③사회주의적 건설을 위한 대중들의 적극성과 의식성의 반영으로 규정한다. 伊藤貞助, 「사회주의적 리얼리즘인가! 기회주의적 리얼리즘인가!」, 628쪽 참조.
55) 사회주의 리얼리즘의 수용을 반대하는 사람들은 유물변증법적 방법 대신 혁명적 리얼리즘, 혹은 반자본주의적 리얼리즘을 주장하고 있는 바, 이에 대해서는 후술할 것임.

山)의 주장을 비판하면서 사회주의 리얼리즘에서 '사회주의'라는 말을 넓은 의미의 사상으로서 사회주의를 가리키는 것이 아니고 소비에트에 있어서 사회주의적 생산관계를 가리키는 것으로 규정하고 사회주의 리얼리즘은 '소비에트 예술의 기본적인 방법론이고 사회주의 건설의 경험에 의해 풍부하게 된 특수한 이론'56)이라고 주장했다. 그리고 소비에트와는 달리 사회주의적 생산 관계가 없는 일본의 현실 속에서 세계관이 확립되지 않은 일본의 작가들에게 이 기술에 역점을 둔 이론을 기계적으로 이입할 때 그것은 순식간에 예술적 테마의 과소평가에 떨어지고 부분적인 리얼리즘의 안이한 긍정에 떨어지고 말 것57)이라고 주장했다. 그리하여 구보는 일본과 같이 자본주의 체제하의 리얼리즘은 혁명적 리얼리즘이고, 반자본주의 리얼리즘이어야 할 것이라고 강조하고 있다.

가미야마(神山)는 「좌익작가에의 항의」에서 프롤레타리아 문학운동의 재건을 위해 과거의 잘못을 전면적으로 비판하고 올바른 조직방침을 확립할 필요가 있다고 주장하고, 나프 붕괴를 가져온 '세개의 특징적 모멘트'58)를 지적하고 있지만, 「プロレタリア文化戰線の見透し(프롤레타리아문화전선의 간파)」에서 나프 해산에 이르기까지 지도방침을 비판하고 이 상황을 타개하기 위해서는 먼저 문

---

56) 栗原幸夫, 앞의 책, 240쪽 재인용.

57) 栗原幸夫, 위의 책, 241쪽.

58) 가미야마는 ① 1930년 봄 예술운동의 볼셰비키화의 슬로건을 내건 시기, ― 이것은 대중단체의 조직원칙에 반하여 정치와 예술의 기계적 결합을 시도함으로써 잘못을 저질렀다는 것, ② 1931년 여름 이래 나프 재조직과 문화중앙부 코프 결성의 시기, ―이는 국제적 결의를 무시하거나 곡해하여 통일적 문화조직 코프를 조직함으로써 탄압을 집중시켰다고 비판, ③ 1933년 여름 사회주의 리얼리즘이 주창되던 시기로 규정했다. 栗原幸夫, 위의 책, 233 ―234쪽 참조.

화운동의 중심적 운동이 되었던 노동자 계급의 다수자 획득이라는 조직적 전략적 임무는 사회주의 혁명을 위한 임무로서 일본과 같이 그것이 급속히 사회주의 혁명으로 전화할 수 없는 나라에서는 먼저 인민 투쟁 속에서 프롤레타리아트의 헤게모니를 확립하는 것이 중심 문제라고 주장하는 한편, 사회주의 리얼리즘의 직수입이 소비에트와 일본의 사회체제의 상위, 정치적 정세의 상위를 지적하면서 '혁명적 리얼리즘'을 주장한다. 이러한 그의 지적은 예술이론으로서가 아니라 예술운동의 조직론의 문제로서 본다면 당시의 정치정세와 이론 수준에 있어서 매우 뛰어난 견해라 할 수 있다.

그는 일본에 있어서 사회주의 리얼리즘 논의는 세 가지 방향에서 이루어지고 있다고 하여 첫째는 각국의 객관적 현실과 유리시켜 사회주의적 목표를 추구하는 각국의 공통적, 일반적인 것으로 받아들이는 경향, 둘째는 작가의 실천, 집단적 활동과 분리시켜버리는 경향, 셋째는 문학비평의 리얼리즘 일반으로 치환해 버리는 경향59)이라고 규정하면서 '사회주의적 리얼리즘이라는 슬로건은 사회주의가 근본적으로 달성된 국가에서 탄생된 것'이기 때문에 동일한 목적을 추구하는 국제적 투쟁이라도 모든 나라에 공통적으로 적용할 수 있는 것이 아니라고 지적하면서 그 이유를 다음과 같이 말하고 있다.

> 사회주의 자체는 발전에 있어서 하나의 과정, 하나의 도정에 지나지 않는다. 그러므로 '사회주의적 리얼리즘'은 국제문학의 원리나 일반적 목표를 뜻하는 것이 아니라 오히려 사회발전의 일정 단계에 대응하는 슬로건일 뿐이다. ……(중략)…… 문화는 정치에 종속된다.

---

59) 神山茂夫, 「사회주의적 리얼리즘 비판」, 1935.2. 634쪽.

따라서 문학은 해당 국가의 사회구성에 대한 엄밀한 분석과 그 나라의 계급적인 관점에 의해 근본적으로 규정된다. 그 결과 각국이 추구하는 문학운동이 당면 목적도 결코 모든 나라들과 공통적인 것은 아니라는 점을 분명히 알 수 있다.[60]

한편 그는 슬로건이란 것도 어떤 원칙이나 일정한 사상 체계 또는 일반적 원리를 지시하는 것은 아니라고 전제하고 프롤레타리아 문학의 슬로건은 해당 국가의 새로운 정세에 따라 규정되는 당면 목표와 임무를 통일적으로 나타내 주는 것으로 규정한다. 그리하여 '사회주의적 리얼리즘'은 일반원칙이 아니라 기본적 방법을 의미하는 것이라 해도 그것은 결국 하나의 슬로건일 수밖에 없기 때문에 '사회주의 리얼리즘'은 사회주의 국가를 건설해 가는 나라에서 사회주의적 문화를 더욱더 요구함에 따라 이에 부응하기 위하여 제창된 슬로건이라는 것이다. 이에 반하여 일본의 사회적, 경제적 구성은 다른 나라에 비해 낙후되어 있을 뿐만 아니라 일본의 프롤레타리아는 현재 봉건세력의 청산을 당면한 전략목표로 삼고 있다는 점이 다른 나라와 일본의 뛰어넘을 수 없는 객관적 현실의 차이 및 관점의 차이라고 주장한다. 따라서 그는 사회주의적 리얼리즘이란 '구체적 내용과 적극적 임무를 인식하지 못한 채 전능한 주문(呪文)으로까지 과장하는 사람들은 공식주의의 포로'[61]라고 비판하고 일본의 경우에는 '프롤레타리아 문학이 지도하는 전민중적 혁명문학과 혁명적 로맨티시즘을 포괄한 혁명적 리얼리즘'이 문학적 슬로건이 되어야 한다고 주장하기에 이른다.

혁명적 리얼리즘을 최초로 주장한 사람은 이토우 데이수케(伊藤

---

60) 神山茂夫, 위의 글, 635쪽.
61) 神山茂夫, 위의 글, 638쪽.

貞助)라 할 수 있는데 그는 사회주의 리얼리즘의 수용에 대하여 반
대하면서 일본과 같이 자본주의 사회에서 프롤레타리아 문학이 나
아가야 할 방향으로 혁명적 리얼리즘을 주창했던 것이다. 그러면서
도 '혁명적 리얼리즘의 구체적 내용에 관해서는 혁명적 로맨티시
즘의 문제와 함께 앞으로 상세하게 논의하고 싶다'고 하여 그가
주장하는 혁명적 리얼리즘의 성격을 구체적으로 알 수는 없다. 그
러나 그가 강조하고 있는 것은 '프롤레타리아 문학의 위대하고 영
광스러운 공리성'과 '과거와 현재와 함께 미래에 대한 전망' 그리
고 '프롤레타리아의 유일한 방법, 세계관으로서 유물변증법을 획
득'62)하는 일이라 하여 기존의 유물변증법적 창작방법과 별다른
차이점을 발견할 수 없다.

구보(久保榮)는 「방황하는 리얼리즘」에서 이토우(伊藤貞助)와 마
찬가지로 일본은 자본주의 사회이기 때문에 사회주의 리얼리즘과
는 달리 혁명적 리얼리즘이어야 한다고 주장하고 있다. 그러나 그
는 「사회주의적 리얼리즘과 혁명적(반자본주의적) 리얼리즘」에서 다
시 한번 혁명적 리얼리즘에 대하여 자신의 견해를 피력하고 있다.
그는 먼저 자신의 글 「방황하는 리얼리즘」에 대한 나카노(中野)와
모리야마(森山)의 비판에 대해 반론을 제기한다. 그는 먼저 나카노
(中野)의 비판이 자신의 글을 왜곡하고 있음을 지적하고 창작이론
과 조직론과의 변증법적 통일에 대한 몰이해를 드러내고 있다고
주장한다. 따라서 그는 소비에트에 있어서 사회주의 리얼리즘이 대
두하게 된 이유를 올바르게 이해하기 위해서는 첫째로, 소련 동맹
의 문학 예술의 재조직은 프롤레타리아 예술의 국제적 방향전환의

---

62) 伊藤貞助, 「사회주의 리얼리즘인가, 기회주의적 리얼리즘인가!」, 631-632쪽
    참조.

일환이며, 둘째로 유물변증법적 창작방법의 안티 테제로서 사회주의 리얼리즘의 내용과 형식이 문제시되어야 한다고 강조하고 있다. 그는 나카노(中野)나 모리야마(森山)는 '국제적 요구가 결의하는 프롤레타리아의 예술과 혁명적 예술의 조직적 결합은 전혀 고려하지 않고 있다'고 하면서 프롤레타리아 예술운동의 발전적 전환으로서 혁명적 예술을 '프롤레타리아적 헤게모니의 청산'(中野)이나 '계급적 독자성의 말소'(森山)를 의미하는 것63)으로 받아들이고 있다는 것이다. 그는 소비에트에서 과거의 '종파적 봉쇄주의'가 '조직적 장벽'이 되어 이에 대한 청산으로 사회주의 리얼리즘이 대두된 사실을 지적하고, 자본주의 토대 밑에서 프롤레타리아 예술가가 이 두 가지 문제를 해결하기 위한 '독자적인 틀'로서 혁명적(반자본주의적) 리얼리즘이 필요함을 다음과 같이 주장하고 있다.

> 다양한 사상체계와 다양한 발전 단계를 포함한 혁명적 예술가에 대해 생활적 진실을 다양한 사정으로 부분적으로 반영하는 반자본주의적 리얼리스트에 대하여 개개의 성숙한 형상의 총화에 의해서가 아니라 이것을 통일시키는 사회적 모멘트의 우위의 시각에서만 종합적인 생활적 진실을 그려낼 수 있으며, 전형적인 경우에 토대에 두고 있을 때만 전형적 성격이 전폭적으로 형상화될 수 있다고 하는 것을 창작적 실천과 이론을 통해서 가르쳐야만 하는 것이다.64)

이러한 주장과 동시에 그는 나카노(中野)와 모리야마(森山)가 사회주의 리얼리즘이 유물변증법적 창작방법의 안티 테제가 아니고 단순히 예술방법에 대한 이론의 오류와 편향에서 벗어난 새로운

---

63) 久保 榮, 「사회주의적 리얼리즘과 혁명적(반자본주의적) 리얼리즘」, 1935, 656쪽.
64) 久保 榮, 위의 글, 660쪽.

발전이라 한 것이 오류임을 지적하고 사회주의 리얼리즘의 내용과 형식에 대하여 엥겔스의 말을 인용하면서 '근대 사회주의는 내용 면에서 보면 자본주의 경제의 내적 모순에 대한 사상적 반영이지만 이론적 형식의 역사적 출발점은 프랑스 계몽주의 학자들의 학설이었던 것이다. 이 정식과 대조해 말하면 사회주의 리얼리즘의 내용은 사회주의적 현실의 (따라서 사회주의 사상의) 예술적 이데올로기의 반영이지만, 그 표현 형식은 이것에 선행하는 소비에트 프롤레타리아 예술, 동반자 예술, 혹은 세계의 현대적 예술의 제형식과 필연적으로 결부되지 않을 수 없다.'65)고 하여 사회주의 리얼리즘의 내용과 형식과의 관계를 해명하고 있다.

이에 비하여 가미야마(神山)는 일본의 사회적, 경제적 구성은 소비에트에 비해 낙후되어 있을 뿐만 아니라 일본의 프롤레타리아는 현재 봉건세력의 청산을 당면한 전략 목표로 삼고 있다는 점이 다른 나라와 일본의 뛰어넘을 수 없는 객관적 현실의 차이 및 관점의 차이라고 주장한다. 그런가 하면 사회적 정세도 마찬가지라는 것이다. 소비에트에서는 동요하고 있는 인테리겐챠가 사회주의를 성공적으로 건설해 나가고 있는 노동자 정권 측으로 대중적인 '전향'을 하고 있지만, 일본에서는 낡은 세력의 승리가 일시적이나마 현실화된 상황이며, 광범한 중간층은 이러한 일시적 상황 속에 매몰되어 가고 있다고 진단하고 있다.

이처럼 소비에트와 일본의 사정이 다름에도 불구하고 사회주의 리얼리즘이란 슬로건을 제창되게 된 이유는 유물변증법의 오류와 함께 기본방침상의 오류, 문학이론 전반에 걸친 공식주의적 편향에 대한 비판에서 기인하고 있는 면도 있음을 지적하고 있다. 따라서

---

65) 久保 榮, 위의 글, 666-667쪽.

그는 일본에 있어서는 '프롤레타리아 문학이 지도하는 전민중적 혁명문학과 혁명적 로맨티시즘을 포괄한 혁명적 리얼리즘'이 문학적 슬로건이 되어야 한다고 주장하고 혁명적 리얼리즘이 나아가야 할 방향을 다음과 같이 밝히고 있다.

① 혁명적 리얼리즘이란 슬로건은 일본의 정세 및 노동자의 기본적 임무와 일치하고 있다. 따라서 프롤레타리아 작가 및 민중작가들은 이러한 상황에 대한 전반적 인식 속에서 풍부한 제재를 포착하여 혁명적 리얼리즘에 입각하여 창작해야 한다.
② 일본 프롤레타리아의 당면한 목표는 부르조아 민주주의 혁명이다. 따라서 프롤레타리아 문학의 헤게모니 아래에서 통일적으로 지도할 수 있는 슬로건이다.
③ 유물변증법의 슬로건을 전면적으로 자기 비판함으로써 문학의 상대적 독립성과 반작용을 명확히 인식해야 한다.
④ 운동이 어려움에 처해 있을 때 혁명 진지를 버리고 적에게 투항하는 자들에 대해 전면적으로 투쟁해야 한다.
⑤ 앞으로 도래할 민중 혁명은 국가의 모든 영역에서 근로대중의 창조성, 인내성, 영웅주의를 발휘하게 할 것이므로 이에 대한 문학적 표현으로 로맨티시즘은 중요한 방법이 될 수 있다.[66]

이러한 가미야마(神山)의 주장은 구보(久保)의 혁명적, 반자본주의적 리얼리즘의 주장과 많은 점에서 공통되는 면을 갖고 있으나, 구보가 일본에 사회주의적 생산관계가 존재하지 않는다는 것을 사회주의 리얼리즘을 직수입하는 것에 반대하는 근거로 삼고 있는 데 반하여, 가미야마는 일본이 사회주의 혁명이 아닌 부르조아 민주주의 혁명에 직면하고 있다는 것을 가지고 사회주의 리얼리즘을 혁

---

66) 神山茂夫, 「사회주의적 리얼리즘 비판」, 1935.2. 642-643쪽 참조.

명적 문학운동의 슬로건으로 하는 것에 반대하고 있다는 점에서
서로 대조된다. 결국 이들은 소비에트에서 새로운 창작방법론으로
제기된 사회주의 리얼리즘은 사회주의 국가에서만 가능한 것으로
인식하여 일본과 같이 자본주의 체제하에서 프롤레타리아 문학은
반자본주의적 혁명문학이어야 할 것을 강조하게 된다. 이러한 주장
은 예술론으로서보다는 예술운동의 조직론 문제로 사회주의 리얼
리즘을 받아들이고 있음을 의미하는 것이기도 하다.

2. 창작방법과 세계관

사회주의 리얼리즘론에 있어서 가장 핵심적인 문제가 작가의 세
계관이라 할 수 있다. 이 점은 아우에르 바하가 '작가의 예술적 방
법은 이데올로기로부터, 작가의 세계관으로부터 갈라놓을 수 없다'
고 지적하고 있는 것처럼 창작방법은 작가의 이데올로기적 구성에
종속하는 것이기 때문이다. 따라서 예술은 다른 상부구조와 밀접하
게 관련되어 있기 때문에 정치의 영향과 지도 아래 있다고 할 수
있다. 그러므로 사회적, 정치적 발전 및 경제, 정치는 예술을 지도
한다. 그렇다고 예술이 정치 혹은 이데올로기에의 의존관계는 직선
적인 것도, 단순한 것은 물론 아니다. 세계관은 현실을 예술적으로
반영하고, 문학적으로 재현하는 과정에 있어서 반영, 재현을 도와
주는 것이고, 그 가운데 통일되는 것[67]으로 참된 현실을 묘사하려
고 하거나, 현실의 진실을 파악하려면 살아있는 형상 가운데서 계
급적 세계관은 구체화될 것이다. 그러나 다른 한편으로 엥겔스가

---

67) 池田壽夫, 『日本プロレタリア文學運動の再認識』, 三一書房, 1971, 71쪽.

발자크의 경우를 예로 설명하고 있는 것처럼 만약 작가가 명확한
계급적 세계관을 갖지 못한 경우에도 그가 어느 정도 현실을 재현
하는 예술적 능력이 있다면 그 작가는 어느 정도 객관적 진리에
도달할 수 있다는 점이다. 이러한 사실은 세계관과 창작방법은 전
혀 별개의 것으로 그 사이에는 종종 모순, 괴리가 있을 수 있다는
것을 의미하고 있다. 세계관과 창작방법과의 관계에 대해서는 과학
과 예술, 논리적 인식과 감성적 인식과의 변증법적 차별이라는 측
면68)에서 설명할 수 있다. 여기에서 과학적 인식방법과 예술적 인
식방법은 그것이 객관적 현실을 반영하고 있다는 점에서는 공통되
지만, 그 표현 형식에 있어서 예술적 진리는 객관적 실재를 직접적
인 모습으로 재현하고 반영하는데 대하여 과학적 진리는 개별적이
고, 특수적인 현상 사이에 있어서 내적 관련, 이를테면 법칙의 인
식으로 현실의 직접적 재현을 통한 보편적 이해의 형식이다. 따라
서 양자 사이에는 넘나들 수는 있지만 차별은 명확히 존재69)하고
있다는 사실이다.

  일본에 있어서 사회주의 리얼리즘을 논의하면서 창작방법과 세
계관의 문제를 최초로 거론한 것은 모리야마(森山)였다. 그는 「창작
방법과 예술가의 세계관」에서 사회주의 리얼리즘과 이것을 둘러싼
세계관의 문제를 집중적으로 논의하고 있다. 그는 작가의 창작방법
과 세계관은 분리되지 않는다고 전제하고 킬포친의 다음 글을 인

---

68) 레닌은 감성적 인식과 논리적 인식을 인간이 주위의 세계를 인식하는 과정
    에 있어서 다른 단계로 설명하고 있기 때문에 실제적 과정을 파악할 때는
    감성적 지각 및 사유의 특성을 명확히 했다. 낮은 단계에 있어서 인식은 감
    성적인 것으로 나타나지만, 고도의 단계에서는 논리적인 것으로 나타난다.
    그러나 어느 단계도 통일적인 인식과정의 각 단계까지 넘나들 수 없는 한
    계를 갖고 상호 분리되어 있는 것은 아니다. 池田壽夫, 위의 책, 73쪽.
69) 池田壽夫, 위의 책, 74쪽.

용하여 설명하고 있다.

> 예술은 다른 상부구조와 밀접한 관련이 있다. 그것은 정치의 영향
> 과 지도 밑에 있다. 사회적 정치적 발전, 경제, 정치는 예술을 지도
> 한다. 그러나 이 예술의 정치적 이데올로기에 대한 의존관계는 …
> 직선적이 아니고 단순하지도 않다. 예술의 복잡성에 대한 이러한 단
> 순화된 표상 아래에서 우리들은 불가피하게 작가에 대한 행정적 명
> 령에 단순히 사상적, 지도적 영향이 필요한 경우에 작가를 떼어내
> 오지 않을 수 없다.[70]

여기에서 작가의 창작방법이 작가의 '전체적인 이데올로기적 구
성'에 완전히 교착적으로 종속한다고 하는 사고방식은 예술이라고
하는 것이 예술가의 현실적, 사회적 실생활에 대한 특수한 반영이
라고 생각하지 않고 예술가가 가진 뭔가 이루어진, 현실과는 무관
계한 '세계관' 내지 '정치적 견해' '사상' 등을 '형상화'하는 것이
라고 설명하는 사고방식으로 통하고 있다고 규정하고 여기에서 ①
창작방법에 대한 유물변증법의 도식화, ② 정치적 과제의 과중한
부과 ―슬로건을 전하기 위한 인간이나 사건을 만들어 내는 결과
의 초래, ③ 인간을 고정된 세계관이나 인간(인격)으로 이해하려는
태도[71]를 낳았다고 비판하고 있다.

한편 그는 일본에 있어서 방법과 세계관과의 관계는 분명하게
해명되지 않았다고 전제하고 구라하라가 '작가의 현실에 대한 방
법'을 문제로 한 것은 정당하지만 방법과 세계관과의 관계를 분명
히 해주지 못했다고 지적하고 있다. 특히 구라하라가 '우리의 예술

---

70) 森山啓, 「창작방법과 예술가의 세계관」, 1933. 592쪽.
71) 森山啓, 위의 글, 595-6쪽 참조.

적 방법은 프롤레타리아 리얼리즘이라고 표현해서는 안되고 변증법적 유물론의 방법이라고 표현한 것은 예술창작의 방법을 단순히 현실인식의 방법에 따라 바꾸어 놓은 듯한 결과'를 가져왔다는 것이다. 그러나 그는 창작방법은 현실에 있어서는 각각의 계급과 작가에 따라 달리 파악되고, 개개의 작품에 체현되는 것이며, 작가가 속하는 시대와 계급의 상태에 따라 방향, 색채, 정도가 주어져 구체화되는 것이라 하여 구라하라의 견해에서 벗어나지 않고 있다. 그런가 하면 그는 구라하라가 '리얼리즘과 비리얼리즘의 구별이 유물론과 관념론과의 구별만이 아니고 가지론(可知論)과 불가지론과의 구별과 대응하고 있다'고 하여 작가의 방법은 완전히 철학(세계관)에 의해 결정되는 듯한 인상을 주었다고 결론 짓고 있다. 이에 대한 해결 방법으로 그는 도식적인 사고와 강제성을 배격하면서 유물변증법을 현실 속에 적절히 활용하는 것이 필요하다고 주장한다.

나카노(中野)의 「사회주의 리얼리즘의 문제」는 세계 프롤레타리아트가 소비에트에서 창작되고 있는 사회주의 리얼리즘론이 세계 공통의 것이 되지 않으면 안 된다고 주장하면서 사회주의 리얼리즘론을 보편화하려고 했다. 이러한 나카노의 태도에 대하여서는 정세 판단에 대한 무이해와 코민테른식 사대성[72]에 지나지 않는다는 지적도 있지만, 일본에 있어서 사회주의 리얼리즘의 수용의 당위성을 주장한 것으로 의의가 있다.

그는 먼저 일본에 있어서 사회주의 리얼리즘에 대한 이해는 기계적 이입에 지나지 않을 뿐만 아니라 문제의 핵심을 놓치고 있다고 전제하고 구보(久保)의 「방황하는 리얼리즘」과 가미야마(神山)의

---

72) 吉本隆明, 앞의 책, 278쪽.

「사회주의적 리얼리즘의 비판」을 비판하고 있다.

그는 먼저 구보의 '혁명적 리얼리즘'이란 새로운 의견이기는 하지만 잘못된 것이라 하고 그 이유를 '유물변증법적 창작방법에 대한 안티 테제로 지시된 것으로 보고 있으나 실제로 그것은 전자의 안티 테제가 아니고 창작방법의 오류와 편향을 지양한 발전적 방법'[73]이라는 사실과 '이 방법을 소비에트 현실의 단순한 반영으로 보고 강력한 세계관을 요구하는 작가의 실천적 노력의 문제로 보지 못한 점'[74]이라고 지적하고 있다. 그리하여 그는 로젠탈의 '사회주의적 리얼리즘의 기본적 제원천'[75]에 근거하여 구보 이론은 ①창작방법의 공허화, ②사회주의 국가 건설에 대한 이해에 대한 오류, ③ 일본 예술에 대한 방향전환을 강요한 점에서 한계를 지니고 있다고 주장한다.

그런가 하면 가미야마(神山)를 비판하는 자리에서 가미야마야말로 구보의 오류를 더욱 악질적으로 발전시키고 있다고 주장하면서 사회주의적 리얼리즘을 예술 창조 방법으로 생각하지 않고 어느 시기의 슬로건으로 파악하고 있음에 문제가 있다고 했다. 그러면서 가미야마가 '혁명적 리얼리즘'을 제창한 것에 대하여 '사회주의적 리얼리즘의 문제에 있어서 그가 반영론을 반동적으로 왜곡하고 있다'[76]고 비판하면서, 사회주의 리얼리즘의 성격은 규약에 나타나

---

73) 中野重治, 「사회주의적 리얼리즘의 문제」, 1935. 646쪽.
74) 中野重治, 위의 글, 647쪽.
75) 로젠탈은 사회주의 리얼리즘의 기본원칙으로, ① 철학, 정치, 경제, 예술에 걸쳐 프롤레타리아트의 실천의 원리로서 마르크스, 레닌주의적 반영론, ② 예술 및 문학의 과거 모든 역사, ③ 소비에트의 사회주의적 모든 관계, 사회주의적 인간 그것을 반영하고 있는 예술문학으로 보고 있다. 中野重治, 위의 글, 647쪽.
76) 中野重治, 위의 글, 652쪽.

있고, 그것의 의의는 스탈린에 의하여 밝혀져 있다고 하면서 다음
과 같이 주장한다.

> 만약 우리가 슬로건을 내건다면 그 가운데 하나는 반자본주의 리
> 얼리즘… 혁명적 리얼리즘이란 이름에 의한 사회주의적 리얼리즘의
> 왜곡과 문학이론 및 문학작품을 통하여 싸워야 할 것이다.[77]

위에서 살펴 본 것처럼 나카노(中野重治)는 사회주의 리얼리즘을
유물변증법적 창작방법의 안티 테제가 아니라 그것의 발전적 방법
으로 이해하여 일본에도 사회주의 리얼리즘은 수용될 수 있음을
강조하게 된다. 그리고 사회주의 리얼리즘은 무엇보다 '강한 세계
관을 요구하는 작가의 실천적 노력'이 필요함을 역설한다. 물론 이
러한 나카노의 주장은 다시 구보(久保榮)에 의하여 기계적 추수주
의로 비판을 받게 된다.

그런데 일본에 있어서 사회주의 리얼리즘의 수용을 찬성하는 쪽
에서도 앞에서 살펴 본 것처럼 사회주의 리얼리즘의 핵심적인 문
제로서 세계관의 문제나, 작가의 실천적 방법으로서 '전형성' '살아
있는 인간'과 같은 문제에 대하여 적극적 관심을 표명하지 않고 있
다는 사실이다. 이러한 현상은 물론 사회주의 리얼리즘의 수용과
거의 때를 같이 하여 일본 프로문학론을 주도하던 구라하라(藏原)
를 비롯한 이론가를 잃어버림으로써 사회주의 리얼리즘론 자체를
비판하고 검토할 정도의 수준을 일본의 프롤레타리아 문학운동은
갖지 못했으며, 다른 한편으로 소비에트에 있어서 라프의 유물변증
법적인 창작방법의 편향이 비판되고, 사회주의 리얼리즘론이 제창

---

77) 中野重治, 위의 글, 652쪽.

된 것은 구라하라(藏原)를 비롯한 고바야시(小林) 등의 예술이론과 조직론의 잘못에 대한 반격을 위한 강력한 방패로서 이용78)된 사실과 무관하지 않다. 그러면서 사회주의 리얼리즘론은 프롤레타리아문학의 이론과 실천의 총체를 전면적으로 총괄하여 비판하지 않으면 안 된다고 할 때, 이 과제에서 도피하는 것을 합리화하는데 좋은 이론으로 기능했을 뿐만 아니라, 스탈린주의에 대한 작가의 무장해제의 이론으로서 사회주의 리얼리즘론은 일본에서도 역시 작가의 권력에 대한 무장해제의 이론으로 기능79)했다. 따라서 사회주의 리얼리즘론은 유물변증법적 창작방법에서 정치적으로는 전략이고, 예술적으로는 관용으로 치장한 절충론80)에 지나지 않았다는 요시모토(吉本)의 지적은 일본에 있어서 사회주의 리얼리즘론의 한계를 극명하게 설명해 주는 것이라 할 수 있다.

Ⅲ. 한국에 있어서 사회주의 리얼리즘론의 전개 양상

1. 수용찬반론과 논쟁의 전개.

사회주의 리얼리즘의 수용은 한국 프롤레타리아 문학론에 있어서 본격적인 창작방법론에 대한 논의로 그것은 자체내의 이론 투쟁을 통하여 다각도로 논의되었다. 사회주의 리얼리즘의 수용찬반

---

78) 吉本隆明, 「社會主義リアリズム論批判」, 앞의 책, 277쪽.
79) 栗原幸夫, 앞의 책, 247쪽.
80) 吉本隆明, 위의 책, 263쪽.

론으로 시작하여 세계관과 창작방법간의 모순의 문제 등과 함께, 마지막에는 현단계의 슬로건 문제로까지 이어지는 이 길고 오랜 논쟁은 한국근대문학사와 프로문학사에서 매우 큰 영향력을 행사한 것이었으며, 논쟁의 폭 또한 대단히 큰 것이어서 다각적인 고찰을 요하는 부분[81]이라 할 수 있다. 따라서 사회주의 리얼리즘의 수용에 따른 찬반 논쟁은 당시 사회주의 리얼리즘에 대한 이해의 폭과 깊이를 가늠하게 해주는 것이라 할 수 있다.

사회주의 리얼리즘이 한국에 소개 수용된 것은 1933년 백철의 「문예시평」에서 비롯되었다. 그는 위의 글에서 소비에트에서 지금까지 창작 슬로건으로 채택되어 온 유물변증법적 창작방법이 비정당한 슬로건으로 비판되고 새로이 '사회주의 리얼리즘'이라는 슬로건이 주창되었다고 소개하면서 이러한 방법을 수용하는 것이 정당한 것인가 하는 문제에 대해서는 유보적 태도를 보여주고 있다.

　　사실 유물변증법적 창작방법의 슬로건이 결정적으로 비정당하였다는 것이 아직 결정되지도 않았을 뿐만 아니라 사실 그 슬로건이 오류였다고 하여도 그것은 단순히 그 명칭이, 즉 형용사로서의 그 명사가 적확하지 못하고 추상적이었다는 것을 의미할 뿐이요, 내용으로는 근본적으로 정당한 길을 걸어왔다는 것은 우리들이 근년, 즉 유물변증법적 창작방법의 슬로건이 제창된 이후의 소비에트 및 기타 선진 자본주의 국가의 문학적 발전을 보면 그만이다![82]

여기에서 백철은 사회주의 리얼리즘이란 새로운 창작방법이 과거 유물변증법적 방법에 대한 비판에서 비롯된 것이라고 보지 않

---

81) 채호석, 「리얼리즘의 성과」, 『카프문학운동 연구』, 역사비평사, 1990, 100쪽.
82) 백철, 「문예시평」, 1933.3. 임규찬(편), 카프비평자료집-VI, 태학사. 52쪽. (이하 별도의 출전을 밝히지 않은 한국자료는 이 책을 사용함.)

고 플레하노프의 관념주의적 멘셰비키적 경향이 비판되면서 새로
이 마르크스, 레닌주의를 주장하는 과정에서 제기된 것으로 보고
있다. 그 결과 그는 다음과 같이 사회주의 리얼리즘에 대하여 비판
적 시각을 보여주고 있다.

> 새로운 창작적 슬로건으로서 사회주의적 리얼리즘이라는 명사에
> 대하여는 무조건적으로 찬동할 수 없다는 것이다. 왜 그러냐 하면
> 사회주의적 리얼리즘이라는 슬로건은 현재 모든 것이 사회주의적으
> 로 건설되고 있는 소비에트 러시아에서는 그것이 정당한 슬로건일는
> 지는 모르나, 다른 자본주의 국가에서는 도리어 전에 사용하던 프롤
> 레타리아 리얼리즘이 적당할는지 모르니까!83)

이러한 백철의 태도는 일본에서 사회주의 리얼리즘의 수용을 반
대하고 있던 논자들의 주장하던 소비에트와 일본의 사회적 정세의
차이로 인한 수용의 부당하다는 주장을 그대로 답습하고 있다고
할 수 있다. 그리고 다시 몇 달 뒤에 쓰여진 「문예시평」에서 부르
조아문단은 심리주의적 리얼리즘 내지 내성적 리얼리즘이 주조를
이루고 있다고 하면서 이는 인간을 통일적으로 제시하지 못하고
인간을 사회적 실천에서 분리시키고 개인적 심리 가운데 고립시키
는 현실도피의 문학적 수법이라고 주장한다. 그리고 사회주의적 리
얼리즘은 인간을 대상으로 할 때에 결코 그것은 개인적 심리 가운
데 고립시키지 않으며, 또한 사회적 실천에서 격리시키지도 않음을
강조한다. 따라서 사회주의적 리얼리즘은 항상 개인적 인간이 사회
적 인간 가운데 병합되는 것을 경계하면서 사회를 개인보다 우위
에 두고 계급적 인간과 개인적 인간의 통일 가운데 묘사한다는 킬

---

83) 백철, 위의 글, 57-58쪽.

포틴의 주장을 인용하면서 사회주의적 리얼리즘은 인간을 예술적으로 실현하는데 있어 일반적 인간과 개인적 인간을 융합시키며 인간 행위의 정치적 의의와 내면적 생활을 통일적으로 묘사하는 것이라고 규정한다. 그것은 인간묘사에 있어 개인주의적 범위를 파괴하고 있으면서도 결코 개인의 개성적 행동과 특징을 무시하지 않고 언제나 그것을 통하여 사회관계의 본질과 운동을 표현하는 것[84]이라 하여 인간묘사의 중요성을 강조하고 있는데 이것은 이후 휴머니즘으로 이어지면서 방향을 달리하여 자신의 전향 논리로 활용된다는 점[85]에서 주목할 만한 사실이다. 그런 의미에서 백철의 「문예시평」에서 사회주의 리얼리즘에 대한 논의는 본격적인 수용이라기 보다는 사회주의 리얼리즘에 대한 소개 차원에 머물고 있다고 할 수 있다.

백철에 의하여 사회주의 리얼리즘이 소개된 이후 프로문학계에서는 이것의 수용문제를 둘러싸고 논쟁이 전개되기에 이른다. 이 논쟁에서 주로 수용을 찬성하는 입장을 대표하는 사람으로는 안막과 한효라 한다면, 수용을 반대하는 입장에는 안함광, 김두용이 중심적 역할을 했다고 하겠다. 그리하여 여기에서는 이들의 논의를 중심으로 수용 찬반론의 논거를 검토해 보고자 한다.

사회주의 리얼리즘에 대한 본격적인 논의는 안막으로부터 시작된다. 그는 추백(萩白)이란 필명으로 발표한 「창작방법 문제의 재토의를 위하여」라는 8회에 걸친 긴 논문에서 사회주의 리얼리즘론에 대한 자신의 견해를 본격적으로 개진함으로써 논쟁은 불붙기 시작

---

84) 백철, 「문예시평」, 1933. 9. 16. 87쪽.
85) 김영민, 『한국비평논쟁사』, 한길사, 1993. 398쪽 및 다음 장의 <전향론>을 참조할 것.

한다.

그는 거기에서 소비에트 작가의 창작적 재건을 위하여 개시된 창작방법의 문제에 관한 토론은 작년(1932년—필자) 11월 조직위원회 제1회 총회 이후 종래 라프가 걸어왔던 '창작방법에 있어서의 변증법적 유물론'이란 슬로건을 잘못된 것으로 비판하고 '사회주의적 리얼리즘'이란 새로운 창작슬로건을 제기하였다고 소개한다. 그는 사회주의 리얼리즘의 필요성을 소비에트 사회의 변화에서 찾고 있다. 그러면서 유물변증법적 방법의 한계는 라프에 의하여 창작방법에 있어서의 유물변증법은 도식화되었고 그것은 작가들을 속박하고 재단하는 법전으로 화하였으며 현실에서 출발하는 것이 아니고 유물변증법에서 출발하였기 때문에 새로운 사회변화로 인하여 전향해오는 구작가, 노동자 출신의 새로운 작가에게 프롤레타리아트의 세계관으로의 접근을 객관적으로 방해하는 것과 같은 결과를 가져온 사실을 지적하고 있다. 이러한 한계를 극복하기 위하여 현실의 참다운 형태를 배우고 그 형상화의 방법에 관심을 갖기 시작한 모든 작가들을 격려하고 지도하는 창작상의 새로운 방법이 확립되지 않으면 안되었으니 이것이 '사회주의적 리얼리즘'이 제창된 근거[86]라고 주장한다. 따라서 우리도 이 문제에 대한 국제적 토론에 적극 참여할 필요가 있다고 전제하고, 이 문제에 대한 충분한, 그리고 정당한 이해와 부절한 노력의 필요를 강조하고 있다. 그러면서 그가 소비에트 문학에 있어서 창작방법의 재토의의 성과 가운데 가장 특징적인 것은 세계관과 방법과의 문제에 대한 관심과 자극을 주었다고 하여 창작방법론으로서 세계관의 문제를 본격적으로 제기하여 주고 있다는 점은 괄목할만한 일이라 하지 않을

---

86) 추백, 「창작방법문제의 재토의를 위하여」, 1933.11. 110쪽 참조.

수 없다. (세계관에 관한 문제는 뒤에서 다시 논의할 것임)

한편 그는 한국에서 창작방법으로서 변증법적 유물론에 대한 논의에 대한 비판을 강력하게 개진하고 있는데 唯仁의 「예술적 방법의 정당한 이해를 위하여」는 파제예프(Fadeer)의 이론의 기계적 섭취, 프롤레타리아 리얼리즘에 관한 비판에 있어서의 청산주의적 경향 등의 많은 오해가 포함되어 있다고 비판하는 일방, 송영의 논문은 후지모리(藤森成吉)의 관념적, 형이상학적 이론을 그대로 반복한 것으로 창작방법의 문제를 추상화한 것으로 규정하고 방법에 대한 불철저를 지적하고 있다. '창작방법에 있어서의 변증법적 유물론'이란 슬로건이 갖고 있는 잘못에 대하여 추백은 킬포틴의 견해를 바탕으로 창작방법의 단순화, 바꾸어 말하면 '예술적 창조와 이데올로기적 기도와의 복잡한 관계, 복잡한 의존을 예술가와 자기 계급의 세계관과의 복잡한 의존관계를 자율적인 법칙으로 변형하고 있다'87)고 주장하면서 다음과 같이 단언한다.

> 변증법적 유물론, 그것이 창작방법의 전제로의 세계관의 제 요소에 관한 한에 있어서는 아마 기본적으로 정당하였던 것이다. 예술가의 세계관과 창작방법과를 그 복잡한 의존관계에 있어서 정당히 보지 못하고 그것을 혼동하고 그간의 범주적인 차별까지 말소함으로써 예술적 창작과정의 복잡성 또는 특수성을 무시하였었다는 의미에서 중대한 결함을 갖고 있었던 것이다.88)

그는 라프에 의하여 '창작방법에 있어서의 유물변증법'의 도식화가 생겼으며, 그것은 현실에서 출발하는 것이 아니고 유물변증법

---

87) 추백, 위의 글, 115쪽.
88) 추백, 위의 글, 115쪽.

에서 출발한다는 전도된 방법에서 비롯되었기 때문에 상당한 과오[89]를 범하고 있다고 지적한다. 그 결과 작품의 제작에 대하여 현실의 진실한 예술적 표현을 구하는 대신에 '유물변증법에서 출발하라'든가 '변증법에 의하여 써라'는 부르짖은 라프의 창작방법은 작가를 속박하고 재단하는 의무적인 창작적 헌법으로 전화되지 않을 수 없었던 것이라 하여 유물변증법적 방법을 부정하게 된다. 그는 창작방법이란 예술가가 여하히 사실을 보느냐 하는 것만이 아니고 그 현실을 여하히 예술적으로 표현하느냐 하는 문제를 포함하고 있어야 한다는 것이다. 즉 창작방법 일반이란 예술적 창조에 있어서 현실인식과 그것의 형상 표현에 있어서 역사적으로 각 예술적 형식을 가지고 발현하며 발전하여 왔고 또한 발전하고 있는 것으로 보고 있다. 그러나 현실을 대하는 방법과 그것을 표현하는 방법과는 기계적으로 분리시킬 수 없는 불가분적 의존관계를 갖는 것이며, 또한 그 하나를 가지고 다른 것을 바꾸어 볼 수 없는 것으로 이 모두를 창작방법이라고 규정했다. 그러나 실제에 있어서 창작방법은 현실에 있어서 각계급의 작가들에 의하여 달리 파악되고 각각의 작품 속에 체현하는 것이라고 주장하고 있다.

이러한 안막의 주장은 그가 일찍이 「프로예술의 형식」과 「조선 프로예술의 당면의 긴급한 임무」에서 유물변증법적 방법의 중요성을 역설하던 것과는 매우 대조적이다. 그것은 이전의 창작방법으로서의 프롤레타리아 리얼리즘과 유물변증법적 창작방법에 대한, 그

---

89) 그는 유물변증법적 방법이 가져온 과오를 ① 작가의 의도와 작품의 현실과를 보지 않고 사회정세와 세계관에 관한 일반론으로부터 출발하는 것, ② 작가들에 의하여서는 정치적 견해의 '비근한 형상으로의 구체화'에 만족하는 방향을 낳게 한 것이라고 지적하고 있다. 추백, 위의 글, 119-120쪽 참조.

리고 그 당시 창작에서 보이고 있는 한계에 대한 전면적인 비판이 었음과 동시에 그 비판이 선진적인 이론에 기댄 것이었기 때문[90] 이기도 하지만 문제 또한 없지 않다. 그것은 유물변증법적 방법이 지니고 있는 문제점을 킬포틴의 사회주의 리얼리즘론에 근거하여 비판하고 있으면서도 사회주의 리얼리즘에 대한 구체적 논의가 이루어지지 않고 있는데, 이 점에서 그가 어느 만큼 사회주의 리얼리즘에 대해 이해하고 있었는지는 명확히 확인할 수 없다.

사회주의 리얼리즘의 수용에 대하여 비판적인 태도를 보인 최초의 사람은 권환이라 할 수 있다. 그는 「사실주의적 창작메쏘데의 서론」에서 19세기 리얼리즘이 사물의 표면에 나타난 피상적 현상을 보는데 만족한 사실을 지적하고 새로운 리얼리즘, 즉 소시알리스틱 리얼리즘은 부단히 유동 발전하는 복잡한 관련 속에서 현상을 그리는 것이 기본적이라 하여 양자의 차이를 지적한다. 그러면서도 그는 새로운 리얼리즘은 유물변증법적 방법이란 슬로건에서 소시알리스틱 리얼리즘으로 비약한 것으로 파악하고 소시알리스틱 리얼리즘이 어느 나라에서나 무비판적으로 적용되어서는 안될 것[91]이라 했다. 여기에서 권환의 주장 가운데 유물변증법적 방법에서 사회주의 리얼리즘으로 바뀌어진 과정을 단순히 비약으로 설명하고 또 그것이 다른 나라에서 적용될 수 없는 이유를 명확히 밝혀주지 못하고 있다.

사회주의 리얼리즘의 수용에 대하여 좀더 다른 차원에서 논의하고 있는 것은 김남천의 논고다. 그의 「창작방법에 있어서의 전환의 문제」라는 글은 안막의 주장을 비판하면서 조직의 문제를 거론하

---

90) 채호석, 앞의 글, 102쪽.
91) 권환, 「사실주의적 창작 메쏘데의 서론」, 1933. 134쪽 참조.

고 있다는 점에서 주목할 필요가 있다. 그에 의하면 추백의 논문은 우리 나라에 있어서의 창작방법을 정당히 해결하여 보겠다는 열정적인 기도에도 불구하고 소련서 전개되고 있는 토론 상황을 왜곡되게 소개하고 있을 뿐만 아니라, 조선의 이야기도 기계적으로 결부시킨 것에 지나지 않으며, 이 논문의 특징적 성격은 그의 비창조적인 곳에 있으며 왜곡된 이식에 있다[92]는 것이다. 그는 소련에서는 이 새로운 창작방법이 라프의 조직 개조와 동시에 제창되었다는 사실을 망각하고 창작방법의 방향만을 지지하고 조직을 문제로 하지 않고 있기 때문에 우리의 영향은 결국 이데올로기적 영향에만 머물 수밖에 없다고 주장한다. 그런데 우리에게 있어 이데올로기적 영향이 조직적 영향으로 될 때 비로소 실천적 의의를 가지는 것[93]임을 강조하고 일본의 경우, 도쿠나가(德永直)의 문학 문화써클 활동에 대한 청산주의적 태도와 하야시(林房雄)의 분산주의적 태도가 비판을 받고 창작방법과 함께 조직문제가 중요한 문제로 제기되었던 사실을 강조하고 있다. 그는 유물변증법적 방법에 대해 비판을 가한 도쿠나가의 주장에 대하여 '라프'의 재조직이 xxxx(사회주의) 건설의 실천 사업과 결부되면서 시행되어진 것을 망각하고 일본의 문학조직을 일본의 노동계급의 실천사업과 분리되기를 주장한 것이며, 창작방법에 있어서 사회주의 사회에서는 사회주의적 리얼리즘이지만 일본은 프롤레타리아 리얼리즘의 재복귀가 정당하다고 한 것이야말로 문제를 왜곡한 결과라고 주장한다. 이러한 주장은 소련에 있어 유물변증법적 창작방법이 지니고 있는 관념적 방법이 비판된 근거를 알지 못한 이론이고 실천과의 결합과 통일

---

92) 김남천, 「창작방법에 있어서의 전환의 문제」, 1934.3. 160쪽.
93) 김남천, 위의 글, 160쪽.

에서 새로운 창작방법이 생긴다는 사실을 간과하고 있으며, 공장과 콜호즈 속에서 생겨난 문학적 소산이 결국 사회주의 리얼리즘을 이론적으로 체계화시켰다는 사정에 대하여 정당한 이해도 없는 자들의 히스테리칼한 부르짖음94)이라고 주장한다. 이처럼 그는 창작방법과 조직활동의 변증법적 통일에 관한 논의 없이는 이 창작방법에 있어서 전환의 문제를 해결하지 못할 것임을 분명히 하고 있다. 그 결과 그는 사회주의 리얼리즘의 수용에 앞서 사회주의 리얼리즘의 갖는 의미를 올바로 이해하는 것이 선행되어야 할 것을 다음과 같이 피력하고 있다.

> 킬포틴이 말한 바, '예술적 형상 속에 현상을 그 일체의 진실에 있어 그 모순에 있어서 그 발전의 방향에 있어서 프롤레타리아 x(당)과 건설되면서 있는 사회xx(주의)의 역사적 「예견」에 있어서 재현하지 않으면 안 된다'는 것을, 그리고 이것이 창작방법의 새로운 제창의 기본이 되어있는 한 창작활동과 조직활동의 통일, 그리고 조직에 있어서의 기업 속으로의 급각도에 있어서의 전환의 문제를 정당히 이해하는 데서부터 비로소 유물변증법적 창작방법의 과오와 새로운 창작방법의 문제가 이해될 것이다.95)

이러한 주장을 통하여 김남천은 사회주의 리얼리즘은 소련의 프롤레타리아트의 실천상 과제와 관련하여 제창된 것이며 소련 문학운동의 조직문제와 결부되어 상정된 방법이기 때문에 소련과 조선과는 그 현실적 근거가 다르기 때문에 곧바로 수용하는 것은 불가능하며, 그렇다고 도쿠나가(德永直)의 주장처럼 '프롤레타리아트 리

---

94) 김남천, 위의 글, 165쪽 참조.
95) 김남천, 위의 글, 167쪽.

얼리즘의 복귀'를 주창할 필요도 없다고 한다. 따라서 그는 과거의
방법인 유물변증법적 방법을 그대로 적용해야 하며 다만 유물변증
법적 방법이 카프의 조직활동과 조선의 프롤레타리아트의 당면한
실천적 과제를 떼어놓고는 해결 할 수 없다고 본다. 그 이유는 카
프조직이 기업, 농촌 속에 기초를 가지지 못하였다는 것과 조선의
프롤레타리아트의 실천적 과제와 예술공작 일반이 결부되어 있지
않기 때문이며, 이를 반성할 때 유물변증법적 방법이 갖고 있는 많
은 문제점이 해결될 수 있다고 믿었던 것이다. 이처럼 김남천이 조
직문제와 결부시키지 않는 이론 전개는 무조건 잘못되었다는 주장
은 문학운동을 문화적 정치운동으로 파악하는 정치주의적 편향을
드러낸 것이라 하지 않을 수 없다.

한편 이기영은 사회주의 리얼리즘의 수용을 적극적으로 주장하
고 있다. 그는 「사회적 경험과 수완」에서 유물변증법적 창작방법이
란 슬로건에 가위 눌려지냈음을 고백96)한 바 있지만, 「창작방법 문
제에 관하여」에서는 사회주의 리얼리즘은 재래의 고정화된 유물변
증법적 창작이론을 양기(揚棄)하고 거기서 완전히 해방되려는 일보
전진한 이론적, 기술적 창작방법의 위대한 문학건설을 사명97)으로
하고 있다고 주장하고 이의 수용을 적극 지지하게 된다. 그는 과거
의 유물변증법적 방법은 이데올로기 편중주의, 이데올로기 지상주
의로 이런 경향은 작품을 선전문이나 삐라처럼 만들게 하고 강령
의 해석처럼 만들었다고 비판하면서 새로운 문학에서는 예술성과
당파성이 조화를 이루고 이데올로기와 리얼리즘이 병립되어야 함
을 주장하기에 이른다. 이러한 이기영의 주장은 작가로서 실제 작

---

96) 민촌생, 「사회적 경험과 수완」, 1934.1. 149쪽.
97) 이기영, 「창작방법 문제에 관하여」, 1934.5. 214쪽.

품을 쓰는 과정에서 일어나는 여러 가지 문제를 바탕으로 사회주의 리얼리즘이 과거 유물변증법적 방법이 갖고 있는 지나친 이데올로기의 강화에서 벗어날 수 있다는 점을 강조한 것으로 사회주의 리얼리즘에 대한 본질적 논의에서는 얼마만큼 벗어나고 있는 것이다. 이러한 점은 이 논문에서 다루고 있는 문제가 작가의 생활이나 재제의 문제, 새로운 양식의 문제를 거론하고 있는 데서 보다 분명히 확인할 수 있다.

안함광은 「창작방법문제의 재토의에 기하여」를 발표하는데 이 글은 그의 「창작방법 문제 신이론의 음미」를 수정 가필한 것으로 여기에서 그는 사회주의 리얼리즘의 수용에 대하여 부정적 태도를 보여주고 있다. 그는 헤겔의 '방법은 시스템의 혼이다'라는 말을 모두에 내걸고 우리 나라에서 창작방법에 대한 논의가 1926, 7년 전후에 박영희의 창작 「지옥순례」를 중심으로 전개된 박영희 대 김팔봉의 논전을 비롯하여 한설야의 「변증법적 사시주의의 길로」, 신유인의 「창작의 고정화에 항하여」, 「예술적 방법의 정당한 이해를 위하여」, 송영의 「1932년의 창작의 실천방법」, 백철의 「창작방법 문제」등이 1932년까지 조선의 문단에 각기 한 개의 에폭을 지어 오다가 1933년에 들어서부터는 백철의 「새로운 창작방법 문제에 대하여」, 안함광의 「사회주의적 리얼리즘과 혁명적 로맨티시즘의 제창에 대하여」, 추백의 「창작방법 문제의 재토의를 위하여」등이 예술적 방법문제 토의에 기여해 왔다고 지적하고 1932년까지의 논의는 '유물변증법적 창작방법'을 중심으로 논의된 것이라고 하면 1933년 초두로부터 지금까지는 전로(全露)작가동맹 제1회 조직위원회 총회에서 그론스키, 킬포틴 등에 의하여 제기된 새로운 창작적 슬로건 즉 '사회주의적 리얼리즘과 혁명적 로맨티시즘'을 계기로 하여 논의되어 왔던 것98)이라고 하면서 이러한 논의에서 가장 많이 범한 과오로서는 러시아의 현실과 조선의 현단성(現段性)과의 본질적 차이에 대한 충분한 인식이 결여되었다고 규정한다. 그는 「창작방법문제 신이론의 음미」에서 유물변증법적 창작방법을 주장하고 과거 유물변증법적 창작방법의 과오로 1)비예술적 공식적 작품의 범람, 2)비평의 관료화, 도식화, 3)작가와 실천의 격리라고 지적하고 이를 구체적으로 비판하고 있다. 특히 그는 두 번째 비평의 관료화, 도식화에 대해서 구라하라(藏原)의 옥중서신을 근거로 작가적 활동의 위축, 고식(枯息), 퇴화 등은 유물변증법적 창작방법 탓이 아니라 그 슬로건을 극히 단순히 아류적으로 해석한 작가들의 소화불량에서 기인하는 것이라고 주장한다. 그는 예술적 창작방법이란 예술창조에 있어 현실에 대한 인식과 예술적 형상이 변증법적으로 통일된 방법이라고 정의하고 예술적 형상을 거세한, 즉 표현양식을 무시한 현실인식의 방법이란 예술적 창작방법이 될 수 없으며, 재래의 창작적 슬로건과 새로이 제창된 창작적 슬로건은 본질적으로 구분될 하등의 차이도 발견할 수 없다고 주장한다. 그러면서도 '사회주의적 리얼리즘'이란 슬로건은 조선의 객관적 현실에 대한 사회적 적응성은 전연 가지고 있지 못한 것이어서 그것을 곧 그대로 습용할 수는 없다99)고 하면서 재래의 '유물변증법적 창작방법'을 대신하여 '유물변증법적 리얼리즘'이라는 슬로건을 새로운 창작방법으로 내세우는 것이 타당하다고 하여 유물변증법적 방법과 사회주의 리얼리즘을 하나로 통합100)하려고 했다. 이

---

98) 안함광, 「창작방법문제의 토의에 기(寄)하여」, 1934.6. 225쪽.
99) 안함광, 위의 글, 239쪽 참조.
100) 안함광, 위의 글, 239쪽 참조.

러한 안함광의 주장에는 유물변증법적 방법에 대한 일방적 비판에 대한 반작용으로 유물변증법적 방법을 옹호하려는 의도가 있었다고도 할 수 있지만 유물변증법적 방법과 사회주의 리얼리즘 사이에 별다른 차이점을 발견하지 못하고 거의 동일한 것으로 파악한 결과라 할 수 있다. 이는 안함광이 사회주의 리얼리즘에 대한 이해가 얕았음을 드러내는 것이라 할 수 있다. 그러면서도 유물변증법과 사회주의를 하나로 묶어 '유물변증법적 리얼리즘'으로 통합할 것을 주장할 때, 구체적으로 '유물변증법적 리얼리즘'의 의미가 분명하지도 않지만 단순히 명칭만을 바꿔치기 하는 것에 불과한 것이라 하지 않을 수 없다. 그런가 하면 그는 방법의 문제를 단지 형상화의 기술로 이해하고 있다는 데 또다른 한계가 있다. 그런 점에서 안함광의 이론은 사회주의 리얼리즘에 대한 올바른 이해가 확립되지 못한 설익은 주장이라 할 수 있다.

이동규는 「창작방법의 새 슬로건에 대하여」에서 조선에는 이 새로운 창작방법에 대한 오해에서 그 슬로건의 부당성을 말하는 이도 있고 또 그것을 부르조아예술로의 환원같이 이해하려고 하는 두 가지 의견이 있다고 전제하고, 사회주의 리얼리즘은 과거의 방법과 같이 작가에게 세계관의 구체화에만 노력할 것을 강요치 않고 현실의 구체화, 사회적 진실의 예술적 구상화를 지시하기 때문에 창작의 특수성을 인정하고 작가에게 자유로운 발전의 여지를 준다[101]는 것이다. 그는 모리야마(森山啓)의 '사회주의적 리얼리즘이라고 하는 말은 세계에 대하여 사회주의적 진실을 말하려고 하는 작가들의 개개의 제작 방법을 같은 방향으로 통일하기 위한 슬로건'(『文化集團』4월호)이라는 주장을 인용하면서 두개의 현실이

---

101) 이동규, 「창작방법의 새 슬로건에 대하여」, 1934. 244쪽.

서로 틀리기 때문에 예술적으로 구체화되고 형상화된 예술작품의 내용, 그것은 지역적 현실이 다른 만큼 다르겠지만 작가가 가지는 현실인식의 방법과 현실의 예술적 형상적 표현의 방법인 창작 슬로건까지 달라야 한다는 이론은 정당성을 잃은 우견[102]이라고 주장하여 사회주의 리얼리즘의 수용을 찬성하고 있다. 그러나 그는 사회주의 리얼리즘의 방법에 대한 구체적 논의를 하지 않고 있어 이에 대한 이해의 폭과 깊이를 알 수 없다.

권환은 다시 「현실과 세계관 및 창작방법과의 관계」에서 유물변증법적 창작방법의 오류로 ①세계관과 현실과의 본말전도 ②세계관과 방법과의 혼동, ③세계관의 과대 평가라고 지적하고 유물변증법적 방법을 비판하고 있어 앞에서 검토한 그의 「사실주의적 창작메쏘데의 서론」의 주장을 뒷받침해 주고 있다. 특히 그는 이 글에서 창작방법과 세계관의 문제를 집중적으로 논의하고 있어 이 점은 뒤에서 다시 논의되어야 할 것이다.

한편 사회주의 리얼리즘이 적극적 수용자의 대표자로 평가받는 한효는 주로 킬포틴의 사회주의 리얼리즘론을 근거로 이를 적극적으로 수용하는 입장을 표명한다. 그는 「우리들의 새 과제 - 방법과 세계관」에서 킬포틴의 '진실을 그려라!'라는 슬로건이 왜곡되어 일종의 유행화되었다고 지적하면서 사회주의 리얼리즘의 수용을 거부하는 사람들이 정세의 차이를 그 이유로 들고 있는데 대하여 다음과 같이 반박한다.

> 객관적 정세의 내용을 형상화함이 예술인 이상 소비에트동맹과의
> 객관적 정세가 여하히 판이하든 그 내용을 형상화하는 창작방법으로

---

102) 이동규, 위의 글, 246-247쪽 참조.

서의 '진실'을 그리라는 말은 전연 동일하게 해석되어야 할 것임은
물론이다. 소비에트동맹의 작가는 그 나라의 객관적 정세를 '진실'
하게 그려야 할 것이며 우리 작가는 우리의 객관적 정세를 '진실'하
게 그려야 할 것이다.[103]

　여기에서 한효는 사회주의 리얼리즘에서 강조하고 있는 것 가운
데 오직 '진실을 그리라'는 것만을 지나치게 강조하고 있다. 그런
가 하면 유물변증법이란 세계관은 될 수 있으나 창작방법은 될 수
없다고 주장한다. 그리고 그는 「소화 9년도의 문학운동의 제동향」
및 「문학상의 제문제」에서 문학은 '선전도구'일 수 없다고 주장하
고 안함광의 '유물론적 리얼리즘'은 객관적 현실과 실천적 창작활
동에 대한 인식 부족을 드러내고 있는 것이라고 비판했다.
　그러나 그의 비판은 다시 안함광에 의하여 비판을 받게 된다. 안
함광은 「창작방법 문제 재검토를 위하여」에서 한효의 비판 요지를
추출하여 이를 비판해 나가는데 주요점은 유물변증법에 대한 정확
한 인식과 현실 토대의 상이에 따른 창작방법의 정초 문제이다. 즉
유물변증법은 세계관은 될 수 있으나 창작방법은 될 수 없다는 것
과 소비에트 러시아의 현실과 조선의 현실 사이에는 그 방법(창작)
을 달리하지 않아서는 아니 될 하등의 조건도 잠재되어 있지 않다
는 한효의 인식에 비판을 가한다. 그는 소시알리스틱 리얼리즘이
조선에 적용되어서는 안될 현실적 근거가 없다는 한효의 견해에
대하여 구보(久保榮) 등의 견해를 빌어 자본주의적 현실 가운데 실
재적 가능성으로서 존재하는 사회주의를 현실성과 오인하여 관념
체계와 경제체계를 혼동한 것으로 충분한 반박이 될 것이라고 주

---

103) 한효, 「우리들의 새과제 – 방법과 세계관」, 1934.7. 279쪽.

장하고 다음과 같이 주장한다.

　　반박의 논리적 근거로 삼고 있는 것을 탐구해 본다고 하면 이미
　일본 문단에서 새로운 창작적 슬로건에 가담하는 자들에 의하여 벌
　써부터 제론(提論)되어 있는 두 가지 명제 — 즉 유물변증법은 세계
　관은 될 수 있으나 창작방법은 될 수 없다는 것과 소비에트 러시아
　의 현실과 조선의 현실 사이에는 그 방법(창작)을 달리하지 않아서
　는 아니 될 하등의 조건도 잠재되어 있지 않다는 데로 귀결되어 있
　다. 그러나 유물변증법! 그것은 단순한 세계관이 아니라 또한 현실
　인식의 한 개의 훌륭한 방법이 아니었던가? 물론 세계관으로서의 유
　물변증법은 창작방법의 슬로건이 되지 못한 것에 대하여는 재언을
　요할 바 못된다. 그러나 이 말이 곧 유물변증법은 세계관은 될 수 있
　으나 창작방법은 될 수 없다는 혼란된 논리를 용허해 줄 성질의 것
　이 되지 못하는 것은 두말할 것도 없다. 예술은 형상적 사유의 형식
　으로서의 세계 인식이라는 곳에 그 특수성이 있는 밖에(外) 그가 세
　계 인식이라는 점에 있어서는 다른 모든 의식 형태와 조금도 다를
　것이 없는 한에 있어서 현실 인식의 한 개 우수한 방법인 동시에 사
　유의 일반법칙인 유물변증법에 예술이라서 그를 관통하지 못할 이론
　적 근거가 나변(那邊)에 있단 말인가?[104]

　이처럼 안함광은 유물변증법은 현실 인식의 우수한 방법이기 때
문에 창작방법으로 충분히 기능할 수 있음을 역설하고 모리야마(森
山啓)의 명제 즉 '소시알리스틱 리얼리즘은 사회주의적 현실(세계
의 근로계급의 생활)의 발전 과정을 객관적이고, 진실 되게 예술적
표현으로 유도하는 창작방법인 것'이라고 한 것과 고보리신지(小掘
甚二) 또는 구보(久保榮) 등의 공통된 의견, 즉 자본주의적 현실 가
운데 실재적 '가능성'으로서 존재하는 사회주의를 '현실성'과 오

---

104) 안함광, 「창작방법 문제 재검토를 위하여」, 1935. 356-357쪽.

인하여 관념체계와 경제체계를 혼동하였다는 것을 인용하면 족하
리라105)고 하면서 러시아에서 유물변증법적 창작법은 제1차 5개년
계획 하에서 나타났으며 새로운 창작적 슬로건 '소시알리스틱 리
얼리즘과 xx(혁명)적 로맨티시즘'은 어째서 제2차 5개년 계획이라
는 사회적 배경 하에서 나타난 것인가 하는 질문으로 한효의 주장
을 반박하고 사회적 정세가 판이하면 방법 또한 달라야 할 것임을
다시 한번 강조하고 있다.

　이러한 안함광의 주장에 대하여 다시 한효는 「신창작방법의 재
인식을 위하여」라는 글로 반론을 제기한다. 안함광의 첫 번째 질문
(1차 5개년 계획기간에는 유물변증법적 방법을, 2차5개년 계획 하에서는 사회주
의 리얼리즘을 제창한 까닭)에 대하여 한효는 문학상의 창작방법이 어
떠한 특징적인 발전적 단계마다 변화하는 것을 의미하는 것이 아
니라고 비판한다. 그리고 두 번째 질문(문학에 있어서 진실의 문제)에
대하여서는 먼저 안함광이 객관적 현실의 반영, 진실의 묘사라는
명제를 초보적 명제라 한데 대해 그것은 최고의 가장 기본적인 명
제라고 주장하면서, 최근 조선 문단에 있어서 소위 '조선적 현실'
이라는 개념적 문구에 의하여 전연 요령부득한 소시알리스틱 리얼
리즘에 대한 무원칙한 반대론을 제의하고 있는 이론적 근거는 첫
째, 정치적, 경제적 체제 내지 생산관계의 무조건한 추상에 의하여
그것을 본질적으로 달리하는 소비에트연방에 있어서 창작방법으로
서 소시알리스틱 리얼리즘이 제창되었다고 그것을 조선에는 이식
할 수 없다고 주장하는 것은 문제의 본질을 올바로 이해하지 못한
데서 비롯된 오류임을 지적한다. 그리고 이러한 경향은 물론 일본
의 구보(久保榮), 고보리(小堀甚二), 기타이와(北巖二郎) 등의 의견과

---

105) 안함광, 위의 글, 357쪽.

일맥 통하는 것이 있으면서도 그 창작방법론의 제의에 있어서는 좀 경향을 달리하여 일본 내지의 그것은 '반(反)자본주의적 리얼리즘' 혹은 'xx(혁명)적 리얼리즘'임에 반하여 조선의 그것은 소위 '유물변증법적 리얼리즘'이라는 안함광군의 논설로 대표되어 있다106)고 주장한다. 그리고 수용의 반대 근거로 주장하고 있는 자본주의적 현실에 대하여 그는 독일의 자본주의가 다른 나라의 그것보다 훨씬 발달되어 있었기 때문에 사회주의 학설이 생산된 것과 같이 소련의 사회주의적 발달이 그것을 생산한 것임을 지적하고 사회주의 이론이 자본주의 후진국에 있어서도 타당한 국제성을 가지고 있는 것과 같이 소시알리스틱 리얼리즘의 문학상에 창작방법도 국제성을 가지고 있으며 후진인 조선에 있어서도 소시알리스틱 리얼리즘의 문학상에 창작방법을 이식하여도 아무런 위험성이 없다는 점107)을 강조하고 있다. 그리하여 그는 소시알리스틱 리얼리즘은 인류가 도달한 예술적 사유와 예술적 창조의 최고의 형태이며 단계라고 주장하고 다음과 같이 결론짓고 있다.

> 당연히 인류가 도달한 최고의 문학상의 창작방법으로서의 소시알리스틱 리얼리즘을 이식하기에 아무런 주저도 가져서는 아니 될 것이다.(중략) 소련에 있어서의 소시알리스틱 리얼리즘의 방법에 관한 구체적 코스는 그 나라의 객관적 현실 내지 그의 발전적 과정에서 파악되고 실천되는 것은 물론이며 조선에 있어서의 그것은 조선의 특수적인 발전의 제단계가 있고 그 자신에 부과된 기본적 사회적 제 과제가 있는 것은 물론이다.108)

---

106) 한효, 「신창작방법의 재인식을 위하여」, 1935. 360-361쪽 참조.
107) 한효, 위의 글, 363쪽.
108) 한효, 위의 글, 368-369쪽.

한효는 사회주의 리얼리즘을 수용함에 있어서 무엇보다 중요한 것은 '조선적 현실'만을 고집할 것이 아니라 국제성에 대한 올바른 규명을 통하여 각국이 처해 있는 특수한 조건이나 과제를 발견하는 일임을 강조하고 하고 있는 것이다. 그러나 한효는 사회주의 리얼리즘을 합법칙적 최고의 창작방법론이라고 높이 평가하고 있으면서도 실제에 있어서 사회주의 리얼리즘에 대한 구체적 내용이나 방법은 설명하지 못하고 있음을 알 수 있다. 우선 유물변증법적 창작방법의 최대 결함이라고 그 자신이 지적하는 세계관과 창작방법과의 관계에 대해서 그것이 복잡한 관계라고 지적할 뿐 구체적 분석은 전혀 행하지 못하고 있다. 이런 현상은 일본 문단의 상황과도 완전히 일치하는 것이라 할 수 있다.

이병각은 「조선적 현실의 논고」에서 한효의 주장을 적극 옹호하면서 사회주의 리얼리즘에 대한 올바른 이해는 국제성을 인식하는 일이며, 이는 스테레오타입 그대로 각국에 통용되는 것이 아니라 각국의 구체적 현실에 입각하여 독자적으로 행위하는 것이며 따라서 사회주의 리얼리즘은 각국의 현실에 적용되어 통요되는 기초적 모체임을 강조한다.109) 그리고 창작방법에 있어서 작가의 세계관에 대하여 논의하고 있다.

이처럼 안함광의 주장에 대한 반박이 강화되고 있을 때 김두용은 「창작방법의 문제」를 통하여 안함광의 입장을 적극 변호하며 '혁명적 리얼리즘'을 제창하고 이 논쟁에 가세한다. 특히 김두용은 한효의 추수주의를 구체적인 예증을 통해 폭로하고 있어 주목된다. 즉 한효의 이론은 일본 사회주의 리얼리즘 논자들인 모리야마(森山啓), 가와구치(川口浩)등의 이론과 누마타(沼田英一) 등의 낭만주의론

---

109) 이병각, 「조선적 현실의 논고」, 1935. 383-384쪽 참조.

을 모방 직역하였다고 폭로한다. 김두용의 「창작방법의 문제」는 먼
저 유물변증법적 방법은 맑스주의적 창작방법으로 진실을 구체적
으로 그리는 것을 원칙으로 하는 방법이기 때문에 잘못된 것이 아
니며, 일본이나 조선의 사회주의적 리얼리즘 주장자는 현실의 진실
을 정확히 그리는 방법을 리얼리즘 위에 사회주의적이라는 말을
붙인 '사회주의적 리얼리즘'이라고 생각하고 있으나 이것은 오해
이며 사회주의적 리얼리즘이란 명칭은 잘못된 것이라 하고 혁명적
리얼리즘이어야 할 것을 다음과 같이 주장한다.

> '우리의 리얼리즘은 새롭다. 사회주의적 현실을 표현하고 확증하
> 니 사회주의적인 것이다.'(유진. 파제예프, 「사회주의적 리얼리즘은
> 소비에트문학의 기본방법」, 『문화집단』 작년 7월호 소재)라는 말을
> 보더라도 지극히 명백한 것이다. 다시 말하면 현실의 진실을 정확히
> 그리라는 방법은 리얼리즘의 일반 원칙으로 전세계에 통용된 원칙이
> 다. (중략) 사회주의적 현실을 표현하니 그 문학의 리얼리즘이 '사회
> 주의적이 되고, (중략) 비약하는 현실 즉 대중의 xxx(혁명적)투쟁,
> 다시 말하면 xxx(혁명적) 현실을 그린 것이니 그 리얼리즘이 xxx
> (혁명적)이 될 것이다.110)

이러한 김두용의 주장은 일본의 가미야마(神山)나 구보(久保)의
주장에 근거하고 있으며, 일본에서 사회주의 리얼리즘을 주장하는
모리야마(森山), 나카노(中野), 가와구치(川口)의 논리를 부정하고, 사
회주의 리얼리즘은 '소비에트의 사회주의적 리얼리즘이라는 것은
현실을 역사적으로 구체적으로 그리라는 창작방법만을 가르치는
것이 아니요 작가동맹 규약에 명시된 바와 같이, ① 사회주의 정신

---

110) 김두용, 「창작방법의 문제」, 1935. 396-397쪽.

으로 근로대중의 사상을 개조하고 교육하는 임무에 결합하도록 그릴 것, ② 문학운동을 프롤레타리아의 긴밀한 문제와 긴밀히 관련시키고, ③ 작가는 사회주의적 건설에 참가하고, ④ 그 속에서 현실을 신중하게 연구하고, ⑤ 이러한 활동을 통일하고 강화하기 위하여 조직할 것을 주장하고 있음에도 불구하고 '현실의 진실을 그려라'하는 방법으로만 인식한데서 오류를 범하고 있다는 것[111]이다. 그러므로 유물변증법에 대한 새로운 인식이 필요함을 강조하게 된다. 그는 또 「창작방법 문제에 대하여 재론함」에서 구체적 실천 과정의 분석을 통해, 즉 당시 소비에트나 일본 등에서 이데올로기 획득, 투쟁이 중요한 과제로 제기되고 이와 관련하여 유물변증법적 창작방법이 제창되면서 마르크스주의 철학을 공부하여 큰 수확을 얻었으나 이를 적용할 현실 생활의 구체적 내용을 아는데 곤란과 모순을 느껴 공식주의적, 관념적, 슬로건적 경향을 가지게 되었다고 파악함으로써 안함광이 말한 대로 과거 창작의 도식주의를 창작방법에만 전가시키는 태도는 잘못이라고 강조한다. 그는 유물변증법적 창작방법에서 창작을 유물변증법적으로 하라는 말은 결코 철학적 논문처럼 문학을 쓰라는 것도 아니고 또 과격한 슬로건을 나열하라는 것도 아니며, 단지 창작을 할 때에 작가는 반드시 프롤레타리아트 입장에서, 다시 말하면 맑스주의적 철학적 방법인 유물변증법적 인식 밑에서 모든 현실을 본질적으로 대립적으로 발전적으로 전체적으로 인식하고, 이러한 인식 위에 서서 모든 현실을 구체적으로 사실적으로 그려야 한다는 것을 말함에 불과한 것[112]이라고 했다. 그럼에도 불구하고 유물변증법적 창작방법을 비난하는

---

111) 김두용, 위의 글, 399쪽 참조.
112) 김두용, 「창작방법 문제에 대하여 재론함」, 1935. 421쪽.

이유는 근본적으로 엄정한 맑스주의 철학에 통달치 못한 관계로 모든 사물에 대한 인식방법에 있어서도 충분한 계급적 입장에 서지 못하였기 때문이라 하여 방법의 잘못이 아니라 실천상 오류를 범했음을 지적하고 있다. 그런데 소비에트에서 유물변증법적 방법이 사회주의 리얼리즘으로 바뀌게 된 이유는 작가들이 유물변증법적 창작방법 하에서 작품을 공식주의로 썼다는 점에만 있는 것이 아니라 사회적 정세의 변천에도 큰 관련을 가지고 있다고 전제하고, 이데올로기적 승리가 어느 만큼 성공적으로 이루어졌기 때문에 현실생활을 구체적으로 그릴 수 있는 기술적 문제가 중시되게 됨으로서 사회주의 리얼리즘이 대두하게 되었다고 설명하고 있다. 그런 의미에서 우리의 경우는 아직 맑스주의적 이데올로기의 실천에 있어 많은 과제가 있고 더군다나 자본주의 사회에서 프롤레타리아 혁명을 필요로 하기 때문에 혁명적 리얼리즘이어야 할 것이라고 주장하고 혁명적 리얼리즘의 성격을 다음과 같이 규정하고 있다.

> xxx(혁명적) 리얼리즘은 어떤 실천을 의미할까? 그것은 다시 말할 것 없이 xxx(혁명적) 문학의 창조를 위한 창작방법을 의미한다. 그것은 기본적으로는 첫째로는 어느 날 투쟁하는 노동자 대중의 반자본주의적 반봉건적 투쟁의 현실을 창작하는 것. 둘째로는 농민의 반봉건주의적 투쟁과 무산 시민 대중의 투쟁의 현실. 셋째로는 노동자 농민의 동맹과 기타 노동자의 헤게모니의 아래에서 투쟁하는 대중적 협동전선의 현실. 이러한 xxx(혁명적)투쟁 — xxx(혁명적) 현실을 창작하는 그 실천활동의 방법을 말하는 것이다.[113]

그런데 그가 주장하는 혁명적 리얼리즘은 결론에 이르러 사회주

---

113) 김두용, 위의 글, 457쪽.

의 리얼리즘과 통합되고 있음을 보게 되는데 그는 '우리는 사회주의 리얼리즘을 승인한다. 동시에 그 내용은 xxx(혁명적) 리얼리즘이다'114)라고 하여 앞에서 그가 강조한 유물변증법적 방법에 대한 옹호론과는 판이한 태도를 보여주고 있는 것이다. 이러한 김두용의 논리에는 작가의 세계관과 창작방법이 갖는 복잡한 상호관계, 그리고 당파성과 객관성의 변증법적 관계에 대한 깊은 철학이 없었다. 따라서 사회주의 리얼리즘이 그 이전 단계와는 다른 이론의 새로운 단계임을 보지 못한 사실이 김두용의 가장 큰 한계115)라 할 수 있다.

박승극 역시 「창작방법의 확립을 위하여」에서 사회주의 리얼리즘의 수용을 지지한다. 그는 유물변증법적 청작방법이 비판을 받게 된 이유를 첫째는 창작적 실천을 통한 유물변증법적인 창작방법으로서는 그 뜻하는 슬로건이 너무 협소해서 작가를 속박하고 창작상 지장을 낳았으며 문학의 일면화를 초래하는 결과로 나타나게 되었고, 둘째는 소비에트동맹에 있어서의 제1차 5개년 계획의 달성 및 제2차 5개년 계획의 완전한 보장, 더 나아가서는 사회주의 건설의 가능성이 확보되어 다른 부문에서와 마찬가지로 문학부문에도 광범한 xx의 동원, 지도가 필요케 된 것116)이라고 주장하고 사회주의 리얼리즘은 유물변증법적 방법에서 보다 높은 단계에로 발전을 의미하는 것이기 때문에 소비에트적 현실에만 걸맞은 것이 아님을 강조한다. 그러면서 일부에서 주장하고 있는 혁명적 로맨티시즘이나 혁명적 리얼리즘에 대하여 '소시알리스틱 리얼리즘은 대중적인,

---

114) 김두용, 위의 글, 461쪽.
115) 채호석, 앞의 글, 109쪽.
116) 박승극, 「창작방법의 확립을 위하여」, 1935. 468쪽.

사회주의적 히로이즘과 xx(혁명)적 로맨티시즘을 내포하고 있다'는 소련 『문학평론』지의 사설을 인용하여 별개의 것이 아니라 모두가 사회주의 리얼리즘에 포괄되는 것임을 강조하고 있다. 이러한 박승극의 주장은 사회주의 리얼리즘이 지니고 있는 속성을 상당히 정확하게 인식한 것이라 할 수 있다. 다시 말하면 사회주의 리얼리즘이 본질적으로 갖고 있는 미래에 대한 전망과 당파성은 필연적으로 로맨티시즘과 혁명성으로 나타나기 때문에 이들을 사회주의 리얼리즘과 별개의 것으로 분리하는 것은 정당한 것이라 할 수 없기 때문이다.

지금까지 사회주의 리얼리즘의 수용을 둘러싼 찬반 논의를 살펴보았거니와 이것의 수용을 찬성하는 쪽은 사회주의 리얼리즘은 유물변증법적 방법이 갖고 있는 작품의 고정화와 지나친 이데올로기의 주입에 대한 비판에 초점을 두면서 사회주의 리얼리즘은 이를 극복하기 위한 방안임을 강조하고 있다. 이와는 달리 수용을 반대하는 입장은 사회적 조건이 다르다는 점을 내세웠다. 그렇다고 하여 반대론자들이 유물변증법적 방법을 고집하는 것이 아니고 혁명적 리얼리즘을 제창하고 있어 결과적으로는 유물변증법적 방법이 안고 있는 문제점에 대해서는 동일한 태도를 보였다고 할 수 있다.

2. 창작방법과 세계관

사회주의 리얼리즘의 수용을 찬성하는 입장에 서있었던 사람들도 수용의 당위성이나 필요성만을 강조하고 있을 뿐 창작방법으로 사회주의 리얼리즘이 지향하는 구체적 방법에 대해서는 별다른 논의가 이루어지지 못하고 있는 것은 일본의 경우와 동일하다. 단순히 몇 사람이 창작방법과 세계관의 문제를 언급하고 있을 뿐이다. 그런데 창작방법과 세계관과의 관계에 대한 문제는 그렇게 단순한 것도 아니고 그 속에는 몇 가지 질문을 함축[117]하고 있다고 할 수 있다. 그러므로 그것을 개별적으로 검토하는 것이 바람직한 것도 사실이지만 여기에서는 논의의 편의를 위하여 발표순으로 세계관의 문제를 어떻게 인식하고 있으며, 그것이 창작방법에 있어서 어떠한 의미를 지니고 있는지를 검토해 보고자 한다.

창작방법과 세계관의 문제를 최초로 거론한 것은 추백에 의해서다. 그는 사회주의 리얼리즘 논의에서 관심과 자극을 주는 것은 세계관과 방법과의 관계라고 전제하고 킬포틴, 라진(Razin), 바실리코프스키(Vasilikorsky) 등의 보고나 논문에 의하여 소비에트문학에 있어서 창작방법 논의에 있어 가장 중요한 점으로 예술에 있어서 세계관과 방법문제가 보다 구체적인 형태를 가지고 제기되었다고 소개한다. 그는 세계관과 방법과의 관계에 대한 잘못된 이해로부터 창작방법에 있어서의 유물변증법의 도식화, 비평의 관료화, 작품에 있어서의 정치적 견해의 비근한 형상으로의 구체화 등의 잘못된 경향을 낳게 한 것[118]이라 하여 세계관이 창작의 핵심적 요소임을 고리끼를 예로 다음과 같이 설명하고 있다.

　　사회주의적 리얼리스트로서의 고리끼의 위대한 '힘'은 그가 다만 예술적 표현력에 있어서 탁월하다는 그곳에만 있는 것이 아니고, 보다 구체적으로는 그가 프롤레타리아트의 세계관 위에 서 있고 그렇

---

117) 유문선은 창작방법과 세계관의 문제는 ① 세계관과 창작방법은 동일한가? ② 세계관과 창작방법이 모순될 수는 없는가? ③ 세계관과 창작방법의 상호관계는 어떠한가? 하는 질문으로 나누어 검토되어야 할 것을 지적하고 있다. 유문선, 「1930년대 창작방법론 논쟁연구」, 서울대 석사논문, 1988, 39쪽.
118) 추백, 앞의 글, 111쪽.

기 때문에 생활적 사실을 정시하고 생활을 소극적인 관조를 위하여
서가 아니고 그 적극적인 xx(변혁)을 위하여 인식하고 있다는 데 있
는 것이다.119)

여기에서 추백은 작가의 위대성이란 뚜렷한 세계관을 바탕으로
할 때에 가능한 것임을 지적하고 있다. 그는 과거 유물변증법적 방
법에서 설정된 방법이 참된 '세계관'으로의 관계가 아니고 오히려
일정한 도식적 규범으로 작용했기 때문에 실패했다고 주장한다. 그
는 프롤레타리아 작가는 가장 완전한 '리얼리스트'가 아니면 안되
고 또한 프롤레타리아 작가만이 그렇게 될 수 있으며 그러기 위해
서는 프롤레타리아 작가는 변증법적 유물론에 의하여 무장되지 않
으면 안 된다고 하는 주장은 정당한 것이었다고 말한다. 그러면서
그는 구라하라(藏原惟人)의 주장에 근거하여 예술상의 리얼리즘과
철학상의 유물론과는 반드시 일치하는 것이 아니라고 전제하고 변
증법적 유물론의 방법이라고 말할 경우 그것은 예술적 창조의 방
법을 단순히 현실인식의 방법으로 바꾸어 놓은 결과120)를 가져 왔
다고 주장한다. 여기에서 추백의 주장은 세계관과 창작방법을 동일
한 것으로 파악하는 것이 아니라 오히려 분리하여 유물변증법적
세계관은 현실인식의 방법으로 작용하고 현실을 정확하게 표현하
는 것은 리얼리즘에 의해서 가능한 것으로 파악하고 있는 것이다.
이러한 주장은 사회주의 리얼리즘이 유물변증법적 창작방법과 변
별될 수 있는 것으로 정당성을 획득할 수 있는 것이다. 그러면서
다른 한편으로는 세계관과 창작방법과의 복잡한 관계를 단순화, 도
식화하여 반영론의 관점이 아닌 세계관 내지 정치적 이해의 형상

---

119) 추백, 위의 글, 125쪽.
120) 추백, 앞의 글, 123쪽 참조.

화라는 견해를 견지하고 있다. 따라서 창작방법이 현실에서 출발하
는 것이 아니고 유물변증법에서 출발한다는 전도된 방법이 생겨남
으로써 비평가에 있어서 레닌주의의 강화라는 것이 마치 작가의
의도와 작품의 현실을 보지 않고 사회정세와 세계관에 관한 일반
론으로부터 출발하는 것처럼 실행되었고 작가들에 있어서는 정치
적 견해의 비근한 형상으로의 구체화에 만족하는 방향을 낳고 말
았다[121]는 평가를 받게 되었다.

　이에 비하여 임화는 창작방법으로서 세계관의 문제는 보다 본질
적인 것으로 파악한다. 그는 인간의 세계관 내지는 작가의 전이데
올로기적 구성은 수다(數多)의 계기적인 조건을 전제하면서도 결국
은 일반적으로 인간, 예술가의 '실천' 그것에 의존하는 까닭으로
세계관과 창작적 방법의 문제는 이 문제의 해명을 위한 중심적 관
건[122]이라고 본다. 따라서 그는 예술과 문학이 총체적으로 사회적
생활의 상층 건축이라고 부르는 경제적 정치적 발전의 제조건에
의하여 제약된다는 맑스적 사상에 대한 구라프 서기국의 '작가의
예술적 방법은 이데올로기부터 그의 일체의 작가의 전체적 세계관
으로부터 분리될 수 없다'는 명제를 정당한 것으로 수용하여 방법
과 세계관을 분리하지 않고 동일시하고 있는 것이다. 그리고 창작
방법을 둘러싸고 벌어지는 논쟁은 작가의 세계관과 창작적 방법의
전과정 가운데 모든 구체적인 계기를 무시하고 직선적으로 이해하
려는 과거 이론의 도식주의적 결함에 대한 투쟁으로 파악하고 있
다. 그리고 예술이 이데올로기 그 자체가 아니라 독자적인 특수성
을 지니고 있다는 점에 대하여 예술은 생활의 현실적인 '형상의

---

121) 임규찬,『카프비평자료총서』-6. 17쪽.
122) 임화,「비평에 있어 작가와 그 실천의 문제」, 1933. 141쪽.

말'을 가지고 인식하고 사유하고 표현하는 것이라고 규정하고 예술가의 실천을 강조하기에 이른다. 그에 의하면 실천이란 결코 개인적 의미의 작가적 실천에서 모든 해답을 찾을 것이 아니라 문학운동의 일반적인 실천, 더 나아가 계급투쟁의 실천, 정치 형태로 표현되는 그것과의 관련 가운데 이해되어야 한다고 주장하고 마르크스주의 비평에 있어서 실천의 의의 및 중요성을 다음과 같이 설명하고 있다.

> 맑스주의 비평에 있어서 실천의 의미는 예술작품과 그 작품의 생활적 실천의 우위성이란 것이 결코 구체적인 모든 조건으로부터 독립적인 예술가의 개인적 실천이 아니라, 그와는 반대로 작가 개인의 대(對)문학운동 전체의 문학운동 그것에 대한 계급운동 전반의 실천의 명확한 우위성을 구별하는 것이 맑스주의적 비평에 있어서의 실천의 문제의 유일한 정당한 파악의 방법이다. 이것을 가리켜 '변증법, 논리학, 인식론의 동일성'(레닌 『철학노트』)에서 인식론의 근원적 성질을 x부하고 인간의 개개의 실천과 객관적인 사회적 역사적 계급적 실천의 '동일성 가운데의 차이점' 그 '차이성 가운데의 동일성'을 그 일체의 구체성 가운데서 파악하는 변증법적 견지이고 동시에 이론에 대한 실천의 문학, 예술에 대한 '정치의 우위성'이라고 불러진다.123)

이러한 주장을 전제로 임화는 김남천의 비평태도에 대하여 비판을 가한다. 그에 의하면 김남천은 실천의 문제를 일반화하고 단순화하여 프롤레타리아 문학운동의 조류 가운데 선 예술가의 실천을 구체적인 제조건으로부터 떼어다가 인간적 실천 일반 가운데 해소해 버리고, 주로 베이컨류의 경험주의적 개념으로 바꾸어 놓은 것

---

123) 임화, 위의 글, 145쪽.

이라고 주장한다. 작가의 실천이라는 것은 작가 개인의 실천까지를 포함한 객관적인 생활현실의 반영이라는 의미에 있어 비평적 인식의 기준이어야 할 것을 강조한다. 따라서 문학비평의 인식적 원천으로서 실천은 세계관과 동일성을 갖는 것이라는 견해를 보여주고 있다. 이러한 임화의 견해는 세계관과 창작방법의 모순 문제를 해소하면서 세계관과 창작방법은 변증법적 연관을 맺게 되고 그 역동성이 확보된다고 할 수 있다.

한편 이기영은 임화와는 달리 세계관과 창작방법의 관계를 별개의 것으로 파악하고 이를 병행적인 것으로 규정하고 있다. 그는 이 점과 관련하여 다음과 같이 말하고 있다.

> 과거의 우리는 유물변증법적 창작이론을 준수할 때에는 엄정한 과학적 세계관만 가지면 훌륭한 예술을 창작할 것같이 생각하고 또한 창작하면서 있었다. (중략) 이데올로기와 리얼리즘의 병행을 전술한 바와 같이 세계관과 창작기술도 병행해야 될 줄 안다. (중략) 우리는 형식과 내용을 이원론적으로 분리하려는 것이 관념적 오류인 것과 같이, 세계관과 예술창작방법도 분리해서 생각할 수는 없다. 세계관은 예술적 기교를 표현한다 할 수 있으되 전자나 후자는 동일한 목적 밑에 생산되기 때문이다.124)

여기에서 이기영이 이데올로기와 리얼리즘이란 말을 세계관과 창작방법이란 말과 거의 동일한 개념으로 받아들이고 있음을 알 수 있는데 '세계관은 예술적 기교를 표현한다'고 하여 세계관과 창작방법과의 관계가 올바르게 해명되지 못하고 있다. 그는 작가의 창작 경험에 비추어 유물변증법적 방법을 강조하던 시대에 작품을

---

124) 이기영, 「창작방법 문제에 관하여」, 1934, 217쪽.

쓴다는 것은 철저하게 예술성을 배제할 수밖에 없었다는 사실에
기초하여 이데올로기와 리얼리즘의 병립을 주장하고 있다.

창작방법과 세계관의 문제는 권환에 의하여 보다 구체적으로 논
의되는데 그는 「현실과 세계관 및 창작방법과의 관계」에서 유물변
증법적 창작방법이란 창작과정에 있어서 현실을 예술가의 세계관
으로 가공하며 또는 일관시켜 형상화하지 않고 예술가의 머리 속
에 있는 세계관으로 현실을 창조하여 그것을 형상화하였기 때문에
세계관과 물질과의 관계를 전도시킨 결과 그 유물변증법적 창작방
법은 결국 반유물변증법적은 관념적인 창작방법으로 전화하고 말
았다[125)고 전제하고 그 이유를 다음과 같이 밝히고 있다.

> 예술가의 창조한 형상은 작가의 의식을 통해 굴절된 현실성의 일
> 정한 설명, 현실성을 예술형식의 밑에 옮긴 것이라고 보지 못하고
> 순사변적인 유물론적인 무형의 존재를 가진 이념적 관념의 반영이라
> 고 생각한, 즉 예술창작이란 예술가와 현실성과의 상호관계의 실천
> 적 과정인 것을 이해하지 못한(로젠탈) 이론이다. 그 이론의 근본적
> 오류가 실로 여기에 있다.[126)

여기에서 권환은 로젠탈의 이론을 인용하여 유물변증법적 창작
방법은 관념만으로 만든 예술로 그 내용과 형식은 필연적으로 천
편일률적이고 인물의 성격도 역시 개성이 선명하지 못하고 전형적
인 것이 되지 못하며 모두 부패되고, 불건전하며 획일적인 것이 되
지 않을 수 없다고 비판을 가한다. 그는 아우에르 바하가 '방법은
실로 세계관'이라고 한 것을 부정하고 세계관과 방법과는 결코 동

125) 권환, 「현실과 세계관 및 창작방법과의 관계」, 1934. 266쪽.
126) 권환, 위의 글, 266쪽.

일한 것이 아닐 뿐 아니라 그것들 사이에는 직선적 연락도 없고 또 모순도 일어날 수 있는 것으로 마치 이론과 실천이 불가분의 관계는 가졌지만 동일시할 수 없는 것과 마찬가지라고 주장한다. 그 이유를 아우에르 바하가 '예술은 이론 혹은 정치적 명제를 보다 비근한 형상의 언어로의 번역을 위한 단순한 기교적, 해설적 수법에 불과하다'는 주장을 인용하고 있다. 그리하여 세계관만을 강조하던 유물변증법적 방법은 유물변증법의 헌법화와 주제의 적극성을 고조하여 예술을 정당의 행정적 명령에 의존하는 정치의 노예 – 소위 노예예술을 만들고 말았다[127]고 주장하게 된다. 그러면서 그는 '유물변증법주의'는 그 철학만 가지고 책상 위에서 창작할 수 있지마는 사실주의 문학은 현실의 접촉 없이는 창작하지 못하는 것이라고 주장하고 전형성의 문제를 중시하였다. 이처럼 권환이 사회주의 리얼리즘 수용의 당위성을 강조하기 위하여 과거의 창작방법론으로서 유물변증법적 방법에서 강조하던 세계관의 문제를 의식적으로 부정하여 마치 자본주의 리얼리즘을 옹호하는 태도를 보였다는 점은 비판을 면할 수 없다.

이러한 권환의 주장은 한효에게도 비슷하게 나타나고 있다. 그는 문학은 작가의 정치적 견해와 세계관의 관념적 도식화는 결코 아니며, 정치에서 일탈될 수 없으나 정치적 선전용구는 될 수 없다고 강조한다. 따라서 세계관에 대한 새로운 인식이 필요함을 지적하고 있다. 그는 작가의 세계관을 중요시하는 것은 작가는 현실 그것의 변증법적 과정에서 배우고 사실 그것의 복잡한 성질에 통효(通曉)하여 그의 상호관계를 정당히 반영[128]하는 것이어야 하기 때문이

---

127) 권환, 위의 글, 270쪽.
128) 한효, 「소화 9년도의 문학운동의 제 동향」, 1935. 313쪽.

라고 지적한다. 이러한 주장은 세계관을 전적으로 부정하지 않고
있다는 점에서는 중요한 의미를 갖고 있지만 세계관을 현실인식의
수단으로 단순화시키고 있음도 사실이다.

권환과 한효에 의하여 창작방법론과 세계관의 문제가 부정되거
나 아니면 약화된 데 비하여 이병각은 예술에 있어서 세계관은 예
술의 내용이며 예술가에게 있어서 세계관이란 예술창작의 방법이
라고 하여 세계관을 창작방법의 핵심적인 요소로 인정하고 있다.
그는 지금 우리에게 문제된 '리얼리즘'에 있어서도 문제의 핵심과
포인트는 실로 '리얼리스틱'하게 쓰는 데 있는 것이 아니라 무엇
을 어떠한 견지에서 쓸까 하는 것이 문제라고 주장한다. 어떻게 쓰
느냐 하는 데는 물론 창작방법이 대답할 것이라 하여 그 결정적
요소를 세계관에 두고 있음을 알 수 있다. 그러면서도 이병각은 과
거의 유물변증법적 방법에서 사회주의 리얼리즘으로 방법적 전환
은 현실을 심각하게, 정당하게 묘사해 낼 길을 작가와 현실 사이의
xx적 상호관계의 과정에서 찾지 않고 새로운 세계관의 학구적 습
득에서 찾음으로 작가의 세계관의 재교육이란 xx적이며, xx적인 지
시밖에 주지 못했기 때문이라고 지적하고 새로운 리얼리즘은 작가
와 현실성과의 상호관계 속에 즉, 작가적 실천 속에 현실을 정당하
게 묘사할 수 있는 근본적 계기뿐만이 아니라 정당한 세계관을 찾
아내는 계기를 발견하게 함으로써 작가의 창의성과 창작적 자유에
대하여 아무런 편견도 없는 광범한 수문을 열어준 것129)이라 하여
사회주의 리얼리즘이 유물변증법적 방법과의 차이를 분명히 밝히
고 있다. 이처럼 이병각은 유물변증법적 방법에서 세계관이란 관념
적인 것이었기 때문에 작가의 창작적 활동에 심한 제약을 준 것으

---

129) 이병각, 「조선적 현실의 논고」, 1935. 390쪽.

로 인식하고 사회주의 리얼리즘에서 세계관은 현실을 올바르게 바라볼 수 있는 자유를 마련해 준 것으로 파악하여 세계관을 하나의 기법 차원으로 이해한 느낌마저 준다.

이상으로 사회주의 리얼리즘의 수용을 찬성하는 논자들의 글을 중심으로 창작방법과 세계관의 관계를 살펴보았다. 그런데 이들은 모두 창작방법과 세계관의 관계에 대하여 구체적으로 논의하지 못하고 있으며, 유물변증법적 방법에 대한 부정적 태도로 인하여 세계관을 약화시키거나 아니면 아예 부정하는 경향마저 보이고 있다는 것은 사회주의 리얼리즘의 수용 여부에 지나치게 관심을 두고 논쟁을 벌인 결과이기도 하지만, 당시 사회주의 리얼리즘에 대한 이론적 한계를 드러내는 것이라 하지 않을 수 없다. 이러한 점은 사회주의 리얼리즘이 구체적으로 문제시한 혁명적 낭만주의라든가 전망의 문제, 예술적 형상의 문제로서 전형성에 대하여 별다른 논의가 이루어지지 못하고 있음도 마찬가지 현상이라 하지 않을 수 없다. 이런 현상은 일본의 경우에서 보는 것처럼 일본 프로문학의 이론가인 구라하라(藏原)가 잠적한 이후 사회주의 리얼리즘이 수용되었기 때문에 깊이있는 논의가 불가능했으며, 이미 사회주의 리얼리즘이 수용되던 시기는 일제 파시즘의 강화로 프로문학이 위기를 맞이했다는 사실과 일정한 관련이 있다고 하겠다. 따라서 우리의 경우 사회주의 리얼리즘론은 본격적인 창작방법론으로 뿌리내리지 못하고 수용찬반이나 세계관 문제를 표피적으로 논의하는 것으로 끝날 수밖에 없었다.

IV. 결 론

지금까지 1930년대 창작방법론의 하나로 사회주의 리얼리즘에 대하여 살펴보았다. 주지하는 바와 같이 사회주의 리얼리즘론은 소비에트 제2차 5개년 계획의 성공적 수행과 함께 대두되면서 과거 라프(RAPF)의 섹트주의에서 벗어나 새로운 조직의 필요성과 유물변증법적 방법이 지니고 있던 경직성과 공식적 태도에 대한 비판이 제기되면서 새로운 창작방법론으로 대두했던 것이다.

그런데 사회주의 리얼리즘론이 일본에 수용된 것은 1933년으로 이때는 일본 내에서 마르크스 예술이론이 퇴조기에 접어든 시기이기도 했다. 그것은 물론 나프의 내부 분열과 이후 결성된 일본프롤레타리아 문화연맹(KOPF)에 대한 탄압, 그리고 이전까지 프로문학계의 주도적 이론가들에 대한 검거와 일정한 관련이 있음은 물론이다. 그리하여 1934년 나프의 해체는 유물변증법적 방법에서 작가를 해방시키는 결과를 가져오기도 했지만 다른 한편으로 사회주의 리얼리즘론은 문제의 본질이 왜곡되고 속류화된 것도 사실이다.

일본에 있어서 사회주의 리얼리즘론의 수용은 그것의 수용여부를 둘러싼 정치전략적 차원과 세계관과 창작방법과의 관계를 문제시하는 문학론적 관점이 문제의 핵심을 이룬다.

사회주의 리얼리즘의 수용을 반대하는 사람으로는 도쿠나가(德永直), 기시(貴司山治), 이토우(伊藤貞助), 구보(久保榮), 가미야마(神山茂夫)이며, 수용을 찬성한 사람은 모리야마(森山啓), 미야모토(宮本百合子), 나카노(中野重治)였다.

도쿠나가(德永直)는 유물변증법적 창작방법은 지나치게 주제의 적극성을 강조한 결과 천편일률적인 작품을 낳았기 때문에 주관적, 관념적 독충(毒蟲)이라고 규정하면서 세계관 없이도 프롤레타리아 작품은 가능한 것이라 하여 프롤레타리아 리얼리즘을 다시 주장하기에 이른다. 그리고 사회주의 리얼리즘은 소비에트적 현실 위에서 성립된 것이기 때문에 자본주의 국가인 일본의 경우에는 적용될 수 없는 것이라 하여 이후 많은 논자들이 사회주의 리얼리즘의 수용 반대의 논리를 확립하게 된다. 이에 대하여 나프 해산 이후 일본 프로문학계의 대표적 이론가인 모리야마(森山啓)는 구라하라의 이론을 옹호하면서 사회주의 리얼리즘의 수용을 긍정하고 예술가의 세계관을 강조하였다. 기시(貴司) 역시 도쿠나가와 같이 사회주의 리얼리즘은 소비에트적 현실에서 성립된 것이기 때문에 일본의 프롤레타리아 작가는 마르크스적 교양을 고양하고 보다 정확한 대상을 반영하는 작품을 써야 할 것이며, 유물변증법적 창작방법에 충실하여 창작활동과 조직활동의 조화, 정치의 우위성, 주제의 적극성을 추구해야 할 것을 주장하고 있다. 이러한 주장에 대하여 미야모토(宮本百合子)는 유물변증법적 창작방법에 대하여 일면적으로는 긍정하면서 그것이 기계적으로 적용되어 문학의 질을 약화시켰다고 지적하고 새로운 방법으로서 사회주의 리얼리즘에 대하여 대중적 토론이 필요하다고 하여 사회주의 리얼리즘의 수용에 대하여 유보적 태도를 보여주고 있다.

이와는 달리 이토우(伊藤貞助), 구보(久保榮), 가미야마(神山茂夫)는 유물변증법적 창작방법도 사회주의 리얼리즘도 거부하고 새로운 창작방법으로 혁명적 리얼리즘(반자본주의 리얼리즘)을 주장하게 된다. 그들에 의하면 일본은 자본주의 국가로 사회주의 국가인 소비에트와 현실적 조건이 다르기 때문에 일본의 그것은 혁명적 리얼리즘이어야 한다고 주장한다. 그러나 혁명적 리얼리즘을 주장하는 구보와 가미야마 사이에는 관점의 차이가 있다. 이를테면 구보는 일본에는 사회주의적 생산관계가 존재하지 않기 때문에 사회주의 리얼리즘을 직수입할 수 없다고 한데 반하여, 가미야마는 일본은 사회주의 혁명이 아닌 부르조아 민주주의 혁명에 직면해 있기 때문이라고 주장한다. 그럼에도 불구하고 이들은 공통적으로 유물변증법적 창작방법을 비판하고 새로운 방법의 필요성을 인식하고 그 대안으로 혁명적 리얼리즘이란 슬로건을 내걸고 있다는 점에서 사회주의 리얼리즘을 완전히 부정하는 것은 아니라 할 수 있다.

한편 사회주의 리얼리즘의 수용을 주장하는 사람 가운데 모리야마는 세계관의 문제를 집중적으로 논의하고 있는데 그는 먼저 일본에서 창작방법론을 논의하면서 세계관의 문제에 대해서는 별다른 논의가 없었던 사실을 지적하고 세계관에 대한 올바른 이해가 있어야 한다고 주장한다. 그는 킬포틴의 주장에 힘입어 세계관과 창작방법은 분리될 수 없는 것이라고 주장한다. 나카노(中野重治)는 로젠탈의 견해를 인용하면서 사회주의 리얼리즘은 강한 세계관을 요구하는 작가의 실천적 노력이 필요하다고 주장한다.

이상에서 살펴 본 것처럼 일본에서 사회주의 리얼리즘의 수용은 앞에서도 지적한 것처럼 사회주의 리얼리즘론 자체를 비판하고 검토할 정도의 수준에 이르지 못하고 있었다. 그 결과 사회주의 리얼리즘론은 작가의 무장해제를 조장하고 유물변증법적 창작방법에서 정치적으로는 전략이고 예술적으로는 관용이란 이름으로 치장한 절충론에 지나지 않았다고 지적할 수 있게 된다.

한편 한국에 있어서 사회주의 리얼리즘에 대한 논의 역시 일본의 사정과 유사하다. 백철에 의하여 처음으로 소개된 사회주의 리얼리즘론은 수용찬반론을 중심으로 논의되게 된다. 수용을 찬성하는 논자로는 안막, 이기영, 이동규, 한효, 이병각, 박승극이며, 수용을 반대한 사람은 권환, 김남천, 안함광, 김두용이다.

먼저 수용을 찬성하는 논자들은 유물변증법적 방법이 지니고 있는 지나친 경직성을 지적하는 데서 출발하고 있다. 안막은 유물변증법적 방법은 현실에서 출발하지 않고 유물변증법에서 출발한다는 전도된 방법에서 비롯되었기 때문에 과오를 범했다고 지적하면서 창작방법과 세계관의 관계에 대한 올바른 이해가 있어야 할 것을 강조하고 있다. 이기영은 작가로서 자신의 체험을 밝히면서 사회주의 리얼리즘은 위대한 문학건설이라는 사명을 지닌 새로운 창작방법으로 인식하고 수용을 지지한다. 그러나 구체적으로 사회주의 리얼리즘의 성격에 대해서는 별다른 논의가 이루어지지 않고 있어 그가 이해하고 있었던 사회주의 리얼리즘의 실상이 어떠한 것이었는지는 알 수가 없다. 이동규는 모리야마의 주장을 바탕으로 현실인식의 방법과 현실의 예술적 표현으로서 창작방법이라는 슬로건이 달라야 할 이유가 없다고 하면서 사회주의 리얼리즘의 수용에 찬성하고 있다. 사회주의 리얼리즘의 수용을 찬성하는 사람을 대표하는 인물이라 할 수 있는 한효는 모리야마의 주장에 근거를 두고 있다. 그는 수용을 반대하는 사람들이 주장하는 정세의 차이점을 인정하고 각국의 객관적 정세를 작품으로 형상화하는 일은 얼마든지 가능한 것이라 하여 사회주의 리얼리즘을 합법칙적 최고의 창작방법론이라고 평가한다. 그리고 이병각 역시 사회주의 리얼리즘에 대한 올바른 이해는 국제성을 인정하는데서 비롯되며 각국의 구체적 현실에 입각하여 독자적인 세계를 구축하는 것이라고 주장하고 작가의 세계관이 중요하다고 역설한다. 그러나 사회주의 리얼리즘의 수용을 찬성하는 사람들이 보여주고 있는 공통점은 유물변증법적 방법의 문제점과 이를 대체하는 새로운 방법론으로 사회주의 리얼리즘의 수용에 대한 당위성만을 강조하고 있을 뿐 구체적으로 사회주의 리얼리즘이 지니고 있는 본질적 문제에 대해서는 별다른 관심과 논의가 없다는 것은 이론적 깊이가 얕았음을 단적으로 보여주는 것이라 할 수 있다.

이와는 달리 사회주의 리얼리즘의 수용에 반대를 하고 있는 경우에도 마찬가지 현상을 보여주고 있다. 먼저 김남천은 사회주의 리얼리즘의 논의에서 조직의 문제를 배제하고는 올바른 이해가 불가능하다는 사실을 지적하고 있다. 그는 창작방법과 조직활동의 변증법적 통일에 관한 논의가 선결되지 않고서는 창작에 있어 전환의 문제를 해결할 수 없다고 전제하고 우리의 경우에는 이러한 조직이 없기 때문에 소비에트에서 주창되는 사회주의 리얼리즘을 곧바로 수용할 수 없다고 주장한다. 따라서 우리의 방법은 유물변증법적 방법이어야 하며 이를 보다 성공적으로 달성하기 위해서는 조직에 대한 반성이 있어야 한다고 강조한다. 이러한 김남천의 주장에는 조직문제를 강조함으로써 문학운동은 문화적 정치운동이어야 한다는 정치주의적 편향을 그대로 드러내고 있다. 안함광은 구보(久保榮)의 주장을 빌려와서 유물변증법적 방법은 아직도 유효하다고 주장하고 사회주의 리얼리즘은 소비에트에서도 2차 5개년 계획이라는 사회적 배경 아래서 성립된 것이기 때문에 우리의 문학은 유물변증법적 리얼리즘이어야 할 것이라고 주장한다. 또한 김두용은 안함광의 주장을 지지하면서 일본의 가미야마(神山)의 이론에 따라 혁명적 리얼리즘을 주장한다. 그는 소비에트에서는 사회주의 국가이기 때문에 그것이 가능하지만 우리는 프롤레타리아 혁명이 필요하기 때문에 혁명적 리얼리즘이어야 한다고 하여 이토우(伊藤貞助), 가미야마의 주장에서 한 걸음도 나가지 못하고 있다.

그런데 사회주의 리얼리즘의 수용을 찬성하는 쪽이나 반대하는 쪽 모두 유물변증법적 방법이 작품의 고정화와 지나친 이데올로기

주입으로 창작방법론으로 한계가 있음을 지적하고 그 대안으로 사회주의 리얼리즘, 또는 혁명적 리얼리즘을 제창하고 있어 근본에 있어서는 동일한 성향을 보여주고 있었다고 할 수 있을 것이다.

한편 창작방법과 세계관의 문제에 대한 논의 또한 일본과 한국 다같이 분명히 해명해 주지 못하고 있다.

일본의 경우, 모리야마(森山)가 세계관에 대하여 처음 논의하면서 작가의 창작방법과 세계관은 분리될 수 없는 것으로 규정하고 있으며, 나카노(中野) 역시 프로작가는 강한 세계관과 작가적 실천을 강조하는 것으로 끝날 뿐 구체적 논의에는 이르지 못하고 있다.

이러한 일본의 사정은 그대로 우리에게 적용되어 세계관 문제에 대한 논의도 필요성 여부를 논의하는 정도로 끝나고 있다. 안막은 사회주의 리얼리즘 논의에서 관심과 자극을 주는 것은 세계관과 방법과의 관계라고 전제하고 킬포틴의 견해를 바탕으로 과거 유물변증법적 방법의 잘못은 창작방법과 세계관의 관계에 대한 잘못된 인식에서 비롯된 것이라고 지적한다. 그는 방법과 세계관은 일치하는 것이 아니지만 작가의 위대성은 뚜렷한 세계관을 바탕으로 할 때만 가능한 것이라고 하여 현실에 대한 인식방법으로서 세계관과 현실을 정확하게 표현하는 것은 리얼리즘에 의해 가능한 것이라고 주장했다. 물론 이러한 주장은 방법과 세계관을 단순화한 경향도 없지 않지만 창작에 있어서 세계관의 중요성을 제기한 것만으로도 충분히 의의가 있다. 이에 비하여 임화는 창작방법으로서 세계관의 문제는 보다 본질적인 것으로 파악한다. 세계관이란 작가의 전이데올로기적 구성으로 실천에 의존하기 때문에 방법의 중심적 관건이라고 본다. 그리하여 세계관은 문학비평의 원천으로 보게 된다. 그 결과 세계관과 창작방법을 모순으로 파악하지 않고 변증법적 관계로 파악하려 했다. 그리고 이기영 역시 세계관의 문제를 중시하면서도 세계관과 방법을 병렬적으로 파악하고는 있지만 깊이 있는 논의에는 이르지 못하고 있다. 권환은 로젠탈의 견해를 바탕으로 세계관과 방법은 동일한 것도 직선적인 것도 아니라고 주장하고 과거 유물변증법에서 세계관만을 강조한 결과 노예예술을 만들었다고 주장하면서 세계관과 방법의 변증법적 통일을 강조하고 있다. 이병각은 유물변증법적 방법에서 세계관이란 관념적인 것이었기 때문에 작가의 창작활동에 심한 제약을 주었다고 비판하면서 세계관과 방법 사이에 상호작용을 강조하였던 것이다.

　이처럼 사회주의 리얼리즘에 대한 이해는 일본의 경우와 마찬가지로 그것이 수용찬반론에 관심이 집중되었기 때문에 사회주의 리얼리즘이 갖는 방법적 특성이 깊이 있게 논의되지 못하고 피상적인 것이 되고 말았다. 이러한 현상은 앞에서도 지적한 바와 같이 사회주의 리얼리즘이 수용되던 당시 일본의 프로문학계는 퇴조기였기 때문에 새로운 방법론을 확립할 여건이 되지 못했던 것이다. 따라서 사회주의 리얼리즘에 대한 논의는 프로문학에 있어서 창작방법론의 핵심적 문제였음에도 불구하고 본격적으로 논의되지 못하고 종언을 고했다. 이러한 일본의 사정은 그대로 우리에게 적용되는 것으로 한국의 프로문학은 예술론적 관점보다는 정략적 관점에서 부침(浮沈)을 거듭하여 왔음을 다시 한번 확인하게 된다.

제8장
전향론

I. 서 론

1920년대 대두된 프로문학론은 숱한 논쟁과 이론투쟁을 통하여 긍정적이든 부정적이든 한 시대를 대표하는 문학론으로 자리 매김을 해왔고, 이들 이론은 프로문학의 방향성과 성격을 규정하는 지도이론으로 그 역할을 충실히 수행했다. 그러나 1930년대에 접어들면서 프로문학은 급격한 정치정세의 악화로 타의에 의하여 종언을 고하게 되는데 그것이 바로 전향론으로 나타나게 된다. 따라서 전향론은 한 시기를 풍미했던 프로문학의 실체를 극명하게 보여주는 자리이며, 프로문학자가 주장하던 이념적 세계와 마지막 대결이란 점에서 사상사적으로 중요한 의미를 지니는 것이다.

사실 전향이란 문제는 문학적 관점에서만 파악할 수 있는 성질

의 것은 아니다. '전향'이란 말을 '공산주의 신봉자가 공산주의로부
터 멀어져 가는 현상'[1]이라고 할 때 그것은 전적으로 '사상'의 문
제일 수밖에 없다. 따라서 전향론이란 문학사의 문제로 머물지 않
고, 사상사의 일부이기 때문에 문학사의 연구이자 사상사의 과제[2]
임에 틀림없다. 그러나 한 작가의 사상적 변모는 작품으로 나타나
게 되는 것 또한 자연스러운 현상이다. 그 결과 작가의 전향문제는
'전향문학'이 그 중심에 놓일 수 있다[3]. 그럼에도 불구하고 1930년
대 우리 문학에 있어서 전향은 작가의 내부적 요인에 의한 것이라
기 보다는 외부적 강제에 의하여 이루어진 것이기 때문에 전향문
학에 대한 검토에 앞서 전향의 논리를 해명하는 일이 선결과제라
하지 않을 수 없다. 특히 일본의 경우 전향이 사회적 문제로 대두
된 것은 공산주의자를 대표하는 인물의 전향선언에서 비롯되고 그
여파로 문학자의 전향이 이루어지고, 전향을 둘러싼 논쟁이 심각했
던 사실은 문학작품만으로 전향의 논리를 명확히 해명할 수 없는
특성을 지니고 있다. 이러한 사정은 1930년대 후반 카프의 경우에
도 예외는 아니다. 박영희의 전향선언에 대하여 김기진의 비판으로
이어지고 계속하여 백철의 전향선언이 발표되면서 이를 둘러싼 논
쟁은 문학작품에 앞서 해명되어야 할 과제임에 틀림없다. 그럼에도

---

1) 本多秋五, 『轉向文學論』, 未來社, 1957, 186쪽.
2) 김윤식, 「1930년대 후반기 카프문인들의 전향 유형분석」, 『한국현실주의소설
   연구』, 문학과 지성사, 1990, 505쪽.
3) 지금까지 전향에 관한 연구는 대체로 전향소설을 중심으로 이루어지고 있는
   데, 이는 김윤식의 다음과 같은 주장과 맞물려 있다. "표면에 잘 드러나지 않
   는 전향문제야말로 다른 어떤 것보다도 일층 문학적인 문제로 보아질 수 있
   다. 전향문제가 프롤레타리아문학에 직결된 것이라면, 창작 속에 내면화된
   전향사상은 따라서 프롤레타리아창작에 맞먹는 비중을 띨 수밖에 없음도 충
   분히 예상된다." 김윤식, 『한국근대문학사상사』, 한길사, 1991, 259-260쪽.

불구하고 지금까지 전향에 대한 논의4)는 단순히 일본의 탄압에 의한 것으로 파악하거나 전향작품의 해명에만 관심을 보인 경향이 없지 않다. 그런데 대부분의 프로문학론은 한일간 동일한 관점에서 논의되고 있었음에도 불구하고 전향론의 경우 표면적으로는 동일한 양태를 보일지라도 그 내면에는 매우 이질적 토대가 내재하고 있음을 간과해서는 안 된다. 그리하여 여기에서는 1930년대 한일프로작가의 전향의 논리를 살펴보고자 한다. 이를 해명하기 위하여 먼저 1930년대 일본에 있어서 파시즘의 강화에 따른 정치 사회적 배경을 검토할 필요가 있다. 왜냐하면 전향의 문제를 일반화시키기에 앞서, 특정한 나라나 사회의 역사적, 사회적 조건을 검토하는 일이 불가피하기 때문이며, 전향론, 전향소설, 전향문제 등의 개념이 일차적으로는 1930년 무렵 일본문단에서 논의된 구체적 사실에서 벗어나지 않는다는 사실5)과 일정한 관련이 있다. 그러나 다른 한편으로 일본에 있어서 전향이란 표면적으로는 천황제를 인정하는 것으로 끝날 수 있는 것이지만 식민지하 조선의 경우에는 전향이란 일제의 식민정책에 순응하는 길이라는 점에서 또다른 의미를 지닐 수밖에 없다. 따라서 전향을 문제시할 때 한일 프로작가의 대응 논리는 사뭇 다를 수밖에 없는 것이기도 하다. 그리하여 여기에서는 일제 파시즘의 강화와 이에 따른 한일프로작가들의 대응 양식을 검토하고자 한다.

---

4) 전향에 대한 사상사적 측면에서의 논의는 김윤식의 『1930년대 후반기 카프 문인들의 전향유형분석』(『한국현대현실주의소설연구』, 문학과 지성사, 1990), 「전향사상과 전향문학」(『한국근대문학사상사』, 한길사, 1991), 김영민의 『한국문학비평논쟁사』(한길사, 1993)에서 다루고 있으나 일본과 관련하여 논의하는 데는 한계를 보인다.

5) 김윤식, 「전향사상과 전향문학」, 앞의 책, 261쪽.

Ⅱ. 전향의 개념과 정치 사회적 배경

1. 전향의 개념과 성격

전향이란 말은 영어의 'conversion'의 역어로 원래는 <개종> 혹은 <회심>을 의미하고 있으며, '전향하다'는 'be(=get) converted to (개종하다)' 혹은 'abandon one's idea(사상을 포기하다)'로 유럽에서는 죄인이 자기의 죄를 스스로 참회하고 신에 귀의하는 회심 혹은 개종을 의미하는 것6)으로 마르크스주의와는 아무런 관련이 없는 말이다. 그러나 이 말은 일본과 한국에서는 상당히 이질적인 것으로 권력에 의해 강제되어진 사상의 변화, 마르크스주의자가 공산주의로부터 이탈하여 자본주의적 세계로 사상 변화를 의미하는 말로 널리 쓰여지고 있다. 따라서 전향 문제는 어디까지나 개인의 자발적 사상의 문제로 다룰 성질의 것이다. 사상은 개인의 신념과 비판과 행동 태도의 복합이기 때문에 사회적 계층과 유착할 필요가 없다. 그럼에도 불구하고 1930년대 문학, 특히 프로문학을 논의하는 경우에는 개인 차원을 뛰어넘는 특수한 사정이 있음을 고려하지 않을 수 없다. 왜냐하면 전향이 자의적인 것이라기 보다는 '권력에 의해 강제되어진 사상의 변화'7)이기 때문이다.

서구에서는 물론 일본에서도 '전향'이란 말이 처음 사용될 때에는 나쁜 의미로 사용된 것이 아니라 좋은 의미로 사용되었다. 처음

---

6) 磯田光一, 『比較轉向論』, 勁草書房, 소화49(1974), 4쪽 참조.
7) 鶴見俊輔, 『轉向研究』, 筑摩書房, 1991, 10쪽.

에 야마카와히토시(山川均)가 제창한 방향전환은 노동조합주의=경제주의와 혁명주의=정치운동화의 절충주의에 있다고 비판하면서 참된 방향전환을 주장하며 나타난 후쿠모토이즘(福本主義)이 전향이란 용어를 '역사의 보편법칙에 있어서 변증법적 전화'의 원리에 대하여 능동적 주체가 자신을 적극적으로 적합하게 행동하도록 하는 주체적 개념[8]의 하나로 사용하였다. 그러던 것이 1930년대 이 말은 戰前 천황제 경찰이나 헌병이 공산당원 및 동조자를 체포하여 잔인하리만큼 집중적으로 테러를 가하여 변절을 종용하면서 동요자나 굴복자에게 이것은 변절이 아니고 '정당한 노선으로 방향을 바꾸는 것'이라고 착각하도록 하여 조직으로부터 이탈을 심리적으로 용이하게 하도록 교묘하고도 기만적으로 '전향'이라는 용어를 사용했다[9].

그러나 현재, 전향이란 공산주의자가 공산주의를 포기하거나, 아니면 공산주의운동으로부터 이탈을 의미하게 되었고, 이에 따라 전향문학이란 전향의 문제를 취급한 문학, 이를테면, 공산주의자가 공산주의 포기, 아니면 공산주의운동으로부터 이탈문제를 다룬 문학, 혹은 조금이라도 전향문제를 제작의 주요 동기로 하는 문학[10]

---

8) 藤田省三,『轉向の思想史的硏究』, 岩波書店, 1975, 1－2쪽.

9) 長谷川 泉,『文藝用語の基礎知識』, 至文堂, 422쪽.

10) 本多秋五, 앞의 책, 187쪽. 한편 츠키야마는 전향작가의 성격을 '1) 그들은 모두 마르크스주의 예술가였다. 2) 소화6년 9월 만주사변이 발발하여 민중 사이에도 민족적 정신이 자극됨과 동시에 마르크스주의적 사상문학에 대한 관헌의 탄압은 점차 강화되었다. 3) 이러한 사회정세에 따라, ……정면적 저항의 태도를 취하지 못하고 어떠한 사상적 및 생활적 태도의 '융통성'을 보여준 것이 소위 전향작가의 일군'이라고 규정하고 있으며,(杉山平助「轉向作家論」, 平野謙(편),『現代文學論爭史』(중권), 未來社, 1957, 273쪽.) 이타카기(板垣直子)는 '구프롤레타리아작가의 문학'을 전향문학이라고 규정하고 있다. (本多秋五, 위의 책, 189쪽)

으로 규정하고 있다. 그런데 전향의 문제는 앞의 정의처럼 그렇게 단순한 문제가 아니다. 앞에서도 이미 지적했지만 전향 문제는 일본 근대에 있어서 사상사 및 문학사에서 곤란한 문제로 다루어지고 있다. 따라서 전향문제는 일본 근대의 총체적 구조의 근간에 바짝 붙어 떨어지지 않는 전체성의 문제로 이해된다. 그렇지만 그것이 보다 집중적, 예각적으로 일본 사상사, 문학사상의 문제가 된 것은 1933년 전후의 프롤레타리아 문학운동의 붕괴기에 옥중, 옥외의 공산주의 운동자, 혹은 그 동조자가 지배권력의 굴복으로 전향하게 되고, 그 전향 문제를 취급한 전향문학이 문제의 중심[11]이며, 이는 역사 궤적의 문제이기도 하지만 개인적으로는 당시를 살았던 인간의 생사문제[12]이기도 하다.

따라서 전향을 하나의 갈래로 파악할 수 없다. 작가의 전향이란, 그 '전(轉)'이란 무엇으로부터 '전(轉)'이고, 무엇을 기준으로 하는가에 따라 전향의 갈래는 달라 질 수 있다. 그 기준은 고바야시(小林多喜二)의 삶의 방법에 있다[13]고 생각하는 혼타슈고(本多秋五)의 극단론을 비롯하여 요시모토타카아키(吉本隆明)의 견해를 생각해 볼 수 있다. 그는 일본에 있어서 전향의 성격과 특성을 일본 사회의 열악한 조건에 대한 사상적 타협, 굴복, 굴절 이외에 우성유전의 총체인 전통에 대한 사상적 무관심[14]에서 비롯된 것으로 파악하면

---

11) 杉野要吉,「轉向と轉向文學」,『近代文學』6, 有斐閣, 13쪽.

12) 本多秋五, 앞의 책, 220쪽

13) 고바야시(小林多喜二)는 1933년 투옥되어 일제의 혹독한 고문에 의하여 옥중에서 사망했는데, 이 경우만이 진정한 의미에서 <비전향>이라 할 수 있다는 것이 혼다의 주장이다. 本多秋五, 앞의 책, 192쪽.

14) 吉本隆明,「轉向論」, 平野謙(편),『中野重治研究』, 筑摩書房, 소화35(1960), 80쪽.
   한편 요시모토는 전향문제를 검토함에 있어서 다음 사실에 주목할 필요가

서 전향의 카테고리를 '비전향적'인 전향도, '무관심'적인 전향도 있다[15]고 하여 고바야시(小林多喜二), 구라하라(藏原惟人), 미야모토 겐지(宮本顯治)와 같이 전향을 하지 않은 인물까지 전향의 큰 범주 속에 포함시키고 있는 것이다. 이러한 요시모토(吉本隆明)의 주장에는 상호모순이 존재하고 있으며, '비전향적인 전향'이란 전혀 터무니없는 주장[16]이라는 비판을 받을 수 있는 소지가 충분하다.

이처럼 전향의 성격과 범주는 다양하게 나눌 수 있겠지만[17] 대체로 당시 사법 당국은 5단계로 구분하여 ① 혁명사상을 버리고 일체의 사회운동에서 벗어날 것을 서약한 자, ② 혁명사상을 버리고 장래 합법적 사회운동에 진출하고자 하는 자, ③ 혁명사상을 버리기는 하였으나, 합법적 사회운동에 대한 태도 미결정자, ④ 품고 있는 혁명사상에 동요를 보여, 장래 그것을 버릴 가능성이 있는

있다고 강조하고 있다. "관습적 의미에서 전향이라 할 때, 공산주의자가 공산주의를 버리고, 주의에 무관심하거나, 다른 주의로 바꾸는 것을 의미하지만, 더욱 협의로는 공산당원이 조직으로부터 이탈하여 조직 무관심으로 되는 것을 의미한다. 이러한 전향의 정의는 소화8년 사노마나부(佐野學), 나베야마(鍋山貞親)가 「공동피고동지에게 고하는 글」을 공표하고 정치 사상상 전환을 성명했을 때 사용되어 그것에 이어 마르크스주의 정치운동가, 문학자의 착종된 굴복과 굴절에 대하여 관용되어 왔다. 그러나 이들의 전향은 결코 별종의 것이 아니고 전향 가운데 특수한 하나의 케이스에 지나지 않는다. 또 일본의 사회구조를 파악하는 것이 필수과제인 혁명적 자기의식 가운데 놓고 장기간 투옥인가, 죽음인가 하는 권력으로부터 강요에 의해 자기의식의 변환을 강요하기 때문에 일본적 전향의 특징이 이 경우에도 상징적으로 집중될 수밖에 없다. 전향론이 이것을 중심으로 전개되는 것은 당연하지만 전향의 카테고리를 여기에 한정하는 것은 의미 있는 것이라고 생각지 않는다.(吉本隆明, 같은 책, 80쪽)

15) 吉本隆明, 앞의 책, 81쪽.
16) 三浦健治, 『思想としての現代文學』, 靑磁社, 1992, 94-5쪽 참조.
17) 츠루미(鶴見俊輔)에 의하면 전향의 방법, 형태, 전향 주체의 이력, 전향의 상황, 전향이 일어난 시점, 전향의 평가에 따라 전향의 유형을 수십 종으로 구분하고 있다. 鶴見俊輔, 앞의 책, 20-27쪽 참조.

자, ⑤혁명사상은 방기하지 않았으나, 장래 일체의 사회운동에서 이탈할 것을 맹세한 자로 나누고, 위의 ①,②,③을 전향자로, ④,⑤를 준전향자로 규정하고[18] 석방 및 기소유예처분을 내렸던 것이다. 이렇게 볼 때 여기에서 전향이란 바로 천황제에 대한 옹호이며, 굴복이기도 했다. 그 결과 하야시(林房雄)는 전향자에 대한 천황의 배려에 더없는 감격의 언사를 잊지 않고 있다.

> 전향의 길을 열어 준 것은 일본의 국체이다. 외국에서 태어났다면 우리는 유형이 아니면 총살당할 것이다. 한 사람의 백성도 죽이지 않는 어진 마음씨가 우리에게 전향의 길을 열어주었다.[19]

이처럼 일본인에게 있어서 전향이란 표면적으로는 일제의 파시즘에 대한 굴복을 의미하는 것이지만 내면적으로는 민중 속에 깊이 자리잡고 있는 천황제에 대한 신뢰에서 오는 자발적 사상의 전환이란 성격을 강하게 지니는 것이다. 그 결과 전향이란 사상적인 절조의 문제이지만 그것이 일본에서는 '이데올로기란 논리의 가공성, 혹은 현실 조건으로부터 괴리문제'에 지나지 않으며, 전향 논의가 권력에 대한 사상적 굴복이나 불복종의 문제로 취급되는 것에 대하여 전면적으로 긍정할 수 없다는 것이 요시모토(吉本隆明)의 견해[20]인 것이다.

이에 비하여 식민지하 한국에서의 전향은 그 성격이 다르다. 일본인의 전향은 사회주의 사상에서 탈출하여 일본의 전통 사상인 고쿠타이(國體, 천황제)로 돌아가는 민족주의로의 회귀이지만, 한국

---

18) 리챠드 H. 미첼(김윤식 역), 『일제의 사상통제』, 일지사, 1982, 162쪽 참조.
19) 林房雄, 「勤皇の心」, 本多秋五, 앞의 책, 212쪽 재인용.
20) 吉本隆明, 앞의 책, 95쪽 참조.

인에게 있어서 계급사상으로부터의 전향은 필연적으로 군국일본의
파시즘에 귀착[21]되는 것이라 할 때, 한국의 사회주의운동은 '민족
해방운동'의 성격을 강하게 지녔다는 그들의 주장에 따른다면 그
들의 전향은 곧 민족운동의 포기 내지는 민족에 대한 배신행위[22]
로 인식될 수 있는 가능성 또한 배제할 수 없다.

2. 전향의 정치 사회적 배경

일본과 한국 다같이 전향은 1930년대 중반 치안유지법의 강화에
따라 일어난 현상이지만, 실제로 치안유지법이 마련될 수 있었던
여건은 이미 1920년대에 접어들면서 일본은 정치, 경제적으로 혼란
을 거듭하고 새로이 파시즘을 강화하면서 본격적인 사상통제의 길
을 열어 놓았다. 1920년 1월 모리토(森戶辰男)의 「크로포트킨의 사
회사상의 연구」가 『경제학연구』에 발표되면서 사회를 혼란케하는
선동적인 글이라 하여 재판에 회부되고 마침내 실형이 선고되면서
일본 지식인, 특히 사회주의자에 대한 검거를 예비한다. 이후 1925
년 치안유지법이 제정되기까지 중요한 사건만 적시해 보면 1921년
5월 상해에서 콘도우(近藤榮藏)가 코민테른의 대표를 만나 반체제
운동을 벌였으나 기존의 법률로서는 처리할 수 없게되자 1922년
<과격사회운동취제법>을 제정하였으며, 1923년 6월에 공산당원
피의자가 일본 및 한국에서 검거되었으며, 같은 해 12월 27일 남바
다이스케(難波大助)가 섭정궁의 황태자를 저격하였으나 미수에 그
친 사건이 일어나고, 관동지진(1923년)의 반동으로 과격운동자에 대

---

21) 김윤식, 「독방의 윤리감각」, 『한국근대문학사상사』, 일지사, 315쪽.
22) 노상래, 「카프문인의 전향연구」, 영남대 박사논문, 36쪽.

한 강력한 조치가 필요하게 되었다. 이러한 일련의 사건을 당하여 당시 일본에서 활발하게 전개되던 무정부주의 및 공산주의 활동을 억압하고 천황제를 보다 강화하려는 의도에서 치안유지법이 제정되었다. 그리하여 치안유지법 제1조는 '고쿠타이(國體) 또는 세이타이(政體)를 변혁하거나 사유재산제도를 부인함을 목적으로 결사를 조직하거나 이를 알고도 이에 가입한 자는 10년 이하의 징역 또는 금고에 처한다'[23]고 규정하고 선동과 미수까지 징역 또는 금고에 처할 수 있는 제도적 장치를 마련한다. 여기에서 국체란 다름 아닌 천황제 파시즘을 의미하는 것으로, 이는 당시 일본 공산당과 학생들의 사회주의 활동을 원천적으로 봉쇄하기 위한 수단이었다. 치안유지법이 제정되고 처음으로 적용된 것은 1925년 간사이(關西)학생 연합회의 활동이 대상이 되어 교오토대, 동지사대, 오사카외대, 고베 간사이학원의 학생 30명, 그리고 도오교대, 게이오대, 와세타대의 학생 5명이 구금되었으며, 그 가운데 도오교대 신인회 소속의 하야시(林房雄)가 포함되었으며, 하야시는 1934년까지 4회에 걸쳐 구금되기도 했다. 이후 1928년에는 소위 3.15사건이 일어나면서 홋카이도에서 규슈에 이르기까지 관헌을 총동원하여 500여명이 검거되고 기밀문서가 압수되었으며, 1928년에서 1941년까지 공산당 관계 피의자 총 6만 2천여명 가운데 기소된 자는 5천명에도 못 미쳤으나 사상보호관찰법에 의거하여 보호관찰처분에 처해진 것은 9천명에 가까웠다[24]. 그러나 당시 일본 검찰은 공산주의에 대하여 별다른 지식을 갖고 있지 못하였을 뿐만 아니라 때로는 피의자를 통하여 공산주의에 대하여 배우기까지 했던 것이다. 이처럼 초기의

---

23) 리챠드 H. 미첼(김윤식 역), 『일제의 사상통제』, 일지사, 1982, 70쪽.
24) 리차드 H. 미첼, 위의 책, 146쪽 참조.

공산당원에 대한 검거 선풍은 1930년대에 접어들면서 문화단체에 대한 탄압과 검거로 이어졌다.

　32년 4월이 되어 그 때까지 토요다마(豊多摩)형무소에 있던 하야시(林房雄)가 출옥하여 「작가를 위하여」, 「작가로서」등의 글을 발표하면서 전향을 예고하고 있다. 그러나 하야시의 원래 의도는 전향을 전제로 한 것이 아니라 파시즘에 대항하기 위해서 기존의 프로문학의 방법을 보다 예술성에 두고자 하는 데 있었다. 한편, 하야시(林)가 출옥하기 겨우 한 달 전, 32년 3월의 소위 「코프폭압」에 의해 나카노(中野), 구보카와츠루지로(窪川鶴次郎), 무라야마도모요시(村山知義), 츠보이시게지(壺井繁治), 나카조유리코(中條百合子), 야마타세이쟈부로(山田淸三郎) 등, 코프 내지 작가동맹의 중심 멤버가 대량으로 검거되었으며, 구라하라(藏原惟人)도 그 때 검거되고 고바야시(小林)와 미야모토(宮本顯治)는 그에 앞서 지하로 잠입해버린다[25]. 그리고 다음 해 3월 고바야시는 경찰의 모진 고문에 의하여 살해된다. 고바야시의 학살은 로망 로랑, 노신을 비롯한 국내외의 진보적 문학자와 제단체의 추도와 항의 가운데 3월 15일 축지소극장에서 勞農葬으로 거행되었다.

　일본에 있어서 본격적인 전향이 나타나기 시작한 것은 물론 당시 일본 공산당의 지도자였던 사노마나부(佐野學)와 나베야마테이신(鍋山貞親)이 1933년 성명서 「공동피고 동지에 고하는 글」을 그들이 수감되어 있던 이치카타니(市ヶ谷)형무소에서 발표하면서 비롯되었다. 그들은 코민테른의 최근 경향을 '소연방의 일기관화'라고 지적하고 그들의 혁명 프로그램(32년 테제)[26]이 소부르조아에 영합

---

25) 本多秋五, 앞의 책, 196쪽
26) 코민테른의 32테제는 처음으로 일본의 권력기구 속에서 천황제가 저지르는

하고, '희망과 현실을 혼동한 방자한 전술'이라고 비판하면서 일본의 현실을 직시할 것을 주장했다. 그렇다고 공산주의를 방기한 것은 아니지만 천황제에 대하여 '황실을 민족적 통일의 중심으로 생각하는 사회적 감정이 근로자 대중의 가슴 밑바닥에 있다'고 하는 세계사적 특수성을 강조하면서 그것과의 대결을 회피하고 32년 테제의 중심과제였던 '천황제의 전복'에서 결정적으로 일탈하기에 이른다[27]. 그들의 전향선언은 곧바로 옥중의 공산주의자에게 커다란 파문을 불러 일으켰으며, 옥중에 있던 공산주의자 70%가 전향을 선언하고 공산주의를 포기하기에 이른다.

여기에서 당대 일본 공산주의를 대표하던 두 지도자가 전향을 감행하게 된 논리는 물론 1차적으로 외적 강제에서 찾을 수 있다. 외적 강제란 검거, 투옥, 고문만이 아니라 최악의 경우에는 사형까지도 각오하지 않으면 안되었던 치안유지법 개악의 공포로 대표된다. 그러나 나카노수미오(中野澄男)에 의하면 그들 두 사람은 일본의 국체와 국민사상, 그리고 불교에 대한 이해에서 자발적으로 전향을 선택했다고 설명하고 있다.[28] 요시모토(吉本隆明) 역시 그들의

강대한 역할을 지적하고, 당면하는 혁명의 성질을, 사회주의 혁명에의 강행적 전화의 경향을 지닌 부르조아 민주주의 혁명이라고 규정했다. 대체로 일본의 조건에서는 프롤레타리아독재에는 다만 부르조아 민주주의 혁명에 의해서만, 이를테면 천황제를 타도하고, 지주를 수탈하고, 프롤레타리아트 농민의 독재를 수립하는 길에 의해서만 도달할 수 있다는 것이 그 전략규정의 중심이었다.

27) 龜井秀雄, 「轉向文學」, 『日本近代文學大事典』, (제4권), 講談社, 294쪽 참조.
28) 관헌에 의하면 사노가 최초로 이케타니형무소의 교도관에게 일본의 국체, 국민사상, 불교사상에 관한 서적 보기를 원한 것은 작년 10월 12일로 오오모리(大森)갱사건이 있고 일주일째였다. 형무소에서는 급히 『일본사상사』를 대여해 주고, 같은 달 17일에 다시 사노로부터 일본의 특수한 국민성을 알기 위하여 불교사상을 연구할 필요가 있어 불교서적을 빌려줄 것을 신청하여 『불교사의 연구』와 『사상과 신앙』 두권을 빌려주었다. 사노는 그 후 후

성명서는 관변에 대한 굴복이 아니라 관변과의 합작이라고 보고 있다. 그에 의하면 탄압과 전향은 구별하여야 하며, 내발적 의지가 없다면 그러한 견해를 밝힐 수 없으며, 사노, 나베야마의 성명서 발표의 외적 조건과 거기에 포함된 견해와 구별해야 한다는 것이다. 그는 일본적 전향의 외적 조건 속에 권력의 강제, 압박이라고 하는 것이 중요한 요인이 아니라 대중으로부터 고립(감)이 최대의 조건[29]이었다고 규정한다. 이러한 요시모토의 주장은 일본의 혁명운동을 비판하는 입장에서 출발한 것으로 전향, 비전향을 가릴 것 없이 전향의 근본 원인은 국가권력-의 강제 압력에 의한 것이라기보다 대중으로부터 고립이라고 하는 점을 전향 발생의 최대조건으로 파악하고 그 원인을 민중의 저변에 자리잡고 있는 어두운 봉건

지이(藤井)교도관을 만나 '덕택에 불교와 예수교의 차이점을 알게 되었다. 앞으로도 크게 연구하고 싶다.'고 하여 『大乘起信論義記講義』를 읽고 그 심원함에 놀랐다고 한다. 금년 1월 12일에는 일신상의 이유로 모리구치(森口) 간수에게 면접을 요청했다. 오오츠보(大坪)간수장이 대신 만났더니 심경변화를 호소하여 이를 상부에 보고하여 30일에는 사노의 아내가 면회하여 심경변화를 듣고 돌아가 14일에는 사노로부터 히라타(平田)에게 심경변화를 상신서의 형식으로 제출하여 동검사가 사노를 방문하여 그 자리에서 나베야마를 만나 그로부터 2-3일이 지나 미야소(宮城)재판장과 히라타 검사 두 사람이 사노와 나베야마를 방문하여 심경을 듣고 돌아갔다. 그것이 1월 20일이고, 같은 달 29일에 또 검사와 재판장이 사노, 나베야마를 방문했을 때, 실내필기와 특별서적의 열람을 신청하였기에 허가하여 사노는 2월 2일부터 집필을 시작하여 편지지 9매를 써서 그것을 나베야마에게 보여주고 동월 6일에 이르러 나베야마는 그 글의 끝에 '동지 사노의 견해는 근본에 있어서 나의 견해와 일치한다. 내가 말한 의견도 적당히 채용되어 있어 자신은 본문에 대하여 한 구절도 수정 부가할 필요가 없다'고 부기 서명하여, 동월 12일 사노와 나베야마가 분담하여 상신서를 집필하여 본문과 부록을 합하여 264페이지 정도의 것이 되었다. 5월 하순이 되어 두 사람의 상신서의 요지를 성명서로 옥내 외의 동지나 변호사에게 보내는 것을 검열하여 허가한 것이 이번의 성명서이다. 中野澄男, 「佐野·鍋山轉向の眞相」 吉本隆明, 「轉向論」, 平野謙(편), 『中野重治硏究』, 筑摩書房, 1960, 82-3쪽 재인용.

29) 吉本隆明, 앞의 글, 83쪽 참조.

적 인자에 대하여 혁명운동은 전혀 손대지 못한 사실[30])에서 찾고 있다. 이러한 요시모토의 견해를 뒷받침할 수 있는 것은 앞에서 이미 지적한 바와 같이 1931년 3월에 공산당 사건의 처리방법으로 채택한 전향의 5단계 기준에서 완전전향과 준전향으로 구분하여 처리하고 있음에도 불구하고 사노, 나베야마의 전향은 완전한 전향이라 할 수 있는데 그들의 성명서는 다음과 같이 자신들의 과오를 깊이 반성하고 새로운 각오를 천명하고 있음이 이를 말해 준다.

최근의 세계적 사실(소연방의 사회주의를 포함하여)은 우리에게 가르쳐준다. 세계사회주의 실현은 형식적, 국제주의에 근거하지 않고, 각국의 특수한 조건에 따라 그 민족의 정력을 대표하는 노동계급의 정진하는 일국 사회주의 건설의 길을 걷고 있음을. 민족과 계급까지도 반발하게 하는 코민테른의 정치원칙은 민족적 통일의 강고(强固)를 사회적 특질로 하는 일본에 있어서 특히 통할 수 없는 추상이다. 가장 진보적인 계급이 민족의 발전을 대표하는 과정은 특히 일본에 있어서 잘 이루어 질 것이다. 세계혁명의 달성을 위하여 자국을 희생하게 하는 것도 코민테른적 국제주의의 극치이고, 우리 역시 그것을 받들었다. 그러나 우리는 지금 일본의 우수한 제조건을 각성했기 때문에 일본 혁명을 어떤 희생에도 제공하지 않을 결심이다[31]).

위의 성명을 통하여 확인할 수 있는 것은 이들의 전향이 결코 외부적 압력에 의하여 이루어진 것이 아님을 알 수 있다. 그들은 그들이 신봉하고 있던 공산주의에 대하여 회의를 느낌과 동시에 일본 국민성의 우성에 대하여 신뢰하고 있다. 그 결과 후지타소우

---

30) 平野 謙, 『昭和文學史』, 筑摩書房, 1982, 210쪽 참조.
31) 佐野, 鍋山, 「共同被告同志に告ぐる書」, 本田秋五, 앞의 책, 88-9쪽 재인용.

죠(藤田省三)는 1933년의 사노, 나베야마의 성명문의 특징은 '일본 프롤레타리아트의 자각분자의 의견'으로 간주하고 이들의 사상전향의 형식이 하나의 주체적이고 상황(대중)에 대한 적극적 자세를 취하고 있는 점이며, 동시에 역사적인 것으로 공산당의 32년 테제 이전과 이후를 확실히 구별하여 공산주의 운동의 현상을 강하게 비판(자기비판)하려고 하는 태도를 표면에 나타내고 있다[32]고 지적하고 있는데, 이것은 요시모토에 의하여 규정된 전향의 개념과 형식적으로는 동일하다. 이처럼 자발적으로 전향에 앞장서게 된 까닭을 러시아와는 달리 서양의 자본주의를 수용하여 근대화로 나가던 일본의 짧은 근대정신과 일정한 관계가 있음이 지적된다.

> 자연주의에 바탕한 근대정신은 천황제의 강화와 함께 붕괴되기 시작하였다. 천황제 파시즘이 점차 소전쟁을 일으키고 대외적으로 위기를 조성하면서 공동체 국가관을 강화해 가는 과정은 국가를 지배의 메커니즘으로 파악하여 국가기구적인 사고방식을 점차 분해 흡수하여 가는 과정이며, 동시에 감성의 개별성을 말살하여 일본적 공감을 확대 재상산하는 과정이었다. 여기에서 전향이 발생하게 된다.[33]

이러한 지적은 일본의 근대화가 몰고 온 특수한 조건이라 할 수 있으며, 이는 나름대로 당대 현실을 정확히 인식한 결과라 할 수 있다. 그러나 이러한 논리를 수용한다면 러시아와는 근본적으로 체제를 달리하는 일본에서 프롤레타리아문학의 수용과 운동을 전개했다는 것조차 자기 모순에 빠지는 결과가 된다. 그리고 전향이라

---

32) 藤田省三, 앞의 책, 4쪽 참조.
33) 藤田省三, 앞의 책, 24쪽.

는 현재의 굴욕을 장래의 지도적 지위의 보증으로 확신함으로서 심리적으로 보상받으려는 변형입신출세주의 사상가들로 근대 일본에 있어서 제도통과형의 중소수재에게서 많이 볼 수 있는 전형적 삶의 방식[34]이라 할 때, 일본에 있어서 전향은 지식인의 절조의 문제라기 보다는 시대적 조류에 편승한 지적 포즈의 하나라 할 수 있다. 그 결과 그들이 전향의 논리로 내세우는 것 가운데 '황실을 민족적 통일의 중심이라고 생각하는 사회적 감정이 근로자 대중의 가슴 밑바닥에 있다. 우리는 이러한 실감을 있는 그대로 파악할 필요가 있다'[35]고 선언함으로써 마침내 그들의 전향선언 이전까지 전향은 개인의 패배, 탈락으로 인식했으나 이후에는 악의를 가지고 보지 않았으며, 국가 권력에 대하여 어떤 저항도 하지 않았다는 점은 이들의 영향이 어떠했던가를 잘 보여준다.

사노, 나베야마의 태도를 결정하는 상황은 세계를 축으로 하는 것과 일본을 축으로 하는 것으로 구별할 필요가 있다. 그것은 근로대중은 전위이지만 일본의 경우에는 농본주의에 바탕을 두고 있기 때문에 정치적으로 세계와 일본은 상대가 될 수 없다는 태도를 취한다. 따라서 그들이 보여준 상황으로부터의 유출주의는 대중추수주의가 되어 나타나게 되었으며, 그 결과 그들은 전향의 이유로 공산당이 주요한 노동자층으로부터 유리되었다는 사실을 강조하게 된다[36]. 이러한 시대적 조건 속에서 NAPF는 1934년 2월 22일 해체 성명을 발표하게 되는데, 해체의 이유로서 첫째로, 치안유지법 개악으로 집약되는 적계급의 공격의 격화와 그것에 저항할 수 없는

---

34) 藤田省三, 앞의 책, 26쪽 참조
35) 佐野. 鍋山, 「共同被告同志に告ぐる書」, 藤田省三, 위의 책, 41쪽 재인용.
36) 藤田省三, 앞의 책, 47쪽 참조.

조직 주체의 약함, 둘째로 거기에서 생기는 동맹원의 이반을 단순히 패배적 풍조로서 비판할 뿐만 아니라 그 합리적 해결을 기도하기 위한 합법성의 확보, 셋째로 사회주의 리얼리즘의 이입에 의한 '비속한 정치상의 공리성'에 대한 조명과 서클문제의 혼미에 관한 자기 비판[37]을 들고 있다. 이처럼 정치, 사회적으로 공산주의(사회주의) 및 프로문학이 위기에 처하자 대대적으로 전향이 속출하게 되는데 1933년 이후 총전향자는 2,671명으로 그 이유로 국민적 자각이 852명, 가정관계가 719명, 구금에 대한 후회가 385명, 공산주의 이론에 대한 모순이 312명, 신상관계가 256명[38]으로 나타나고 있는데, 국민적 자각이 가장 우위를 차지하는 것에 주목할 필요가 있다.

그러나 한국의 사정은 일본과는 다른 특수성을 지니고 있다. 일본의 경우 전향이란 전향의 원인으로도 가장 두드러진 것이 국민적 자각이라는 천황제에 대한 옹호로 귀결될 수 있었지만 한국에서의 전향이란 일제 식민정책에 대한 굴복에 지나지 않았기 때문이다. 따라서 일제의 한국인에 대한 사상통제는 1933년 이후에도 더욱 강화되었다. 총독부가 한국인의 사상탄압을 위하여 적용한 법령은 이미 1919년 4월에 공포한 정치에 관한 범죄처벌의 건과 1925년 5월에 실시한 치안유지법, 그리고 다음 해인 1926년에 시행한 폭력행위 등에 관한 처벌법 등이다. 특히 치안유지법은 1928년 6월에 그 내용이 일부 개정되면서 민족운동과 사회운동 탄압에 박차를 가하게 되었으며, 1930년대에 접어들면서 만주사변(1931년)을 준비하기 위하여 사상탄압은 더욱 강화되었다. 1932년에는 국체를

---

37) 平野 謙, 『昭和文學史』, 筑摩書房, 昭和57년(1982). 138쪽 참조
38) 鶴見俊輔, 앞의 책, 31쪽 참조.

강화하기 위한 국민정신문화연구소를 설립하고 '코쿠타이 명징의 선언을 공포하고, 천황은 주권자이며, 이에 맞서는 외국사상은 모두 억압된다39)고 언명했다. 그리하여 전향하지 않은 사상범의 재발을 예방하고, 그들을 다른 사람으로부터 격리시키기 위하여 사상범 보호관찰법을 시행하게 되었으며, 1936년 미나미(南次郞) 총독이 부임하면서 국체명징, 鮮滿一如, 敎學振作, 農工竝進, 서정쇄신이란 위장정책을 내걸고 일제의 말기적 탄압을 강화하는 한편 많은 애국지사와 사회주의운동자를 구금하였으니 그 숫자를 살펴보면, 1928년에 796명, 1929년에 1,088명, 1930년에 1,888명, 1931년에 1,445명, 1932년에는 1,628명, 1933년에는 2,796명으로 점차 증가하고 있음을 알 수 있다. 이러한 일제의 사상통제 속에서 한국의 프로작가들은 더 이상 버틸 수 없게 되어 프로문학 자체를 부정하면서 전향이란 비난의 길을 걷게 된다.

Ⅲ. 전향의 양상과 논쟁의 전개

1. 대중추수적 경향과 천황제의 옹호

일본에 있어서 전향문제는 이미 그 이전의 <정치와 문학논쟁>에서 <일본낭만파논쟁>까지 포괄하여도 결코 부자연하지 않을 만큼 엄밀한 내적 관련을 갖고 있다40)고 할만큼 프로문학 쇠퇴기의 한 양상이라 할 수 있다.

---

39) 리차드 H. 미첼, 앞의 책, 195쪽.
40) 小田切秀雄 (外)編,『現代日本文學論爭史』(中卷), 해설, 未來社, 339쪽.

<정치와 문학논쟁>은 전향의 직접적인 전단계로서 프롤레타리아 문학운동의 위기를 반영하고 있으며, 사회주의 리얼리즘 논쟁은 소비에트와는 달리 사회적, 문학적 조건과는 반대로 프롤레타리아 문학의 해체, 전향의 시기와 중첩되었기 때문에 한편으로 전향문학의 방법론으로 이용되었으며, 다른 한편으로 전향 후 프롤레타리아 문학 재건의 수단으로 사용되기도 했다. 일본낭만파는 프롤레타리아문학의 좌절과 전향에 따른 암담한 공기 가운데 그것을 극복하려는 하나의 시도로 가메이가츠이치로(龜井勝一郎)를 중심으로 1934년 11월에 결성되었으며, 이 낭만파는 전향문학의 한 조류로 성립되었다.

앞에서 이미 지적한 바와 같이 공산주의자의 대량 전향이 나타난 것은 1933년 6월, 당시 공산당의 최고지도자 가운데 사노와 나베야마가 옥중에서 전향을 호소하는 글을 발표한 이후부터다. 이 호소에 의해 동 7월말까지 옥중의 공산주의자의 3할 이상이 전향을 표명하고, 동 10월말에는 약 9할에 이르렀다. 프롤레타리아작가도 미야모토(宮本顯治), 구라하라(藏原惟人)등 극소수를 재외한 대부분이 전향했다. 그러나 프롤레타리아문학의 전향은 이미 사노, 나베야마의 호소 1년 이전부터 시작되었으니 그 첫 주자는 하야시(林房雄)였다. 치안유지법에 의해 투옥된 하야시는 전향하여 1932년 4월 출옥하였지만, 그를 맞이한 것은 그 전달 3월 24일부터 비롯된 코프(일본프롤레타리아 문화연맹) 대탄압과 그에 따라 프롤레타리아문학, 문화운동은 전체적으로 혼란에 빠졌다. 전년 11월 나프는 해산되고 새로이 코프를 결성했으나 탄압 준비를 해온 지배권력은 3월 24일부터 일제히 코프의 중요멤버 약 400명을 체포했다.

하야시(林房雄)는 출옥하여 이대로는 프롤레타리아 문학운동이 계속될 수 없음을 확신하고 「작가를 위하여」를 발표하고 이어 「문학을 위하여」, 「작가로서」 등의 글을 발표했다. 그는 작가란 학자나 신문기자와는 달리 '일상적 현실의 신비한 부분에 빛과 같이 뚫고 들어가는 능력의 소유자'라고 규정하고 『자본론』에 끌려 다닐 것이 아니라 『자본론』의 저자를 감탄시키는 작품을 쓸 것[41]을 주장한다.

이러한 주장은 상식적인 이야기라고 할 수도 있지만 나프의 정치주의에 대하여 동요하기 시작한 프롤레타리아작가들에게 강한 충격을 주었으며, 「문학을 위하여」, 「작가로서」에서 '프로문학은 마르크스주의 해설서여야 한다'는 스탈린의 말을 비판하며 주제의 적극성을 강조하고 있던 나프의 편향을 다양한 각도에서 조명하여 문제의 새로운 전개를 자극하게 되었다.

하야시의 주장에 대하여 가메이(龜井)의 「동지 하야시의 근업에 대하여」를 비롯하여 많은 비평이 나왔지만, 특히 예리하게 하야시의 주장을 비판한 사람은 고바야시(小林多喜二)였다. 그는 하야시의 주장 가운데 두 가지 문제점을 지적하고 있는데, 하나는 프롤레타리아문학은 마르크스주의 해설서가 되어서는 안 된다는 것이고, 다른 하나는 작가는 무엇보다도 작가의 내적 세계의 완성이 필요하다고 주장하는 것은 문제라는 것이다. 그에 의하면 하야시(林)는 '당시의 정치적 필요에 따라 단도직입적으로 이야기하는 것'으로 스탈린의 말을 왜곡하고 있으며, 작가는 '작가의 내적 세계의 완성'으로 나가야 한다는 그의 주장은 본질적으로 정치에서 문학을 떼어내고 '새로운' 문학의 상아탑을 구축하려고 하는 우익기회주의

---

41) 林房雄, 「作家のために」, 平野謙(편) 『現代文學論爭史』(중권), 未來社, 1957, 140쪽 참조.

가 포함되어 있다[42]고 비판하면서 이는 '정치의 우위성'이나 '주제의 적극성'을 약화시키는 결과를 초래할 뿐이라고 지적한다.

미야모토(宮本顯治) 역시 코프의 기관지 『プロレタリア文化』에 『정치와 예술 – 정치 우위성의 문제』를 연재하고, 그 1회에 하야시를 비판한다. 그는 최초로 하야시를 비판한 가메이의 주장은 '조정파적 오류'에 빠져 있다고 주장하면서 하야시의 태도는 첫째로 문화주의적 규정이며, 둘째는 비정치주의적 오류에 빠진 '비실천적 열정'이라 규정하면서 '비속한 기자성에서 <문학적 창조성>으로 전환했지만 지금은 더욱 비속한 기자성의 꼬리를 계속 끌고 비정치적 <순문학적> 경향을 보여주고 있다'[43]고 비판하고 있다. 이처럼 당대 일본 프로문학계를 지도하던 대표적 이론가들이 하야시에 대한 공격을 감행하게 된 이유는 당시 많은 프로작가들의 동요와 전향에 대한 대비책으로 새로운 운동의 전환을 위한 방비책[44]이기도 했다. 1934년 이후 사회정세의 급격한 변화에 따라 대다수의 프로작가는 전향하지만, 특히 카타오카테츠베이(片岡鐵兵), 무라야마(村山知義), 나카노(中野重治) 등이 전향함으로써 전향을 둘러 싼 논

---

42) 小林多喜二, 「同志林房雄の『作家のために』 『作家として』それにたいする同志龜井勝一郎の批判の反批判」 平野 謙(편), 위의 책, 142쪽.

43) 宮本顯治, 「政治と藝術・政治の優位性の問題」(抄), 平野 謙(편), 위의 책, 151쪽 참조.

44) 하야시의 논문이 어느 만큼 당시 운동의 기미에 깊이 관련되어 있고, 어느 정도 미야모토 등의 운동패턴의 유지에 있어 위험이 있었는가를 가리키는 동시에, 이 논문을 분쇄함으로써 나프 이래 공산주의문학운동의 길의 합리성과 권위를 고집하고, 대정말년 발족이래 지배적 권력과 그 질서에 대한 라디컬한 문학적 투쟁을 조직해 온 프롤레타리아 문학운동의 전통(투쟁의 문학으로서 혁명적 전통)을 지켜야 한다는 열의를 나타내었다. 미야모토나 고바야시는 탄압 격화와 동맹원의 동요라고 하는 새로운 조건 속에서 운동의 유효한 전환을 향하여 나아가는 대신 한결같이 앞으로 전진함으로서 타개하려 했다. (小田切秀雄, 앞의 책, 345쪽.)

쟁이 전개된다.

전향작가에 대한 최초의 논쟁은 이타가키나오코(板垣直子)의 「문학의 신동향」에서 시작되었다. 그녀는 전향작가의 절조를 문제로 하여 매문도세(賣文渡世)로 끝났다[45]고 주장하면서 프로작가가 전향하는 것은 사상의 포기라고 매도한다.

> 프롤레타리아작가는 사상적으로 사는 한 전향하는 것은 있을 수 없다. 부분적 수정은 가능하지만, 생활의 태도를 근본적으로 변화하는 것은 불가능하다. 그런데도 만약 전향이 행해진다면 그는 본능에 집착하고 그것에 길을 양보하기까지 한다. 이런 제2의적(第二義的) 종류의 생활자로부터 일의적(一義的)인 문학이 —어떤 의미에서도— 생겨날 것이라고는 상상할 수 없다. (중략) <전향>에 의해 자기 속의 <작가>를 살린다고 하는 견해가 있다. 그러나 우리의 해석법에 의하면 이성적인 인간의 신념, 그것이 소실한 이후 진정으로 전폭적인 작가활동은 있을 수 없다. 그래서 이후의 작가 생활은 앞에서 말했듯이 매문도세에 지나지 않는다 할 것이다.[46]

여기에서 제1의적인 사상(이념)을 버리고 제2의적인 작가성(문학성)을 문제로 하는 것은 분명 프로작가로서는 한계를 드러낸 것이라 하지 않을 수 없다. 그녀는 일제의 탄압이 30년대에 이르러 처음 나타난 현상이 아니고 이미 그 이전부터 있어 왔음을 상기시키면서 '복자'와 '삭제'를 통하여 사상의 표현을 실현했고, 지금과 같은 여건에서는 '작중에 프롤레타리아적인 것을 혼입하는 방법'을 개척해야 할 것이라고 주장한다. 이러한 주장에 하야시(林房雄)는 「참된 절조에 대하여」에서 "그대들은 전향할 수도 없지 않는가? 그

---

45) 板垣直子, 「文學の新動向」, 平野 謙(편), 앞의 책, 265쪽.
46) 板垣直子, 위의 글, 266쪽.

대들은 처음부터 좌도 우도 아니었다. 전향할 일도 없는 경력의 소
유자"라고 전향 비난에 대하여 역습하면서 이타가키를 文部思想善
導官夫人이라고 야유하면서 자신의 전향이 양심에 따른 결정임을
강조하기까지 한다.

> 그렇다. 나는 — 자신을 가지고 전향했다. 이래 구작가동맹의 친
> 구에 대하여 轉向勸誘係의 역할을 했다. 그렇다. 자신을 가지고 그
> 역할을 했다. 독일의 경우 루드히 렌과 같이 죽는 것, 프랑스에 있어
> 서 지이드같이 좌익으로 전향하는 것, 일본의 상황에서 나와 같이
> 우익으로 전향하는 것, — 이 세 가지가 같은 용기와 같은 양심의 작
> 용에 의한 것임을 사람은 알 리 없다.[47]

여기에서 하야시가 주장하는 양심의 문제란 따지고 보면 천황제
에 대한 굴복이며, 동시에 개인적 욕망[48]과 보다 밀접한 관계가 있
다. 한편 이타가키의 글에 대하여 가네코요붕(金子洋文)은 「전향작
가에의 비난」에서 그녀의 전향비판은 고압적이고 기계적인 것이라
고 비판하면서 일본 전향작가의 경우 전향의 내용 여하에 초점을
맞추어야 한다고 지적하고 있다.[49]

한편 전향작가인 무라야마(村山知義)는 「작가적 자부」에서 전향
의 문제가 작가에게 중요한 것은 '외부적인 문제가 아니라 내부적
인 것, 작가 자신의 힘에 대한 의혹, 절망의 문제'[50]라고 지적하고

---

47) 臼井吉見, 『近代文學論爭』 下, 筑摩書房, 1987. 35−6쪽 재인용.
48) 하야시의 전향 이유를 개인적 요인으로는 '생활수준의 향상, 사랑에 대한
    동경의 나이, 죽음에 대한 의식을', 사회적 요인으로는 '프로문학계의 지도
    자가 될 수 없는 비참함, 전향하여 일본 사회의 지도자와 유대관계를 맺기
    위한 수단'을 꼽고 있다. 鶴見俊輔, 앞의 책, 61−66쪽 참조
49) 臼井吉見, 앞의 책, 36쪽.
50) 臼井吉見, 앞의 책, 41쪽 재인용.

있으며, 「작가의 재출발」에서 일찍이 정치와 문학, 조직활동과 창작활동과의 관련에 있어서 기본적으로는 정당했음에도 불구하고 구체적 실천에 있어서 기계적 오류에 빠졌음을 인정하고 '우리가 얻은 결론은 이러한 현상 속에서 타협하거나 퇴각하는 것이 아니고 참으로 훌륭한 소설이라도 쓰는 것이었다'[51]고 밝히고 있어 전향을 사상의 굴절이나 퇴각이 아니라 훌륭한 소설을 쓰기 위한 또 다른 수단임을 강조한다.

수기야마헤이수케(杉山平助)는 가네코의 주장이 지엽적으로 흐르고 있다고 비판하는 동시에 이타가키의 주장은 원칙론에 있어서는 정당하지만, 이 원칙의 적용에 있어서는 피상적 독단이라고 공격한다. 그는 전향작가를 비판함에 있어서 전제 조건으로 첫째로 현사회 정세에 있어서 어떠한 것이 그들로서 제일의적 생활인가, 둘째로 그들은 역시 그 요구되는 생활에 적응 여부를 검토하는 것에서 시작해야 하는 것[52]이며, 전향이란 어떠한 현상을 가리키고 있는가 그 실체를 분명하게 밝혀야 한다고 주장한다.

그의 견해에 따르면 무라야마(村山)가 자신의 양심에 비추어 부끄럽다고 고백하고 있는 것은 고바야시(小林多喜二)와 구라하라(藏原)등의 행동에 비교할 때 부끄럽다고 생각하는 것이며, 고바야시(小林)와 구라하라(藏原)는 드문 예외로서 무라야마(村山)와 후지모리(藤森)와 같이 지극히 일반적인 경우라고 생각하면 그다지 부끄럽게 여길 필요가 없을 뿐만 아니라 '지금과 같은 형세에서 전향이 당연하고 비전향이 오히려 희한려 일'이라고 하면서 '전향이란 퇴각을 통해 예술적 실천'[53]을 도모할 것을 주장한다.

---

51) 臼井吉見, 위의 책, 42쪽 참조.
52) 杉山平助, 「轉向作家論」, 平野 謙(편), 앞의 책, 272쪽.

이러한 주장 속에는 전향을 한 작가의 신념 문제나 양심 문제가 아니라 당대 폭압적 현실에서 비롯된 것으로 인식하면서 작가의 새로운 출발을 촉구한다는 점에서 하야시의 주장에서 크게 벗어나지 않고 있다. 이러한 주장은 오오야소우이치(大宅壯一)의 「전향찬미자와 매도자」에서도 비슷한 논조를 볼 수 있다. 그는 먼저 최근 문단에서 과거 빛난 프로작가, 비평가들이 현실추수에 적의를 느낀다고 전제하면서도 전향은 여러 형태와 단계가 있어 동일하게 취급할 수 없다고 한다. 그는 전향을 다섯 유형으로 나누고[54], 문제가 되는 것은 전향 그 자체가 아니고 전향의 정도, 단계, 그 후의 태도로 전향 후 새로운 사상적 입장의 애매함이라고 주장하면서 '현재와 같은 사상적 스트라이크와 사보타쥬가 계속된다면 문학 전체가 몰락의 길을 갈 것[55]임을 강조하고 있어 전향을 시대적 조류로 받아들이고 있음을 확인할 수 있다.

이처럼 하야시로 비롯된 전향작가의 주장은 처음에는 가메이(龜井)나 고바야시(小林多喜二), 이타가키(板垣)에 의하여 비판의 대상이 되었으나, 하야시의 반론 「참된 절조에 대하여」 이후에는 고작 전향의 정도나 이후의 작품을 두고 비판하면서도 전향을 대세로 인정하고 있음을 확인할 수 있다. 이러한 문단적 경향에 새로운 반향을 불러일으킨 것은 미야모토유리코(宮本百合子)의 「겨울을 넘는 꽃봉오리」이다. 그녀는 먼저 오오야(大宅)의 글을 비롯하여 최근 전향 문제를 다루고 있는 글이 지니고 있는 문제점을 다음과 같이 규정한다.

---

53) 杉山平助, 위의 글, 279쪽 참조.
54) 大宅壯一, 「轉向讚美者とその罵倒者」, 平野 謙(편), 앞의 책, 281쪽 참조
55) 大宅壯一, 위의 글, 284쪽.

전향작가에 대해서 제가의 의견은 어떤 특수한 동기를 가지는 것
이외에 대부분은 아량과 상식적인 태도이지만, 어느 글 속에도 두
개의 공통점이 강조되었다. 그것은 이제까지 이른바 전향에 관한 작
품을 발표한 몇 사람의 작자들이 그 작품 속에서 당연히 중요시되어
야 할 전향의 과정과 그 이후의 사상적 경향을 분명하게 하지 않는
다는 것이다.56)

이런 현상은 무엇보다 전향작가의 태도가 애매하기 때문이며, 과
거의 운동 단계에서 범했던 기계적 오류를 지적하는 책임전가적
성격이 강한 것으로 파악하고 있다. 이 점은 일본의 이데올로기적
대중화가 유럽과 비교하면 20여년이나 늦을 뿐만 아니라 대중화
자체가 일본의 특수한 정치적 폭력에 드러나야 하기 때문에 전향
의 문제와 함수관계를 지니고 있음을 지적한다. 따라서 문제는 전
향한 프롤레타리아작가들의 양심에만 있는 것은 아니라 대중에게
문제가 있으며, 뒤늦은 자본주의국가로써 반봉건적인 채 갑자기 제
국주의로 발전하는 템포 빠른 역사는 일본의 지식인에게 민첩한
적응성을 부여함과 동시에 근로대중의 일상생활은 지극히 낮은 수
준에 멈추어 있는 봉건적 압력이 지식인의 정신에도 암묵적으로
작용을 미치고 있다57)고 주장하면서 러시아의 예를 들어 프로작가
들이 대중으로부터 신뢰를 획득하는 것이 필요함을 역설하고 있는
데, 이는 요시모토가 사노, 나베야마의 전향을 대중과 유리되는 것
을 두려워 한 결과라고 주장하게 하는 근거가 된다. 그러나 미야모
토의 주장 역시 당대적 현실에 대하여 프로작가들이 어떻게 투쟁

56) 宮本百合子,「冬を越す蕾」, 平野謙(편), 앞의 책, 286쪽.
57) 宮本百合子, 위의 글, 287-8쪽 참조.

하고 그들의 지니고 있던 이념적 세계를 구현해야 할 것인가에 대해서는 구체적 방법을 제시하지 못하고 있다. 다만 제목이 암시하는 바와 같이 '겨울을 넘는 꽃봉오리'로서 인고하며, 내일에 대한 기대를 하고 있을 뿐이다.

한편 기시(貴司山治)는 「문학자에 대하여」에서 자기는 치안유지법으로 구속되어 프롤레타리아정당에 대한 지지의 포기와 프롤레타리아문학자로서 합법적인 범위에서만 활동할 것을 약속하고 집행유예가 된 인간이기 때문에 세간의 비난을 따른다고 전제하고, 문학자의 전향에는 정치적으로는 생명을 잃으면서 작가로서 더욱 살만한 길이 있고 그 길로 살려고 하는 결의[58]에서 비롯되었다고 밝히고 전향작가의 역할을 다음과 같이 제시하고 있다.

> 우리는 작가로서 더욱더 활동한다. 누구를 향해? 누구를 상대로?
> — 이것이다. 우리는 의연히 근로대중 앞에 문학자로서 서있을 수 있다! 그들을 향해 작가로서 일하려고 생각하고 감옥에서 돌아왔다. 이렇게 생각하면 침묵하고 있을 수는 없다. 이들 대중의 면전에서 만약 침묵하고 있는 우리라면, 그것은 교활한 태도라고 할만하다. 용서받을 수 없는 태도라고 평할 수 있다.[59]

그의 견해에 따르면 전향작가의 문학자로서 갱생이란 부르조아문학에 앞서는 방법과 이론을 잃어버리지 않고 특히 그 방법에 의한 작품 제작에 자신을 가지고 창작에 임하는 자세가 중요하다고 한다. 그런가 하면 전향작가는 전향해도 많은 부르조아작가보다 문학에 있어서 앞서 걷고 있으며, 어떤 의미에서는 더욱 그 발걸음은

---

58) 貴司山治, 「文學者に就ついて」, 平野謙(편), 앞의 책, 292쪽.
59) 貴司山治, 위의 글, 292쪽.

확실하게 되고 동시에 넓혀 갈 것이라고 확신하고 있다. 그리고 전향작가는 정치적으로 패배하기는 했지만 문학을 위해 목숨을 건 정치적 경험을 했다고 하는 사실이 문학의 토대가 되는 것[60]이기 때문에 '전향작가는 문학자로서 문학을 높이 끌어올리는 크레인적 존재'라고 주장한다.

이러한 기시의 주장은 어떤 의미에서 전향작가의 솔직한 자기 고백이고, 새로운 각오라 할 수도 있다. 그럼에도 불구하고 나카노(中野)는 기시의 주장에는 근본적 오류가 있다고 반박한다. 나카노는 전향작가에 대한 논의가 악질적인 공격 정신으로 일관하고 있는 측면과, 새로운 문학발전의 길을 지키자고 하면서 그와는 달리 전향작가를 공격하는 것[61]이라고 하면서 기시는 기존의 비난을 아무 비판이나 검증 없이 수용하고 있다는 것이다. 특히 기시가 전향함으로써 제1의적 삶은 잃었지만 제2의적 삶(훌륭한 작가)은 가능하다는 주장에 대하여 여론에 동요를 보이거나 비판의 채찍에 흔들린다면 더 깊은 늪지대로 빠져버리게 될 것이라고 경고하면서 전향작가이기 때문에 제1의적 삶을 살 수 없는 것이 아니라, 비평가를 의식하는 글이 아니라 대중을 위한 작가적 실천이야말로 제1의적 삶을 위한 작가적 태도임[62]을 강조한다. 이러한 나카노의 주장은 전향논의의 관념성을 비판하면서 구체성의 확보와 함께 창작을 통한 실천의 중요성을 강조[63]하는 것으로 그의 전향작품 「촌집(村の家)」[64]은 자신의 주장을 실천한 하나의 본보기라 할 수 있다.

---

60) 貴司山治, 위의 글, 292쪽
61) 中野重治, 「<文學者に對して>に對して」, 平野 謙(편), 앞의 책, 295쪽.
62) 中野重治, 위의 글, 301쪽 참조.
63) 圓谷眞護, 『中野重治, ある昭和の軌跡』, 社會評論社, 1990, 76쪽.
64) 吉本은 "나카노의 「<문학자에 대하여>에 대하여」는 기시(貴司山治)에 대한

이상에서 살펴 본 것처럼 일본에서 전향을 둘러싼 논쟁은 이타가키(板垣直子)의 「문학의 신동향」에서 전향에 대한 통렬한 비판과 나카노의 「<문학자에 대하여>에 대하여」만이 선명하게 일본적 전향의 근원에 대한 논의[65]라는 주장을 이해할 수 있다. 그럼에도 불구하고 전향 논쟁은 그 이전의 프로문학을 둘러싼 논쟁들과는 달리 전향을 기정사실로 수용하면서 그나마 문학자로서의 지위를 어떻게 확보할 것인가 하는 문제가 중심을 이룬다. 그러나 미야모토(宮本百合子)는 전향의 원인을 외부적 압력에 의한 것만이 아니라 민중과의 유리됨으로써 빚어진 결과로 인식함으로써 프로문학운동의 실패를 인정하고 있다. 따라서 전향은 파시즘의 강화와 그에 따른 천황제 옹호에 대한 국민적 관심에 따른 코쿠타이(國體) 및 세이타이(政體) 수호에 호응하는 길이었음을 확인할 수 있다.

2. 프로문학의 한계와 식민정책에의 굴복

1930년대에 접어들면서 일제는 파시즘의 강화와 만주사변을 통하여 한국에 사상통제를 강화하게 되는데, 1931년에는 공산당 재건 사건과 연루하여 박영희, 임화, 윤기정, 김기진, 이기영 등 맹원 70여명을 검거하는 소위 제1차 카프 검거사건이 일어나고, 1934년 5월에는 제2차 카프사건으로 많은 프로작가들이 구금되면서 전향이 본격화된다. 그리하여 많은 작가들이 감옥에서 전향을 서약하고 집

반발로 쓰여진 것이지만 본질에 있어서는 「촌집(村の家)의 주인공 勉次를 통하여 전향의 실상을 보여주는 것으로 평가한다. (吉本隆明, 앞의 책, 97쪽 참조)
65) 吉本隆明, 앞의 책, 96쪽.

행유예로 풀려났으나 자신의 전향에 대하여 구체적으로 밝힌 경우는 고작 박영희와 백철66)뿐이다. 따라서 전향론을 문제삼을 때는 박영희와 백철로 한정할 수밖에 없다. 그래서 여기에서는 이들의 전향론과 이를 둘러싼 논쟁으로 제한하여 검토하고자 한다.

한국에 있어서 전향의 단초는 백철의 「인간묘사시대」에서 보여지고 있지만 표면적으로 전향을 선언한 것은 박영희에 의해서였다. 그는 「최근 문예이론의 신전개와 그 경향」을 통하여 자신의 전향 논리를 밝히고 있다. 그는 1929년 이후 프로문학에 대하여 회의를 갖기 시작하여 1932년에는 카프의 간부직을 사임하고, 1933년 10월 7일 드디어 카프를 탈퇴하게 되었다고 밝히면서 전향 선언을 하게 된 배경을 설명하고 있다. 그는 그 동안 프로문학 전반에 대하여 오랫동안 생각하였다고 하면서 먼저 '문학과 지도이론과의 현격한 차이와 이 차이로 생기는 이론의 맹주(猛走) 또한 무정견한 이론 상호의 당착으로 생기는 혼란'과 '지도자의 횡포와 독단 — 창작의 무기력, 무주장'67)에 대하여 문제를 제기하고 있다. 그리고 이 점과 관련하여 자신은 비평가이고 창작가이지 '정치가로서 예술을 생각해 본 일은 없다'고 하여 프로문학이 본질적으로 지니고 있는 정치성을 근본적으로 부정하면서 지금까지 프로문학의 과오로 인하여

---

66) 김윤식은 '카프문인의 전향 유형을 문제 삼을 때 거기에는 관념으로서의 전향(박영희, 백철, 임화), 삶의 방식으로서의 전향(한설야, 이기영, 김남천), 모더니즘과 리얼리즘의 관련성(박태원, 최명익)'으로 분류하면서,(김윤식, 「1930년대 후반기 카프문인들의 전향 유형 분석」, 앞의 책, 506-536쪽 참조.) '카프파의 전향축은 회월, 백철, 신유인, 이갑기 등이지만 그 중심은 회월과 백철'이라고 주장한다. 『한국근대문예비평사연구』, 한얼문고, 1973, 182쪽.
67) 박영희, 「최근 문예이론의 신전개와 그 경향」, 『동아일보』, 1934년 1월2일 -1. 11, 임규찬(편), 『카프비평자료총서』V. 태학사, 163쪽. (이하 국내의 당대비평문은 이 책을 사용함)

'예술은 무공(無功)의 전사(戰死)를 할 번하였다. 다만 얻은 것은 이
데올로기이며 상실한 것은 예술 자신이었다'[68]고 주장한다. 그런가
하면 그는 1932년 이후 프로문학계에서 논의된 창작방법론에 대하
여 검토하고 있다. 그는 유인, 임화, 김남천, 박승극 간의 논쟁, 한
설야의 월평, 백철 등의 창작방법론에 대한 논의를 검토하고 이상
의 제씨의 소론을 요약[69]하면서 과거의 '사회사적 활동'에서 예술
의 '문학사적 경향'으로 바뀌고 있음을 지적하고 과거 카프의 문학
활동은 '예술의 사회사적 활동'이라고 규정한다. 이러한 지적은 당
대 프로문학계의 동향을 의도적으로 '문학사적 경향'으로 몰아가고
있다고 할 수 있다. 실제로 이 시기는 이전의 유물변증법적 창작방
법론이 약화되면서 사회주의리얼리즘 수용에 대한 찬반론이 대두
하던 시기였다는 점을 기억할 필요가 있다. 그러면서 그는 현재의
혼란은 사회사와 문학사를 동일시하였기 때문에 이론적 지도와 창
작적 실행에 혼란을 가져왔으며 창작적 활동을 사회운동의 일종으
로 생각한 결과로 파악하고 있다. 그런가 하면 급기야는 '자기들의
일에 봉사하는 것이라면 선전삐라도 좋다, 보고서도 좋다는 데까지

---

68) 박영희, 위의 글, 168쪽.
69) (1) 지도적 비평가 창작가에게 대한 요구와 창작가의 부조화된 실행에서
생기는 ─ 즉 지도부와 작가와의 이반. (2) 그러므로 창작가의 진실한 길은
편파한 협로에서 진실한 문학의 길로 구출할 것 ─ 즉 진실한 의미에서 프
로문학은 부르조아문학의 믿을만한 계승자가 될 것. (3) 이것을 실행함에는
이론적 동사상태(凍死狀態)에서 창작을 정서적 온실 속으로 갱생시킬 것 ─
즉 창작의 고정화에서 구출할 것. (4) 그러자면 지금까지 등한히 생각하였던
기술문제에 논급하여 예술적 본분을 다 해야 할 것. (5) 또한 계급적 사회생
활을 정확히 반영할 수 있는 인간의 제반활동과 그 생활의 복잡성을 자유
로 광대한 영역에서 관찰할 것. (6) 집단의식에만 얽매이던 것을 파기하고,
집단과 개인의 원활한 관계에서 오히려 개인의 개성과 그 본성에 정확한
관찰을 할 것. (7) 정치와 예술과의 기계적 연락관계의 분쇄. (8) 따라서 '카
프'의 재인식. 박영희, 위의 글, 170쪽.

이르렀다. 이 점에서 그 과오의 책임은 내 자신도 다분히 져야 할 줄로 안다. 목적의식성의 실패에서부터 나는 퇴각을 시작하였다'[70]는 비판과 동시에 자신의 과오에 대하여 반성[71]하고 있다.

다음으로 프로문학이 주창한 방법론에 대한 비판이다. 그는 변증법이 만능이 아님을 강조하고 있는데, 변증법을 무시하거나 외면하는 이상 그의 주장은 프로문학과는 이미 일정한 거리가 있게 되는 것은 자연스런 현상이다. 그 결과 프로문학은 부르조아문학의 계승자라고 주장하면서 프로문학이 실패하게 된 출발점을 방향전환에서 찾고 있다. 그의 주장에 따르면 프로예술운동의 전과정에서 과오를 깨달은 것이 방향전환이었으나 사회운동의 슬로건을 예술가에게 분담시킴[72]으로써 올바른 방향전환이 이루어지지 못했다는 것이다. 이러한 주장은 프로문학의 방향전환을 주도한 자신의 논리와도 상충하는 것이며, 방향전환을 통하여 프로문학의 목적의식을 구체적으로 표현한 제2기 작품으로 평가받은 바 있는 「낙동강」이나 최서해의 「홍염」, 임화의 「우리 오빠와 화로」가 높은 평가를 받은 것은 그것들이 사회사적 요소가 우세하기 때문이 아니라 정서적 요소가 우세한 작품이기 때문이라고 하여 당시 자신의 견해나 비평계의 평가를 의도적으로 왜곡하고 있음을 볼 수 있다.

또 그는 지도부가 보여준 '섹트주의'와 지나친 '당파성'을 퇴맹의 제3의 이유로 들고 있다. 그는 카프에서 제명을 당한 사람들은 비예술가이기 때문이 아니라 '정견의 소소한 차이, 소부르적 언행, 카프의 비판적 태도'에 기인하고 예술문제와는 거리가 있기 때문

---

70) 박영희, 위의 글, 173쪽.
71) 박영희, 위의 글, 174쪽 참조.
72) 박영희, 위의 글, 176쪽 참조.

에 예술단체는 아니었다고 지적하면서 다음과 같은 감격적인 어조
로 글을 끝맺고 있다.

> 우리들은 자기 스스로 선택한 궁경과 험로에서 고난의 순례를 하
> 면서 있었다. 그러나 이제는 고행의 순례는 종료되었다. 예술전당에
> 도착하였으며, 창작의 사원의 종소리를 듣게 된 까닭이다. 온갖 의구
> 와 주저를 끊어버리자. 프로미듀스여, 고난의 밤은 밝아 온다.73)

이처럼 박영희는 초창기 프로문학 이론가로서 김기진과 프로문
학의 가치문제를 둘러싼 논쟁을 비롯하여 방향전환(목적의식론)을 제
창하던 것과는 달리 프로문학의 본질적 문제까지 부정하고 있음을
볼 수 있다. 그의 주장은 현재의 문단적 상황은 사회사적인 운동에
서 문학사적 운동에로 방향전환하는 여러 가지 내적 변화가 도래
했기 때문에 더 이상 프로문학은 존재 가치가 없다는 주장으로 치
닫고 있다. 이러한 변화가 내적인 성숙(정치적이든 사회적이든)과는 아
무 관련지움도 없이 주장74)하는 이면에는 일제 군국주의의 압력
에 굴복하는 것을 위장하고 전향의 명분을 찾기 위한 고육책75)이

---

73) 박영희, 위의 글, 182쪽.
74) 김윤식, 「1930년대 후반기 카프문인들의 유형분석」, 511쪽.
75) 김윤식은 박영희가 전향을 선언하게 된 참 이유를 "그가 전향을 선언하게
   된 참된 이유란 카프 조직체의 실체를 폭로함에 있었던 것이다. ― 우선 박
   영희가 공산당 재건 사건에 연루되어 임화, 윤기정, 김기진, 이기영 등과 옥
   고를 치렀던 것은 이른바 신간회 서울 지부 해소위원장을 했음과 깊은 관
   련이 있다. 이러한 전철을 밟지 않기 위해서 그는 대외적으로 스스로를 카
   프에서 탈퇴한다고 공언할 필요가 있었다. 그 자신의 기록에 따르면 1931년
   이후 카프 전책임을 임화에 넘겼으나, 정식 간부회의에서 결정된 것이 아니
   라 집회금지 상황인 만큼 비공식으로 행해진 일이어서 대외적으로는 여전
   히 카프 볼셰비키화 노선의 책임자 또는 그러한 위치에 있는 것은 박영희
   자신이었다. 말을 바꾸면 탈당계를 제출할 곳도 수리할 사람도 없었다. 말
   하자면 탈당계를 자기 스스로에게 제출할 수밖에 없는 장면이었다. 이 기묘

었음을 확인할 수 있다.

한편 박영희의 전향선언이 있자 김팔봉은 「문예시평」을 통하여 박영희의 전향선언에 대해 반박하게 되는데 그 반론 또한 프로문학의 정당성을 옹호하는 데는 한계를 보여주고 있다. 김기진은 박영희의 글에 대하여 표면으로는 카프를 둘러싼 문제를 비판한 것이지만 이면으로는 개인의 심경 변화의 고백과 퇴맹 이유를 성명하는 것임을 지적하고, 박영희가 카프의 성격을 '이론적 맹주(猛走)의 경향과 무정견한 혼란과 폴리티시안적 허장'이라고 파악한 것에 대하여 어느 만큼 인정하면서도 회월의 프로문학 비판, 이를테면 비평가의 횡포, 작품의 선전 삐라, 상실한 예술 자신 등에 대한 구체적 예증도 없이 일반화하여 공격하는 것을 비판한다. 그리고 회월이 '얻은 것은 이데올로기며, 상실한 것은 예술 자신'이라는 주장에 대하여 1926년 이후의 작품인 한설야의 「과도기」 「씨름」, 송영의 「일절 면회를 거절하라」, 김남천의 「조정안」은 1926년 이전의 작품인 조명희의 「인도병사」 「낙동강」에 비하여 우수한 것이며, 이는 예술 자신의 성장이지 결코 상실이 아니라는 것이다.[76] 그리고 26-7년경 '예술적, 특수적 성질을 연구하는 것은 점점 멀어지고 선전 삐라도 좋다, 보고서도 좋다는 데까지 이르렀다'고 하면서 '이러한 경향이 가장 강하였던 사람이 박군 자신이요, 임화와 윤기정이 이 경향에 추수'[77]하였던 사실을 지적하면서 그 책임의 일단

한 난관을 돌파하는 방법, 그러니까 박영희의 위기의식의 극복 방식으로 불가피하게 선택된 행위가 전향 논문을 신문에 싣는 일이었다. 그러니까 '사회사에서 문학사에로'의 방향전환이라는 거창한 논리 구축은 한갓 방편에 지나지 않았다."고 주장하고 있음에 주목할 필요가 있다. (김윤식, 「1930년대 후반기 카프문인들의 전향유형 분석」, 앞의 책, 512쪽.)

76) 김팔봉, 「문예시평」, 『동아일보』, 1934.1.27-2.6. 192쪽.
77) 김기진, 앞의 글, 192쪽.

을 회월에게 돌리고 있다. 그러면서 팔봉은 프로문학의 위기는 20년대의 목적의식론, 방향전환론, 예술대중화론으로부터 30년대 볼셰비키화론에 이르기까지 형상화에 대한 방법을 해결하지 못한 데서 비롯되고 있음을 지적하고 특히 문학의 볼셰비키화를 강조하던 30-31년 당시 프로문학계에서는 '무엇을 쓰면 테제와 결부되는 것인가를 몰랐던 것이 아니고, 어떻게 쓰면 그것을 이룰까 함을 몰라서 애를 썼다'[78]고 하여 자신의 방법론에 대한 일련의 논의를 소개하면서 방법론 모색의 실패가 카프의 위기를 자초했음을 지적한다. 그러면서 최근 이데올로기의 문학에서 이탈하려는 움직임이 일본과 조선에서 일어나는 것은 '비상시 풍경의 하나'에 지나지 않음을 날카롭게 지적하고 있다. 그리고 카프 조직의 모순에 대한 박영희의 지적에 대하여 정치적인 대중을 포용하려고 한 곳에 조직이 모순성이 있었다고 시인하면서도 '그 전체의 업적과 과거의 xx을 부인할 수 없다'고 옹호론을 펼치고 있다. 그러면서 모든 문제의 해결은 '객관적 정세의 철책 앞에서 활동적이 못되고 있다는 사실을 해부하고, 과거 일체의 과오를 세밀히 조사하여 철저한 자기 비판'[79]이 필요함을 강조하고 박영희의 전향 선언은 '모방에 철저한 조선의 저널리즘 위에 스텝조차 서투른 댄스'로 비유한다. 이러한 김기진의 비판은 일제 파시즘에 굴복하여 전향을 택한 회월이 퇴맹의 명분을 쌓기 위하여 과거 자신의 주장마저 뒤집고 프로문학의 본질로서 정치적 프로그램을 부정하는 억지 주장으로 보고 있다.

한편 박영희는 김기진의 반론에 대하여 「문제 상이점의 재음미」

---

78) 김기진, 위의 글, 193쪽.
79) 김기진, 위의 글, 198쪽.

라는 글을 통하여 자신의 견해를 다시 밝히고 있어 논쟁의 형태로
발전하게 된다. 그는 자신의 글이 '현카프에 관한 것으로 카프의
지도부가 가지고 있는 이론과 그간 문학상의 지도적 오역(誤譯)과
그 섹터리어리즘에 관한 비판이었기 때문에 지도부의 의견과 비교
해 보고 싶었다'[80]고 전제하고 김기진의 지적 가운데 구체적 예증
이 없다고 한 사실에 대하여 그는 '카프의 조직을 공격하는 것'이
며 카프는 계급의식의 제조장은 아니며 카프의 '문학적 지도이론
은 프로문학의 볼셰비키화 문제를 제시하고 전위의 문학을 역설한
것[81]이 가장 큰 과오라고 지적한다. 그러면서 그는 당시 카프의 지
도방침에 대하여 스스로 침묵한 사실에 대하여 중대한 과실이었음
을 인정하면서도 내부적으로는 필자끼리 수차 사사로이 논쟁한 일
이 있었다고 변해하고 있다. 또 카프가 예술단체가 아니며, 섹트주
의에 근거하고 있다는 주장에 대한 김기진의 비판에 대하여 예술
상 상이한 주장 때문에 아니라 정치적 문제, 심지어 카프에 대하여
비판적 태도를 가진 사람도 제명한 사실은 섹트주의적 행태로 정
치단체라고 규탄하면서 '나는 테제 속에서는 문학을 찾고 싶지 않
다. 나는 슬로건 속에서 문학의 제재를 찾고 싶지는 않다'[82]고 선
언하고 조직에 남아 조직을 갱신하기에는 때가 늦었기 때문에 퇴
맹하는 것이라고 주장한다. 이런 주장은 하야시(林房雄)나 무라야마
(村山知義)로 대표되는 일본 전향론자들이 보여준 우익편향과 맥을
같이 하는 것이라 할 수 있다.

　이렇게 되자 카프서기국에서는 결의문을 통하여 박영희, 신유인

---

80) 박영희, 「문제 상이점의 재음미」, 『동아일보』, 1934.2.9. - 2.16. 223쪽.
81) 박영희, 위의 글, 227쪽 참조.
82) 박영희, 위의 글, 229쪽.

의 탈퇴원을 일시 보류하고 그 간 박영희가 보여준 일련의 활동에 대해 '운동을 위한 의견과 운동에 적대하는 의견을 구별하지 못한 파렴치한 청산주의적 부정'83)이라고 비판하면서도 카프서기국은 그를 곧바로 제명하지 않는데 그 이유로 그가 여전히 카프에 관심을 갖고 있고, 그가 주장하고 있는 카프의 창조적 활동, 종파주의의 청산, 예술적 방법에 대하여 진실한 논쟁이 필요하기 때문에 일시 보류하는 것임을 밝히고 있다.

또 이동규는 박영희의 「최근 문예이론 ―」은 '과거의 지도방침과 또는 창작방법에 있어서의 과오에 대한 인식과 자기비판의 맹아가 싹돋기 시작한 것'이라고 의미부여를 하고 이러한 글이 발표된 사정을 '작년이래 소연방에 있어서는 라프의 해체와 전연방적 작가동맹의 재조직, 창작방법의 신전환 등에 영향을 받은 것이며, 그것을 계기로 지금까지 가졌던 불만이 일시에 폭발된 것'84)으로 받아들이고 있다. 그러면서도 박영희의 탈퇴에 대하여서는 지도부의 한 사람으로 잔류하여 새로운 방향 제시를 하지 않고 오히려 지도부에 반격을 가하는 행위는 정당성을 잃고 있다고 주장하고, 박영희가 비판하고 있는 정치주의적 편향에 대하여 이것은 카프만이 범한 과오가 아니라 전세계의 같은 분야에서 나타난 현상이었으며, 다같이 비판받고 있다는 점을 지적하고 있어 주목할 필요가 있다. 특히 그는 창작방법론으로서 유물변증법적 방법은 작가에게 현실에서 출발할 것을 지시하지 않고 유물변증법적 세계관에서 출발할 것을 강요하였기 때문에 창작방법론으로서 중대한 오류를 범

---

83) 카프서기국, 「카프중앙집행위원회 결의문」, (1934.3.), 236쪽 참조.
84) 이동규, 「카프의 새로운 전환과 최근의 문제」, 『동아일보』, 1934.4.6―8. 270쪽.

한 것으로 평가하고 있다. 그러면서 결론적으로 '금후에 있어서 카프의 정치주의적 편향과 섹트적 경향이 청산되고 창작방법에 있어서 소시알리스틱 리얼리즘이 카프의 창작상의 슬로건이 되는 날, 카프는 퍽 자유롭게 활발하게 카프의 예술적 사업의 완성을 위하여 활동할 수 있을 것'[85]이라고 프로문학의 발전을 낙관하고 있다. 이러한 이동규의 지적은 카프가 보여준 과오를 인정하면서도 그것이 카프만의 문제가 아니라 프롤레타리아 문학운동의 전개 과정에서 파생된 본질적인 문제이며 그것에 대한 반성이 소연방의 작가동맹의 재조직과 새로운 창작방법으로 사회주의 리얼리즘의 채택이라고 파악한 것은 정당한 지적이라 할 수 있지만, 그것이 전향으로까지 이르게 된 일본과 한국의 특수한 정치적 상황을 간과하고 있다.

이처럼 박영희의 주장은 김기진과 이동규에 의하여 비판을 받게 되는데 박영희의 프로문학에 대한 부정은 프로문학을 정치적 프로그램과는 관계없이 예술적 프로그램으로 파악하려 한 점에서 프로문학에 대한 본질적인 면을 거부하는 것이며, 초기의 많은 자신의 주장을 스스로 부정하는 결과를 낳았을 뿐만 아니라 일제 파시즘에 굴복하여 전향을 하기 위한 어설픈 명분에 지나지 않는다. 따라서 박영희의 프로문학운동은 처음부터 투철한 사상적 토대 위에서 전개된 것이 아니라 당대를 풍미하던 새로운 조류에 편승한 낭만적 시인의 지적 허영심이었음을 확인하게 된다.

백철의 전향은 박영희의 전향선언보다 훨씬 일찍 나타나기 시작하는데 「인간묘사시대」(1933)가 그것이다. 그는 '문학에 있어서 현대는 인간묘사시대'라고 규정하고 '문학이란 결국 인간생활의 인식

---

85) 이동규, 위의 글, 273쪽.

과 관계를 기록한 것'이라고 주장하면서 셰익스피어, 세르반테스, 단테, 위고, 고골리, 투르게네프, 그리고 플로베르까지 프롤레타리아문학과는 거리가 있는 작가들을 예로 들면서 이들 문학은 인간묘사에 집중되어 있다고 설명한다. 그러면서 인간묘사는 막연한 인간이 아니고 시대성과 역사성을 띠고 있으며, 경향적으로 묘사된 인간이며, 인간을 진실하게 묘사하는 문학은 경향적 문학이며, 이 시대 경향적 문학은 프롤레타리아문학이 그 대표[86]라고 주장하고 있으나 실상 이 글은 백철의 전향 단초를 보여주는 글[87]이라 할 수 있다. 그러나 권영민은 이 글을 전향론의 범주로서가 아니라 창작방법론의 범주에서 그 성격을 검토할 필요성을 지적하고 그의 창작방법론들은 유물변증법적 창작방법론에 대한 비판적 접근으로 매우 독창적인 것[88]으로 파악하고 있다. 그러나 「인간묘사론」은 이미 일본 문단에서 반프로문학의 하나로 확립된 신흥예술파의 주장을 수용한 것이라 할 수 있다. 나카무라무라오(中村武羅夫)로 대표되는 그들은 1930년 <예술파선언>에서 '예술은 단일한 이즘으로 규정하려고 기도하는 이데올로기문학'에 대결하고 '이즘의 문학에서 개성의 문학으로'[89] 방향전환을 주장한 사실과 일정한 관련이 있음을 간과할 수 없다. 따라서 백철의 글에 대하여 홍효민, 이헌구, 함대훈, 임화, 박영희 등의 비판적 글들이 발표되며, 백철의 주장은 프로문학가의 주장이 아니라 상식적인 문학 일반론에 지나지 않는 것으로 평가한다.

---

86) 백철, 「인간묘사시대」, 『조선일보』, 1933.8.29-9.1. 122-4쪽 참조.
87) 김영민은 백철의 전향은 「창작방법문제」(1932)에서부터 비롯되고 있다고 주장하기도 한다. (김영민, 『한국문학비평논쟁사』, 한길사, 1993. 461쪽.)
88) 권영민, 『한국민족문학론연구』, 민음사, 1988. 278-9쪽.
89) 長谷川 泉, 『近代日本文學思潮史』, 至文堂, 소화42(1967), 140-1쪽 참조.

함대훈은 백철의 글에서 프로문학이 인간묘사에 주력하고 있으
며, 사회주의 리얼리즘도 인간 묘사라는 슬로건으로 집약되고 있다
는 주장은 문학 일반의 특징일 뿐이라고 비판하면서 프로문학의
인간 묘사는 집단생활에 대한 묘사이며 부르조아문학의 인간 묘사
는 개인90)이라고 주장하는데, 프로문학은 집단의 문제를 계급적 관
점에서 다룬다는 점을 간과하고 있다고 비판한다. 그런데 임화는
「집단과 개성의 문제」를 통하여 함대훈의 주장에서 보이는 '집단'
과 '계급'은 구별되는 개념임을 지적하면서 '프롤레타리아문학은
계급적인 것과 개인적인 것의 통일 가운데서 필연적으로 표현되는
계급적인 것의 우위를 통하여 개성의 완전한 개화가 실현되는
것'91)이라고 지적하면서, 동시에 백철의 주장 역시 심리적 리얼리
즘 및 우익적 편향에 가깝다고 날카롭게 지적하고 있는 것이다.

백철은 자신의 「인간묘사시대」에 대한 임화, 박영희, 홍효민 등
의 반박에 대한 해명의 글로 「인간 탐구의 도정」을 발표한다. 거기
에서 그는 '인간 묘사는 문학의 본질적인 문제이며, 우수한 작품은
인간 타입을 창조 묘사하였다'고 전제하면서도 '금일의 새로운 과
제의 필요'에 의한 것이며, 카프의 동향에 대한 새로운 방법론으로
제시한 것이라고 주장한다. 그에 의하면 프롤레타리아는 인간의 가
치와 권리에 각성한 계급이며, 프롤레타리아트에 의하여 초래될 시
대는 제2휴머니즘시대이며, 프로문학의 전성시대는 제2의 문예부
흥의 시대가 된다는 것이다. 이처럼 백철은 프롤레타리아계급을 위
한 문학이 인간 묘사의 문학이고, 프로문학의 새로운 출구가 휴머
니즘문학에서 발견될 수 있다고 주장하면서 새로이 휴머니즘론을

---

90) 함대훈, 「인간묘사문제」, 『조선일보』, 1933년 10월 10일-11일 참조.
91) 임화, 「집단과 개성의 문제」, 『조선중앙일보』, 1934년 3월 20일.

제창하게 된다. 그가 주창하는 휴머니즘론은 1935년 6월 파리에서 '국제작가회의'가 열리면서 파시즘에 대항하는 휴머니즘문학이 제창되고, 같은 해 7월에 제7차 코민테른에서 반파시즘 인민전선이 제창되기에 이른 사실과 일정한 관련을 지닌 것으로 이러한 국제적 움직임이 우리 나라에 소개되면서 휴머니즘 문학에 대한 관심이 고조되게 된다. 그리하여 정인섭, 이헌구로 대표되는 해외문학파와 김두용, 홍효민, 박승극으로 대표되는 프로문학파 사이에 휴머니즘 문학을 둘러싼 논쟁이 전개[92]된다. 백철은 이러한 시대적 분위기에 편승하여 더욱더 자신이 주장한 인간탐구론을 문학과 정치적 이데올로기의 분리 주장으로 펼쳐 나간다. 그는 「현대문학의 과제인 인간 탐구와 고뇌의 정신」에서 '국제작가회의'의 성과를 다음과 같이 수용한다.

　　과거와 같이 문학이 자신의 독자의 영역을 고수하지 못하고 그 존재의 이유를 일개의 정치적 임무에서 규정하려는 편향에 떨어져 외부적으로 정치와 이데올로기에 종속되어 오던 것이 최근년에 와서 그와 같은 구속과 편향과 가상에서 벗어나 문학 그 자신의 영역인, 말하자면 일층 인간적인 것으로 귀환하려고 하는 이 전환기에 있어서 인간획득, 인간탐구가 문학의 중심과제가 되는 것은 너무나 당연한 현상이 아닐 수 없다.[93]

　이러한 백철의 주장은 문학과 정치적 이데올로기의 분리, 정치성과 사회성으로부터 문학의 독자성을 옹호하면서 순수한 인간성의

---

92) 1935년 이후의 휴머니즘 논쟁에 대해서는 김영민의 앞의 책 468-507쪽을 참조할 것.
93) 백철, 『조선일보』, 1936년 1월 12일.

탐구를 주장하는 것으로 이미 프로문학과는 상반된 것임을 확인할
수 있다. 그는 자신이 주장하고 있는 인간묘사론이 인간 일반에 관
한 묘사를 문제 삼고 있는 것이 아니라 시대적 상황과 전형적 성
격을 지닌 인간을 그리는 것을 문제로 하고 있다고 하여 새로이
'전형성'을 강조하게 되는데 이 점과 관련하여 김영민은 '인간묘사
론을 당시 프로문단에서 점차 자리를 잡아가는 사회주의 리얼리즘
론과 연결시키려는 의도를 다시 한번 드러내는 것'이라고 전제하
고 '인간묘사론을 사회주의 리얼리즘론과 연결시킴으로써 상식주
의적이라는 비판에서 벗어날 뿐만 아니라, 임화 등에게서 공격받았
던 우경화 이론이라는 비판에서도 벗어나려는 의도'94)로 파악하고
있다. 그러나 그가 내세우는 '전형성'은 이미 프로문학이 주장하는
계급성과는 무관한 일반론에 지나지 않는 것이다. 그가 주장한 인
간묘사, 휴머니즘론은 이미 일제 파시즘의 강화로 더 이상 프로문
학이 정치적 투쟁을 할 수 없음을 자각하고 일본의 반프로문학운
동의 주장을 프로문학론으로 위장하고 있을 뿐이다. 이러한 사실은
그가 이미 전주감옥에 수감되면서부터 자신의 프로문학운동을 하
나의 연극으로 생각하게 되는데 그는 감옥에서 재판을 받을 때의
정황을 이렇게 쓰고 있다.

　　나는 그 때 피고석에 앉아서 다른 피고들이 너무 지레 겁을 먹고
　그저 사건을 부인만 하려는 대답을 하고 있는 것이 불만스럽기만 했
　다. 나는 엉뚱한 생각을 하고 있었다. 법정은 관중을 앞에 놓고 연극
　을 하는 무대와 같은 곳. 피고들은 배우들이 아니겠느냐고. 그렇다면
　모처럼 모여든 방청객들을 저렇게 실망시켜서 되겠느냐 하는 식의
　생각을 한 것이다.95)

94) 김영민, 앞의 책, 464쪽.

이러한 인식은 백철이 주장한 프로문학이 자신의 이념적 문학활동이 아니라 당대를 풍미한 프로문학에 대한 영합에 지나지 않았음을 말해 주는 것이다. 그 결과 김윤식은 백철의 전향을 하나의 연기[96]로 파악하게 한다. 이처럼 프로문학을 연극으로 생각한 백철에게 있어서 전향이란 고뇌에 찬 결단도, 지식인의 절조 문제도 아니었다. 그 결과 백철은 전주 사건으로 1년여의 옥고를 치르고 집행유예로 풀려나면서 마치 독립투사로 감옥에 갔다 온 양 출감기 「비애의 성사」를 발표하는데 그것은 바로 전향선언문에 다름 아니다. 거기에는 감옥에서 보낸 고독의 시간을 감상적으로 피력하는 것으로 일관하고 그가 신봉했던 이념적 세계에 대한 성찰이나 이념을 버리는 과정에서 가지게 되는 고뇌의 편린을 전혀 읽을 수 없다. 오히려 '카프가 정치주의에의 편견을 버리고 문학의 진실로 돌아갈 것을 결정'한 사실은 '조금도 부자연한 태도가 아니고 실로 당연한 진술'이라고 자신하며 '문학인이 정치주의를 버리는 것을 비난할 것은 아닌 줄 안다. 문학이 정치에 대해서 먼 거리를 두고 비판적으로 바라보아야 할 시대가 왔기 때문'[97]이라고 태연히 말하고 있다. 이처럼 백철은 그가 처음 일본 프로문학계에 등단하고

---

95) 백철, 「인간탐구의 문학」, 『백철문학전집』,
96) 김윤식은 백철의 전향 원인으로 '계급주의 이념과 통하는 천도교 집안의 차남인 백철은 순수한 조선적 산물인 천도교와 서구 교양주의와는 결정적으로 구분되어지는데 이 둘을 높은 수준에서 결합시킬 계기랄까 능력이 없으면 이 둘은 중층을 이룰 뿐인데 백철은 이 둘의 한가운데 선 길 잃은 아이였으며, 그가 이 두 가지 사상의 의상을 걸치고 연기를 하는 일만이 겨우 가능했는데, 그 연기가 그에겐 문학이었다.'고 지적하고 있다. 김윤식, 1930년대 후반기 카프문인들의 전향유형 분석」, 514-5쪽.
97) 백철, 「비애의 성사」, 『동아일보』, 1935.12.22-27. 474쪽.

곧바로 귀국하여 비평활동을 시작하는 동안 일본 프로문학계의 동향과 이론을 적당히 수용하여 자신의 견해인 양 발표[98]하면서 프로문학에 대한 이념적 세계에 대하여 뚜렷한 견해를 갖고 있지 못했음을 확인할 수 있다. 따라서 일제 파시즘의 강화로 사상 탄압이 강화되자 거기에 저항하기는커녕 일찌감치 일본의 반프로문학운동으로 대두한 예술파 및 휴머니즘론에 기대어 프로문학운동에서 탈출을 기도하게 된다. 이러한 기회주의적 태도에서 비롯된 그의 프로문학운동은 전향의 자리에서도 사상과 신념에 대한 회의 과정, 사상과 삶의 갈등을 찾아 볼 수 없는 것은 당연한 결과라 할 수 있다.

Ⅳ. 결 론

지금까지 한일 프로문학운동의 마지막 과정으로써 프로작가의 전향에 대하여 살펴보았다. 한국의 프로문학운동은 일본의 프로문학운동을 수용하면서 발전하였기 때문에 이론적 독자성을 갖추지 못하고 일본 이론의 추수적 경향을 보이면서 전개된 것은 사실이다. 그러나 프로문학운동의 마지막 단계로서 전향문제는 원천적으로 그 토대를 달리 할 수밖에 없는 문제이다. 전향이 일어나게 된 표면적 이유는 한일 프로문학이 다같이 일차적으로는 일제의 사상 통제에서 비롯된 것은 사실이다. 그러나 전향이 단순히 사회주의

---

98) 백철의 대표적 논문으로 지적되는 「농민문학론」은 구라하라(藏原惟人)의 「새로운 농민문학을 위하여」를 적당히 바꾸어 놓은 것이 그 실례라 할 수 있다. 앞의 「농민문학론」을 참조할 것.

문학운동을 포기하는 것으로 머물지 않고 일제 천황제를 긍정하는 것을 전제로 한다고 할 때, 한일 프로작가의 전향이 갖는 의미는 사뭇 다르다. 그러므로 한국 프로문학운동이 일본프로문학운동과 공동전선을 구축하여 전개될 수 있었다고 하더라도 전향문제만은 본질적으로 동일한 양태를 보일 수 없는 속성을 지닐 수밖에 없다는 전제에서 한일 프로작가의 전향의 논리를 검토해 보았다. 그것을 요약 정리하면 다음과 같다

한일 프로작가의 전향은 표면적으로는 일제의 사상통제에서 그 원인을 찾을 수 있다. 그러나 내부적으로 살펴보면 거기에는 프로문학운동 자체의 지나친 정치주의적 이론의 강요와 거기에서 파생된 조직의 경직성도 한 몫 했음을 부인할 수 없다. 이러한 경향은 일본과 한국에서 공통적 현상으로 나타난다. 따라서 전향작가들은 전향의 명분을 여기에서 찾고 있다. 일본 프로작가로서 최초로 전향을 선언한 하야시(林房雄)는 「작가를 위하여」를 통하여 과거의 프로문학과는 다른 새로운 예술로서의 소설을 강조한다. 그의 주장은 이전의 유물변증법적 창작방법에 기초한 기계주의적 문학을 거부하고 새로운 창작방법으로 수용된 사회주의 리얼리즘을 통하여 마르크스를 감동시킬 수 있는 문학의 창조를 주장함으로써 '우익적 편향'이란 비판과 동시에 스스로 전향을 위한 예비단계를 마련하게 된다. 이후 일본공산주의 지도자인 사노, 나베야마의 전향선언은 그 이전까지 전향을 개인의 패배 혹은 노선으로부터의 탈락으로 인식했으나 이후에는 국가 권력에 협조하는 방향으로 자연스럽게 나아가는 계기를 마련해 주었으며, 그 결과 프로작가로서 카타오카(片岡鐵兵), 무라야마(村山知義), 나카노(中野重治) 등이 전향을 하게 된다. 그들은 한결같이 정치적으로는 패배했을지라도 문학적

으로 살아남기 위하여 전향을 하게 되었다고 주장하지만, 근본적으로는 일본 민족의 우수성을 인정하고 천황제에 대해 신뢰하고 있는 국민적 감정에 추수하여 천황제의 옹호라는 체제 순응의 길로 방향전환을 하기에 이른다. 이러한 경향에 대하여 이타가키(板垣直子)를 비롯하여 미야모토(宮本百合子) 등의 비판이 있었지만 그들 역시 일제 파시즘의 사상탄압 앞에서 비판을 위한 비판에 머물고 새로운 방향을 제시하는 데까지는 이르지 못했다. 따라서 일본의 전향은 표면적으로는 프로문학의 한계와 사상 탄압이라는 조건에서 비롯된 것처럼 보이지만 내면적으로는 민족우성에 대한 신념과 천황제에 대해 신뢰가 보다 크게 작용했음을 간과할 수 없다.

이러한 일본 프로작가의 전향 논리와는 달리 한국에 있어서 전향론은 근본적으로 프로문학운동을 일관되게 부정하는 것으로 끝나고 있다는 점에서 식민정책에 굴복하는 결과를 낳았다. 박영희의 전향선언은 자신의 보신을 위하여 이미 해체된 KAPF에 탈퇴원을 낼 수 없게 되자 하나의 고육책으로 신문을 통하여 전향을 선언함으로써 일제의 탄압과 구금의 위험에서 벗어나고자 한다. 그러나 그가 전향을 선언하는 논리로 제시한 것은 전적으로 프로문학의 한계를 지적하는 데에 머물고 있다. 그는 프로문학의 정치적 프로그램을 근본적으로 부정하고 프로문학 초창기 스스로 방향전환과 목적의식론을 제창한 사실마저 부정하기에 이른다. 그리고 전향하여 나아가야 할 새로운 길도 마련하지 못하고 고작 '어둠의 밤은 끝났다'고 주장하는 것으로 끝맺고 있다. 이러한 주장에 대하여 김기진은 '비상시 풍경의 하나'라고 꼬집으면서 전향의 명분을 찾기 위한 억지 주장임을 간과하면서도 프로문학이 나아갈 새로운 방향을 제시하는 데는 이르지 못한다. 따라서 박영희의 프로문학운동이

란 당대를 풍미하던 새로운 조류(프로문학운동)에 편승한 낭만적 시
인의 지적 허영심이었음을 확인하게 된다.

한편 백철은 일제의 탄압으로 프로문학의 위기를 느끼자 일찌감
치 전향을 위한 준비를 한다. '인간묘사'라는 일반론으로 프로문학
의 이념적 세계를 부정하고, 거기에다 다시 휴머니즘론을 끌고 들
어오면서 그는 전향을 감행하게 된다. 그리고 스스로 프로문학운동
은 '연극'이었음을 고백한다. 그리고 1년여의 감옥생활을 하고 나
와 「비애의 성사」를 발표하지만, 거기에는 자신이 주장했던 이념적
세계에 대한 회의 과정이나 사상과 삶의 갈등도 없다. 이러한 사실
은 백철의 프로문학운동의 전과정은 자신의 사상에 근거한 삶의
문제가 아니라 일본 프로문학 이론을 적절히 수용하여 자신의 주
장으로 위장했던 제도통과적 수재형 지식인의 지적 유희였음을 확
인할 수 있다.

참고문헌

◇ 국내논문 · 저서

권영민, 「창작방법과 리얼리즘의 인식」, 『소설문학』, 1984. 4-5월호.

권영민, 「한국근대소설론연구」, 서울대 박사, 1984.

권영민, 『한국민족문학론연구』, 민음사, 1988.

권영민, 『한국민족문학론연구』, 민음사, 1988.

芹川哲世, 「1920-30년대 한일농민문학의 비교문학적 연구」, 서울대 박사, 1993.

김   준, 『농민소설연구』, 태학사, 1992.

김선영(외), 『한국근대문학비평사연구』, 세계, 1989.

김성수(편), 『우리문학과 사회주의 리얼리즘 논쟁』, 사계절, 1992.

김영견, 「카프계농민소설연구」, 경남대박사, 1996.

김영민, 『한국문학비평논쟁사』, 한길사, 1992.

김용직, 「대중화 논의의 대두와 성격」, 『현대문학』, 1984. 11.

김윤식, 「한국문학비평의 방향성」, 『한국현대문학전집』 59, 삼성출판사, 1979.

김윤식, 『한국근대문예비평사연구』, 한얼문고, 1973.

김윤식, 『한국근대문학사상비판』, 일지사, 1982.

김윤식, 『한국근대문학사상사연구』, 한길사, 1991.

김윤식, 『한국현실주의소설연구』, 문학과 지성사, 1990.

노상래, 「카프문인의 전향연구」, 영남대 박사, 1998.

류양선, 『한국농민문학연구』, 서광학술자료사, 1994.

박명용, 『한국프롤레타리아문학연구』, 글벗사, 1992.

백 철, 『백철문학전집』, 신구문화사, 1974.

신재기, 『한국근대문학비평론연구』, 고대 민족문화연구소, 1993.

역사문제연구소, 『카프문학연구』, 역사비평사, 1990.

오양호, 『농민소설론』, 형설출판사, 1984.

유문선, 「1930년대 창작방법 논쟁연구」, 서울대 석사, 1988.

유보선, 「1920-30년대 예술대중화론연구」, 서울대 석사, 1987.

윤병로, 『한국현대문학비평론』, 청록출판사, 1982.

이상갑, 『한국근대문학과 전향문학』, 깊은샘, 1995.

이한화(엮음), 『러시아프로문학운동론』 I, 화다, 1988.

임규찬, 『일본프로문학과 한국문학』, 연구사, 1987.

임규찬(편), 『카프문학자료총서』, (전8권), 태학사,

임범송(외), 『맑스주의 문학개론』, 나라사랑, 1989.

장사선, 「팔봉 김기진연구」, 서울대 석사, 1974.

장사선, 『한국리얼리즘문학론』, 새문사, 1988.

전영대, 「대중문학논고」, 서울대석사, 1980.

정홍섭, 「1920-30년대 문예운동에 있어서의 방향전환론 연구」, 서울대석
       사, 1989.

조남현, 「한국근대문학의 아나키즘 체험연구」, 『한국문화』 제12집, 1991.

하응백, 「1920년대 문학론에 있어서 내용과 형식 논쟁 연구」, 경희대 석사,
       1985.

홍문표, 『한국현대문학논쟁의 비평사적 연구』, 양문각, 1980.

◇ 일본논문・저서

加藤一夫,『農民藝術論』, 春秋社, 1929.

犬田卯(편),『農民文藝十六講』, 春陽堂, 1926.

犬田卯,『日本農民文學史』, 農山漁村文化協會, 1958.

高橋春雄,「農民文學論史ノート」,『プロレタリア文學』, 有精堂, 1971.

高橋春雄,「初期の農民文學論とその性格について」,『國文學硏究』, 早稻田大學,
　　　　　1954.

廣松涉,『唯物史觀の原像』, 三一書房, 1988.

臼井吉見,『近代文學論爭』(상, 하), 筑摩書房, 1990.

磯田光一,『比較轉向論』, 勁草書房, 1974.

吉本隆明,『吉本隆明著作集』제4권, 勁草書房, 1960.

金森襄作,『1920年代朝鮮社會主義運動史』, 東京, 未來社, 1985.

南雲道雄,『現代文學の低流』, オリジン出版センタ, 1983.

藤田省三,『轉向の思想史的硏究』, 岩波書店, 1975.

本多秋五,『轉向文學論』, 未來社, 1957.

飛鳥井雅道,「社會主義リアリズム論爭」,『近代文學』5. 有斐閣, 1977.

飛鳥井雅道,『日本プロレタリア文學史論』, 八木書店, 1982.

山田淸一郎,『プロレタリア文學史』, (상, 하), 理論社, 1954.

衫野要吉,「轉向文學」,『近代文學』6. 有斐閣, 1977.

三浦健治,『思想としての現代文學』, 靑磁社, 1992.

西澤舜一,『文學と現代イデオロギー』, 新日本出版社, 1975.

昇曙夢,『プロレタリア文學論』, 白揚社, 1928.

新居格,『アナキズム藝術論』, 天人社, 1928.

岩城之德(외편),『近代文學論文必攜』, 學燈社, 1979.

圓谷眞護,『中野重治, ある昭和の軌跡』, 社會評論社, 1990.

栗原幸夫,『プロレタリア文學とその時代』, 平凡社, 1971.

伊豆利彦(외),『座談によるプロレタリア文學案內』, 新日本出版社, 1990.

日本近代文學館(편),『日本近代文學大事典』, (전6권), 講談社, 1978.

長谷川泉,『近代文學論爭事典』, 至文堂, 1962.

長谷川泉,『近代日本文學思潮史』, 至文堂, 1967.

長谷川泉,『近代日本文學評論史』, 有精堂, 1977.

長谷川泉,『文藝の用語基礎知識』, 至文堂,

藏原惟人,『藏原惟人評論集』第1－5권, 新日本出版社, 1980.

藏原惟人(외편),『日本プロレタリア文學大系』(전8권), 三一書房, 1955.

祖父江昭二,「プロレタリア文學」I, 岩波講座,『日本文學史』(제13권), 岩波書店,
　　　1959

竹內好,『プロレタリア文學』Ⅱ, 岩波講座,『日本文學史』(제13권), 岩波書店,
　　　1959.

池田壽夫,『日本プロレタリア文學運動の再認識』, 三一書房, 1971.

平林初之輔,『平林初之輔遺稿集』, 平凡社, 1932.

平野謙(편),『中野重治研究』, 筑摩書房, 1960.

平野謙,『昭和文學史』, 筑摩書房, 1982.

平野謙,『平野謙全集』, 제5권, 新潮社, 1975.

平野謙,『現代日本文學論爭史』, (상, 중, 하), 未來社, 1956.

浦西和彦,『日本プロレタリア文學の研究』, 櫻楓社, 1985.

布野榮一,『政治と文學論爭の展望』, 櫻楓社, 1984.

鶴見俊輔,『轉向研究』, 筑摩書房, 1991.

丸山靜,『現代文學研究』, 東京大出版部, 1956.

◇ 번역서 · 기타

게오르그 루카치(이춘길편역), 리얼리즘미학의 기초이론』, 한길사, 1985.

게오르그 루카치(황석천역),『현대리얼리즘론』, 열음사, 1986.

게오르그 프리들렌체르(이항재옮김),『러시아 리얼리즘론』, 열린책들, 1989.

누시노프, 세이트린(백효원 옮김),『사회주의문학론』, 과학과 사상, 1990.

레온 트로츠키(김정겸역), 『문학과 혁명』, 과학과 사상, 1990.

레이먼 셸던, 『현대문학이론』, 문학과 지성사,

레이몬드 윌리암스(이일환역), 『이념과 문학』, 문학과 지성사, 1982.

로젠탈(외), 『창작방법론』, 과학과 사상, 1990.

루카치, 『미학의 범주로서의 특수성』, 이론과 실천, 1987.

리챠드 미첼(김윤식역), 『일제의 사상통제』, 일지사, 1982.

마르스 슬로님(김규진 역), 『러시아문학과 사상』, 신현실사, 1980.

소련콤아카데미문학부(신승엽 역), 『소설의 본질』, 예문, 1988.

세르게이 에르몰라예프(김민인역), 『소비에뜨 문학이론』, 열린책들, 1989.

스칼라피노(외), 『한국공산주의운동사』, 돌베게, 1989.

스테판 코올(여균동역), 『리얼리즘의 역사와 이론』, 한밭출판사, 1982.

伊東勉(이현석역), 『리얼리즘이란 무엇인가』, 세계, 1987.

조진기(편역), 『일본프롤레타리아문학론』, 태학사, 1994.

죠지·우드코크(최갑룡역), 『아니키즘』, 형설출판사, 1994.

陳繼法(叢成義 옮김), 『사회주의 예술론』, 일월서각, 1979.

차봉희(편저), 『루카치의 변증-유물론적 문학이론』, 한마당, 1987.

프레드릭 제임슨(여홍상역), 『변증법적 문학이론의 전개』, 창작과 비평사,
        1984.

Henri Lefebvre(竹內良知譯), 『マルクス主義』, 白水社, 1988.

A. Jetterson(ed.), Modern Literaey Theory Barnes & Noble Books. 1982.

George J. becker(ed.) Documents of Modern Literary Realism, Princeton Univ.
        Press 1967.

Joseph Natori(ed) Tracing Literary Theory. Univ. of Illinois Press. 1987.

찾아보기

조진기(趙鎭基)는

경북 영양에서 출생하여 1974년부터 경남대학교 문과대학 인문학부 교수(현재)로 재직하고 있으며, 일본 천리대학 조선학과 객원교수(1990.3.‒1991.2)를 역임했다.

저서로는

『문학개론』(공저), (학문사, 1984.)
『한국현대소설연구』, (학문사, 1984)
『문학의 이해』(공저), (새문사, 1986)
『한국근대리얼리즘소설연구』, (새문사, 1989)
『일본프롤레타리아문학론』(편역), (태학사, 1994)
『한국현대작가작품론』, (홍익출판사, 1995)
『한국현대문학의 위상』, (경남대출판부, 1997)
『한국단편소설의 이해』, (홍익출판사, 1997)
『한일프로문학론의 비교연구』, (푸른사상사, 2000) 외
　다수의 논문이 있다.

● 한일 프로문학론의 비교연구

1판 1쇄 인쇄 2000년 10월 10일
1판 1쇄 발행 2000년 10월 20일

지은이 ● 조진기
펴낸이 ● 한봉숙
펴낸곳 ● 푸른사상사
편집인 ● 김현정
등록 제2-2876호
서울시 중구 을지로2가 148-37 삼오B/D302호
대표전화 02) 2268-8706‒7
팩시밀리 02) 2268-8708
메일 prun21c@yahoo.co.kr / prun21c@hanmail.net

ⓒ 2000, 조진기

값 20,000원

ISBN 89-951563-9-2-93810

*저자와의 합의에 의해 인지를 생략함.